1979—2019
广西宜州文学作品典藏

小说卷

韦茂明/主编

Gvangjsih Minzcuz Cuzbanjse
广西民族出版社

图书在版编目（CIP）数据

1979—2019 广西宜州文学作品典藏 . 小说卷 / 韦茂明主编.—南宁:广西民族出版社，2019. 12
ISBN 978- 7-5363-7335-8

I. ① 1… II. ①韦… III. ①中国文学—当代文学—作品综合集—宜州②小说集—中国—当代 IV. ① I218.674

中国版本图书馆 CIP 数据核字（2019）第 269767 号

1979—2019 广西宜州文学作品典藏　小说卷

1979—2019 GUANGXI YIZHOU WENXUE ZUOPIN DIANCANG XIAOSHUO JUAN

出版策划：石朝雄
主　　编：韦茂明
责任编辑：杜　洪
装帧设计：林武圣
责任印制：刘文峰
出版发行：广西民族出版社
地址：广西南宁市青秀区桂春路 3 号　邮编：530028
电话：0771-5523216　传真：0771-5523225
电子邮箱：bws@gxmzbook.com
印　　刷：广西桂川民族印刷有限公司
规　　格：787 毫米 ×1092 毫米　1/16
印　　张：31.5
字　　数：380 千
版　　次：2019 年 12 月第 1 版
印　　次：2019 年 12 月第 1 次印刷
书　　号：ISBN 978-7-5363-7335-8
定　　价：62.00 元

《1979—2019广西宜州文学作品典藏》编委会

总　序

聂震宁

宜州是我的家乡，也是广西的一座历史文化名城。宜州秦时属桂林郡地，汉元鼎六年（前111年）始置定周县，晋改龙刚县，唐为龙水县，北宋改宜山县，明为庆远府治，1993年改为宜州市，2016年成为河池市宜州区。

同许多历史文化名城一样，我的家乡一直因深厚的人文历史积淀而著名。宜州的地方史志上记载了许多历史文化名人。北宋时期著名的江西诗派代表人物黄庭坚，他人生的最后一段岁月是在这里度过的。他为这座古城留下了著名的词作《虞美人·宜州见梅作》，更为我的家乡开了尚文好学的风气。太平天国的翼王石达开曾率部在此驻师，在城北会仙山白龙洞留下了一首题壁诗，这是太平天国将领遗存下来的唯一的题壁诗。有史料记载，北宋时期三元及第的冯京即出自这座边远的古城。中国1300多年的科举史上连中三元的人只有十几个，冯京即是其中一个。特别值得一提的是，我国壮族民间传说中的歌仙刘三姐，关于她身世的说法流传着不同的版本，但流传最广泛的当属宜州一带的传说。现在宜州有一个风景如画、山清水秀的刘三姐乡，也算是一个明证。

岁月不居，春秋代序。新中国成立70年来，宜州的经济社会发展日新月异，人民群众安居乐业，文化建设也令人瞩目。宜州是著名的彩调之乡，20世纪50年代，宜州的彩调剧《刘三姐》和《龙女与汉鹏》曾晋京在中南海怀仁堂演出。改革开放以来，在全国性的一系列文化旅游活动评选中，宜州屡获殊荣，先后获得“全国文化先进市”“中国优秀旅游城市”“中国最佳生态休闲旅游名城”和“中国民间文化艺术之乡”等荣誉。一年一度的刘三姐文化旅游节曾获得“中国最具特色民族节庆”称号。宜州文学艺术创作的丰厚土壤不仅使得古城从来就不缺少文学艺术的创作人才，而且有许多作品从这里走出广西，走向全国。

家乡悠久的历史文化令我们神往，家乡不凡的现实成就让我们骄傲。出于文化自信，也出于家乡情怀，我在得知家乡宜州正在为《1979—2019广西宜州文学作品典藏》四卷本编选书稿时，感到异常高兴。家乡的文学创作一直在很有张力、很有成绩地进行着，这我是晓得的，可是居然有这么大的张力、这么丰饶的收获，却是我不曾预料到的；家乡的文学创作一直代有新人，这我也是晓得的，可是新人居然有这么多，而且写出了这么好的文字，更是我不曾预料到的。这不免让我有一阵激动、许多欢喜。

至于对我家乡文学创作的评价，也许我说了不算，因为终归有“王婆卖瓜”之嫌。那么，请读者诸君稍微花一点时间读一读这套书各卷的序言吧，相信你们一定会比较深入地认识和了解书中入选作品的质量。这些序言的作者并不是宜州籍人士，却对宜州的文学创作熟稔于心并有深入的研究，因而序言既具有一定的客观性，又符合知人论世的评价要求。石一宁先生为小说卷所作序言以《一方水土，十方世界》为题，站位颇高，体察很深。他认为书中收入的这些作品，“是一方水土的呈现，也是十方世界的映照”，指出了入选作品独特的地域特色和广博厚重的人文价值。何述强先生为散文卷所作序言取了一个相当散文化的篇名——《生命中有一个流水潺潺的村庄》——多么美，多么动情！“感谢古城宜州传递过来的温度和力度，感谢被文字簇拥而来的泥土、草叶和露珠的气息。感谢坚守者的虔诚和执着，感谢宜州游子们那超越宜州放眼世界同时深情回眸给我带来的启示。我不吝于用下面的词语表达我的阅读感受：深邃，深刻，深沉，深情，生动，鲜活。”他在文中这样动情地表达了他对宜州作者的散文作品的感觉。杨克先生为诗歌卷所作序言以《诗歌存，家园不远》为题，显出浓浓的诗意与哲思，进而他在文中讲述诗集“所蕴含的扎根生活沃土、守望共同家园的诗意栖居智慧，以从容不迫的气度在你我耳边叮咛：只要心中有诗歌，家园必然就在不远处”。戏剧卷的序言作者是常剑钧先生，他为序言所拟的篇名让我们的精神为之一振，请看《江山到此不平庸》——多么有动感，多么有气势！真正的文学艺术创作最不可缺少的品格就是不平庸，剑钧先生用“不平庸”来评价我家乡的创作，实在是太给力了！四篇序言的作者都是国内文学艺术界的名家，得到四位名家如此给力的好评，我的家乡有福了。

文学名家给予高度评价的这些作品都是1979—2019年发表过的。1979—2019年，是改革开放取得巨大成就的时期。在这一时期，中国特色社会主义进入新时代，我们也迎来中华人民共和国70周年华诞。宜州地方的领导们决定组织编选出版这样一套高质量的文学作品典藏，既是加强新时代宜州文化建设的重要举措，也是对改革开放40年的庆祝，更是向新中国70周年华诞献礼。我在为家乡的文学作品点赞的同时，还要为家乡在文化建设上的这一举措喝彩。

最后，我还要再说一遍：宜州是我的家乡，我爱我的家乡！家乡如父，可敬、可仰、可期待；家乡如母，可亲、可爱、可依恋。我爱家乡的种种美好事物，一山一水，一街一桥，一亭一阁，一草一木，一人一物，一言一语，一诗一画，一歌一吟皆会在我心中留存，而

《1979—2019广西宜州文学作品典藏》的出版尤为让我欣喜。我爱家乡悠久而美好的历史文化，我爱家乡正在全面发展中的现实生活。我深深感觉到，家乡今天的发展来之不易，家乡的父老乡亲为此付出了许多辛劳。“惟知之深，故爱之切”，因而愈发激起我对家乡的敬重和眷念。我坚信，家乡的明天会更好！

2019年9月3日于北京

聂震宁

系第十、十一、十二届全国政协委员，中国作家协会全国委员会名誉委员，中国出版集团公司原总裁，中国韬奋基金会理事长

序

一方水土　十方世界

石一宁

宜州在广西乃至全国都是一个出名的地方，因为它是传说中的歌仙刘三姐的故乡。刘三姐的故乡，也可以理解为一个有历史和文化底蕴之所在。比如，它秦时属桂林郡地，汉代置定周县，历史颇为悠远。又如，北宋与苏轼齐名的大文学家、书法家黄庭坚晚年贬谪地即宜州。黄庭坚在宜州开讲席，兴教化，并有诸多诗文创作，其《虞美人·宜州见梅作》云：“天涯也有江南信，梅破知春近。夜阑风细得香迟，不道晓来开遍，向南枝。玉台弄粉花应妒，飘到眉心住。平生个里愿杯深，去国十年老尽，少年心。”宜州今有黄庭坚纪念祠。宜州又为著名的彩调之乡，20世纪50年代，宜州的彩调《刘三姐》和《龙女与汉鹏》曾在中南海怀仁堂演出。

当代宜州也是人文兴盛之地，涌现了以聂震宁为代表的文学创作群体，在文坛饶有影响。为献礼新中国成立70周年，广西民族出版社要出版一套《1979–2019 广西宜州文学作品典藏》丛书（韦茂明主编），老朋友、宜州市文联原主席谢树强先生约我为丛书小说卷作序，并强调说宜州可是《民族文学》创作基地云云。确实，《民族文学》宜州创作基地已于2019年5月20日挂牌成立，因此，为本书作序，似乎是我义不容辞的责任了。

小说卷共收入27篇作品，作者14位：聂震宁、谢树强、宋安群、李果河、龙京才、温存超、韦淑红、聂震宇、周国勇、侯志锋、蓝明理、韦祖杰、韦望林、韦克友。宜州是多民族聚居地，宜州文学作家群亦为一个多民族团队，小说卷收入的作品，有的就是在《民族文学》发表的。因为有的作者是老朋友，故此书中的一些作品，以前曾经拜读。此次为了作序重读与首次阅读相关作品，是一个使我进一步了解当代宜州文学的同时，令我更深入地认识宜州这片土地、风俗与人的过程。

书中收入的聂震宁七篇作品，比较全面地表现了宜州的地域风貌、民族风情与当代历史进程。聂震宁并非少数民族，但7篇小说却有3篇是少数民族题材，这体现了作者对宜州多民族生活与文化的自觉而深刻的观察与体认、对少数民族同胞的尊重与诚爱。开篇《绣球里有一颗槟榔》发表于《广西文学》1981年第5期，并被《小说选刊》当年第7期转载。小说叙写达伦、勒龙、勒古三个壮族姑娘小伙的爱情故事。三人都是同村好友，勒龙、勒古都深爱着达伦，两人的人品都深得达伦姑娘认可，谁能成为自己的爱人？她长时间难以抉择。即使是想出了用绣球塞槟榔子让两人抓阄的办法，仍然情不自禁地在两只绣球里都塞进了槟榔子。但她没想到的是勒龙隐瞒自己拿到的绣球也有槟榔子，而让勒古“胜出”。而“抓中”的勒古却无欣喜若狂而是“垂头丧气，怔怔地看着自己绣球里的槟榔子，连连摇头：‘不行，不行……’”小说里的友情、爱情与人的品格，闪耀着纯朴和崇高的光辉。《云里雾里走马帮》中的壮族村子勒马寨，迎来了改革开放包产到户的日子。率先成为新生活弄潮儿重新拉起马帮的却是昔日的山主劳福田，而曾经的勒马寨革命领头人、村贫下中农协会主席哥代和翻身雇农劳伦，又像35年前一样成为劳福田的赶马伙计。然而35年毕竟是天翻地覆，劳福田已被斗掉山主的邪性与臭架子，而哥代则多了一些要学劳福田做生意的本事以带领村里穷乡亲们致富的心思……发表于1985年第3期《当代》杂志的这篇小说，作者对走共同富裕之路的前瞻性认识与表现令人惊异。《长乐》《从善》《有朋》《男婚》4篇属聂震宁的“长乐系列”小说。小说中的长乐城，或可看做作者故乡宜州城， 小说既倾注着作者对故乡的热爱，也贯穿着一种文化反思与批判精神，其犀利、幽默、热讽，颇似鲁迅笔法，但小说中又存着一份温厚，贯穿着一股暖流。“长乐是一座城。但他也像是一个人。”作品中既是拟人化亦可谓拟物化的长乐城，堪称聂震宁创造的一种别致的小说修辞和小说意象。《暗河》所叙主要为壮族村子勒达寨之人与事。女主人公蜜的丈夫打死一只母熊，抱回熊崽。在丈夫跌下岩壁死后，蜜与两岁的儿子和已长大的熊相依为命。熊如同一个保镖，替蜜阻挡心怀不轨的男人对她的骚扰，给她带来极大的安全感。但蜜与壮族小伙蓝登相识与相爱后，只好把熊送回森林中。然而，熊并不能理解这样的分离，在红水河对岸急切眺望，最后掉进红水河而死。小说还设置了勒达寨暗河这一神秘的自然景象，以此寓意、映衬壮族民间与大自然的亲密共处和蓬勃的生命力。

谢树强的作品，对宜州乡村生活的描写绘声绘色，惟妙惟肖，在《禾黄米熟》一篇中，鳏夫扁担叔和寡妇喜喜婶本是相爱的一对，但两人的结婚打算在计划经济年代竟被无理阻挠，直到改革开放新时期的到来，两人才如愿以偿终成连理。《嗬嗨叔》里的嗬嗨叔，是乡村彩调剧团的主要演员，十八岁时因唱彩调剧《王三打鸟》，与女主角假戏真唱结成夫妻。二十多年后，四十几岁的他与村里年轻姑娘翠玉搭档唱同一出戏，却陷入假戏真唱的幻觉，耽误了重病妻子的治疗，造成不可挽回的悲剧。《村俗》里的太平村，本是一个村风淳朴敦厚之所在，似乎人人温良可掬，然而人们发现村里的单身汉哑叔与丈夫瘫痪的水莲相好后，却愤怒无比，继而怀疑哑叔以扯痧为名占有过他们的女人，因而有人想毒死哑叔。备感人世凄凉的哑叔最终以酗酒自戕。相比《禾黄米熟》，《嗬嗨叔》和《村俗》突出了对人性之恶的批判。

宋安群的历史小说《瓦氏夫人》，对壮族明代爱国英雄瓦氏夫人的事迹有独到的研究和见解，刻画了瓦氏夫人智勇双全的形象，别有新意。李果河的《韦老黑翻身》叙写饱受极“左”路线猖獗之害的农民韦老黑在改革开放政策启动之际，即将迎来生活上的翻身的故事。《黑狼谷》描写护林员李黑龙的妻子阿秀面对丈夫的昔日同学、今日的香港毒贩，从受骗沉沦到觉醒直至殊死搏斗的故事，读来惊心动魄。龙京才的《水碓吱嘎咚》是一篇知青题材小说，来自柳州、出身不好的知青郭辉被安排到苗山上的牛蹄寨插队，得到村民坎坎大叔和蓓耶父女俩的照顾，郭辉与蓓耶相爱并教她识字读书，想把她带出大山。然而坎坎大叔的妻子当年是被山下来避难的一个男人“拐走”的，坎坎大叔对山外的人有一种警惕和仇视心理，强硬禁止女儿与郭辉相爱。在父亲与情郎之间，女儿选择了低头认命终生不出大山……小说令人极为唏嘘感慨。温存超的《灯火》，讲述在一个酒家当服务员的姑娘茶子纯真爱情梦想破碎的故事，笔调颇为内敛。侯志锋发表于《民族文学》2018 年第 8 期的《红本本》，立足于亲身经历，展现了主人公跌宕起伏的打工生涯。蓝明理的《乌龟村那点事》，则描绘了当下乡村的各色人物与事件，笔端蕴含着对乡村与农民的深沉关怀。

英国浪漫主义诗人威廉·布莱克有名句："一粒沙里见世界，一朵花里见天国；手掌里盛住无限，一刹那便是永劫。"由是观本书，大多作品表现的固然是宜州这方水土的民俗风情，是宜州的"地方性格"，也是关于当代中国历史性变迁和人性的描写和表现。聂震宁的"长乐系列"，亦可视为当代中国国民性的思考；《暗河》中的人与野兽的终究不能共处，这一故事的内涵是更深刻的人生哲学命题。谢树强的《嗬嗨叔》所揭示的"戏如人生"却又"戏非人生"，既要"入戏"也要"出戏"，亦为颠扑不破的为人处世真理。李果河、龙京才的作品所隐含的告别愚昧、走向文明的呼唤，传递的又何止是一方水土的焦虑。温存超的作品，暗喻着走向成长与成熟的代价与忧伤。侯志锋的作品，是改革开放时代生活的生动而复杂的画卷。蓝明理的作品，涉及当下乡村的留守老人、儿童、残障人士和农民工等相关的问题，也都是当下中国发展进程中的困扰与阵痛……本书收入的这些作品，是一方水土的呈现，也是十方世界的映照。

因篇幅所限，无法对本书所收入的作品一一置评，以上论议亦仅是皮毛。统而言之，宜州小说创作底蕴深厚，潜力可掘，有强烈的时代性，期待在新时代深深扎根人民生活，再开新局，另谱华章。

是为序。

2019 年 8 月 10 日于北京

石一宁

中国作家协会全委会委员，《民族文学》主编

目　　录

聂震宁

聂震宁

广西宜州人。著名出版家、作家，编审，博士研究生导师，获国务院特殊津贴专家。毕业于北京大学中文系，获英国爱丁堡龙比亚大学名誉文学博士学位。系第十、十一、十二届全国政协委员，第六、七、八届中国作家协会全国委员会委员，第三、四、五届广西作家协会副主席。曾任中国出版集团公司总裁，人民文学出版社社长兼总编辑，广西新闻出版局副局长，漓江出版社社长、总编辑，《金城》文学编辑部编辑，宜山县文化局干部，现任中国韬奋基金会理事长、中国出版协会副理事长、中国作协全国委员会名誉委员。出版有《天国之翼》《长乐》《暗河》《去温泉之路》《舍不得读完的书》《书林漫步》《广西作家丛书·聂震宁卷》等小说集和散文随笔集。获得过中国作协颁发的首届庄重文文学奖、广西区政府颁发的首届振兴广西文艺铜鼓奖以及中国出版协会颁发的韬奋出版奖等多项大奖。

绣球里有一颗槟榔
云里雾里走马帮
长　乐
从　善
有　朋
男　婚
暗　河

绣球里有一颗槟榔

在情窦初开的壮族姑娘的壮锦荷包里，常常珍藏着一个美丽的绣球。它是姑娘准备赠给心上人的定情信物。美丽的绣球上，有五彩丝线绣成的花朵，缀着柔软轻扬的绸布穗子，寄托着姑娘对爱情美好的向往。绣球里包着雪白的木棉和黄灿灿的五谷，包容着姑娘对爱情果实的真诚而朴实的祝愿。姑娘的绣球啊，是姑娘的心！

达伦姑娘二十三岁了，可她的绣球却迟迟未曾抛出去。木棉花开了一春又一春，壮家的歌圩开了一回又一回，一个又一个的壮家后生像蜜蜂飞满山坡上，难道姑娘竟然没寻到一个可心的？难道姑娘也是一朵纸扎的花，想插在城市的金花瓶里？难道她长得丑？不，都不是。达伦姑娘很漂亮，四乡八垌的后生都说她是壮山上一朵托着露珠的金花茶，是河边风韵多姿的绿竹。她的心肠呢？众人又都说她生性善良，会疼人，就像一眼清泉，只流出不流进，清爽爽的，甜丝丝的。哑巴见了都想喊个好！那么，如此闪光发亮的姑娘，在爱情上又有哪样为难之处呢？

达伦姑娘一直爱慕着两个壮家后生。那两个后生呢，也都爱慕着达伦姑娘。他们就是同村的勒龙和勒古。恰好这两人又是同年老庚。达伦虽然比他们小两岁，但自小就爱跟他们在一起玩耍。春天，他们一起到坡上挖竹笋；夏天，有时去小沟里戽鱼，有时去田垌里捡谷穗；秋天，捡糖稔果，摘山糖梨，有时也去绿竹丛中偷听人家唱山歌；冬天，他们常常围在达伦家的火塘边，小手搭在达伦她阿公的膝盖上，听他讲始祖布洛陀的故事。有一次，达伦的阿妈笑着同勒龙打趣道："勒龙，你爱来我家木楼，索性住过来，给我做崽吧。"不料一旁的勒古觉得被冷落了，赌起气来，哭着跑走了，接连三天不上她家木楼。后来，还是达伦哭着要阿妈亲自去把勒古请来，才算平息了这场小小的风波。

无论在村里，在大队小学，或是在公社高中，勒龙和勒古都始终以达伦的保护者的姿态出现，他俩的四只小铁拳使得那些淘气的男娃崽不敢欺负达伦。平素间，达伦不见了，阿妈到处找。若有人说，跟勒龙和勒古玩去了，阿妈也就放心了。

有一年度荒，他们三个偷偷进深山挖山薯。回来时，天黑迷了路。深山里的冬夜，野兽吼叫，山鸟悲啼，风嘶树摇，交响着莫名其妙的怪声，叫人听了毛骨悚然。达伦害怕得哭起来。两个小阿哥虽然心里也寒战战的，但还是壮着胆子哄逗她，烧起篝火煨山薯。第一个山薯煨熟了，立刻叫达伦吃。达伦吃着山薯，不哭了，直吃得鼻尖冒出细碎的汗珠，嚷着"饱了"，他俩才肯动嘴。等达伦躺在火边睡着后，他俩才商量轮流放哨添火。可是，谁都不甘示弱先睡，而且也不好意思挨着达伦睡，结果索性都不睡。尽管睡意不断袭来，两只小脑袋一上一下地点得像鸡啄米，可还是挣扎着守到天亮。

村里的老人们既为这三个娃崽真挚亲密的友谊所感动，又为他们难舍难分的感情担心，都感叹道："世上只有并蒂莲、比翼鸟。

这三只黄嘴雀，日后哪样发落？”他们听了，觉得新奇。并蒂莲、比翼鸟是什么？发落又是怎么回事？达伦心眼细巧，晚上在被窝里缠着阿妈追问。阿妈佯嗔地用手指戳了她一下额头，骂道：“癫妹崽，没晓得丑！”

“唔！阿妈讲嘛！”达伦扑在阿妈的胸脯上撒娇。

阿妈无可奈何了，笑道：“并蒂莲、比翼鸟就是比方姑娘后生结婚呗！”

达伦急忙用手掌捂住脸，连连嚷道：“不许讲，不许讲！丑死了！”接着又伸手搂住阿妈的脖子，凑着她的耳朵，神秘地轻轻说道：“阿妈，我不结婚，结婚只许同一个阿哥在一起，我们三个人永世不分开！”

青黄的竹壳再硬，也裹不住竹笋拔节长高；嫩红的木棉花骨朵再紧，终究挡不住花瓣怒放；天真无邪的童年友情如何抵得住如火如荼的青春爱情的冲动，爱情悄悄来到了姑娘后生的心间。然而，它是甜蜜的，又是令人苦恼的。

共蔸树上的两朵花，模样还有不同，难道两个后生在姑娘的心上就没有个轻重之差？哪样说才好呢？姑娘没曾这么冷静地顺理想过。只是她好像更喜欢同那身材匀称、精明能干的勒古在一起就是了。

姑娘冬天要学纺线织壮锦了。勒古会整织梳，自然时常要请他来。而勒古总喜欢邀来勒龙陪在一旁，有意无意地请他帮手。

姑娘春头秋尾要学唱山歌了。勒古也有一副画眉鸟一样圆润清亮的金嗓子，众人都要他同达伦对唱。勒龙被勒古硬拉着陪在一旁。他听不出味道，就不停地递过葫芦水壶，叫勒古喝水润嗓。

姑娘想跳壮家的舞蹈了。县文化馆的同志来村组织年轻人跳壮家的扁担舞，非要达伦同勒古配对不可，说是人才相貌高矮都匹配。勒古忸怩了好久，无奈又是团支部分配他负责文娱，只得跳了。跳得冒汗了，脱下衣服，勒龙立刻替他捧着。

难道勒龙就比不上勒古好吗？谁也没有这么说。腰圆膀粗，一脸老成相的勒龙，他喜欢闷声不响地过日子，闷声不响地砍柴烧炭，闷声不响地挑炭送给达伦家，闷声不响地帮达伦家舂泥墙围菜园。达伦对他比对勒古更和气，好像生怕他受到一点点委屈似的。可是，姑娘总还是觉得同勒古在一起有话可谈，可以获得壮家姑娘通常所追求的情趣。

这样说来，是勒古获得了姑娘的爱情啦？好像是。为哪样说“好像是”呢？因为他们三个人都没有这样想过，那只是旁人的猜测罢了。

这年的三月三歌节，达伦的绣球还是没抛出去。阿妈急得再也忍不住了。晚上，她伴着达伦坐在木楼窗前，望望天上的星星，看看女儿的亮眼睛，叹了一口气，劝说道：“一个金梭只引得一根金线，一蔸芭蕉只容得一条心，你的绣球也只有一个……”

“我绣了两个绣球！”姑娘害羞地埋下头。

“天师！雷公劈的啵！”阿妈惊慌地叫起来，“若是你两个绣球抛出去，四乡八垌笑你一世人！”

“我不抛！”姑娘嘟着嘴道。

“不抛，你绣来做哪样？”

“……”

“众人都讲你中意勒古，是实话？”

“我没想过……都中意！”两只手掌猛地捂住发烫的脸。

“一个金鞍只配得一匹好马。若是他们打斗起来哪样办？若是村上人数落你石榴结子——多心哪样办？”阿妈指出了事情的严重性，索性下了“命令”：“你不要害人家，也不要害自己，今年中秋歌节，你给我定下来。”

两个好阿哥哟，像一对亮眼睛，达伦能狠心丢下哪一个呢？她难过得捂着脸，嘤嘤地哭起来了。

达伦不得不开始留心如何两个当中选一个了。

人说达伦的心肠像一眼清泉，这并不假。姑娘的心地确实太善了。平心而论，她似乎更爱勒古一些。也正因为这样，她就更怕自己对勒龙不公道。在选择时，她有意避开那些勒古擅长的事情，而去找另一些很难看出两人差异的事来衡量。

芒种刚过，美丽的山鸡，雄飞雌从，穿山绕林。队里收了秧盆。男人们便扛起猎枪游山打山鸡。这一天，达伦要跟勒龙和勒古去打猎。两个阿哥哪里知道，姑娘已经暗暗决定，谁先打下美丽的长尾山鸡，她就跟他……啊，她一想到这事情，就心跳得慌，头也有些晕。

当山上响起山鸡吱咕咕的叫声，达伦的心也吱咕咕地跳了；当两个阿哥冲过去搜寻时，她的双脚一阵阵发软了；当他们在一株红豆树下看到两只长尾稚山鸡为一只雌山鸡而打斗时，她的脸唰地红了。一只山鸡发现猎人来了，即刻扑翅飞起来。两杆猎枪端起来了。达伦的呼吸似乎也停止了。她害怕听到枪响，可是枪还是响了。一只长尾山鸡扑的一声落在草丛中。啊，是勒古打的，是他！姑娘欢喜得脸颊上腾起两朵红云。这时，勒龙的枪也响了。已经飞上半空中的另一只长尾山鸡也打了个横，摔下来了。

“算谁呢？”姑娘为难了，“勒古先打中，可是勒龙打的是飞鸟，不是更难打吗。一个快，一个好，都是莫弋大王一样的神射手！唉，这回不算吧！”

后来，达伦又想出了第二个选择的办法。

村西头有一个瞎眼阿婆。十多年前，她唯一的儿子死在县城里。阿婆哭瞎了眼睛。达伦和一些姑娘常来照料她。这年春天，阿婆风瘫在床，大队卫生员说要用千金草治。可是，那药不易采到，深山里的原始森林才有。勒龙和勒古听达伦说了，立即答应去采。因为保不准哪座山头有，他们便分头去找。达伦送他们到村头。她想：谁先采回来，就跟他。

刚过了晌午，姑娘就坐立不安了。一阵子怕他们迷了路，一阵子怕他们摔伤，一阵子怕他们遇上大马熊，一阵子又怪自己没跟去。想着想着，难过得哭起来，就跑到村头榕树脚守望。落霞在西山头上烧得火红，烧得达伦的心也如焦似焚了。这时，落霞里走来了勒古。他一身汗水湿透了衣衫，采回了一小把千金草。达伦高兴得飞跑上去，头巾飘落在地也顾不得去拾。啊，是他！姑娘忘情地拉住了他的手。就在这时，勒龙却从另一条路上回来了。他的衣服划破了，脸上划出了血痕，采回的千金草却比勒古的多。达伦和勒古笑着跑上去迎接他。然而，当平静下来后，姑娘又犯难了。“算谁呢？勒古先回来，勒龙采得多。都是壮山上的好岩鹰！唉，以后再讲吧！”

同村的姑娘来劝她了：“百灵配画眉，文龙配肖尼①，自古如此，你同勒古情投意合，好就是了！”达伦噙着泪摇头道：“不，勒龙会伤心的！”

又有姑娘劝她：“勒龙家穷，还是勒古好。一家的强劳力，副业好发达，嫁过去包你享福！”达伦说：“我不是同钱财结婚！”

这些日子，达伦为爱情问题陷入了深深的苦恼。有时她还真怨恨人世间有结婚这桩事情。人，如果永远是童年，像溪水，像山雀，像红花绿草，无忧无虑，无拘无束，自由自在，该多么爽神！

这些天来，不光是达伦在为爱情苦恼，勒龙也在遭受着爱情的折磨。他爱达伦，爱得像潭水一样深沉，像藤萝一样坚韧。然而，当阿爸板着面孔告诉他“人家说你是一只不知趣的萤火虫”时，他才如梦初醒。原来，人们都在议论，说那修理织梳，唱山歌，跳舞，甚至那一瞥一看，都是情意的表示，而勒龙是在人家情人眼前飞来飞去的萤火虫。阿爸气愤地要他即刻刹住，不能再去拈花惹草，损人害己了。勒龙激动了，惶惑了。他也隐约记起当勒古打下长尾山鸡时，达伦眼眸里闪耀出的喜悦的火花，想起在大榕树下他们两人是那样亲热地手拉着手……他浑身冒汗了，心烦意乱了。一阵子怪他们不明说，明说了他是忍得住的；一阵子又怪自己懵懂，如今碍了他们的好事，自己又落得个萤火虫的名声；一阵子又想到从此不能再跟达伦在一起了，心里觉得酸酸的……他这样翻来覆去地思忖了好久，虽然割舍感情是痛苦的，但渐渐也想得开了。从此，他时

①文龙和肖尼是壮族民间故事里一对坚贞的情侣。

常故意疏远达伦。即便是赶圩，他也推说活路紧，不跟他们去。一开始,达伦和勒古看起来都很难过,不过,久而久之,好像也就平常了。

虽然达伦和勒古的事还没有定下来，但故事写到这里，好像也就该煞尾了。然而，偏偏又节外生枝。

这里离边境很近，还有以前埋下的地雷。一天，社员们到靠近边界的山地做活路，一头牛牯脱缰跑上了山。勒龙去捉，不料快牵住牛绳的时候，牛踩中了地雷。牛被炸死了，勒龙也被炸伤。众人立刻把他送往边防军的医疗所抢救。

勒龙伤得很重，脸颊被弹片削去一大块，右脚前掌被炸断了。众人都替他心疼叹息，原先好好一个俊后生，忽然成了残疾，这一下难娶媳妇了。如今多少姑娘找对象，先挑钱财，再看相貌。这两样，勒龙一样没中。他母亲死得早，眼下阿爸年老多病，阿弟年岁又小，生活的光景在村里是数尾数的，人才上再落下个丑相，还有哪只鸟儿肯来落这根树枝呢?

他出院这天，阿爸和达伦、勒古都来接他。医生替他解了纱布。他下地试走几步，还好，只有一点儿跛。脸上怎么样呢?他问达伦要镜子照一照。达伦眼圈红了，支吾着说没带来。壮家姑娘谁不带一面小圆镜在身上，达伦拗不过，逼不得已把圆镜交给他。忽然，勒龙伤心地咆哮了一声，愤怒地把镜子摔得粉碎。他一手捂着脸上的伤疤，跌坐在床沿上。他心里在绝望地呼喊："这不是我，这不是我！这一下完了……"

这时，达伦哭着扑了上来，紧紧拉着他的手，用手摇着，说："龙，你放心，以后我跟你，我跟你！"

勒古搂着他的肩膀，诚恳地安慰道："龙，莫伤心！达伦会跟你的！"

看到他们三人这真挚的友情，忧虑的老阿爸泣不成声了。

勒龙感动地抓住勒古的手，流泪了。他慢慢地站了起来……

"为什么要勒古让给我?"勒龙回到家，冷静下来后，这问题一直在脑子里翻转。他记起不知是哪一本书上有这样一句话：“同情和怜悯不等于爱情。”那么，达伦不正是出于同情和怜悯才决心跟他的吗？说实在的，她同勒古才是情投意合，性格情趣都是那样地吻合。“可是跟我呢？达伦会过得自在吗？”想到这里，他痛苦地叹气了。

可达伦终归是下决心跟他了。姑娘往日里走路都爱唱歌，就因为晓得他不爱唱歌，这几天连歌也不哼了；姑娘往日里爱说爱笑，就因为晓得他爱沉默，这几天连话也懒得讲了。后生姑娘们跳扁担舞，她不肯去，陪着勒龙静静地坐在家里。勒古也常来，很轻松地同勒龙说笑。可越是这样，勒龙越烦恼。他看得出他们这是在安慰他，心里就像占了人家的宝贝东西一样惴惴不安。他对自己当初答应他们，感到非常懊悔。他试着不再想达伦，可姑娘对他越加亲热。有一天，达伦送来一双亲手纳的新布鞋给他，竟然握了他的手哩。他心跳了。姑娘那柔软温暖的小手，叫人摸了竟是那样舒服。他忽然间不想再放开它，用力握着。姑娘身上散发出来的淡淡的气味也竟是那样地好闻。他奇怪，从小不知拉过她多少次手，为哪样竟没曾有这样的感觉；从小就跟她在一起玩，为哪样就没曾闻得出她自有着一股香气。勒龙陶醉了，像喝了糯米陈酒，脸上火烫火烫的。

然而，当达伦不在身边时，他又陷入苦苦思索。他想到这是勒古让出来的幸福，而达伦却是把自己的画眉鸟一样的歌喉和锦鸡一样的舞姿，流着泪收藏起来了。他觉得对不起他们，害了他们，有时就悄声流泪。

他把勒古和达伦一起找来了，淡漠地说他不想跟达伦。勒古气得跳了起来：“不行，不行！这不是让。讲定了的！”

勒龙冷静地说道：“不，她原先想的就是你，你要逼我去抢夺爱情，抢不来的呀！”

“反正，”勒古倔强地叫道，“你若是不答应，那好，我们三个人一世打单身！”说着，咚咚咚地冲下木楼去。

达伦伏在桌上抽泣。勒龙沉重地喘了口粗气，嗓音低沉地说道：“达伦，你莫哭。把我的心掏出来，也是这句话，你应该同勒古好。你和勒古讲得拢，玩得配，性情也合，你分明早就想他了，如今转来找我，我晓得，是可怜我，同情我。可是，世上该同情的人多啦，怎么能叫爱情呢？更莫讲让了。花能移，树能挪，爱情却不能让的。该他的就是他的。你们要帮助我，照顾我，我都接受，我感谢……（他的眼圈红了）但是，木板钉钉一句话，我不能跟你！”

达伦止住了哭声，伏着头静静地想着勒龙这肺腑之言。

是的，每个人都有追求爱情的权力。有的人使用卑劣自私的手段来谋取，有的人为了本来就不属于自己的爱情或沉沦下去，或铤而走险。可是，这位壮山一样深沉的勒龙，他却希望，爱情的获得，应该像种瓜得瓜那样高尚，像瓜熟蒂落那样自然，像从清泉里掬起的一捧水那样洁净，像水乳交融那样无隙。

然而，要做到这一切，又多么不容易。眼下，这三个亲密无间的朋友又如何解决这道难题呢？

壮家中秋歌节。圆月像一盏巨大的明灯，把壮乡映得像个透明的水晶世界。山坡上，小树旁，河两岸，一群群后生和姑娘，打着花伞，提着壮锦荷包，对唱着情意绵绵的山歌。那歌声，像绿林里的溪水，时隐时现，飘忽悠远，闪着月的波光，潺潺地流淌在花的山谷里。

在这样的夜晚，达伦必须做出姑娘婚事的重大而神圣的抉择了。她叫两个阿哥各自带了一把牛角刀，来到村头榕树脚下。两个后生，在姑娘身边一左一右地坐着，垂着脑袋。与其说他们是来定情的，倒不如说是来受审的，那模样又可怜又可笑。本来达伦想强作镇定地劝说他们几句，现在也慌乱了，嗫嚅道：“人，不是长尾山鸡……”

“达伦！”勒龙忽然抬起头来，真诚地说道，“我们都懂，你放心。绣球只有一个，剪开了包不住爱情；人心只有一颗，分开了保不住生命。我也不跟你说多了，你把绣球给勒古吧。”

“不，给勒龙！”勒古舔了舔发干的嘴唇，颤抖着嗓子说道，“老人家传下来的山歌唱得好……”恰巧，这时从村外大草坪上飘飘悠悠地飞来一首山歌，是两个后生合唱的：

铜锣不打千年响，
明镜不照万年光；
成家不得友情在，
人人记哥好心肠。

勒古接着道：“就是这首歌。”

达伦正想说话，姑娘们的山歌也传来了：

高山架桥不用墩，
蜘蛛结网不留门；
心好不用自己讲，
生死关头见分明。

达伦咬了咬嘴唇，掠了掠额前的散发，细声细气地说道：“盐多了要苦，话多了不甜。龙哥，古哥，你们的眼睛比我的亮，你们的心肠比我的好，我不多讲了。今晚，我带来两个绣球，拔出你们的牛角刀来吧，一个拆一个。其中一个绣球里有一颗槟榔。谁得了它，我就……没得到的就永远是我们最亲最亲的——”说到这里，她的嗓子哽住了，朝勒龙投过去怨艾而又无可奈何的一瞥，“最亲的朋友。好吗！”

“不！”勒古喘着粗气说道，“我早就说过，勒龙跟你……”

勒龙微微一笑道：“我不愿呢？莫非你愿达伦转去跟别的人？唉，拿绣球吧，若是我撞了彩……”他不敢往下说了，黑黑的大眼里跳跃着一星火花。他拿起了一个绣球。

勒古想了想，这才接住另一个。

两人悄悄取出刀，就着月光，小心翼翼地挑开绣球的缝线。有点奇怪，勒龙的手很利索。而平时很利索的勒古，这时他的手却在微微颤抖。

达伦的两只手紧捂着脸，身子一阵阵地打着寒战。

这时，草坪那边又传来姑娘们清脆而又充满感情的歌声：

鹧鸪难舍路边啼，
荷花难舍塘中泥，
鲤鱼难舍滩头水，
蜜蜂难舍桂花枝。

后生家豪迈地回唱道：

舍了吧，
舍得油盐苦瓜甜，
鲤鱼舍得滩头水，
跃过龙门上青天！

勒龙干咳一声，再干咳一声，轻松地说道："我的没有！"

达伦慢慢抽开捂脸的双手，久久地凝视着勒龙。两人的目光触电似的碰击着，又赶紧避开。她重又捂住脸，颤着嗓子哀求道："你再想一想……"

"我看清了，"勒龙把绣球塞进了自己的衣袋，"看，勒古的槟榔子！"

泪水却从达伦捂脸的指缝里慢慢地溢了出来。

勒古垂头丧气，怔怔地看着自己绣球里的槟榔子，连连摇头："不行，不行……"

"说话算数！"勒龙威严地喝道，"哪个后生说话是没有根底的？"接着，他立刻热情地搂住勒古的肩膀，像忽然卸下了千斤重担一样轻松，很欢喜地说道：“古，快同达伦去把喜事告诉阿妈吧。也该商量日子啦！”转瞬间，他说话已经是兄长的口气了。

达伦和勒古都没动身，他们目不转睛地望着勒龙的脸庞。一层银粉似的月光在那上面勾画出一条朴实、坚毅而又柔美的曲线。谁说他脸上有了伤疤就变丑了呢，平常的镜子岂能映照得出他真实的容颜！反而，他们觉得他更美了。而达伦就更强烈地感觉到了这一点。

勒龙说队长约他今晚去讲些事，便头也不回地，一跛一跛地走了。达伦和勒古很难过很留恋地目送着他，直到那宽厚的身影融入迷蒙的月色里。

第二天，勒龙离开村子。队里照顾他，让他到公社卫生院去学习。

元旦，勒古和达伦举行婚礼。在众人的眼里，达伦的婚事，原来像丝线打结一样难解难分。谁知一眨眼睛解决得不显山不露水的，妥妥帖帖，让人又惊又喜。结婚这一天，吹木叶唱山歌的，拉马骨胡的，放炮仗的，挤满勒古家木楼前。可是始终没见勒龙来贺喜。勒古和达伦知道他昨夜从公社赶回来了，现在上哪里去了呢？他们着急地到处去寻找。

就在村后的大山脚下，勒龙刚刚用锄头刨开了一个小土坑。他从衣袋里掏出那只中秋夜得到的绣球，轻轻地掰开那拆了线的缝口。啊，他的绣球里也有一颗槟榔！他久久地凝视着那深红色的槟榔，直到勒古和达伦呼喊他的声音越来越近了，他才把那槟榔放进坑里，用土把它掩埋好。他想到开春槟榔就会发芽，这里将会长出一颗槟榔树来，不禁微微笑了。然后，他转身朝村里那欢腾的地方，一跛一跛地，很稳重地走去。

原载于 1981 年第 5 期《广西文学》

云里雾里走马帮

1

马帮是勒马寨的。马帮，十几匹马，几十匹马，结队成帮，驮着货，走在盘山小路上，走在芭蕉林、竹林间，走在云里雾里。

勒马寨处在云、桂、黔三省区交界的山旮旯里。县里来的公路，只能到八十里外的区上。寨里人出山，走的仍然是民国初年三省烟帮踩光了的石板小路。这勒马寨的路，小眉小眼，小里小气，像有点害羞，扭扭捏捏地从勒马山上扭下来，悄悄地钻进寨口。这样的寨子，日子自然难得热闹的。

一个与外面世界不通气的寨子，总要有蛮多古怪的故事。六十年代，这里大多数人家，采取三颗黄豆记一天工分的法子，年终同记分员对账。有一家人，盛黄豆的瓦罐钻进了老鼠，于是，有一个老鼠一样的记分员趁机吞了这一家人的不少血汗工分。这个故事，曾经发表在县四清工作团的简报上。一九五九年，勒马寨开天辟地头一回放电影，吓跑了蛮多老阿婆。她们喊："勒妨！勒妨！"勒妨是壮话，译成汉话，就是鬼。她们认为白布上的人影就是鬼影。第二回放电影，则是一九六四年，放映《上甘岭》。电影一映完，一帮娃崽立即冲到银幕下面，满地摸索，找子弹壳，找先前电影上从敌我双方机枪、冲锋枪上迸出来的子弹壳。子弹壳自然不曾找到，于是就骂："哄人的，哄人的！"发现了电影哄人这一秘密，全寨老小既恼火又兴奋过蛮多天……

三十五年过去！有了山寨小学。初中生有了若干。黄豆记分大体不用。电影的疑问另有提出。公社命令他们买手扶拖拉机，走农业机械化的康庄大道。他们也就老老实实买了一架手扶拖拉机，拆散了，抬进山来，犁几亩平地，主要却用于打米。然而，众人一致评定，机器打出来的米硬是不比石碓舂的好吃。

小路不通车，穿山过坳八十里，县里干部怕来，公社干部也怕来。"天不怕，地不怕，就怕勒马和肯坝！"这个县的干部流行这句话。肯坝寨同勒马寨只隔一架山，同为全县偏远之冠。干部们嫌这里没有白米吃，这倒是真的。没得水田，总是吃玉米。吃法也特别，把玉米粉煮成糊，叫作玉米洋。吃惯了的人说爽口，吃不惯的人多吃两餐就要呕。再有，山里缺水，一盆水用三回：洗菜、洗脸、煮猪潲。跑八十里山路，去过这样的日子，干部们能不怕？因此，上级的种种新政策，今冬全县传达，明春才到勒马。六年前，全县包产到户，都闹浮了，才传到这里。传达者竟然是山主劳福田。他爱赶圩，先得了风声。众人不信，劳福田乐得捷足先登，忙着跑山货，等到公社干部来传达了，劳福田已经有钱拉马帮了。

勒马寨三十五年前有过马帮，就是山主劳福田家的，后来挨分掉了。如今又兴起马帮，还是劳福田的。马帮头一轮出山，给他当伙计的，还是三十五年前的两个伙计，一个叫劳伦，一个叫哥代。哥代，三十五年前是出色的赶马人，三十五年来是山寨革命出名的领头人，三十五年后的今天，出奇地，又成了个赶马人。

今天，这三个年近六十的赶马老爹，又结伙走上了三十五年前的马帮路。

2

山岸山顶，天上地上，填满了雾。大庞庞的石山，黑密麻的树林，用厚树皮或者薄石板盖的木楼，木楼四处大大的芭蕉叶，小小的细竹叶，原本就被世界忘记得差不多了的勒马寨，这时候索性全都躲进雾里去。雾里有一声两声的鸡啼，一声两声的牛哞，一声两声的碓响，一声两声的吆喝。越有声响，越显得静寂。没有一丝风，雾才这么厚密，凝固了一样。勒马山一带的秋雾，同春雾一样，最浓，最湿，最黏，最难消散。

秋雾天，雾雨天，山路不宜走马帮！

赶马老手哥代，倒是十分庆幸有这样的浓雾。这时候，他不愿见到别人，更不愿见到她——寨子对面的勒马山脚，一堆黄土同一堆石块，埋着他的老婆，一个勾得起他一世心思的女人——他也不愿别人见到自己。秋雾，带来了寒气，贴着脸，脸皮发麻。不晓得这时自己的脸皮是白是红——白？那包稳是心里虚寒，人家这样说。红？那恐怕是怕丑，人家照旧会说。到底，还是雾好……

哥代曾经是寨子里的贫协（贫下中农协会）的主席，现今不搞贫协，好像还保着一个乡人民代表的牌子。总之，众人把他认定成寨子里的背龙骨（脊椎骨），凡事赖着这个近六十岁的哥代——哥代是壮话，是大哥的意思。大哥是寨子的自然领袖，众人的领头人——于是，当众人迫不得已要弯下腰，请劳福田的马帮运输新收的桐油果和八角子、板栗和芭蕉出山换钱时，他这条背龙骨就得先弯下来，他这个哥代就得顶头挨刀。他去同劳福田说。回答是一口热气喷脸：得！新马帮，头一轮货就帮众人，只收马料钱，只是，一个条件就顶了哥代的胸口，请哥代牵头马！

劳福田同哥代虽是同岁，解放那年都还是打得死金钱豹的二十四岁，但旧时他摆的是主人的架子，山道上赶马帮，当时就全靠哥代。这一回，明明白白是想借重哥代这把生毛老手，牵头马，驯马帮，诊治马病。这倒不打紧。打紧的是贫协主席的面子，哥代的架子，当年管制山主的威风，这一下不就全倒地了吗？不倒地也是弯腰。腰直惯了，弯得下来吗？若是弯不下来，芭蕉烂了，桐油果霉了，出不得山，众人觉得头疼；若是弯下来了，他老人家怕又要腰骨疼，众人又觉得心疼。这一来，几天里，众人撞了鬼一样，轻易不敢同哥代讲话，总拿一双双怯生生的眼睛看这头发花白的老人，如同民间故事里送一个美丽的姑娘给蛇妖糟蹋一样，众人的心思是又怜悯又悲哀，又无可奈何。

劳福田的要求提出来后，哥代没有作声。面子，架子，威风，他倒无所谓。打了几十年的顶板，尤其是为众人，为达妹，那个女人，哥代的老婆，当年勒马寨和肯坝寨闻名的刘三姐一样的姑娘，哥代同劳福田红过眼，咬牙切齿。哥代胜了，得了众人的拥戴，得了姑娘全部的爱恋。都讲这一世人要赢定了地，可眼下……哥代没有法子作声，有众人的利益在里头。他是闷了头离开劳福田家的。

事情耽误了三天，全寨人郁闷了三天。

前天，矮妈的二崽讨媳妇，全寨喝喜酒。劳福田缩在墙角落那一桌，大碗大碗地往肚里灌酒，灌得眼珠子死定定的，衣襟上湿了一大片，胡须上挂了许多酒珠子。忽然，他端起满满一碗酒，摇摇晃晃地挨到堂屋中央的酒桌边，对着哥代，叫了一声，立刻单腿跪下，双手举碗在头，哇哇地哭起来。

“哥代，你踢我一脚，踢我一脚！我癫了！我的眼珠子挨马尿淹了！我不该拉你老人家去赶马，害得你……我……众人……我家满崽骂我，要分家……你们莫疑我有哪样阶级想法，我是癫子！我不请你老人家就是了……你喝我这碗酒！”

满堂人都呆了，鸦雀无声。

哥代早已喝得两颧黑红，一双眼睛里像包着两团黑火，黑火一闪一闪。他不作声，没有接劳福田的酒碗，而是倏地站起来，怒喝道："你起来。起来！不起来，我当真踢你！"劳福田赶紧爬起来。哥代从桌上抓过一碗酒，直递到劳福田的嘴巴边，动作太猛，酒泼在自己的手上。劳福田先是一惊，即刻又醒悟，哥代是要同他喝交杯酒。交杯酒是壮家交心的表示。他欢喜得把嘴巴张得大大的，任哥代灌，渴极了一样，咕咚咕咚大口喝下去，直喝得碗盖脸。然后，慌忙回敬哥代。众人不出声气地看着他们，有点欢喜，有点紧张。

"劳福田，你莫慌！"哥代把嘴边的酒碗一推，喊道。一口浓痰在他喉管里滚动，咻咻地响。"你有哪样好慌的！"哥代把一只黑黝黝的瘦骨嶙峋的大手舞起来。"社员同志们！"——贫协主席的口气还在。"海外同胞们！"喝醉了！"不可否认！"——这是哥代最顺口的一个常用词。不晓得是几时，他从山外开会回来，就学得了"不可否认"这个词。他觉得这个词很能证明自己所说的话是一个干部的口气，大凡讲正经话，一张口它就溜出来。"不可否认！但愿众人的货卖得出去，有酒喝，有肉吃，我去赶马帮！不可否认！劳福田，你莫以为我怕，就是赶虎帮、豹子帮、山猪帮，不可否认，敢去！"——酒醉心明白！"下定决心，不怕牺牲……"哥代唱起了歌。没唱完，哇的一声，呕吐了，劳福田早已跌坐在地，乜斜着眼睛，笑得嘎嘎响，像猴子笑崽一样。

众人没有像往昔欢呼别人酒醉那样，发出壮族山寨最开心的喊叫。虽然脸上挂笑，但是，笑得小心。

"马屎！嘻嘻，马屎！"哥代指着劳福田，脱口叫出当年他和伙计们给山主起的外号。马屎外面光，里头包老糠，是骂他的为人。

劳福田眼睛一亮，放了胆，也伸出手，指着哥代喊：

"马脸！哈哈，马脸！"

哥代这外号也是伙计们起的。他的脸长。

"马屎！"

“马脸！”

他们借了酒疯，呼唤旧时的外号，呼唤起一点莫名其妙的亲热。

“爽神爽神！”当年的另一个老伙计劳伦，舞起一双筷子，囔囔着鼻子，在那边喊起来，“还是我们三人共帮，爽神！夹鸟走世界啰！”他争着要帮劳福田赶马。他穷，穷得嘴边鼻涕都想舔，狗屎不臭都想吃。一脸的泡泡肉，又黄又黑，是虚胖。

…………

马帮终于上路了。众人没有来看马帮出寨，不晓得为哪样，约好了似的，都没有来。哥代心里有点凄凉。那个刘三姐一样的女人，给他生下的又都是刘三姐，都嫁到别寨去了，这时候不会有哪个来送他。在铺天盖地的大雾里，他觉得自己无依无靠，孤零零的，缩小了蛮多——他有过高大粗壮的年月，至今仍可算得上是寨里最壮实的老人。今天，恐怕还是头一回感觉到自己瘦小。而那原本就瘦瘦小小的劳福田，高声高气地吆喝马匹和自家的满崽，透出来一股高大充实的气派。劳伦呢，倒是爽神，一面装驮，一面用衣袖揉自己的眼睛，眼睛时常有眼屎，一世人不曾睡醒过。他管你高大还是瘦小哩。眼下，哥代连一个能交流心思的人——譬如，并排坐着抽一支牛舌烟，用徐徐缓缓的烟雾，用融洽和谐的气氛进行感情交流的老兄弟都没有。心里的郁闷和烦恼，越发加重了。

就这样，雾里响起了急促的铜铃声。

3

雾里响起急促的铜铃声。

铜铃，齐齐整整十五对铜铃，劳福田藏了三十几年，还这么亮，这么脆响。土改分马，就忘了连这铜铃配在马颈脖上分去。忘记了！缘故全在那一场分马的斗争，哥代想。那一场又惊险又长威风的分马斗争，哥代想起来了。

怪得很！那天也落了恁大的雾。头夜晚，工作组告诉他，明天分马。他欢喜得打起火把，翻山去到肯坝寨。一声呼哨把达妹召到大榕树脚，搂紧那肉颤颤的身子，把一口热气喷在她脸上。“今夜同我了，今夜给我了！”达妹的妈却巴望姑娘嫁给来送过聘礼的劳福田。达妹妈顶着哥代的脸面。“莫想空手捉鱼，白手捉鸟！有本事，牵马来接！”这一回，哥代就要牵马来接了。那夜晚，达妹就在大榕树脚的青石板上，把积了两年的温情和一个黄花闺女的全部好处，给了他……半夜落了雾，他摸回勒马寨，哪里还睡得着！索性就在木楼口，望天，看雾。雾色由灰黑转灰白，后来又成纯白。劳伦来找他，同他说：“我要那匹头马。”他鼓起眼睛。劳伦又改口：“头马给你，我要那匹四蹄雪。”就在那当口，雾里传来马叫声，是头马叫！为哪样从勒马山脚传来？他心里打了愣——那时好灵醒！他同劳伦即刻去到劳福田家的马圈看，马都不见了。他叫劳伦去报告工作组。紧接着他冲上劳福田家的木楼，擂开门，把正在床上假装睡觉的劳福田一把拽起来——那时好猛！同他要马。他俩都红了眼珠子，定定地对看。不服软！

很明白，劳福田趁着雾天，把马放跑了。这些马，有的可能会顺路跑到远处去，有的可能会在雾中跌下悬崖。山主不服气把一个完整的马帮拱手交给穷苦人。众人都来了，要去找马，要斗劳福田。哥代说，大声地说：“一个对一个，不用众人；他一个人放跑马，我一个人来收马！”一声呼哨，山回音；两声呼哨，天回音；三声呼哨，马答应。十五匹马，一匹不少，跟着哨音聚拢来，当即分田分马——十五匹马！鬼怪！如今劳福田的马帮还是十五匹。是人还在心不死？是向贫下中农示威？不可否认！还有，劳福田放跑马，怕马铃响，摘了铜铃，这才藏得起来。不可否认！今天，又挂回他的马颈脖上了。

铃声在雾里响。铃声硬是轻浪。铃声帮劳福田广播着身份与声势。一座井场尽是铃声，哥代几次疑心听到劳福田咭咭的笑声，心火腾的一下燃起来，接着几次又弄清楚只是铃声在笑。铃声响是故意撵着他来，顶着他的背。想象中，一只只圆鼓鼓的铜铃，像一只只瞪大了的眼睛，盯他的背，盯得他浑身发困。

胆子硬是越来越小。往昔，胆小？只有嫌人家胆小。哪个不夸哥代是水缸做的胆，大！听了这种夸奖，真觉得自己放大了蛮多。铜铃声，铜铃一样的眼睛，算是哪样？头一回斗争劳福田，头一回在正经场合大声讲话，起初还有点胆寒，怕望众人的眼睛。可是，硬起心，望下去，望见众人的眼睛，亮晶晶，都是蛮敬慕的意思。而达妹的眼睛，硬像伸出一把钩子，直来勾他的脸。即刻，他觉得自己的身架子高得很哩，自己的眼睛必是同达妹的一样亮哩。从那以后，他大凡在会上讲话，不时总爱望达妹的眼睛，望众人的眼睛。然而，想起来心酸！这些眼睛（包括达妹的眼睛），一年比一年暗淡，接着又是发蒙，起雾。夜晚开会，他要不停地拍几下巴掌，喊："莫睡觉啵！"达妹不来开会了。蛮多人也不来开会了。这个哥代硬是越做越没神气！不可否认！不可否认！

不可否认！这几年，众人渐渐爱同劳福田扯淡。而且，那些眼睛也蛮亮哩。他不能凑近前去，到底自己不同众人，不便同他们一样，只能闷头蹲在一边，仄起耳朵听。劳福田念的是发财经，金城江缺哪样货，百色积哪样货，买几多，卖几多，捞几多，这样那样，等等等等。他听了，既有点莫名其妙，又有点难受。自然，这种话，乡里县上都鼓励讲，自己是"不可否认"的。

他是壮人，讲汉话难，用汉话讲政治理论更难。起初，觉得太麻烦了。种田人就会正经种田，讲这点不清不楚的话又打不得粮食。为此，哥代闹过不少笑话。

那回韦宣委领了中央的两个同志来。哥代晓得韦宣委最挑剔他讲话，所以倍加小心。夜晚开社员大会，他郑重其事地同众人介绍："韦宣委来啦！宣委领得中央同志来。这位是李——"李什么呢？韦宣委往昔多次训导他，要尊重上级，有职务为哪样不叫？公社干部总是蓝民政、莫农机地叫，中央同志能乱喊同志吗？哥代灵机一动，对了，都叫中央中央，中央叫起来几爽神！他连忙说："这位是李中央！"那位李同志屁股烫火一样地跳起来，连连摇手："不不不！"哥代只当人家谦逊，微笑了，点头了，又指另一位："这一位是……"那边即刻站起来："我是中央一般干部，一般干部！"哥代点点头："那么这一位就是王一般啦！"韦宣委急黑了脸。那两位同志还是连连摇手："哎呀呀，不要这样，不要这样！"哥代报之以会心的笑容，安慰道："不可否认的，不要虚伪啦！"他总是把谦虚说成虚伪。当场把韦宣委气得暗暗骂娘，只好撇开哥代，由他亲自主持会议。

哥代为此当年就被撤了职，直到第二年才复职——还是得找哥代。勒马寨只有一人能当哥代。

哥代总是这样忙来忙去。他听从韦宣委的训导，为了政权牢固，把蛮多气力花费在学新鲜话上头。哥代新鲜话没学成，劳福田的钱却捞成了。

自然，开初几年，劳福田见了哥代他们就咬牙切齿。睡梦里他都想着原先的家当，想着想着就要心疼得醒过来。他家原先也是穷得冷火秋烟的，到了他老子，穷急了，跑云南贩烟，赚了三匹马驮，又打转回山里贩盐，就靠了贩盐，买了山，买了马帮。老子累死了，劳福田才成了十九岁的后生山主。新中国成立后，他不服气，想翻天，火烧芭蕉心不死，一点也不假。若不是哥代领了众人管制他，怕也早就上山为匪来报仇了。可是，十年二十年过去，晓得那过去的日子，如急水滩头放鸭崽，倒转过来无望，心也就死了。死了翻天的歹心，就活了登天的野心，从此把心思放在盘自留地上，放在捉蛤蚧采冬菇上，放在赶圩搞转手买卖上。为此，挨斗过，挨罚过，挨游寨过。然而，到底针挑土一样积了钱，如今又脸上光鲜起来。

不可否认！人家符合时宜——正巧给他碰对了时宜。鬼怪！哥代想，唉！既然桐子花都开了，还怕翻西北风？既然出门打转回到家了，还怕姐姐鸟（一种不吉祥的鸟）叫？既然人家连马帮都拉起来了，还不准人家给马挂铜铃？罢了，罢了！耳朵疼，心口疼，也活该听。有本事，为哪样不为众人拉起一队马帮来？活该听——哥代仄起耳朵，麻起头皮，硬起心，听那脆响的铜铃声……

浓雾，蒙得哥代脑壳发晕。他恨不得大口大口地呼吸一下新鲜空气。他巴望来一阵大风。他巴望雾快些散尽。雾蒙得脑壳发晕……

4

雾蒙得脑壳发晕。

渐渐地，雾有了隐隐约约的淡青色。雾薄了些，雾中人的精神，也应当爽了一些。雾的淡青色，是山色映上的。马帮已经走过寨前的嵲场，走过勒马山前的坡地——达妹的坟，到底过去了。到底没见着她。雾大，到底没挨她见着。那年分得马，去接亲，扶起她的腰上马。她细声说："你硬是有本事，我才同你。"唉，有本事的哥代，赶马的老手，分马帮的英雄，又打转来帮人家赶马帮，帮那个当初达妹死活不愿嫁的劳福田。到底没见着她。雾大，到底没挨她见着。

脚踢着一块石头，哥代赶紧提起精神来。要上山路了。山上的画眉时不时哼几声，咻咻地哼，像一个病妇的呻吟。斑鸠时不时叫几声，嘶哑地叫，像一个娃崽哭哑了嗓子，一下像在远处，一下又像在头顶。听鸟叫，怕是要下雨。高寒山区，秋雾就成秋雨。秋雨难停。新马帮驮货，秋雨路滑，要过勒马山，要命了。哥代有点后悔，起初不该顶着闷气喊上路。忽然，一个"姑娘"叽叽喳喳地惊叫着，十分生猛地扑过哥代的头顶——是姐姐鸟！壮家最忌讳出门遇着姐姐鸟。哥代心里一惊，一大团寒气塞进胸口。他慌忙在心里默念三声咒，紧接着大声喊道：

"虎吃的，发瘟的，走啊！"这既是驱邪又是驯马。"虎吃的，发瘟的，走啰！"他猛拽了一下头马的缰绳。头马被扯了一下，出了点力，但照旧不紧不慢，不曾兴奋起来，没有做出头马应有的模样。哥代就不停地吆喝。

“哥代，你老人家歇口气，”劳福田从后头赶上来，有点卖乖地说，“给满崽来喊，你老人家一边看着就得了。”

满崽已经垂手立在哥代身边。劳福田把哥代请来，尤其巴望他能教自己的满崽。他想得远，哥代想。他想把这马帮搞得更蕻，哥代想。满崽是寨子里最闷头闷脑的后生，总是惨惨地笑，讷讷地说话，同他爹一样，长得青皮寡瘦。在后生堆里，畏畏缩缩。他的两个哥早已离世。而他，顶了个背时成分，今年二十八，还是一根鸟不站（一种小灌木），光棍一条。哥代有点可怜他，往昔就骂他：“满崽，你一天慌哪样！你爹是你爹，你是你！你是好教育青年。”谁知，听了这话满崽的脸色愈加发青，像有内伤。

哥代把头马的缰绳交给满崽。“虎吃的，发瘟的，走！”满崽吆喝道。哥代着实吓了一跳，犹如半夜在山道上猛然听到一个怪物的大叫。不曾想到，这个闷头崽的嗓音这么响亮，这么虎虎有生气。“虎吃的，发瘟的，走！”吆喝声激起大山的一阵阵回响。

“要得。”哥代鼓励道。听了这吆喝声，他觉得蛮爽神。“你有力气，明年包你讨得个黄花闺女！”满崽龇出一口白牙笑了笑。“要时常喊，把马喊熟了，喊一回，拽一回缰绳。到平路，千祈莫乱喊。要给马晓得你的意思。头马第一要紧。拽绳，要有轻有重。要重时，从下往上提，莫往下压马头……”

满崽很感动，嗯哪嗯哪地答应着。

哥代总愿帮助人家，尤其愿帮软弱的人。同时，众人受劳福田家的盘剥，他没少同劳福田咬牙切齿。新中国成立后，哥代腰硬胆壮，就更热心为众人办事。是的，没得人敢欺压众人了——至于有时来个把干部说话霸蛮，那不算欺压，是工作方法不大爽神；逼着去炸石头造梯田，上水利，修与寨子离得天远地远的公路——欺压人的是贫穷。总是穷，穷得人伤心，穷得人变懒。出工计时，蛮多人（尤其是劳伦）做工时就不停地看天色，不出活。年年吃返销粮，年年派人到大队领救济棉衣、救济款。怪哪个？怪山主害的？劳伦兄弟最苦，穿裤屁股时常露一块白肉。回回救济他，回回评工分也没亏待他，可他总还是穷，哥代都不忍看他那张虚浮发黄的脸了。

“走啊，虎吃的，豹子吃的，山猪吃的！”劳伦在马帮尾上喊。他乱喊。他开心爽神哩。

劳伦一世人好像都摆脱不了那一身破烂衣服。碰到上级救济，他一件棉衣，不出半个月的光鲜，就不成样了。有一回哥代同他到公社中学忆苦思甜，他就老实说：“旧社会苦哩，时常穿这种烂衣裳。”他指了指身上穿的一件四处开花的烂棉衣，竟感动得下面的一帮女学生又是擤鼻涕又是抹眼泪，稀里哗啦哭开了。

劳伦贪酒。没得粮食熬酒，没得钱买酒，他馋极了，就走几十里路去赶圩。到圩场，他就尽钻酒行。壮家卖酒，兴放一只小酒杯在酒坛边，让买主尝，尝好了再买。劳伦就提了一只空酒罐，去尝人家的酒。酒行一排几十摊，他挨摊尝过去。尝了人家的酒，若凡旁边有别个要买，他就啧啧嘴，装作回味极甘的样子，同那人说：“爽得很，爽！买这坛。”他却不买。为了一小杯酒，报答卖酒人一个活广告，就很心安理得地走开去。若凡旁边无人呢，他就一面说爽得很，一面说打转再来，走开去，也不管人家卖主的眼珠子鼓起来。这样，一条酒行走过，十把杯酒下肚，等于赴了一次长街酒宴。有了微醺的酒意，心满意足地提了空酒罐回寨。路上遇到熟人，只说：“老庚请我吃狗肉，狠命灌我，害得我差点醉，山猴子！”久而久之，有一个卖酒人，留神到这个专来搏抵（占小便宜）的人，准备了一杯马尿，见他来了，请他尝，直把他呛了个神魂颠倒，鬼出龙州，暗暗叫苦。

哥代替这个穷兄弟脸红，替他伤心、气愤，而又无可奈何。他自认为拥有的，是到大队公社开会的荣光，是讲点官话的气派，召集社员大会的威风，再有一点，就是同队长、会计制订救济方案的权力。救济冲顶也只能给劳伦头等，又不能多给，穷的又不止他一家。分自留地，劳伦家的地同劳福田的地紧挨着。量地时，会计故意把劳福田的地啃下一些归到劳伦份上。哥代在一边见了，蛮欢喜。可是，到头来，劳伦一片地尽种玉米，而劳福田不光种玉米，还套种黄豆、花生，末了还种起山田七这些药材来。众人眼鼓鼓看着他捞钱。后来全靠韦宣委把脸一横，借故把劳福田斗了，才算没给他把钱捞够。劳伦为此蛮欢喜，一脸的泡泡肉挤小了眼睛。哥代觉得这样倒心安，反正是不能让他山主转富起来。“我就靠你了，哥代！”劳伦时常袖起手，囔囔着鼻子，干笑着说。

这几年，包产到户，各人种各人的田。劳伦没得依赖，地也种得好了，不吃返销粮了。可是，钱总是缺。三个崽（七个崽活下来三个）还嫩，帮不得手，只晓得张起黄口嚼谷。劳伦急了，看准劳福田的马帮，打抢要去搭伙。十五匹马，加上四个人，拢共算十九个劳力，挣得钱，就按十九份分，买马的本钱和草料钱就算在这工钱里。劳伦欢喜得摇头摆脑。旧社会，赶几天马帮，量给你几筒米，家都养不起。比起来，天上地下。“到底是改造过来了，不敢剥削啰！”劳伦这样同哥代说。哥代不吱声。买马的本钱是高，可是，跑上半年就全还了本，而草料钱则微乎其微，这样一来，帮主还是赚大头。哥代这点脑筋还是有的，但他不愿说出来，说出来有什么用。有本事说出来，还不如有本事去拉一队马帮；没本事，趁早闭嘴！

讲本事，哥代又不服了。土改那时节，马分到各家，阴消阳散，那就不说了。后来总强调正经种田，不许弃农经商，养马帮做哪样？大石山，岸场地，带子地，帽子盖下是块地，收的玉米，几背篓就清楚，马帮实在无用。早晓得这样开放，十年前二十年前就拉马帮，运山货进洋货，劳伦今天也就不用去求劳福田了。

“走啊。虎吃的，豹子吃的，山猪吃的！”劳伦一径在喊。今早在劳福田家喝了几碗酒，想必很神气。他骂马，像骂一个娃崽一样，亲昵地骂。哥代心里不爽了。这时候你倒蛮欢喜，哥代想，往后呢，后颈窝的毛，摸得着，看不见呢！若是劳福田不把你当人看，要你站到仙人手上去呢？……雾蒙得很，雾成了雨，轻易不肯散去的。等一下过仙人手，不晓得哪样办啰！一时间，雾闷得哥代心慌起来，是仙人手提起了哥代的心……

5

是仙人手提起了哥代的心。

要翻过勒马山，仙人手是一道险关，半边是陡壁，半边是深渊，路窄，路陡，一个急转弯下坡，人称仙人手。这里，陡壁是灰黑色的石灰岩，深渊里是黑密麻的老林子，陡壁上空有岩鹰停了翅膀滑翔，深渊里有老林子放声在吼——有风天吼，无风天也吼。赶马人站在转弯角上，脚杆也要打飘。每当马帮出山过仙人手，总要派一个最强的伙计立在那里，吆喝马，推马，引马，送马过去，老马弱马，负重过量的马，一直下坡，到这里，惯性太大，撑不住蹄，拐不过弯，就可能直直冲下深渊去。尤其是雾天，困了的马巴望那路是笔直的，巴望那填满浓雾的深渊照旧是路，照直走下去。护马的伙计，这时，要能把马顶住，他就同马一起活下来；否则，马坠了崖，他活下来也得不到安稳，马帮主的算盘会敲得他愿意早先死了才好；如果顶了马，又顶不住，那样，他就只能同马一起在悬崖边的半空中痛悔。当初，劳福田的马帮里还有一个伙计，是七百岽的一个瑶族后生，哑巴，每当过仙人手，劳福田就向他一指转弯角，再补上非常严厉的一眼。那远离家乡的哑巴，就青了脸皮，小心翼翼地站到那地方，嘴里发出唔唔的声音，马怕这声音，就乖乖地转弯过去。遇到马收不住蹄，他的力气会让马停住。然而，有一回驮烟出山，他忽然就同马一起落下了深渊。马和他是无声无息消失的。悬崖边一时好空，空茫茫的。那天，正是早春的一个雾雨天……

今天又是雾雨天。这时候，雾现了铁灰色。空气凉津津的，雾湿润润的，有雨腥味，已经飞雨了，但是辨不出雨丝来。高寒山区的雾雨天，雾就是雨，雨就是雾。

凹凸不平的石头路，水光亮亮的，脚踏在上头，很滑。离仙人手还有一大段路，就这么难走了。山路上赶马帮，真是要命的活路！

“哥代，”劳福田喘着大气，嗓子沙沙的，十分的柔和，“头马就留给满崽牵。你骑那匹空马，你的腿脚不好。”

“讲鬼话！你没晓得‘马过山，船过滩，过山才算过年’这句老话？这话不可否认！骑什么鬼马！”哥代气冲冲地说。其实，他感到蛮舒坦，一种被尊重的舒坦。只是他无论如何不会接受这样的尊重。马帮里备下的空马，往昔是给马帮主骑的。现在人家让给你，为哪样？还不是为了你曾是个贫协主席，眼下还是山寨的哥代。可是，共产党的干部，不能带领社员拉起马帮，老了脸皮，搭帮人家，有什么脸面骑马！

骑马，往昔生产队有两匹马，他同队长时常骑了去开会，路上有时会遇到寨里出山去赶圩的人，遇到最多的是劳福田和劳伦。劳伦是去赴长街酒宴，手上提着那只空酒罐；劳福田则是去买东西，背篓里用芭蕉叶盖起。见到哥代驱马而来，劳福田远远就喊，像喊一个久别的情人一样亲热，像喊一个失了魂的娃崽一样急切，就让路，就点头，就哈腰，就谄笑，一切都表示“我知罪，我悔过”的意思。他就是在这知罪悔过的同时，赚了钱，摸了蛮多生意门路。生意门路硬是抵钱。这两年解了他的手脚，几多行情来报给他。柳州桂林做生意，竟然进山来访他，要山货。好像县委干部下乡——愈加气派！寨里有后生同劳福田讨教。他不肯。他总像猴子笑崽一样咭咭地笑，打个马虎眼滑过去。哥代见他这个鬼样子，就心火燥。为他也为自己。若是往昔骑着马，为众人去跑钱，跑山货门路，这时候也就不受这份肮脏气了。“你硬是有本事，哥代！”达妹说。“你有本事，我才同你，哥代！”达妹细声说道。达妹，哥代的达妹，哥代的老婆，一个刘三姐一样的姑娘，一个不愿跟山主劳福田而一心要跟他这个穷赶马人的女人，她细声说道……

“劳伦，你莫骑了！”劳福田在后头忽然喊起来。口气里有一分客气，九分鄙夷。劳伦几时跑到马背上享福的？哥代浑身燥热。回头看，蒙蒙的雾里，隐约见劳伦从马上徐徐地溜下来。“唉，劳伦哟！”哥代心里发酸，眼睛发涩。“你就不能争口气么！”“哥代，我就靠你了。”他说。“哥代，我一世人背时，就靠你了。”他囔囔着鼻子说道。可是，眼下又想转去靠劳福田？酒醉靠门帘？劳伦，贫雇农劳伦，一个靠了哥代几十年的穷兄弟。他总还是哥代的穷兄弟……

“要过仙人手了，要出大力的啵！”劳福田大声说。

莫非要劳伦来挡马？不得！他老了。他不灵醒。“哥代，我一世人背时，就靠你了。”劳伦囔囔着鼻子说道。万万不能让劳伦在仙人手挡马！劳伦，贫雇农劳伦，哥代的穷兄弟……往昔，不止一次，有后生问哥代：“你受苦时，为哪样不参加革命，不搞武装斗争？”哥代心里懊恼，后悔当时不晓得革命。要不然，如今不就成了老革命吗？几光荣！唉，不可否认！蛇过打田埂了，倘若以后有那样的日子，不可否认，一定抢先革命一回。胜利了，老革命，起码是县里的干部。不可否认！不过，蛇过了，莫打田埂了。有本事，拉一队马帮，不给劳福田欺负劳伦……

路边，宽阔的芭蕉叶，通身闪着水光，叶子边沿聚齐了一排水珠子。几大串紫红色的山葡萄，缩头缩脑地藏在密密的青藤绿叶后面，湿淋淋，一颗颗葡萄像一滴滴血珠子。雾薄了，雨显了。一滴水珠，两滴水珠，从哥代的盘头巾滴落进颈窝。他也懒得开挎包取塑料雨衣，他愿意让清凉的秋雨淋个爽神。

马帮过坳了。马帮下山了。

仙人手！

马帮都停下了。

山下有成群的老虎、山猪、黑熊，在吼叫，在呻吟，在骚动——

是深渊里的林涛。人被阴影罩着，马帮被魔影压着——是陡峭而又微微倾斜的石壁。雾团在仙人手的悬崖边缓缓蠕动。山底涌上来的风推搡着雾团。雾现出了淡蓝色。淡蓝色的雨雾，结成庞大的整体，在蠕动，就像天地在缓缓地旋转，很慢很慢，很慢很慢……

该派人去那转弯角拦马了！

“哥代爹。”满崽叫他。他没听见。再叫，他才如梦醒一般，连忙应了一声，叹气似的应了一声。

“我去拦马。”满崽说。劳福田从后面过来。满崽又对他说:“爹，我去拦马！”

“你去！你想绝我家的后！”劳福田冷冰冰地说。

“要什么紧！莫非你去？”满崽应嘴道。

“自然，我去，”劳福田有点为自己的某种想法感动了似的，放柔了语调，“应当我去了！”

直到这时，哥代才猛然明白劳福田说的是什么，心头一下软了下来。一路上肚子里充的气，忽然就泄掉了。原先想得那么多，一下都不见了，心里忽然出现了一片空白。仙人手上一片空白……

劳福田正走往转弯角去，走往那雾团涌动的悬崖去……

“莫急！”哥代脱口喊道。劳福田吃了一惊，停下来回头看哥代。“你认得拦什么卵马！去送死还差不多。我去！”

“不不，”劳福田连连摇头。昔日的马帮主青皮寡瘦的脸上，露出隐隐的红晕。他感动得有点想哭。“这回，我该去了，哥代！你留我去。我该去了，往昔我……欧，我是马帮……欧，领导。以身作则，我该去……”

“去，去个卵！”哥代火爆爆地打断他的话。这种火爆爆，是朋友间无拘无束、相互关心的火爆爆。劳福田得了这种责骂，眼睛红了。哥代朝他走来了。他赶忙转身抢在头前，继续往那片悬崖转弯角走去。

哥代同劳福田并排站在仙人手上。

马帮摇着铜铃——马也小心了，铃声平和轻缓了——走过来了。头马由满崽牵着，缓缓走过来。

风从悬崖下往上吹。雾从悬崖下往上涌。悬崖下有雄壮的林涛吼声，十分地壮行色。悬崖前是高耸的石壁，让人看了，弯起的腰板也想挺直。牛毛雨飘飘洒洒，淋在脸上，十分的清凉，十分的爽神。

马帮缓缓地走过来。

哥代斜了劳福田一眼：这张时时挂着狡黠和小心神情的瘦脸上，竟然也现出了一点坦然，一点自己很满意自己的坦然——哦，以身作则，他也晓得学我们共产党干部哩。又有本事捞钱，又学点共产党干部的样子，他要成大气候……到底，有点起色了。不过，十五匹马算十五个大工。不肯帮众人照门路。到底，人底子鬼怪。鬼怪是鬼怪呀，人家要成大气候。人家的本事再加上你做哥代的本事，就要比你强。不可否认！慢着，准你学我，不准我学你？！我拢几个穷兄弟，也拉马帮，再比一回高下。你学我们，不成的，我们学你，这有哪样打难？不可否认！你拉现成货，桐油果一百斤才三十块钱，我倒要劝众人开桐油榨，一百斤果四十斤油，稳拿百把块钱，又轻便出山。哪个讲不是。不可否认！再开烤八角炉烤烟炉，养蛤蚧，养果子狸，几家合起搞，不得吃？不可否认！还要修公路，唉，修公路像讲古，先整马帮路，整宽点。要靠众人。这一回，不搞我就不搞，要搞起来，我比你劳福田软不到哪里去。不可否认，一世人了，再比一回。你硬是有本事，哥代！达妹说过的。你有本事，我才同你，哥代！得，我牵一队马帮过你坟头……哥代，我就靠你了，劳伦说。给你靠，不可否认！我也拉马帮给你！

“头马走慢点，”哥代对满崽说，“莫害后头的马着急，悠悠地走，压稳阵脚。”

“多谢你了，哥代，”劳福田说，“你多教点满崽，还有，哪样防马发痧，教点我们！”

“是啰，马屎！”哥代微笑着，懒懒地说，“我同你赶一个月的马帮！”

“啊？”劳福田嘴巴张得大大的。难道，哥代当真心甘情愿再当他的马帮伙计？这个共产党员，这个往昔的土改根子、贫协主席，今天的人民代表！劳福田又惊，又喜。他有点害怕了。

哥代晓得劳福田在看自己，即刻感到一种被仰望的愉快。他几天来头一回舒坦地笑了。把劳福田的门路摸清，跟他走一个月，然后，领起众人去挣钱，硬要压过他劳福田。到那时候，劳福田定挨压得目瞪口呆，慌得满头大汗。哥代微微笑了，这是一个好胜的人，在一个强有力的对手跟前，在一场恶斗之前，常有的那种紧张而又自信的微笑。

“吁——唔——过去，滚过去！吁——”哥代在拦马，引马。一匹马，一匹马，转过去，转过去。压稳阵脚。慢点就慢点，转过去就是平路宽路，可以撒蹄爽爽地走，走……铜铃会像一群姑娘闹三月歌圩，朗朗地唱。雾也该散了，风爽雾就散——转过去，转过去，转过悬崖，就是平路宽路，可以撒蹄爽爽地走，走……

原载于1985年第3期《当代》

长　乐

长乐是一座城。但他也像是一个人。

长乐有了极高的年岁。三里之城，七里之郭，现今只剩下一座城门东四牌楼，孤零零的，如一个孤身老爹，张着个没得牙、黑洞洞的嘴，当起大街，晒太阳，打瞌睡。大地方的人物初来乍见，恐怕就会生出许多怜悯：老了。

这种怜悯不仅讨厌，而且可笑。老，对于一个人，那当然不是很得意的事，可是长乐是一座城，老城便令人留恋、向往。长乐一九八三年重修县志，其《历史概述篇·建置沿革章》写道："公元前一〇八年（汉武帝元封三年）设长乐县，迄今一九八三年，凡二千零九十一年之历史。举目全球，世有长乐一千八百年之后，方有美利坚合众国。"执笔者是民国时期长乐县府的书记（即文书），现任县政协副主席的龙兴老先生。他既能计算出长乐的年岁，又能远比美国，而且把美国称为美利坚合众国，长乐朝野一时誉之为大手笔。可惜长乐生在偏远的广西西北山区。若是生于黄河流域，中原大地，胜数黄帝尧舜，夏商周秦，又比美利坚合众国多活过多少千年，龙兴老先生的大手笔又该生出多少华彩！

其实，长乐的骄傲远不止此。太平天国翼王石达开与天王洪秀全分裂后，回师广西，驻长乐达六月之久，县志就写道："别处仅驻数日，惟见长乐人杰地灵，有帝王之气，驻半年，改长乐为龙城，似有立国之意。"文间不无憾意，长乐与诸多历史古都，乃至北京南京相比并列，实也仅差无几了。为此，大凡客来，长乐就要很殷勤地引导客人去参观翼王亭等古迹，一面郑重其事地介绍，一面郑重其事地从客人脸上看取表情。

人所拥有的一切，大约都是可以引为骄傲的，至于引为骄傲的理由，也大约都是找得到的。流过长乐城北的龙江，并不为长乐所独占，可是，在长乐看来，整条龙江却只是流经长乐的这一段经得看，耐看，爽神。龙江年年发大水，在河中最高的乌龟石快要被漫过的时候，必有消息传来，说是下游的柳州（被长乐认为是一座很大的城市）沿江的沙街已经进水。于是，长乐在紧张之中得到欣慰和优越感，偌大的柳州被淹，而自己仍然没事，到底强他几分。洪水期间，若是上游地方来人，惊讶这里的大水，说上游只发了一点水，长乐或者就斜了眼小觑那上游人，或者就露一回富有的微笑，紧张的富有。龙江年年淹死一两个人，淹死的若是本乡本土的人，长乐难免感叹天时、命运、征兆，这当然不是长乐本身的事；若死者是外乡人，尤其是北方人，长乐就在一阵毛骨悚然之后，意味深长地点点头："看看，是不是？游过黄河长江的人，游不过龙江！"当然这就是长乐自身的骄傲了。

我是长乐的子孙，自然一点也没有不认祖宗爹娘的意思，也不曾伙同了大地方的异乡人来挖苦家乡。"长乐长乐，得乐得乐，知足长乐。”长乐几千年来这样教育我们这些子孙，当真也能免去些必要的烦恼，而增添了安居乐业的信心，临危不惧的勇气。讲排场，广西四大古镇，没得长乐的份，长乐就知趣地不同四大古镇比，而是跨过头去同美利坚合众国比，掉过头来同一切比他小比他土的小镇比。比历史比地理比楼比街比男人本事比姑娘漂亮，能比什么比什么，总会比出乐趣、比出神气来。讲富贵繁华，柳州旧时的商号几时愿意几时就能吞掉长乐，玉林的农家比起长乐的农家就同鹏雀相比一样，但长乐可以懒得去理睬这些，只开口闭口谈都安七百弄的缺水，天峨凤山的险陡，南丹瑶寨的贫困，谈笑之间，长乐焉不长乐！只要长乐住得安逸爽神，就好！这是长乐的第一要义。

世风日下，也有些后生竟不想让长乐安逸爽神，看了点报纸，下了回桂林，开口闭口就是日本美国，上海北京。长乐硬是看不起这些浅薄之徒。为此长乐就编了个长乐菜刀的故事，说是长乐菜刀天下有名，长乐的一个懵懂后生硬是不信，有一回同人争辩，硬讲他从北京买回来的一把菜刀最好。人家嘘他。他急了，即刻回家拎来那把刀，结果，当即被指出，刀上刻有三个模模糊糊的篆字，正是“长乐刀”三字！——你看，跑到天远地远的北京，你买回来的也还是长乐货。众人把那懵懂的后生笑蔫了。长乐保留了这个节目，作为长乐刀胜过一切刀的证据，也作为给家乡妄自菲薄的后生的教训。

长乐总要生出些妄自菲薄的后生，而且一年比一年见多起来，放肆起来。这几年，从外面回来或者打主意到外面去的后生们，总要一面走在长乐的南街和北街，一面大骂古城的衰败。长乐以十字街为中心，分成东南西北街。县委、县政府、县武装部、百货大楼、贸易公司、文化馆之类重要建筑，都排在东街和西街上，这样一来，偶有紧要的大员来视察，必在东西街上行走，东西街自然就铺上了水泥路面。而南街和北街大都是苏杭铺（小百货铺）和杂货铺，再有就是长乐的老住家。长乐的头面人物极少在这两条街道上走动。

他们没得闲空。因此，南街和北街至今都还是旧时的路面。拿南街说吧。这石板路还是光绪八年考举得中的冯玉捐资铺筑的，原先必是光鲜闪亮，十分气派。如今大石板已纷纷断裂，半街石板半街黑泥。大雨天北街一街的雨水，半天消不掉，大人怄气不方便行走，娃崽欢喜可以卷起裤腿在水里耀武扬威，享受跋涉的艰难和征服浩荡洪水的痛快，有时就叠些纸船，放它急急地随水漂去，引动少年人离开长乐、游历四海的幻想。近几年有了电动小船的高档玩具，这些不肯很快消退的积水就给现代化玩具造成了极方便的用武之地。阴雨天则讨厌了，一切人都要发愁。南街是一街泥汤，剩下几处稍高的砖头，供行人跳跃前进；北街的石板路一年总要滑倒三几个老爹老奶，使他们为此终生不用再走这样的路。滑倒的老人往往埋怨或嗟叹自己的老迈和不中用，极少埋怨长乐。埋怨长乐的大都是些后生。他们一方面年少气盛，另一方面又有些大城市的异性朋友来访，总觉得长乐丢了他们的脸面，他们只好一边引导朋友在北街上滑行，在南街上跳跃，一边咒骂长乐的晦气，用这样的咒骂，既显示自己的鸿鹄之志，也向朋友表白歉疚之情。

然而，谁曾料想，就是这样的街道，同样也为长乐赢得了“骄傲”。

北京的一家电影制片厂要拍一部故事片，需要一座保留着本世纪二十年代风貌的桂北小城作外景，居然一眼看中了长乐。据说人家找遍了全广西，最中意的就是长乐。长乐不禁喜出望外。哪个讲长乐只晓得摆年纪谈古董，长乐也是欢迎新鲜事物的。为此，长乐开了县委常委会、县长办公会、爱国卫生会、治安保卫会、街道居民组长会和居民小组会，等等等等会，大小共计三九二十七次会，都是研究接待电影摄制组的有关事项，总算有了如下几项重要部署：首先，明确提出“为长乐争光”的口号；接着就决定到时候东街西街各幢高楼上插彩旗，各单位张贴欢迎标语，南北二街则由各居民组分段负责打扫卫生，由县委办公室牵头，卫生局为主，组织检查评比；县招待所立即着手准备新铺盖；食品公司全力保证肉禽蛋品供应；还要借此春风吹开精神文明的花朵，学校告诫学生，单位告诫职工，街道告诫居民，杜绝粗话脏话，掀起又一个“五讲四美”的热潮。如此等等。由于欢喜，长乐的饮食起居都有点不正常了，总觉得饱饱的，慌慌的，却又是神气十足。一个人生活里有了一个很迫近又很喜人的盼头，常有这样的感觉，而长乐在这方面的感觉尤其强烈。他寂寞多年了。他盼着贵客，如同一个娃崽盼着过年。他数着日子，默默地数。

日子数到七天，长乐迎来了电影厂的两个后生。他们是来打前站帮摄制组安排生活的。两个后生长得一式的漂亮，穿得一式的新奇，都一式地卷着舌头说北京话。长乐很满意。他就满意来访的有身份的客人显出身份来。客贵主有脸，这是长乐的俗话。先前来过两个中年人，说是导演和摄影，来选外景，虽然他们选中了长乐，给长乐脸面，可惜他们俩都长得穿得说得平平常常，同县委干部差不多，曾叫长乐暗暗失望过，人走了还不时怀疑其身份是否属实。现在来的两个后生呢，这才有点像拍电影的——其实长乐也不知道拍电影的人究竟长什么样。

县里领导去县招待所看望了两位先遣客人。第一把手比较忙，去的是县委副书记、副县长、人大常委会副主任和政协副主席。主宾进行了亲切友好的谈话。电影厂的两个后生当然很会说话，同喋喋不休的中国电影一样喋喋不休。县里四大领导学了电视《新闻联播》上国家领导人会见外宾时的样子，不停地微笑，对两位贵客微笑。会见是礼节性的，道了一路辛苦，说了天气哈哈哈，互相酬答了许多很好很好、哪里哪里。两位走南闯北见多了大世面的京城后生，本来就有点京城人的心理毛病，感到小地方人对京城敬仰，便顿时觉出自己许多应得敬仰之处，说话的口气不经意就有了点居高临下的神气。

“……你们来拍电影，是我们长乐的光荣。其实，我们长乐的建设还很差……”

“是差些！要不，怎么广西七十多个县就挑中你们呢。你们还停留在二十年代的水平……”

长乐谦卑的微笑僵住了。

京城后生的眼睛生在头顶上，竟无所察觉，痛快淋漓地照讲下去。

“……不过也好，你们那烂街道保存得越久就越值钱，要不我们导演可就苦了。以后，我们可以给你们宣传宣传，别的厂也可以来，现成的民国小城外景……”

长乐的脑子一夜没休息。县里四大家领导一夜没睡。当夜他们苦着脸苦着嘴研究了，一致认为事情到了这个地步，虽然是错把耻辱当成光荣，但是为了礼仪，为了不让群众晓得，还是将错就错，赶快拍完片了事，下不为例。

然而，不晓得哪里漏的风声，第二天一早，全城主要聊天扯淡的地方，县委大院的大榕树脚，莫三娘的米粉店，石志祥的旧书摊，大桥头的棋摊……都扯到了长乐错把耻辱当成光荣的耻辱。长乐是全广西最落后的县城。电影一拍出来，全广西晓得，全国耻笑。

长乐似乎一个早晨醒过来了。

不行。当然不行！长乐自己是什么样子，长乐自然认得（好像很多时候又不大认得），哪个叫他电影厂的人说穿！说穿了哪个又叫他满城风雨传遍！县里四大家领导认定，这不再是客气不客气的问题，而是欺侮人。欺侮长乐？欺侮比美利坚合众国多活了一千八百年，如此这般人杰地灵的长乐？岂有此理！既然是欺侮，那就好办。长乐虽然是礼仪之城、长乐之地，然而也有浩然正气、铮铮硬骨，他从来就晓得应该怎样对待外来的欺侮。长乐不是全广西最落后么，长乐不让你电影制片厂来拍电影，不给你拍我的落后模样，看你又奈我其何！

果断决定，迅速传示。两个京城后生的嘴张开合不拢了。他们一点也不明白，长乐为何一夜之间变了脸色。原先说饮食住行都不成问题，现在却说一切都成问题：没有肉食指标，食品公司不供应；

县里要开三级干部大会，招待所没床位；对于外来拍电影一事没先例，县里要再研究研究。两个后生忙不迭点头哈腰。没肉吃，不要紧；没床位，住小旅馆；要研究，我们就等研究。长乐眼看自己的将挡土掩都给破了，便破釜沉舟，宣布要大修南街北街，铺水泥路面，修葺破房。——你不是说我落后吗？那我理应立即把落后去掉，你还想说什么？

京城后生百思不得其解而没得话了，回去。摄制组百思不得其解而乱骂了一通话，然后没得话，另打主意。

长乐又一次保全了面子，照旧长乐，乐中带了点苦味。

长乐又一次击败了外乡人，当然长乐，乐中有点儿气虚。

只是，大修南街北街的愿已经许下，长乐也不能知不足而长乐了。看来硬是要修好两条老街，才能踏踏实实、理直气壮地乐一回。

原载于 1986 年第 6 期《人民文学》
1986 年第 11 期《小说选刊》转载

从　善

我们照旧把长乐城看作是一个人。

长乐是一个爱面子的人。

在上一篇《长乐》里，长乐破旧的老街被北京的电影制片厂选作外景，起初以为得了面子，十分地欢喜，后来发觉这是丢人现眼的事，而电影厂的轻狂后生又肆无忌惮地嘲笑他，自觉大伤面子，一怒之下，就驱逐了北京来客，维护了文明古城的尊严。故事至此，我以为不会再有什么起伏，只说是长乐“看来硬是要修好两条街，才能踏踏实实、理直气壮地乐一回”。其实不然。我用这么一句话做上一篇的尾巴，正好犯了一个不大不小的差错。我对长乐的了解还是很浅薄很无知。其实，就是不修老街，长乐也一样乐得踏踏实实，乐得理直气壮。弹丸小城战胜了京城大都，争得了几大的面子，还有什么比这更值得长乐的呢？

事实上，那故事之后，长乐就为这战绩津津

乐道了不长不短的一个时期。只要有客人来，他总要把对“北京的”而且是“电影的”“制片厂”战而胜之的故事演述一回。不晓得从几时起，导演被据说成大导演谢晋，明星则据说成刘晓庆，越发说明胜利来之不易。如果客人的级别达到在第一招待所下榻的标准，长乐便在同客人进行礼节性会见时谈起。谈话时，当然应当做成漫不经心的样子，信手拈来的样子，不屑提起而提起的样子。这是长乐的风度——大家的风范，伟人的气度。如果那客人是平民百姓，亲朋戚友，长乐就在冬天吃狗肉和夏天吃鱼生的时候谈它。借酒盖脸，大声演说那故事，使它如长乐的三花酒一般浓烈，一般令人兴奋。

至于老街，一时半会是不能修的。比美利坚合众国多活了一千八百岁，如此这般人杰地灵的长乐，难道被几个轻狂后生鄙视一回，嘲笑一下，就慌了乱了鸡飞狗跳而不亦乐乎了吗？真是这样，也就太心虚太气短太不老成世故太不临危不惧因而太不长乐了。不是长乐硬要留那满街的雨水给娃崽放纸船，不是长乐不体恤父老乡亲在泥泞中跋涉的艰难，实在是人争一口气，佛争一炷香。不能不争！这一时半会，长乐只是衷心地希望，那些在石板路上滑倒而终生不起的老爹老妈，以后无事不要出门，不要再添乱子。对于那些引导外地来的异性朋友在烂泥路上跳跃行进的后生，长乐则语重心长地要求，不要咒骂长乐，要为家乡分忧，体谅小城的难处，维护长乐的面子。

为了面子，长乐愿意做出一些慷慨的牺牲。《长乐日报》上有一篇文章，讲的就是维护长乐人面子的故事：

北京那地方兴卖淡豆浆。若要喝甜的，得事先声明，另付糖钱。我去年去北京读书，初时不明就里，懵懵懂懂就喝那淡豆浆，直觉恶心。忽见同桌有一汉子正从桌上一只小白瓷罐里舀盐调豆浆，以为是白糖，不禁暗喜，赶紧跟着也舀了一匙羹。一喝，竟是咸的。我从未喝过咸豆浆。正在沮丧，发觉那汉子朝我冷笑，大有讥诮之意，我立刻无名火起。心想：我就是错把盐当成糖，又关你什么事？

你北京人看不起我们外地人不是？索性再加上一匙羹盐。他还冷笑。我再加，而且也毫不吃亏地还他一个冷笑。豆浆被我弄成一碗苦海。他在苦海那边尴尬且狼狈，我在苦海这边胜利而兴奋，然后昂首阔步而去。

坦率地说，这篇文章就是我写的，文中所记的事也是我的经历。即使远离长乐，我也不曾忘记维护一个长乐人的面子。为了这面子，我的父老兄弟都能容忍满街的泥泞，甚至有些可敬的老人不惜牺牲自己的生命，我的一角钱一碗的豆浆又算得了什么呢！

在广西，我们长乐的彩调剧是上过大场合的，柳州桂林都服气。只是这两年被电影电视，尤其是武打录像冲击，就不大有人肯去看那舞花扇和走矮步了。长乐为此十分难过，然而无奈。去年，三个很有身份的人物（大约是处级，又大约是厅级，还据传是副省级）路过长乐，提出要看长乐彩调。县文化局就认真组织了一次演出，剧目点的是长乐最叫响的《王三打鸟》和《王二报喜》。县委通知各机关单位组织人员来看。长乐巴望有身份的人赞扬长乐彩调。客人笑，长乐就笑，为感激他们的笑而笑。客人不笑了，长乐就更不笑，为不能使他们愉快而深感歉意。可是，没有想到，戏还不曾演到十分钟，客人就打起了瞌睡，半场未完，三人竟然起身，鱼贯离去。县里领导赶紧陪着离去。这是自有长乐彩调以来失败得最惨重的一回。喜剧演成了悲剧。台上《王三打鸟》里的小生王三，恨不能一鸟枪撂倒那些家伙。全场数百观众，一阵骚动，有人笑，有更多的人呵斥："笑什么！"说也奇怪，以往很难安静的彩调剧场，这一回倒渐渐安静了下来。而且是静穆，安静与肃穆。受了欺负的长乐人，无论爱看彩调的还是不爱看彩调的，这晚上忽然都对彩调亲切起来，悲壮地把早已看腻了的彩调看下去，并对顽强演出的小城明星们报以热烈的掌声，表示了崇高的敬意。

据说，那一夜，小城的狗竟然断断续续叫了一夜。长乐人也一夜兴奋不已，直到今年还为那次团结战斗的故事感叹不已。

其实，长乐并不总是排外。他也讲究从善如流，只是不能不要面子。

长乐曾经反感过啤酒和咖啡，那是十年前。“马尿，硬是马尿！”长乐骂啤酒。而咖啡——“同涮锅水一样，臭锅巴！”他一点也不明白，那些外国男女何以对马尿和涮锅水一样的东西津津有味到那么一种地步。听说广州上海很兴这些洋名堂，他就嗤之以鼻，认为假洋鬼子十分可笑而可悲，甚至于可耻。那时候，看长乐的模样，谁都不敢想象，如今，那被他认作马尿和涮锅水的东西业已淹没了长乐的饭桌，而热腾腾的涮锅水，小城也有两家个体户出售，一块钱一杯，恋爱中的小城男女大都爱来这里附庸大都市的风雅。这是长乐自己变过来的，自自然然。假若那些大地方的人来逼迫长乐人喝那马尿水和涮锅水，那么，他们就是渴死饿死，或者就去喝真的马尿和涮锅水，也未必肯低下高傲的头颅，去喝那耻辱的洋货！

长乐是广西的大县份，四周围的三个县加起来也不比他。长乐虽然不免因此会有些强者的高傲，但也讲究伟人的胸怀。这两样东西，各有各的用处。几十年来，安平县时常同他争些山林地界。民国三十七年，两县民团连同民众血战一回，互有伤亡，结下世仇。地盘大小，长乐当然十分看重。可是，近几年安平县只是一味地求和。人家的乡长来求长乐的一个村长，县长来求他的副县长，带了香菇、木耳和笑脸来。长乐得了哀求，就动了恻隐之心。待到把哀求享受够了，七片山林就作为报酬划给了人家。长乐帮助了弱小一回，自觉身份又高了一等。

所以，但凡我的外地朋友要来同长乐办事，尤其有心思要占点便宜，我就同他如此如此，这般这般，告诫一番。其实就是一个意思：以阴柔克阳刚，一般来说卓有成效。

只是，老街一时不修，现成的民国街景随时还在，总还会有人来找麻烦。

又有人要来拍电影！

这回来的是广州电影制作中心，拍的当然还是民国初年的故事，武打片。消息是县文化馆馆长在南宁听到的。因为有了上回的经验，长乐当然不再把拍电影的人放在眼里。这回既不再开县委常委会、县长办公会、爱国卫生会三九二十七次会，也不会欢喜得心慌慌的。他只是微笑——轻蔑的微笑，颇有城府的微笑，“任凭风浪起，稳坐钓鱼台”的微笑。别人的请求将再次证明自己的富有，而对手的失败又要再次体现自己的强大。他有了经验和心理准备，倒也乐意有这种与人交锋的机会，不然日子过得寂寞冷清。

广州方面还不曾来人，长乐就已经严肃了面孔，又一次严阵以待，众志成城。

长乐的面孔摆了蛮久，还不见对手来。长乐很不高兴，因为那大地方的人还不快快前来哀求他，害得胜利的喜悦来得太迟。他愤愤地说：“再来求，更加没门！”长乐早已没有城门，但他习惯同外乡人说没门——不准进入的意思。

十天半个月过去，小城无战事。长乐又犯疑心，说不定广州人找到了别的地方，已经轰轰烈烈地拍起电影来了。这不免使得他有点酸溜溜的。他就酸溜溜地说：“哪个县城给他们拍电影，暴露阴暗面，那就太丧失城格了！”他只想把这真理广播出去，号召全中国的县城抵制此类事件。他还恨恨地想象，广州人遭到了各地的抵制，只好迂迂地转来哀求长乐，那就太妙了！到时候，一定要不慌不忙地调侃他，不紧不慢地揶揄他，钝刀子割他的肉，猫玩老鼠一样，玩得死去活来。然后，黑起脸，礼送出境。

战端未起，长乐就已经美美地享受起胜利的喜悦来了。

广州人还没来，却来了地委书记。他来检查工作。工作谈完，书记说了一段题外话：“有个事同你们先打声招呼。”一般来说，上级领导的招呼就是命令。长乐的书记赶紧洗耳恭听。“广州电影制作中心看中了你们的旧街，下个月就来拍一部片子。人家找到我，还有王专员，我们都答应了。你们接待接待。他们那个导演张正江是我大学同学……”长乐的书记呆了，几乎要问：“什么什么？”可是脱口而出的只能是：“好的好的！”能说不好吗？长乐不怕大地方，但是怕管他的地委书记——县官不如现管！

长乐苦恼了。很难过。对手成了地委书记，奈何！直到书记坐小车离去，长乐才从惊愕中醒过来。痛骂“电影骗子”，并且认清了敌我友，指出：“广州人比北京人狡猾！”寻思寻思，他又赌气道：“我们要修街道！”地委书记已经走远，听不到这话，等于没说。即使听到了，也会叫他等一等，还是等于没说。于是又哀叹：“官大一级压死人！”忽然就有了要求平等的民主意识，但这显然又不现实，只好悲壮地牺牲掉这神圣的意识。

难道长乐二千多年，从此便不长乐了吗？当然不会。不然不叫长乐。

长乐有长乐的活法。

沉痛了一些天，长乐忽然就想通了。他安慰众人也安慰自己：“地委书记都来求了，还能哪样？这个面子给就给吧……”语气里竟有了居高临下施恩于书记的意思，心理上倒也高出了书记一筹。安平县的县长来求情，长乐可以忍痛割山林给他，那么，掌管长乐在内的十二个县的地委书记来求情，让他的同学来拍一回电影也未尝不可吧。地委书记的招呼，竟又成了长乐的荣耀和骄傲。“若不是地委书记来求，鬼都没门！”长乐这样说着，又有一派凛凛威风。

长乐照旧长乐。

长乐还暗暗预习，等广州人来，要先黑起脸，磨他几回，吓他几回。想象那大地方的人，必定要赔他若干张笑脸，以及甜甜绵绵的好话，长乐觉得这倒也不错，蛮有意思。

原载于 1987 年第 4 期《人民文学》

有　朋

让广州人来拍电影，长乐总有点遗憾。他想：与其让广州人占这份便宜，倒不如当初同北京人交朋友。北京到底是首都。北京人到底相貌堂堂。北京话到底动听悦耳，是官话。而广州人讲普通话，在电影里已经不止一次被嘲笑。尤其让长乐看不起眼的是，广州人总爱打扮成香港人的新潮模样。他固执地认为，香港人如何新潮都是有道理的，而广州人又不是香港人，那么，如何新潮都是没得道理的。旧时长乐恨假洋鬼子，现时则讨厌假港客。

长乐极其讲究朋友的身份。

《长乐县志》对长乐历代交友殊荣，总有记载。《历史概述篇·建置沿革章》这样记载：“公元前6年（汉哀帝建平元年），设长乐郡。与桂林同为郡府之地。时柳州尚未有郡守之荣。”世界旅游城市桂林，长乐曾与它同为郡守之地，可见早年间长乐也是有身份的，而如今威风烜赫的柳州，居然当年还在长乐之下，足见没有理由骄傲而冷落长乐。尤其是《人物篇》，更见长乐攀亲交友之乐："公元 742 年（唐玄宗天宝元年），唐玄宗李隆基两广选美，长乐民女青玉入选，初为宫女，玄宗偶尔临幸，大悦，几欲封为贵妃，皆因杨贵妃嫉恨，设鸩酒毒害而死。"好不容易才有一个姑娘能同皇帝睡觉，长乐差点就要成为皇亲国戚，可恨那祸国殃民的杨贵妃，夺了长乐眼看就要到手的荣耀。后人凭吊，悲愤不已！不过，长乐的姑娘要麻烦大名鼎鼎的杨贵妃亲手设毒加害，那姑娘也就死得壮烈，死得其所，规格很高。

我在长乐上的小学。我的班主任，原先被错划为右派。前年，我回长乐城过老历年，约了几位同学去同老师拜年。他问我，在南宁工作可曾见过某某书记，然后说："土改时我听过他的报告。"好像要由此证明他早就同某某书记有过亲密关系。他又问我，认识某副厅长吗？我说见过，还认为那是一位很有才干的领导同志。他就笑眯眯地说："五九年，我们一帮右派在安平农场劳动，我们同一个劳动小组，我还当过他的组长呢！"俨然一副老上级笑谈下级的神气。那天，老师招待我们喝酒。席间他还问我，在北京大学，可曾见过某某某教授、某某某教授。我若说没见过，他就一脸写满失望；倘若说见过，他就微微点头，大有这学生没有白教的欣慰；再要说有所接触呢，他便给我肃然起敬的注视，不免令我感动。为了自己的虚荣心，也为了满足亲爱的老师的厚望，我顺口撒了若干次谎。瞎说见过或者经常见到或者听过某某某某的课，让他欢喜不已。有一位同学问到原籍广西的王力先生，我也顺口说去年秋天见过，很老了，夫人扶着他。老师诧异，说："王力不是去世了吗？"我吃了一惊，慌忙改口道："哦，哦，不是王力，我说的是朱光潜……"其实朱先生也已作古。当时，我真吓出一身冷汗。可是，不出几天，长乐便传出我同若干知名教授十分熟识的喜讯。我不禁惶然，可又无力辩解，只好惭愧至今。

然而，阳鬼王是不会惭愧的。

阳鬼王是小城做大力的头子。大力就是抬棺材埋死人的行当。这行当因为同死紧密相关，给人恐惧感和神秘感，因此对于大力头子的传说，也就神秘起来。阳鬼王年轻时在桂系军队里当过兵，参加过台儿庄大战。“他见过李宗仁！”长乐不可思议地传说，“在台儿庄大战！”这么一说，俨然阳鬼王就有了第五战区司令长官李宗仁的威风、台儿庄血战的气势。阳鬼王又说他到过延安，还说在延安见过毛主席，和朱德总司令在一个集镇上赶过集。想必那时开群众大会见一回毛主席并不困难，而同朱德在一个集镇上赶集，也是平常之事，解放区军民同乐，绝不会涉及同朱德赶集的资格审查问题。然而，长乐却郑重其事地同外面来的人介绍他与毛主席、朱德总司令的亲密关系。阳鬼王会弄一些刀枪棍棒。长乐盛传他于民国某某年参加过南京的国术大赛。也不清楚他在那大赛里胜负战绩如何，反正他参加过，也就好像有了国术大赛的骁勇。若有人解释说国术就是武术，他就极为不满。“不叫武术！”他很鄙薄一些人的无知，“叫国术。武术是一般的武艺，国术是国家的武艺！”他纠正道，一脸严肃的表情。

逢着过老历年，长乐必定要舞龙舞狮，玩抬阁。所谓抬阁，就是选一些标致的童男童女，装扮成《白蛇传》《梁祝》《红楼梦》这些古装戏里的才子佳人，端坐在一辆辆披红挂彩的脚踏三轮车上，在大街小巷游行。童男童女既不必唱，也不必做戏，只是供人们观赏那一张张粉嘟嘟的小脸蛋，换取一些姨娘疼爱无比的咂嘴声。因为旧时兴用轿子抬，故称抬阁。

长乐的抬阁闻名遐迩。

去年临近老历年，就有毗邻的三个县邀请长乐的龙狮抬阁去表演。那些小县城，长乐哪里看得起眼！就苦起脸，表示心有余而力不足，还表示渴慕者甚众，应接不暇，很麻烦的样子。就在这时，柳州也下了帖子邀请，长乐喜出望外。想长乐区区一县，竟受到柳州堂堂一市盛情邀请，县志又可以做一回文章了。于是乎，全城早早地为即将去柳州表演而兴奋和慌张起来。舞龙舞狮的日夜操练。童男童女的老娘逢人就抱怨：“忙到死！该生！我那个女过年要去柳州妆抬阁，做行头，忙不清楚！”抱怨里充满了喜悦。而阳鬼王，不仅是埋死人的领头人，也是龙狮抬阁队的领队，年年都扛一把关公大刀走在队伍前头。他也有三星髯，不晓得为什么，总长不到戏文里关公的那种地步。为此，他遗憾，长乐也遗憾。这回得了柳州的邀请，他早早就拦腰扎起了红布带，有事无事走在大街上，脸色严峻而庄重，脚步匆匆，显出赴柳州表演之情势紧急。

可是，柳州欺负长乐。他们对长乐的飞龙醒狮既不喝彩，对长乐的抬阁也不咂嘴，而对赫赫有名的阳鬼王，不仅不表示敬意，反而嗤嗤嘲笑，笑他的关公大刀，笑他的八字方步，笑他的三星髯，笑他的红布腰带，笑他的煞有介事、拿龙作虎。最不能容忍的是，柳州把他们放在市郊工厂区表演。尽管长乐安慰自己也告慰乡亲，柳州人眼看比不过长乐，就故意装聋卖哑不喝彩。而安排在大工厂区，则是想请长乐去镇住最不爱看舞龙舞狮的工人，等等，等等。总而言之，羞辱是明显的，仇恨从此结下。长乐悲愤地想，几时柳州有难，来乞求长乐搭救，一定要挖心掏肝地羞辱他一回。

柳州一时半会还不会有难，有了难也未必就要来求长乐。长乐这时就想起早先那些盛情邀请他们去表演的小县城，立刻给他们答复，即日前往做巡回表演。想象到那些小县城受宠若惊，感恩戴德，甚至热泪盈眶，长乐就先热泪盈眶起来。又想象到柳州闻讯后大吃一惊，并且尴尬，并且懊悔，并且自惭形秽，长乐不禁有了报复的痛快，痛快里含着委屈。

龙狮抬阁队出巡了，小县城当然感激和拥戴。长乐不嫌贫爱富，长乐扶助弱小……然而，柳州并无长乐所期待的反应，似乎是不曾晓得。长乐真是于心不甘！

不曾想，左推右挡顶不住的广州电影制作中心，竟然给长乐带来了“复仇”的良机。

电影拍的是武打功夫片，就近在长乐一带聘请一些会武术的群众演员。从柳州请来了四个，长乐也是四个（与柳州人数相等，长乐基本满意）。此外，安平县和几个小县也来了一二三个不等。长乐让阳鬼王也去参加。导演和武术指导测试了，皱了皱眉头，同意了。阳鬼王就同导演说国术和武术无论如何是不同的，导演只是点头微笑。阳鬼王从此时时穿起软底练功鞋，弄了一条旧时剧班的练功灯笼裤套上。晌午傍晚，喝了酒，红起双颧，招摇过市。见了县委干部，以往是热烈地握手，现在是庄重地抱拳拱手，一派电影《霍元甲》的派头。而听说柳州的武林高手也要来了，他立刻拍桌打凳，呔了一声，喝道：

“万万不能！”

长乐劝道：

“君子受辱，拍案而起，乃匹夫之勇也！”

他便一捋三星髯，力图做成关公夜读《春秋》的造型，用很好的膛音叫道：

“有仇不报非君子！”

长乐也有一副三星髯，远比阳鬼王的要长，他慢慢地去捋，做出刘备的宽容与诸葛孔明的睿智模样，悠悠地说：

“君子报仇，十年不晚！”

阳鬼王埋怨道：

“没有一点阳刚之气！”

“不，”长乐眯缝起眼睛，说道，“柔中有刚，圆中有方，方为大家风范！”

阳鬼王无论如何也还得听长乐的，只好忍气吞声，认了。

长乐很巴望接待一回自高自大的柳州人。他自有办法对付他们。他热情地到火车站接了四位柳州武林高手，然后，又热情地让他们住在县第二招待所，这是赶圩的农民和卖药的客商都能住的地方。

几个小县的武术运动员第二天才到，却住进了县第一招待所，那是长乐最高级的宾馆。长乐对小县的客人，嘘寒问暖，说起话来，柔软至极，温存至极，熨帖至极。柳州的武林高手却被晾在一边，稀里糊涂，只觉窝囊。

长乐好客，大摆接风酒宴。小县朋友正坐餐厅中央的大圆桌前，柳州人却被塞到旮旯边之小桌上。为此，导演和制片主任大感不解。长乐立刻申明大义："越是偏远山区来的，越要照顾好。柳州嘛，大地方啰，见多识广，坐在哪里他们自己也无所谓的。"柳州人只好点头承认此话不错。被人打落了门牙还得和血吞进肚里，这是长乐治人的本事。

大剌剌的柳州拳师，何曾受过这种冷遇！只好抓起酒杯，颇有点借酒浇愁的凄凉。喝下肚的长乐三花酒，直化成滴滴火油，长乐却过来笑眯眯地劝他们："多喝多喝！满上满上！干了干了！"吃进去的一切山珍海味都是酸的，长乐却过来大大方方地劝他们："吃菜吃菜！味道不错吧！比起你们柳州来差不多吧？"长乐直想说：比起你们柳州，我这还是宽容大度的了。可怜那四位柳州武林高手，堂堂七尺好汉，徒有浑身武艺，却不知如何才能杀到那堂而皇之、丰而盛之、热而闹之的中央大圆桌去。那里宾主正频频举杯，客人们十分感激：长乐盛情。长乐重礼。长乐厚道。长乐礼贤下士。长乐够哥们儿意思。长乐阿拉自家人。长乐好也。长乐亚克西。长乐OK！好话不嫌多，长乐一律哪里哪里地接受了。

总还是柳州人可怜。惯常有的那种大地方人初到小地方来的趾高气扬荡然无存，蔫了。在后来拍电影的日子里，他们努力同长乐搞好关系，紧巴巴地陪在趾高气扬的阳鬼王左右，陪他走路，陪他喝酒，陪他说话，陪他笑，陪他说国术与武术无论如何都是不同的。阳鬼王本想声色俱厉地训斥他们一回，以解心中怨气。长乐赶紧劝他："君子不计前嫌！伯夷叔齐不念旧恶。咱们是大人，大人不记小人过……"阳鬼王遂换成抱怨的口气，同他们叙说背时的柳州之行。

四位柳州人连声道歉。其中一人当场宣称他不是柳州人，他原籍是南京。

柳州城无论如何要比长乐城大,能同他交一个平起平坐的朋友，到底不易。于是，阳鬼王同柳州武林高手讲和了。如此一来，一切饮食起居的规格便在小县之上。在那些拍电影的日子里,长乐大街上，阳鬼王同柳州拳师时常并肩走路，小县的人簇拥在他们身后。阳鬼王很鬼，总故意抢在柳州人前头半步，造成柳州人也紧随长乐人的架势。长乐对此表示满意。

原载于 1987 年第 4 期《人民文学》

男 婚

大凡文明地方的人，都看重男婚女嫁。长乐人自然也是这样。但他们从电影上见到西方婚礼的大概精彩，直觉得教堂仪式令人毛骨悚然，而自由同居又乱七八糟。我猜想，大约西方人又会认为长乐婚礼中的花轿哭嫁不可思议，重礼相聘和三拜九叩又十分烦琐。这些还只是婚嫁的仪式。仪式容易变化。现今长乐城也偶有极简易的婚礼，简易到只请一桌酒席，只要当事的人家不怕左邻右舍亲朋戚友撇嘴白眼，以至于疑心新娘的肚子里有问题就得了。当然多数还是讲究排场的。为的是让众人对新娘“验明正身”。但有的讲究得好笑。女家到男家本是同街同巷，几十步之距，却一下成了楚河汉界，天堑鸿沟，不可径直过去。男家就去租用县外贸公司唯一的一辆上海牌小轿车，披红挂彩，载起新娘经水泥路石板路青砖路，游行东门西门南街北街后才很不情愿似的轰轰烈烈驶到男家门前。只此一条，已见气势之宏大。也有两家同住一个院子，着实不好再用小汽车接亲，只好忍痛割爱。

不容易变的是人的心思。长乐更多的心思放在男婚上头，我们就先说男婚。

长乐讨厌好高骛远追求大地方姑娘的轻狂后生。长乐尤其讨厌好高骛远追求大地方姑娘而又惨败得一塌糊涂的轻狂后生。

南街有个赖癫子。赖癫子一发癫就当大街屙尿，吓死近边的姑娘，就连生过三男二女的老婆妈们都为此战战兢兢，惨不忍睹。这时候非要搬来埋死人的阳鬼王，当街痛骂癫子一顿："有本事就去美国找个镶金边的洋老婆回来！不得去戳墙！卵本事没有，来这块发什么花癫！"硬是把一个四十大几胡子拉碴的赖癫子骂得软塌塌的，流出鼻涕眼泪一大把，伤心不已。赖癫子是花癫，也就是说，为了女人而癫的。对于花癫，长乐不大肯原谅，而对于赖癫子这样的花癫，长乐尤其不肯原谅。

对赖癫子怎么能够原谅呢？他家只不过是磨豆腐的，就凭他广西大学毕业，硬是把原先订了婚的北门李三妹丢开。李三妹是本分人家的黄花闺女，觉得从此没脸见人，家住在龙江河边，就近跳了龙江河。长乐的大街小巷尽是声讨磨豆腐赖家大崽的不平之声，但长乐又为世无包龙图，斩不了那逍遥法外的现代陈世美而痛苦不堪。据说现代陈世美不仅没有被斩，反而又寻了个南宁的姑娘，这样长乐就越发气愤不过。到底，凡事总有报应。两年后，赖家大崽竟然发了癫被人送回来，说是挨那个南宁姑娘甩了。他先是不思茶饭，后来单位劝他回老家长乐休息，忽然他就癫了。对于这种神奇不已的报应，长乐欢迎。尽管有时候看着这人不人鬼不鬼的亲生子弟，不免要动恻隐之心，在那月黑风高的深夜，癫子披头散发，与狂风一起尖声怪叫，奔跑于黝黑的小街陋巷，把这座古城跑成了一片辽远而空洞的荒漠，这时刻，长乐心痛心悸简直无法用言语诉说。然而，第二天天一亮，又觉得癫子命该如此，理该如此。反正还没有死人嘛！

长乐倒不肯让赖癞子简单轻松地死掉。活着，可以当活教材，长乐说。至于癞子活得很难，活得人鬼不辨，活得要死不活，长乐难受一番也就忍了。活了一个赖癞子，但愿日后少出赖癞子一样的后生。这叫作惩前毖后，治病救人。

剃头的吕家老二就是一个完全可能成为赖癞子一样的后生。长乐已经为他心烦气闷多年，或者反过来说，吕老二已经搅得长乐气闷心烦多年。

吕家老二居然年已三十六不曾婚配，硬是把“男大当婚”的古训糟蹋得一塌糊涂。倘若这年老后生是个迷迷糊糊的憨崽，长乐也会为他的婚事给予足够的热情和关心；倘若他是因为脸麻或者嘴歪或者聋哑瘸盲而讨不上老婆，长乐也会去游说一些乡下妹崽来嫁他；倘若他是一个贫家子弟，譬如孤儿寡母，譬如双亲早亡，这也很好，长乐有博大的丰富的同情心来可怜他。可惜都不是！十几年来，这个精条条白生生的后生一直领导着长乐的时尚潮流。只此一端，就害得长乐心烦意乱乃至痛心疾首过无数回。对于精明高强的人，长乐恨不得一下就能揪出他的一大堆缺点和隐私，同情心是绝对不肯有的。“猴子精多要跌下树！”这是长乐对于太精明的人的箴言，说着说着，就成了咒语，充满了应验的企望。

吕老二是个情种。念小学六年级他就懂得同女同学递纸条写些莫名其妙的热乎话，而且同那个女同学一谈就是十二年。那是一朵小学校花，后来又是中学校花，并且生长成了广西大学的校花。可吕老二没有进得大学。他有一个剃头的老子，老子又把他培养成剃头的儿子。那校花开在南宁的大学里，自然就让能进大学校园里逛荡的后生掐走了。他只好遥遥相叹。他一面替人剃头，一面暗想如何割下那情敌的头。

从第一回恋爱的失利开始，他三个月不理发，遂领导了长乐城大包头发式的新潮流。而后就甩动着长头发，同几个小兄弟举办了长乐城第一个家庭舞会，搂着县文艺队的几个女演员在他满是廉价香皂气味的剃头铺子里转圈，遭到派出所的取缔，铺子关门歇业十天。歇业的十天里，他就穿上牛仔裤或者喇叭裤在街上逛荡。有一阵子，他还穿起黑布唐装，围起条大围巾，做出五四时代演讲学生的种种潇洒。长乐十分痛苦，无穷的力量却不晓得如何整治住这个不安定的因素，而吕老二对长乐的痛苦却没有丝毫的同情。

他没有同长乐妹子结婚的意思。前一阵子说是捞得了一个上海的白姑娘，不久又传说玩上了一个巴蜀的红脸妹。他的本事硬是叫长乐诧异。省歌舞团到长乐演出三日，第二天他就有本事把歌舞团女高音请进了长乐最堂皇的长乐咖啡店。长乐为此感到不可思议而大伤脑筋。虽断定必有伤及城格的无耻行径，却又无从追究。

广州电影摄制中心来长乐拍电影，自然徒涨了吕老二的乐趣。先来的几位姑娘，无非就是化妆师和服装师一类职员，他当成了女演员，同聚在十字街口的一帮后生说："怪了，不太熟悉嘛！"那口气很是居高临下，好像中国电影界的女演员都在他的观照之下。接着他便评点起来："不行，那个不行，太丑了，丑得不能原谅！""那倒是个小尤物，不过，太小了，小得不忍下手！"就像一个富有经验而食欲正旺的美食家，端坐在丰盛的宴席前，正要举箸夹菜，嘴里早已满是唾液。长乐就不明白这个剃头佬何以如此胆大妄为，敢在可望而不可即的电影明星们身上打起鬼主意来。

不过，吕老二错把黄铜当金子，只是把鬼主意打到了那些比女演员似乎低一等的职员身上。长乐很庆幸。吕老二是他的后生，他却不愿意让自己的后生捞上一个如花似玉的姑娘。他怕后生的失败丢了他的脸面，坏了他的名声。电影是那么奇特，拍电影的演员当然神圣。长乐虽然自信自足而自得其乐，但也知趣，不肯做毫无把握的事体。就算那是赤裸了身子的天仙美女，只要没有条件得手，他也就装作视而不见地走开去，把脸面把名声把自尊心保护起来。

可是，不知闹的是什么鬼名堂。吕老二硬是有本事勾了一个女演员上他家来。

吕家的剃头铺，在电影摄制组到来前三天，挂起了亚太发廊的红字招牌，想必取的是为亚洲太平洋人服务的意思，或者可以解释为这是一间坐落在亚洲东部太平洋西岸的发廊。这当然很有气派又很合理。这招牌吸引了电影厂人的目光，吕老二用热烈的目光迎接那些异地人的目光。更重要的是后来就进来了一位女演员，也算是代表长乐人以外的亚洲太平洋人对它进行首次访问。

“请问，吕桂明家在哪里？”一个长发披肩的女演员问街上人。吕桂明就是吕老二，由于他不属于任何单位，女演员问了几个人，得到的都是认真的摇头和庄重的不知道。最后一位大妈是东门街的居民组长，她终于在脑子里把吕老二和吕桂明接通，这才指示了亚太发廊。

那些庄重得出奇的长乐人，当天就把女演员找吕老二的新闻传遍了小城。

长乐为此惊愕。

首先是怀疑。

吕老二被人问起，却总是神秘地微笑，只说“早就认识了”，多话硬是不说。长乐怀疑吕老二扯大炮。阳鬼王有幸在影片里充当群众演员，自以为要负起维护本影片摄制组的同事，尤其是需要实行权益保护的女同事名誉的责任和义务，不屑地抨击吕老二：“他睡梦打八更！电影演员坦率大方，他就以为别人有情有义！人家看得起他一个剃头佬？”阳鬼王那埋死人的行当在小城历来排在末流，可是这并不妨碍他在与神奇的电影沾上边之后对剃头佬表示藐视。吕老二的老娘上街买菜，几乎走不上十步，就要接受一次采访，采访者虽然是一些街坊婆娘。“恭喜了啵！”一句客气的祝贺话，包含的意思却是：“难道真的有值得恭喜的事吗？”吕家老娘为三十六岁不曾讨得老婆的老儿子早已脸上无光多年，这时候也就不管三七二十一，接受了恭喜但求脸上有光再说。这就使得所有的恭喜者不大欢喜。最不欢喜的是亚太发廊的左邻右舍，他们都是本分人家。他们既不相信吕老二能有如此的风流，又企望能在那位长发披肩的女演员来吕家玩耍时，隔墙听到一些风流的响动。结果是发廊里整日响着立体声音乐掩盖了风流的痕迹。个体铺子通常震响的立体声音乐，原来还有掩盖男女风流的功能！

看来，吕老二当真有了艳福。

自然，长乐又该有些新的认识。

那女人必定有某种毛病，不然怎么送货上门呢？于是，关于影星们的私生活，种种趣闻逸事，上溯三十年代，赵钱孙李，就近八十年代，刘关张王，离婚姘居，未婚私生，桃色自杀，似是而非却又言之凿凿。几天里，长乐充分显示了他掌故家博闻强识的天才，无可辩驳地证明它并不封闭并不与世无争并不孤陋寡闻且充满忧患意识，为此他又一次感到快乐，为那些名伶们的行为放纵因而不干不净因而开怀大笑。眼前这个女演员理当与那些趣闻逸事有关，因而也不干不净因而也开怀笑她。紧接着，关于女演员的罗曼史也有探马报来，以电子速度传遍九街二十七巷。说她"恋爱过，与多人拥抱亲嘴，差点没同一个外国佬结婚"，说她"没有本事全靠导演看中"，并有与导演隐私种种细节。长乐不愧有两千余年的人生经验，不消明明白白地说话，却能把话说得明明白白。倘若那位女演员以诬陷诽谤罪告到海牙国际法庭，也必定落得个证据不足而被驳回。

吕老二不顾舆论，照旧同电影演员招摇于长乐眼中，并且同一切熟人打招呼，进而又同整个影片摄制组也熟络起来，邀了一大群男女到他家吃马打滚糯粉团和煮田螺。摄制组在南街正式开拍，他也去跑前跑后地帮忙，同那大声吆喝的导演小声地说话，同那位不大合群的女演员合成一群。可惜那女演员饰演的是一个反抗恶霸凌辱的烈女子，又好像与那些电影界的种种桃色行径毫无关系。长乐只好绝望地哑口无言。长乐的一大帮后生也就对吕老二的艳福绝望地艳羡起来。

摄制组在长乐一住三个月。长乐起初的神秘惊疑由于熟知而渐见坦然，仿佛生活原本如此。而吕老二同女演员的情爱，也就成了长乐生活的一部分。长乐无可无不可地认可了。

长乐一旦认下那演员做自己的媳妇，就反过来替吕老二操心起来，巴望不要变卦，不要再造出一个折腾长乐的赖癫子。摄制组离开后，吕老二晓得了长乐的操心，就在一个月内拿出来那姑娘的三封来信，打消了城中几千人的疑虑。长乐因此无忧无虑蛮欢喜。

吕老二在长乐心中的好印象就随着他婚事的稳固而稳固下来。他被列入长乐的光荣谱里，与那些娶了上海北京的姑娘，或者钻了南风墙，抵达南洋入赘，或者讨了某省某市某厅局部委办首长的千金的长乐子弟们排列成英雄方阵。想那电影明星们何等的风流多情，居然愿意安分守己于长乐，足见长乐人杰地灵。至于前些时对那姑娘人品的种种传闻，本来就似是而非，自然就非掉了。长乐装作什么不愉快的事也没曾发生过的样子，甚至祈望自己的子弟婚事有出息，最好出息到皇帝招驸马。皇帝的女儿都被我们长乐的男人睡了，一切地方一切人物自然通通不在话下。多少年来就是这样，每当娶了一个大地方的姑娘，长乐就要忍不住傲视那大地方一回，隐隐有侮辱了人家一回的快感。倘若不成功呢，那当然就是外乡人的无心肝，小城个别后生的无能耐。倒霉如赖癫子，那是他自作自受，长乐不能负责。

所以，半年后，当吕老二被那女演员抛弃的时候，长乐一点也不负责同情他。

吕老二外出半月，都传说是要带那姑娘回来结婚，十多天以后，他孤身一人地回来了，蔫奄奄的，脱了一层皮似的瘦，眼圈发黑，头发蓬乱，从西门车站走到东门街，惊动了半城人。

最可叹的是人财两空！

赖癫子正巧在亚太发廊门口傻笑，见了吕老二，就伸出鸡爪一样的手，要同他握手。吕老二当即骂了一句脏话，拨开了赖癫子的脏手，急忙进家去。癫子就在门口大声唱起歌来：“为什么天边没有云彩……”

“背时鬼！又要多出一个癫子！”长乐很敏感，各种神经都警惕起来。

乡亲们好像都在准备吕老二发癫，但又带着悲天悯人的神情去探望他。先去探望的总是街坊父老，父老里又总是老太婆们先行。尽管她们往昔痛恨亚太发廊门窗上张贴的各种金发女郎的妖精像，事到如今，远乡的妖精也扛不住老太婆们永远不肯老去的好奇心。随后就有阳鬼王，就有各级年龄的后生，很快，镇里小学的学生走过门前，也贼头贼脑地溜过去。然而，所有的人都不曾见到吕老二。他娘说他病了睡了，大家就明白这是说吕老二癫了。一律通情达理地点头无话。把话留到街上去说。

事情到了这步田地，长乐却有预言家的释然和欣悦。“我早就晓得……”“这回见火色了吧？”长乐一方面为自己子弟的失利难过，对那无心肝的妖精愤恨；一方面又为自己曾有过的预言而庆幸，庆幸轻狂后生的失利，这同时也可以再次成就一个反面教员，有利于教育子孙后代，也有利于进一步确立自己在广大后生心目中德高望重的权威。

总之，吕老二应当尽快地顺理成章地癫去。

然而，几天后，亚太发廊的立体声又一次响彻半条街，门窗上的金发女郎照旧搔首弄姿，不改一如既往的浪笑。吕老二重操旧业，而且照旧神清气爽。头一天就清醒地梳弄了十个脑袋。当夜，他照旧潇洒地光顾了县文艺队的舞会，把小城女明星一个个搂过去跳舞。平时也标榜开放的女士们这回却有点战战兢兢，在一个眼看就要成为癫子的男人的怀里险些窒息过去。后来他索性就一个人疯狂地跳开了迪斯科，在场的人又都以为他将这样疯跳一辈子。舞会结束时，赖癫子在舞场外面唱起歌来：

“为什么天边没有云彩……”

刚好是舞曲间歇，大家都听到了，又都把疑问的目光投向吕老二。

原载于1987年第6期《天津文学》

暗　河

1

地下有河，穿行于地底穿行于黑暗穿行于万千生命之下；地下之河，流向东奔向西横于北溢于南奔流横溢无所不在，因此，称为暗河。广西西北山区有暗河。而据说地球无处不有暗河，只有深浅隐露大小长短之别，尚待人类去发现。

勒达寨有一个暗河口，壮族人称它作莫弋岩。莫弋是桂西北山区传说中的壮族英雄，是能一箭穿三山的半人半神，是早在京城上朝夜回广西的大王。到处都有人传说他是自己村寨的人，到处能指出他出世的地方风流的痕迹神勇的标志。勒达寨的人就把莫弋岩指为莫弋出世的地方。高十数丈岩洞口成椭圆周遭有茸茸绿草中间有涓涓细流长年溢出，而洞深十数丈又有暗河满满地流过，这便是那位半人半神的英雄的母亲孕子的宫殿分娩的通道。从前的男女面对它不晓得是怎样的表情，而今的人说起它男人就得意地哈哈大笑女人就快活地脸红，娃崽们却借此谩骂自己的敌手。

莫弋岩暗河在勒达寨人的精神和生存中的地位是很神秘的。暗河帮助他们度过了每一个旱灾，暗河还帮助他们生产了大量的雄性后代。一个女人倘若希望生产一个男娃崽。只要她在太阳出来之前和太阳落山之后，下到莫弋岩的暗河浸泡自己的下身，大量地喝下暗河的水，总有一天会如愿以偿。这对于需要男人来打猎打谷和打架的山里人，对于需要更多的男人来支撑门户和繁衍后代的人们，暗河的功德简直就是恩同再造了。我听勒达乡中学的一位化学老师说，那暗河的水有一定的碱性，碱性对于妇女生育男孩有很神秘的作用；我又听勒达寨一位蓄着花白色的小辫子的阿公说，那是莫弋大王的老娘肚里头的命水，自然是要养出男崽的。

勒达寨和附近几个寨子的男女们自然要对莫弋岩暗河有很深的敬畏之感和亲切之情。每年农历的三月初三，青年男女们要聚在一起唱山歌。别处都兴白天唱，这里却兴夜晚唱，叫作夜歌圩。往昔是依靠火把照明，现今则有手电筒光在夜空在大山上在莫弋岩口挥舞划动。夜歌圩总要在莫弋岩进行。当那些情火灼人的山歌把后生男女的心灼得热腾腾的时候，忽闪不定的电筒光将那被指为人类创世孔道的椭圆形岩洞的轮廓赫然照出，那热腾腾的心便会飘忽不定起来，姑娘便会浑身舒服而酥软，很想就地倒下去，将自己想象成那位巨人的母亲而雄壮地裸现于天地人世，后生男子则会雄性勃发，只觉得有一股从未有过的活力，直想轰轰烈烈一番。

2

岩洞里的黑暗特别沉重。岩洞里不动声色流淌的暗河凝固了一样。欧阳雄面对着沉重的黑暗和凝固的暗河，觉得自己也沉重和凝固起来。不过，他觉得这样很好很爽神。沉重并不是坏事，人有时会愿意沉重。凝固一时也很有必要，尤其是当他厌倦于喧哗和骚动的时候。欧阳雄这时就为自己感觉得到的沉重和凝固隐隐地感动起来。

一星期前，青年作家欧阳雄还在桂林的漓江笔会上，疲惫地笑，疲惫地与同行们惊呼重逢，疲惫地与大学生们谈创作而又疲惫地听取虔诚的颂扬，疲惫于灯红酒绿之间和红地毯人造大理石地板之上。他不能不这样按主人的期望行事，不然人家会说他傲慢然后再判定他没有什么了不起。但他又十分地不愿意这样装出表情，一方面是为了他素有的淡泊心境，更重要的一方面是为了同一创作室同为三十六岁同写小说又同来参加笔会的乔力老兄的目光。那目光时时在提醒他：你不是正在被纪检审查桃色事件即将公之于众了吗？你怎么还能碰杯微笑签名题字谈文学听任小年轻尊称你为欧阳老师呢，你以为远香近臭到了广西别人就不晓得你入党转正延期的底细？你难道一点也不为自己为文正路为人正派的名声的坍塌痛苦？你应当痛苦！乔力老兄的目光尖锐得要他痛苦起来。欧阳雄觉得很困，没得神气去应付这目光。乔力又不是今天才认得。一张黧黑的面孔不苟言笑的表情曾得到他和许多人尤其是许多女人的赞叹，深沉！乔力就用这副小号高仓健深沉的面孔与种种女性做深沉的交往，深沉得谁也没法探测的交往。然后，那一天，当欧阳雄正式提出离婚的消息在作家协会大院炸响时，他就深沉地同哥儿们说："太刺激了！欧阳这个中原老汉，笨瓜！玩玩可以，离婚，没门！老子女朋友有的是，谁提出要我离婚同她过，赶快滚蛋！"这便是他的全部深沉。作协主席高远老师竟然引用这番话来说服欧阳雄。欧阳雄当即就为高远老师难过，为乔力难过，为那些或许还真诚地爱恋着乔力老兄这位颇有些知名度的小说家的姑娘难过。没有真诚的铭心刻骨的爱，真是人生的最大缺陷。有缺陷的人往往会对健全的人生表现出病态的目光。因此，乔力的目光只是一种病态而已。欧阳雄有时似乎动了点恻隐之心，回报他一回宽慰的目光，表示心领了。

可是毕竟使人讨厌。恰好一个地下暗河地质调查队也住在湖滨饭店，欧阳知道了，忽生奇想，加入了他们的队伍，提前离开了笔会。他巴望赶快躲开世俗的纷扰，这一躲便躲到广西西北山区里来了。

地质调查队在勒达山区一连发现了三个暗河口，需要弄清楚它们之间是否相连，尤其是想弄清它们与山那边红水河的关系，这样就在三个暗河口投放彩色圆球形的浮木，然后分头在各个河口观察。欧阳雄和一个叫作蓝登的壮族后生被分到莫弋岩来。下午才到，蓝登去寨里联系吃住，欧阳雄就自告奋勇下到岩洞里来观察。

可是他懒得把那只电瓶灯打开。他一动也不想动。暗河里已经拉好了拦河网，彩色圆球漂到这里，自然会被网住。这时候也不需要任何一点光亮，这时候任何一点光亮都会搅得他心烦意乱。

他想摸摸上衣口袋里的两封信，忽然又觉得极其无聊。算了。记不准信塞在哪只口袋。他想摸一摸，可还是觉得无聊。算了算了，他心里嚷道，像在驱赶什么不快的念头。其实什么都驱赶不开的。两封信没去碰，而两个女人的面孔却冒到眼前来。他首先想到的总是他的妻子唐颖。那张白净的脸庞似乎不曾有过红潮（其实当然有过，譬如欧阳头一回拥抱她的时候），即使很愉快的笑也总是平静的。过去是深蓝色现在是浅蓝色灰蓝色的上衣衬着那份少见的平静。头一回做爱，是新婚前的一个月，她倒在欧阳凌乱的床上。欧阳的脑袋里已经凌乱成一团旋风一团乱草一团火球，而她，竟然还在平静地微笑（对了，脸颊上只一点微红），也算得上是不动声色了。当时他的心上即刻掠过一丝阴影，对她的贞操起了疑心。好在这疑心当即便让鲜红的事实打消了。半年前，他提出离婚，她也只是平静地惨白了脸，噙着泪花摇头。当时他甚至莫名其妙地巴望她大吵大闹一回，痛痛快快。可是她不会。她没有激情，做爱没有，伤心时也没有。易雨来了一封信，请求她让出做妻子的位置。她竟然没有任何愤怒的表示。欧阳在事后半个月才知道。他为这个不会愤怒的女人而愤怒。面子，她说："你不要面子，我要面子，欧阳，只要你改，我忍下来，面子，欧阳！"她上气不接下气地哀求道。然后是分居。他住到作协的写作室里，唐颖竟然一声不响地带着女儿小柯来给他送衣服。他觉得窝囊极了，有一拳打了个空的窝囊。这封信很简单。她的信永远是那么简明扼要。女儿十岁生日，盼望爸爸回来。她知道欧阳爱女儿，便在信中永远只谈女儿："小柯感冒了。小柯亲你的照片。小柯被同学欺负。小柯考了全班第一名。"她怎么能装作什么事也没有发生的样子呢？如果换上易雨，将会怎样？

易雨肯定会挺着胸笔直地匆匆走开去，或者黑瞳仁会燃起两点黑火，或者浓黑的眉毛扬起，或者浓黑的披肩发飘起，潇潇洒洒。易雨不如妻子丰满，但她有生气，活泼泼的生气。她急促地喘气。她激烈地扭动。她颤抖。不是假装出来的，而是情不自禁。这他能感觉得出来。"别同我讲你的女儿！"她沙哑着声音说。"别同我讲将来，我晓得你是不敢要将来的。"她闭上眼睛绝望地说道。终于，她来替他也替自己争取将来了。她给唐颖大姐去了一封信，又发了一封电报"雄昨晚在我处，请放心，请三思"。最后，又一封信寄到作协党组："请处分欧阳雄，以便我们结婚。"直到这时，欧阳雄才感觉到那穿火红色羽绒服的姑娘是裹着一团火走到他跟前来的。这团火一下就把他背上沉重的包袱和耻辱的假面具烧掉了，使他忽然有了一些悲壮感崇高感，忽然对鲁迅"直面惨淡的人生"的名句有了深切的感受。欧阳雄临离开桂林时接到她这封信，嘱他放心到山里去，免得坏了心境，剩下的事全由她来应付。这样的信，不要说看，就是摸一摸，欧阳这个男子汉也感到惭愧不已。这时想起来不禁浑身燥热。他忽然又想即刻离开这漆黑闷人的岩洞。他想清爽一下发木发昏发热的脑袋。

欧阳雄长长地出了一口气。他觉得应当想些别的事情，然而什么也没想起来。一瞬间这沉重的黑暗扩大了，仿佛无边无际。他赶忙打开电瓶灯。淡黄色的灯光照在缓缓流淌的暗河上。彩色漂浮物还没有出现，而且也不晓得会不会出现。他关了灯，心情似乎舒坦了些。

他巴望彩色漂浮物能在莫弋岩暗河出现。他莫名其妙地祈愿这些暗河相互连通，甚至莫名其妙祈愿大地之下的所有暗河都相互连通自由流淌。他觉得暗河真是奇妙无比的自然造化。地面上，大山，森林，木楼，芭蕉树，男人女人，总是那么稳稳当当，像是不曾有过别种样子的过去和别种样子的将来。可就在这一切的下面，流淌着一条大河，一条不动声色而又浩浩荡荡的大河。欧阳雄在桂林头一回听说有暗河，立刻感到隐隐的激动。一般说来，欧阳雄已经很不喜欢为某种自然景物动感情了。什么举头望明月啦，什么感时花溅泪啦，什么露珠小草啦。他总觉得这一类感动是一种大学生式的激情,可爱可笑的幼稚。可是现在面对着暗河他也生出这样的情感来，而且是真诚的。这种真诚的情感竟促使他远天远地跑到陌生的桂西北山区来。

蓝登那个壮族后生就一点也不能理解这位作家的感动。蓝登是山那面红水河边上的人，调查队雇来的临时工。人长得精干，只是脸上嫌清瘦了点。欧阳雄问他:“在寨子里不好吗，出来奔波干什么呢？”那清瘦的脸忽然就有了淡淡的红晕。“想找个女人。”他说。“想讨个老婆咯。”他有点腼腆地说道。他说他们寨子穷山恶水，女人家不愿进去，前些时有个后生病得差不多要死了，忽然大哭起来，吵浮了一个寨子，后生讲他长恁大了，要死了，没有见过女人成哪样。蓝登说着，咭咭地笑起来。蓝登二十四岁了。二十四岁的山里男人渴望女人。尽管他不会有欧阳雄对于暗河的种种感动，尽管他不懂得接吻，他们之间还是融洽了。欧阳雄觉得同蓝登谈这些比同文学界同行们谈要好得多，同他谈感到真诚，一种生命的真诚。在黛绿色的山林里，在洁净如洗的黑色山石上，在空寂的岩洞里和涌动着的暗河旁，同一个穿着黑色衣服的还会淡淡地脸红的山里后生谈男人女人的事，谈人的种种本能和愉悦，会有一种自然的感觉，让人感到神清气爽。

一道雪亮的手电筒光洞穿了黑暗。欧阳雄心里一振，蓝登回来了。虽说刚认识三天，并且是今天刚结伴出来，这时候蓝登就是他在勒达山区最亲近的人了。蓝登急切地呼唤着他的名字，他则亲热地应着。“女人。”蓝登急切地说。“女人同一只熊一起走，在洞外面，你去看。”蓝登喘着粗气说道。欧阳雄还没来得及问个明白，便被蓝登拽着，跌跌撞撞出到岩口。暮色已经很深，远山近树都蒙上一层灰蒙蒙的雾霭。岩口的一条小路上，果然有一只黑熊尾随着一个女人缓缓地往寨子走去。女人背着背篓，把胸脯挺得很高。蓝登说：“刚才我在近前看了，蛮嫩蛮爽看的啵。”蓝登又恨恨地说：“妈的，不去同男人走，倒去同狗熊做伴，可惜。”欧阳雄不禁好笑起来，就拿话撩拨他：“你打死那只狗熊，女人不就同你做伴了。”蓝登越发发起狠来：“只要那个女人肯，我白手打死那只熊！”

3

勒达寨的许多人家有驯养小动物的乐趣，养狗饲鸟自不待说，有的养果子狸，有的驯一只毛獐，他们相信人同自然总有灵性相通。欧阳雄和蓝登看见的那个女人，叫作蜜，她家驯养的便是一只黑色的狗熊。

三年前，蜜的男人在新婚后的一个月里打死了一只母熊，同时亲亲热热地抱回了一只熊崽。母熊被全寨人血淋淋地剥了皮分食了，熊崽却让做新娘的蜜喂养起来。新娘巴望做一个好母亲，早早就蓄满了浑身的温存母性，熊崽便如一个婴儿享受起母爱来。她把它叫作依，“依”在壮语里是对孩子的称呼。她把依养在紧接洞房的堂屋里，让它时时同种种人熟识，巴望它通人性，近人情，同一个人一样。熊崽大了一些，有时野性发作，趁人不备独自钻进寨边的板栗树林里去玩耍。蜜回来不见了它，立刻就四处唤它：“侬，回家啰！”如同呼唤一个娃崽，柔柔的喊声在黄昏的雾霭里飘荡。她的侬有时就一蹦一蹦地跑回来，茸茸的黑毛轻松地飘抖，让人觉得同那母亲的声音一样柔顺。有时，熊留恋山野，留恋它原本应当居住的地方，忘了异类母亲的呼唤，那异类母亲便寻到板栗树林里来，拍打它的大脑壳，嗔骂它发癫发瘟，这样它就乖乖地让蜜赶着回去。若是熊钻到莫弋岩那边去，蜜就必定变了脸色，撅一根竹枝抽打这冒险的娃崽，她怕侬跌下暗河死去。

熊长大了，虽然照旧尊重母亲一样抚养它的蜜，但是蜜已经有了真正的娃崽，顾不上它了。这样熊就同蜜的男人做伴。蜜的男人去种苞谷，它就在地边追逐花蝴蝶或者蚱蜢，永远没有收获地忙乱半天。蜜的男人去打柴，它的背上就驮上一捆木柴。半路上它发作了野性子，把木柴掀到地上，男人就像骂一个不成器的娃崽一样咒骂它。它当然绝不应嘴答舌。它会像一个知错就改的娃崽乖乖地重新驮上木柴。

无论怎么样，寨里人总还是把这只熊的可爱归功于蜜。蜜的名字起得很好，寨里人都这么说。她的全名应当是蒙蜜花。壮族人称呼熟识亲近的人，习惯只叫那人名字的一个字。按说蒙蜜花应当被称作花，可是壮族叫作花的姑娘太多了，为了区别，她便被叫作蜜。被叫作蜜的女人是少见的。壮族人把母亲就称作蜜。一个姑娘很早就被寨里人叫作母亲，她母性的天良早早得到了启蒙，一颗母亲的心早早就成熟起来。她从老林子里嫁到勒达寨来，嫁到以一座巨大的岩洞口作为对巨人母亲崇拜的地方来，新婚一个月，她就以蜜的名字和对熊崽的抚养在全寨人面前树立了蜜——母亲的形象，以此证明她将无愧于在那巨大的岩洞口做一个母亲。而尤其奇妙的是，当熊崽长成了比蜜还要粗壮的汉子之后，蜜又有了一个母亲对于成年儿子的顺从体贴和依靠的感觉。

熊似乎也有了一个成年汉子的许多感觉。壮族的汉子们对待家里的女人总不是太温和的，在他们看来温和简直就是一种轻浮。男人对蜜总是冷冷地说话，冷冷地板起面孔。熊跟了男人，也对女人冷淡起来，总是一副爱理不理的样子。蜜唤它吃东西，它不肯立刻过去，而是慢吞吞地做出一副吊儿郎当的神气。客人来家，它只是抖了一对细眼睛把来人打量一番，摆一副不屑理睬的傲气。蜜那两岁的娃崽爱同它玩耍，它则完全听之任之，让他骑，任他打，随他揪它的毛，就像一个父亲娇宠爱子。山里的男人并没有太多的心机与黄口小儿逗乐，他们习惯于用硬朗朗的石山黑森森的山林和硬邦邦的训斥来驯化后辈。在这一点上，蜜觉得熊比男人要好。有时，她还想到过如果熊是一个男人，必定是一个比她的男人还要好的男人。

蜜有时真正地为熊不是一个人而遗憾。它的生命成熟了，嗓音粗哑，动作沉着，有时脾气变得很坏。有一回，蜜到树林里找它，看见了极为惊心动魄的情景，熊正在舔食自己雄性生殖器官流淌出来的黄绿色的液体。蜜即刻觉得一阵眩晕。那感觉同头一回和男人做爱差不多，有羞涩感和羞耻感。她的心慌跳起来，赶紧不声不响地躲开去。熊后来是自己回来的，一副十分舒坦的样子，深邃的眼睛里流着幽幽的光亮。而蜜竟不敢多看它一眼。晚上给它喂食时，她调了一盆蜂糖水喂它。

就在欧阳雄和蓝登来之前的一个月，蜜的男人跌山死了。他爬到岩壁上挖野蜂糖，跌下来，跌成了一个血肉模糊的死人。那天熊也跟着去。天蒙蒙亮时他们一前一后出寨子，天杀黑时熊把一具血尸驮了回来。蜜在木楼前只看了一眼，尖叫了一声，就昏死过去。熊就用毛茸茸的身子搓她搡她，低沉地呜咽十分悲哀十分绝望而又无可奈何。它的呜咽是为了悲恸的女主人。直到蜜苏醒过来，熊才安分下来，轻轻地呜咽，像在安慰她。蜜却不理睬它，一头扑在死去的男人身上号啕大哭。熊立刻又惊慌地围在她的身旁打转，转过来转过去，似乎想与女主人分担些什么然而又束手无策。众人闻声围拢来，看到血尸十分恐惧，看到恸哭的女人十分同情，看到熊的种种表现十分惊奇。

尤其使人惊奇的是，男人们去搬那具血尸，熊不曾去理睬，女人们去搀扶蜜，熊也不曾着急，可是当村长伸手去拍蜜的背后，劝她莫哭的时候，熊却呼的一声窜到村长跟前，呜呜地哼起来，吓了村长一跳。后来，再有男人靠近蜜的身子，熊就呜呜地哼。它跟在蜜的身旁不肯离去，恶狠狠地盯着所有男人。使得男人们又羞怯又气愤，使得女人们又惊讶又开心。

那以后，熊便时时尾随着蜜，警惕一切男人。蜜也就把它看成了依靠，默默地同它做伴，只可惜它不会说话，可惜它不是一个真正的汉子。

4

欧阳雄和蓝登就住在村长家。村长家的吊脚木楼同蜜家吊脚木楼并排在寨口，两家之间只隔了几棵芭蕉树。蓝登的话题却连几棵芭蕉树的间隔也不要了，紧着同村长问那女人的长长短短。村长却又好像恨不得在蓝登和那女人之间隔上一堵无法逾越的高墙，总不肯明白地告诉蓝登什么。欧阳雄在一旁直觉得好笑。后来，远处传来尖利的呼哨声，虽然三月三歌圩早已过去一个多月了，后生男女唱山歌的兴趣却一点也没过去。村长赶紧告诉蓝登，别处来了几个姑娘，今夜在木棉树脚唱山歌，都是蛮爽神的姑娘。村长显然巴望蓝登不要再想着隔壁那个寡妇，巴望蓝登赶快去找与他不相干的任何一个姑娘，就算那姑娘是天仙，是刘三姐！蓝登如了村长的心愿，出去了。可是他就在楼前一声接一声地打呼哨，尖利而悠长。村长在屋里听得眼睛都发直了。

蓝登到底还是往木棉树那边去了。村长闷头坐了蛮久，然后劝同样坐着的欧阳雄早点去睡，他就披上一件外衣出门去。外衣是一件褪了色的蓝色中山装。欧阳雄不明白他为什么不把衣服穿好。也许披着威风一些，他想。

木楼里没有点灯，火塘的火光摇荡着昏黑的木楼。村长的几个娃崽不晓得缩到哪里去了。村长的老婆，一个烂红眼睛边上巴满了眼屎的老女人，蜷缩在墙角摇着纺车，那根纱总也不断那嗡嗡声总也不停。“她在考验我的忍耐力。”欧阳雄觉得又好气又好笑。十多年前，当语文教师的欧阳雄住到数学教师唐颖宿舍的隔壁之后，他也曾经这样想过。他们客气地点头，他们礼貌地微笑，后来又客气礼貌地说些无关紧要的话。在那个全中国比赛大嗓门高调门的年代，欧阳雄为唐颖的这一份沉静感动了。他想同她多谈些什么，想同她在一起感叹些什么，于是在冬天的火炉边，他谈了，感叹了，而她依然客气而礼貌。后来，欧阳雄有一段时间心绪很恶劣，有近半个月不再理会她，她也不着急，照旧客气而礼貌。第二年的寒假，寂静的校园和温煦的炉火刺激了他的激情，他抱了她，要亲她。她客气地轻轻推开他的脸，礼貌地说：“等一等，我去洗一把脸，脸脏。”然后才把洗干净了的冰凉的脸献到欧阳的唇边。“她在考验我的忍耐力。”欧阳雄觉得又好气又好笑。她显然希望做他的妻子，但她绝不肯有任何主动的表示。她显然喜欢听他说话，但她总是摆平了四肢任他去行事，似乎事不关己，撒手不管。以至于欧阳雄在后来的几年里，同她做爱的次数越来越少，即便做了，感情也蓬勃不起来，连生物水平也没达到！有时候欧阳雄气愤地说出这样的话来。老妻子照旧十年一贯制地客气而礼貌，沉静地微笑。

同行们聚在一起说老婆，老婆不愿让作家丈夫外出太久是一个经常被提及的话题，这种时候欧阳雄只有冷坐在一旁，他的老婆显然是无所谓的。被老婆看得无所谓的男人多么悲哀！以至于三年前他进入文坛最高学府，跟同学们喝酒谈老婆时，他竟然哭了起来。很多同学听了他的哭声都说很可笑。

三十六年的生涯，最孤寂的时光恐怕就数文坛最高学府两年了。

六年的插队知青生活不能不算孤寂，可是那时候耐劳忍辱负重并自认为大作家就应当如此。现在呢，在省里已经颇有名气了，在全国也小有影响，可就是没有获过全国奖，不是获奖作家，在获过奖的同学跟前似乎就是另一回事，在约稿的编辑的眼中就可以读出疑问，在编辑部组稿宴会上就有乞食之感。他沉默地在名利场里挣扎，小提琴一直在那只香烟纸箱里沉默了两年。他需要温暖，需要激情，甚至需要生离死别以及求之不得的痛苦。可是妻子既不希望他离开也不盼望他回来，至少欧阳雄没有感觉出来。两颗心的交合生了锈。她总是在远处客气而礼貌地向他微笑。

这样，才造成了易雨的出现。

外语学院德赛文学社邀请青年作家们座谈。教务处点了十个人去，欧阳雄也在十人之列。他在心里咒骂倒霉，明白这一回自尊心又要承受一次考验。同去的有八位同学获过全国中短篇小说奖，官方奖励的文学奖总是很有说服力的，文学青年们会以一声“哦”来表达他们久已敬仰之情的。而还有一位便是文尧东，他和欧阳雄都没获过全国奖，但是他写的文章骂过全国获奖作品，骂过许多文坛名人，许多大学教授对他的文章都只敢说可以研究可以讨论，而他自己却一边扭着迪斯科一边说“老子镇得他们一愣一愣的”，然后像一只怪鸟一样大笑。文尧东能说会道。他可以宣布有稳定风格的作家是悲哀的，大气磅礴地表示他要打一枪换一个地方。一个稍微有些反响的作品出来了，别人夸奖他，他就说这是玩玩。而重要的是他还特别爱说话。宿舍走廊里，时常震响着他那怪鸟一样的声音：“怎么脸灰灰的啦？怎么不理人啦？”甚至在厕所里他也要说话，没有男人对话便同隔墙的女同学粉墙会：“你那首‘白生生的脸蛋黑棱棱的眼儿’不错。”说话声由小便的哗哗声伴奏。文尧东的巴掌大的小白脸当然不会在任何场合无人青睐的。同他们在一起，欧阳雄这个中原老汉没有不受冷遇的。他说他头疼，不想去，可是九位同学忽然又都有了平时所没有的热情，硬把他推拥着上了面包车。

不明底细的人会以为他很受同学爱戴，而他明白，居高临下的人往往会在同情与帮助弱小的同时使自己的优越感更上一层楼台。

很自然，在座谈会上，欧阳雄又一次陷入了尴尬。他们十人坐成一排，面对百多名大学生和一些青年教师，接受他们递上来的字条，回答种种聪明而时髦的文学问题。这一次实行的是指名提问。欧阳雄这个名字对于他们也许是陌生的，尽管他的短篇《夏阳》得到过叶老的称赞，但没有获奖，因此响亮不起来。会议进行了一个小时，依然没有人向他提问。而同学们一个个妙语连珠，自信与居高临下造成了他们的幽默。文尧东成了会场的明星，因为他念了一位女同学给他的字条，字条的内容是崇拜他，希望以任何方式与他交往，时间地点由他定，全场轰动，还算文尧东良知未泯，没把人家的班级姓名披露。欧阳雄在心里狠狠地咒骂文尧东，认定他又玩弄了一个女孩子。

可是毕竟文尧东很快活，而欧阳雄毕竟非常孤独。他孤零零地坐在最末一个位子上。他挺着胸，胸中充满了悲壮感。

终于，主持会议的同志递了一张字条给他。是很娟秀的女性笔迹，请他谈他的作品《夏阳》。他严肃认真地谈了。紧接着，又有字条给他，请他谈寻根文学。再接着，字条提问：孤独感的层次。不一会儿，他成了全场发言的中心。文尧东在一旁，一下靠椅背，一下东张西望，焦躁不安。欧阳雄的眼睛余光看到了，心里很有些报复的快感。可是，他忽然发觉，手上的五张字条都是出于一人之手。有一位好心人同情他，或者说在怜悯他，想帮助他从孤独而尴尬的境地里挣脱出来。而且这人还一定是一位女性。欧阳雄顿时浑身发热，既感动又屈辱。他冲动地站了起来，举起五张字条：“感谢这位不知名的同志，但我不需要同情，我把这看成是鼓励，凭着这五张字条，我就要坚实而真诚地走下去。”会场上的年轻人为这位孤独者的坚实而真诚的话语感动了，立刻报以热烈的掌声。欧阳雄几乎落下泪来，这是多少年来不曾有过的。

散会后，外语学院的助教易雨便逆着纷纷向门口拥去的人群，笔直地走到欧阳雄的跟前。她穿着火红色的羽绒服。五张字条是她火红的杰作。她向欧阳雄，向这个有中原老汉黑红的脸膛和络腮胡，穿着中原老汉的大裤裆的欧阳雄，伸出了她白皙柔软的纤手。

文尧东立刻凑到易雨跟前来，参加了握手的仪式，并热烈邀请易雨参加周末舞会。易雨矜持地微笑。欧阳雄面对着文尧东，忽然就有了很强烈的崇高的欲望。他的眼睛平视着易雨的头顶，不打算多看这个姑娘一眼。他想绝对不同易雨深化男女之情。倘若她果真去参加舞会，他绝对不去邀请她跳舞。他把这些古怪的念头看得很崇高。尽管后来易雨一再笑话他这是一种病态心理，可他还是觉得这种病态比文尧东的常态要好。

欧阳雄不愿多想易雨，但他常常想起易雨。他隐隐觉得她能使他从孤寂中壮大起来。他对开往外语学院去的342路公共汽车有了一种莫名其妙的感觉。他对走廊尽头的电话铃声有了一种无法言传的期待。

后来，还是易雨在元旦的前两天来了一封信，约欧阳雄同志元旦上午九点钟北海公园门口见面。

欧阳雄到北京一年多，只去过一次北海公园，那还是刊物编辑部组织的游园。公共汽车线路很不熟悉，元旦上午，他在美术馆门口倒111路电车，到北海公园站下。他不晓得这里是北海后门，傻愣愣地在这里等到九点半钟，不见易雨来。他猛然醒悟，可能这里并不是北海公园大门，赶紧请问守门人，果然。他立刻急出一身热汗，慌慌张张地买了一张门票，连走带跑地穿过公园，赶到公园大门口，这时已经近十点钟，还是没见着易雨。他抱着微弱的希望等了二十分钟，想易雨一定生气走了，这是自己的失误，只好懊恼地离开北海公园回校。在电车上，一方面怅然若失，另一方面他又有点庆幸，心想或许未能见面反而是好事，倘若感情发展起来，怎么结局。可是，欧阳雄刚一进学校大门，就有同学喊起来，说是外语学院的女老师来找他，刚离开不到半小时。欧阳雄一身的热汗顿时变成了冷汗，闲话也不说，转身就走。欧阳雄跳上 342 路公共汽车，在外语学院站一下车，他脑壳里热烘烘的，就直冲进学院大门，东问西问，像只红了眼的牯牛横冲直撞了好一阵，才找到了易雨的宿舍。同易雨共房的那位胖乎乎的女老师告诉欧阳雄，易雨回来坐了不到十分钟，又往他的学校去了。欧阳雄脑壳发麻了，道了谢，急忙又折身出学院上车，再次回到学校。还是先前那位同学告诉他，易雨才来又走了，说是去北海公园，而且易雨也急白了脸。欧阳雄恨不得仰天长啸一声，但他还是忍住了。咬咬牙，飞跑到 112 路电车站。电车左等右等不来，好不容易来了一辆，又是快车直开过去。这时来了一辆出租汽车，他连忙摇手停车，催司机快开到北海公园大门。他狠狠地强调大门两个字，心想这一辈子不会忘记北海公园有大门和后门之异，到底也不会弄混了。路上遇红灯，他在心里咒骂交通管理落后，路上遇堵车，他就越发憎恨闹市，恨它不如外省清爽。车到北海公园大门，付了款，钻出汽车，一眼便看见穿着火红色羽绒服的易雨。易雨正站在 103 电车站牌下发呆。欧阳雄脱口大喊一声。易雨猛地转过头来，白净的面孔霎时全涨红了，连眼圈都红了。她停在原地不动，一动也不动，那情景，如果有一个人过去推她一下，她也许就会直直倒下去。欧阳雄冲过去，心里一阵冲动，真想把她紧紧地搂进怀里。可是他在易雨的跟前停住。两人几乎同时长嘘了一声，既如释重负又无限感慨，什么话也说不出来。易雨在前，欧阳雄随后，他们沉默着进了公园。过了横桥，往左走几步，在一株瘦骨嶙峋的桃树下，易雨猛一下扑进了欧阳雄的怀里，而欧阳雄同时张开手臂抱住她，易雨大声而急促地喘起气来。欧阳雄却恨不能立刻冲到荒漠上，嗷嗷地大喊几十下几百下。他咬着牙，把易雨抱得紧紧，紧紧。

村长老婆纺的纱线终于断掉，欧阳雄竟一下子轻松下来，寂寞起来。已经是晚上十点多钟，村长和蓝登都不曾回来，他便先去睡了。一觉醒来，就见蓝登刚刚走到床前。蓝登兴致勃勃地同他说，今晚唱山歌的几个姑娘都不够爽神，寨里的后生同他说，最爽神的是他们隔壁的那个女人，就是养熊的蜜。他们赌他能捞到手，赌一头山羊。欧阳雄懒懒地笑笑，说：“那就看你的本事了。”说完便催他赶快睡下。蓝登没有立刻睡下，坐在床前抽了好一阵子烟。

欧阳雄重新睡去的时候，好像听见几声熊的吼声。村长还不曾回来。

5

蜜和熊和两岁的娃崽相依为命。

她并不巴望熊能帮做点什么。熊也不会做。她只是觉得木楼里已经失去了一个人，倘若再失去这只大庞庞的熊，她的心就要空得什么也没有了。只要熊伴着她安安稳稳地过下去，她的心里也就能安稳。熊很像一个男人，很像她早先的男人。它不会说话，蜜的男人也不爱说话。它走路漫不经心，蜜的男人做事也是慢吞吞的。可惜，熊到底不是人，不能在深夜里温暖她的身子，不能滋润她的心。她只能在睡觉前，抱着娃崽，同熊一起在火塘边依靠在一起。她坐在草墩上，熊就伏在她的身边。有时她就用细嫩的脸庞和丰满的身子，去搓熊的暖烘烘毛茸茸的身子。熊温驯地由她去搓，深凹的眼窝里汪着一片潮湿的温情。蜜常常就不愿上床去睡觉。她情愿同熊坐到天明。

蜜总要去做点活路。这样熊就呆呆地望着远处的黑森森的大山，像久久地深思又像久久地等待。这种时候，蜜喊它，娃崽叫它，它也不肯动一动。有时候，它像往昔一样，悄悄钻进板栗树林里，半天不出来。蜜有时就心慌起来，恐怕它忽然走失了，再也不回来。她隐隐觉得时刻有这种可能。

日子就在平稳和慌张中慢慢过去。一天黄昏，很黑的云团在勒达寨上空涌动，穿山风一阵一阵猛起来，云团如一只只黑熊奔跑。

熊坐在木楼前，一动不动，风掀它的黑毛，它像一尊黑色的岩石抖动。突然，它走动起来，闷着头踱过来踱过去。然后又停住，昂起大脑壳倾听着什么。风声里夹杂着野兽的吼声，粗哑而绵长。是熊吼。是母熊吼。它的身子就抖动起来，喉咙里滚动着沉闷的呻吟声。“回来！”蜜在木楼上喊它。“回家来！”蜜着急地喊它。风声紧了，母熊的吼声弱了；风声弱了，母熊的吼声清晰了。它猛然长吼一声，惊醒一般狂喜一般不顾身一般，立刻冲出寨子，疯狂地向对面大山冲去。

蜜吓懵了。她弄不明白熊要干什么，但这是它不曾有过的行为，这就很怕人。她赶紧把抱在手上的娃崽放下来，撵着熊喊，尖声喊叫。熊还是照直往前窜。她后悔没有听从旁人的劝告用铁链锁住熊。她悲哀没有男人因而驯服不了这野东西。她拼了死力去追。暮春的山野拥挤的草木在狂风中轰轰烈烈地摇晃挣扎。巨大的暗河口在漠漠昏黑里阴森而威严。熊和女人在这一团昏沉而混乱的野地里疯狂地跑。熊的额上的长毛被狂风掀向后脑勺。女人的长发被狂风掀得向后飘散。熊从暗河口前跑过去了。女人在暗河口摔倒了。狂风扑打她的身子，黑暗压迫她的身子，她的头脑空洞成一巨大的暗河口。

蜜绝望了。风势渐渐弱下来，女人的绝望成了更严实的黑暗。熊是永远不会再回头的了，它到底改不了野性子。它是熊，山野才是它的归宿，它离不了母熊的诱惑。母熊的诱惑是一只巨大的暗河口，一口便把它吞噬得不见了。蜜晓得自己无能为力。她昏沉沉地转回家来。娃崽趴在木楼的吊脚梯口哭哑了嗓子，于是她也伤心地哭出声来。

蜜一夜不曾睡着。半夜里风声越发猛烈，木楼同她的身子一起颤抖。她总觉得听见熊的吼声。用心去听，好像又没有。忽而又觉得风声就像熊的吼声，她的眼前奔涌过一只只黑熊。她下了几十遍决心不再想那个野东西。

天亮的时候，熊却回来了。

蜜一开门，就看见熊站在吊脚梯下，微微仰起大脑壳，沉静地望着女主人，后来它又把脑壳侧往一边去，深感抱歉的样子。黑茸毛上沾着许多树叶和草针，一副狼狈落魄的样子。蜜没有吆喝它，更没有骂它，就那么怔怔地盯着它。它低下头，犹豫了一下，就一步一步走上楼梯，以一个浪子归来的神气，悄悄走过蜜的身旁，钻进熟识的家门。

寨里的男人肯定对面山上来了一只母熊。有人提醒蜜，熊要发春情，要用铁链锁上一些时候。男人们更动了心思，要蜜无论如何把熊稳住，作为诱饵，他们要把那只色胆包天的母熊干掉。蜜总觉得过意不去。她晓得熊的思春是如何可怜，也觉得若是这样断了它的思恋它的新爱，是如何地对不起它对主人的忠诚。可是万一它从此被母熊勾去，她又不晓得该如何痛心。这天直到黄昏，善良的女人才把熊的一只脚套上铁链，拴到木楼中央的大立柱上。

果然，这晚上对面山上又传来母熊的吼声。没有风，吼声显得空阔而凄怆。木楼里的熊焦躁起来。它哀哀地哼，死死地挣扎。它啃铁链，嘴巴啃出血来。它猛一挣扎，木楼都颤动起来。蜜坐在火塘边，就大声地骂它："短命鬼，鬼打的！"她骂："山妖勾你的魂了吧，山鬼勾你的命了吧，养你喂你你要跑，你个没得良心的！"她伤心地骂道，仿佛要把它骂成一个讲良心的人。熊听了骂声，安分一下，接着就吼起来，大张着淌血的大嘴。蜜看得心都痛了，几乎不忍再把它锁下去。可是她需要它，她不能白白失去它。为了往后的日子，让它的这点野性的春情和那只该杀的母熊见山鬼去！

第三夜，母熊孤独地叫了半夜，木楼里的熊也苦哼了半夜，女人则苦苦抑制住了恻隐之心。半夜里男人们终于让那只母熊为了性欲付出了生命。

全寨分食了熊肉，熊胆成了全寨治病的常备良药。蜜没有去领取分给她的那一份熊肉。她内疚地守着熊，请熊吃了一大盆蜂蜜拌玉米粒。熊很忧郁，必定是为了再也听不见母熊的吼声的缘故，闷闷地吃了几口，就闷头睡去，一夜不曾打呼噜。

熊不再躁动，因为没有了山野的最强烈的诱惑。铁链当然打开了。蜜觉得日子又安稳下来。她庆幸杀了那只母熊。只要她的公熊不离开，就是杀掉一百只一千只母熊也不要紧。她想。

6

彩色漂浮物还没有在莫弋岩暗河口出现。蓝登在暗河口把蜜和熊的故事告诉了欧阳雄。欧阳雄听了直感叹。公熊对母熊的爱恋令他感动，女人对公熊的情感令他惊讶。都是自自然然的真诚的需求，却要演成一场悲剧。他每每看到女人引着熊走在寨边的小路走在阴沉的暮霭里，就隐隐有一种神秘之感，就预感到这女人某一天为了新的也是自自然然的真诚的需求，会把这只公熊杀掉。他把这预感说给蓝登听了，蓝登硬是不肯相信。

欧阳雄明白这是无法避免的事情。不要说女人面对的只是一只熊，就是一个人，那又能怎么样？欧阳雄不就面对着易雨和唐颖这样两个人么，当处于二者必居其一的选择关头时，不让唐颖让开那又能怎么样呢？尽管唐颖是那样善良，善良得让欧阳雄的心都碎都软了。他骂自己是混蛋，骂自己太残忍，骂自己当初为什么爱上易雨。可他又只能当一个残忍的混蛋去爱易雨。爱上了就没有办法了，就完了，一点办法也没有，或者讲他不想采取乔力介绍的办法。“你就当易雨是情人。”乔力说。“不行！”他坚决地否定。本来是幸福的事情，为什么要造成偷偷摸摸的行为，让心里时时笼罩着犯罪感？不行，中原老汉慷慨悲歌一般地否定。

“欧阳，我求你，回去不要同唐颖闹，好好同她说。”易雨在火车站候车的皮椅上同他说。“欧阳，我求你，回去不要同她……我会难受的。”易雨轻声说。“不要同她……睡觉。”易雨颤声说道。她穿了件黑呢短大衣，脸庞显得很白。是苍白。欧阳雄总低着头抽烟，没吱声。他原来是不抽烟的，近来才染上。他觉得手里夹上一支烟，似乎有了一个依靠，心思定了一点。他料到易雨早晚会有这一番话的。可是一年时间过去了，该发生的事情都发生过了，就是易雨不说，欧阳雄也自然要想到的。他不吱声，他要等把这支烟烧成灰烬，在丢掉烟蒂的同时说一声“好吧”。他觉得似乎应当这样。后来，在丢掉烟蒂的时候，他还是没有吱声。直到上了火车，开车铃响了两遍，他才对着双手抓着车窗边沿的易雨，对着黑呢短大衣衬着的苍白的脸庞，对着苍白的脸庞上一双黑亮的大眼睛，沉沉地说道：“我会对你对她对我自己负责的。”

“欧阳，我求你，看在小柯的份上，不要离，好吗？”唐颖站在欧阳雄的床前说。“欧阳，我求你，我早就晓得你同那个人好了，但是，不要离。”唐颖轻声说。“你同她，我管不了你，只求你不要离。”唐颖颤声说。她穿了件浅灰色的睡衣，脸色灰暗。欧阳雄实践着他向易雨的许诺，同唐颖分开睡了。他睡在四壁是书的书房里，床是长沙发铺成的，望着昏暗的四壁，他觉得有一种莫名其妙的殉道的感觉。遗憾的是，这张床竟然是唐颖细心铺好给他的。唐颖一看他要铺床，就抢过来干，把大床上的鸭绒垫毯扯过来铺到这床上，使得他心里很不好受。他巴望唐颖同他大闹一场，恶狠狠地骂他，把他的决心激发得更强硬一些。唐颖却不是这样的人。这就使得他感情格外复杂起来。他当然不会训斥唐颖。应当说唐颖是无辜的，他只是不爱她，不被他所爱不能说就是她的过错。在这种事情上，爱与不爱谁也没有过错。欧阳雄只希望唐颖能明白这个道理。唐颖却不愿意相信这个道理。她更相信的是另外一些道理。“面子！”她恐惧地说。“你这个作家不要面子？小柯的面子，我的面子，怎么办？你为什么非要抓破面子，我们不要闹出去，我不闹！”她恐惧而又急切地说道。欧阳雄懂得她的暗示，就是说，只要不离婚，她可以容忍他和易雨的事情。欧阳雄不禁狞笑了几声。他知道完了，他是再也不会对唐颖有半点情趣了。他为唐颖的窝囊悲哀，也为这窝囊将要耽误他人生的许多时日而悲哀。

他索性搬到作协的写作室去住。

事情终于公之于众。如同我们这个社会的许多离婚事件一样，妇联最先兴奋起来。女人们首先是为又找到一个“当代的陈世美”而兴奋，其次就是为将要与一个全省知名的作家对垒而兴奋。她们同唐颖一起流泪，然后帮助唐颖愤怒。唐颖说不要，不要她们的种种愤怒，只要不离婚就行。她当然晓得欧阳雄的性格，压力只会使他爆发得更猛更烈。再接下去，便是有身份不同的种种人来谈心，替孩子着想是一致的，注意社会影响大体上也是一致的。

作协的资料员魏丽，一个胖女人，不晓得为什么对欧阳的事格外关心，欧阳对她素来腻味，因为她对他太亲热，似乎凭着年长五六岁就可以挨着年轻男人坐，胖手就可以扶着人家的膝盖，就可以把嘴里的蒜味韭味羊肉膻气喷给人家。她老要同欧阳谈谈。谈什么呢？她谈了很多，可欧阳什么也没弄明白，只记得她总是问：“你们当初是自由恋爱吧？你当初爱过她吧？”然后她又无比诧异地反问道：“既然你爱过她，那现在怎么能不爱呢？”欧阳又好气又好笑，同她讲爱情心理学讲感觉讲情绪是对牛弹琴，他只好拿最俗的话来制止她的啰唆：“你吃多了猪肉不是也很想换几顿鲜鱼吗？”他话一出口就有亵渎感，有点后悔，但也不想多管它。魏丽很浓很长的眉毛一挑。“怎么能这样说话呢？”她嚷道。“怎么能这样对待高尚的爱情呢？”她心疼一样地嚷道。

自然，当易雨给作协党组请求处分欧阳以便他们结婚的信在作协大院爆炸之后，几乎所有的人都痛苦不堪，为风化人伦丧失到如此田地而痛苦不堪。也不晓得这些人为什么痛苦，欧阳想。他觉得也蛮有趣。

7

蓝登根本就没心思去暗河口守什么彩色漂浮物，一连三天他都上山，有时去找草药，有时砍几根青竹回来编织篮子。欧阳雄总是一个人去暗河口，在那里沉思默想些事情，也想构思些东西，当然什么也没想透想清楚。他总要等到黄昏时候才回寨子。他喜欢黄昏，喜欢这时候寨子上空袅袅升起的炊烟，黑色的水牛沉重地归来，灰色的山雀仓皇地扑向大山，而女人呼唤娃崽的声音凄厉而温馨。这种时候，隔壁木楼的女人也常常唤熊回来。别人家呼唤娃崽，得到娃崽的尖声回答和急切的飞跑，而女人唤熊，熊则闷头闷脑踽踽独行。欧阳看了心里很不好受。他总觉得熊是想答应的，但它不通人语，这就显得很可怜。有时欧阳甚至想替熊应答那女人。

这天黄昏。欧阳雄刚进寨子，就看到一帮娃崽围在蜜家的木楼前，吵吵嚷嚷地朝熊扔石头。熊的脑袋上已经淌血，被驯化了的熊还真有忍受力，只嗷嗷地叫，茫然而不解地望着这些往昔时常同它玩耍的朋友。欧阳雄想上前制止，可又觉得人生地不熟不可造次。他看见村长正站在自家的吊脚梯口，虚浮的黄胖脸上露出幸灾乐祸的狞笑。欧阳雄叫了他一声，他看出了欧阳的意思，连忙朝他摇摇手，示意他莫管。欧阳心里纳闷。这时蜜回来了，尖声大骂那些娃崽。娃崽们这才有些慌张，有的跑了，剩下来几个大娃崽照旧恶作剧，石头也落在了去赶熊回家的女人的肩膀上。女人就又哭又骂起来。欧阳发现村长的狞笑越发开心，只是他颈脖上的伤口可能又疼了，他脸上的肌肉抽搐了一下，连忙收敛了笑容。前晚上村长天快亮才回家，欧阳雄一起床就看到他的颈脖上缠上了白布，白布上还浸着血迹。他说是晚上去别村商量事情，天黑跌下山沟，挨竹莸割了颈脖。

还是蓝登解放了女人和熊。他正好扛了一大根毛竹回来，一见这情境，大吼一声。娃崽们愣住了，紧接着便一哄而散。蓝登把肩上的毛竹甩到地上，对着女人像要说点什么。那女人只是抽泣，低着头赶熊上木楼，不肯理睬蓝登。蓝登凑上去几步，熊却呜呜地朝他低吼起来。先前娃崽欺负它，它倒不曾发怒，眼下却对蓝登气愤起来。蓝登无可奈何只好站住。欧阳雄在一旁觉得很有意思，也很奇怪。

欧阳雄不晓得，勒达寨的许多男人，那些平素间总是一副岩石一样沉默呆板的面孔的汉子，已经同这女人和熊结下了仇恨。熊把蓝登也看成了那些人。

蜜生得娇美、健壮、灵秀。她不曾读过书，可是勒脚歌却唱得很能勾人心思。她的男人原先也是勒达寨最出色的后生，读过县上的初中，人平素间不爱作声，山歌却唱得能飞过一架大山，三年前的三月三歌节，在乡政府设的歌场上，同这女人唱了大半夜，然后把女人带回到莫弋岩野合了一回。这就使得勒达寨的男人们猴急，女人们难忍妒忌。两个成了婚的歌手虽然相约着把春天的心思收敛起来，过正经的日月，可是蜜总是那样撩人魂魄，不能叫其他男人不为她做几回梦，而在她的男人撒手死去后，男人们就自然要为她动起脑筋来。

可是，蜜不曾给男人们笑脸。她自然是想男人的。她自然巴望有一个男人来搂她二十四岁的身子，更巴望有一个男人来支撑这间空荡荡的在风里颤抖的木楼。然而，来对她挤眉弄眼的男人都是有家有小的。他们只想同她玩耍。他们只想尝个新鲜。这样既有征服者的骄傲，又有独占花魁的满足，却把苦涩的守盼、凄惨的屈辱和更深的孤独留给这个女人。蜜的心里灵醒得很。她不想图得一时的快乐，造成往后长久的苦恼。她装作一个睁眼瞎，总也看不见那些眼勾勾的男人。她成了一个憨子，总也弄不懂那些暗藏机锋的调笑。她的耳朵变聋了，总也听不见木楼外的呼哨声和轻轻的敲门声。只是在深夜，她搂着娃崽嘤嘤地哭一场，有时就望定了熊，巴望它就是一个男人。

熊也有了古怪的变化。它不再像以前那样逗一切人喜欢。它对一切走近女主人身边的男人敏感起来，凶狠起来。平素间它总埋着脑袋迂迂地走动，而一旦发现男人靠近蜜，它就停下来，呜呜地发出警告。起初男人们觉得很可笑，说这个野东西同他们有仇，他们杀了它的野老婆，它记恨他们。后来他们就不再觉得可笑。有的男人借口找蜜借东西问事情，要上她的木楼，熊就堵在门口，无论那男人怎样恫吓它女人怎样叫唤，它横竖不肯让开，有贼心没有贼胆的男人就只好涨红了脸，怯怯地吞着口水避开去。于是寨里就有了传闻，说是蜜的男人的魂魄附在这熊的身上。

最先吃大亏的是寨西头的打炮鬼。一天半夜，他利索地爬上蜜家的木楼。蜜在睡梦中被打炮鬼搂住，一醒过来就挣扎就骂。已经呼呼大睡的熊也给吵醒了。它摇摇晃晃地走进蜜的房间，两只前爪攀住正在欺负女主人的打炮鬼，接着就是一巴掌。全靠打炮鬼机灵，四十岁的风流鬼比二十岁的憨后生要机灵十倍，左边脸颊只挨熊抓破了皮。他惨叫一声，从窗户口窜了出去，直直跌下木楼，把脚也崴了。

打炮鬼偷鸡不得蚀了一大把米，男人们觉得好笑更觉得紧张。有的人暗暗动脑筋，总结打炮鬼失败的经验，再去一试身手，这样寨子里又增添了两个脸上破皮淌血的男人。而最后吃亏的是村长，他以为他是全寨子至高无上的人物，披上一件中山装又是那样威风，他可以威风地骑到女人身上去，结果却是差点没被熊扇断了他的脖子。

这样就有了一帮娃崽大打出手的恶作剧。奇怪的是，不仅男人们要除掉这只熊，就是这些男人的老婆，也大惊小怪地呼吁要杀了这只影响男人风流的熊。全寨人几乎一致认为蜜的男人的魂魄附在这熊的身上。

蓝登把女人和熊从乱石下解救出来，这晚上却总也闷闷不乐。晚饭时村长请他们喝熊胆酒，蓝登只是闷着头喝。村长喝酒当中进灶间拿东西，蓝登忽然就低声告诉欧阳雄，村长的颈脖是挨熊抓伤的。他不禁吃了一惊。原先村长同他说是跌了一跤挨刮伤的，他还深信不疑，不曾想村长同那打炮鬼共了一个背时的命运。

这晚上，村长喝了很多酒，喝了熊胆酒又喝三蛇酒，后来又喝蜂蜜酒，一张肥脸涨成酱紫色如同包着一汪黑血，随时就要皮破血溅似的。他大骂烂红眼睛的老婆，骂她像一堆死肉。

然后他就骂熊。“为民除害！”他吼道。他气愤地宣布，明天就召集几个男人杀了那只熊。他说的不是酒话。欧阳雄不禁替那女人和熊担心起来。

蓝登忽然就笑了。他说：“你们杀熊，那女人必定要同你们闹死闹活，我想把这只熊买下来，带回红水河边的寨子去杀了卖钱。”他眨着红眼睛说道。他说他还要同那女人商量一个价钱。

村长猛拍了一下蓝登的背，大包大揽地说“卖给你”，好像熊属于他的一样。接着他就同蓝登拼起酒来，干渴得不得了的样子，猛喝狂饮起来。后来就连声喊：“我要讨她做老婆，我要拿她来垫床板！”蓝登却呜呜地哭起来，哭声很古怪很可笑。欧阳雄忽然觉得蓝登和村长好像都很可怜，还有那个女人，那只熊。

8

在男女私情上，女人要比男人来得灵醒，死了男人的蜜就尤其灵醒。男人心中的鬼怪，蜜不用抬头就能感觉出来。这种时候，她就亲热地呼唤熊，把手伸进那茸茸的黑毛里，像是抱定了一块大礁石，不让自己被急流冲走。可是，蓝登帮她和熊解了围，蓝登定定地望着她，她却不再呼唤熊，不再去抚摸熊。她觉得心里空空的，身子禁不住就要战栗了，就径自跑上吊脚楼，躲进家去。

她没有勇气去看那个来察暗河的后生。因为那个后生时常定了眼神把目光直直伸进她心里去。她去刨玉米地，后生扛一根青竹从地边过。不哼风流歌，不搭腔，好像连看都没看她一眼，她却觉得他在盯着她。重重的脚步每一步都踏在她的心上，脚步声远了听不见了，她又觉得自己的心也没得了。她去板栗树林里捡树枝，后生提着几个装野猫的铁夹走过树林边。铁夹碰得叮当响，她以为后生撩拨她，响声刺得她的脑壳都要发昏。响声远去了，她巴望那些铁夹不要再响,好证明刚才的响声是后生故意弄给她听的,是属于她的。前两天，蜜同几个女人在莫弋岩口洗衣服，女人们就议论来莫弋岩察暗河的后生。蜜不敢插嘴搭话，只觉得一张嘴必定会脸红。她尖起耳朵来听有关那后生的一切话语。女人们说那后生来察暗河也来察女人，想上门入赘。勒达寨尽管蛮荒偏远，却又看不起更蛮荒更偏远地方的人，更看不起从那些地方来这里入赘上门的男人。可是蜜听说那后生要来入赘，不由觉得暗河流出来的水一片发亮，刺得眼睛都花了。她急急地洗起衣服来。

自从听了蓝登要找女人家入赘的传闻，蜜就忽然很想唱山歌，想亮着嗓子甜甜地柔柔地唱,唱得一寨子人四乡八峒的人都来看她。她想唱：

勾魂鬼，
昨晚等你你不来，
前门留有一盆水，
床前留有一双鞋。

她更想唱：

不得风流心不开，
莫弋岩口起青苔，
哥想插柳尽管插，
莫要拔树别处栽。

这些都是她做姑娘时不齿于唱的妖歌，现在她却恨不得满天满地去唱，唱得个头昏脑热才好。然而她又压迫自己不要唱出声来。她有一个引人注目的寡妇的种种难处。她只能苦苦地默默地等待。

她时时担心这个察暗河的后生会在某一天早上像暗河一样忽然消失。

蓝登来护她了，她却没说出话来。她一晚上都在懊悔没有说话。回到屋里就大哭了一场。起初是哭所受的欺负和屈辱。这几天寨里人都在咒骂她和熊，甚至打炮鬼到处说她同熊睡觉，日后必定要生出一只人熊来。他们要除掉这只熊，她已经感觉出来。现在连娃崽们都来欺负她了，她就觉得孤独得寒心。在寒心的时候又想起自己总不能同蓝登搭上话，眼看有了机会又没搭上，她就哭得更伤心了。

这夜晚，蜜是睡不着的了。她侧耳听着四处的动静，巴望有呼哨声，更巴望有轻轻的敲门声。村长领受了熊的厉害，寨里的男人是不敢再来的了，这时候要再有人来，必定是蓝登。蜜感觉着他会来了。她巴望蓝登即刻就来。恍惚间，她听着好像有敲门声，心就猛地一跳，再侧耳细听，却又听不到。她怕蓝登胆小不敢多敲一回，赶紧光身跳下床去开门，屋外一团漆黑。她转回到床上，再侧耳去搜寻响动，熬得都困了，总是那只熊在呼呼地打鼾。她头一回讨厌起这蠢笨的鼾声来，吵得她太心烦了。一时间，她觉得黑洞洞的屋里很空很空，自己变得很小很小。

9

第二天晚上，蓝登终于踏着沉重的雷声走进了蜜的房间。

远天响着闷雷，而且越响越近。蜜没有闩门。她晓得蓝登要来。他们还没有说过一句话，但她晓得他必定要来。这晚上她反而没有脱衣。她等他来脱，用一双又粗又硬的大手来脱，粗粗鲁鲁地脱，这样她会感到舒服死了。可是蓝登不敢。他只敢抱住她，只敢亲她……当两人抱成一团的时候，大雨哗哗地下来了。蜜顿时感觉到浑身一下就清爽下来。雨声增添了她的温暖，风声带来了她的安逸。蓝登在颤抖，木楼也在颤抖。风声雨声雷声闪电天翻地覆。压抑了两天的雷雨如压抑了几百几千天的情欲一齐发泄。蜜只觉得是在雨中奔跑，在泥泞中挣扎，又觉得是在迎风而立，用了全身的力量稳定自己。她头脑里忽然就冒出一句古歌：“莫弋岩是造人的地方，水总也流淌不停。”往昔听来丢丑，往昔听来脸红，往昔不愿多想它，这时候竟想起来了。“莫弋岩是造人的地方，水总也流淌不停。”她想放声喊出来唱出来。她什么也喊不出唱不出。雷声雨声风声很响。

竹床咯吱作响。熊醒过来了。它对女主人房间里的一切激烈的响动有了高度的敏感。有过很多回，只要它立刻进去，总是有事，总有它威风一回的机会，然后女主人总会靠紧它抚摸它，温存一回。这晚上它自然又威风凛凛地走到女人的床前。女人在挣扎。女人在喘息。熊逼近床边，用一股腥臭的气味冲散了人的一场狂欢。蜜吓得喊了一声。熊的一只前爪已经挥动。蓝登昏头昏脑，躲闪慢了，肩膀挨了一下，火辣辣的。他顿时清醒过来，一个翻身从床上跳下来。熊呜呜地哼着，转身又要去抓他。蜜要蓝登快跑。蓝登不能跑也不愿跑。光着身子怎么跑？就是穿上衣服他也不愿跑。他不甘心在蜜的跟前有一点软弱。他只恨不得一拳擂翻这只笨熊。他有的是力气，莫说是一只熊，就是一座木楼一架大石山，这时候他都想把它掀翻。熊又一次扑上来，蓝登用一只胳膊拉住它，一拳擂过去。熊的脑袋挨了沉重的一击。蓝登的胳膊被抓烂了。熊吼了一声，蓝登骂了一声。野性的熊已经被人驯化得不太善斗，而原本是人的蓝登却浑身冲突着野性。他要同熊拼个你死我活。“杀死你！”他喊。“不杀死你我不做人！”他咬着牙鸷毒地喊。

蜜光着身子抱住了熊，又恨又痛心地骂着熊。熊一点也不明白，这一回女人为什么不要它的保护。它顺从主人的意思，不再去争斗。但它还是对着蓝登呜呜地哼，威胁着这个男人，它要他立刻滚开。它还是无论如何不能容忍任何一个男人靠近它的女主人的，尤其是在黑夜。

蓝登当然不能善罢甘休。可是蜜求他快点离开。他急得想大骂起来。如果身边带了牛角尖刀，他要当场杀死这只熊。被一个野东西欺侮，他感到耻辱。可是蜜又不准他伤害熊，他又感到委屈，甚至是妒忌。他抓起衣服，光着身子走出门去。他甚至不愿在这里穿上衣服，那样他将感到自己一点硬气都没有了。临出门，他发誓："不杀了它我不是人！"他压着声音粗着嗓子发誓。

蜜的心都要碎了。她撇下熊，锁了门，跑下楼梯。风雨已经停了，四处都很安静，一只夜鸟号叫着，孤零零地飞过寨子上空。蓝登还没曾走开。蜜抱住他，生怕他打脱一样，拼命抱紧他，嘤嘤地哭起来。她用温热的舌头舔他的伤口。她说以后惯熟了熊就会同他好的。可是蓝登还是咬着牙，把要杀熊的誓言咬得紧紧的。"你要熊还是要我？""我要你要你。""你可怜熊还是可怜我？""可怜你可怜你。"女人哭着跪下来，抱紧了他的脚。

10

一场大雨，暗河涨水。欧阳雄他们的拦河网被水冲走了。彩色漂浮物还是没有出现，或者已经被洪水冲走了，或者两条暗河并不相通。欧阳雄和蓝登一大早就去了暗河口。雨还在断断续续地下，看来洪水还在涨。蓝登不着急，他说索性再等下去，水消了再拉网。欧阳雄自然明白蓝登的心思，女人已经拴住了他的心，可也替他担心，只昨天一夜晚，就伤得那么重，再往下怎么得了。

暗河调查队给人送了信来，要他们继续拉网，继续守候彩色漂浮物，他们在那边每隔一天投放一个，现在已经有一个暗河口收到了，他们将同时从两个暗河口投放，因为根据原先测量，莫弋岩的海拔点比那两个暗河口低得多，倘若相通，这里肯定是下游。

送信的人还给欧阳雄捎来两封信，一封是省作协的干事陈仁信来的。小陈同欧阳雄的关系不错。他在信里对欧阳雄的前途表示了很沉重的担忧。他告诉欧阳雄，省作协第三次代表大会即将召开，原先欧阳雄被内定为作协副主席候选人，现在已经取消，这两天筹备组对他的理事候选资格还在讨论，有人已经提出他连代表也不能当。乔力倒也还能替他说话，他私下里说了，整了欧阳开了先例，以后没准他们也会倒霉。前些时候作协党组派了调查组到北京去，大约去了他们学校和外语学院，希望他妥善对付。欧阳对取消他什么资格倒无所谓，取消了也就轻松了。反正总还没想到取消他做人的资格吧，他想。至于到北京调查，他更无所谓，既然闹到这种地步，还有什么需要证实的呢？通通来问当事人好了。此外，小陈还告诉他，唐颖向作协党组书记表了决心：永不离婚，欧阳雄就是患了癌症她也要守下去。党组书记非常高兴。欧阳雄想，为了他这些人也真操碎了心。

另一封信当然是易雨来的。信很简单，她告诉欧阳雄，系里安排她三个月备课，她决定下个月一日到柳州（还有十天，欧阳雄迅速计算着时日），请他去柳州接她。“我太想去看看暗河了，”她写道，“暗河太有力量了。暗河也太不幸了，倘若它总也不能光明磊落地流淌在蓝天丽日之下的话。我很为暗河感动，但是我又不愿意把全部的感动交给它。我不能忍受将激情永远埋藏在地底的命运。我要把压抑住暗河的那些层层叠叠的地壳通通轰毁。如果我不能做到这一点，那么，欧阳，咱们就在暗河口住下去，老死于暗河之滨。”

看了易雨的心，欧阳雄只觉得眼皮很重很涩，只想一劳永逸地闭上眼睛。其实老死于暗河之滨的念头曾若干次在他头脑里出现过，而这时由易雨说出来，他感到格外的悲壮。

这天欧阳雄开始留心观察体会勒达寨周围的一切。寨前寨后的大山有黑森森的山林包裹，浑厚而温存，易雨一定会喜欢；寨左寨右的山石峭壁如刀削斧砍过，正直而充满力度，易雨一定会赞叹；寨前山上挂着一条弯曲曲的小路，易雨一定要去攀登的；通向莫弋岩的泥路还算平坦宽阔，易雨一定会奔跑着扑向暗河；从莫弋岩里流淌出来的细流易雨当然会叫绝，而他就把莫弋岩的传说告诉她使她脸红一回；然后两人进岩洞去看暗河，因为黑暗森严两人一定会依偎得很紧并且相互温存几回。还有，那清晨的鸟鸣，迟暮的山雀，黄昏的炊烟和水牛，还有一年几次的歌圩，男女青年漫山遍野公开的有声有色的恋爱，易雨都会感到亲切的。他们还可以去看红水河，红水河就在寨前大山的那边。欧阳还没去过，听说要走大半天，这样很好，不要人带路，只朝着方向走，逢山爬山，逢水过水，总会到的。

他同易雨曾经一起嘲笑过对花落泪的大学生式的感动。他自认为自己已经深沉，已经不会“爱上层楼，为赋新词强说愁”，不曾想现在竟对自然风物充满了那么细致亲切的感受。或许这正是一种懦弱，一种害怕尘世纷争的懦弱。或许这正是人需要在自己的故乡——自然界寻找生命的和谐。我怎么能懦弱呢？欧阳雄抗争似地想。“我这不是懦弱，我在寻找，寻找生命的和谐生命的方式生命的哲学，那就是自然法则是生命的最高哲学，人类的全部努力都应当以此为最合理的结局，其余都是过程。”欧阳雄想道。

11

蓝登已经把往昔塞在提包里的牛角尖刀挂上腰间。他那一举一动都聚着一股硬气一股蛮力。欧阳雄暗暗喝彩。有这么一派无所畏惧的英雄气概，愿意爱什么就爱什么，爽神。他没有那么多的瞻前顾后，那么多的畏首畏尾，那么多的虚伪客套和冠冕堂皇的理论。欧阳雄还真想从这后生身上学取几分英雄气概。他晓得自己到底还没有这一股大气。想想自己竟然叫作欧阳雄，竟没有一点雄性之气，真是一种嘲弄。

蓝登自然要遭到勒达寨的男人们的笑话。那些同类，几经努力没有得手，有的甚至还为此受了伤害，自然要为蓝登的受伤大大地欢喜起来。昨天村长还同众人说这个后生不同意他们杀熊，要买熊，原来是想连熊带女人一起买。这一回莫弋大王开眼，也让他尝了一回火色。欧阳雄同蓝登从暗河口回到寨子，路上就有几个男人眨着一律的眼睛向蓝登笑，不说话。村长在木楼里的火塘边闷头抽烟。他晓得他们进家，却不肯回头来打照面，过了蛮久，他收起烟袋要出门前，才看了蓝登一眼，闷着声说："那是惹不得的麻风，你莫想了，想同她做一条暗河，不成的，要命就莫再去惹麻风了。"蓝登铁青了脸说："哪样暗河？我要大明摆白仰卵朝天同她来。"村长阴险而又不屑地龇出黄牙齿笑了笑，说："你敢大明摆白去？仰卵朝天恐怕熊先抓溶抓烂你的卵！"说完村长便出了门。蓝登即刻就起身。"我去！"他吼道："我大明摆白给你们看！"他暴躁地吼道，立刻就要夺门出去。欧阳雄急忙喊他回来。他不听，咚咚咚直冲下楼梯。欧阳雄冲到楼梯口，蓝登却已经冲上蜜的楼上。

蜜不在家。木楼门锁上了。

蓝登骂咧咧地打转回来。腰间的牛角刀摇摇晃晃。他自然有一拳打了个空的遗憾。回到屋，他仰面倒到床上，蛮久才长长地出了一口粗气。

欧阳雄看见村长同几个男人聚在寨口的榕树下，远远地朝这边看。看样子，他们并不想阻拦蓝登向那女人的进攻，只要他敢杀了熊，这女人就理所当然属于他蓝登的了。也许他们会妒忌，但他们会认为蓝登的获取又是理所当然的。有本事就去抢过来，这是山里人的天经地义。

蓝登在床上一躺就是半天。直到黄昏，欧阳雄看见蜜回来了，没有熊跟着。他就赶紧告诉蓝登，他莫名其妙地巴望蓝登能从床上挺起来。果然，蓝登就急急地跑往蜜家去。

蜜已经把熊带回大山林里去了。她一大早就牵着熊出了寨子。她不愿蓝登杀了它，更不愿它伤了蓝登。她带了好多红薯玉米在身上，一路上直喂熊。熊不吃。最后她把熊引进了一个小岩洞，把剩下的食物全放在那里，然后转身躲开去。

在回寨子的路上，她抹过好几回眼泪。她想起熊的种种好处，想到它从此将孤零零地在山野里过日子，早晓得这样，还不如当初放它同那只母熊过日子去。她还想到蓝登也许就为了这只熊而恨她，再要是蓝登气短就此离她而去，自己就只有死路可走了。她想起蓝登就心紧，几乎是小跑着回来。她巳望蓝登能看见她哭，她想让蓝登看得见她着急的样子，她要让蓝登晓得，为了他，她什么都舍得丢掉。

蜜见了蓝登，这才放声哭起来，为了可怜的熊，也为了蓝登终于没有走掉。

12

天亮，蓝登从蜜家出来，昂首阔步，满脸喜气。他打定主意入赘。他觉得太爽神了。蜜是那样地合他的心意。他到村长家拉上欧阳雄，立刻就去暗河口重新拉拦河网，神气好得很。他吹嘘自己一晚上不曾歇过。欧阳雄听了直咂嘴。

中午他们回到寨子，村长拦住他们，他告诉蓝登，那只熊又跟路回来了。他好心地劝蓝登不要去惹它，它回来后又撞木柱又滚地，发了很大的脾气。

欧阳雄以为蓝登又要生出怒气来，不想他竟然愣然了好一阵子，喃喃地念叨着怪了怪了，然后就拉了欧阳雄去看。

果然，蜜家的木楼前围了不少人，看来熊是闹腾了一场。这时候蜜已经把熊安抚住了，它紧挨着蜜，一副寸步不离的神气。而大凡围观的男人一说话，它就盯着那人，凹下去的眼睛显得很深沉，看来它与这些男人们的仇恨也够深的了。

蜜见了蓝登就青了脸喊：“你莫过来！”蓝登竟然也不着急过去。他同蜜肯定要在一起了的，熊只不过是一个碍手碍脚的野东西而已，他犯不着同这个东西计较，反正得把它弄掉就是了。杀了它自然也没得必要，蜜是舍不得的。它到底同蜜相依为命了那么长的日子，杀了它会伤蜜的心，怕是以后对他还要啰唆起来。蓝登安稳地得了女人，性子竟然也安稳下来了。

蜜把熊带上了木楼，众人一面看着蓝登的表情，一面很不过瘾地散去。他们满以为蓝登会同熊来一场恶斗，不曾想蓝登如此没得神气，失望极了。

晚上，蓝登只好同蜜到莫弋岩去说话。他们说来说去总离不了那只熊。蜜说了它的好处，蓝登说了它的坏处，像在议论一个人。最后，当蜜被蓝登抱紧了抱得舒服了，她这才同意了蓝登的主意，把熊带到红水河那边去，让它永远不回来。当这些主意定下来之后，蜜不禁连连打起寒战来。

这晚上，寨子里不时传出熊的吼叫声。它吼得非常凄厉非常不平非常绝望。到了下半夜，它还在吼，那吼声同黑夜一样迷茫一样沉重。后来，牛栏里的牛牯们也长一声短一声地哞哞喊叫起来，狗们也叫，高一声低一声地吠，还有鸡，还有山羊，还有打炮鬼家养的果子狸，把一个寨子闹得沸沸扬扬。男子们都站到寨口的大榕树下来，神秘而沉重地揣测其中的原因和将来的祸福，烟头的火星不安地明灭。后来女人家就在家里祈求莫弋大王保佑。当寨里的这些禽兽终于平静下来之后，四面大山上接着也响起了各种兽类的叫声，有的像笑，有的像哭，有的明显是在发怒，有的则像是在骂人。

蓝登一夜不肯睡去。欧阳雄只好陪他坐在火塘边。蓝登整夜里都攥着那把牛角尖刀，随时打算拼命的样子，他一夜都不曾说什么话。只是同欧阳雄说："就是有山神山鬼我也不怕。"欧阳雄感觉着他的口气很神圣很庄严，本来想笑，但终于没敢笑。

13

蜜终于把熊送到了红水河对岸。对岸是连绵百里的大山森林，应当是它最好的归宿。

蓝登和欧阳雄远远地伴随着蜜。蜜趁着同熊温存的时机，把它推下了一个两三丈深的土坑，这才甩脱了它。按照蓝登的办法，那就是用铁链把熊拴在一棵大树下，这样要甩脱更容易。蜜却不肯。她说这样一来熊会被铁链困死饿死。这样就只好采取推它下坑的办法，等到这个笨家伙爬得上来，人也就走脱了。

红水河这一段没有渡口，船家也极少，他们从下游请了一只小船来摆渡。船家汉子对送熊过河的蜜十分惊奇。他问蜜为何把这么乖的一只熊丢了。蜜哑了一样，任哪样问也不搭理。直到重新回到这边岸，回到蓝登和欧阳雄的跟前，她才疲惫不堪地软软地坐到石头上，很响地唉了一声。蓝登很小心地陪她坐，不敢吭声。

他们三人正要起身回去，蜜忽然恐怖地尖叫了一声。“撞鬼了！它来了它来了！”她说道。“它又跟过来了，撞鬼了！”她颤着声音说道。她的脸上白得一点血色也没有。蓝登和欧阳雄赶紧顺着她手指的方向看去，对岸的悬崖上只有几丛灌木在风中摇动，哪里有她的熊呢？可是她还是喊，还是指着对岸。蓝登只好再仔细望去，这才失声喊道：“当真！”接着欧阳雄也从那些黑色的灌木丛中认出了那只黑熊的脑袋。

红水河永远地把他们和那只熊分开了。人和熊彼此沉默地对望着。蓝登显得特别紧张。欧阳雄感到十分惊奇。女人已经抽泣起来，而熊，它只能远远地沉默。

忽然，熊的身子直立起来，像是要向这边岸向它的女主人扑过来。它立起又倒下，倒下又立起，越来越急促。它跃跃欲试。它要跨越眼前它怎么也弄不明白的鸿沟。

熊终于从悬崖上扑了下来，掉进红水河不见了。

欧阳雄和蓝登从红水河回到勒达寨的当天下午，彩色漂浮物就在莫弋岩暗河口出现了。蓝登同欧阳雄说，他要回家去开结婚证明来。欧阳雄则同蓝登说他要去柳州接爱人，爱人从北京来，要来勒达寨看暗河，还要看红水河。他又问蜜，到时候能不能住她家。蜜连连答应，欢喜得直抿嘴笑直捋头发直扯衣襟。“但得她来。”蜜说。“我们这里苦，没得高楼大院，没得汽车火轮，没得东没得西的，但得她来玩啰。”蜜惭愧地说道。欧阳雄就同她说，这里好，这里爽神，这里喝生水都干净些，若不是还有工作，他同爱人都愿意在这里住一辈子。

原载于1986年第6期《清明》

谢树强

谢树强

广西作家协会会员。1950 年 6 月 20 日生于宜山县矮山乡龙降村。“文化大革命”期间，在怀远中学念了两年初中后，于 1967 年 1 月 1 日回到生产队参加集体生产劳动。1979 年 4 月，以临时工的身份到矮山公社文化站工作。1985 年 1 月，经过转干考试转为国家干部（现称公务员）。1985 年 6 月至 1985 年 12 月在广西作协文学讲习班学习。1988 年 8 月调入宜山县文化局工作。1992 年 9 月任宜山县文化局副局长，1995 年 10 月被选为宜州市文联主席（兼）。1996 年 8 月调入宜州市委宣传部并任副部长。2000 年调宜州市文联担任专职文联主席。2011 年 1 月在宜州市文联主席的岗位退休。1990 年在漓江出版社出版短篇小说集《村丑》。2003 年以来，先后在人民文学出版社、广西人民出版社、漓江出版社、广西民族出版社、民主与法制出版社出版了长篇报告文学《征讨贫困》《丰碑巍巍》《金凤展翅》《桂西牧歌》《走过硝烟的大学——浙江大学西迁纪事》《镌刻在大山深处的天平》《百年烛光》。其中《金凤展翅》《走过硝烟的大学——浙江大学西迁纪事》分别获第三届、第四届广西少数民族文学创作花山奖。

禾黄米熟
嗬嗨叔
村　俗

禾黄米熟

扁担叔蛮久没有女人。于是，便朝朝暮暮地想，想女人的好处，想女人的温柔。起先，只是想他那死去的女人，后来呢，就想现在守寡的或是离了婚的女人。

村上的喜喜婶也守寡。扁担叔就在心里“读”着喜喜婶的凤眉细眼，还有她那一身鲜亮的衣裳——他觉得她和他那个死去的女人的脸模一样动人。

“读”得很痴很迷，夜里就常出门。

出门做什么？

村上人讲：晚上常听见有布谷叫，叫得有点古怪。谷雨那样久了，还有布谷叫？不晓得是在岭背山腰，或是在哪方竹林哪蔸树上。

只要“布谷”叫了，喜喜婶家的那扇木牌子门便发出沉重的响声。接着，喜喜婶从那黑黝黝的瓦檐下走出来，走进也是黑黝黝的地里。大概是到了刚才有“布谷”叫的竹林，先是两声“咕咕——咕咕”的斑鸠的啼叫声，之后，“布谷”便不再叫唤，竹林和夜复归寂寥……

人们终于发现扁担叔和喜喜婶相好，而且好得情深意厚。就在那个没有“布谷”叫，也没有“斑鸠”啼的晚上，他们相约去找队长，请求打一张证明，他们要登记结婚。

“你们……”年轻的队长为他们脸红，“都是养大儿女的人，还想那门事。没丑？”

扁担叔脸没红，一本正经：“丑什么？哪个不想有夫有妻的。”

“叔、婶，”队长推脱说，“你们还是先回去，待开会问问众人。”

结婚还问众人，这样的政策几时兴？扁担叔、喜喜婶都不明白。但他们还是顺从地走了。会也开得及时，可是无论是老的、少的，都觉得惊讶，甚至有人当即就破口大骂：“老不正经，呸，丑死人！”喜喜婶当即就掩面哭泣，离开会场。主持分钱分粮的会计梗着脖子冲着扁担叔凶声凶气地吼：“死老鬼，不怕饿死你们就结呀，队里不分口粮！”

这是早几年的事情了。时光又过了几年，到了已经不需要会计分钱分粮，而是自己的阳春自己盘，自己种田自己吃的时候了。

“这回，应该是天作之合了吧！”望着那坪一直铺到山脚、虽是各家各户种的但都长得十分赏心悦目的禾苗，望着矮矮的瓦檐上那片蓝得发亮的蓝天，扁担叔、喜喜婶都曾这样充满希冀地想。

那么，日子留给他们的又是什么呢？

依旧还是那样，提心吊胆地相爱。何必要这样？一定要这样！

哎呀，想起来了，是他们的儿女都当真大了，大到可以扯秧插田，可以背犁扛耙，大到也是想着这种日子的年龄了。这种心事应该防儿防女，要不，会丢儿丢女的脸，伤儿伤女的心。

那面坡上的人家，有个极漂亮的妹仔叫云鹊，就是因为背背篓上山找猪菜，看见守寡的阿妈和一个男人在一块青石板坐得很近，回家之后，就眼泪汪汪地哭。然后，吞下断肠苗，在母亲温馨的怀里咽了气。

如今，扁担叔想起来，还有点害怕，他怕他的儿子火把也像云鹊那样吞断肠苗、喝乐果……

戒了，戒了这颗风流心。扁担叔终于下定决心："火把，你若是爹的孝子，你就答应我一件事。"

"爹，你讲。"

"每天给爹三两黄豆四两酒。"

"为什么不要五两六两？"儿子火把觉得奇怪。

"三两四两就够了，"扁担叔心事重重地说，"山歌不是这样唱么：老了忧，老了莫讲那门头，三两黄豆四两酒，风流就在罐里头。"他想只要喝酒，他就会醉，就会干干净净地忘记和他相好的女人。

真的都是这样就好，扁担叔偏偏没有醉，又偏偏忘不了和他相好的女人。

酒，喝了，反而牵肠挂肚。

那晚，他约她，而且还别出心裁地给她送了一块小圆镜。老了，还要镜子做什么？喜喜婶又偏偏不拒绝。她认为这是爱情的象征。她要。她接过来，一面用手轻轻地抚着镜面，一面喃喃地说："恐怕我们这世人做不成夫妻了！"

"是命咧！"扁担叔也伤感地说，"怪我当初太没有本事，没有本事养你，怕队里不分口粮。"

"算了，只要能这样见见面也就好了。唉！"喜喜婶的气叹得很长。

"就是这回，就是这回了，"扁担叔一脸忧郁，"我心里跳嘭嘭地，怕我家火把，怕惹他伤心。"

巧，正在这时，扁担叔的儿子火把突然出现在他们的面前。他是看田水回来路过这里，偶然遇见的。只喊了一声爹，喊了一声婶就走了。

扁担叔惊出一头冷汗，怕见他的儿子火把，回家之后他蒙头大睡，一直睡到天光。等儿子火把出门了，他才爬起身，舀了一大海碗的酒，准备一饮而尽。完了，他希望真的大醉一场，醉沉沉的，不要醒来。

这时，哐啷一声门响，儿子火把回来了，他一把夺过扁担叔手里的那碗酒："爹，酒要是能把牵肠挂肚的事情了结，世界早就不是这样的了。我不希望你醉。现在，禾黄米熟了，又收又种，活路多得起了堆，我们一家两个男人，连个割谷扯秧的女人都没有。"

扁担叔苦着脸："我又做得哪样？"

"做得，"火把胸有成竹地说，"你去找喜喜婶跟我们闹'互助'。"

扁担叔不敢相信，连声说："火把，爹对不起你，往后，和她一刀两断……"

"不，"火把认真地说，"要和喜喜婶长期'互助'"。

"这………"

"爹，其实，早就应该了，如今，自己种粮自己吃，还怕养不起喜喜婶吗？何况，现在还是'互助'，喜喜婶也有一把力咧。"

扁担叔听着这番话，竟然泪雨滂沱起来："火把，爹晓得你的心，来生转世，爹再报你的恩。"

"爹，"火把真心实意地劝道，"不要这样说，让人见了笑话咧。喜喜婶我已经请她来了，正在屋外等。'互助'的事还是你去动员好。"

扁担叔抹了一把泪花，走出来。果然，喜喜婶早已恭候多时了，扁担叔开门见山："我家火把要我跟你闹'互助'，你敢不敢？"

喜喜婶脸带笑意，挑衅地说："只要你敢，我哪样又不敢？"接着喜喜婶余兴正旺地说："明早你先'互助'我，大明摆白地帮我去犁村口的那块刀把田。"

扁担叔不假思索地回应说："只要你敢当着众人的面送饭到田垌，明天，我就敢大明摆白地去帮你犁田。"

"就这样，一言为定。"

第二天一早，扁担叔真的牵牛扛犁去犁田了。喜喜婶提着竹篮踩着湿漉漉的露水，紧紧地跟在后边。扁担叔见了，故意作嗔："人家讲，早饭到晌午，夜饭到更鼓，天光老早，就送饭？”

喜喜婶脆生生地笑：“怕你饿了有意见，闹不成‘互助’。”

这话多甜，硬是有那男耕女种的情意掺在那里头。扁担叔心里热乎乎地，半是玩笑半当真：“讲鬼哟，八成是秤不离砣，公不离……”

喜喜婶连忙抗议道：“人家是‘互助’，谁跟你公啊婆啊！”

扁担叔更加得意：“酒是饭，饭是酒，还不都是用米煮的！”说着，挥起鞭子，催了一声牛，“走啊，莫误了好时光啰！”

是啊，正是好时光：六月六，禾黄米熟！

原载于作者作品集《村丑》

嗬嗨叔

彩调，又名哪嗬嗨，是流行于桂西北的一个地方剧种。在我的故乡葫芦坳，几乎没有被淘汰、沉沦过。不论是男是女，都会长声吆吆地唱。他们唱日子、唱生活。

穷困的人唱：“天上星子朗朗稀，莫笑穷人穿破衣；十个手指有长短，山中树木有高低。”

讨柴的人唱：“担子挑上肩，左肩换右肩；一担干柴火，烧得好几天。”

单身的男人唱：“一个男人实在难，两个男人更麻烦；还是有个女人好，又问暖来又问寒。”

很久，很久，村人仿佛觉得日子似戏，戏似日子。不信吗？我给你介绍几个大家熟悉而又陌生的人物。

嗬嗨叔。

嗬嗨叔，乡村剧团的一位主要演员。在乡村舞台上，你会常见到他，因而就特别面熟：黄衫蓝裤红腰带，再加一把大花扇，就青山绿水地唱起来了。

因为彩调哪嗬嗨唱得好，所以你们都喜欢叫他嗬嗨叔。

同样是因了哪嗬嗨唱得好，嗬嗨叔才把戏当作日子：“春夏秋冬四季天，寒来暑往又一年。”也把日子当作戏来唱：“日头落山跌进岩，哥是穷人实在难，隔壁邻舍邀煮饭，米在米行柴在山。”嗬嗨叔和彩调感情太深太重。感情最深最重的犹数《王三打鸟》。嗬嗨叔说：“就数这出戏好玩好耍。”

它是一出喜剧，是男人和女人相亲相爱的喜剧。演起来又出感情又出戏。嗬嗨叔十八岁那年，就是因为《王三打鸟》假戏真唱，得了“毛姑妹”做老婆。

嗬嗨叔感谢《王三打鸟》，记得《王三打鸟》。

别的，他都会唱会演。他不想演，不想唱。《王二报喜》，是一个赌鬼和他老婆在台上打打闹闹，没有夫妻感情，也没有味道；《赶子牧羊》，他更不想唱，一出催人泪落的悲剧。演的凄凄切切，看的哽哽咽咽。太悲凉了。

他怕唱悲剧。

不期，这回他却实实在在地唱了一出悲剧——因为唱彩调，他丢失了当年唱彩调唱得的“毛姑妹”——一个和他厮守了二十多年的女人。

彩调，本来他早就应该“光荣引退”不唱了。他也有过这个想法：“老了，一脸的坑坑洼洼，化妆要油彩多。”

可是，县里的精神文明办龙主任硬要他唱：“唱吧！省里要在这里开精神文明建设现场会，戏唱好了，葫芦坳就可以评上文明村了。这是葫芦坳，不，更是全乡全县的骄傲啊！油彩，你尽管涂，县里、乡里还拿不出几盒油彩钱？”

当然，还是演喜剧，唱《王三打鸟》。他演王三哥。和他配戏的“毛姑妹”，是村里一个比他年轻了十七八岁的姑娘翠玉。

刚开始，嗬嗨叔感觉自己老了，四十几了，还和年轻的女子唱情唱爱，脸臊！他怕丑了人家女子。

可是，这个脸盘大大白白，眼睛大得要占脸盘三分之一、俊模俊样的女子，却显得格外大方。每回一排戏，她那双黑黑亮亮的眼睛，总是含情脉脉地盯着嗬嗨叔，然后，甜甜地叫一声“王三哥”。她从不叫他嗬嗨叔，而是口口声声都是“王三哥”“王三哥”地叫。叫得已经四十几的嗬嗨叔感觉自己不老，自己很年轻。于是，心酥心痒，也甜甜地应：“毛姑妹，你妈在家不在家？”

“不在！”

“不在呀！那我们就唱起来呀！”

哗的一声，一绿一红两把绸扇子齐齐打开，宛如两只灿烂的蝴蝶，翻飞展翅。

嗬嗨叔唱：“哥是金鸡叫。”

小女子唱：“妹是凤凰啼。”

唱到高潮，小女子把身挨过来，嗬嗨叔把头伸过去:“相亲又相爱，一对好乖乖。”戏就这样你来我往，你唱我和地唱起来，真如一对情意绵绵的恋人。

有人眼红嗬嗨叔，哪样就有这样好的福气？

嗬嗨叔也这样想。

这十分俊样的女子翠玉哟！这不是唱戏吗？何必演得那么真切，感情演得那么丰富。真了、富了，嗬嗨叔就会心神不安地想，总会想到你给“王三哥”的恩爱，你给“王三哥”的温柔。一个老鬼，能和一个很美很俊的姑娘“相亲相爱”，尽管是戏，嗬嗨叔感觉很抵得，爽神！

嗬嗨叔的心绪一直很好，好得将近一个月。离精神文明现场会的召开，只有十把天了。为了赶戏，一直在这里蹲点的龙主任，要大家停下活路，日夜突击排练。

谁知，正在火候的时候，当年的“毛姑妹”，如今的嗬嗨婶突然病倒了。那晚，她不想吃饭，只求嗬嗨叔帮她煮一抓米的白米稀饭。

她口干舌燥，干饭吃不下了。

已经出了门的嗬嗨叔依了她，回转身，煮了一碗稀饭端到嗬嗨婶的床前。嗬嗨婶端起碗艰难地喝了两口，又重新放下来。嗬嗨叔赶紧走过去，把那只碗端进厨房，又要转身出门。村头，原先生产队的旧仓库，如今的文化室、排练场传来了翻天覆地的锣鼓声。

刚刚拉开门，嗬嗨婶又把他叫住了。嗬嗨叔只得回转身走到女人的床前，不耐烦地问："还有什么事吗？"

躺在床上的女人捞起衣襟，嗬嗨叔根本没有想到他的女人是真的病了，只以为这是女人向他表示爱表示温存。于是，不动声色地回了女人一句："扯痧？扯胸膛？……八成是拉我的后腿。"

嗬嗨婶的脸顿时就红了，有些不好意思，也不再作声。

嗬嗨叔把她丢在床上，又匆匆忙忙地出门去了，为了要和一个十分俊样的、比他年轻十七八岁的女子赶排《王三打鸟》。出门的时候，还唱了一段撩人心魄的哪嗬嗨："相亲相爱呀才到妹家门。"

嗬嗨叔到"妹家门""相亲相爱"了八天。嗬嗨婶在床上躺了八天。而麻木了的嗬嗨叔总认为她是故意跟他赌气。

"老了，没有意思。"嗬嗨叔嗤之以鼻。

那天，离现场会只有两天了。嗬嗨婶觉得越来越难受了。她挣扎着爬下床，支着四肢，一脸苍白地爬到文化室来了。里面正热热闹闹地排戏。嗬嗨叔突然大惊失色，锣鼓停了，戏排不下去了。

几个年轻的女子慌乱地把嗬嗨婶扶在长凳上躺着。嗬嗨叔怯怯地走到女人的身边："女人，你是真的病了？"他以为她会吼他、骂他。没有。她只是举着那只细瘦如柴的手："戏能不能停一两天、半天，带我到大医院看一看，我……太着力了。"豆大的汗珠一颗接一颗地渗出来。

他的女人是真的病了，已经病得不轻了。

嗬嗨叔扶起一身骨头的女人，不安地说："女人啊！我对不起你。

明天，明天，我一定陪你去医院。一定，一定的。”

他向他的女人保证，女人也相信他的话：会是真的。一定是真的。女人就回家去了。

戏，又接着排下去。戏如果不排下去，嗬嗨婶就有救了，第二天嗬嗨叔就会送她到大医院治疗。可是，偏偏是那个下午，偏偏又是嗬嗨叔和那俊好的女子翠玉排的那场戏，突然异峰突起。

其实，这一根本的变化，也只有嗬嗨叔和那小女子知道。其他的人谁也不知道。因为这谁也不察觉的变化，葬送了嗬嗨婶的命。

当时，他们继续排《王三打鸟》“四门摘花”的那一段戏，这一男一女唱也甜，舞也亲。当唱到“妹是凤凰啼”时，翠玉猛地一抬脚，跨到了嗬嗨叔的膝盖上，企图做一个“金鸡啼凤凰”的造型。这一抬一跨，谁知用力过猛，俊好女子的裤裆突然被撕开了……

嗬嗨叔因此就魂飞魄散了。

第二天，他又排《王三打鸟》了。他把对自家女人的承诺都忘记了。他只记得“四门摘花”，和“妹是凤凰啼”……

就这样，他没有带他的女人去看病。他把女人的病又耽误了一次。

嗬嗨婶的病被彻底地耽误了。

她离开人世的那个晚上，正是要汇报演出。

嗬嗨叔刻意地刮了胡须，换了一套新衣，完全是出门的打扮装束。

嗬嗨婶直溜溜地躺在床上根本不能动弹了：“今晚这场戏，你莫去……莫去唱了，在家伴我一晚，就这一晚了……算是夫妻一场……”这是女人最后的恳求，她眼里滚着泪珠。

那话，真揪人心。嗬嗨叔鼻子发酸。他说：“我也求你，我就唱今晚了……今晚，不能没有我。没有我，葫芦坳的彩调就唱不成了。人家省里来的，外县来的都等我。”

嗬嗨婶的声音越来越弱，但却是商量的口气：“要去你就去，真的去了，回来……你就不见我了。”

“什么？”嗬嗨叔跪在床前，“今晚你真的要走？真的要走了？”

他安慰她："女人啊！你再支撑一个晚上，过了今晚，明天就有救了。明天，拿轿子抬我去唱，我也不去了，我要送你到大医院。"

"不！"嗬嗨婶艰难地摆摆头，"我支撑不了……我已经支撑十天……十夜了……今晚我支撑不得了，油干灯草尽了。"

"不会的，"嗬嗨叔极力安慰她，"你才四十五岁，一担米才吃去一个箩多，怎么就支撑不了呢？你会支撑得过去的。"他想给她信心，给她力量。

"那……要去……你就去吧！"

她说。眼泪汪汪地流。她完全绝望了。

戏演得很好，出奇地好。

戏演完了。嗬嗨叔的心颤晃晃的。他这时才意识到，他不该离开女人。他不能离开女人。也许，此刻，他的女人正在床上痛苦地挣扎呢！他要连夜摸着几十里的山路赶回家，回到女人的身边。

"现在就走？"龙主任问他，"县里煮消夜，你不吃了？"

"我心里塞着一团棉花，紧绷绷的，煮龙肉、煮十二大碗，我都吃不下了。"他担心他的女人真有不祥，担心他的女人今夜就走。所以，他要赶回去，连夜回去。不为别的，就为女人，得匆匆地地赶回去，见她一面，送她一程……要不，他对不起她。

一进村头，除了一两声鲜亮的狗叫声外，村里很寂静。远远，他看见那间灰灰的屋，那朵幽幽的火。屋里点着灯，也还亮。

人呢？

怕是真的……油干灯草尽了？他十分可怕地想。到了门前，他来不及摘下挂在裤腰的那串钥匙了。他拼命地摇着门："女人啊！我回来了，我回来了！你听见了没有？你应我一声啊……"

没有回声。

屋里一片吓人的死寂。连一声痛苦地呻吟都没有。他知道不好！哗的一声，破门而入。

微弱的灯火伴着直挺挺地躺在床上的女人，她像是睡得很沉很久，再也没有醒来。可是，又像是醒着，她眼睛都不闭。

嗬嗨叔拼命地捶打床板："我对不起你，女人。真的对不起你！你变成鬼，把我也摄走吧！我们一起走。我不该住世了咯……"

唯一值得安慰的是，嗬嗨叔的彩调没有白唱，他评上了优秀演员，葫芦坳评上了文明村。

可惜，嗬嗨叔已经不会激动了。

牡丹花开了，他便摘了一朵，终日守候在那俊女子翠玉的门边。《王三打鸟》不是这样唱吗？"摘一朵牡丹花，妹子头上戴。"守了多日，一直不见"毛姑妹"，难道真的是戏吗？

他问自己，也问人家。

人家答他，是戏！一切都是戏。戏做完了，那女子也就嫁人过日子了。

"是嘛！是嘛！"嗬嗨叔如梦初醒。

醒来，春日融融，又是那周而复始的男耕女种的时节了。很可怜，没有女人了，嗬嗨叔还来不及耕，来不及种，春光又如水一般地流过去了。真是日子如戏？戏如日子吗？

原载于作者作品集《村丑》

村　俗

一

我的故乡太平村，是一个名副其实的太平村。

它坐落在重重的青山那一边，它应该有几坡翠竹、几株绿树，还有那一湾环村的潺潺碧水。这水一年四季都清澈见底。只有夏天，天下大雨，河水淹过石板小桥，水才浑浑浊浊一阵子。雨停了，水退了，这水又清清莹莹的了，像是一位亮得照人的村姑。

村子里那疏落的五六十户人家，家家都有院子，院子都有院门。虽然都是并不牢固的篱笆门、木柴子门，夜里只要咴咴呀呀地轻掩一下，歇息的乡亲们就觉得安详宁静。

宁静的早上，除了咴咴呀呀开门敞户的声音响过一阵子之后，再无其他男吼女骂的夫妻争吵的声音。乡亲们默默地干着自己的事情：男人牵牛下田，女人挑水洗衣，娃仔上学读书。

一群母鸡从院门里窜出来，院门旁边有一堆牛屎，像一扇磨盘，黑乎乎的，还冒着热气。一群从院门里窜出来的母鸡看见这泡牛屎就奋不顾身地扑上去，七八双脚爪拼命地扒，把一泡牛屎扒得稀巴烂的。

村里朱久贵叔公每天早上都出门捡粪，每回他总是不急于驱散它们，而是远远地站着，看着它们扒累扒乏慵慵散去之后，这才拿着粪刮，把那泡被鸡扒得撒满一地的牛屎刮进粪箕。

有人替久贵叔公惋惜："一泡牛屎让鸡扒得烂巴巴的。"久贵叔公却不这样想："不就是一泡牛屎吗？我一个好端端的活人，犯得着要和吃土刨食的鸡争前争后吗？"

我的父老乡亲们不和鸡争，也不和狗斗。

太平村的家家户户都爱狗。回家的时候，主人正捧着雪瓷大碗喝粥，它们就坐在主人的对面，眼睛定定地望着主人。主人被望得不好意思，就站起身舀了一个瓣瓢的稀饭放在地上，给它们吃。

狗们无别的办法报答主人的好心好意，只是夜里总睡在院门旁边，忠诚地看守院门，无论主人如何呼唤，它们总是不肯进大屋睡觉。热天也好，冬天也好。

主人很可怜它们，特别是冬天，临睡前抱一把禾稿丢在院门旁边给狗做床，以便让它们睡得暖暖和和。

睡在院门旁边的狗，似乎一直都没有认真地睡过，一有风吹草动，它们就汪汪地叫，叫得满村都浮起来。它们用这样的方式，守护着村里的太平。

村里的太平，就被它们守护出来了。村里没有丢过一只鸡，一只鸭，衣服晾在竹篙上过夜也没有人偷。

外村的人很眼红，外村的人什么都被偷，牛马鸡猪、衣服裤子，甚至是夜里煮在锅里吃不完的饭，也被人连锅带饭一起端走。因此，外村人活得很累，人心惶惶。

太平村却如一方乐土。

狗过得快快活活；

人活得平平安安。

二

女人嫁到太平村也是福气，太平村世世代代的女人，都不挨老公打，不挨老公骂。

“一生一世有几长？相亲相爱都不完，何必又闹冤家？”太平村的男人说。

太平村的男人爱女人，爱得如痴如醉，爱得死去活来。只有这样，他们的日子才过得“有滋有色”。

他们最有“滋色”的问题，就是关于女人：女人的腰肢、女人的胸膛、女人的大腿、女人的脸模、女人的长发……无一不使村里的男人滔滔不绝。

男人们收工收得很晚，天黑得迎面走来相互认不出脸模的时候，男人才肯收工。并不都是贪工。有时活路做完了，望望，日头还有丈把高，就觉得还早。就把锄头放下来，一头搭在田基，一头搭在田里，然后，各自就在自己的锄把上坐下来，一边点一支烟慢慢地抽，一边有滋有味地说女人。开头总是“民主评议”一下，哪家媳妇标致，哪家大嫂漂亮……

但是，这种场合，绝对没有女人。

其实，有女人的场合更有意思。太平村的女人和男人开玩笑，开得肆无忌惮。似乎，谁也不吃亏，谁也不占便宜。热辣辣的女人总惹得一田清新，逗得一垌快活。

村里的男人和女人相处得就是这般融洽、温馨。只有太平村的女人和男人同工同酬，男人一天得十二分，女人也得十二分。

水莲的男人瘫在床上，为了服侍男人，水莲出工出得晚，众人也给她评十二分。得了十二分的水莲，总在心里过意不去，一次一次地在评分会上说："我既拖娃仔，又拖男人，不要这么多，能给十分就得了。"

队长忠厚地说："根本就不在乎这一分两分了，而是在于和睦，有多多吃，有少少吃。和睦起来，吃水都甜。"

三

犁畲、耙田、挑粪、送肥、扯秧、插田、割谷、碾米、打柴、要草、起房、造屋……样样都是苦工重活，可是，乡亲们却把它说得十分轻松：做吃做穿。

乡亲们是对的。做吃做穿，做了才有吃，做了才有穿。不做，吃也没有，穿也没有。

一年四季，春天过去了，夏天就来了；夏天过去了，秋天又来了；秋天过去了，冬天又来了。一年四季春夏秋冬，吃了又做，做了又吃。乡亲们像季节一样勤快，季节像乡亲们一样忙碌。

平日里忙忙碌碌的乡亲们，来不及穿，一件衣服穿在身上，汗水浸得发白了，这才脱下来换洗，没有谁笑脏笑破。相反，穿得齐齐整整、干干净净，倒被乡亲们笑作勤穿懒做。

吃的也和穿的一样随随便便。虽然也是一日三餐，热天甚至是一日四餐、五餐，但是，没有一餐认认真真地吃过。特别是春天、夏天，日里都吃稀饭，原因是多省点米，还有干重活、累活，汗水流得多，只有吃稀饭才能解饿解渴，补充水分增加力气。

菜更加随便，除了夜晚才炒菜、煮菜，白天是不会炒菜的。什么时候都是一碗腌菜，夏天却多了一个辣椒钵。所以，村里家家都有几个酸坛，青菜苗、包菜心、青豆角、头菜、萝卜、老姜、蒜苗、辣椒……什么都可以腌，它们依着季节、时令，伴着乡亲们度过一年四季的春夏秋冬。

过年了，乡亲们才冷落酸菜，乡亲们才舍得大鱼大肉地吃。从正月初一，一直吃到正月十五，直让上边的干部担心他们醉了，忘了生计。初五、初六，便早早地派工作队来催：“搞生产啰！搞生产啰！”

那几日，天多是下着飘飘细雨，似乎是让辛劳一年的乡亲们安安心心地过年，多喝几天、多歇几天。要是太阳出来了，乡亲们就会浮躁起来，就会记挂生计。天意好，那几日太阳总不出来，天老是下雨。新春天意随人意，天意成全了我的父老乡亲们。

那么，工作队来了，他们是不理会工作队员的。但是，也不给人家难堪。他们晓得工作队员也是为他们好，要不，冒着寒风细雨到山里来干什么？

乡亲们总是这样想，想到这些，心绪就好了。几乎一桌的人都端着杯子站起来，搂着工作队员的脖子亲切地劝：“工作同志，莫忙咯！活路长过命，只怕命不长。”

还说，活路不做活路在。

说完就把人家灌得酩酊大醉。

无论计生工作队、催粮工作队，还是春耕工作队、社教工作队，进了太平村，太平村是不会亏待你的，更不会放狗咬你，也不千方百计地躲你，还要有好酒好肉敬你。

“生产就不用你们操心了，我们会自己搞的。”乡亲们总是这样真心实意地说。

想想，也是的。一年当中田里地里的活路并没有因为工作队来了，才做得完；也没有因为工作队不来催，就把一亩或者是半分田地的活路耽搁下来。

没有。没有过的，无论是过去，还是现在。

四

现在，这里分田单干已经十二三个年头了。

田原先都在一起种，后来分开了，该有许多的麻烦和不便，该有许多的怒骂和争吵。听说别处分田总要打得头破血流的呀！也难怪，这田一分下去，不知分多长多久。说不定这一分就是一辈子或者几代人的事情，谁又说得清楚呢？

谁也说不清楚的。即使是相互挑肥拣瘦，面红耳赤也是极其自然的事情。

太平村的父老乡亲却不争不吵，他们像兄弟分家一样，分得和和气气，散得平平静静。

“分就分吧，世界原本就是这样，分了又合，合了又分。不是谁嫌哪个，也不是哪个嫌谁。”乡亲们的心里极其平静，好像一切都是预料当中：“合要做，分也要做。不做，哪样有吃有穿？”

这样他们对分田分地、分牛分马，就没有太多的计较了。

分田的时候，队长不用尺子量，而是一条接了三节的牛绳。队长用拇指食指掐了一下，就说：“有一丈长。”众人看过去，像是不只一丈长，可是也说：“差不多。”

完了，又说：“长就长点，哪块不差一丈八尺。”

不管量到哪块田，乡亲们从来不盘队长的数，随便队长量得几多算几多。他们也不需要队长不管大田小田，都要分成好多块，然后一家都要一块，这样才显合理，才不吃亏。真是这样，田就没有办法分下去了。

尽管大家都不计较，田也有分不下去的时候。分不下去的是光棍汉哑叔。原先大家提议说，要照顾哑叔，应该多分一份田给他。全村像他这把年纪的，都结婚了。唯有哑叔还是光棍一条，人们担心，田一分下去了，就不会再有多余。一旦哑叔结婚成家了，嫁过来的女人吃什么？往后生男育女了，娃仔吃什么？

乡亲们想得十分周到。

哑叔明白了队长和众人的用意之后，就频频摆手地谢绝。但尔后，他却向队长和众人提出，他想把他的那份田分在一个人的旁边。

“你要靠哪个的？”队长打着手势问。

哑叔就用手比画梳头的动作，又比了一条长长的辫子，长得从头上一直拖到腰肢。显而易见，他是比画一个人。

啊！对了，水莲的头发也很长，像是一把黑油油的青丝，一直柔柔的拖到她的腰肢。

队长指着水莲问：“是她吗？”

哑叔嘻嘻地笑了。他很感激队长弄懂他的意思。

水莲一听，脸就红了。她央求队长：“莫听他的。全队这么多田，不能让他的田挨我的。”

“水莲嫂子，”众人又笑她了，“田挨在一起要什么紧？哑叔还能帮帮你。”说得水莲瞪着一双黑津津的眼睛望着哑叔。然后，就把头埋得低低的。

众人也看得出，水莲也不是真心实意地拒绝哑叔的意思，便催队长说：“分吧，哑叔的要求并不过分，就按哑叔的要求分。”

队长还是把哑叔的田、水莲的田分到上田挨下田。

哑叔乐不可支，手舞足蹈的。

这个田，分得真有意思。就连哑巴都高兴了，还有谁不高兴？

大家都很高兴。

乡亲们高高兴兴地分田，高高兴兴地送走了工分时代。工分时代在太平村欢欢快快地结束了。

天，也如昨天一样清清爽爽的。

五

那么，这里的男人、女人也如昨天那样，肆无忌惮地开着粗粗野野的玩笑吗？

也如昨天，还似昨天。

田园依旧，风情依旧。犁耙依旧男人做，阳春依旧女人盘。

不同的是大家互助做，今天你帮我，明天我帮你。乡亲们说：“这样好，这样活路做得快，而且天天有酒喝，天天有肉吃。”

乡亲们说的有酒喝、有肉吃，是说搞互助种田的时候，种到哪家的田，就吃哪家的饭。不论是吃到哪家，哪家都千方百计地备有酒肉。吃饭的时候，帮工的还要带娃仔一起去吃。你帮我是这样，我帮你也是这样，乡亲们说：“家家有门口，过了你家的门，也要过我家的门呀！”谁也不亏。亏点，也有，你家娃仔大，我家娃仔小。也不要紧，吃得亏，拢成堆。

太平村父老乡亲是拢得起来的。

因为容易拢得起来，不论帮到哪家哪户，吃饭一坐下来，就是四席、五席，像是嫁女、讨媳妇一样隆重、热闹。帮到哪家，那家的女人头一天晚上，吃完夜饭就得泡豆子磨豆腐。豆腐是必不可少的一道菜。泡完豆子，一边洗锅头碗盏，一边和当家的男人商量喊得哪个来帮，有几多人吃饭，腊肉还有几多挂？不晓得够不够……一直商量得很夜很深，一家老的小的都睡着了，月亮也爬得很高很高，满院亮晃晃的。女人就舀了一桶清水走出晒坪，连堂屋的门也不掩一下，就把衣裳、裤子脱得光光的，然后，用手巾把那白花花的水，一把一把哗啦啦地往身上泼。响声惊动坐在堂屋里的男人，望了一眼门外，银银的月色里立着一个水淋淋的玉人儿。便轻手轻脚地踱出院外，心口跳怦怦地走近一丝不挂的女人……

墙脚，有昆虫在嘁嘁地唱，院门旁边的那只大黄狗也还没有睡着。但是，夜就是这般的好，月光，还是银银地照……

鸡叫了，女人就推开身边睡得沉沉的男人，悄悄地走进厨房推磨做豆腐。

男人醒来的时候，发现床铺很空，再睁开眼睛，已经天光大亮了。

厨房里，女人早把豆腐做好了，而且，还煮了一锅香甜可口的豆腐粥。

得人帮工，女人必晚睡早起，也比男人辛苦操心。她们脸皮薄，担心饭菜做得不好，人家笑她们不能干，煮得太清汤寡水，又怕人家讲她们利磨。

为了给帮工人吃好，她们总是千方百计地打主意。今年开秧门的时候，因为留恋浓浓的乡情，我从县城回村去帮工。那天，恰好是三叔娘家插田。三叔娘在村里嘴巴甜、人品好，所以，大家都乐意帮她，有些人不请自己也来。其中，也包括我。

这本是好事一桩，谁知又为难我们的三叔娘了。因为人多，吃晌午的时候，菜不够吃。如果是别人，一定手忙脚乱束手无策。三叔娘却大大方方不露声色地招呼众人慢慢吃，说是菜还没有上完。其实是菜已经没有了。三叔去买菜还没有回来。

尽管三叔娘不露声色，我还是看出三叔娘是有点忙乱了。只见她匆匆忙忙地走出去，又匆匆忙忙地转回屋。原来她是出去和隔壁的映子奶借腊肉。为了不丢面子，这个精明的三叔娘空手回来，走到后院的围墙脚，冲着围墙那边轻轻地拍了三下巴掌，两挂长长的腊肉就从围墙那边飞过来了。三叔娘像贼一样，手忙脚乱地捡起来。

我发现了三叔娘的秘密。三叔娘羞得一脸通红。我见她难受，就对她说："三叔娘，你别不好意思，在县里县长也还去和隔壁邻舍借米呢！"

"是嘛！是嘛！"听我这样一说，三叔娘的脸上才恢复了常态。三叔娘待客不薄，不，整个太平村的人都待客不薄。当然帮工的人也不奸力，能挑一百斤，绝对不挑八十斤；能一天做完的活路，绝对不分两天来做。

因为活路做得十分开心，人也不晓得累。

累哪门子嘛？比如插田，一把秧拿在手，你从那头插过来，我从这头接过去，插到中间，就接成一行。接着，我把这行牵过去，你把那行带出田基边，到了田基边，又是一行。完了，又从田基边往田中间插，插到会合处，突然一阵风吹来，吹散了女人的头发，那头发有时还飘到男人的脸面上，柔柔痒痒的，痒得十分爽神。是一片郁人的好闻的芳香透进你的心脾。

最调皮的是从后背吹来的风，像是不懂事的娃仔，轻轻地掀起女人的衫儿衣儿，让她们的腰肢光光洁洁地露出来，露得勾撩男人的心魂。女人却并不十分介意，都说这风凉爽，同时，她们舍不得站起来那下子，扯扯被风吹开的衣角，站一下，就是误了十几蔸的秧苗。总不愿耽误活路的她们，连小解也不舍得跑远。这田垌到处平坦坦的，要跑就要跑到远远的山脚，一泡尿跑那么远，一天就做不成活路了。

一天的日子过得真快当。

夜晚，也是逗人情思的呀！

收工之后，帮工的人就随着鸡呀、牛呀，还有摇尾巴的狗各自走进各自的院子，先是关鸡关鸭、喂猪喂牛，然后，洗一个澡，换身干净的衣裳，像城里人赶舞会、上歌厅一样，潇潇洒洒地到帮工的主家喝酒吃饭。

有时，还要坐上一阵子，等人到齐了，就开桌吃饭。一般是女人一桌，娃仔一桌，男人一桌。女人、娃仔吃得很快。喝酒的男人就喝得很久，很长。没有一两个人大醉一场，这席是不会散的。

席散的时候，没醉的人就回家了，醉的就留下来。往往有人醉了，主家的男人也醉了。这时就是主家的女人来服侍你。或是把几个睡熟了的娃仔挤在一铺床，或是把自己的男人扶上自己的床铺，总之，娃仔的床铺也好，她男人的床铺也好，她腾出一铺床，然后再来支你上床。

太平村的男人哟！醉人的恐怕就不仅仅是酒，除了酒，还有醉人的女人，醉人的那一张暖暖和和的床。

六

醉人的还有太平村的乡土，这方乡土好做吃做穿。

麻女说，这话讲得很有道理。

麻女是嫁了一个男人之后，这才嫁到太平村的。

麻女并不麻，长得周周正正，脸模也极动人。叫人难以置信的是麻女没有字墨，叫她认字认不出来，她只晓得大字黑麻麻，小字麻麻黑。

是因为地面苦焦爹娘过世早，没有开过蒙。这样麻女枉生了一对汪汪亮亮的眼睛，认不出字，也认不出钱。钱是人胆，衣是人威，认不出钱，就没有胆，也没有威。

在娘家时，哥嫂给过她一张十元面额的纸票，麻女竟把它当作五元钱来花。气得哥嫂指眉抠眼地吼她骂她。

嫁了男人之后，男人也一样吼她骂她，像骂鸡骂狗。原来她还认不出一星一点的秤星。那个村的人都欺负她，便趁她男人不在家的时候，跑来和她借米借面。为了记住秤星，称完米面，她就从头上解下一根头绳做记号。谁知，也有没有系稳的时候，头绳从秤杆滑落下来，掉在地上，就记不清是哪颗秤星了。

去问人家，那时，一颗米像簸箕大，一根面条像柴棍一样粗，哪个肯讲实话，往往都是借多还少。麻女常常被人家吃了空子。

男人很伤心，就对她拳打脚踢。还说宁可夜里抱枕头，也不愿要一个蠢婆、蠢猪过日子。这样，就咬牙切齿地把她离了。

离了，她就嫁到太平村来了。

她嫁到太平村，没有人扳过她的秤头，麻女嫁到太平村不久，麻女就晓得秤星了。

是三嫂教的。

三嫂上圩卖菜的时候，就邀麻女挑菜去圩上和她一起卖。有人和麻女买菜的时候，三嫂就过来帮她看称，并且告诉麻女是几斤几两。

没想到，一担八十斤的萝卜卖完了，麻女就把秤杆上的秤星记下来了。

这不能不算奇迹。

麻女嫁给我七叔，钱是我七叔教她认的。七叔手艺巧，会织箩编筐，扎篓打篮。开头七叔织了十个小花篮交给麻女，同时还交给她一张一块面额的纸票。并且吩咐她，一个篮子就要一张，不是这张就不要。晚上，麻女卖完了十个小花篮，得了十张一块面额的纸票。麻女就记住了一块钱的模样。

第二圩，七叔编了十对撮箕，又交给麻女一张两块钱面额的纸票，同样也是一对只收一张，不是这张就不收。第二圩，麻女就记住了两块钱面额的纸票。那时，市面上还流通两块钱面额的纸票。

第三圩，七叔编了十对箩筐，交给麻女一张五块面额的纸票。还是老办法，一对箩筐只卖一张。第三圩，麻女记住了五元钱面额的纸票。

第四圩，七叔织了十张光光滑滑的竹席，一张卖价是十块钱。麻女又认识了十块钱……

养仔读书，不如赶圩。

赶圩使麻女会卖会买。同时更重要的是麻女嫁了一个好地方：那就是我的故乡太平村。她还幸运地嫁了一个好男人——我的七叔。七叔只会爱她，爱她很俊很秀。七叔不嫌她蠢她笨，七叔更不打她吼她。因此，麻女才聪明起来。

我的故乡还有一样村俗也好，买卖兴赊：赊米赊面、赊盐赊油、赊醋赊酒，小到针头线脑，大到牛马骡羊，只要你开一声口，什么都有人赊给你。

至于赊几长几久，全由双方定下来。

到时，或是买主送钱上门，或是卖主自己去要。但是，无论是卖主或是买主，进门都兴带一包糖果点心。并不在乎贵贱多少，而是在于礼仪。乡亲们说是进门笑。

进门笑也是规矩。买主上门笑眯眯地说一些感激的话，感谢卖主的周济；卖主上门要钱也是一副其乐融融的样子，先问起农事，问起收成，但绝对不提是为讨钱而来。好鼓不用重槌敲，买主心里也明白，主动地说钱已经筹够了。

钱账两清之后，主人还待你一餐酒饭。结果，一桩买卖就结了一门亲。

过去兴这样，现在还兴这样。乡亲们感激这种互相接济，又互相依赖的交易方法。乡亲们很需要这种古朴的交易方法。因为乡亲的日子常有窘迫的时候：文钱逼死英雄汉。没有赊卖赊买，我想乡亲们会走投无路的。

小土家的牛在冬天死了。开春的时候，田地很难做。再买一头要四五百块钱。小土说没有这么多，只有四五十块。只有四五十块钱的小土却有本事把一头牛从圩上牵回来了。

是和人家赊回来的。小土很兴奋，他说既不要公证，也不要什么合同、担保，就轻轻松松把牛牵回来了。人家根本不晓得他，只问一声："你是哪个村的？"

"太平村。"小土说。

"你认得水莲吗？"人家继续盘。

小土说："哪样不晓得？矮山岭坪村嫁过来的女。还是我家小婶子呢。"

"这样说来，你真是太平村的人了。"卖牛人盘到这里的时候，就已经十分放心地把牛交给他了。

赊到了牛，小土的田地活路、生计都没有被耽误。那一年，小土养鸡养猪、养兔养鸭，一分一文细针挑土地凑，凑了一年，还清了赊账。

小土做了一年，就做了一头牛。

一说起来，小土眼里就带着喜意："我们太平村实在是好，好做吃做穿。"

七

正午过后，太阳总是在头顶毒辣辣地烤着，烤得那矮屋、小院、短墙，还有原本就很繁茂的榕树，全都无精打采的地趴在地上。

村前面的那片田垌也很空寂，只见一两头花白的黄牛，被主人用竹钉拴在田埂上，因而也就显得十分规矩，规矩地昂着头，默默地注视远方，仿佛是一座神雕。只是凶猛的牛苍蝇袭击它的时候，才见它甩动一下两只耳朵和那条长尾巴，你才晓得在这个空寂而又特别燠热的田垌，还有生命的东西存在。

犁呢？耙呢？一架犁脚粗粗笨笨，粗笨得像大腿的木犁，一张耙齿已经锈得发红了的铁耙，也在矮檐下慵慵懒懒地卧着……

这是一个做与不做，村里都没有人吹哨，也没有人敲钟的日子了。

听不到钟声和哨子响的小村，有时却又是非同一般的沉闷，沉闷得教人透不过气来。

有人为这样的日子，莫名其妙地想哭。哭自己的日子自己过，哭自己的田地自己种。

哭罢，你就想，这个田地当初就不应该分。如今毕竟是分了，那些孤独的已经白发苍苍的老人，他们的田地怎么种？他们的日子怎么过？

在太平村，这些都不用你操心。楠竹公不也是独身一人吗？分田那年，上边就考虑到了，要给他吃五保。楠竹公他不答应，村里的人也觉得丑，一个五六十户人家的大村，再苦再难也不会难了苦了楠竹公。他们发誓无论如何也要把楠竹公好好地养起来，要不，楠竹公已经嫁人的女儿秋云就不放心。

楠竹公的女儿秋云，嫁到遥远的北方去了。那年，秋云快三十岁了，她还不想嫁。说是嫁出去了，不知谁来照顾她的父亲。

这个匀匀正正的女人，是因为放心不下父亲，这才拖到快三十岁了还没成家。楠竹公心里很不好受，便叫村上的人劝说秋云："天上星星伴月亮，地上狮子伴麒麟。父女再亲再好也不能伴过一世人。”

乡亲们也说：“是啊！男大当婚，女大当嫁。你就放心走吧，楠竹公是村里的楠竹公，只要大家碗里有，楠竹公的碗里也一定有。而且，众人碗里是干的，楠竹公的碗里就不会是稀的。”

这样，楠竹公的女儿秋云就哭哭啼啼地走了。

刚开头，嫁出去的秋云，还一年半年地回来走动一次，过后，就三四年才回来走动一次，没想到，走动的次数越来越少了。是不是嫁人之后，日子也过得不容易了。总在为日子揪心的女儿，对父亲的惦记一定是力不从心了。

人啊人！

秋云嫁走了，楠竹公真的觉得日子像是少了什么。但是，慢慢就习惯了。

众人把他的日子安顿得很好。

比如说，他的那份田地，一年就由村里轮流安排五家人耕种。才是一亩多田地，一家帮种两三分就种完了。插也好、收也好，都是顺手活路，并不耽误多少人工。收得的谷子，一颗不少地送给楠竹公。

今年，是包产到户的第十二三个年头。全村家家户户都帮楠竹公种过田。

楠竹公不让乡亲们白白地帮他，他主动把全村的牛包过来放。

开头，大家都不愿拖累他，让他安安心心地养老。

“才六十多岁，就算老吗？我们农家人不能闲下来，闲了就发痧出病了。”楠竹公说。

闲了几日的楠竹公，果然就发痧出病了。

村里人便跑上门去为他扯痧，扯得他的后背、胸膛黑麻麻的。同时，还给他煮了半碗米的白米稀饭。

治完痧气，喝了稀饭，楠竹公就神清气爽了。第二天，就到各家各户的院子，把牛放出来，赶到山上放。

队长觉得总是让楠竹公一家一户地上门放牛出来，赶牛回去，太为难他了，就砍了一节老竹蔸，做了一个梆子，从那以后，村里又听到清脆的牛梆声了。而在别村，这梆声已经陌生了，陌生得再也听不见了。

楠竹公的梆声，敲出了我们太平村的太平。

一年三百六十五天，除了打狗不出门的一两个出奇的冷天，一般的日子，楠竹公的梆声都不间断地响。

全村的人更敬重楠竹公了。

特别是逢年过节，一有点吃的，乡亲们都会想到楠竹公。开鱼塘的时候，就给他送一条大鲤鱼；杀猪的时候，就送给他一方肉。糖糕、粽子、米饼，样样都送，送得楠竹公的东西多得吃不完。村里的娃仔常常到楠竹公的屋里玩，玩得饿了，便和楠竹公一起吃饭。冬天的晚上，还和楠竹公一起睡，帮楠竹公暖床铺。

孤独的楠竹公有很多的孙子。全村的娃仔，都是楠竹公的孙子。

在太平村，楠竹公的日子过得无忧无虑。

八

我写我的小村，是不是写得太美太好了呢？其实，小村也有小村的浮躁，日子也有日子的苦闷。

没有浮躁、没有苦闷，人就生得如同草木，还有什么意思呢？

浮躁不能没有，苦闷也不能少。没有浮躁，就没有恬静 ；缺少苦闷，就缺少喜悦。

不错，不错。这话讲得一点不错。后来，水莲喜欢哑叔，就是因为太浮躁了。

浮躁的是春天，春天越来越不像春天。春雨不落，春水不涨。一到这个季节，村里的男人夜里就不能睡在女人的身边。而是一个通宵接着一个通宵地去田垌要田水。

全村只有水莲的男人不出去要田水。水莲的男人一直都瘫痪在床。全村也只有水莲一个女人陪着村里的男人要田水。

人们夜里出门去要田水，说明水沟里的水，流得越来少了。这样大家就匀着分，一匀起来，各家各户流到田里的水，小得像母猪屙尿。

一个女人也要熬更打夜地守水，哑叔很同情她。其实，村里同情水莲的大有人在，但是，村里的人都不抢哑叔的这份殷勤。为了给哑叔在水莲面前献这份殷勤，见哑叔守水，村里出门要水的男人大多回家睡觉。那夜，一沟的水都进了哑叔的田，也流进水莲的田。田水是从哑叔的田漫下去的，漫得一田满咚咚的。

水莲的田就有了模样：蓝天、白云、青山、绿树和太平村高高低低的草屋、瓦房，都映落在水莲的田里。难怪哑叔嚷着把田和水莲的分在一起。

这时，水莲才晓得哑叔心肠好。很自然，水莲也帮了哑叔不少的忙。她帮哑叔扯过秧。

为了不耽误自己的活路，水莲帮哑叔扯秧，也是晚上加班。扯够哑叔的，再扯她家的，一直扯到天亮，整整一个晚上她都没睡觉。

哑叔也好像是一夜没睡，他是在加班耙田。天亮的时候，两块田都耙出来了。

水莲看见了，心里脆生生的，觉得一点都不累，挑来秧苗抛进田里之后，便弯腰插起来。一连几天，都是这样，夜晚扯秧，白天插田。水莲觉得精神一直很好。

到了那个正午，太阳越照越毒辣，水莲坚持不住了，突然眼睛发黑，哗的一声倒在水田里。

那一声，惊动上田的哑叔，他立即从上田跑过来，把倒在泥水里的水莲抱到田埂上，一只手扶着她，一只手捞她的衣裳，蘸着田水帮她扯痧。哑叔晓得她一定是得了重痧气。

哑叔拼命地扯呀拔呀，扯得痧气青紫青紫地冒出她白皙的肌肤。

扯完后背，就扯胸膛；扯完胸膛，又扯肚脐眼。扯到肚脐眼的时候，他把她的裤头退得下下的……

正午的田垌里，连根人毛都没有。日头太毒太辣，辣得大家都受不了，都回家躲日头去了。那么，这片空寂的田垌里，只有他和她了，会不会……

这样做的哑叔他不避嫌，村里的人都晓得哑叔会扯痧拔痧。泥鳅痧、蚂蟥痧、羊毛痧、绞肠痧……哑叔他都会扯会拔。如果不拔不扯，痧气沉进肚里就收人命。

村里凡是发过痧气的人，包括那些模样俊好的大姑娘、小媳妇，他都摸过。当然，都是在扯痧的时候，他摸过人家的后背、胸膛、肚脐眼……这些，都是男人眼中的禁区，是不容易给任何男人摸的。但是，哑叔他都一一摸了。

被他摸过的女人醒后，总是不好意思。她们都在心里感激哑叔。没有哑叔，她们就活不过来了。

女人们的男人呢？他们也放心哑叔摸他们的女人吗？放心。太平村没有女人勾汉子，也没有汉子偷女人。

九

日子总是这样？

岁月总是这样？

真的这样就好。事情又偏偏不是这样。太太平平的太平村，如今天也有女人偷汉子，也有汉子偷女人了。

这事是在村里请人唱戏的时候发生的。那应该是一个令人兴奋喜庆的日子。

喜庆的日子，请人来村里唱大戏，也是太平村的村俗。而且要请像《隔河看亲》《二女争夫》这样的大戏。

外村的人很羡慕，太平村真有本事，请得起大戏。外村一般只请得起像《王三打鸟》《王二报喜》《月英采桑》这样的小戏。小戏容易请，戏班子的人数不多，七松八爽九快乐。请一个七八个人的戏班子花钱不是很多。

这一带，只有不怕花钱多的太平村，才请得起大戏。

请得起大戏的太平村，在这一带十分体面。凡是太平村请大戏，远远近近的人都沾光，远远近近的人都跑来看。

许多年了，太平村一直都很体面。可是近年来，远远近近的人又看不起太平村了："太平村怕是不成了，蛮久都不请戏班子了。"

是啊！原先一家一板豆腐一只鸡，一碗白米一碗酒，就能把戏班子请来了，今天的戏班子，不仅要吃要喝，还要一两百块演出费。

而乡亲们只能出得起一板豆腐一只鸡，一碗白米一碗酒。

今年八月十五中秋节，恰巧是楠竹公的八十大寿。为了争一口气，原先的生产队长又挨家挨户地筹，计划筹够四百块钱后，请大剧团来村里热热闹闹地演一个晚上。

乡亲们也赞成，但一说到筹钱，却又摇头了："插下的二苗要等撒了肥料才返青，不晓得买肥料的钱还在哪里睡觉呢。"

这样，请剧团唱戏的钱，一直筹不起来。乡亲们很痛苦，好像是丢失了什么："今年的八月十五看来真的不闹热了。"大家都在心里叹息。

八月十五还是到了。银银白白的月光倦倦地洒在那一条空空荡荡的小巷……

突然，村头传来了喧天的锣鼓声，人们纷纷开门敞户地迎出村头："哎哟！戏班子来村里唱大戏了。"乡亲们欢呼雀跃地在小巷里奔走相告。

真的是戏班子来了。人们做梦都不会想到，请戏班子的四百块钱是哑叔出的。

大家知道这几年，哑叔除了把他和水莲家的田地种好，他还做贩牛贩马的生意，赚了不少的钱。

乡亲纷纷竖起拇指夸奖哑叔。哑叔笑眯眯地向众人摆摆手。

村里顿时一片喧闹。老人、娃仔纷纷拿竹椅、板凳去号位子。乡亲们在号位子的时候，异口同声地说："号一个好位子给哑叔，戏班子是哑叔请来的。"

演戏的时候，哑叔不去看。哑叔根本不喜欢看戏。他一个哑巴，他听不懂人家唱什么。

但却特别乐意地请戏班子，每一次戏班子来，都是哑叔出钱请来的。为什么？有人暗中猜测。哑叔乐意请戏班子的心思，还是被人看出来了。

哑叔还以为人家看不出来。演出的时候，他都在人群中走来走去，当戏演到高潮，人们都看得如痴如醉的时候，哑叔不见了。接着，极爱看戏的水莲也不见了。哑叔把水莲带到村头的榕树脚下，远处朗朗的月色亮如白昼，只有茂密的树叶把他们头顶的那片月光遮住，留下一片他们很需要的黑糊糊的世界。

还是有人发现了这个暗夜里的秘密。

"叔伯兄弟们，我对不起太平村的父老乡亲了，"水莲极其平静，"怪我命苦，嫁了一个瘫痪了的男人，幸亏是哑叔，他帮我犁耙，还出钱帮我买肥料、农药，每年都三百、四百地给。他的钱也是血汗钱呀！我知道他对我的好。今生今世，我没有什么报答他。他的命也苦，因为哑，三十岁了，还没有女人……"

说着、说着，她就掩面哭泣起来。

哑叔却重重地擂着自己的脑袋，看样子，他也是好恨好悔哟！

乡亲们谁也没说什么。

一连几天，哑叔都不敢出门去见乡亲们。乡亲们好像也来过几次。不是来打他、骂他，而是在他的门边放了一瓶红兰米酒，就悄无声息地走了。送酒的人都知道，哑叔爱喝酒。

哑叔把人家送给他的酒，拌了半碗米饭，喂他的那只小花狗。过了一会儿，那只小花狗，就汪汪地叫，满院满屋地狂跑，嘴冒白泡，病了好多天。

哑叔心里发凉，他也不清楚是不是酒有什么问题。可他知道，这酒是哪个送的。二秋、喜福、白银、炳和……

他们的女人、媳妇都长得漂亮动人，哑叔都帮她们扯过痧，因而，他们就认为哑叔摸过她们的胸膛、她们的肚脐眼，吃过她们的豆腐……于是，他们就容不得哑叔。他们还怀疑哑叔也像占了水莲的好处一样，占过他们漂亮动人的女人。

尽管哑叔没有占过他们的女人，哑叔还是觉得无脸见人。哑叔在一个自己不能原谅自己的傍晚，一口气将家里所有的酒，也包括人家送给他的酒，都干干净净地喝下去。然后，就呼吁呼地睡在床上，再也没有醒来。究竟是死于脑溢血，还是死于心肌梗死？不得而知。

那时，太平村里正升腾起一片烟火，各家各户都在忙着烧火煮饭。牛儿正在归栏，鸟儿正在归巢……

十

当我知道哑叔的死讯，匆匆从县里赶回来的时候，已是第二天的正午了。

一进村，见几乎每一家的院门旁边都燃着一堆火。哑叔快出葬了。火，都是那些好心的女人烧的。哑叔在世时，曾一次一次地帮她们扯过痧。如今，哑叔突然就走了，往后发痧的时候，指望哪个帮她们扯痧呢？想到这些的时候，她们的眼圈就红了，眼眶里含有滚滚的泪花。她们转过身去，偷偷地抹了一把盈盈滚出的泪花，然后，又在那堆没燃尽的火堆上，再加了一把柴草，那堆火燃得更旺了。她们想让到了阴间的哑叔，不再像人间这样冷清和孤独。

水莲竟然毫无忌惮，大放悲声地哭。一双眼睛都哭红哭肿了。她已经不在乎人家的闲言恶语了。她浑身上下一身雪白，她十分悲恸地为哑叔戴孝。水莲还是招来了闲言碎语。人家说她那瘫在床上的男人真的死了，她会不会这样伤心呢?

村里的男人，八个汉子抬着一口大棺木，齐发一声喊：“死鬼上路啰！死鬼上路啰！”

每到一个三岔路口,他们就原地转了三圈之后,再撒上一把芝麻。

据说转了三圈之后，死魂就迷路了，不会再回村了。可是，他们还是不放心，还怕哑叔真会回来。因而，又把大把大把的芝麻撒在路上。老人们说：到了阴间的鬼魂一看见芝麻就捡，捡完芝麻就记不得回村的路了。这帮狠心的男人，居然撒了三筒的芝麻，让哑叔捡。哑叔，苦命的哑叔，莫说今生今世，就是来生来世，这三筒芝麻，你绝对捡不完了。看来，这个太平村，你就不要再指望回来了。

几乎所有的男人，都是这个想法。

从此，太平村的日子，还能像以前那样，太太平平地过下去吗?

哎哟！我的太平村！

原载于 1993 年 3 月《广西文学》

宋安群

宋安群

1945年生，宜州庆远镇人。编审。毕业于广西师范大学外语系俄语专业。做过河池县文工团、河池地区文工团专职作曲、编剧。还曾任漓江出版社总编辑、全国外国文学出版研究会副会长。

在北京工作6年间，曾独自主持《当代汉语词典》（400万字，中华书局出版）的体例策划和编审工程。

曾出版小说、散文、戏剧、外国文学翻译、古典文学评注、民间文化研究等著作单行本12部。发表大型剧本13部（含已上演剧本），其中一部文学剧本（合作）被广西电影制片厂摄制成戏曲艺术影片后放映。

所创作的大型音乐剧剧本曾四次蝉联中国戏剧文学奖金奖。三次获广西文艺创作铜鼓奖，还获山东“泰山文艺奖”、中国广播剧研究会专家奖金奖、全国少数民族题材戏剧剧本创作评奖金奖、中国戏剧节剧本创作奖、中国曹禺戏剧奖、全国少数民族文艺会演剧本创作奖金奖、广西精神文明建设“五个一工程”奖。

代表作品有民间文学研究专著《天籁地声——广西情歌之旅》《天歌地唱——广西当代山歌笔记》，戏剧剧本《人之初》《刘三姐前传》《冒着敌人的炮火》，中篇小说《山神的女儿》《瓦氏夫人》，散文《秦陵感怀》《埃及女王，我听你说》，诗歌《母亲》，外国文学翻译作品《爱河浪花——俄罗斯爱情短歌800首》《七彩婚床——俄罗斯婚俗歌谣》，等等。

瓦氏夫人

瓦氏夫人

我有千山的草，我有万山的柴，
我有雷王的火，风吹就燃起来。
你有两颗头，你有三只脚，
飞蛾扑烈火，找死你就来！
——拟壮族古代兵歌

1

明朝嘉靖三十三年（1554 年）岁末，地处僻远南疆一隅的广西田州府，冬季的高天，竟轰轰然炸响了一个爆雷。当晚，百里田州府比往日推迟了整整三个时辰天才黑下来……

第二天清晨，田州府村村寨寨、家家户户的公鸡都不打鸣，反而是母鸡啼遍了屋前屋后……

也就在那天，田州府西山的小溪出现了一只罕见的金边巨蛙，趴在一块石头上张口鼓噪，叫声十里可闻。巨蛙约莫十斤重，有好事者捉来一看，是只母的。山民们把它视为神物，放了。

这连连发生的异事，村村寨寨传讲，人人啧啧称奇。

代理少年孙子在田州理政的岑花——田州已故土官指挥同知岑猛的妻子，立即叫麽公占卜。

麽公手执一只雄鸡的两足，焚香祷告，将雄鸡杀了，拔两根股骨洗净，用丝线束好，以竹签插束处占卜。

“蛙射母，骨兆吉，不出数月，你的声名定如雷远播！”麽公向岑花道喜。

岑花大喜，还未及令麽公广为散播这一吉兆，驿卒却传来了急讯——

皇帝亲诏广西田州俍兵赴江浙沿海抗倭！

钦差到田州传旨，田州俍兵不日出征！

黄裱诏书实实在在出现在岑花眼前。

她知道么，当朝世宗皇帝因宫婢之变，数月前的一天夜里被十几个宫女用绫罗勒得几乎气绝，此后便一直移居西内，幽隐在万寿宫里奉玄修道。她知道么，皇帝为了长生不老，正每天命人榨取妙龄少女的经血来炼制“先天丹铅丸”，早已远离政事。她知道么，大明王朝早已防务废弛，东南沿海倭患愈演愈烈，官军屡战屡败，苦于兵员匮乏，朝廷才不得已从各省征调客兵[①]。她知道么，皇帝陷入道家幻境，出语玄奥，语意含混多不可晓，所下诏书全由太师严嵩及他的儿子严世蕃代庖。

这些，岑花当然都不知道。她只知道，皇帝像界山里的山神，像大江里的河妖，看不见，惹不得。田州素为荒僻之地，皇帝今日

①客兵，即非官府的军队，也就是非正规军。

下诏征调田州俍兵去江南打倭寇了，也就是说，朝廷吃了别人的苦头了，请田州俍兵帮忙了！为了这份轻松和荣耀，值得欢庆三天！

这日，岑花用茶麸水洗了头，一头的乌发，披垂到腰际，晶莹的水珠在她的发间流连，湿润的长发更显得乌黑泛亮。她 50 多岁了，从后面看去，身板却仍然像少女般的健美挺拔。就是从正面看去，也还丰肩隆乳，不失妇人的风韵。此时她侧斜身子，仰脸一掠拂面的几绺鬓丝，棕色的面孔泛起一团酡红，明亮的双眸波光一闪，看起来确实要比她真正的年龄要年轻了许多岁。像母鸡带雏似的，她的身边围拢着好些叽叽喳喳说笑着的妙龄少女，她们一个个都穿着盛装，等着由她在她们的云髻装点上花饰。俍兵要出征了，岑花令她们先行完婚。她要亲手悉心打扮这些待嫁的新娘。像打扮自己的女儿一样，好让她们漂漂亮亮地去成亲，迎接自己人生一个新阶段的开始。

有记载，田州远近都称她为“长奶夫人”，这有个典故。

还在岑花少女时代，有年田州土官岑猛带兵路过安定土司境，见土司岑璋的女儿岑花健且美，略知诗书，还会武艺，为此他在这里多驻留了三天。三天后，这少女成了他的第五房妻室。

岑猛比岑花大二三十岁。他原先娶的张氏、杜氏、韦氏、黄氏四房妻子先后去世，每人为岑猛留下一男，这四男是邦佐、邦彦、邦辅、邦相。岑花嫁到岑猛家，那四男都已有了儿子，于是，岑花虽然年轻入室，在家中人伦关系中却理所当然一下子成了具有奶奶辈分的人，成了“长奶”，就是“长辈奶奶”，是得其名。

那时，土官之间不时互相杀戮。先是东兰土官率兵袭击田州，杀人无数。后是田州岑猛报复东兰，血洗乡镇，连老少都不放过。田州兵路过顺州时，还洗劫了岑花父亲岑璋的领地，为此岑璋与岑猛结下了仇怨。

岑猛特别好杀戮、征战，后来终于受到了朝廷的通缉。这时，岑花的父亲岑璋已由安定土司升至顺州土官。闻说岑猛已为朝廷所不容，他决意公仇私仇一并报。有次岑猛兵败，被岑璋诱入顺州，随即被毒死，岳父将女婿的头颅并同大印一起封函献于军门邀功，奈何并没有得到什么赏赐。岑花却在协同父亲除掉岑猛的过程中，炼就了勇烈、刚硬的一颗铁心。承袭岑猛治理田州大权时，她仅仅30 岁。一晃间，她苦心经营田州，不觉已 20 来年。

2

近午的阳光，投射到田州府前的校场上。风展旗幡猎猎飘扬。五十面蜈蚣旗，白粗麻布为底，蓝靛染就狗牙边，每面就像一条巨大的白身蓝脚的大蜈蚣，迎风飘抖，有如五十条大蜈蚣在云中飞腾。四面图腾旗，呼啦啦响着，好像四种图腾——狼、蛇、青蛙、龟——在不安地抖动。这是女人们这几天日夜赶工做出来的，是她们倾注了心力的精心杰作。她们一定也把自己的生命随着五彩丝线绣了上去，要不然这些图腾的图像怎么会像活的一样！

谁出的主意，竟做了一面这么大的帅旗？偌大的一根木柱，用四根碗口大的长斜木做架子加固才勉强支撑了它，大风吹来，旗杆颤巍不已。这面大纛近两丈长，将来打仗、行军时怎么扛得动？

岑花人生的一个新阶段，从这次出征开始了。人们称她为瓦氏夫人，也是由此开始的，田州人平日称呼人，习惯常常省略了姓，直称人名，称岑花为“花”，本地人讲官话，“花”发音为“瓦”。这次诏征俍兵出征造册时，岑花报名为花，当事官员将花之名误作了姓，将她登录为“瓦氏”。继而制作出征的广场大纛旗和行军帅旗，旗子上的姓氏大字，也将错就错，误作“瓦”字。“瓦”字帅旗飘飘，飘遍南国江浙。就这样，这位代理孙儿理政的田州土官岑猛家的妇人，其姓名由岑花变成了岑瓦，最终成了姓瓦的瓦氏夫人。以后的典籍也就将她的姓名永远定格下来，记载为瓦氏夫人了。

当地人没有使用典籍记事的习惯，表意重在口传。对于瓦氏夫人，花既然就是瓦，瓦也就是她了。她计较的倒是誓师仪式广场上那面大纛旗，必须大些才好。今天出征，是不平凡的日子，就让这不同凡响的大纛在出征之前痛痛快快地飘抖一番吧！就让人们从远远的地方也都能看到帅旗上那个大大的“瓦”字吧！帅旗的威风，也是为将我的威风！哪怕出征祭旗剽牛的仪式仅仅个把时辰，大旗只用那么一次，也就是一生一次啊，祭祀完毕，就让这巨大的帅旗，永远留在原处，永远飘扬在田州上空。

此刻的岑花站在点将台上，开始是大明总兵参将了，也就开始是瓦氏夫人了。陪同她的是一瘦一壮两位钦差。瘦者是南京本驾司主政阮文中，这次调接俍兵的特使。壮者是兵备副使陈诏儒，调接俍兵的统领。

眼下，这4000多名俍兵，排成四个方阵，整肃地站在四面图腾旗的下面，等待着他们的主帅瓦氏夫人和钦差检阅。

铜鼓、木鼓、皮鼓混相敲击，有如万钧雷霆从地面滚过。牛角和长号呜呜地长鸣，吹出了豪壮和悲凉。点将台前，一堆大火如同被风雷挟持，火苗蹿得老高老高，发出呼呼的叫啸。

一头壮实的公牛被拴于一根木柱边。它面朝点将台翻着白眼，仿佛知道了它自己今天的厄运，焦躁不安地用四蹄出力地磨踏着地面，脚下四周刨出了一个大大的浅凹。

祭坛前，大木盆端来了，大木桶端来了。

剽牛祭旗了！

长刀手将三尺长的雪亮大刀，舞得呼呼作响，挥动有路数的花样，一俯，一仰，复一俯，一仰，两脚转着圈子，避开牛眼，而后举刀，对着牛脖子，猛地，一刀，二刀，三刀！牛脖子上方，先是从开裂的毛血豁口中渗浸出了鲜血，而后终于鲜血冒涌，喷溅，涌流，四蹄渐渐软折，终至全身倒地。人们将木盆、木桶拿来，就近牛体，刀捅牛脖子，让豁口开大。牛血汩汩流入了木盆木桶之中。

人们将一坛酒掺进了牛血里，一小竹筒一小竹筒地盛着，递给了旗幡之下的各个土目，而后递给帅旗下的瓦氏夫人和两个钦差。

牛头已经被置于祭坛的一块白布上，淋漓的牛血，染渍得白布黏黏糊糊的，濡湿了一片。

麽公左手拈红绸巾，右手持木剑，抬起双臂，作往复回环的舞蹈。四名傩舞者，戴着狰狞恐怖的木头面具，张开五指，圈围麽公作粗犷的舞蹈。麽公手中的红绸巾在牛头上方圈旋着、圈旋着，而后手中的木剑又在牛头的上方点画着、点画着。麽公的眼睛已经痴痴迷迷，红得好像要冒出火来，浑身发抖，而后紧闭双眼，进入到一种如梦如幻神秘的化境，喃喃地叨念。

校场上 4000 多俍兵，好几千百姓，悄无声息，谛听着麽公的念诵。场上唯有阮文中和陈诏儒什么也听不明白，仿佛在听一种天国的语言。

把青茅草的鬼请来，
把枯死树的神请来，
把黑洞里的妖请来，
把乱石里的怪请来！

跟老虎要符，跟狐狸要法，
跟大蛇要风，跟野猫要雾！
符请来了，法请来了，
风请来了，雾请来了！
鬼请来了，神请来了，
妖请来了，怪请来了！
来了，来了，来了，来了！
我们要去远方，你们莫要拦路。
我们要去杀人，你们莫要阻挡。
我们不想杀人，有人先杀我们。

我们不乱杀人，杀的都是坏人。
你们要长眼睛，千祈保佑我们！
啊，请过了，请过了！

场上万人一齐跟着高呼："啊，请过了！"

"讲过了吗？讲过了吗？"麽公高声问。

"讲过了！"众人高声回应。

"神答应过我们了吗？"

"答应了！"众人齐呼。

喊声甫落，四个傩舞者将牛头投向火堆，烈火毕毕剥剥地发响，发出了炙肉的焦味。帅旗被人们降下来，摆舞着，飘掠过火苗，又复升起。四面图腾旗也依势飘掠过火苗上面，而后被举直又复立于阵前。

"哩啊！哩来啊！哩啊！哩来啊……"人们发出了欢呼。

乡亲们的送别山歌唱起来了。歌声汇成一片海洋，翻腾着起伏的波浪。

阮文中看得津津有味，这实在是他平生所见过的一大奇观，其恢宏壮伟，令他好奇、激动。那陈诏儒，原先是一副目不斜视的威严模样，此时也差点忘情地和俍兵们同呼"哩来"了起来。

瓦氏夫人自傲挺立在猎猎迎风的帅旗之下，不无得意地不时瞟看一下正在激动着的两位钦差，心中自豪得差点要说出口来："看吧，这就是我田州俍兵，我田州人的子孙们啊……"

3

这是行军路上。瓦氏夫人骑在白马上面。岑猛的重孙大禄、大寿，也随行远征。好几十个女骑兵紧紧跟着她，好似众星拱月。女兵的后面行进着俍兵的队伍。经过梧州集结之后，他们终于离开广西的境地，向外省开拔了。

若一个个分开看，这些女兵们粗手大脚，个子矮壮，绝非什么美人胚子。然而，在行军中，初春的骄阳下，她们蓝靛染就的黑衫蓝裙，其乡土风的飒爽威仪，一派奇异怪诞，引动了满街百姓的目光。她们簇拥着的半老女将——瓦氏夫人，既带人间的刚勇、朴实，又带些许的奇幻，其神奇风采，更令路人啧啧叹为神异。

瓦氏夫人傲然端坐于马背上。不需回头，她的眼睛就仿佛真切地看到了她背后高高飘着的帅旗。帅旗边侧明示着朝廷正式授给她的官衔"大明女官总兵参将"，中间是一个大大的"瓦"字。这个"瓦"字仍然能让人们从很远的地方就能看得见。

此时，她不需回头，也不想回头。她时时感到队列末尾有一双愤怒、刻毒的眼睛，目光如电如火，向她脑后射来。那是韦宗的眼睛！这平日她最亲信的俍兵总目，如今被象征性地绑着随军。他也许是有意的，让衣服褴褛着，面目污垢，不知情的人见了，也许误会，以为俍兵还未到江南就已抓获了一个倭寇。

韦宗，你这小子也太胆大妄为。你故意惹我恼怒，竟然选在出师的时候！出征仪式刚罢，乡亲的送别山歌刚唱完，我正要点将出发，你是什么俍兵总目，居然不来参加点将仪式！三呼三传，竟然不见你的踪影！派人拿了你来，你居然高喊你但求一死，愿以一死来劝阻我发兵远征。点将不到，罪该问斩。军前惑众，罪上加罪。军法如山，死罪难饶……可是，我能杀你吗？你是我妹妹的儿子，从小跟我长大，10多年来，多次跟我出生入死……然而，我又能不杀你吗？俍兵之中，百姓眼前，军法军威，岂能由你毁于一旦？好在我为难的当下，"哗、哗、哗、哗"四个俍兵方阵，像四块突然降低下去了的平台，众兵将齐刷刷跪下为你求饶。阮大人也出面为你说情。他们都说是出师不宜斩将……是他们救了你，也救了我。如果杀了你，也许我会心力交瘁，愧疚之心一辈子不能平复，也许还会从此一卧不起。好不容易才祛去了我内心的畏惧，祛除了我一身的冷汗。

"韦宗，你想死？想在我的刀下死？想在出征前死？呸！你想求一死，今天我偏偏不让你死！有种的，去江南死，去找倭寇拼杀而死，去建功立业而死！"我这么说。"来人，给我把韦宗捆起，绑赴江南，戴罪立功！"我这么下令。"我俍兵从今为抗倭生，为抗倭死，不杀尽倭寇，誓不回田州！"我这么呼喊。当时，我嘴里这么喊，全身却虚弱得几乎要瘫软在点将台上！我真担心你的忤逆行动会撼动我率四千俍兵出征的决心，真担心我抗倭自振的想法被你葬送……好在一切自有天助，大神在我呼唤他的时候，总是在暗中助我……

韦宗那一双刻毒的眼睛，此时确实在瓦氏夫人身后瞪着，在他那瘦猴似的脸上骨碌碌转动着。他的这双眼睛，平日只要眼珠一转，就能转出个主意来。要是他的眼睛朝谁看，谁就要心惊肉跳，因为他可以看透你的五脏六腑，如果肚里有什么坏水，他都可以给你点破。"他的眼睛毒，不是人的眼睛，是魔鬼的眼睛！"人们喜欢他，也敬畏他。

这次瓦氏夫人决意出征，韦宗就对她说过："猎狗被人们养来抓野兔，老了就被剮来吃了。鱼鹰被人们养来抓鱼，无用了就会被杀了去。姨妈如果你想靠皇上的令箭扩军自振，要是皇上晓得。会放过你吗？去江南千里征战，你想一想，以后还能有几人回还？"这些话，都是冷飕飕的利箭，直穿透了瓦氏夫人的心。

韦宗年轻，话却不是没有道理。然而，韦宗又何曾想过，瓦氏夫人如若不出征自振，无异于甘心居于人下，受人之欺负，永无出头之日。田州界居南宁、泗城，交通云、贵、交趾，经多年的征讨、羁縻，朝廷始终未能征服这一带。为此朝廷始终不敢设流官，也就是从中原派来的官员来治理，只得允许土官世袭。岑猛就是本地土官，他死之后，四子也相继在短期内先后夭殁，后嗣孙子辈男儿先是岑芝，后是岑大禄承袭，都是黄口小儿，虽有祖母岑花辅佐，邻州土官常常不把田州放在眼里，欺侮田州势单力薄，常觊觎田州的土地，掳掠田州的百姓。而田州境内，也有些土官争权夺利，不时相煽构乱，弄得四乡鸡犬不宁。为此，朝廷也对田州另眼看待，以为岑大禄幼小，岑花又是女人，无力自守田州，便派思恩守备张启元暂驻田州，与岑花共同镇守。这样一来，治理田州之大权，无异有一半转入了流官手中。由于以前岑猛多年与人混战，弄得田州凋敝，岑花早就想重集兵马一振雄风，却总没有个好时机。这次朝廷诏征俍兵抗倭，正合瓦氏心意。她借此扩展兵员，以人数超过别人数倍的阵势出兵，以图抗倭自振，沙场练兵，一试锋芒，抗倭得胜归来之日，必是田州俍兵威震四方之时，也将是她重振岑家威风，重新自行独自镇守田州之时。

此番招募出征兵马，瓦氏夫人手持诏告登高振臂，田州四乡山民一呼百应，其踊跃，其热烈，为她始料所不及。是山民们久居边陲倦于务农，要跃马横刀一试兵革呢，还是久慕江南富庶，土人们要出去见识见识，还是垂涎于倭寇抢掠的金银珠宝、吴娃美女，也要去江南天堂享受一番，抑或是同仇敌忾，决心御倭侮于国门之外？或者是真诚报效君王的特殊信赖，要去赴汤蹈火，沙场浴血……这些，瓦氏夫人不全明白，也不可能完全明白。四千多俍兵，四千多颗心啊！然而，有一点却是她明明白白的，那就是四千余众集结起来了，终于出征了，那就必须使他们义无反顾，向前、向前！再没有后退之路！任谁人要阻挡这条路，就必须把他搬开、放倒！

“瓦”字帅旗引领着图腾旗、蜈蚣旗，引领着浩浩荡荡的兵马，渐渐远离梧州而去。他们踏上了一条令人心驰神往、精神振奋，然而又是遥不可测、吉凶未卜的道路。

旗幡怪异，女将为头，女兵为领，布衣藤甲，披发跣足，兵器卑陋，铜鼓闪亮，囚徒随队……这支队伍，实为路人闻所未闻，见所未见，活像是从志怪小说中走出来的一队神怪一样……

4

二月。春寒夜。荒野上游动着两点星火，像是一双灼亮的眼睛，在漆黑的夜幕里巡游。那是两个女兵陪伴瓦氏夫人在急行。

朦朦胧胧的大运河水面，反射出一片细碎的光影，依稀勾画出一座拱桥的轮廓，映衬出几个梭巡踱步人的身影。

阮文中正在桥面上踱来踱去。春寒料峭，冷风袭人，他披风在身，仍然有些瑟缩。他在运河的这座桥上，恨不得目力能穿透厚重无垠的夜幕，察见前面的动静，早点得到探马的消息。

田州俍兵是今天午后到达苏州的，如今正临时停驻休憩于枫桥这一带，早在几天前，阮文中已派了快马知照苏州郡守林懋举。然而，今日俍兵到境，却无人接应。他派出的探马已经离去了两个时辰，如今还不见回报。

荒野上的那两点星火渐渐近了来，像是一双火辣辣的眼睛，直瞪得桥上的阮文中焦躁、发急。他知道是瓦氏夫人来了，却不知道怎么把今日发生的事情向她做一交代。

“瓦氏将军，夜冷雾重，怎不歇息？”阮文中迎上前去。

“冷吗？多好的江南夜景，俍兵们都看夜景不忍心睡觉呢……”她慢步走上了拱桥。

阮文中听出瓦氏夫人话中有话，佯装不知，说：“枫桥之夜，可惜缺少明月。这枫桥，是姑苏城外的名胜。唐朝张继有一首《枫桥夜泊》诗道：‘月落乌啼霜满天，江枫渔火对愁眠。姑苏城外寒山寺，夜半钟声到客船。’诗传千古，地以诗著，枫桥由此而得大名……”

“噢，阮大人，”瓦氏夫人没好气地说，“要是我俍兵吃饱喝足睡够，我叫他们给你唱山歌，唱个三天三夜，首首歌都是千古绝唱。”

“瓦氏将军放心，待探马回来，必有佳音，吃饱喝足，区区小事。”

“但愿如此啊！”瓦氏夫人叹道，而后软中带硬似自言自语地说，“如果没有佳音，就是逼我俍兵再去行劫一次了……”

“瓦氏将军，千万不可再行造次……”想到数天前俍兵曾在丹阳行劫，阮文中的悖怒尚未完全消去，如今又添了几分着急。

自梧州启程之后，田州俍兵大军兵发南雄，一线凡十五站，阮文中令有司准备了舢板船600艘运兵载粮。到赣州，又调用600艘舢板船送至南昌，继而转换400艘大赣船送至京口。沿途凡州过府，按规制，每名士兵配给米5升，鱼盐各2斤，柴10斤，购牛肉银2分，购酒银2厘；其土目所部每部配给猪一口，每人银7钱；瓦氏夫人和她随行的重孙大禄、大寿，每人加银2钱。每州抚按还另犒花红银牌给瓦氏夫人和众土目。因此，经州过郡，按照瓦氏夫人明令，俍兵们颇能自律，恪守军令，对百姓秋毫无犯，一路无事。

但过了京口之后，一路水涸，舟楫无法行驶，而陆路失修，非常难行。瓦氏夫人率军披星戴月，披荆斩棘，日夜兼程，好不容易才按预计日程赶到丹阳。兵至城下，丹阳县尹竟然避而不见，城门紧闭，拒接俍兵。俍兵本已疲惫不堪，加上水土不服，好些人都得了病疫。原期待在丹阳就地休整，怎想到居无住所，食无接济，病难就医，全军还连连挨了两天的兜头大雨，其狼狈简直贱如一群落荒的野狗。有些士兵气不过，就在附近偷偷盗窃米粮，甚至还有人公开抢掠猪羊。等到瓦氏夫人知道详情，抢掠到的鸡犬粮食早已化作了荒野灌木丛中的粪便。

陈诏儒等几名朝廷军官多次动议惩治俍兵，奈何阮文中行前已有言在先，俍兵犯法，交由土官土目治罪；如若土官土目不治罪，当用专簿记录，一俟兵至江南，交由军门查惩。这种治军体制，是抗倭总督大臣张经为了更好地调用各类非正规军而不得已实行的。阮文中忠实地执行着。然而，朝廷军官们愤怨这一体式的宽容，试图就着惩治违纪俍兵来把治军大权握在手中，他们一再要求阮文中依法惩罚俍兵中的劫掠者。阮文中也屡次提请瓦氏夫人必须从严治军，惩罚不轨。

瓦氏夫人未尝不订有军纪。然而，俍兵陷入受人冷遇的处境，令人心寒愠怒。如果此时惩罚违纪劫掠的俍兵，就有可能导致将士们怒火升腾，涣散斗志。

众将集中于阮文中帐下议事，朝廷军官们再次提出要严罚违纪俍兵。瓦氏夫人说："我俍兵是奉皇帝之命赴江南抗倭的，给养自当由朝廷保障，一路都如此。兵到丹阳，却不见接应的，这该惩治谁？如果要给抢掠的俍兵治罪，必先给断我粮炊之人治罪！"愤然一席话，掷地有声，一众他人只得悻悻无言。

此后从奔牛镇到常州，到嘉兴，这一程，阮文中处处关切，沿途都亲自派员先行通报，张罗食宿。各县各府也按规制备足军需粮饷，事先把民船集中于州府，每艘船有的州府还多给银一钱，以保证运载不误，这才得以顺利到达苏州。

几点星火，流星火箭似的闪亮着飞向枫桥。蹄声愈近愈清晰。是探马回来了。

探马滚鞍而下，报知了苏州不开城门之缘由。守将传话，姑苏祖制，概不接纳客兵入城。

"好一个不接纳客兵入城，"瓦氏夫人冷冷一笑，"要是客兵攻进城去，他接不接纳？"

"瓦氏将军，"阮文中正色道，"姑苏名城，重兵镇守，非势单力薄的丹阳可比。如若造次，定两败俱伤……"

"阮大人，我四千余众已经兵疲马困，莫非还要驱撵我进荒山挖野菜捉蛇充饥？"

阮文中一时无语，决意亲自斡旋。但一想，与其自己去苏州城里，不如动用张经的大驾去训诫林懋举，这才是万全有效的稳妥之策。此时张经大人正在附近太湖上操练水师呢！

"瓦氏将军放心，"阮文中主意已定，语气也颇乐观了起来，"大明朝廷诏征的兵马，岂有断炊缺粮之理！我即刻动身前往太湖找张大人去！"

说着阮文中传令下人备马，准备启程。

这白发苍苍、年纪不小、官位不高不低的阮大人，竟然情愿星夜纵骑亲自赶赴太湖，瓦氏夫人纵有一肚子淤积怨气，此刻也不好再发泄出来。回想这些日子一路上阮大人忠于职守，兢兢业业，处处谨饬，时时给予佷兵厚待的情形，她的心里倒有些歉疚怜悯了起来，心头一热，对阮文中说：

“阮大人，夜深天寒，多保重！”

“瓦氏将军亦请安定军心，多加保重！”

火炬照亮了阮文中的银须白发，卫护的兵马已经围拢上前。

阮文中跨上马背，正要策马前行，瓦氏夫人却拖长了声音：

“阮大人，请慢！”

阮文中紧紧勒马，坐骑的前蹄顿撅起个老高。

“瓦氏将军尚有何见教？”

“阮大人，下官想借你的乌纱帽一用。”连瓦氏夫人自己也不知道什么时候大神给了她一个柚子那么大的胆，居然敢说出这句话。

“出行事急，莫再戏言。”

“苏州开城之时，乌纱帽定然完璧归还。”她真的是有柚子那么大的胆了。

阮文中真想斥责这女人的刁野，真想把“放肆”这句话骂出来。然而，他强忍下了直欲喷发的怒火，道：“笑话，我堂堂朝廷命官，岂能将乌纱帽轻易押予他人！”

“我不重你的乌纱帽，可是重你的诺言。”看来，真是大神圣灵笼罩着她，让她说了这句十分得体的话。

“哦……哈哈哈……”火光照映出阮文中脸上的皱纹和目光，其表情由盛怒转为了善意揶揄的大笑，这笑声，使心弦一直绷紧着的瓦氏夫人不禁一阵轻松，使她预感到冒犯阮文中的事会有个缓和的结局。

“瓦氏将军想以下官的乌纱帽押下作质，不是吗？”阮文中恢复了平常日子的宽厚，“好吧，城门不开，我不向你讨回乌纱帽！”

说罢脱下乌纱帽，郑重奉送到她面前。

瓦氏夫人连自己也不知道她是怎么敢接过阮大人这顶乌纱帽的，等她从迷茫中回复常态，阮文中的身影和他的坐骑早已消融进漆黑的夜色里了。

5

巡视了吴王阖闾大城的旧址，抗倭总督大臣张经在苏州郡守林懋举的陪同下，上到了盘门城楼。

春日姑苏，暖风拂面，柳丝轻摇。城内水巷，纵横交错；河道两岸，街市林立。小桥流水，亭塔楼阁，真不愧“世界乐土是吴中”，这水乡都会，着实令人魂迷心醉，流连忘返。

当年吴王阖闾雄韬伟略，以姑苏为都城，任孙武、伍子胥为相，整军经武，冶炼铜铁，铸造耕战器具，开凿河道，兴修太湖流域水利，增强了吴国的经济实力和军事实力，终于西破强楚，北威齐晋，“威行海外三千里，霸占江南第一都”，称雄称霸于江南。

巡视古迹旧地，张经和林懋举不禁感慨万分。对比眼下的大明边关防务松弛，倭患连年不断，百姓蒙受涂炭之苦，两人相对喟叹不已。这是两名儒将默然的心照，是两位抚今追昔者“念天地之悠悠，独怆然而涕下”忧患意识的排遣。

张经此刻这么悠闲，还没有收到阮文中的禀报么，不晓得俍兵已到达了吗？他不晓得俍兵正在不远的城外风餐露宿吗？如果他已知道，为什么还有这样的雅兴来游山玩水？莫非他身为总督江南、江北、浙江、山东、福建、湖广诸省的抗倭大臣，发一纸号令让俍兵进城都是勉为其难之事？

其实，张经早已知道苏州知府阻拒俍兵进城，他还知道，朝廷派来祭海并督察倭情的工部右侍郎赵文华此时也正在苏州一带。这赵文华是当朝太师严嵩的干儿子，不主张抗倭，只一心怀柔，一到江南便到处笼络人心，拉帮结派。苏州郡守林懋举畏于赵文华炙手可热的权势，已露仰承其鼻息的端倪。要是张经轻易强力发号施令以威权逼林懋举开城迎兵，倘若林懋举为此不服或不快，或许会迅快促使他与赵文华结成一党。这不但对俍兵不利，就是对以后的抗倭大计，也是极为不利的。张经已摸熟了林懋举的家世与为人。这位苏州郡守世代书香，性格软弱，喜欢奇事奇物，看重友情，还并非绝对的势利之辈。张经打算，与其命令林懋举开城，不如想办法让这苏州郡守自己乐意把俍兵迎进苏州。张经试图半日或可功成，因而佯作尽兴与林懋举纵情游乐，半句不提有关俍兵之事。

时值黄昏时分。林懋举令下人置酒于盘门城楼。他们把酒论英雄，从吴王谈到项羽，还共行酒令，赋诗作对。谈到当时正在勃勃崛起的"吴门四家"沈周、文徵明、唐寅、仇英四大书画家时，张经故意背错了文徵明的诗句，自认受罚三杯。林懋举怕张经承受不了，通融以汤代酒。谁知出乎意料，张经竟婉拒郡守的通融，硬是认罚，把三大杯绍兴黄酒喝了个底朝天。

"张大人海量呀！"郡守惊讶不止，由衷表示赞叹。

"要说本官当初为将，滴酒未沾，就连小半杯淡酒也消受不起，你定然不信吧！"

"下官定然不信。"

"本官在南疆为将多年，不带回金钱，不带回美眷，唯带回一个好酒量。"

张经接着对林懋举叙说了他在广西为参将的往事。

他说那儿的山奇水奇人亦奇。那山，千峰奇兀，百姿千态，无山不有洞，无洞无奇石。山间之泉，更为罕见。他在广西见过犀泉、婆娑泉、漱玉泉……犀泉深丈许，长四丈横八尺，绿蔓聚藤结坎其上，观者呼之应声水出，须臾盈满。那婆娑泉形如玉臼，洁似清冰，观者呼之，渴尽则止，一人千人亦复如是。南疆人，多有聚居于山岭之中的，当三江之险，受瘴疠之袭，养成了一种顽强的生命力。

他们冬披皮毛，夏衣木叶，抟饭掬水以御饥渴；缉茅索绹，伐木架楹做成麻栏，人栖其上，牛羊猪畜居其下。那里的少女，于春秋时节，刺绣同心结、百纽鸳鸯囊，三三五五，采芳摘翠于山之阳水之湄，歌唱为乐。少男们也三五成群而来，与少女们竟日对歌，互相间解衣结带来相送才依依离别。张经说，这里的壮丁怯于私愤，勇于公斗，尤其是那些俍兵，是壮丁中最为骁勇的。他们平日耕种，战时为兵，跣足上阵，走险如飞。临阵时，常常比偶而前，执枪的，一下子上前一下子退后，使人扑朔迷离，以保护执弓弩的。执弓弩的，口衔刀，手持箭，箭射完后，把弓掷了，提着刀枪猛冲敌阵，奋不顾身，常使敌方惊畏失色。这些俍兵平日多喜好狗肉蛇肉，每逢杀狗劏蛇，他们便聚众喝酒，不分尊卑老幼，见者有份。一喝酒，必要一醉方休。

“我的酒量就是被他们带出来的，”张经说，“如今和以前的酒量相比，我俨然换了一人。有次俍兵土目与我比酒，还自愧不如我呢……”

“奇事奇闻啊！”苏州郡守叹道，他最爱听奇情异俗。

“本官回江南已数载，至今犹以土人和俍兵为念呢！”张经为林懋举斟上一杯茶，林懋举惶然于自己听之入迷反主为客失礼的举措。张经不以为然，也为自己添了一杯。

“有一事在下不甚明了，也就此讨教大人，”林懋举说，“大人当年在南疆，定知俍兵。何以多年以后，大人如今还以他们为念？”

张经说：“本官也常以此问反躬。忆想平复之后，本官着了大力，以朝廷恩威兼济他们，以圣上的恩泽教化他们，本人还以诚心相待他们。毕竟战事总让乡村疲惫，土人愿处安宁。此地民风朴实，只可仁化，不可威逼。只可义结，不可敌对。你敬他一尺，他敬你一丈。还之以和平气象，久而久之，就渐渐化敌为友……”

“本朝动议调动客兵平倭之时，听闻张大人力主征调俍兵，朝中众臣皆狐疑俍兵能否就范，不想竟然出动数千之众，还真的到了江浙。匪夷所思，匪夷所思呀……”

“哈哈……”张经大笑，“这就是土民俍兵民风朴实，敬畏圣上，为纾国难，听从大局之所在呀……为抗倭以保江浙安宁，俍兵愿捐躯沙场，数千里而来，昨日已达贵地。其统领为田州土官妇新授女官总兵参将瓦氏，或可一晤……”盘门城楼上的小酌仍在继续着。张总督与林郡守仍在杯盏交晃，谈笑风生，十分投契。纵令雾浓露重，亦毫不在意。席间，苏州郡守林懋举已经当即着人备足军粮，划定宿地，打开城门，迎接俍兵进城驻扎。

此时，瓦氏夫人的兵马，已在枫桥获悉此讯。阮文中也正在开始张罗着俍兵进城事宜。当然，瓦氏夫人已经把乌纱帽敬还了他。

6

昨夜子规啼了个通夜，瓦氏夫人夜不成眠。

清晨到屋后一看，一丛丛毛竹，竟破裂了大半，是被啼裂的？

随军麽公选取两枚鸡卵占卜，用墨线点画四维做记号，煮熟后截开一看，两枚鸡卵的蛋黄都成了椭圆形，两只鸡蛋的蛋白厚薄竟一样地均匀。

“此为吉凶未明之象。”麽公说。

瓦氏夫人叫麽公再卜，又重现了刚才的结果。

四月的江南，莺飞草长。瓦氏夫人信步走出营地外面。宽阔的油菜花地，在阳光下闪金烁亮，令人目眩，这更增添了她一分困惑的愁绪。

田州俍兵到江南，被派隶属于官军副总兵俞大猷。驻扎金山卫以来，曾与倭寇有过好几番接仗，每仗双方均有所伤亡，每次都以俍兵得胜而告终。皇上派来祭海并察视贼情的工部右侍郎赵文华，激赏田州俍兵的锐气，丰厚犒赏全军，激励瓦氏夫人乘士气高涨之时，乘胜进击，早建勋业，以复皇命。

瓦氏夫人屡屡向张经求战，恨不得立即参加与倭寇全面决战，把头功夺到手里。

张经嘱咐切莫轻举妄动："倭寇狡诈多端。时下敌众我寡，俍兵又是初到，不熟地利，切切不可妄动。唯等永顺、保靖苗兵等几支客兵到来，方可对敌形成犄角夹峙，那时进击，才是万全之策。"

"张大人也太看轻我田州俍兵了，"瓦氏夫人心中不禁有点怅惘和怨愤，"俍兵来到江南抗倭以来，江南调来过多少客兵啊！除了广西俍兵，尚有鲁兵、浙兵、湖兵、福兵等，这些客兵，有的仅百多人、数十人。他们一到江南便常驻不动，鲜有出战。有的兵马虽出战，如鲁兵、浙兵，却一出战即溃败，屡战屡败于倭寇手下。其人数、其获胜战绩，哪能与田州俍兵相匹啊！莫不是张大人还是不把我田州俍兵看成主力，还等别的客兵唱主角？我俍兵来江南，是来战的，可不是来耗的。我们耗不起。"

"还是赵大人看重我俍兵呢！"瓦氏夫人不禁系念起赵文华来了。这不单是因为赵大人丰厚犒赏过田州俍兵，给瓦氏夫人送过花红，还因为他多次力主让俍兵出战，早建勋业。他那种文质彬彬、侃侃而谈的风度，给瓦氏夫人留下了一种可信可靠的印象。她哪里又知道朝廷里上层官员们明争暗斗的内幕；哪里又知道赵文华怂恿她出战早建功劳，目的是想早日标榜自己本次来江南统军作战指挥有方，往脸上贴金，以便急于在皇帝面前邀功；哪里又知道，赵文华与严嵩正紧密勾结，准备弹劾张经姑息养奸，纵倭不战，以此构罪把张经罢黜。瓦氏夫人是无法知道这些政治黑幕的。有时，上司让你败是黑招，让你胜也是黑招，她是永远也不会知道这些的。她只知道赵文华如今正在金山卫，如果眼下有个机会，打个漂亮仗，让赵大人高兴高兴，那田州俍兵脸上也就光彩了，也就算报答赵大人的知遇之恩了！

她正在油菜花地里踱步沉思，一骑俍兵快马急趋前来，滚鞍落马急报道：

"敌情急报，五百倭寇侵扰漕泾。"

不待她再沉思，一群土目已围拥跟了过来。钟富、黄维等人高声嚷道：

“总兵大人，出战吧！”

“出战？”麽公占卜时的那两片半边鸡蛋，那椭圆形的蛋黄顿时浮现在她的脑际。

“出战！岂可让倭贼青天大白日如此猖獗！”钟富的喊叫声如同猛兽样的凶狠，“建功立业的机会到了！”

“是的，机会到了！”瓦氏夫人心中想，“能趁赵大人还在此地，打个大胜仗，也不辜负他的一片厚望了！”

“总兵大人，快决断吧！”将士们的求战声如同风暴叫啸。

这叫啸，掀动起了瓦氏夫人心中的激浪，这激浪，排空冲去，卷起狂涛，迅猛地拍打向岩石，纵使这一击使自己粉身碎骨，也是死犹不悔的啊！

正在这时，一骑飞来，是参将卢镗的传令士卒，他带来卢镗的指令，奉赵大人之命，令俍兵一千开向漕泾，务歼侵扰倭寇。赵大人也下令了，真是一拍即合啊！

“备马，出——战！”瓦氏夫人毅然下令。

“出战！出战！”将士们欢呼了起来。

从军营扬起了一路烟尘，马蹄杂沓，刀光闪动，近千名俍兵向漕泾方向猛扑而去。

然而，俍兵来晚了一步。侵扰的倭寇前脚刚走。

漕泾的村子里，到处剩下匪燹后的余烬，残垣断壁间，响彻了乡民们的哭嚎哀泣。一张破席遮盖着一具女尸，几个老的小的抚尸痛哭，格外地哀凄，引动了瓦氏夫人下马亲自抚慰。

“她怀着孩子，倭寇们用她来打赌肚子中怀的是男是女，而后剖开来看！……倭寇不是人，是畜生呀！”一个老妇哭诉道。

“不要便宜了倭寇！他们逃离不远，追击！”钟富牵来一个自荐的向导，向瓦氏夫人挥舞着环首刀，眼睛红得仿佛要喷出火花。

“钟富，闭眼钻刺蓬，你不怕被钩烂一身的皮肉吗？”

谁在讥诮冷笑？是韦宗！谁把他也带来了？听到韦宗的冷言冷语，瓦氏夫人此时恨不得给他一巴掌。

“追击！怕钻刺蓬钩烂皮肉的，滚回去！”

瓦氏夫人双手一挥，纷乱的钩镰枪、环首刀、铁叉、长戟、蛇矛，一下子集结成了一条长龙。长龙以瓦氏夫人为头，跟着一个自荐的向导，飞奔而去。

这条长龙气冲冲，急匆匆，赶到漕泾的白柳湖边却突然停下逡巡不前，只能蜷曲盘旋在湖边的开阔地上了。

草荡、灌木、湖边、草地，阒无人迹，死寂一片。那自荐的向导一下子不知道溜到哪里去了。瓦氏夫人与众土目正疑惑着，突然，正对面的一个土丘上出现了一面巨大的一张一合的白折扇。瓦氏夫人命令张弓向白折扇射去，那折扇却神秘地倏然消失了。

霎时间，海螺声长长地嘶鸣，杀声像雷霆般铺天盖地而来。芦荡间，草坡中，竹林里，舟舸上，一下子冒出了许许多多的倭刀、解手刀、急拔刀、木制、先导等兵器，一群群倭寇，像是从地底下冒出来的一样，突然出现在俍兵面前，一下子就包抄过来。

“中埋伏了！他们的人要比我们多好几倍呢！”钟富大惊失色，“中奸计了！”

瓦氏夫人急忙调整军阵，拍马挥刀指挥着，迅快集拢了一支兵马，力图杀开一条血路。其余的俍兵左冲右突，已失却了统一的指挥，艰难而又枉然地试图摆脱困境。

刀剑对刀剑的砍杀，铁与血的搏斗……粗钝的武器击打声，疯狂的仇杀声，撕裂人心的哀鸣声交相融混，响彻了白柳湖的上空。

瓦氏夫人仍然在左冲右突，倭寇攻击的目标聚焦于她，她陷入了重围之中。她身上的战袍被撕割成一绺绺的布条，坐骑的尾巴鬃毛已被割掉，剩下了一条血淋淋的秃尾，马背也被砍刮得鲜血淋漓、伤痕累累，白马已经变成了红马。她已经无法顾及其他的将士，自己一人，带着几个女兵，拼死砍杀挡道的倭寇，杀开一条脱生的血路。

俍兵兵阵已经成了一块饼，一块被倭寇环围着的饼。倭寇正把这块巨大的饼，一小块一小块地切割，一大口一大口地吞食……

约莫三个时辰之后，白柳湖边的混战声终于消失了，又复阒无人声了。那儿的土地黏黏稠稠地浸渍着鲜血。不一会，一大群一大群的苍蝇，铺天盖地飞来，嗡嗡营营地麇集，叮趴在横陈四下的尸骸上……

翌日，俍兵营地里，瓦氏夫人列队清点将士。往日排得整整齐齐的方阵，如今出现了三百多个空缺，其中包括有钟富、黄维、田州“五虎”、“三豹”、瓦氏夫人的侄儿岑匡等十四员土目。他们的虎虎雄姿，已随他们的英魂化成了高天上的风，回荡在江南白柳湖的上空，吹拂着瓦氏帅旗。

“我的大神啊！”瓦氏夫人长啸一声，双膝跪折在帅旗下面……

7

柘林倭巢。咸腥的海风，夹杂着浓重的桐油味，还带着杠刨花的清香。沙岸边一片喧闹繁忙，一艘艘旧船被弄到了这里，不日以后，变成了一艘艘新船。一根根圆木卸到沙岸上，过了一些时日，一艘艘新制成的船只由这里下水启航。

柘林的船坞，占了一大片土地。自击败了俍兵之后，倭寇们踌躇满志，经常喝酒唱歌，抓掳妇女来此取乐。

这里集中了许多的木匠、铁匠、金匠、篾匠、漆匠……都是从各地掳掠来的，或是来混一碗饭吃的游民。船坞的四周，都有倭寇看守，工匠们不得逾越雷池半步，如有逃者，酷刑伺候，甚至不免一死。然而，做工的工匠们，只要就范，替倭寇造修船舶，就会得到优厚的待遇。每日少不了三餐，还不时得到酒肉一饱的口福。工匠们在船坞里是拿钱的囚徒、喝酒的奴隶。

柘林是倭寇的老巢,来自倭奴国的倭寇,率领一支劲旅驻扎这里。

倭寇是倭奴国(后称日本)的海盗,起源于倭国的九州及山阴、山阳二道,占据壹岐、对马两岛,侵掠中国大陆沿海地方。自元朝初年起,迄明朝中叶,倭寇已侵掠了中国沿海三百多年,使这一带民众深受涂炭倒悬之苦。倭寇来源大部分是日本浪人、武士、商贾、游氓,亦有不少中国无业游民、落魄文人、前朝余党、四方流寇附从入伙。他们大都在内地置有奸细,故能来无影、去无踪,历来都难以剿灭。

倭寇侵犯中国沿海,常趁季候风之便利,乘船而来;侵扰江浙一带,多乘正东风;侵扰淮扬一带,多乘东南风。大抵倭船来犯,多在清明前后、重阳前后两个季节,这时的季风多日不变,利于乘船内犯。

来犯的倭贼所乘的船只,先前都是在日本国修造。日本国当时的造船术远不及中国。他们造的船必用大木取方、严丝合缝,不会使用铁钉咬铆,只用铁片相连,很不牢固。另外,日本人不会使用麻筋、青竹皮、桐油,而只以油草填塞船板之间的缝隙,防水渗透能力很差。这些日本船只,不但形状卑陋,而且船底平坦,不便破浪速行,难于启动进攻,远不如中国船只战斗力强。日本船的布帆挂于桅杆正中,不如中国的布帆偏于桅杆左右那么灵活、快捷。因而,倭寇们毅然抛弃了本国的航船形制,改为在中国改制旧船舶,购买、修造新船舶。柘林近海,成了倭寇的一个重要修造船舶的基地。倭寇们深为懂得造船工匠的重要,因而不惜用金钱与高压相加的手段,把一大批造船能手困囿于这个船坞里,为他们修造出一艘艘战船。

这个船坞,新近出现了一位小篾匠,精瘦,黧黑,凸出的额头下,镶嵌着一双骨碌碌转的圆眼睛,眼神显得十分伶俐,但又明显地带着邪恶。

这小篾匠不单有一双"鬼都怕三分"的邪恶眼睛,而且还有一门"鬼都不如他"的灵巧手艺。别人一根竹子最多可以破四十根带竹皮的篾条，他却可以一根竹子破出八十根，并且根根一样地粗细均匀。

“这不是人的手艺，这是魔鬼的手艺！”监造船舶的倭寇百夫长说，“只有用法术才能做出这样的活！”

这长着魔鬼般眼睛的人，还真的会法术。他给倭寇以及工友们表演，将一块白布铺在平地上，把一只小酒杯反扣于白布上面，隔着一寸，他用手指头指着这只酒杯的屁股，口中念咒语，那只小酒杯竟然会跟着手指的移动而移动起来。手指向左，酒杯向左；手指向右，酒杯向右；手指停，酒杯停。观者莫名其妙，抓耳挠腮，又惊奇又佩服。

“你真的是一个鬼！”倭寇们把他视为一个神奇的人，“把你的法术的教给我们，我们大大地有赏！”

“若要学会法术，必须三年不近荤腥、不近女色……”小篾匠眨着圆溜溜的眼睛说。

“要我们三天不吃酒肉、不近女人都做不到！”倭寇们面面相觑，个个摇头，“三年？莫说让我们的学会法术，就是让我们做神仙的也不干！”

“可不是吗，我如今自己也后悔来不及啦！”小篾匠扬起青筋毕露的细手臂调侃道，“看我以前为了学法术，都饿瘦啦！”

“鬼，你真的是个大大的鬼！”倭寇的百夫长说。

这小篾匠还带了好几个徒弟，说是老乡，和他一样，讲那种鬼才听得懂的同一种方言。他们的手艺虽然及不上“大鬼”，但是，做出的活不能称为鬼斧神工，也可以称作能工巧匠，算是“小鬼”了。倭寇们非常赞赏他们做的活计，把制作船上大小竹缆的活，一起让他们包揽了。

他们日里卖命地干活，像是生怕别人把他们的活路抢了去似的。晚上，他们邀倭寇工头们来喝酒，猜码行乐。听闻他们的酒量大，倭寇们常不服，都纷纷来比试比试，每晚都要喝到深夜。这小篾匠也真够海量，斗酒不醉，令倭寇们钦佩得直咋舌，毫不怀疑他一定是一个精灵鬼投胎转世后才出生的。

一天，小篾匠走到一个背处，一堵宽厚的肉墙和一只巨大的拳头突然拦住了他。这是一个操吴语的牛高马大的汉子。

“这位兄弟，你如此为倭寇卖命，想必不久就要提升为倭寇的二大王了吧！”

“卖命又怎么样，”小篾匠歪起了头，大眼睛一眨，道，“不卖命又怎样？”

“小心你的脑袋！”

“我可是没有脑袋的！”

“好吧，让我来教训教训你这没脑袋的东西！”

啪啪两下，大汉子居高临下，用他那粗大的拳头朝小篾匠的头颅左右开弓。

小篾匠微眯眼睛，任由他打，泰然自若，仿佛在品味着一种异趣。而大汉子再也不敢多打一拳。他的手顿时都红肿了！显然，小篾匠的脑袋真的不是脑袋。

小篾匠向大汉子微微一笑，睥睨了他一眼，车转身子扬长而去。

不一会，大汉子听到小篾匠的住处爆发了一阵戏谑的嘲笑声。

“总有一天，我要把你们这间窝棚烧掉！”大汉子揉了揉肿痛的拳头，咬牙切齿。

这汉子没有等到这一天。他来不及烧掉这间窝棚，住在这里的小篾匠和他的伙伴们已经走了。

他们不是自身逃离的，而是随倭寇的船队走的。他们已经不是篾匠，而成了入伙的“倭寇”。

谁也不知道这伙人的真实来历和真正的身份。唯有瓦氏夫人晓得，是她派出打入倭巢的韦宗，他们一行，已经随倭寇船队开拔。这支船队，正准备到嘉兴一带抢劫明朝的盐船，还准备攻进嘉兴抢粮劫掠……

8

白雾浓重，厚软迷蒙。

这白雾，无从寻其起处，也无从穷其尽头。它四下弥散，充填着每一个空间，每一个角落，直至每一个细小的缝隙。一切都朦朦胧胧，河湖港汊，乌篷白帆，四野阡陌，高塔绿树，矮陵小丘，泥屋茅舍，一切一切都面目不清，全溶成了乳白的混沌的一体。

瓦氏夫人骑在马上，勒着缰绳，让坐骑徐徐地前行。空气潮润润的，她身上的披风也潮润润的。她的心头有一种重负压着，又被一种甜蜜笼罩，这滋味，唯有一个身经多次战役，饱尝了胜败得失的将军，才能体味到。这是为什么？因为今天张经召集众将督府议事，看来仗有得打的了。

浓雾尚未散尽，瓦氏夫人一行到了督府。其他各路兵马的将领们，也正陆陆续续地到来。

永顺、保靖苗兵的首领们是头一次见面，自然引起她的瞩目。这几位苗兵统领，论身材，倒没有多魁伟，同属苗兵一般的中下个子。论相貌，倒是一个比一个奇特威武。那彭荩臣——保靖苗兵宣慰，一脸的肉疙瘩，好似铁水翻砂铸成。那彭明辅———永顺苗兵宣慰，一脸焦黄的络腮胡，好似一蓬烧枯了的茅草。两人的说话声，好似雷鸣震响，讲起什么来，一泻千里，淋淋漓漓，手舞足蹈，即使在官位高于他们的人面前，也毫无忌惮。看得出，如若不是经年在山野林莽之中啸聚驰骋的人，没有这么一股豪爽和剽悍。其余几个苗兵总目，也和俍兵总目们一样，即使为将，也不过布衣麻鞋而已，并没有朝廷军官那般铜甲铁盔的穿戴。苗兵总目中还有两人，居然是光头跣足的，由此更见其山民野味、乡间气息。略事交谈，瓦氏夫人一下子就与他们亲近了起来。

她早听说过永顺、保靖苗兵的刚烈勇猛。前几天，他们刚到不久，就曾与倭寇在新场接仗，水陆交战，打得异常的激烈。永顺土官田辎、田丰，身先士卒，冲入敌阵，奋勇杀敌，最后壮烈捐躯。其威烈，撼动了各路客兵。与苗兵们的头领们相见，瓦氏夫人顿生一种敬意。同时，一种嫉妒之情也悄然而生。是的，毕竟是必须等他们来，张大人才部署打大仗的啊！

张经阔步走到厅堂之中。二三十年的戎马生涯，在他身上留下了深深的武将的印记。那一举手一投足，自有一种威慑的气度。今日他是全副戎装，一顶犀角银兜鍪，一副黄金锁子甲，一块牛皮黑围腰，其神采，照亮了这间本显昏黑的厅堂，不是总督大臣，哪来这般的威仪！

“近日川沙洼、柘林两个贼巢，集结了倭寇二万多人。据报，柘林倭贼，将分水陆两路犯我嘉兴，劫我盐粮。这次倭贼出动，将调用新制成的一批舢板船、双桅船和五桅船以及攻城巨筏。其大船以湿被裹舟，巨筏载有硬梯、软梯、望高台、撞木、云车、舟楼等，大有兴师攻城之势、志在必得之气派，妄以为稳操胜券了矣！”张经冷冷一笑，接着说，“我大明官兵难道是束手待毙的吗？为准备决战，我早已筹划多时。我明朝水军今已扩建，还买民船改造成兵船，备木料新制大战船。我新造三桅快船利于近敌快攻，鹰船利于攻坚夺垒，这都是敌所未有的。我战船都装上了佛朗机、镖枪、竹枪、火药、铅弹、喷筒等兵器，可与倭贼作生死拼。我水军业经多日操练，战术益精，与半年前相比已不可同日而语。为求万全，我明军广求兵源，召邀各路客兵。先以俞大猷、瓦氏将军俍兵屯金山卫，为捣敌西路；邵继芳率东兰、那地、南丹兵屯闵行，为北路；汤克宽率东莞兵、思恩兵、归顺兵屯乍浦，为中路，实已对敌初成犄角合围。今永顺、保靖兵到，合围完成，已是进击时机。我明军四万之众，会集江南，各路兵马威猛异常，求战心切，与倭贼不共戴天！倭寇已属瓮中之鳖。今日不与之一战，还待何时啊！”

众将热血沸腾，但都强压下内心的激动，屏神静气地听张经继续说下去。

“今倭寇欲掠我盐粮，必以主力先突嘉兴，我当以重兵行迎击于石塘湾，迫使其北走平望，而后一面在平望伏兵迎击，一面放开一条生路，诱其败走王江泾。我军各路当迅即回师，往王江集结。在此聚歼倭贼，此必胜了也！”

这番话，说得众将喜形于色，个个摩拳擦掌，跃跃欲试。顿时，厅堂里，众将互相间窃窃私语，一片活跃。

“只是石塘湾一役，”张经说，“事关重大，贼分水陆两路进军，我当以相应两路迎击，且兵分四支夹峙。此二路兵马，当昼夜潜伏，以逸待劳，时刻守候，不可有须臾的疏忽，才可不失战机，重创敌寇。此役只能胜，不能败。如若败阵，倭寇将突入嘉兴，我各路兵马远水救不了近火，嘉兴一城将生灵涂炭，我之部署全盘皆乱，则江南抗倭必将置于更艰难之境地！”

张经的话音未落，永顺宣慰彭明辅迈着他那极短的瘦腿上前两步说：

“我永顺苗兵千里迢迢到此，不为别的，只求此战能当先锋，别无多言！”

瓦氏夫人正要插话，保靖宣慰彭荩臣已一抹脸上的肉疙瘩，抢先说道：

“此番作战，进兵石塘湾，我保靖苗兵当仁不让了！”

瓦氏夫人急忙插空抢着说：“众位兄弟初来乍到，怎好抢了我田州兵报仇雪耻的机会！”

“瓦氏将军休急，”永顺宣慰彭明辅瓮声瓮气地说，“先让我永顺兵首战石塘湾。我胜，你田州俍兵为我杀猪宰羊庆功；我败，你则为我裹尸抹血，再行出战雪恨……”

这话说得众将都哈哈大笑起来。

瓦氏夫人忽地一下拉长了脸，霍然变色道：

“这分明是将我广西俍兵看成饭桶了！”

说罢，她突然把腰刀拔出了半鞘，然后“哐”的一下送回刀鞘。

“且慢动气！”陈诏儒一旁按捺不住，喝道。

他环视了一下厅内，只见永顺、保靖的苗将一个个板着面孔，神色肃然，又见瓦氏夫人气咻咻地赌着一包气欲言又止，便说：“瓦氏将军雪耻心急，着实可嘉。张大人亦早想让田州俍兵早日扬威。然而，漕泾一战，田州俍兵失利为不久前之事。此役你部损失颇重，减了精兵，更折几员勇将。士气一时难以重振，兵员的补充短日不可功成。宜当后备，以待战机。”

众将齐声附和，纷纷点头称是。

瓦氏夫人从激奋转羞惭，又由羞惭转激奋，面向张经慷慨陈词道：“我田州俍兵必须开赴王江泾，理由有四，且听陈述。”见众将已渐渐静下来，更增添了她陈述的勇气。她接着道：“我部为最先到达吴浙一带的客兵，凡嘉兴一带的河湖港汊、阡陌田丘、村寨城池，已了如指掌。石塘湾一带，兵也曾扎营过。熟知天时地利，此其一。为摸清敌情，我已派总目韦宗等人打入敌巢，新近他们已混入倭寇水军随船征战，一待接仗，我部有可靠的内应，此其二。我田州俍兵自漕泾失利后，将士痛失弟兄，常泪流满面，奋发雪耻之誓。为重振雄风，我部已重整兵马，还提拔了有为兵士补充土目、总目空缺。我部前此所受耻辱，亦是大明所受耻辱。我部如能此番雪耻，也是大明皇朝扬威雪耻，此其三。张大人曾于廷议上荐我广西兵英勇善战，并多次许诺予我俍兵建功立业之时机。石塘湾一战，事关重大，万人瞩目。如我俍兵无缘参战，或虽参战而不受重托，他日回乡，有何颜面去见父老乡亲，又有何颜面见江南民众，就是大人你，又有何颜面回复皇命？总督大人之话语，一字千金，又岂能随意收回？此其四。俍兵哀兵，哀兵必胜。万望大人谅察，诸位兄弟亦请相让。如兵败，拿我瓦氏首级是问！”

瓦氏夫人一席话，有理有节有情，说得众将一时面面相觑，缄默无言。张经环顾四围，见众人似无异议，便兴奋地说：“众将求战，心诚如此，心切如此，此战，我明军还愁不稳操胜券吗？”

当下，张经详细进行了总攻的部署。张经给瓦氏夫人下令，令她隶属于参将卢镗,配合保靖兵马进兵石塘湾。她高兴得流下了眼泪，并且情不自禁地拉着保靖宣慰彭荩臣的手说：“兄弟，我田州兵绝不是拖后腿的秤砣兵！”

9

瓦氏夫人做了一个梦。一大片如茵草地上，蹦跳着许许多多的金边大青蛙，一个个都有大海碗那么大，围着一条大南蛇跳舞。这大南蛇也怪，圆头大眼，柔软如丝，可是又能坚硬挺立像竹竿般地直竖起来。一帮看不清头脸的猴子，敲击着石头，发出铜鼓的声响。青蛙和蛇步着声响作疯狂无比的舞蹈。天外飞来一团火，着地燃成了火堆。大南蛇被火烧得吐出了蛇信子。蛇信长长地飘出来，继而飘离了蛇嘴巴，化作一绺火舌，向天空飞走……

“此梦不须细详，不须细详！”麽公说，“众虎斗恶龙，恶龙遭天收。吉兆、吉兆！”

瓦氏夫人大喜，令魔公把这个详梦的结果传至全军。一时间，一传十，十传百，传到后来，这个梦变为瓦氏夫人与柘木倭酋斗法的场景：她仅用一面铜鼓就装进了倭寇的三十艘战船，最后倭寇们一个个跪地求饶，瓦氏夫人以这面铜鼓为舟，把倭寇尽行装下，送到海面，让他们坐铜鼓回日本，从此倭寇再不敢来犯。麽公知悉回报，瓦氏夫人心中暗暗喜欢，她要的就是这舆论效果。

次日凌晨，田州俍兵四更造饭，五更出发，神不知鬼不觉地钻进了漆黑的夜幕之中。

这是四月底了。乳白色的晨雾，仍然是那么潮湿，那么厚重，那么迷离，这正是用兵者使诈遮掩自己诡秘行动的好时候。

在俍兵以雾幔为掩护悄悄行进的同时，倭寇也正利用雾幔，偷偷地向嘉兴进逼。

自明朝征调各路客兵云集吴浙一带之后，倭寇受到了很大的威胁。倭寇十分狡猾，决计专择兵马薄弱、援兵难到的地方以求一逞。眼下他们就选定了嘉兴。最近有一批明朝官家盐船粮船从这里开出，倭寇们的目光迅速地盯住了这里。倭寇以为此行隐秘，只有天知、地知、己知。怎想到，潜伏于他们之中的俍兵早把这军情报知了瓦氏夫人，由瓦氏夫人报知了张经。此时，正当倭寇们踌躇满志、得意扬扬地开拔，自以为如入无人之境的时候，却不想已进到了明军的一个专备捉鳖的大瓮里。

石塘湾，南连嘉兴，北达柘林，水路陆路皆为通衢。这一带河汊遍布，修竹茂密，河汊之间，是一些灌木丛丛的小土丘或一些大小不一的草坪，地形十分复杂。这里河汊纵横，大河可行大商船，小河可行小舢板，因而是舟楫交会、停泊之处所。

一支从陆路来的倭寇已经先达。这时太阳已经驱散了厚重的晨雾，随着这乳白的晨幕撤去，明军与倭寇的战幕即将拉开。

倭寇以为神不知鬼不觉就可以穿过石塘湾到达嘉兴城，不想一进入石塘湾的葫芦口，就碰到了瓦氏夫人的伏兵。等到倭寇仓皇回过神来，俍兵已经猛扑到他们的面前。

倭寇谅伏兵不多，并不打算后撤，他们仍按原来的策划，要配合水路直取嘉兴，因此急忙组织兵阵强行硬冲，试图冲破瓦氏夫人兵马的防线。

倭寇的兵阵重新布列了之后，摆出了蝴蝶阵的战法。在兵阵的前锋，一排倭兵人人手执一把巨大的折扇，人人戴着面目狰狞的战神的面具。随着战鼓的节奏，他们手中的折扇一开一合，折扇上涂画的颜色让人眼花缭乱，马匹被惊扰得扬起前蹄不敢前行。倭贼之队形也瞬息万变，扑朔迷离，令俍兵一时无从下手攻入。有的俍兵还被搅得头昏目眩，甚至呆愣了去。倭寇立即抓住俍兵一时手足无措之机，后排的倭兵穿插上到前排，用长倭刀猛扫俍兵前锋的下肢，专往脚上砍，霎时竟有一排俍兵被他们砍得七歪八倒，致使兵阵大乱。

瓦氏夫人站在一个小土丘上指挥作战，眼见倭寇蝴蝶阵得逞，心如火燎，急忙亲击铜鼓调整阵法，按田州岑家兵法，重新整顿一时撤乱了的队伍。俍兵们按瓦氏夫人铜鼓鼓点的指挥，以七人为一伍，每伍自成一个作战单位，互相配合照应，全力击杀。岑家兵法规定，凡一队赴敌，左右都要配合夹击，不听命令者斩。平时田州俍兵生活少节制检点，显现一种散漫气息，而一上到战场，有兵法约束，人人愿赴死而不愿败北苟活，个个争先，勇于摧敌破阵。只见俍兵一伍扣一伍，一排接一排地击杀，井然有序，越战越勇。参将卢镗在一侧见此战况，亦觉新奇，心中暗暗叹服。

倭寇装神弄鬼的蝴蝶阵早已溃散，难以重整。倭寇兵阵溃乱之后，战情胜败已明显陡转。与以前漕泾之战相反，这时的倭寇战阵已经成为一块大饼，正被俍兵从四下包抄过来，分着切割，被切成一小块一小块，分别散布在河汊之间的小丘、草地上，任俍兵大口大口地吞食。被砍死的倭兵，尸体横陈，血流遍地，染红了河水；被砍伤的倭贼，哀号不绝于耳。

正在这时，从水路上来的倭兵也赶到了石塘湾，眼见陆路受挫，急忙援救。卢镗所率的保靖兵马及明军水师早以逸待劳，眼下一有战机，岂不及时出击！倭寇水师见势不妙，急忙集结水陆两路残兵剩勇往北向平望逃去。而在那里，张经亲自督师，俞大猷、彭明辅的兵马早已守候多时，迅即迎击溃逃之敌。倭寇像挨了当头一棒的丧家犬一般，折转路线，被迫向王江泾逃窜而去。

一切都如张经原先所料，一切都按张经的部署进行着。

瓦氏夫人的俍兵和永顺苗兵在石塘湾重创了倭寇之后，按张经原先的部署，不做追击，放其北走平望，而俍兵与苗兵径抄便道，向王江泾奔来。

这时，汤克宽的明军水师早已在此等候。汤克宽一支，保靖和田州俍兵一支，加上从平望追贼而来的永顺、明军三支兵马，一齐夹击合围，把倭兵夹峙在王江泾这块不大的凹地上，犹如逼他们进到了一张渔网里。

倭寇要从陆路逃窜已不可能，便一图侥幸，背水一战。这时，一支倭寇的水军及时赶到，前来接应。几艘五桅大船，疾驶向河岸，一批牵缆的倭寇已乘舢板船在岸边停泊，不住拖拽着竹缆以牵引船只靠岸。不想这些竹缆一拉就断，接二连三，被拉断了好几根，致使倭船不能靠岸接应，急得倭酋在船上哇啦哇啦大声叫骂。

在这同时，从倭船上出现了好几个戴着日本战神面具的倭寇水军，他们一齐跳下水里，向河岸游去。

倭酋和倭寇们大喜，不住鼓噪欢呼，为其呐喊助威。

在俍兵阵前，有几个弓弩手正张弓搭箭想射杀这几个戴面具的倭贼，忽听着铜鼓奏响，发出了只有俍兵自己人才听得懂的暗语："请接应自己人！"

十几个俍兵急忙赶上前去，接应那些游水到河岸的人。船上的倭寇原先以为戴面具跳下水的是他们的勇士，遂放箭掩护他们。后来见那几个人，被俍兵欢呼拥入阵中，倭寇们才最终醒悟，原来那个长着魔鬼眼睛的小篾匠和几个手艺精巧的篾匠，都是打入倭阵的俍兵，那些易断的船缆，原来都是他们捣的鬼，本来倭军自以为秘密的行动计划，原来是被这些卧底通报到了明军的。倭酋们气得直跺船板，咬牙切齿连声叫悔。

这时，明军水师的佛朗机炮火正连连向倭船轰击，炮声隆隆，水柱飞溅，浓烟弥漫，烈火熊熊。由于有内应，知晓倭船放火药的位置，明军的射手，专朝倭船上的火药篼部位准确射去，不几炮，就打中了火药篼，顿时烈焰冲腾，浓烟漫卷，倭船熊熊起火。鬼哭狼嚎乱成了一片的倭贼，纷纷跳下水去，又遇上明军水师的鹰船、三桅快船赶到。船上的羽箭雨点一般地向水面的倭寇射去，死伤的倭寇，浮尸水面，血流染红了江水。天发杀机，移星换宿；地发杀机，龙蛇走陆；人发杀机，天翻地覆。战地景象，呼喊叫啸一片，火与血融混，硝烟气味与血腥气味夹杂，江面和岸边死伤的躯体杂陈，十分惨烈！

田州俍兵从来没有参与过这般豪壮的水陆同时开仗的战役，从来没有见过一次沉下水去这么多的敌船，也从来没有见过一仗打死这么多的倭寇，一个个精神振奋，高兴得直要发狂，乱跳乱蹦，边呼喊，边寻残敌砍杀。

瓦氏夫人策马投身于混战搏杀之中，砍得痛快淋漓，一身战袍被鲜血染红。从战地上重新回到指挥的铜鼓边，她的坐骑又一次从白马变成了红马，马尾巴的鬃毛都已掉光，她本人发髻散乱，战袍褴褛，疲软得趴在了铜鼓上，累得站不起身子来，握刀的右手虎口已僵硬得难以张开……

10

嘀，那个把月，瓦氏俍兵真是战果辉煌的时期！

石塘湾、王江泾大捷，歼敌 4000 多人，创立了自有倭患以后明朝用兵还未曾取得过的勋业，被称为“自军兴以来战功第一”。

几天后，五月初五，在王江泾被击溃了的一支倭寇残部败走金山卫，妄图溜掉，瓦氏夫人闻报，立即派兵堵截，歼敌 100 多人。

又五日后，倭军采取报复性行动倾巢出击，围攻金山卫，指名要抓瓦氏夫人。然而瓦氏夫人镇定自若，在阵前亲自击鼓督阵。韦宗巧布三角阵，使敌人迷乱溃散，毫无战斗力。倭酋见状，知无法取胜，不敢恋战，只得半途撤兵。

接着，半个月后，倭贼 600 多人到浙江南得一带劫掠，又窜到王江泾。瓦氏夫人派韦宗领兵 2000 人，配合明军参将宋礼两部分翼夹击。这一战，韦宗巧布鱼罾钩镰阵，诱使一股倭寇先行陷入阵中，使其进得退不得，俍兵则持钩镰枪尽行击杀之。这一仗，官军与俍兵齐心合力，又歼倭贼 250 多人。一向对俍兵有成见的陈诏儒也不禁每每为俍兵叫好起来。

战事频频，瓦氏俍兵屡战屡胜。倭寇连遭重创，亦领教了俍兵的威风，虽有不服，但也稍事收敛，一时嚣张气焰减弱了许多。江南人民为此稍得心安，免却了许多惊恐。

瓦氏家，能杀倭，
腊而啖之有如蛇……

金山卫、嘉兴一带的百姓这样唱道。歌谣中唱瓦氏俍兵能征善战，对倭寇仇恨得食其肉寝其皮。俍兵是不是真如歌中所唱，把抓到的倭寇杀死，切成一条条蛇形一样的肉，腊好以后烹而食之？或歌谣是夸张和虚构？似乎从来没有人认真考究过……

俍兵战果辉煌的时期，不但民谣歌唱俍兵战绩，就连当时非常有名的江南文人徐文长也专作长诗讴歌过，是有典籍记载的。

军功奏到朝廷，皇帝诏赏瓦氏夫人和大禄、大寿各人银 20 两，贮丝二表裹以及石砚等物，旌表其抗倭的勋劳。

这本是瓦氏夫人应该大为高兴的事，可是，她却高兴不起来。王江泾大捷以后不久，张经却被朝廷问罪，如今已被解赴京师——这事一直使瓦氏夫人萦系于怀，郁郁不乐。

参战的各路领将都知道，石塘湾、王江泾一战，全仗张经高瞻远瞩、雄才大略、严密部署，才取得如此辉煌的战果。然而朝廷却认为，自张经到江南，“久罔效令，养寇损威，殃民糜饷，贻误战机，不逮问无以正法”。

不是有石塘湾、王江泾之战的赫赫战功明摆着吗？朝廷却认为是赵文华部署、督战之功，并为此诏赐赵文华大红彩锦鸡纱衣一袭，银 60 两，而且赐给他敕书关防督察军务。

这些是是非非，真是非非是是，而这些非非是是，谁又能说出个是是非非……

瓦氏夫人迷乱，困惑了！这些功过是非，确像一团永远解不开的乱麻，千头万绪地缠绕，永不能解。

仅仅是瓦氏夫人迷乱吗？最迷乱困惑的还是张经啊！他大半辈子混迹官场，从考取进士，继而做嘉兴知县，一直做到六省总督大臣，足迹跑了大半个中国，后来被命运驱使，又复回嘉兴抗倭，绕了一个回环，如今又推举、统领田州俍兵来剿杀倭寇，个中敌敌我我，交集有多少迷惑！但是他忠心一片，唯皇命是听而已，何曾敢有一己之私。再怎么迷惑，抗倭之功罪，他却是自知自明的啊！有功者被问罪，无功者得奖赏，不为争一己之气，也要让天理天道昭示于人啊！

他虽被执于囹圄之中，仍据理力争，上疏皇帝道：

> 王江泾一战，一战而胜，斩贼首一千九百有奇，蕃溺死者无算，贼气遂馁。此臣日夜苦心审几虑胜，岂有一毫怠事之哉！自臣督事，半年前后，俘斩且以五千计。惟是知略浅短，不能使积年剧寇俄顷扫荡，此则臣之罪也。

一腔凛然正气，满腹难言苦衷，天若有情天亦泪啊！

然而，张经何曾知道，他的上疏没有上达天听，被严嵩、严世蕃压下了。他更不知道，正是赵文华与严嵩父子沆瀣一气，参了他一本，一定要置他于死地。

在张经生命之最后一刻，在他被押上刑场斩首示众的那最后一刻，他仍然陷入困惑迷惘之中，是非唯皇命是从，敌我唯皇命是从——此理系谁定下的？害了多少仁人志士！

当张经问斩之事传到江南，瓦氏夫人陷入了更深的悲凉和愤怨。她不安、不解、不平。以往，在家乡南疆那块土地，人们崇拜大神布洛陀，是布洛陀给了人们血肉之躯，也是布洛陀给了每个人倾诉的天空。此刻，她有多少愤懑需要倾诉，可是，这是在江南，她去哪里找到一方可以尽情倾诉的空间？她不禁泪流潸潸起来。这是她到江南之后第二次流泪。

自朝廷问罪，张经押解京师，至张经被问斩，这期间，各路客兵都发生了极大的骚动。这三四万各路客兵，大多是张经力主调来。张大人身体力行施行安抚以尽释前嫌，对各路将领都能礼贤下士，用其所长，不计所短，赏罚分明，因而大得人心。与其说抗倭客兵服从朝廷管束，不如说是服从张经管束。所以，张经在江南一时，客兵就能安心一时。如今张经已殁，各路兵马人心离散，如洪水决堤，已势不可当。

朝廷先派周任继任兵部右侍郎接任张经，任职仅仅三十四天，即因朝廷中钩心斗角而下了台，转换杨宜继任。这杨宜才疏学浅，且无甚韬略，怎能节制得了这许多来自各地的形形色色难以驾驭的客兵？杨宜见此情势，只得自己重新招募一批客兵兵员，计有江浙、湖广、福建、漕卒、河南、山东、四川兵等等。当时山东兵和四川兵，一到江南，就发生了激烈的械斗，打了一天一夜，参将几乎全被打死于阵前。这些杨宜自己招募来的客兵，是名副其实的散兵游勇，他自己也仍不能驾驭。

而前此由张经调来的各路客兵，包括俍兵在内，由于再无人统领、照拂，陷于放任自流。这些客兵经常缺粮断饷，以致骚扰百姓、抢劫的事时时发生。田州俍兵远在异乡，兵源无接济，日渐减员，愈感悲凉。日用粮饷经常无着落，不免人心浮动。不少将士还干起了奸淫掳掠的勾当。

瓦氏夫人的心不禁隐隐作痛起来。她意识到，此时，抗倭战事减少了，江南百姓担忧的已经不是倭患，更多的是开始担忧客兵的侵扰了。她明白，许多俍兵参与了掳掠百姓。可是，她知道俍兵已断粮了好些日子……

11

铜鼓紧紧地敲击！

紧急军情！

“我俍兵被人包围了！”

“谁？——倭寇？”

“……官军！”

兵营里一片骚乱。

近日来，俍兵已变得放纵、涣散，唯有这紧急号令才能把他们从醉生梦死的麻木中惊醒，才能把他们从一盘散沙的境地凝聚到军旗下面来。

此时，俍兵营地重整了往日的森严，整肃地严阵以待，列队于营地，摆开了准备迎击的阵势，一副好似凛然不可侵犯的样子。

的确，不是倭寇逼近，也不是有人偷袭，是一批官军，正五花大绑地押着几个俍兵将士上前，为首一个被缚者是韦宗。

瓦氏夫人全身戎装，一袭披风遮住了她身上激愤的颤抖。

“你们何人，胆敢抓我将士？”

“想必你就是瓦氏将军，”一名陌生的官军参将上前浅施一礼，“今有俍兵，违犯军法，特解送回，交由俍兵处置。”

“先松绑。”瓦氏夫人冷漠地道，她已经揣摩出是怎么回事，她已经不以这样的事为稀奇了。

“松绑事小，军法事大，”参将正色道，“传赵大人令：俍兵总目韦宗带头偷窃进京船舶贡粮。偷窃皇粮，死罪难逃，现交由俍兵自裁，责令必处极刑。三天以后，军门验尸。”

“啊！”瓦氏夫人心中一惊，差点叫出声来，却极力克制自己，挺直了身。

“如若不办，当以叛军治罪！”

参将说罢，浅浅一揖，车转身子，带兵走了。

俍兵军阵顿时“哄”地一下，回复了原先的松散，一片混乱，纷纷围拥上前，一边帮韦宗等人松绑，一边打听事情的原委。

原来，韦宗他们连日来得不到军粮给养，到河边去挖野菜，每天都看见有运粮船只经过。韦宗他们便进城去打探，得知官仓里并不是像上峰说的那样没有军粮，而是官军长官勾结私商，把军粮倒卖用船偷偷运走了。俍兵中有人想将此事上报官军军门，韦宗却认为时下官官相护，说不定你不但告不倒他，到头来反而被以诬告罪反坐。俍兵们觉得韦宗的说法有理。“他妈的官仓有粮不发，却偷偷卖与私商大发其财！老子千里迢迢来到这里抗倭，倒反挨饿！”韦宗和俍兵们叫骂道，决计半途偷盗粮食，什么法令都不管不顾了。那夜他们趁着守兵不备，溜下码头潜入船里，将好几十袋粮食偷偷搬上河岸。待转运走他处，官军快马追来，把韦宗他们全逮住了。韦宗确实在官军举起的火把光亮中，看见那些袋子上都钤封着贡品字样。只是，他不明白，官军盗卖皇粮，与俍兵偷吃皇粮，谁的罪过更大……

“官军已经放了你们回营地，你们不如赶快趁这个时候溜走！”俍兵们力劝韦宗他们，“再迟可就没命了！”

“对，溜！山间的鼬鼠，一溜，谁也捉不回！”

“瓦氏将军，放了他们吧！”一个女兵扑上前来，拉着瓦氏夫人的手，央求道，并同时抓住韦宗的手，说，“宗哥，我跟你一起逃走。”

这女兵叫秀妹，是韦宗的相好。

“对！你们两人一起走！回田州也行，到其他地方去也行！官军要来，我们全体俍兵找他们评理去！”

“将军，你就准我们吧！”秀妹眼泪汪汪，不断央求。

“秀妹，不行啊！”瓦氏夫人语气沉重地说，“官军早已把我们看作不可节制的蛮夷，非但不关照我们、有意断我粮炊，还处处找岔子要兴师问罪。眼下韦宗他们由于全军饥饿，去偷了皇粮，正是掉进陷阱，难以爬出来的啊！”

“秀妹，我不能走！”韦宗也用力一甩秀妹的手，“有句俗话，叫‘跑得了和尚跑不了庙’，要是我逃走，正好中他们的奸计，官军就会把整个俍兵作为叛军来剿灭的呀！”韦宗说罢一顿，然后向瓦氏夫人说，“姨妈，我一人做事一人当，韦宗我三天之内，坐守军营等待治罪，绝不拖累我俍兵！”

“宗哥！”秀妹又紧紧抱住了韦宗的胳膊，大哭了起来，而后放开韦宗，对瓦氏夫人跪道：“将军，宗哥和我在田州早就有白头之盟，如今他毅然赴死，秀妹有一个请求。”

“秀妹……”瓦氏夫人扶起秀妹，替她擦拭满脸的泪水。

“宗哥在田州反对出征，我没有与他成亲。如今他慷慨赴死，从此断了韦家香火没有后代。请准我今日与宗哥成亲，共住三日！”

“秀妹，你疯了！”韦宗大声叫嚷，“还有三天我就要见大神布洛陀了！”

“你不能无家无室，就去见大神！正是这样，我们才该成亲！”秀妹一改平日的温顺，坚执地说，“我要留下你的种子！”

将士们早已被眼前的情景所激动，不独女兵们在低声啜泣，许多男子也流下了悲痛的泪水。

“将军，成全他们吧！”

“将军，你就准许他们今夜成亲吧！”

俍兵们纷纷苦求。

此时，瓦氏夫人还能说什么啊！她的心已经像结上了冰块似的沉重冰凉，她的舌头已经僵硬，两片嘴唇也只是嗫嗫嚅嚅的，半天说不出话来，只是用力地紧抱秀妹，和她一道相拥而泣。瓦氏夫人此刻已不是一员率兵的战将，而似一个母亲……

12

俍兵们凑集了所有可吃的东西，拿出各自私藏的酒，自己酿的，别人送的，买来的，捡来的，偷来的，抢来的，全部摆了出来，有人特地到路上去截击了一条狗，煲了一大锅狗肉。他们为韦宗举行盛大的成亲酒宴。

他们海吃，海喝，海唱，海笑，海哭，海喊，海跳，海骂，在为韦宗的命运呼喊，哭叫，在为他们自己的命运呼喊，哭叫。他们一个个忘乎所以地互相灌酒，喝到酣醉时，还互相执意对灌，嘴巴不喝，就往鼻孔里灌、往耳朵里灌，甚至往眼睛里，往头上，往后颈窝中灌、灌、灌，天旋旋，地转转，迷蒙蒙，昏茫茫，人人都醉得直要发癫发狂……

韦宗和秀妹没能参与喝酒的癫狂场面，人们不让他们喝得过多。给他们敬了酒之后，女兵们就把秀妹带到了营地一角一间独立的小茅舍里，然后也把韦宗推了进去，关上了门，锁了起来。

起风了。风吹落一片片的黄叶。黄叶落地，乘着风势在地上卷拖着灰尘，发出沙沙的响声，带来令人惆怅的悲凉。

夜了。一大群一大群的萤火虫，往这间小茅屋飞来，停满了这儿的屋顶上、墙壁上。不一会儿，整座小茅屋竟被萤火虫包围了起来，围裹成一座银光闪闪的透明的小屋。这座小屋，犹如水晶宫般神奇、壮丽、辉煌、透明，也许，古歌中那座水晶宫，才有这么美。

“宗哥，宗哥！”秀妹紧紧地拉着韦宗的手，强颜欢笑。

韦宗此时没有朝她看，似乎听不到她的叫声。“宗哥，宗哥！你看看我，看着我呀！”秀妹用力地扳动韦宗的下巴颏，并不住捶打他的前胸。

这一刻，韦宗的眼睛终于盯住了秀妹。啊，秀妹的眼睛！这是一双多么漂亮、多么令人怜爱的眼睛啊！像田州西山那条清泉那么清澈明亮，像大榕树托起的十五的月亮那么柔媚多情，像三月歌圩上的春风那样温柔驯顺，像寨外金茶花那样芳香诱人……啊，秀妹，你这一双眼睛！你这双眼睛！这是我本应该永远得到的眼睛！……今天，你这双眼睛给我获得新生，明天，你却要成为更加悲苦的人。古歌里都说，人的命运早由天定，我就不服，为什么命运对我们如此不公！

秀妹的眼睛眨都不眨一下，也盯视着韦宗的眼睛。此时此刻，韦宗的眼睛，比平日更显得邪恶歹毒，眼下它们正燃烧得通红，仿佛要迸发出火星似的。她晓得，韦宗从小就失去了父母，他父母死于战乱。他亲眼见父母的尸体被人剁成一块块的碎肉丢在地上喂狗。从那时起，他的眼睛对世事时时都不怀好意，变成了一双歹毒的魔眼。即使他后来被瓦氏夫人收养，见惯不断的争执、殴斗、征战。只有她——秀妹，才可以透过他这一双魔鬼的眼睛，看到他一颗正直美好的心灵，也只有她才能透过他极其冷酷无情的外表，听到他对柔情的呼唤。在田州，出征江南前，秀妹本打算与他成亲，留在家乡，怀着他的种子。但由于韦宗反对出征，被绑赴江南戴罪立功，秀妹也就不离不弃地一道跟他到江南来了。今夜，是诀别前的联姻啊！

“宗哥，宗哥！今夜是我们两人最初的日子，也是我们最后的日子啊！”秀妹推摇他，呼唤他，催促他，犹如在唤醒一个沉睡千年的人，在唤回一个远去了万里的人！然而，韦宗竟连一动都不动，有如一尊石像。

远远地，女兵们的山歌声随着夜风飘传了过来，那是多么悲恸、哀婉、忧伤、凄凉啊！

我俩久相好，
眼望眼出蜜。
我俩最相恋，
手抓手如漆！

相抱汗成酒，
相爱醉成泥。
若有人刀砍，
头断也不离……

男兵们的歌声依稀传来。多沉闷、忧郁、悲凉、深沉的歌啊！

阿哥今先死，
妹莫跟恁急。
代哥尽孝意，
帮哥抚孤凄。

清明到后山，
哥坟添把泥。
为哥祭杯酒，
唱支喊魂曲……

夜风吹得更加强劲。闪光烁银的小茅屋四围，树动枝摇，长草伏地，啸声凄厉。声音喑哑的夜鸟，发出一阵阵令人惊悸不安的悲鸣。一切都在哀泣，一切都在痛不欲生啊！

这样的歌，唱了三天。这样的夜，继续了三天。

第四天的清早，两面紧相扣合的大铜鼓，盛殓着韦宗的遗骸，置放于俍兵军营。俍兵们整齐肃立于高高扬起的旗幡下面。女兵们搀扶着瓦氏夫人和秀妹，久久伫立在这两面紧相扣合的铜鼓前面。

麽公唱起了悲歌，招请南疆家乡历代逝去的英灵，招请不久前就在江南此地抗倭仙逝的英魂，请他们把一个新逝的英雄之魂引接过去，不让他再受尘世之苦，使他与先逝的英魂一起，同享布洛陀赐予的荣光……

瓦氏夫人心力交瘁，面色如土，一头青丝已变灰白，看起来，比实际年岁要苍老了许多、许多。这几日她憔悴得连脚都站不稳了，走路都要女兵搀扶。

金秋的太阳放射出肃杀而灿烂的光芒，投射到地面，照耀在营地上。两面扣合的铜鼓，也发出令人目眩的辉泽，这光灿灿的金辉，向四下散射，向高远的地方迸发，仿佛在俍兵营盘这块地面上，也有一个金灿灿的太阳……

13

“是该回田州的时候了！”——韦宗死前只留下了这句话。

“是的，是该回田州的时候了！”瓦氏夫人从心底里应和着外甥的这句遗言。

韦宗这句话，倒不是“人之将死，其言也善”，瓦氏夫人哀其惨死才以为然，而是外甥的这个遗愿真正地把瓦氏夫人的心撞击出了明亮的火花。

“此时不归，还待何时。”

一个金秋肃杀的日子，瓦氏夫人向朝廷告了病假，获准率全部田州俍兵返回广西。

启程回归的那天，女兵们用竹木扎成一副躺椅，让瓦氏夫人躺卧上面，将她抬到了阵前。

金风萧瑟。图腾旗、蜈蚣旗，缺一少二、没精打采、有气无力地在瓦氏夫人眼前飘摇。这些旗幡，经风历雨，早已褪尽了颜色，都撕成了条条绺绺。

瓦氏夫人挣扎着坐立起来。环顾四周，俍兵队伍，依旧秩序井然，但将士们衣衫一水地褴褛不堪，神色一水地疲惫麻木，人数已经比出征前明显地减少了许多，好些平日活蹦乱跳、虎虎生威的将士，此刻都踪影不见变成了天魂！她抬头看见那些破旧不堪如丝如缕的旗幡时，痛苦地闭起了双眼，深吸了一口长气，而后强打起精神，叫人把一名新任兵总目叫来。

“把这些破烂的旗幡扔掉，全部换成新的才能启程！”

“将军，行期已定，前站已行，怎好再行改期？”

“破旗烂幡，败兵之象！改期！”

两天后，全部新旗幡终于如期如数赶制出来了，俍兵才正式启程朝南方出发，踏上回归广西之路。

全新的图腾旗、蜈蚣旗、瓦字帅旗在风中飘抖，猎猎作响，确实使俍兵们也增添了一点点得胜归去的威武之气。

先前来时，他们经历一十八郡、跋涉数千里来到江南。如今，他们沿着来路，往广西田州走去。

先前来时，瓦氏夫人年届半老却满头青丝，几个月时间，如今已是一头白发……然而，她一路上依然极力打起精神，振作抖擞，谈笑风生，威仪飒爽。路人又得以争睹她那女将军的风采。谁也看不出她心里在流血。

只是一回到了田州，她就立时瘫软，卧床不起了。不久后，她就双目紧闭了。任田州人，任俍兵千人呼唤，万人叫喊，她再也不能张开自己的眼睛。

她活了 59 岁。她不知道、也不计较自己的生前身后声名。她不知道，就在她闭上眼睛之时，倭患又重新在江南迭起，重新愈演愈烈。她也不知道，就在她辞世之时，明朝世宗皇帝仍然隐居西内万寿宫奉求长生，给他自己上了一个长长的道教法号：太上大罗天仙紫极长生圣智昭灵统元证玉虚总掌五雷大真人玄都境万寿帝君。她也不知道，紧接她抗倭的将领中，以后出了个名叫戚继光的名将……

她更不知道，在后人编撰的《明史》及江南一带的许多州府县志上，都给她和广西俍兵留下了光辉的一页，她是广西唯一上了《明史》的女将军。她也不知道，埋葬她遗骸的广西田阳那兰村，在她去世的 400 多年以后，仍有不少人前去考察、采访、凭吊，为她的命运仰天长啸，扼腕叹息。她更不知道，后人还把她的业绩写成了故事、小说、戏剧……

原载于 1991 年《漓江》春季号

李果河

李果河

水族，1938 年 8 月生于宜山县一个偏僻的乡隅。小时因家庭贫困，9 岁才上小学，中途辍学两年，在家打柴、做些农活。1951 年秋又恢复入学。1953 年考入宜山县一中，1956 年考入宜山高中，1959 年考入广西师范学院（今广西师范大学），攻读汉语言文学专业。1964 年到宜山高中任教。1977 年调河池地区少数民族干部学校任教，担任党史、哲学等课程教师。1982 年调河池师专（今河池学院）中文系任教，担任写作理论教学，兼从事文学写作活动和理论研究。中共党员。担任过河池师专中文系党总支副书记、书记及副主任、主任等职务。20 世纪 80 年代，加入广西作家协会；担任过广西写作协会秘书长、副会长等职。作品有中篇小说《黑狼谷》、《真假强盗》等，短篇及故事有《山里月》《阿蓓的求婚者》等 100 余篇；散文有《难忘贝加尔》《西伯利亚的风雪》《家乡的白鸟》《东西、凡一平和我》等数十篇；诗歌有《山村柴市》《北海，我心中的海》等十余首（篇），此外还著有《西方现代派小说技法》等 30 余篇论文。曾荣获广西（省部级）校园文学活动研究奖三等奖。

韦老黑翻身
黑狼谷

韦老黑翻身

前几年，韦老黑的确苦。三个孩子还小，老婆又得了月子病无钱医治，好一阵坏一阵，地里的活路干不了。养猪嘛，没有粮食，连人的肚皮都填不满，拿什么喂猪？养鸡鸭嘛，那是“资本主义”，因此只好在家闲坐着，一家五张嘴就靠韦老黑每天十个工分。

韦老黑历来就那么倒霉吗？不，那是“四人帮”折腾造成的。那时，韦老黑是三十来岁的壮汉，力气大得能把水牛角扳直，两百斤的担子挑起来可以跑着走。他的老婆牛仔妈手脚麻利，而且村里人都说她有一种“手宝”，养猪大得特别快，夫妻两个搏老命干，日子是不错的。千不该万不该的是，一九七五年冬，韦老黑跟他的堂兄去搞什么副业。他的堂兄韦老蔫会做泥水活路，兄弟俩心血来潮，说是愿交些副业款给生产队，就进城做泥水工去了。一去一个半月，确实也有一些捞头。不料生产队来了通知，说他们这是搞“野马”，必须“刹住”。那时的队长叫韩长楷，外号“喊长街”，是个六十年代的“退职”干部，善吹会拍，两片薄薄的嘴唇像擦上油滑溜溜的。韦老黑兄弟一回到家，“喊长街”就大喊大叫起来：“嘿嘿，你们腰包胀，想往资本主义那条路上跑？不行！”工作组和韩长楷一商议，得出一个字：斗！而且还放出话来，说他们兄弟俩每人捞了几百元，还借给别人，放债想发财。那些没有条件去搞“野马”的扁嘴奶、长牙嫂等本来就很嫉妒，听说韦老黑发了财，跟着大叫起来：“这还得了呵，富的富了，穷的穷了！”于是，韦老黑兄弟俩被斗得抬不起头。韩长楷东算西算，韦老蔫被罚一百八十元，韦老黑被罚一百四十元。兄弟俩哪里交得出？交不出就斗！七斗八斗，把兄弟俩折磨得不成人。韦老蔫东卖西卖，抵抵押押，东讨西借，退够了一百八。韦老黑呢？一看家中值钱的没有，只是栏里有一头牛仔妈七辛八苦才养到一百八十斤重的大猪。韦老黑一狠心，咬咬牙，就卖了。但是还不够，韩长楷还要逼，韦老黑一气之下，板起脸孔来：“要命有五条，要钱一个也没有了！”村里人见他确实可怜，也不愿再斗了。牛仔妈去到猪栏边，看见半年辛苦的功劳丢下了水，大叫一声昏倒了。当时她身怀六个月的孩子，一急，小产了。人们常说：宁愿大生，不愿小产。牛仔妈的身体一下就垮下来，家中又一贫如洗，连要一颗 APC 的钱也没有，营养又差，从此得了个月子病，要死不活。这五张嘴巴就靠韦老黑两张肩膀、每天十分工分来养活，能不苦吗？

粉碎“四人帮”以后，形势开始好转，但头那两年还是韩长楷当队长，别的队上得很快，唯有这个竹村队慢吞吞。去年秋冬，社员罢了韩长楷的队长，改选覃汉叔。覃汉叔为人公道，办事稳当，又是党员，在群众中有威信。覃汉叔一看全村最穷的要算韦老黑一家了，几年来年年超支，现在还欠队里粮款近二百元，得想个办法帮他解决困难。

覃汉叔到韦老黑家闲聊说：“老黑呵，现在强调落实党的经济政策，打算分成作业组，有些生产项目还可以包产到户，给予合理报酬，集体和个人都有利。比如说养猪、养蜂……我看你们家光靠你一个人出工很难翻身咯，要改变一下呀！你们看吧，尽你们的能力，愿搞什么都可以，生产队支持你们咯！”

韦老黑还没有开口，牛仔妈就从床上爬起来：“覃汉叔，你讲的当真？”

覃汉叔笑笑：“这是党的政策，哪能开玩笑？”

牛仔妈伸手摇摇韦老黑的肩膀：“我们包养生产队的猪吧！”

韦老黑睁大眼睛看着牛仔妈：“做得吃吗？”

“得，我敢担保！”

韦老黑也点头了。覃汉叔走后，夫妻俩议论开了。牛仔妈说：“我就怕现在的人讲话不算数。”老黑说：“现在不怕。你看看报纸嘛，再说，现在又不是韩长楷当队长的时候了。我倒担心我们能不能完成生产队定下的指标。”牛仔妈说：“这个你莫慌，我自有把握……”她在耳边嘀嘀咕咕了一阵，把韦老黑说得高兴地笑了。

就这样，去年冬天，在老队长覃汉叔的支持下，队委讨论了养猪包产到户的方案，社员大会也通过了。生产队出钱买猪种，配给饲料地，按实际出肉数拨给饲料粮，还规定一年内扣除猪种钱、饲料款外，算纯上交生产队的净肉斤数，小队付给工分，超产部分百分之五十归队，百分之五十归个人，超产归队部分还算给百分之十五的工分。社员都说合理，韦老黑夫妇一默算，觉得也有奔头，这样就签订了合同，队里买了八头仔猪。

这一下，韦老黑家可忙开了。翻地种猪菜，上山找草药，外面的重活是韦老黑干，家里的轻活归牛仔妈包干，大儿子牛仔十三岁，放学后也协助妈妈，家人咚咚叮叮地忙个不停。牛仔妈小时候从外公那里学会认几株草药，其中一株俗名叫“肥猪草”，猪吃了能消疾，争吃，嗜睡，长膘快。别人养猪六个月出栏，她养的猪一般四个月就成。加上队里又给了足够的饲料粮，这八头猪就像用气筒来吹了一样长得快。今年四月，卖了第一批猪，韦老黑一家已经完成了全年一半多任务，全家人心中更红火了。

第一批猪出卖后，队里又买了十头仔猪。牛仔妈精打细算，计划自己也养一两头，反正按肉算粮领粮嘛，队里不吃亏，也合乎规定。于是借了些钱，也买了两只小猪一起混养。加上今年春夏雨水调匀，饲料长得好，饲养又得法，第二批猪在七月底又可以出栏了。牛仔妈搭养的那两头，也有一百四五十斤了。

可是问题出来了。会计莫老龙一算，韦老黑上交的猪肉已大大超全年规定的指标，加上今年生产队副业门路广，劳动日分值上升到八毛多。工分折成钱，超产折成钱，韦老黑一家除扣下过去所欠一百多元粮款外，夏收能分到差不多二十元，还不算他家自己养的那两头猪，真是奇迹！如果再养第三批，到年终还得了呵？有人议论开了。

又是那“喊长街”在村里逢人就喊：“不合理！不合理！这样不行，富的富了，穷的穷了，我做半年才得两千工分，坐飞机也赶不上他！当初我就说指标定得低嘛……”

别看只是韩长楷一个人，他这样反复喊喊叫叫，的确也能俘虏一些人。那些目光短浅的扁嘴奶、长牙嫂等人也跟着叫嚷了。恰巧队长覃汉叔到民族干校学习去了，副队长在外搞副业，会计莫老龙是个软耳朵，没有主见，听见一些人这么议论，就扣发了韦老黑应分到的十多元余粮款。韦老黑哪里肯服？和他吵翻了天，韩长楷出来帮腔，把整个村吵翻了。

韦老黑说：“这是队里定下的，凭什么要更改？”

韩长楷说：“党的政策还可以改，队里定的就不能改？还要不要民主？还要不要群众意见？我看就是要改方案！再说，你家用队里的饲料粮养自己的猪，这行吗？要退猪！”韦老黑说：“我是按队里规定的出肉斤数来领饲料粮，没有多占队里的！”

韦老黑理直，“喊长街”声高，两个人你一言我一语吵个不休。

社员里头有几个附和韩长楷，有些人支持韦老黑，两种不同意见的人也参加了争论，闹哄哄，吵嚷嚷，像冷水滴进滚油锅。

牛仔妈没有去参加分配，但她在家里可以听到“喊长街”的高嗓门，特别是韩长楷那句话使她寒心——“党的政策还可以改，队里规定的就不能改？”她想到半年多来辛辛苦苦丢到水里，还要退这两头猪，哼！一想起那年白白送掉一条大猪那码事，不觉一股怒火冒上心头，不知哪里来的力气，操起一把生锈了的猪菜刀，走进猪栏，用刀猛力劈那两头猪，还一边骂着：“看你们还想来要，看你们还想来要！”那两头猪挨了刀，在猪栏里嗷嗷叫着，惊慌得到处乱拱。牛仔妈砍了一气，见这两只猪没有伤痕，也不出血，原来自己把刀拿反了。牛仔妈气上心来，又想去砍，突然两眼一黑，一个趔趄，扑在猪栏上低声啜泣起来。

韦老黑回来，立即把她扶回房里，流着泪说：“牛仔妈，牛仔妈，你莫操心，你莫操心嘛，现在不是前几年了，党的政策是算数的。现在又不是韩长楷说了就算……”

恰好覃汉叔学习回来了。他一了解了情况，立即找韩长楷谈话，严肃地批评了他一顿，又找会计莫老龙做工作，接着召开社员大会。他在会上说：“社员同志们，我这次到民族干校学习，懂得了一条道理，党的政策是我们搞好四个现代化的关键，是我们的命根子，过去‘四人帮’的反革命路线把我们害苦了……”他说了一通新理论，最后讲到韦老黑的实际问题，指出这是符合社会主义“各尽所能、按劳取酬”的原则的。然后和大家算了一下细账：“韦老黑一家养猪，扣除猪种和饲料粮款外，仅上半年就为生产队创造了六百多元财富，如果一年呢，搞得好就会有一千多元，按照他们劳动，付给合理报酬，生产队还大有收益。如果我们每个社员都能为集体做这么大的贡献，四个现代化不是快得多了吗？有什么理由不给报酬？同时，报酬方案是经过社员大会讨论通过的，个别人有权利更改吗？”

覃汉叔的一席话，引起人们议论纷纷，大家都认为应该按讨论定下的办，才能取信于民，调动积极性。经过这样一细算，扁嘴奶、长牙嫂都乐意地笑了。覃汉叔从莫老龙的手中接过那十多元钱，当众发给韦老黑。韦老黑接过钱，先是热泪纵横，最后破涕为笑，社员们也高兴得热烈地鼓掌。

那夜，韦老黑做了一个甜甜的梦，他梦见年终分配时他一家分到两三百元，又卖了两头大猪，过上一个翻身年。年后他带着老婆上医院治好了病，买回了被子、蚊帐和碗筷。他还准备把房子修一修……

韦老黑的梦还是梦吗？

黑狼谷

1

这是一座莽莽榛榛、丛林覆盖的山谷；

这是一座高坡蜿蜒、峰回路转的山谷；

这是一座阳光幽暗、人烟稀少的山谷；

这是一座罪恶的山谷；

这是一座骄傲的山谷！

这山谷南北走向，西面是一座黑魆魆的、高耸入云的山峰，远处看去，像一头引颈长啸的黑狼。

山谷的心腹地段有一处山坳，叫狼洼。洼中间是一片大约三十来亩宽的地坪。地坪中央是一间水族人建造的十分平常的茅屋，屋旁到山边架接着一条弯弯曲曲的竹筒。这竹筒把山溪水引进家屋，主人在屋边用石头砌了个水池。山谷的四周自然是高山、森林，森林里是各种名目繁多的参天大树。住在这间茅屋里的两个主人，男的叫李黑龙，女的叫阿秀。他们是一对结婚六年还未有孩子的年轻夫妇。夫妻俩的生活平静得像一潭死水。他们一天的生活内容就是种种地，饲养家畜家禽。有时李黑龙上山打一两只山鸡、野兔。麝、黄猄、果子狸现在是不准打了的。前些年时，这里被政府规划为野生动植物保护区，夫妻俩就是奉国家之命，看守这一带森林树木。任务是防火灾防盗伐，防捕猎，如此而已。要不是来了一位不速之客，这夫妻俩何年何月老死山林，怕也不为世人所知。

2

客人一脚踏进茅屋，两位主人就瞪着两双黑碌碌的眼睛，像看着一位“天外来客”。

客人衣着华贵，头发梳得时髦、锃亮。条型脸，青白青白的，挺文静。那相貌，李黑龙好像在哪里见过，又好像没有见过。或许是在电影电视上见过吧？于是一时间内两位主人都愣愣怔怔地望着他。女人颇有几分胆怯地瞟了一眼丈夫，而丈夫却目不斜视地盯住客人。这客人也怪，并不急着通报自己的姓名，好像有意考验主人的记忆力似的，只朝主人咧着宽宽的嘴笑着。渐渐地，主人发现他颏下那颗熟悉的小黑痣，呆憨的眼神才由惊奇转为和善，转为慈祥，继而眯成一双笑眼了。

“嘿嘿，你是……许征民！”

3

那年，他们都是十五六岁的精壮小伙，同是长乐县第二中学高中学生。李黑龙长得硬瘦，许征民则生得很文静。李黑龙的学习成绩在班上倒数第一。许征民嫌他粗笨，并不瞧得起他。可是一个偶然的事件使他们成了要好的朋友。

临近期考，为了甩掉“补考大王”的帽子，李黑龙决心挑灯夜战。

但学校实行灯火管制，为了节约用电，夜间十点半钟就关了灯。只有厕所的灯亮着，李黑龙找来两根电线，由厕所把灯接到床上，结果不慎触电了。当时，只有许征民尚未睡觉，是他发现李黑龙触了电，于是慌忙起身断了电源，可是李黑龙已被电击，昏迷不醒。

许征民叫醒几位同学，背背抬抬，连夜把李黑龙送到一里多路以外的医院。李黑龙保住了一条生命，许征民成了他的救命恩人。

水家人有句口头话："知恩不报，畜生不如。"

怎么报？李黑龙探知许征民的父亲腿脚常犯风湿病，于是把家中的麝香送给许征民。许征民父亲痊愈后又把剩余的麝香寄给他在香港的弟弟。许征民的叔叔如获至宝，此后又反复来信索取，李黑龙则是有求必应。有人说，许征民的叔叔在香港开了个医药公司，因此发了大财。由于来往较多，李黑龙和许征民成了莫逆之交。

高中毕业，许征民去了香港，说是要继承叔叔的产业。李黑龙则高考落榜回家当了农民。再后来，李黑龙被聘为黑狼谷原始森林护林员。一转眼，就是十年。

4

主客二人在小屋的火塘边坐了下来。虽然时值夏末，山谷里夜间还是有些凉意的。

主人吧嗒了两口烟，下巴的胡子里都塞满了烟雾，望望客人，拉开了话。

"十年了，听讲你在外头，叫深什么还有香港，做官，做生意，做大世界，发大财了。为哪门突然跑到这山沟沟来，还没忘记我，爬山过坳，一天走三十里路来看我，真难为你。你有心来，先打个招呼，讲一声，我去接你，背你上坳，免得你这样吃力。看，你一身是汗，又扛这么多、这么重的东西，咳……"

客人用白手绢擦汗，慢慢喝着开水，笑了笑："这几年，到了香港、深圳。那是个大世界，我在我叔叔开设的一家医药大公司混一碗饭。钱，那当然有的是。可是，这两年药材供应少了，生意淡了。叔叔派我采购一些药材。我们家乡地处云贵高原的边缘，药材大大的有。叔叔叫我到这里来收购。他时时记得你给他的麝香，那麝香救了我叔娘一条生命。叔叔很感激你，过去还未给过你一分一厘的报酬，真对不起你。这次，他叫我带给你一点钱，表示感谢。”

客人取出两沓厚厚的钞票：“呐，这是两千元，另外还有……”

“钱？天哪，我要这么多钱买什么？我什么都不需要。我守林，政府每月发七十元生活费，我还用不完呢！两千元，这叫我怎么用？我不要，我不要。你叔叔太好了。其实，点把麝香，上山一转就得了，算什么？咳，只是，如今，政府把这一带封了，叫自然保护区，不准打猎。我守林，就是不准别人打猎，自己也不好违反。麝香，怕现在不能要了。”

李黑龙见许征民一下送他两千元，真有点手足无措。这个地道的水家山民，哪时手中拿过这么多的钱？而且，起码是眼下他也不知道这么多钱该用在什么地方，怎么用？他以为许征民这次来又想向他索取麝香，所以赶忙做了证明，并把钱推回客人手中。

许征民笑笑：“黑龙哥，你莫误会，我叔母的病早好了，现在不要麝香了，这钱，纯粹是他给你的报答。”

说话间，女人端上了饭菜。

5

饭吃到半，许征民打开那只珍美的皮匣，又取出刚才被李黑龙拒绝了的钱。一共是三沓厚厚的钞票。

“这两沓钞票每沓一千元，是家叔托我带给你的，这是他老人家一片心意，你不要拂逆了他的心，一定得收下。这一沓，是你我兄弟一场，聊表我的心意。你们山里人弄钱不容易，有点钱在身边，时时都用得着的。”

李黑龙看着这三沓钞票，脸上充满难色。望望自己的女人，她也只是讪讪地笑着，不知是收好还是不收好。黑龙从不贪钱，更不轻易接受人家的馈赠。而且，在这山谷里，有了钱也无处使用。就说那么多的钱，如何使用，在他李黑龙看来也是一个难题。生活中的必需的吃穿用他都不缺。

“征民兄弟，这钱……”黑龙的脸更黑，难色更重，“这钱，你收起吧，我不用钱，我心中有愧，应该是我报答你，你反过来……”

“黑龙哥，这点钱在这里显得多，在我们那里，嘿嘿，只是一餐饭钱，小意思。所以家叔的这一片心意，你一定得领，要不他老人家会发脾气的。”

你推我让一番之后，李黑龙推不掉客人的一片真情，这钱，即使现时没有用场，那也就暂时收下吧。他终于双手抖抖地接过这钱，一转身又找不到什么地方可以收藏，就随便塞进身后一只自制的木箱里，那木箱没有安锁扣。

“这钱，你还是把它锁好，以防丢失。”

许征民觉得奇怪，这山里的水族同胞的确不把钱当一回事，这么一笔在当地人看来已经十分可观的钞票，他黑龙居然像对待一堆废纸一样随便乱塞。

李黑龙笑笑：“丢不了。我这里没有外人来，即使有人来，水家人有个习惯，不翻动别人的东西。”

主客二人又喝了一轮酒，又抽了一阵美国烟。

李黑龙突然连声咳嗽起来。这咳声一声一声连续下去，直至咳得冒出口涎，咳得两眼冒出金花，渗出了泪水。

“你有咳嗽病？”客人关切地问。

“不常咳，前那些天在山上宿了半夜，受凉了，才犯下这咳嗽病。”

客人笑笑：“你不早说。我带来一种药，止咳最有效。只用那么一小小点，抹在香烟上，点火一吸，很灵，每咳必止。不但能止咳，而且满屋全是香味。”

主人瘦长的黑脸上一阵惊喜：“呵？听说你们那里的药很够力。山外我表哥的外公得了肚疼病（胃病），吃了几瓶叫什么 U 的药，就断根了。”

“外面的药，质量是不错。但很多也是由国内运去的原料加工制成的。我叔叔不就是开医药公司的吗？你先试一试，吸了这药，今夜就包你不咳了。”

他取出一枚精致的药瓶，从里面挑出些黑色膏状的物体，抹在一根希尔顿香烟上。李黑龙吸了一口：“真香，真香。唔，喉咙也顺畅多了。这药，叫什么药？”“叫……野茼蒿。这种药种在土里，生出来和茼蒿一模一样，也可以做菜，味道又嫩又甜。”

这时，女主人插进话来：“茼蒿我们这里大把多。”

“这种药生长在高山区，要避开人烟，香港那地方，人多天热，哪能生长？这种药在香港，在国外，价钱高昂，又十分抢手。它不但能医咳嗽、小孩惊风、妇女引产、外伤昏迷、毒蛇咬伤，一有了它，保你百病消除。”

许征民如数家珍，说得神乎其神。

“那，我们能不能种？”

“我这次回来，家叔给我一个任务，就是找一个偏僻的地方，种植这种药材，我看这里就挺合适。只是这种药材见不得生人，一见生人就自己蔫死。所以又叫害羞草。我带回一包种子，现在是阴历七月，正是播种季节，到秋末冬初就可收获。如果你们能帮我叔叔种出这批药材，他一定会用重金酬谢你们。”

“这还不容易，我们有的是力气！”女主人说。

李黑龙也觉得这正是他报答恩人的最好机会，一拍大腿，就把事情定了：“行呵！种！钱，我们哪好意思再要！能为你做点事，报答报答，我黑龙就心满意足了。”

6

当夜，许征民已有几分昏沉，被主人安排睡在篱笆外的竹床上。他刚躺下不久，与他仅一篱之隔的内房竹床上便传来细细的声音。

女的声音说：“你真傻，哪有人家硬塞给钱，自己不要的道理？你总说钱没有用。冬天快到了，你看我们这些被子、蚊帐，六年了。过几天进城去买两床棉胎，换换被套，睡了暖暖和和。还有蚊帐也旧了。再说，我的衣服……”

男人粗重而又不耐烦的声音：“你总是想贪人家的东西，你们女人……”

“吱——”竹床用力响了一声，大约男人转过身，不再搭理女人，睡去了。不久，发出了经久不息的、雷鸣般的鼾声。

许征民由于酒力发作，很快也进入了梦乡。

7

阴历七月，正是“野茼蒿”的播种季节。对于一心一意要报答自己恩人的李黑龙来说，别的东西他拿不出来，力气却有的是，他恨不得把夫妻俩的力气和汗水都施洒在土地上。

许征民是香港来的花花公子，面皮又白又嫩，晒不到半个钟头的太阳就头晕眼花了，早早躲到树荫底下。其实，李黑龙哪肯让他干这种劳累的事，是他自己留在家里怕闷得慌，坚持要来的。同时，李黑龙未种植过这玩意，也需要他做技术指导。再说，自从见到阿秀的时候起，他就特别喜欢欣赏这阿秀的姿容。所以，他坚持要来。

劳动累了，全身热汗，阿秀圆胖白嫩的脸上，一片绯红，像一朵绽开的大牡丹花。这位身板结实、身材高壮的水家妇女，如今看去，十分动人。她至今未曾生育，看来还算得上个“准”姑娘。十九岁时，她嫁给了李黑龙，六年来，胸脯越来越鼓胀，那两个乳房越挺越高，而肚子，却总是高不起来。李黑龙以为是她没有生育能力，夫妻调笑，李黑龙骂她是孵不出鸡仔的“寡鸡蛋”；她则笑骂李黑龙是阉不干净的“水善鸡”。由于在这山谷里平日就只有他们夫妇两个，所以有时在肉体上并不十分注意“关拦”。李黑龙有时就只穿一条刚好能遮丑的小裤衩；而阿秀呢，因为平日就只有自己的丈夫在身边，劳动累了，身体发热了，就把胸扣解开，用手巾擦擦脖子和胸前的汗水，擦完了，衣服就懒得再扣上。有时尿急了，转过身，光天化日之下解开裤子就蹲下去。今天，在许征民躲到树荫下之后，这阿秀大约忘了如今来了外人，在一阵燥热之后，又解开了胸扣，尿急了又就地脱裤蹲下来。这一切都让许征民看在眼里，使他全身有一种麻酥酥的感觉。一连两三天，阿秀才发现有一双黑色的、像利箭一样的眼睛从树林间朝他射来，一种女人本能的肉羞感这才袭上心头，脸上一片赧色，急忙把胸前的衣扣扣上。丈夫也发现了她的窘态，不无责备地说：“如今有了外人，不像往时，看你，还不遮掩点身体！”

中午休息，他们就在林间刚开出来的荒地上摆上野宴：白米饭、炒鸡肉、玉米酒。可是，有时李黑龙还嫌菜薄，扛上锄头、钢钎，到附近的竹蔸边转转，只一刻工夫，就捕到一只大竹鼬（竹鼠），到水边剐皮破肚，在空地上支起三块石头，在竹鼬身上抹上盐和油，点起火，一下间烤得香气四溢，叫人流涎。

在李黑龙去捕鼠、剐鼠这段时间，空地上就只剩下许征民和阿秀二人，许征民一双细眼却在偷睃阿秀胸前和下身。这女人显然不识多少字，他想跟她搭上一两句话，却总不知从何处说起。还是这女人闷不下去，先开了口。

“征民哥，你们香港好玩吗？你来这里不怕累坏身体？……”

说到香港，许征民当然口若悬河：“香港，当然好玩，高高的楼房，大大的商场，灯红，酒绿……”

许征民觉得，这女人由于怯生而筑在他们之间的藩篱拆除了。

林间的野餐，味道是够美的。喝了两碗土酒，疲劳消除，许征民半躺在草地上，有一种寂寞无聊的感觉。突然，他听见李黑龙在哼山歌，他想起读中学时，李黑龙在班上演唱的水族山歌最好听，如今睡意袭来，荒坡野岭的，又不能躺下睡觉，何不找他取闹一下？

“黑龙哥，太闷了。我记得以前你唱的山歌最好听，我很久听不到你的山歌了，唱一道解解闷吧！”

“他呀，唱歌好比老牛过坳，哞哞叫的，难听死了。”女人嘴快，立即插进话来，但又感到自己快语失言，脸上又闪过一片红晕，停住了话，斜了许征民一眼，低下头轻轻一笑。

许征民发现，她这一笑，颇有点像香港大烟花剧场的谢贝莉小姐。谢小姐的笑显得娇柔、做作，而阿秀的笑比谢贝莉纯真、质朴。他心中不觉震动了一下。

“你讲我唱不好？你问征民，当年我还获过班级奖呢！”

“是的，是的，我敢证明，当年黑龙哥就是一副又高又粗的嗓门。十年了，黑龙哥，再唱一唱吧！唱得好，下次我带录音机来，录下来拿到香港电视台播放播放。”

“唱就唱，反正没有外人。”

他放下酒碗，乘着酒兴，把脸仰了起来，他那黑楂楂的胡子直指向天空，唱出了一首叫《莫罗咳》的水族民歌。

红公鸡仔尾拖拖罗尾拖拖，
从小生来会唱歌会唱歌罗。
不是爹娘教会我，
自己聪明谁奈何罗？
莫罗咳，莫罗莫罗咳罗。

姑娘生到十八九罗十八九，
一双眼睛黑溜溜黑溜溜罗。
身穿花裙头搽油，

见了后生不肯走罗。
莫罗咳，莫罗莫罗咳罗。

后生长到十八九罗十八九，
又抽烟来又喝酒又喝酒罗。
一双眼睛白漂漂，
见了姑娘不想走罗。
莫罗咳……

天生的高亢和粗犷，再加上歌词和感情的风趣，引得两位听众开怀大笑。他脸上一阵燥热，操起锄头，“噗”的一声，把锄头用力扎进土里，只一翻，掀起一股泥浪，那土像开了朵花。

8

一条清清的山溪水，沿着山边用竹子架成的笕槽，流到茅屋西边的水池里。池里的水是作饮用的。架槽的水笕是活动的。只要把水槽一移开，水就淋到水池下边的一块大石板上，由高而下地直泻下来，像一条小瀑布，于是洗衣洗澡都在水笕下的大石板上，是十分方便的天然淋浴，在炎热的夏秋两季，这水清凉透彻，在水笕下淋浴，浸润那灼热的身躯，全身有一种酥麻麻的感觉，这时困累全消，比什么都舒畅。这种舒畅感，恐怕是许征民在香港豪华宾馆的盆浴里所享受不到的。

一日黄昏，李黑龙到山坳收牛羊去了，许征民一双精明的眼睛透过竹篱，发现阿秀就在水笕下裸身淋浴，这女人身上所有一切引人的东西都亮鲜鲜地暴露在光天之下，也暴露在许征民眼中。这女人雪白光洁的身段，像一条在水中嬉游的鱼儿，他想起西方一幅著名油画，画的是几位仙女在泉边裸身偷浴的欢乐情景。可是那画家总是让画中仙女的身姿半藏半露的，因此颇为撩人心弦。如今，在这夕阳西下的黄昏，在这静悄悄的黑狼谷里，展现在他许征民眼前的，就是一个比油画中更叫人动情的身躯，因此，此时此刻，他能够不神魂飞荡吗？只是他还尚未弄明白，这是女人忘记了山谷里如今已来了客人，因而仍像往日只有他们夫妻俩时那么放肆？或者，这是阿秀故意在他面前卖弄和挑逗？他想起这几天来，阿秀和他在一起时总显出一种纯真的欢娱，一双眼睛也总是瞟着他，只是在他正想和她进一步挑弄时她才羞涩地、惶然地走开了。"是不是这女人……"他想。身上便腾起一股酥酥麻麻的感觉，那颗心也突然地飞荡起来，全身腾起一股欲望之火，这火又越烧越旺，使他按捺不住。他离开香港，离开女人，已有三个月了。正如一个已经饥饿三个月的人如今突然闻到肉香一样，那强烈的食欲能抑压得下去吗？终于，这股欲望驱使了他，他慢慢地探出家门，慢慢地试探着朝水笕步去。

那女人突然抬起头，发现了许征民，慌乱地忙把脸转过去，把肥大的、白光光的臀部对着他，怯怯抖抖地说："你莫来，你莫要过来！"

他停住了脚步。是向前走？还是向后退？他真想不顾一切地扑向前去，但是，一种理智，一种担忧，使他犹疑，使他停滞下来。

正犹疑间，山谷里传来李黑龙那高亢、浑厚粗犷的歌声：

姑娘长到十八九罗十八九，
一双眼睛黑溜溜黑溜溜罗……

李黑龙赶着牛羊回来了。

他，自然地收住脚步，悄悄回到那间小茅屋。

9

李黑龙这间茅屋坐南朝北，十分简陋。靠东边这一间是石脚泥墙，西边那间是用木板铺成的楼房。楼房下面是羊舍、牛栏、猪圈，牛栏外面是用笆芒临时围成的鸡房鸭房。楼房上随便堆放些杂草杂物。木楼的板子是随便拼凑的，但是板厚梁粗，所以十分坚固。中间一间叫正屋，正屋后半截是用竹块围成的内房，李黑龙夫妇就睡在这内房里。说是内房，因平日只住着他们夫妻俩，所以连个房门都没有安上。客人许征民就睡在东间房后半截的一张竹床上，没有任何东西遮挡，但是因为是客人，蚊帐被子倒是半新的。客人的床铺与主人的内房只隔着一层竹篱。这间房的外半间是火塘、厨房。在这一带，这就是当地水家人住房的一般格局。

翻开日历，许征民才知道他到这个山沟里来已有半个月了。

一亩多的荒地开垦好了。

开垦了的荒地播下了种子。

播下的种子发芽长苗了。

每到夜间，那是许征民最难熬的时光。要不是为了保住他在叔叔公司中的地位和即将得到的三分之一财产的继承权，他肯抛下那豪华的生活，来钻这个穷山沟？来过这种近于蛮荒时代的生活？在黑狼谷里，饮食并不缺乏，主人们杀了鸡就杀鸭，前两天李黑龙还杀了一只羊。主人说，再过一两个月，就是水族的端节，还准备杀一头猪。玉米酒熬一缸又一缸。有时他就拼命喝酒，以求一醉，好解除心中的苦闷。但是“举杯浇愁愁更愁”，每当夜间他躺到床上，或者半夜醒来，他就辗转反侧，就想起他在烟花场中的密斯谢，还有外号叫“一夜香”的王安娜小姐。如今，他似乎还嗅出她们身上发出的法国香水和珍珠霜的气味，似乎她们现时就躺在他的身旁。然而，一当他清醒地意识到他如今正置身于荒凉的黑狼谷，他就又陷入一种煎熬之中。

他想起了阿秀。

阿秀已没有先前他刚到来时的那种羞怯，她活泼开朗，有时话头很多，对山外的世界十分好奇，有时流露出一种向往。李黑龙不在时，有时她的胸扣就半开着，一双水汪汪的眼睛把一个山里女人的内心隐秘全部托现出来。自从他发现阿秀裸浴以后，她那充满肉感的身段就总在他心中浮动，像一个虫子在他心中上下摸爬，叫他干辣辣的难受，叫他急火火的难熬。他无聊时，总将他的密斯谢、密斯王拿来与阿秀相比，觉得前者的外美、肉香，多半属于人为的、修饰的、伪装的、空虚和做作的，只有阿秀的美，才是一种本质的、纯正的、自然形态的美。他觉得人就是怪，人人都爱美，但长期处在一种矫饰的环境美中的人，却又喜欢归真，却又喜欢回到自然。阿秀给他的美感，是自然质朴的。人当然总喜欢装饰，如果阿秀到了香港，在她那微微圆胖、白嫩、丰满的脸蛋上涂上一层微薄的脂霜，在她那双大眼睛的长睫毛下描上半圈粉黛，在那张适中的嘴唇上抹上薄薄的一层脂红，颀长的大耳下垂上一双宝石耳环，还有，在她那鼓胀的胸脯上戴上法国文胸，露出上半截丰满的乳房，穿上一套法国时装，那要比谢贝莉、王安娜强上多少倍！香港的靓仔们一定以为这阿秀是天上来的安琪儿。如果让我许征民挽着阿秀滚圆的手臂，在交际场上徜徉，在那些靓仔们面前说一声“She is my dear”（她是我亲爱的），那些靓仔，不要他们流涎三尺才怪呢！谁又知道，这阿秀会是个黑狼谷里水家的山女？咳，只可惜，可惜这阿秀现在就埋没在这黑狼谷里，而且竟睡在一个虽然忠厚，但却十分愚钝和粗鲁的李黑龙身旁。

许征民越是堕入欲望和幻想，就越是难从这种煎熬中自拔。

黑龙的床上发出一阵阵吱吱喳喳的声音和他夫妻俩的耳语声。许征民烦躁地翻了两个身，他的竹床也发出哼哼呀呀的回声。

不久，内房的响声没有了。继而，传来了李黑龙那声震寰宇的鼻鼾声，这鼾声一声接着一声，声音之大，有如河东狮吼，虎啸山林。

许征民本来对鼾声就有过敏性反应，谁一打鼾，他就失眠。每个晚上，这鼾声一响，就从不中止，一直到第二天太阳出来。这是一个一睡就睡死的人，而许征民则是彻夜承受这鼾声的折磨。

一个卑微而又冒险的意识涌上他的心头……

他懂得，任何人对陌生者总是敬畏的。又特别是对地位比自己高的陌生者。于是就有一种隔膜感。女性尤其是这样，何况是像阿秀这种深居山里“多见木叶少见天”的女人。他刚来时，遇上阿秀的眼光，她总是回避的，说话也很谨慎，似乎把他当作自己没有资格陪侍的高贵的人。一段时间之后，由于他有说有笑，平易近人，她心中羞怯的网篱慢慢地拆除了。他又总是向她投去一种充满情欲的目光，一般女人，如果对别的什么显得麻木的话，而对这一点恐怕则是敏感的。她发觉，他喜欢她。在她的心里看来，一个山间女人能受到外来客人的青睐，这是一种骄傲。那次裸身淋裕之后，他发现她眉宇间出现一种新的笑纹，在烟花情场中混迹多年的他，很能把握女性的这种心态。他想，是可以实施蓄谋多夜的冒险计划了。

他悄悄地爬起床，竹床发出吱吱的声音。停了一会儿，他改变了主意，采用一种大胆试探的方法，故意把鞋在地板上趿拉得哒哒作响，然后细心倾听。如果李黑龙是个警醒的人，那鼾声一定停止。如果李黑龙起了床，他就可以装着起身小解。如果那鼾声仍未停止，这就说明他是一个对外界声响没有感应的人，那么，他许征民就可实施自己的计划。

果然，内房里仍旧鼾声如雷。

他想，如果李黑龙睡在床的外边。他的计划就告吹了。搞不好，还会引起一场纠纷，他到这深山老林来的“宏伟计划”也就跟着告吹。这个野蛮的山里人如今虽然把他当作恩人看待，到那时，怒火攻心，说不定在他许征民肚皮上捅个窟窿，或者在他的胸脯上开上一沙枪，甚至可能会破开他的肚腹，取出他的心肝。

他害怕了，双脚颤颤的，有些发抖。

李黑龙仍鼾声如雷，而且那鼾声是从床里边发出的。床外边，则是女人微弱的鼻息声。

他的胆子一下壮了起来。

他踱到床边，用手轻轻一摸，触到女人轻松柔软的胸脯。里边的男人仍像死人一般地睡着，于是他把身子凑了上去……

那女人醒了，蒙眬中以为是自己的男人，依了他。但她立即嗅出了一股和自己男人不同的气味，这气味当然比自己的男人香，而且这身子也不太沉，动作比自己的男人轻柔。她侧耳一听，自己的男人侧身朝向床里边，鼾声如雷，正睡得死沉。她立即明白了是怎么回事。一种女人的自羞感袭上心头。她感到内疚，感到羞愧，她懂道德的堕落。她想反抗，她想把他推到床下，她想呼叫。但是，一种欲望又在驱使着她，一种心理的满足在支配着她，她终于没有反抗，没有呼叫。

10

播下去的“野茴蒿”长了一尺来高。

“野茴蒿”开出了淡粉色的伞状花。花落后顶端结出了一个个青绿色的小果。

四年前，李黑龙被聘为这个自然森林区的护林员，规定他一个月，至迟两个月，要到乡人民政府的乡民政干事和乡派出所所长那里述职，汇报护林工作情况。如发现可疑的人或盗伐偷捕者即做汇报；如无意外情况，则可于当天回到林区。自从他担任这一职务后，在他的辖区尚无盗伐现象，去年曾窜进两个偷捕者，当场就被他抓住并押送乡派出所处理，为此，他还得到主管人的表扬。政府对他的工作是满意和信任的。周围的壮族、汉族、水族同胞都知道他的刚烈个性和正派为人，没有谁敢轻易惹他。

由黑狼谷到镇所在地，要走三十里，一连要爬三四个山坳。一般闲游者不可能深入到这黑狼谷里来。李黑龙每次到乡镇，第一是汇报工作，第二是在乡民政干事处领取每月七十元的雇佣金，然后到镇上买些油盐酱醋之类的生活必需品，有时帮阿秀买几尺布或别的女人专用的东西。他们夫妻在黑狼谷里的生活是田园牧歌式的自给自足的小农经济生活。买完必要的东西有时还要剩下二三十元，如果是冬日，可能还添置些御寒的东西。一年之中，大约有五六次是他和阿秀一起到乡镇上来。这一次，因为许征民说他要留下来，阿秀说要留下照顾他的生活，所以就只有他一人到乡镇来了。每次来，办完了事，买全东西，胡乱吃些中午饭，他就当即启程。这位山里人脚杆硬，脚板厚，走山路如履平地，快步如风，下午四时左右即可回到黑狼谷。

这次进了乡政府，派出所韦所长像往日一样热情招待他。

“黑龙老弟，”这位壮族所长年长黑龙五岁，个子敦实，脸上有些胡子，对人热情、义气，“有两个月了吧？不见你来，忙些什么？有情况吗？”

李黑龙笑笑，胡子拉碴的下巴动了几下：“不忙。谷子早收完了，开了块荒地，种……”

“种什么名堂？”这一问，把他问住了。来时许征民再三告诫他，不能对任何人说。更不能说他许征民到了黑狼谷。他说如果这件事露了出去，外面的生意人很可能就来抢夺他的生意，如今的生意界，竞争激烈呢！所以任何生意信息都不能走漏。许征民是他的恩人，而水族人是不轻易出卖朋友和恩人的。再说，他们种的只是药材而已。他的咳嗽病，不就是那种药材医好的吗？他相信许征民的话，那药材让外人知道就会蔫死，那样的话，他们两个多月的劳动不是白白浪费？平素从未说过半句假话的李黑龙，这次被迫撒了谎。

“不种什么，种点……蔬菜。”他脸上一阵燥热，因为脸色黝黑，拉碴的胡子遮去了半个脸，所以看不出尴尬的神色。

“近来，没有什么人到过黑狼谷吧？”

“没……有。外人，哪会到那个鬼地方？”他又撒了谎，脸上如烧灼般。

离开了乡政府，他迅速买够了东西。因为来了客人，花销大了点。如果说钱，许征民给了几大把，现在不愁钱了。所以他买了一大批东西，外加阿秀的一双胶鞋。之后，他急匆匆地赶回黑狼谷。

11

那夜事情之后的第二天，阿秀的心情和表情都十分复杂，圆圆的脸上时时挂着红晕。每次跟许征民相遇，她总是用眼睛窥伺自己的丈夫是否在场，如果丈夫在她近旁，她就把脸转过一边去，用脊背对着许征民，然而又忍不住偷偷睨他一眼，那脸上是一种羞涩的笑。有时，当着丈夫的面，她的心突然咚咚地跳荡起来，好像一个被人当场抓获的贼。丈夫不在的时候，她就朝许征民瞧上一眼，然后才把绯红的脸转过去。她不敢开口说话，老实说，她也不知道要说些什么。她似乎有一种羞愧感，又似乎有一种满足感和得意感。羞愧什么？当然不言自明。然而满足什么？得意什么？她一下难以体味齐全。本来嘛，一个山里女人，连一幢楼房都未见过。只听人家说外面世界大得很，洋得很。人家许征民是从洋地方来的，模样也是洋的，连身上发出的香气也是一股洋香气。她阿秀只是一个山野女人，平日里只能陪伴一个胡子拉碴、粗声土气的李黑龙。虽然李黑龙对她有恩有义，但本地胡椒吃久了总不如外地的新鲜。有时她甚至幻想：如果我阿秀生长在洋地方，也一定能嫁一个像许征民这样的。然而，她毕竟是山里规矩而且善良的女人，她有丈夫，而且每夜就在丈夫的身旁干那种事情，她心中有愧，也存在着恐惧。她了解自己的丈夫，有时可爱，有时又暴躁得可怕。万一被他发现，她阿秀还能活下去？还有脸活下去？所以她有时又胆怯得发怵，她希望许征民的“野茼蒿”快点收获，让他尽快离开黑狼谷，让这件事情平平安安地过去。

而许征民呢？这位花花世界过来的情场老手，把阿秀这些复杂的心理活动全看在眼里，他极熟悉各类女性的心理，所以阿秀的表情即使再复杂，也逃不脱他那透视异性的眼光。他早就做好了各种应急的打算。他判断他的行动万无一失。他像一位熟练的魔术师在摆弄自己内行的把戏。他之所以去冒险干那种事情，是他完全把握了阿秀的心理状态。他当然不是在爱阿秀。他玩弄过许多女人，可是他未曾爱过任何女人。如今他只是企求一种欲望的满足，他希望在他深入黑狼谷这几个月中，不至于像一个饥饿的人那样干瘪而死。

那夜的事情过后，他几乎每夜都在李黑龙鼾声如雷之后悄悄地摸进内房，把他燃烧旺盛的欲火发泄在阿秀身上。身旁的那位山里人，由于整日的无忧无虑，轻信别人就像信赖自己。李黑龙本人无论如何不会想得到一只馋猫竟敢在他的身边偷吃。何况此人又是他的好友和恩人。这些小家人的弱点正是某些人犯罪的桥梁。而每到白天，许征民又装出十分友善、十分规矩的模样来，憨直的李黑龙又如何能识别他的坏心？

今天，李黑龙到乡镇去了，估计要到下午才回到黑狼谷。

中饭过后，许征民的那种欲望又腾烧起来，虽然这女人夜间经过他温存，但由于身旁就躺着她的丈夫，他的行为不得不十分小心拘谨，因此，总还有一种不满足感。如今，山里就只他们两人了。他于是不顾一切地上前把阿秀搂抱到床上。因为在白天，这女人有一种羞涩的感觉，用手推开他，但他却搂得比什么都紧，像一条缠身的蟒蛇。这女人无奈地用双手遮住眼睛，口中不停地笑骂："你，坏蛋，你真坏……"对这种笑骂，许征民经历很多，他的女性心理学告诉他，女人越是这样笑骂，心中越是乐意。

"阿秀，你真好，真美，真的，你就像神话中的天仙，如果你生在香港，不知要逗得多少有钱有势的男人喜欢。"

"你瞎讲，我一个黑狼谷里的女人，多见木叶少见天，吃的是糙米，喝的是山水，身上是臭气，哪里比得上你们洋地方的香女人？你拿我开心！”

老实说，阿秀虽然早把自己的身躯交给了许征民，几乎每个夜间都让他把如火的欲望发泄在自己身上，但旁边有个李黑龙，平日也不敢多说话，所以她和许征民还总未有过真正的思想和感情的交流，今天怕是唯一的仅有的机会，阿秀一阵羞涩过后，对眼前的爱抚也习惯和应允了。

“不，”许征民给阿秀一个沉重的吻，“我说的是真的，在我们那里，美貌的女人是无价之宝，值钱得很呢！你只是生得土气些，头上的辫子也太粗了。如果把头上的辫子解开留个披肩，或者公鸡式，换上一套淡素的时装，人家以为你是一位贵族小姐呢！”

女性的最坏弱点恐怕就是经不起别人的夸耀。经许征民这么一说，阿秀也就神采飞扬起来，有一种舒畅的、发自内心的满足。

“你真坏。你一来，我就发现你一双眼睛很不老实，盯得我身上不舒服。”

“谁叫你生得这么美？”

许征民说着，疯狂地像啄木鸟吸食似的在阿秀绯红的脸颊上频频吻着。

“阿秀，你愿不愿跟我到香港去？到外面看大世界去？我一定让你过上最满意的生活！”

“你，真的要我这个臭酸的女人？那……黑龙呢？我舍不得黑龙……而且，我们又怎么走得脱？”

“你真傻，山里女人有的是，你走了，黑龙不会另找一个？要走脱还不是很容易？黑龙睡死的时候我们悄悄溜出门，去镇上赶搭八点钟的早班车上县城，到县城后可以马上搭下午直开广州的直快列车。等黑龙醒来，还找得见我们的影子？”

不知为什么，阿秀一阵惊恐，身上发起抖来，伸手在许征民白皙的脸颊上轻轻扭了一下。许征民抓住阿秀滚圆的手臂，他懂得阿秀这种心态变化的原因，于是打算立即转开话题。

“你们水族女人为什么总喜欢戴这种假的玉镯？不好看，太落后了！”

“戴这种手镯是怕遇上骗人、吃人的‘尼变’，水家人没有它，会受人欺骗的。”

“呵？‘尼变’？什么叫‘尼变’？”

“嘻嘻嘻，‘尼变’都不知道？‘尼变’壮人叫‘牙变奶’，你们汉人叫‘狼……’什么？”

“狼外婆。”

“对。水族人最怕尼变，也最恨尼变。它表面是人，一下就变成吃人的狼。老人说，从前我们水家有两姐妹，妹妹年幼无知，被尼变骗了、吃了，吃得连骨头都不剩。姐姐要为妹妹报仇，就用两个竹筒套住双手，见了尼变，就伸出一双竹筒，尼变以为抓住了姐姐的一双手臂，高兴得笑眯了双眼。姐姐趁机抽出双手，用绳索将尼变捆在一棵树上，堆上一堆干柴，点上火，把它活活烧死了。过后，水家人为了防备尼变，出门时都带上一双竹筒。可是戴竹筒很不方便，以后就改戴手镯，用它来代替竹筒。”

许征民先是一惊，这水族人真是又善良又凶狠，他身上未免有些发麻。但又一想，这毕竟是民间传说，生活中哪会有这种事？于是又笑了，那笑中带有胜利者的自信。“如果我是尼变，你会把我烧死吗？”

“你真坏，现在哪里还有尼变。”

两人亲昵一番，之后，他从手指上脱下一枚戒指：“阿秀，莫戴那个假玉镯了，戴这个。如果在香港，项链、珠宝随你选。”

他把那枚戒指套在她的手指上。

“我不要这种黄圈圈，戴了丑死人，又不值多少钱！”

“你真傻，这叫钻石戒指，是钻石镶在金子上做成的。这一枚戒指在香港值两千五百元港币，宝贵得很呢！你不想用时，卖了。

也值一千多元。”

这一天，这女人和他玩得够了。

不久他发现，那女人又把那戒指脱下来，也塞进那只没安锁扣的木箱里。

女人低声对他说：“征民哥，有一个多月我不来那个了，怕是有了。”

他睁大一双又黑又亮的猫眼，半张着口不作回答。当然他心中明白阿秀说的是什么。

12

李黑龙从乡镇上带回两瓶“五加白”，他听卖酒的人说，这种酒可以补肾壮阳，他打开一闻，真香，就买回来了。阿秀又割了一只鸡，那夜，主客二人又杯对杯地畅饮起来。

“今天，韦所长问我，黑狼谷最近有没有外人来？”

几杯酒下肚，李黑龙的话头多了起来，把今天和韦所长谈的话露了出来。许征民一惊，一股寒气袭上心头，全身发寒，忙问：“你怎么回答？”

“我说：‘没有，外人哪会到我们那个山沟？’”

一颗心落了地。许征民说：“其实，根本没有什么关来，我们又不干坏事。种种草药，也全是为治病教人着想。只是这种药遇上陌生人就蔫死了，我们两三个月的劳累就白丢了。黑龙哥，我再求求你，不用和外人说。”

“那当然，你是我的恩人，没有你，我的骨肉早被电老虎吞了。我哪会做对不起恩人的事，你放心好了。”

话虽这么说，许征民已在盘算他的下一步行动方案了。

“黑龙哥，你们夫妻俩在这荒凉的黑狼谷里平日一定很寂寞，你不觉得缺少些什么吗？”

“咳，山里人什么都不需要，就巴望有个仔，不然，我这根树就断了根苗，也对不起祖宗呵！可是，这女人不争气，结婚六年，肚子瘪得像个空口袋，屁也放不出一个来，咳！”

“我也觉得结婚不生仔是一件天大憾事。如果只是女人不能生仔，那很好办，我的叔叔就是专门医治妇女不孕症的。他研制了一种新药，女的一吃下去就可怀孕。而且，这种药我也带来了。”

“真的？哎呀呀呀，你不早说，看你……你对我李黑龙真是恩上加恩了！”

许征民取出一小瓶药片，送到李黑龙眼前，指着上面的字：“你看，这上面全是英文，是专门卖给老外的！你抓紧时间，给阿秀服下去。”

李黑龙在高中虽然学过英文，但成绩总在 30 分以下，如今又丢了多年，连英文字母的“A”都差不多忘了，哪里还看得懂这些黑麻麻蚜虫字？只得咧开嘴嘿嘿地笑着。

13

几天后。

夜间，内房的竹床咿咿呀呀地唱。许征民躺在自己的竹床上，透过那层薄薄疏疏的竹篱，窃听他们夫妻俩的私房话。

女人：“黑龙……讲给你听，我不来……不来月水（例假）了，怕是带了。”

男人：“呵？嘻嘻……你这寡鸡蛋要……孵出仔来了，嘻嘻。征民的药真灵，我们有后代了，有后代了。太感谢他了！”

女人娇嗔地：“你，真像个癫子。”

于是，竹床又狂烈地咿呀作响。

一阵之后，男人问：“阿秀，阿秀，你……怎么哭了？”

女人抽泣声：“我……怕。”

男人："怕生孩子？"

女人："不，什么都怕。"

男人急促的声音："怕什么？！有我黑龙在，天塌下来我只把它当作个簸箕，我帮你顶着！"

女人："你，还以为你是男人！"

男人显然还未弄清女人这句话的含义。

许征民钻在被子里暗暗发笑。其实，他给李黑龙的所谓"促生药"，只不过是几粒极普通的消炎解毒丸。

14

时光就这样悄悄地流逝，黑狼谷似乎一切都很平静，主人与客人生活十分协调。许征民精于周旋和应酬。他对钱的问题宽宏大度，除送过李黑龙三千元之外，每个月还坚持给一百五十元生活费。李黑龙坚持不收，但经不住他左说右说，便无可奈何地收了。他统统把这些钱随便塞进那只没有锁扣的木箱里，他对许征民的这种开朗和豁达，十分欣喜，这就又让他感到心中有愧。

"征民，钱，我都暂时收在这里，到你走时，你仍旧带走吧！我们山里人没有什么大笔开销咯，钱多了用不完也会生虫。"

他说的是真心话，说完就是嘿嘿地笑。

阿秀朝他飞去一眼，抿一抿嘴，转身走了。

"黑龙哥，你莫傻，用不完你就存在乡镇营业所里，到时总会有用的。"

阿秀又转过身，半笑半嗔地对着丈夫："我听老人说'有钱能使得鬼推磨'，钱多又不咬手咬脚！"

"女人，莫多嘴！"

李黑龙很少责备妻子，恐怕这是第一次。

三个人之中，地位最特殊的当然要算阿秀。她有些"两夫之间巧作妇”的味道。白天，她不敢在李黑龙面前对许征民有半点特殊感情的流露。而夜间，她又必须在丈夫睡死以后承受许征民对她的欲望的发泄。她心情十分矛盾：有时她幻想许征民把她带到一个美丽的天堂里去，让她这个孤陋的山里女人见见山外迷人的世界，让她也能过一阵别的山里女人所不能过上的豪华生活。但她有时又觉得许征民油光嘴滑，他之所以接近她，完全是一个饥饿的人但求填饱肚子的行为，一种女性的本能和预感使她感到她的美丽的想法只是一种幻想，说不定许征民是一个骗子。她又想，如果真的一旦要她离开黑狼谷，离开李黑龙，离开她饲养惯了的牛羊猪鸡鸭，离开这间破烂的茅屋，她一定是感到依依难舍的。因为这些东西都曾是她的生活支柱，而她对它们又都怀有感情。所以，有时她又切盼这种尴尬的生活尽快结束，许征民带着他的中草药，带着他的黑皮箱尽快离开，让她生下孩子（尽管她明白这不是李黑龙的孩子），让她和丈夫、孩子在这深山里过上与世无争的世外桃源的生活。她的神态，有时显出欢欣，有时沉默寡言，有时暗暗哭泣，这种日子对于她来说，是十分难熬的。

阿秀的肚子一天天突起来。

“野茴蒿”结出了坚硬的果实。

许征民未见过这种植物，他只是按照叔叔请来的南亚某国的一位种植专家传授的方法操作的，果然有效。

一天下午，他一个人来到地里，用小刀在那果实上轻轻一划，那果实就冒出白色的浆液来，他一阵狂喜，发疯似的一个人在山沟里狂奔乱舞起来。

“呵，我的上帝，我的天神！收获了，收获了，这是黄金，这是美元，这是我的世界，这是我的一切呵。”

每天下午，三个人带上刀具，有说有笑，来到地里，用刀具在那坚果上划上一条刀痕，刀痕冒出一条条乳白色的浆液。

每天清晨，三个人有说有笑，带上用楠竹削成的竹片，把那变成黑色了的浆液刮下来，放在一个瓦盆里。

日子一天天过去，天气一天天寒冷，浆液快枯竭了，那黑色的物体收了约十来公斤。

许征民觉得，他应该到县城一趟了。他离开县城四个多月了。来时是夏末，现在已进入冬天，他在香港的叔叔一定在焦急地等待他的信息呢！

“黑龙哥，我想回县城一趟，过两三天就回来。”

李黑龙能说什么呢？人家在黑狼谷呆了四个多月了。一个城里人在这山沟沟里吃苦受累，也真难为人家。

“好吧，这药，你是不是就带走？”

“不，还没有收获完呢？这几天，就麻烦你们两人帮帮忙吧！我到城里去，一来看看我的亲戚朋友，二来天冷了，帮你们买些过冬的衣服……”

“冬衣莫用买了。你托办的事我们一定做到，你放心好了。”

“还有，收了的药，都暂时放在蚂蟥岩里，目前近不得烟火，否则就会走味。”

阿秀在大塘边切菜，一听许征民说他要走，内心一阵恐慌和失落，神色愣愣怔怔。脸，一下间变得惨白，小腹也在隐隐作痛，她强忍住将要迸发出来的感情，喃喃地说：“征民哥，你，真的还回来吗？”

李黑龙对妻子的变态心中着实不高兴，于是颇为恼怒地说：“你连征民的话都不相信，我同他都是讲信用的兄弟，他讲两三天回来，就两三天回来。他还说帮你买过冬的衣服呢！”

阿秀对许征民的决定感到意外，她总担心许征民会偷偷溜掉。人们常说，女人的预感比男人灵验。但是，许征民说他暂时还不把收来的药带走，这就使阿秀相信他还会回来。

15

许征民走了。

阿秀刚才神态的变化，被李黑龙看在眼里，他心里不得不出现了一种疑症："这女人……为什么？"这种疑症很快化成一片乌云，笼罩住他的内心世界。

但是，这位忠直的汉子很快又找到某种自释的理由：他对我们夫妻太好了！医治了他的咳嗽病，又医治了妻子的不孕症，使她怀孕有了后代，真是恩重如山呵！何况他为人大方、开朗，他使李黑龙喜欢，当然也会使阿秀愉快。当他刚说出要回县城时，李黑龙的心里不是也有过轻微的震动吗？她是女人，感情要比男人脆弱些，所以有些变态恐怕也属正常，于是他的疑虑又慢慢地减弱下来。但是，妻子那一阵脸色的突然惨白，那种过分悲戚的神色，又是一个做丈夫的所不能轻易忽视的。因此，无论怎么说，这个阴影总顽强地笼罩在他的心灵上。

夫妻生活照旧，只是阿秀的言语少了点。

许征民走后的第三日黄昏，刮来了一阵阵钻骨的寒风，李黑龙翻开木箱取衣服，那木箱与往日并无二样，他下意识地去翻动那一堆钞票，钞票好端端的，放在一个旧纸盒里，三千元。另外，还有一堆十元、五元、二元、一元不等的零钞，他知道这是许征民交给的伙食费，其余为以往用剩的国家补贴，他懒得去整理，也无须去点数。他对于钱，向来是不看重的。可是，他在纸盒的另一角发现了一枚金光闪闪的钻石戒指。他心中不觉一愣，这玩意他没见过，更没有触摸过，怎么来的？他立即明白这是怎么回事了！背着朋友，向朋友的妻子赠送东西，在水家人的风俗习惯上是不允许的！而阿秀，她既是李黑龙的妻子，何以又背着丈夫接受别人贵重的东西呢？妻子为什么不向他说明？这是什么时候送的？在什么场合送的？一团团疑云升上他的心头。他又突然联想到三日前许征民临走时阿秀的神态遽变。到这时，再忠直、再麻木的人也该有所警醒了。

他的头脑里突然“嗡”的一声，两眼发黑，两耳像被什么东西突然塞住，视听全无，七尺汉子一下子变得痴痴呆呆了。

这时，阿秀在木楼底下喂牲畜，不停地喝骂那些不听话的、调皮捣蛋的猪鸡牛羊，这是她的习惯。可是往日的骂，似乎不怀什么恶意，有时还有一种亲昵感。可是今天，那骂语中，在李黑龙听来却有几分刻毒。

“瘟收的，刀砍的，哪天叫你不得好死！”

这骂声像一支刺伤他心头的利箭。

他一个人呆坐在床上，想：这许征民到黑狼谷来以后，他们夫妻间的关系是发生了某些微妙的变化。首先是夜间，阿秀给他的温存远不如从前，在干那种事情的时候，她总是很勉强和被动。她开始嫌他粗鲁，嫌他口臭，逼得他临睡前嗽一次口。还嫌他的胡子扎人，不舒服，逼得他三天两头刮一次胡子。还嫌他……阿秀这些变化，初时他不在意，以为女人凡是见了好男人，就都要求自己的男人也和别人一样。现在看来不是了。一定是阿秀喜欢上许征民，嫌他土气了，看不上他了。而且，这个戒指是怎么来的？是不是那天他上乡镇买东西时送给她的？

整个黄昏，他只吧嗒吧嗒地抽烟，不说一句话。

入夜。李黑龙对妻子已产生不起任何欲望。自结婚以来，第一次这么静静地躺着。

沉默一阵之后，李黑龙问：“阿秀，木箱里的那只戒指是谁给你的？”

“这还用问吗？”

阿秀的回答没有好气。李黑龙也觉得自己蠢，山谷里谁能有这个东西？还能是谁给的？

“你为什么要人家的东西？为什么不跟我说？”丈夫的口气很急。

沉默。

“你说呀！”

“人家给了就要，又不是我讨人家要。过后事情多，忘记对你讲。”

“他和……”

“他和我哪样了？……哪夜我不睡在你身旁？”这女人的思维就比丈夫细腻。

是的，妻子对他情调上有些变化，可是夜间不总是睡在他的身旁吗？白天呢？白天夫妻俩忙个不停，他有时去巡一下山，但很快就回来。而回来时妻子总在做她的活路。而许征民则总是靠在竹门上津津有味地看他的香港武侠小说，白天能干那种事情吗？他们不怕被他李黑龙发现吗？他百思不得其解。他只记得他离开最长的一次是去乡镇汇报工作和购买东西，难道……他心中腾起一股火焰，如果真是那样，他是不会原谅他们的！可是，如今你又能掌握些什么真凭实据呢？他，平生从无计谋，但这时却冒出一条计谋来：等许征民回来，他要细心观察，甚至还……他知道，这样硬逼阿秀，不会逼出什么名堂，他得想，想，想……想出办法来。

今夜，李黑龙有生以来，第一次没有鼾声。

半夜里，阿秀突然间大呼大叫起来，而且双腿乱踢乱蹬。

“阿秀，你这鬼缠身了？你！”

阿秀醒了，她知道丈夫今夜是平生第一次失眠了。这女人的心很细，她知道是刚才的噩梦惊醒了丈夫，梦中的事情，是绝对不能告诉丈夫的。女人一有了第二颗心，情感神态总会发生变化。她想，必须尽量隐瞒这种变化，否则会惹麻烦。

“没有什么，肚子疼，我做了个噩梦，是难产……”

她半真半谎。她的确做了个梦，但不是难产。她梦见许征民带着她，到了一个遍地高楼大厦的地方，许征民把她推下高楼……她梦见她生下了个儿子，这儿子一生下地就会说话，对李黑龙说他不是他的儿子，而是许征民的儿子。她还梦见她和许征民正在干那种事，被李黑龙当场抓住，把他们捆在一株树干上，堆上干草干柴，点上了火……

这一夜,是这对夫妻结婚六年来第一次背对背地睡着,等待天明。

16

第二天一早，李黑龙就掮上他的猎枪巡山去了。

大约半早时分，乡政府派了一个小青年急匆匆来到了黑狼谷。

只有阿秀一个人在家，山谷里是极少有外人的，阿秀带有几分惊恐地接待这位小青年，叫他坐他不坐，只急急地用瓜瓢去水缸里舀了一瓢水，咕噜咕噜地喝了一气。就忙着传达乡政府的紧急通知：李黑龙必须在天黑前赶到乡政府，参加由县公安局召开的各林区安全联防会议!

小青年传达完毕，就急匆匆走了。

近中午饭时，李黑龙回来了。阿秀把乡政府的通知转达给他。李黑龙心中也紧张了一阵，预感到会有什么重大的事情发生。自从他担任这个林区护林员以来，还未召开过什么安全联防会议。这林区本来就很安全的，难道今天就不安全了吗？既是上级通知，他只得服从。因为要走三十里路，吃过中午饭，带上些小行李，就准备上路了。临行前，他本想对阿秀说些什么，但一张口，又觉得没有多少话可说，于是只吩咐了几句注意事项：“上级通知，我得去，今夜，怕回不来了。征民也不在，你一个人在家，畜生喂早一点，门关早一点，也睡早一点。”

丈夫从未在外过夜，今夜黑狼谷里就只剩她一个女人，会不会有什么意外呢？她心中麻怵怵的，感到有些害怕，总预感到要发生什么意外，于是怏怏地说：“黑龙，散了会，就不能回来么，我，有点怕。”

“今夜没有月亮，要走三十里，恐怕回不来了。你别怕，附近又没有什么坏人，野兽也不敢来，记住，睡早一点。”

一双粗重的脚踏在坚硬的石板路上，发出吧嗒吧嗒的声音，震得山谷回音。李黑龙到乡政府开会去了。

下午四点来钟，李黑龙一脚踏进了乡府大门。

这时，也正在这时，从县城开来的第二趟班车也到达了乡镇的汽车站，从车上急匆匆下来一个人，穿着平常，他东张西望，确定没有人注意他，这才大胆地朝黑狼谷方向走去。他神色慌张，脸色青白，不敢正面瞧人，而且有意躲开一切人的眼睛。他走得很急忙，于是不时踢着一块块凸出地面的石头，脚趾疼得他不住地龇牙咧嘴。心中不停地骂："妈的 ×！"

他，就是许征民。

17

夜。

乡政府会议室里。灯光明亮。几张大木桌周围坐着各林区来的护林员、乡政府有关干部、乡派出所的全体人员、各村镇民兵负责人，另外还有三名由县里来的公安人员，其中一位年长的是县公安局曾局长。

李黑龙专拣个不引人注意的角落坐着，胸前抱着那杆猎枪，半低着头，一个人闷声闷气地抽他的土烟。

三位公安局来的人一个劲地板着脸，十分严肃，会场里一片紧张、肃穆而又急迫的气氛。

曾局长目光炯炯，粗黑的方脸上表情纹丝不动，巡视会场一周后开始讲话。

"同志们，接省公安厅和国家安全部通报，近些时候，毒品走私活动在我省开始猖獗，严重破坏了我们的社会治安和经济建设。好几个国际毒品走私集团内外勾结，把我国当作毒品走私通道。他们先是从泰国、老挝和缅甸三国接壤的著名毒品生产地"金三角"

地带购进毒品，然后偷偷运进我国，再通过我们这一交通渠道，用空运、海运或用人携带的方式再运到美国、加拿大等毒品市场……近来，这些集团又觉得由泰国的清迈地区运出毒品渠道过多、风险过大，居然狗胆包天，利用我们的麻痹、无知和疏忽，派遣人员，深入我们这一带的深山老林，偷偷种植毒品。”

整个会场一片震惊。李黑龙在用心听着。

“也许有人问：是什么毒品？现在告诉大家。‘鸦片’这东西大家听说过吧？英国人叫Opium，因此也叫‘阿片’。它来自一种植物，学名叫罂粟，一年生，春夏都能种植，开红白两种花，顶端生一个果，有白色浆液，把浆液收集起来，变成黑色，这就是鸦片。也可以做药用，有镇咳、止泻作用，医药上用来止咳、止痛、止泻。这种植物很像茼蒿，所以又有人叫作‘野茼蒿’……”

“野茼蒿”就是毒品？李黑龙一颗心紧张得被提到嗓子眼上，心脏乒乓地跳荡起来，额头上悄悄地冒出了一层密麻的汗珠。

李黑龙全身痉挛，大汗淋漓了。

曾局长还说些什么，他已听不清楚了。他感到双腿发软，脊背发寒，要不是他靠着墙，要不是他曾经是一位五尺长的铁铮铮的硬汉，也许他会立即瘫倒在地上。

18

煞黑时分，许征民急急忙忙，慌慌张张回到黑狼谷

一见他回来，阿秀心中就涌出一种欢娱和欣慰，她抿嘴一笑，脸上撒出一片红晕：“你，我讲怕不回来了！”

他强作欢颜，青癯的脸上也泛起一片笑意：“我哪会不来呢？还不是……为了……”他本想说“为了你”，可是“你”字尚未出口，又突然转了话题：“黑龙呢？”

他已发现了某种意外。

“今天上午，乡府派人来通知，说今夜召开什么林区联防会议，他中午就走了，今夜不回来了……你在路上没遇上他？”

“林区安全联防会议？”他心中“咯噔”地跳了一下，闭着嘴，愣怔住了。那脸颊上的笑意立即消失，由青白变成死灰，脸颊上冒起了一粒粒细小的鸡皮疙瘩，足足有三分钟，他一句话也说不出来。他知道情况正如他叔叔在电话中说的：“不妙！”他本想立即离开这里，但现时天已黑下来，就是到得了乡镇，也没有夜班车。“不如……”他想，“实施第二套方案！”

许久，他才稍微定下心来，问阿秀取了电筒，连夜到后山的蚂蟥岩，取出那包黑色的东西，把它压扁，用两层塑料袋包装好，确定嗅不出它的香气，才把它装进他带来的一只黑皮箱里。

他的表情，他的慌乱，他的焦急，他的行踪的诡秘，都被阿秀看在眼里。她吃惊地问：“征民哥，你要走？”

“呃，是。……不，在做准备……”

他吞吞吐吐，欲言又止。他的确在准备。他心中计划好了。要在天亮前，在阿秀熟睡的时候，悄悄离开黑狼谷，上午七点钟，赶上由乡镇开往县城的头班汽车。中午十二点钟到达县城后立即赶搭下午一点开往广州的直快火车，后天晚上就可到达广州。那儿会有人来接他。只要把东西交给他们秘密联络站的那些人，他就万事大吉了。然后，他就可以大摇大摆、两袖清风、正大光明地以一个港商的身份直奔深圳通过罗浮桥，通过海关检查站……这一切必须在无声无息中进行。李黑龙他们还在开会，他估计，这会议少则一天，多则开两天、三天。等到他们行动时许征民早逃之夭夭，说不定已徜徉在香港的花街柳巷了。

如今，许征民想，必须瞒过阿秀，必须装着若无其事的样子。因此，他立即把脸上的笑意撒开来，对阿秀热情温存，还装着嘻嘻哈哈的样子，拼命地逗阿秀笑。可是，这女人却颇为精灵，一种女性的思维方式提醒着她：许征民上县城时扬言要买什么什么东西给她，买什么什么东西给黑龙，可是如今回来连草都没有一根，糖果都未买一颗，而且脸色青灰，神色不安，刚才的突然变态，说话吞吞吐吐，他可能是遇到什么意外，他是要走的了。但这位对世事孤陋寡闻的山野女人目前是无论如何都识不破许征民心中的计划的。

李黑龙不在家，许征民就与阿秀滚在一铺床上。

一阵欢娱之后，阿秀问："征民哥，这肚里的孩子是你的，你走了，你带我一起走吗？"

"呃，带。不，不能带。暂时……不能带。"

"那，你还回来吗？"

"不，呃，来，还来。"

女人突然挣开他，坐了起来："你怎么说话一句东、一句西的。我看你在撒谎，你在骗我。你……你是'尼变'，你是'牙变奶'、'狼外婆'！你，骗我！"

许征民慌了，他知道他今夜的神态太不自然，露了马脚，他后悔，他恨自己，他在警醒自己：必须稳住阿秀，必须使出手段，否则不但前功尽弃，而且要大祸临头。他于是立即调整自己的步伐，让情绪平稳下来。脑筋一转，决定顺水推舟，编出一套谎话来："阿秀，你莫傻，我，从不骗人，哪里又会骗你。只是我心中有一件痛苦的事，我一时不愿对你讲明白，我这次到县城，接叔叔来信，说我叔母突然中风病故，我心中很痛苦，也很烦躁，你东问西问，我自然答得文不对题。我还没走，药还没收完，我怎么能走呢？今天我困了，明天我还想去收药呢，睡吧，睡吧！"

许征民转过身，朝里面侧身躺着，装着睡去了。

这女人哪里睡得着！

许征民也没有睡着，他想起明天的事，心就跳。可是他计划已定，为了明天，为了他的计划，他必须睡着。如果入睡过晚，明天早晨醒不来，耽误时辰，搭不上车，一切计划就会落空。所以必须睡，睡，睡！可是，百虑缠心，意乱心烦，如何能入睡呢？他于是施用起在香港学过的“静功催眠法”，静静地躺着。

19

前天，他离开黑狼谷，原打算回到长乐县城去，但他突然脑子一转：离开县城已有几个月，他与外界消息全断，他突然在县城露面，如果事情败露，怎么办？于是他决定直奔N市去寻找他的一位表哥。

表哥一见他，劈头就问：“征民，你这么久了去哪里？曾有两个人来查问你在什么地方？我说不知道……”

他立即恐惧，全身惊麻：“表哥，我上贵阳、昆明旅游去了……”他撒了谎，表哥不知他的底细，对他也深信不疑。“他们是什么人？问我干什么？”

表哥说：“不知道。我们也不问。我同你表嫂都说不知你去哪里，可能回香港去了。他们也不再问什么，连坐都不坐就走了，过后也不见再来。”

他的心安了下来。

在表哥处住了两天，每天都到电信局打电话往香港找他叔叔。可是一连两个晚上都找不到他叔叔，说是“外出未归”。他想：是叔叔故意不接？或者有别的什么原因？他心如煎煮，无所适从，好容易到第三晚上，才听到叔叔的声音。

叔叔问他：“近况如何？”

他回答说：“还好。”

叔叔的嗓门提高起来：“好什么？！你要立即以最短的时间，最快的速度，回到广州，把货交给联络处！……”

“我……”他还想申述，他还在犹豫。耳机里传来叔叔暴虐的骂声：“笨蛋、草包、废料。”“咔嚓”一声，叔叔挂了电话。

他脸色苍白，从电信局出来，惶惶然已如丧家之犬。环顾四周，确信无人盯梢，一颗蹦跳的心才稍稍安定下来。

他想立即溜掉，但叔叔再三强调要他把“药”带到广州，他不敢违命。他想如果空手而回，叔叔詈骂在所难免，那三分之一的财产继承权，也会成了泡影。而他这几个月的辛劳也白白葬送了。现在，他十分后悔，万分的怨恨，恨他自己，后悔离开黑狼谷时，没有把那包东西带出来，要不，他现在就可以直奔广州了。还能够回去取那包东西吗？他焦虑，他犹疑，他拿不定主意。叔叔说很快暴露，他暴露了吗？表哥说曾有人来查问过他，他们显然还找不到他的踪迹。他离开黑狼谷时，李黑龙夫妇并无什么变化，也未见黑狼谷来过任何外人，他判断，他并未完全暴露，他还可以冒一次险，回到黑狼谷去，骗过李黑龙夫妇，取出那包东西，立即脱身！他又想到阿秀，想到她的身孕，但他又想，在丈夫面前，阿秀不可能有什么暴露，他完全可以抓住这空子，找个借口，编个谎话，哄过他们，溜出黑狼谷。

他拟定了一个逃跑的计划……

他又惶惶恐恐地回到了黑狼谷。

20

他在山路上拼命地奔跑，阿秀拖着笨重的身子在他身后踉踉跄跄地紧追不舍……

阿秀厉声地大叫着：“抓住他，抓住他。他是尼变，吃人的尼变！”

李黑龙两眼血红，黑楂楂的胡子倒竖着，端着上了铁弹的猎枪，怒气冲冲，飞也似的朝他奔来，口中不停地大骂：“黑良心的家伙，看你往哪里逃？！”

他夹着皮包，皮包里装着那包鸦片，在莽莽榛榛的森林里亡命地左奔右突，大汗淋漓。他冲出森林，来到一条大河边，河对岸摩天高楼鳞次栉比，他知道，那里就是香港，突过这条河，那儿是他许征民的天堂！

可是，他的双脚被一根藤葛缠住，紧紧地缠住，他想挣脱，他用力挣脱，但是挣不开，实在挣不开。他用脚蹬，也蹬不开。他想呼救，可是嗓子又干又涩，他呼唤不出来。

这时，几位武装警察出现在他的面前，他们拿出一副锃亮的手铐，“咔嚓”一声，铐住了他的双手。这时，他才丧天失地大叫起来：“完了，完了呀，我的前程，我的希望，我的世界！不，我还要逃，我还要逃！”

他用力一蹬，阿秀哟地叫了一声，这一蹬，不偏不倚，正蹬在阿秀的小腹上，阿秀疼得哎哟哎哟地叫。

他睁开眼，原来刚才的恶遇只是一场梦，一场虚惊。他全身大汗涔涔，睡衣全湿透了。他的下肢被阿秀一条粗大的腿压住了。

其实，阿秀只还是迷迷糊糊，尚未熟睡，许征民的烦躁、呼唤，她听得清清楚楚。

“征民哥，你做哪门子呢？你老是讲要逃，要逃，你真的要逃走吗？”

他支支吾吾，想起刚才的梦，仍然惶悚不安。但是为了瞒过阿秀，他不得不装作若无其事的样子：“没有逃，没有逃，我为什么要逃呢？我刚才做了个噩梦，梦见我在香港被坏人追赶……我说了梦话了。我这人最怪，常常做梦，而且是遇上好事就做噩梦，遇上坏事，反而做好梦，刚才就做了个噩梦……”

他胡编乱造一番。

凭女人的细腻的感知，许征民是在卖弄乖巧，他一定有什么坏事藏在心头。她一个深山里的女人，不知道外部的世界，但她仅凭着一个女人的灵感，凭着昨夜许征民回来时的变态，以及刚才的噩梦，她心中就已经很知底细了。

“征民哥，你是有什么事不告诉我的了，你心慌意乱，又很烦躁，是不是……”

女人的怀疑就只停留在女人的范围之内，如今阿秀只怀疑许征民这次出去可能碰上了什么女人，把他勾走了。他如今在黑狼谷造了孽，使她阿秀怀了孩子，他怕李黑龙，怕她阿秀拖住他的后腿，怕……她万万没有怀疑到许征民做下了伤天害理、残害民族甚至残害世界人民的事。

“没有的事，阿秀，你莫猜疑，我在这里的事，还多着呢，还没有做完呢！至少……至少还有十天半个月呢！我不会离开你，我说过的话一定算数。要不，就挨雷劈，就挨火烧，好吗？”

许征民知道，水族人最怕赌咒，他们以为赌咒都是灵验的，尤其是妇女，更相信这一点。所以他这一招眼下颇能发生作用。阿秀见他赌咒很认真，便紧张起来：“看你，莫再说那种不吉利的话，我只是怀疑你……”

女人没有把话说完。

他看看夜光表，午夜两点，离他行动的时间还有两个半小时。他想，必须安抚阿秀，设法给她一种轻松的情绪。于是他装着轻松愉快的模样，和她讲山外的故事，讲山外一些美妙的事情，把他的一只手臂给阿秀当枕头，阿秀像吃了颗甜甜的定心丸。

夜已很深，阿秀不能不疲劳。如今她已甜甜地睡去，发出了轻柔的鼻息。

待阿秀睡熟，他慢慢地把手臂抽了出来。

他是不敢，也不可能再入睡了。

21

阿秀这一觉睡得真够沉，以至许征民什么时候溜出房间她都不知道。

蒙眬中，她似乎听见什么声响，慢慢睁开眼，眼边晃过两手电筒的光。她伸手摸摸身边的许征民，没有了人。她的心一紧，本能地感觉到了什么。她想立即坐起，但是，女人的心毕竟多了个窍，心想还是看一看再说。她便又故意静静地躺着，装着熟睡的样子，聆听眼前的动静，偷窥许征民的行动。

她慢慢把脸转向床外。

许征民在电筒的光照下，正匆匆忙忙地收拾行装。他脸色铁青，神色焦急、恐惧。

“他的确在逃跑！”

阿秀想起许征民梦中“我要逃，我要逃”的呼叫，想起他回到黑狼谷后慌张惊恐的神情，想起他支支吾吾，前言不对后语的情形，想起他为了瞒过她而编造出来的一系列花言巧语，她开始觉得自己先前的判断可能错了，这家伙一定做了什么伤天害理而又违法的事。看他这个神态，犹如丧家之犬，说不定他是个逃犯，是个罪恶累累的人，到黑狼谷来是躲避追捕的，现在被人发觉了，不得不慌慌张张逃走。而且，黑龙又不在家，去开什么联防会，过去没有开过这种会议，是不是要抓坏人？这坏人是谁？是不是就是眼前这个……她不愿想下去，可是，又不得不想下去。这许征民如果不是坏人，是黑龙的好朋友，他为什么风风火火地来，偷偷摸摸地逃跑，不等黑龙回来送他呢？她越来越坚信自己现时的判断。“能让他逃跑吗？”这个问题于是在紧紧纠缠着她。

她发现，许征民正打开他们家中那只从没有锁扣的旧木箱，急急忙忙伸手捞出那三叠就是他“送给”他们夫妻的钞票，接着又一把抓出那些零碎的钞票，把这些钞票急急匆匆地塞进他身边的皮箱，甚至连角票也不遗漏。接着，他又取出那枚送给她阿秀的戒指。他一忽儿把戒指套在他的手指上，一忽儿又把戒指脱下来，犹豫了一会之后，最后才把它塞进内衣的小袋里。这一切完成之后，他整理了一下鞋袜，站起来，喘了一口气，提起了皮箱……

“他真的要逃走了！”

阿秀倏地坐起，一转身双脚就下了床。

“许征民，你，你要逃跑？！”

他一惊：“嘿咳，阿秀，阿秀，你听我讲，我不是逃跑，我表哥的女儿要结婚，我今天一早去一趟县城，至迟明天就回来。我们种的药还没收完，我不骗你……”

如果说，昨夜许征民还能以花言巧语、赌咒等方法骗过阿秀的话，现在，她阿秀是任何什么鬼话也不相信的了。

“你为什么把那些钱带走？还有戒指！”

“没……”许征民语塞。他想也许刚才他取钱和戒指时被阿秀看到了。这可是一时找不到什么话来搪塞的了。但他脑子颇灵，略一转动，便顺着刚才的谎言路子走下去。

“咳咳，我表哥的女儿要结婚，向我借……五千块钱。我的钱……全用完了，想暂时借这笔钱用用，还有这枚戒指，也暂时送给那位表侄女。钱……我有的是，过几天叔叔由香港汇来，我就归还你们……”

一股怒火冒上阿秀的心头：“你，你这骗子，你这尼变，你骗不了我了！”

许征民还想编造鬼话。

时间在一分一分地消逝。正说话间，东方已渐渐露出白光，时间已不再容许许征民拖延了。

“阿秀，我的好阿秀，我的确有急事，等过了这件事，以后我一定来重重报答你！”

“以后，还有什么以后？这肚里的孩子是你的，你叫我怎么对得起黑龙？你叫我以后怎么过日子！”

“这有什么要紧呢？就当我和你娱乐一场，玩玩一场罢了。黑龙又不知道，他没有生育能力，你肚里的孩子，就当我送给你们夫妻俩的礼物，你们还应该感激我呢！”

阿秀气得双眼冒火，想不到这个平日面目和善的人竟然脸皮这么厚，心肝这么黑，品性又这么卑鄙，这么的下流。

“你，下流种！告诉你，前两天，黑龙已经知道，他正要刮你的皮，挖你的肝……”

阿秀悲怆地呜呜大哭起来。

许征民恐惧得手足无措。

“征民哥，说真的，我无脸再住在这个山谷，我无脸再见黑龙哥，我无脸再见我们水家人！你要不是个坏人，不是个逃跑的罪犯，你就带我走吧！我跟了你，服侍你一辈子，煮饭、洗衣，倒屎、倒尿，我都愿！”

已近天明。时间，现在对许征民来说就是生存，就是自由，就是金钱。赢得了逃走的时间，就赢得了一切，否则他就会丧失一切。他，不可能再磨蹭了。

“阿秀，我的好阿秀，你让我走！我的确是……坏人……你让我走了，以后我一定重重报答你。别的话是假的，这句话是真的！”

他说着拎起了皮箱，就想迈步。

阿秀紧紧拽住他的皮箱，拽住他的手。

“你不能走！”

“我必须走！”

两人在你拉我扯。

许征民乘阿秀不备。朝阿秀右下颚猛击一掌，阿秀脱了手，摔倒在地上。但许征民尚未迈开步，这女人就迅速爬了起来，一个猛扑，又把许征民拽住了。而且一双像铁条似的硬手紧紧攥住了许征民的一条腿。他一狠心，便举起另一只脚朝她的下腹踢去。这次这女人有了准备，一挪身只踢中了她的臀部。

他的心越来越狠。她的意志却是越来越坚强。这山里女人，知识贫乏，力气却是十分富有。他虽是个男子汉，可毕竟是公子哥儿，对这样一个女人只能穷于应付，毫无办法。

两人还在你拉我扯。

东方已现出白光。

终于，他又一次把这女人打翻在地，抓起皮箱夺路而走。这女人迅速抓起在地上的一根牛绳，那牛绳的尾端捆了个大疙瘩，“呼”

的一声，女人把牛绳朝他甩去，他未提防这一招，不偏不倚，这牛绳正甩在他的细长的脖子上，一连绕了几个圈，把他的颈脖套住了。阿秀小时放牛，对那些到处乱跑的牛就是用这种方法套住的。她用力一拉，他喉咙被绳子一勒，一口气憋着上不来，便双眼一黑，倒在地上。

阿秀迅速爬起，趁他无力反抗之机，用那根牛绳把他牢牢地捆绑在堂屋中的木柱上。

他在嗷嗷叫唤，她心中腾起一股冲天的怒火，想起水家人对付尼变的方法，如今她对这个山谷，对这间破茅屋已不再有什么眷念，于是发疯似地叫唤起来："烧死他，我要烧死他，天底下没有这么坏的男人了！"

她到东屋的火塘边扯来一大把干草，一下间火塘里浓烟冒了出来。

她下意识地提起那只皮箱，冲出茅屋，蔫蔫地倒在门前那株树下的青石板上。

茅屋里很快地浓烟滚滚，西边木楼下的猪鸡牛羊，被这浓烟一熏，纷纷冲出本来就不牢固、也不上栓的栅栏，朝山边四处飞散开去。

……

22

黑狼谷依旧寂静。

相隔若干时间之后，这山谷终于又盖起一幢新的茅屋。那山溪水照样流淌，树木照样茂密葱绿，猪鸡牛羊照样成群结队，然而，山谷的主人已不再是李黑龙和阿秀，而是一对我们完全陌生的中年夫妇以及他们的一对子女。至于李黑龙和阿秀，在那场大火之后，就从这座山谷里消失了。

原载于《李果河文学作品集》

龙京才

龙京才

壮族，中共党员。中国作家协会会员，广西作家协会会员，广西民间文艺家协会会员，壮族作家创作促进会理事，广西写作学会会员。2007 年 4 月当选广西文联第八届委员会委员。1974 年开始发表文学作品。先后发表各类体裁的文章一百余篇（首）。出版《深渊》《边月情话》《女梯》《非女》《医途漫漫——泰家泰》长篇小说四部，编撰《伏枥集》（上、下卷）七部专著，被中国少数民族作家馆收藏。长篇小说《边月情话》获第二届壮族文学创作奖。叙事长诗《蛇郎》获第三届壮族文学创作“花山”奖、自治区人民政府颁发的第一届广西文艺创作铜鼓奖。由《蛇郎》改编的壮剧《金花银花》获第一届全国少数民族题材剧本创作金奖。

水碓吱嘎咚

水碓吱嘎咚

一

“吱——嘎——咚！”

空阔寂寥的大山里，水碓声分外震撼人，尤其震撼我这初进大山的城里人。

水碓从亭子里向引水的木糟伸出又粗又黑的大木瓢，待到大木瓢盛满了，变沉了，吃力地把水碓尾巴压下去，嵌在石臼中的鹤嘴冲子吱嘎嘎慢悠悠地抬起头来，瓢里的水“哗”的一声泼到缸口般的小潭里，鹤嘴冲子从两尺高的空中跌落下来，“咚”的一声狠狠地撞进臼里，溅起几粒黄谷。片刻寂静后又吱嘎嘎慢悠悠地重新抬起头来，不慌不忙，不急不慢，没日没夜，周而复始，如有坚韧的毅力、出奇的耐性般。

山里人离不开它，一户一亭，一日一夜，慢悠悠也能舂开三升五升的黄谷，今日舂开，明日下锅，谁也没有感觉到水碓在哀怨和呻吟。

是我多心了，因为我初来乍到没有好心境。后来不了，也许是感情的变化，只有听到它的声响，我才感觉到我的生命存在。

那天，卡车把我们知青从三百公里外的柳州拉到山下的公社院子时天已经刹黑了。别的知青一个个让各大队派来的人接走了，黄土院子里孤零零的只留下我和我这惶恐的心，我恐慌地向四面黝黑的高山张望着。深知我这老三届中出身最差的“狗崽子”是要到最偏僻、最艰苦的深山弄里才能脱胎换骨的了。不知道哪一座山会收留我。

“你们长白山大队还没装电话，所以无法通知人来接你。”公社秘书递给我一张公社开的介绍信，指着往北这面云遮雾挡的高山和那狼牙乱石、芒草掩蔽的小径说：“不远，只三十里，天黑定时就可以赶到。”

他说得好轻松，我想哭，可又不敢，我避开他的目光打开那封介绍信，上面写着：“兹介绍柳州市插队落户知识青年郭辉同志……”往下我看不清楚了，因为我看到介绍信中称我为“同志”了。自打“文革”开始，我只有被人们骂为“狗崽子”，哪有被称同志的份呢！我悄悄抬眼看看这初识的公社秘书，我在他的脸上搜寻着，看是否包含有恶意，一张诚实的脸告诉我，没有半点儿讥讽和嘲弄，刚才那股酸味顿时消失，心里流进一股暖流，我深信这大山会给我带来再生。我的勇气上来了，就凭“同志”的称呼，尽管道路很艰难，这天夜里我摸爬着也赶到了长白山大队，而且没有骂半句娘。

我第二天就被分配到半山腰上的牛蹄寨，那秘书来了一次寨子，寨里的人很快就知道了我出身于万恶罪孽母腹。牛蹄寨里的老乡们大多是老实巴交的山民，为了少惹麻烦，自然要疏远、提防、戒备。也总有那么一两个从裤裆里长出眼睛的家伙，时时窥探着我的行动，好往大队公社里打个小报告，捞个阶级斗争积极分子当当，也许还得到重视抽出去当工人什么的。

我沉闷地挨着日子,重的活我干不了,与人结伴的活我不愿意干,寨里只好给我当个专门看牛放牛的“牛司令”。这倒好，一人赶着一群牛到寨背的乱石花里放。要哭要喊，要骂要怨由着我，晃晃荡荡挨过五年，结伴来插队的抽的抽、调的调，没抽没调的也当了什么民办教师、代销店员之类的，就我孤零零地无声无息地落在这深山里让人忘了。心也渐渐地阴沉了下来，要不是这水碓没日没夜的声响拨动我这颗将熄灭的心，也许我会悄悄地从一个活物不知不觉地步向死亡。有时我把镰刀磨得锋利，搭在后颈脖上，我相信只要我使劲往下一扯，柚子般大小的头颅就会顺着山坡往下滚去。人世间有我多余，少我省心，我要离开这个世界，除了我的父母兄妹有几声惋惜的哭声之外，全他妈的幸灾乐祸。不过，让人家幸灾乐祸倒不如像水碓那样慢慢地挨着,挨到几时算几时。有时我也会这样想,把镰刀从颈脖子上轻轻地抽下来，痛痛快快地哭他娘的一场。

后来，我认识了坎坎大叔，也许是坎坎大叔故意找上我。和他在一起，我不但恢复了我继续做人的决心，偶尔也获得一阵欢乐。

二

“优优达夯，左呢左刹麻努，略利跌胡嘎嘎努，比略衣扛茫略利跌，左普内抹吗胡左努。”坎坎大叔打老远就喜款放开他的粗嗓门跟我开玩笑，这是苗语，意思是“小伙子，你看你傻乎乎地待在这儿多无聊，干吗不斗牛打架呀，公牛和母牛打起架来，你要看了准比我喝了酒还快乐呢”。

坎坎大叔年轻时放过木排到柳州，他能说官话，只要我在这山坡上放牛，他上山下山路过时总喜欢坐下来和我聊一阵子。我从他十天半月提些兽皮下山，又从山下买些火药铁砂和日常用品回来，就知道他是个半农半猎户。有时他也拿来一些芭蕉叶包的盐酢野猪肉，半竹筒飘着雪白米花的家酿糯米酒，让我开荤。这是我最高兴的时候，几口水酒下肚，我们就没老没少的乱扯，山南海北、天上地下无所不讲，有时也讲女人。我们也渐渐地成了朋友。我忌讳别人问起我的出身，他好像心里也在提防别人知道他的家庭秘密，虽说是朋友，算不上知心。

他曾经告诉过我，他想添一支猎枪挂在家里给女人用，我想说："你这把年纪了还怕野汉子乘虚而入吗？"这话怕引起误会，话到了嘴边又咽了下去。

"就是能搞到一支枪管子也行。"

趁倒流回柳州时，我转了好几家废品收购站，总算搞到一支锈迹斑斑的废枪管子，既无枪托什么的，连火引子也断了。

"是在废品收购站买的,论斤两算,四斤半重,花了四角五分钱。"我怀抱歉意地把废枪管递给他时，实话告诉他这枪管的来历。我明知不能用,只是算交一份人情,也充分地暴露了我只有这可怜的能力。

坎坎大叔接过枪管横竖随便地看了看，笑着对我说："乌努！乌努！"随后又改口成官话说："很好，很好！"扛起来就走了。

第二天下午，我从牛场把牛赶回寨子，回到我那没锁的小木屋，推门一看，屋里垛起一人高的上好圆木，有油杉，有高山松，有楠木，还有已经极少了的紫檀木。木垛湿淋淋地往下淌着水。我愣了一会明白是怎么回事了，立即冲出山门朝山冲子跑去。

"坎坎大叔，坎坎大叔！"我大声呼喊着，跑着，踏着他赤足烙下深深的印痕，追寻着他，一直跑到满是芭芒和蒲草的水冲子的岸边。

三

只要我不把这老竹蔸做的牛梆挂在门楣上，这"牛司令"我是当定了的。队长也不会再为我安排其他农活了，就是安排了我也干不好，不管是田头地尾的，山上水下的，我全学不会，也不愿意学。

别说农活，就是我那草席般大小的菜地我也种不好，好在山上有的是蕨菜、蒲公英、野枸杞，一个人肚子好打发，省得费心费力。

山里人兴看太阳不兴看钟，太阳一照山顶就要下地。我讲山上的太阳升得早，因为离太阳近了，他们笑我不管，反正我得睡够了才把牛赶到后山背的乱石林里去。

“笃——笃——笃，笃笃笃，笃笃笃，笃笃——笃笃！”

在这几十幢分散在高坎低坡的壮家高脚楼下的牛栏里，大牛小牛公牛母牛们早已经熟悉我别出心裁用少先队鼓节奏敲响的竹梆子，梆声一响，“牛爷”“牛娘”“牛小姐”“牛公子”高声低声长声短声跟着就叫起来，还不住地把吊在颈脖下的竹铃晃得咯咯响，急不可耐地用角抵开牛栏门，绅士般地摇摇摆摆慢慢悠悠地到寨口的洼地集合。

我沿着牛蹄峰下的蛇形小径，把它们赶进后山那片石林里去。我寻一块软绵绵的草坪子躺了下来，或做起我的白日梦，或发疯地唱着无头无尾的歌，或莫名其妙地大哭一场。有时我也会沿牛蹄峰背的缓坎石缝爬到峰顶，遥望远处的长脉群山、沟壑丛林，发一番感慨。所谓感慨，大都是长叹几声，或者骂一声娘。

牛蹄峰下是层层叠叠的梯田，从山脚下一块叠一块一直叠到寨子边上来，像是叠起无数把各式各样的梳子，又像摆开密密麻麻的豆荚子，从长白山脊顶冷水泉流下来的水，没到寨边就是一条蛮大的冲子了。就那一条截来的小溪，带了几十个水碓子后还能往这梯田里满满地灌，要不是学大寨硬逼着把这片梯田改种了徒劳无益的矮脚双季稻，这还是远近驰名长白糯米的正宗产地呢！

有句顺口溜是这么说：“下南菜牛川山席，长白香糯明伦猪。”长白香糯就产在这面坡地上。我到这儿插队时已经没有这份口福了，据说谁家要是煮了长白糯饭，三里外也能闻到它的香气。寨里人每当回忆起长白香糯的味儿来时，总是咂咂地不住吞口水，让人老是犯馋。

“正宗的德胜红蓝酒非要长白香糯酿甜酒引子的，要不那红蓝酒算不得正宗。”寨里的兰老爹曾好多次对我这么说。

“这么好的米干什么不种呢？”我不解地问。

“上级要把这片田改种双季稻。”

“是提高粮食产量吗？”

“屁！”老爹四顾看是否墙外有耳，“原先种单造亩产八百不成问题，现在种双季稻，头造收四百斤，二造只收稻草，现在守着这片宝地吃返销粮呢！”

“为什么？”

“这里山水冷，不过清明不能下秧的。”

“干吗不改过来？”

“上面不让，连提也不让提，谁提谁就是破坏农业学大寨，要挨斗的。”

“你不是说了吗？”我诡秘地笑着说。

“我老骨头了，再说你要告我老贫农谁信你的话呢？”

四

“砰！”耳根一声炸响，把我的午睡惊醒了。我从草坪上跳了起来。

“哈咯咯咯！哈咯咯咯！”是坎坎大叔，他就站在眼前，不但笑宽了脸颊，笑红了脸庞，还笑短了长脸，笑得前合后仰肩头一抽一抽的颤抖，我从来没有见他笑得这么欢心过。

“那么一声空枪就把你吓得胆破心裂的，还吵着要跟我学打猎呢！”

“一枪打得三个老熊啰，这么高兴！”我用手摩擦着睡眼说。

“比那还值得高兴。”

“要不就是挖到了硝井子了，开到药库子了，不是这样你也舍得放空枪开玩笑？”

“比那还值得高兴呢，不信你看！”

原来他手上端着一支崭新的步枪型的直托粗筒猎枪，他把枪递到我面前，脸上的每条细纹都挤着笑。

“上哪儿买的？”我接过枪来左右端详，确实是支不赖的猎枪。

“还用问，到柳州。”他挤弄着粗眉下没有睫毛带睡意的眼睛，诡秘地笑着：“在柳州废品收购站里花四角五分钱买来的。”

“真的？”我不相信，又反复端详起来，想找出先前那锈迹斑斑枪管的一丝痕迹，却一点儿也找不到。

这枪管子平滑光洁，火引子结实笔挺，冲子帽槽深圆滑，枪筒子烤蓝烤蓝。我试勾动几下扳机，回弹得灵活有力。我再细看这枪柄，这是用紫檀木完全仿着步枪柄大小制成的，磨砂得光洁平整，还抹过光油。这哪是先前那四角五分的猎枪呀！我看着坎坎大叔那双节粗茧厚的双手，再次摇了摇头。

“不相信？还有假？你大叔什么时候讲过假话？看看枪筒里面吧！”坎坎大叔提醒我。

我顶开冲子帽，让枪膛里透进一线光来，顺着枪筒往里看，果然平平滑滑没有来复线，当然对于猎枪来说这并不重要，但可以证明它确实是一支旧枪管子。

“别傻看得像个蠢獐，快坐下来喝几口。”他从腰间解下胀鼓鼓的粗线黑网兜，一下摸出一个稻草捆蕉叶的包裹子，一连摸出七八个，打开一看：有鲜红的槽辣腌肉，有乌黑的盐粉鸟酢，有还冒着热气的炒肉，有拍开了的红椒竹笋，还有酸草鱼，啊，是发蓝得像绿玉般透亮的酸草鱼，少说也腌了二十年，它的出现标志着这次野地宴席已经是苗家的最高标准了，而且全是在家里解了刀的。坎坎大叔最后打开的是一个碗口般大小的圆团，随着他掀开的叶子，升起一股诱人的奇香，原来是一团水晶般透亮的糯米饭。早从老爹的回忆中我已经揣摸过长白香糯的形状，今天我一眼就认出了它来，说不上三里以外就闻到它的香味，可它在这一地野味中出现已经足以让其他佳肴逊色了。

坎坎大叔解下那只装酒的竹筒，没有往日“咕咚”的声响，扯开木塞，是满筒，足有五斤。

“来吧蠢獐。”坎坎大叔给我捏了鹅蛋似的一团糯饭。

呵！还是那么温热柔软，我把饭团举到眼前，这工艺品一样可爱的饭食，简直让人不忍心把它吞到肚里去。

“这就是长白香糯，以前这片梯田全种它。”他用手在那长长的山谷的垄垄梯田上划了个弧，最后深深地叹了口气，没有往下说。

“坎坎大叔，你怎么还敢种它？”我不解地问。

他露出一抹讥讽的微笑说：“我们这些零星住户上头管的不是那么严，再说，连我们也不让种，当官的过年拿什么去孝敬岳母娘呢？”

他这一说把我逗笑了，可他一丝也没笑，他并不认为他在说笑话。

“你看着，这样吃。”

他见我笨拙地捧着饭团子不知从哪儿下口好，示范着教我。他左手握紧饭团来回地捏，不一会饭团变了棒柱形，慢慢从虎口冒出头来，他越捏越使动，棒柱越冒越高，他把露头一口咬了去，捡起一块兽肉，灌下一口酒。我学着他，捏着吃着喝着，那捏饭的手也没有停止过。奇怪，这饭居然一丁点儿也不粘手。

“本来我想给你带几斤糯米来，这糯饭煮法不同一般，只能蒸不能煮，不会泡米，没有好的蒸笼，好米也会煮成夹生饭。”

他这是实话。我就那么一只薄铝锅，糙米也煮成夹生饭。他这话也提醒了我，这满地的酸肉、糟辣肉、鸟酢、自酿酒和这透亮的香糯饭，不已经说明坎坎大叔家里藏着心灵手巧聪明能干的女人？是他的婆娘？是他的女儿？我不敢问，我记起他那么迫切地要添一支护家的枪。

我大口地吃肉吞饭，坎坎大叔拼命地喝酒，他给自己灌了一大口后就把竹筒递给我，只要我摇头或者摆手，他也不推让就再仰起头来咕噜噜地灌。

几口酒下肚，话也特别多，他又讲起那支枪，他说为了这支枪忙了整整半个月。他讲了他如何充砂重新起炉锤打，如何新埋了引火嘴子，如何装上扳机，如何用磨石一点点擦磨管子，又如何发蓝，他有着一整套的造枪工艺技术，也许是祖传。

“这粗筒枪的弹子要这么粗。”他大声地说着。用拇指比画着。这酒大概他已经喝得有七成了，要不对面坐着他怎么还要拉开嗓门来说话呢？

单用手指比画着他觉得不能说清楚，他把左手的饭团一下塞到嘴里，撑得腮帮子鼓胀了起来。随后放下筒子腾出两只大手，连擦也不擦就左手提枪，右手伸到衣袋里，不一会从衣袋里摸出一粒拇指大小滚圆滚圆的灰色铅弹，是专为这支粗筒枪碾制的。

“你看，这么粗的弹子，再厚皮的野猪也可以从头打到屁眼子。”他用手掌掂着这沉沉的铅弹兴奋地含糊不清地说，嘴里塞满饭。

他津津有味地赏着这支猎枪，那支多年来形影不离的弯柄枪从他肩头消失了。很显然，坎坎大叔移情别恋了。

“那支弯柄枪呢？”我问。

“装好弹子挂在家里了。”他说得那样清楚而坚定。似乎让我看到那支枪随时都会“砰”地冒出一股青烟来，撂倒的不是什么野猪之类的野兽，而是一个粗壮的男人，也许是一个十分英俊的小伙子。我的心里一阵发寒，说不出话来。

五

坎坎大叔的酒量大得惊人，这竹筒里的五斤酒少说让他喝了四斤。可我已经头重脚轻地站立不起来了。他还能摇摇晃晃地站起来，还抽出那把铁筒手柄尖刀摇摇晃晃地到杂树林子砍了条木棍做拐杖。

摇摇晃晃地摆过来，背起他的猎枪，随后又从他的网兜里掏出一个菜叶团子塞进我随身的镰刀篓里。

“馋了就打开吃，三天五天是不变硬、不发馊的。”他的舌头虽然发硬得说起话来只能让人听声调分析意思了，可他的头脑思路依然是那么有条理，说完他晃进那片芭芒和杂树淹没的小路。

我坐在地上胡乱地敲着竹梆子，那些发瘟牛不相信零乱没有节奏的梆子声，迟迟不肯从乱石林里走出来。我的精心驯教倒反坑害了我，酒这鬼东西使得我手脚不听使唤了。我敲不出少先队仪仗队洋鼓的节奏声，只得放开喉咙乱喊乱叫，像条疯狗。

牛群开始从各个石缝里怀疑地探出头来，确认是我这“牛司令”在鸣金收兵才缓缓走出乱石林。先出来的到我眼前绕了一圈表示报个到，又到附近的树桩、土堆什么地方去擦痒。

就这时，坎坎大叔也从那芒草杂树林淹没的小路里走了出来。我想笑，我估计他准是让酒搞昏了头，在链环一样的山路上钻糊涂了。

“坎坎大叔，我在招呼牛哩，你也想来凑闹吗？”我用力撑着老是想垂下的眼皮子和他开玩笑。

他没笑，摇摇晃晃走到我的跟前，靠着他砍来的第三只“脚”——一根木棍支撑着他随时有可能摔倒的身体，眼睛呆呆地死盯着我，让人捉摸不定他准备干些什么。

“你是不是真想跟我学打猎？”他问得那么认真，酒醉心明白，他一点儿也不糊涂。

我早想跟他去打猎的，也问过他，他没答应。真想不到他走了老远又回过头来问这事，我急忙点头表示真想。

“你会不会放枪？”问得很严肃，声音也大。

“会的。”其实不就是端着枪管指猎物勾扳机吗，这不简单？我肯定地回答。

“试一试，朝着那蔸桐子树搞一枪。”

他不知什么时候给枪重新充了药，他要考我，把枪递到我的手上。

酒是英雄胆一点不假，我从来没有打过枪，第一次端起这枪一点儿也不紧张。我坐在地上举枪指着那树冠勾了一下扳机，“砰”的一声，腾起一团焦香的青烟，那棵树的叶子只是晃了晃，又平静地恢复了原样，没风，一丝儿也不动。枪里没弹。

那边的牛惊吓得向前跑了几步，站住了，回过头来看了看，估摸对它们没有威胁，就又回到擦痒的地方。

“好，敢放枪就够格。”坎坎大叔的考试既简单又不简单。

“有心学，明天天不亮就到这儿来等我。”说得很干脆，说完又摇摇晃晃朝他走来的路走去。

“我没枪呀，坎坎大叔。”我朝他的背影使劲喊。他没回头，也不回答，也许听见了，也许没听见。

太阳累了，像电压不足的灯泡，由炽白变成火红，慢慢向西边的山头倒下去。

牛也齐了，我醉得软塌塌的想睡觉，想站也站不起来。

那头风骚的大牛牯向我讨好来了，它慢悠悠亲切切地走到我的身旁，伸过头来让我攀扶着站了起来。牛背太高又没地方可扶可抓，我怕摔，干脆就扶着角骑在它的粗脖子上。它没怨言，不嫌弃，相反地显得那么精神，悠闲地跟在牛群后头，似乎也成了半个主人，每听我呵斥一声，总要摆动几下耳朵，显得那么荣耀。尽管累得鼻子磕碰着地面直喘粗气，却心安理得，像田径场上获胜的运动员，累死心里也舒坦。畜生也有畜生的荣光，并非只有人。

六

我不是天生爱睡懒觉，只要我高兴干的，起多早都行，要是有人摔扑克，借几支松明的微光我也能打通宵。

我没钟没表只能听鸡叫，昨晚的酒不让我胡思乱想，倒下就睡得烂熟。鸡叫时我醒了，但估计不出鸡到底叫第几遍了。我起来第一件事是把竹梆子挂在门楣上，天亮时队长见了也好安排别人放牛去。我是经常来无踪去无影的，队长早习惯了。不过我这点交班程序的责任心是有口皆碑的。

月光是明亮的，山那边的树有几条大杈子也看得清。山野里静极了，水碓的声音传得很远，这山谷中好几个寨子的水碓合奏着，“嘎咚，嘎咚！”

我傻站着等坎坎大叔，望着他经常出没的芒草杂树林子。希望突然窜出一条狗，打猎不但有枪还得有狗，这是一般常识。

“木乌，达夯！”坎坎大叔的突然出现把我吓了一大跳，不是从我注目的那片杂树林子，像是从地下轻轻地冒了出来。没半点声响，周身还背着铁家伙。

“您好，坎坎大叔。”我按他的意思回敬。他带来了完完整整的两套猎具，他把平日背的那一套给我，包括竹筒的铁砂、牛角的火药罐、捅引嘴的小铁条、灌火药铁砂用的尖嘴小竹管、充药的捅条，堵枪口的布球，还递给我几粒铅弹，最后把一条棕绳腰带捆在我的腰上，上面系着铁筒手柄的尖刀，是插在皮鞘里的。而他的是全新的，特别大。

“坎坎大叔，怎么不带猎狗？”

“是狩猎，又不是赶山。”

我分不出什么叫狩猎，什么叫赶山。可我从来也没见过坎坎大叔的狗，也许他从来就不愿意用狗，我听说过猎狗只忠于猎枪，并不忠于人，只要谁背枪它就跟谁。再说坎坎大叔总有点不同人的怪，谁都知道苗家是好客的民族，可我跟他的交情不算差，从来也没听他邀我上他家过。他家肯定不远，就凭昨天冒热气的饭菜就可以知道。没猎狗打猎，这对于怪人也不觉得奇怪了。

我们守候在一片矮石丛中垦出来的狭长畲地边。畲地里，一半种着红薯，一半种着玉米。明月下，能触摸到玉米鼓胀的谷苞，也能看清薯根凸起的土裂着口子。玉米红薯都到了收获的时候了。

“看着地头的动静，不能说话，不能走动，不能抽烟，不能弄出声响。”坎坎大叔把我安顿在红薯地边的石缝，悄悄地对我宣布了猎场纪律。

我学着电影中打理伏战的战士一动也不动地扑在石头上，眼睛眨也不敢眨地注视着地头那片丛林的动静，盼着猎物快快出现。兴许我能一枪撂倒一个，两枪撂倒一双，让坎坎大叔看看我不是窝囊废。

石缝中的蛤蚧不时地“咯嘎，咯嘎”叫着，让人感到烦躁。最使人讨厌的是那花斑蚊子，它老是绕着身子嗡嗡叫个不停，叫得人直起鸡皮疙瘩。我最怕这种蚊子，它比蠓子还叫人害怕，别说让它叮上，就是让它往身上一站也会肿起拇指大的硬皮疱来，让你奇痒难顶，就是搔破了皮也不解痒。我用手掌当扇子轻轻地驱赶着，不管用，身上好几处被叮咬上了，痒得我直咬牙，硬撑着，最后还是忍耐不住了，非搔不可。夜那么静，搔起痒来，窸窣窸窣地像簸谷子般响。坎坎大叔从那边石块背后向我转过头来，他的脸背着月光，看不清他的面部表情，我想他一定是在瞪我。我咬着牙承受着成群的斑蚊从各个部位向我进攻。烦躁得脑子嗡嗡地响，山野像擂起厮杀的战鼓，哪里有一点儿平静呀！

天下的生命都在拼搏着，大的小的善的恶的这不能绝对，他们无时不在为生存拼命挣扎搏斗着，冒着极大的风险，有弱肉强食的，也有强肉弱食的。此刻蚊子在拼命地吞食着我，我不但委屈地供给它们血肉，它们还在我的极度忍耐中肆意地侮辱我的心灵，侮辱人类这颗孤傲的心。这有什么奇怪呢？我们在这儿像蛤蚧般地贴在石缝里忍耐和守候着，不就是为了枪杀生命吗？

天渐渐发白，宣布了我们这次狩猎的失败，猎物并没有按照我们的意愿出现在枪口前，它们也在悄悄地寻找着求生的希望。

坎坎大叔离开了他匍匐的大石，我明白这是撤销禁令的信号，急忙转过身去搔痒，舒服得口水都流出来了。

“回去吧，去放牛去吧，有耐性的天黑以前赶到这里。记住，可不能再这样短衣短裤的。呐，看，像我，这么老粗的皮也还得打上绑腿。”说完他收缴了我身上的全部猎具。

“得多大的耐性守呀？”我想讲守株待兔这个成语，但没说，我自己也不明白，不知是失去了耐性还是失去了兴趣。

“这很难说，”坎坎大叔并不理会我对狩猎的怀疑，“下面那块地已经发现了它在糟蹋东西了，现在那一块地已经收了，看来这家伙在这一带已经尝到甜头，短时间是不肯离开的，反正我们得有耐性，起码要守到这块地收了以后。”

“是什么野兽？”我问。他说得很有把握，又勾起我的兴趣。

“野猪。”

“大吗？”

“有大有小，像是母猪带崽。”

野猪虽然凶恶残忍，但跟这样的老猎手我胆子壮着呢。

七

坎坎大叔说我运气好，才守了两天那家伙就来了。什么运气好，要运气好早抽回城里了，不能回城，到公社安排个工作也行，倒霉的事落在我身上数也数不清。坎坎大叔说的是狩猎，我不吭声。

那家伙自在得很，还没露面就咯咯咯地轻声叫着，像是在安顿小野猪。

坎坎大叔细声告诉我，猎枪不比步枪，野猪不比别的野牲口，要凑得很近才能开枪，超过二十步远就是打中了也白打。这野畜生的皮又厚又韧，要是一枪打不死还会惹来麻烦，它会追着火药味拼命，比老虎豹子都凶，尖利的牙齿能一下把人的肠子全给挑了出来。我听了直觉得有几根头发竖了起来。

那东西在地头出现了，好大的个，像头矮脚牛。它站在地头扑扇着耳朵，像是在听动静，随时准备着往草丛里逃。

我们盯着它，憋住呼吸。

它终于踏进了红薯地，走走几步又停了停，我想举枪，被大叔制止了。

它一直走到红薯地中间还在东张西望。

它开始用长嘴拱土了，老练得很，就几下，一个大红薯就让它挑了出来，进了它的嘴，咔嚓咔嚓地嚼得多痛快，喉咙里咯咯地发出声响。草丛里又开始骚动了。一只，两只……，共五只野猪崽子窜出来了，瘦高得像五条大狗。

小野猪一出来，母野猪就侧转了身子，那粗厚皱皮的长头正朝着我守候的石缝，我开始有些紧张，忙举枪瞄准，打枪三点一线的原理我是知道的,枪举到眼前就傻眼了。猎枪管光秃秃的没有瞄准星，糟糕，就这样凭着方向放枪我是一点把握也没有。要是打不中，野猪向我冲来……我出了一身冷汗,好像裤裆下也热乎乎地湿了。心想，无论如何得躲开它那可怕的獠牙。

我悄悄地移动脚步，沿着石头背绕到野猪的屁股。我越过一块石头,想穿过一道石缝,刚要把头探出去,突然惊雷般炸响似的吼声，“躲开！”把我镇住了，一瞬的反应我本能地“扑通”卧倒。

那野猪也像我一样被这霹雳般的喊声镇了片刻，扭过头拔腿要往草丛跑。

“砰!”接着一声枪响了，野猪叫了一声倒在地上，翻了个滚又站立起来，趔趄几步又摔倒，接着很快又站立起来。这次它不跑了，长嘴端上的鼻翼前后翕动了几下，在搜索着报复的目标，两只血红的眼睛，在微明的清晨里闪着凶残复仇的光。一下箭一般地朝玉米地冲去，原来坎块大叔已经从玉米地里跳了出来。

坎坎大叔迅速将尖刀的空柄往枪筒上套，很快把枪握成刺杀姿势，那动作比小伙子还敏捷。

野猪和坎坎大叔撞在一起了，坎坎大叔敏捷地一晃腿侧身要躲过野猪的正面撞击，来不及，野猪的獠牙“嗞”地一声撕破了坎坎大叔的裤腿，就在这同时，大叔枪端上那把尖刀也深深从野猪的肩胛插了进去。

“欧哞——”野猪一声尖利的惨叫，倒了下去，又拼命地刨着地想站立起来。

小野猪早吓得往野地里跑了，好在这类野畜没有狼的团结，要不事情的发展不知有多可怕。

坎坎大叔也被绊倒了。很快他又重新站立起来，重新抓住那支枪柄狠命地摇动，一会，那野猪嗷嗷地叫了几声，使劲撑了几下腿，再也不动弹了。

坎坎大叔四仰八叉地躺在红薯地里。

我想跑上前去帮大叔一把，可双脚不能动弹，支撑不了身体，软塌塌的。裤裆里又一次热乎乎的，我确信实实在在是尿裤了。

我终于能站立起来，摇摇晃晃地走到坎坎大叔身边。他身下是一摊血。

我忙掀开他撕裂的裤腿，野猪的獠牙像把锋利的尖刀，在他腿上切开一道好深好深的口子，正汩汩淌着血。

我忙把大叔扶着坐了起来，他脸色苍白，看来十分痛苦。

“大叔，你伤了。”我难过得哭了。

“蠢货，男人的眼泪能随便流的吗？打猎的谁没一点伤。”

大叔从网兜里掏出针线来，我以为他要把裤子补一下，想抢过他的针线，他把我的手拍开，说了声：“你不会。”

“我会的。”

他不理我，他把被撕破的裤筒口子撕得更大些。两手在大腿伤口两侧一挤，涌出股鲜血，伤口合上了。他用衣袖把冒出的血浆擦干净，将针一下插到肉里去，像缝衣服似的缝合着伤口，额上、脸上冒出大粒大粒的汗珠，渐汇成无数的小溪流从他尖削的下巴淌了下来。

我不敢往下看，只觉得心里闷得难受。头昏眩得想吐。我恨这野猪，抽出腰间的空柄刀朝那只死野猪猛刺，边刺边骂着脏话解恨。真恨不得一下子把它剁碎。

“别造孽了，等会让你砍得七零八落的，回去还难打理呢，”大叔温和地说，“不过今后要注意，打猎时可不能迎面站着的，子弹这东西长着翅膀。偏了，打不着野兽还可能打着人哩。”他说得很平静，头也不抬，让人听来没有半点责备的感觉。

“躲开！”那声警告又回响在耳边，我看那野猪，子弹打在后腿上。我明白了，由于我的贪生怕死乱移动，大叔为了避免伤了我，错过了最好的射击角度，他只好用肉搏的方式去和这凶残的野兽厮杀。一切是为了我，一切是我造成的，是我害了大叔。

“大叔，是我害了你。”我又流泪了。

“你看是不是，又发蠢发傻了这头痴獐子，难怪你还做不得老子，男人是没有眼泪的，你真是个还没长毛毛的孩子。”大叔又在说笑话了。

说完他一下先喷出笑声来。

“大叔，我背你回家吧。”

只见他的脸不自然地扭曲了一下，一会又强扯开笑容说：“你大叔硬朗着呢，用不着人背，你把枪放在这儿，快回去，天亮了，你又该去当你的‘牛司令’了。”他没等我回答就从我的肩头摘下那支弯柄枪。

“大叔，还是让我把你背回家吧。”我哀求着他。

“不用你，你走！”他大声驱赶着我，是那样严肃，说完把脸扭过一边，看也不看我一眼。一会，他也许感到他的话太不近情理而后悔了。他又像哄孩子似的，温和地对我说：“你要听话，下次打猎大叔还带着你出来，要不，大叔连见也不见你。”

这话真的把我镇住了。从他的口气我多少明白，他是不乐意让我踏进他的家门。

我痛苦又内疚地离开了那片杂树林子

“砰！砰！砰！”

身后间断发出三声枪响。好脆，是空枪，吓得一群往北飞的小鸟叽叽喳喳地调转了头，像在议论着什么。

“发信号？”我脑子闪过这样的猜测，又是个谜，我想回头看个究竟。怕真遇上什么大叔不让我知道的秘密，惹他生气，又失去深山中唯一的朋友。我没有回头，继续向寨子走去。

八

这几天我不知是怎么度过的，把牛赶到这片乱石林后就无事可做。成天望着被杂树林子淹没的小路，多么希望坎坎大叔突然出现。我跑到那块曾狩猎的红薯地里，红薯已经收完，地也翻了，我要寻找的血迹也没有了，我爬到牛蹄峰顶朝这满山遍野的杂树林搜寻，多么想发现林中突然闪出一幢木楼来，然而留给我的只是失望、内疚、后悔和思念。

坎坎大叔又来了，还是那个样子，那么敏捷，那么快乐，我高兴得简直像个小孩子似的跳了起来。是的，根本看不出他遭受过什么难。

他没有丝毫责怪我的意思，说只要我乐意，随时都可以跟他去打猎，直到看见我也能像他一样敢于迎接拼命的野兽。然后他又笑着说：“等你被尿湿的裤子干了再去。”说完他笑了

一天，他从篝火架上把一条鲜嫩油黄的烤兔腿递给我后，就绞着两只手在目不转睛地看我，见我津津有味地撕着兔肉，嚼着脆骨，他那没有睫毛的眼睛泛红了，像在自言自语地说：“要是我有你这么个儿子就好了。”说得那么深沉，完全是从肺腑中迸出的一句话。

我镇住了，这么长的日子来，我简直就像他的儿子一样伴随着他，他无时不像慈父一样在关心我。说句心里话，要是山下老是那么乱糟糟的，我真愿意永远留在这深山老林里，永远留在他的身旁。

“你要不嫌弃我的话，就把我收留下吧。”我动情地说。

他像是在沉睡中突然惊醒似的，瘦削的脸扯起很不自然的微笑，忙说：“我没那福分，开开玩笑；我没那福分，开开玩笑。”

两只五彩的长尾锦鸡在不远的草窝里打斗，叶嗦叶嗦斗得好凶。坎坎大叔迅速往枪筒里灌进铁砂，蹑手蹑脚地摸索着凑过去。他像没有发现这两只锦鸡似的察看着四周。在不远的石头上，站一只花麻麻的母锦鸡，它正斜着头痴呆呆地看着扑打的雄锦鸡，好不自在。

坎坎大叔举起了枪，“砰”的一声枪响，那只花麻麻的母锦鸡扑打着翅膀从崖石上翻滚跌落下来。两只打斗的五彩雄锦鸡吓得飞走了。

“这骚货，”坎坎大叔提起这母锦鸡时愤愤地说，“你不看它在崖上看得多有味，全为了它，谁赢了它就钻谁的窝，揍了它省得那两只结怨、结仇。”

坎坎大叔说这话时是那样的严肃认真，像是对人说话，像是在骂人，骂一个只有他心中才明白的人。我不敢笑，也不敢往下问。

九

秋去冬来，草子落地粮食进仓，野地里的野兽也没个固定的觅食目标了，干枯的小溪是它们夜间出没的地方。

“你要乐意，夜里跟我一块去装铁猫。”坎坎大叔那天在牛场上对我说。

“你在哪儿等我呢？”我问。

“在岔路口，铁猫这东西要装得夜深收得早，来迟了我可不等人啊。”

这天夜里，我走到半路上突然下起雨来，我只好在石崖下找块干地避了一阵子。雨渐渐变小了，变成毛毛细雨。夜雨不停。我想回头，又怕大叔责怪我这么点雨就失约，还是走一遭。

来到路口，大叔显然刚才还在这儿。地上留着一堆还冒着烟的火灰。那堆火灰不小，说明他在这儿等了好久了。

我朝赤黑的夜空叫了几声，没人回答。

我凭着感觉拨开乱草走着，不远，是一片开阔地，小手电光下有一条弯弯曲曲的小路。顺着小路我走到一座树木森森的山峰下，看到前面有点亮光，像颗星星在闪烁。那儿有人家。我向星光走去。

我来到一幢低矮的矮脚板屋。那光是从一只小窗户里透出来的。房前用小腿粗的木头围成个院子，院里是几畦菜地，看不清到底种着什么菜。

“喂，有人在家吗？”我叫了一声，等了一会儿，不见有人应声，也不见人出来。

我朝院门走去，柴门没锁。我推开院门来到矮脚木楼门前。

“喂，有人在家吗？”我大声喊，还用手电筒敲着梯子的木板。

有拨动门闩的声响，我打算上前跟开门人打听一下坎坎大叔是不是住在这儿，这是找人的借口，起码表明我是这一带乡亲的朋友，不管是谁的家我也得进去，我实在冷得受不了了，牙齿直打战。

门开了，我顿时张口结舌。站在我面前的是一位不到二十岁的苗族姑娘，她把一盏小油灯搁在房里的小木凳子上，双手端着一支猎枪。她压低着枪筒指着我的鼻子，右手食指还伸进了扳机里，只有五级的木梯显得那么高，她简直是踏在我的头顶上。这火器里一定装着铅弹，这铅弹随枪响可以一下撂倒五百斤重的大野猪；若是她那小手指只要这么轻轻一扣动扳机，我这柚子般大小的脑袋将成什么样子呢？我不敢往下想，战战兢兢地往后退。

“坎坎大叔是住在这儿吗？”我颤抖地问，希望她能把枪放下，千万别走火。

她没有马上回答，她看了我很久，才冷冰冰地说：“阿爸不在家，你走吧。”她不由分说地要我离开。

我看清楚了，她手上端的正是我熟悉的那支弯柄猎枪。我急急忙忙地自报家门。

“我是插队青年小郭呀，是坎坎大叔约我今夜来装铁猫的。”我把“坎坎大叔约我”几个字说得特别清楚。

她把手指从枪的扳机上移开，可是枪口始终没有移开我的鼻头，就这样也能让我舒了口大气。

“坎坎大叔去哪里了呢？”我开始壮了胆子。

“不是去约你了吗？”

“我来晚了，他先走了。你告诉我他到哪里，我好去找他。”

“你不和他做伴就别去找他了，还不知他在哪一条路上装铁猫呢！踏上了可不是好玩的，你顺着你来的路回去吧。”她说话的口气比先前温和多了，很显然，她不止一次在她父亲那儿听到过我的名字。她也许感到没有多大危险了，就把枪放了下来。

见她收了枪，我的胆子也壮了起来，忙踏上门梯想挤进屋里，外面细雨夹着北风呼呼地吹，我冷得直发抖。

“我的衣服湿透了，让我到火塘去烘烘衣服吧。”她闪开路，我走了进去。

屋里好暖和，我在火塘边把冻硬的手脚烤暖了，把衣服一件件脱了下来挂在烘杠上。

“你是牛蹄寨的吗？”

我抬起头来，她就站在我的对面，油灯放在她身边的长木桌上，火塘的光和灯光把她整个身体烘托出来了，是那么清秀，那么迷人。高山清新的空气竟能养出个这么美丽的姑娘，细嫩洁净的脸庞是那么饱满圆润，两弯清秀的眉毛下一对水灵灵的眼睛毫不掩饰地勇敢地看着我，含着笑，没半点虚伪和傲气，小嘴儿翕动着，像在找合适的话来讲。屋里暖和，她穿得是那么薄，百褶裙上是一件自织的白布衫，是那样得体。

“你怎么知道我们住在这里呢？”她把一碗茶递到我的嘴边，没让我把烘烤的衣服放下。

“是你窗前的灯告诉我。”我回答她的问话，把嘴凑到碗边喝了一大口，茶是甜的，放了蜜。

我望她笑了，她也笑了，有一股气息漾开来。

“你叫什么名字？”我把烘烤的衣服换了一面，大胆地问她。

“蓓耶。”她笑着答，有些得意。

“什么蓓耶，就是苗语的杜鹃花吗？”

她点了点头。

“多好的名字，你跟这花儿正相配哩，明天我要请求坎坎大叔，别把他这杜鹃花一样美丽的姑娘锁在这深山弄里，端出来让人欣赏欣赏才是，好让……”

“不，不！”她焦急地打断了我的话，“你什么也莫要告诉他！”在她的嗓音里突然出现了惊惧的颤音。

“为什么？他想让这么美丽的花儿在这深山沟里悄悄枯死凋谢吗？”

“不，不！”她惊恐得要流出泪来，“阿爸警告过我，无论什么人也不能让他进到这屋子里来……要是他知道我让你进到木楼里来，他会杀死我，然后他也去死。”

“那么你为什么让我进来呢？”

她那闪亮的大眼睛像是含着泪，她在使劲地咬着嘴唇。

“你阿爸不是很爱你吗？”

她点了点头。

“那你还担心什么，他也很爱我，还想要我做他的儿子。”

“可惜你不是苗族，”她说着把头深深地埋了下去，十分动情地细声说，“阿爸要是同意的话早让你到我们家来了。那天他叫我给你准备一席好菜，我以为他会把你叫来，我打心眼里想认识你，可是后来他还是把菜全包了出去。”停了停又说：“那天他让野猪撞伤了，他说你想把他背回来，他硬是不让你背，最后还打了枪叫我去。”

“这么说坎坎大叔还不喜欢我是吗？”

“不！”她说了这么一个字，把头扭到一边去了。

我看她十分为难的样子，心里也十分难过。我知道坎坎大叔是个难以捉摸的人，要是他真那么坚定地拒绝我进他的门，事情一暴露将是不堪设想的。我连忙站了起来。

“那么我得赶快离开，要是真让他遇上了我在这儿，事情也许会变得糟糕透了。”

“不，他不会这么早就回来的，”她把头扭了过来，眼泪正流湿她的面颊，她不愿意我马上离开她，在极力挽留我，“阿爸要收完铁猫天快亮时才能回来。”

这是个多么可怜的姑娘，像她这样的年纪，那颗心能关得住么，她心里不知多么盼望着能接触一下小伙子们姑娘们，可是她被囚禁在这深山里，连见外人的机会也没有。

我们在火塘边相对坐着，默默地坐着。她把我的衣服从烘杠上取下来，又把我手上的衣服接过去，默默地烘烤。衣服全烤干了，她叫我把鞋子也脱给她。这是一双解放鞋，我又是个臭汗脚，没敢脱。她跪在地板上硬是帮我把鞋从脚上脱了下来，一股臭气一下熏得我头都发昏了，可她只是咧着嘴在笑，她细心地烘烤着，烘干了面，又手翻着里子烘。

鞋子干了，她不让我插手又轻轻地套上我的脚掌，那么温存。我直想伸过手去一把将她抱在怀里，她似乎也感受到我的热血在沸腾，抬起头来看我。她的眼睛是燃烧着的火焰。我感到心中的干柴要着火了，慌忙地闭上了眼睛。

我们还是相对无言地坐着，屋外的鸡报晓了，我一下站了起来，似乎看到坎坎大叔就出现在门前，正用那双凶狠的目光看着我。

外面还在下着毛毛细雨。我说我要走了。蓓耶也缓缓地站了起来。

“能借给我一顶草帽吗？”我问。

“不能，这屋里的每一样东西阿爸心中都是有数的。”

说完她忙跑进她的房间里，摸黑在翻什么东西。一会她给我拿来一块火红的塑料布，折有方正的棱角，分明是从包里拿给我的。

她把我送到门口时才把塑料布递给我，她的手在颤抖，她的声音也在颤抖：

“阿哥，你明天还能来吗？”她快要哭了。

“你不害怕吗？”我心里也难受，不敢正眼看她。

她点了点头，继而把头仰了起来，把头坚定地摇了一摇，从身后抽出一个小包包。

“这是酸鱼，听阿爸说你最爱吃。”说完把我猛地推出门外，门“砰”的一下关上了，接着是清脆有力的闩门声，我好像听到门后面一下喷出哭声来。

黑夜又包围了我，细雨簌簌地下，我走出了院子，走进了草丛，回头看，那明亮的窗口像一双火红的眼睛在燃烧。

十

天呀，天下真有这一见钟情一见如故一见无法分离的事吗？孤独的人感情是那么的脆弱，就那么短暂的一夜，我也竟然到了如痴如醉地爱着她的地步。哪怕身后潜伏着杀身之险，狂热的感情驱使着我不顾一切地铤而走险。

第二夜拍打这扇门时，我的心是那样怦怦地狂跳。不敢像第一天晚上那么理直气壮地高声叫喊。

我蹑手蹑脚地轻轻敲了一下，蓓耶好像早就候在门后面了。

“是您吗？阿爸。”

没等我回答门已经大开了，还是端着那支弯柄猎枪，不过她满面是甜蜜的笑。

她没有把我让进屋里就扯着我往外走。边走边说：“走，我带你到一个地方去，阿爸叫我不让人进到家里来，他总不能不让我在半路上碰到人吧！”

说着她背着枪领在前头，径直走进黑黝黝一片乱石林里。

她为我们安顿了一个极好的约会地点，是我放牛的乱石林延伸过来的石林子。这儿的石头有两层楼那么高，四壁合围，东西有通道，中间是块半个篮球场大小的坪地。杂树和艾蒿被铲平了，杂树根也被挖了起来，右边石下有块凹下去的斜洞，地面铺着软绒绒的茅草，散着清新甜润的香气，显然是她细心选择和刚刚修整过。

“阿哥，我们都回去睡觉吧，以后阿爸出门我就到这儿来和你玩，”她指了指东西的通道，“呐，顺着这个石缝走不远就可以到你放牛的地方。”

我爬上左边那块石头顶上辨认着方向：沿着这片乱石林往东，用不了十分钟就可以走到牛蹄峰；往西，坎坎大叔的家就在不远的山崖背后，被一片不引人注目的杂树林淹没了。原来是这么近。

我从崖上跳下来，一把将蓓耶抓住，这是个多么大胆、多么细心、多么聪明的姑娘！就凭这一对双眼皮下明亮的大眼，就能看到她是个多么有智慧的姑娘，漂亮和聪明往往总是那么统一，眼灵心巧，心灵手巧，一点也不假。

“阿哥，今天我很累了，要回去早些儿睡觉。”这样大一个场地她悄悄地修整好，能不累吗？我一刻也不愿意勉强她留下，便松开了她。她接着说：“你每天放了牛就到这里来打一转，我在这里等你。如果不见我来，准是给阿爸带酒菜去找你喝了，你得赶快回到草坪上去，要不，阿爸会起疑心的。”她的话说得那么深情，那么在理，就是让人离开心里也是那么舒坦。她叫我阿哥，对于这般使人神魂颠倒的时刻，她是那么平静，简直是一位大姐在告诫小弟弟。

她又塞给我一团东西，是柔软的，凭手感就能猜到那是一团长白香糯饭。她走了。我在茅草垫上坐下来，打开饭团大口地啃起来，是甜的，是浸过蜂蜜的。

十一

二十五岁的我开始尝到初恋的滋味了。啊，一切来得是这样突然，这样使人不能平静。

我们玩得是多么愉快，每天她都带上那支猎枪和绣花的活儿到这里来等我。

她告诉我，她和坎坎大叔的衣服，从种棉、纺纱、织布、染布和蜡染全是她一手包了的，她正为我绣一套苗族衣服的花边。

她喜欢唱山歌，唱得是那么美，她的嗓子比百灵鸟还清脆，我测试过她的音域，她的音域宽得惊人，随随便便就吼出三四个八度。我曾经这么想：有这么宽的音域，这么甜美的声音，要是有条件，让音乐老师教教，准能成为一名出色的民族唱法歌唱家。可是被埋没在这深山里，有谁来发现她呢？有谁来培养她呢？

别说有什么好的条件培养她，她被关在这样封闭的环境里，这么个二十岁的姑娘，连钞票的面额也不能搞清楚，她的想象翅膀完全张开，也飞不出山里流传的民间故事之外。她有时提出一些问题来，真叫人哭笑不得。

一次，我对她说，要把我在山里的生活情况写封信告诉我的父母，她睁大着眼睛十分诧异地问："你把字写在纸上，你的阿爸阿妈在老远，他们怎么知道呢？"

"我把信寄回去，父母看了不就知道了吗？"我说。

"哪个帮你带回去呢？"

"邮局。"

"邮局是干什么的？"

就这么个常识她也没有，什么火车、飞机、轮船、火箭、登月……对于她完全是空白的世界。

我一把抢过她的绣工活扔到地上，我气恼地说："明天开始不许你拿这些东西来了，我要从头给你上课，我可不能讨个拿一字当扁担扛的睁眼瞎子。”

她哭了，跑了。她是个性格倔强的姑娘。她一走，我的心又掉到冰洞里去了。

第二天，她还是又来了，为了挑起她的兴趣给她上课，我把我的小人书拿给她看，她一看就着了迷，像个咿呀学语的小孩，要我一页一页地讲给她听。

“这本是《地雷战》，地雷就是你阿爸猎枪用的那种火药，用它装到铁球里，装上像你阿爸猎枪用的火引子一样的东西，拉着火时，爆炸了，这个铁球就碎了，飞起来就可以杀死敌人。”对于她，你非得这样解释不可，要不，她一点儿也听不懂。

后来我真为她想了个捷径，因为我在一个偶然的机会发现她有惊人的记忆力。我试着把拼音字母教给她，只花两天，她连韵母表也能背得溜溜熟。这使我非常惊奇。

我把仅有的一本《新华字典》给了她，告诉她如何去识字。第二天一来，她居然能一下念了半本生字。不知是她的智力商数特别高呢，还是她是一口干枯了的池塘，只要得到水的流入，一滴也不让泄漏出去。

我又送给一本分省地图，把我们所在位置指给她看，她简直是着了迷。

“外面真是好大好大吗？”她疑惑地问。

她最远到过六十里外的三防镇，还是今年三月三坎坎大叔带着她去的，去赶歌圩找小伙子的。第一次赶歌圩还不知道怎么追小伙子买糖，怎么回小伙子的问话。她住的地方孤零零的连个女伴也没有，谁告诉她怎么才讨得小伙子欢心呢？她在歌圩上失败了，连一个小伙子也没搭上。回来的路上她难过得哭了，坎坎大叔也哭了。

“外面大呢！你看，下面这个小尺子，”我指着比例尺，“这一小格是一百公里，再一小格，就是两百里，我从这里回柳州扯直是两个这样长，是四百里，走路坐车是走弯路，就有六百多里。”

她听明白了，在地图上比比画画得那么认真，比她绣花还细心。

再接下来，她不但神奇般地能读了好多地名，她还很得意地说：

“从我们长白山坐飞机到北京是不是两千公里？”

我一下转不过弯来问：“长白山哪来飞机呢？”

她笑了。她说：“不是你告诉我的吗？飞机是直线的，人家在打比方嘛。”

那天临分手时，她又问我：

“你不是说还有本世界地图册吗？把它送给我吧。”

十二

“你的阿妈呢？”有一天我这样问。

“让人拐走了。”她愤愤地说。

“又不是孩子，谁能把她拐了呢？怕是死了，或是……”

“不，是让人拐走了的。”

“谁还敢拐人？”

“山下的人。”

“为什么把她拐走了呢？怕是她自愿的。”

“……”

她告诉我，听她阿爸讲，有一年山下好多人饿死了，有一个饿得软塌塌的人到山上来求她阿爸，她阿爸和阿妈收留了他。住了几个月，那个人走了，把她阿妈也拐走了。

老大个人，能随便让人拐走吗？我想起那天坎坎大叔打那只母锦鸡的情景，他好像已经告诉了我些什么。

“有头有手有脚的人能随便拐了跑的吗？何况她是个大人，还能叫呢！”我不相信她说的话。

她气得要哭了：“是拐的，是拐的！是把我妈捆起来堵了嘴巴装到麻袋里扛下山去的。”

“所以坎坎大叔给你准备了一支枪，怕你也给山下的人拐跑了是不是？”

她默认地点了点头。

“如有人也把你拐下山呢？”

“敢！”她端起身边的枪，“我一枪要打开他的脑壳子。”

“如果是我把你拐走呢？”我逗她。

她一下愣住了，端量我说的话是真还是假，我一点儿也没笑，让她分不清真假。突然她脸上一阵绯红，一下扑到我的身上来，把我紧紧地搂住，脸颊滚烫滚烫地贴在我的脸上，喃喃地说：“这不是拐，不是拐，我愿跟你走，阿哥！”

十三

我对坎坎大叔失去了诚实，像演戏一样，每次与他的会面和狩猎总是那么心虚地支支吾吾搪塞，我害怕正眼看他那没有睫毛的眼睛，害怕藏在心里的秘密让他一眼看穿。

“你最近好像有什么心事？”

他终于怀疑我有事隐瞒他了，他皱起了眉头，凝视着眼睛，仔细观察我面容上每根跳动的神经，像搜索野兽的踪迹，我心慌意乱，在暗暗战栗。我不敢抬头，我惊慌地分辩：

“没有，没有，什么心事也没有。”

坎坎大叔并没有穷追不舍。他走了，我在为我那神不守舍的窘态后悔。我为什么不会撒个谎呢？随便说家里有些不愉快的事也行呀。

我还是像贼似的偷偷地到了那块熟悉而隐蔽的地方，山野一片宁静，只有石丛中这块小天地不知容纳我们的多少热情。我们的足迹已经把曾经是杂草灌木丛生的地方踏成了个小舞台，石崖下垫着厚厚的茅草已经让我们压实了。

蓓耶在为我绣一只锦袋，她要把我打扮成十足的苗家小伙子。她渴望新的知识，也舍不得丢开手头的刺绣活。她说，不懂绣花描草的算不得苗族姑娘。

“今天该教我三位数除法了吧！”她提醒我。

“嘿，”我应了一声，接着马上又改口说，“不，我们今天要好好商量一件事。”这样躲躲闪闪的恋爱方式使我实在受不了，我想马上改变这种方式。

“什么事？”她把绣花针别在锦带上，抬起头来，似乎感受到我要提的问题的严肃性。

“我们把事情全都告诉坎坎大叔吧，你来说服他，我想他会同意的，他爱你，也爱我。”我吞吞吐吐地把我的想法说了出来。

她的脸吓得苍白，像她脖子上那五环项圈一样。我握着她那蓝靛浸染的双手，是那么冰冷，水灵灵的眼睛一下混浊了，流下了两串泪珠来，她好像发疟疾似的直哆嗦。

“阿哥，你还不真正了解我阿爸，莫要看他表面上是个好开通的人，实际上他一辈子就守着那些什么‘苗人不下山’‘鸡不伴鸭配’的老话。要是让他知道我们相好，他会像山猪一样突然发怒的。谁能想得出来他会干出什么事呢？”说完她呜呜地哭起来。

我安慰着她，把她紧紧地搂在怀里，她不哭了，我们谁也不说话，她把头侧着紧紧靠着我的胸脯，像在听我的心跳。

我拿起她给我绣的锦带看，那图案真美，是鲜花簇拥着一对对嘴的锦鸡。她正给锦鸡绣眼睛，看样子她是想今天就把它绣完交给我。我说不上我有多么喜欢她。

我说：“过了年就要到三月三了，要是三月三的歌圩上你让人挑走了……”我的喉咙哽咽地堵塞了，我既担心坎坎大叔突然发现了我们的秘密干出傻事来，更担心我心爱的蓓耶一下投到别人的怀抱里。

她的脸一下又泛红了，她把我搂得紧紧的，好大的劲，压得我的骨头发痛，痛快的痛。她把头凑到我的耳根上，用温热颤抖的声音说：“你就担心这个呀？我要像今年三月三这样，傻乎乎地去傻乎乎地回。”说完她自个笑了，像在嘲笑，像在苦笑。

我沉默着，我相信她的话，却预测不了迎接在我们前头的到底是什么样的结局。

“你怎么还不相信我呀！”她焦躁地喊叫起来，把她的衣服全都散开来，那洁白的胸脯一下全暴露在我的眼前，鲜红的乳峰，白净的乳房，深深的乳沟，大理石般平滑的皮肤，还有那散发着的诱人气息一下挑起我的欲火。她粗野地拉起我的双手冲撞她的胸脯，眼里流着泪号叫着：“你撕呀，你撕呀，把我的皮肉撕开，把我的心掏出来，看看还有哪一滴血不是为你流的！”说完又呜呜地哭了起来。

我把她搂在怀里，轻轻地抚摸着她，她把我溶化了，她闭上了眼睛期待着那一刻温存的到来。

我心中晃过一道光，出奇地冷静下来。我轻轻地推开她，我告诉她，我的处境十分窘迫，虽然我没有敌人，却有人在时时刻刻窥视着我的每一个举动，我每个出格行为都可以让人推理，弄出一大堆罪名来。哪怕是一点小错，都会有人置我于死地。我请求她的体谅。

她听懂了，完全听懂了，那是一盆泼在燃烧感情上的冰水，她咬着牙颤抖着，极力控制奔放的感情，火渐渐熄灭了，她放开了我，我们又默默地相对坐着。

“阿哥，我给你唱支歌好吗？”蓓耶显然在清理我心中这堆乱麻，每当我心烦意乱时她总是这样将我从烦恼中解脱。

我点了点头，她清了清嗓子盯着锦带上那对锦鸡低声唱起来：

达麻优育呼呼努，
串麻捋捋麻麻哟；

卓苏朱比非努努，
扎西度柳麻皇都。

歌声是那么优雅动听而一反平日苗歌那散漫的格式，不但有着起伏的节奏，而且有着极甜的韵味。而且还少了平时那“低啊（阿哥）”“热啊（阿妹）”的呼唤声，一下挑起我的兴趣。

“你唱的是什么意思？”我不理解这歌中的苗语含义。

“什么！不是你教给我的吗？”她诡秘地向我一笑。

“我教你？乱讲！”我这可怜的三句两句连接不起的苗族语言还能教人唱苗歌吗？

“你才乱讲呢。”

接着她用普通话吟起一首唐诗来，是那样有韵味，那样有感情，是那样熟悉：

天街小雨润如酥，
草色遥看近却无。
最是一年春好处，
绝胜烟柳满皇都。

呵，是的，是我教给她的我喜爱的一首韩愈的《早春》。经她一变，我感到陌生了，也许她让诗容纳了让人一时无法理解的含义。

十四

坎坎大叔为我准备了一席带血的生肉宴。他呷着酒劝我把生肉吞到肚里，一股腥味掀翻着我的肠胃，我直想呕。他递过竹筒要我灌酒，酒能把腥味压下去，也压进了惶惶不安的心悸。

又一群越冬的云雀慌慌张张地飞过头顶，叽叽喳喳像在咒骂，像在抱怨，像在哭泣。

坎坎大叔仰起阴沉的脸，发红的眼球闪着让人无法捉摸的光。“你这是第几代了，还在记仇啊，就是让你落下脚，也不见得能有几只活着飞走的，何必呢？”坎坎大叔像在自言自语，又像是话中有所指。

这话使我心中不觉打了个寒噤，自这铺地宴席一打开我的心就不得安宁过，他老盯着我的眼睛，像是要通过这两只窗口看清我的五脏六腑。

“我想跟你一起到牛场里面看看。”坎坎大叔像是很随便地跟我说。

我的心里一紧，似乎脸上的肌肉也猛地抽动了一下。

“走！”他不由我答应与否，就背上他那支粗筒猎枪自个儿走在前头。

我也跟着走了，是不由自主的，把生肉宴撂在草坪上。

我们默默地拨开灌木杂草，在乱石丛中走着。坎坎大叔一个劲地朝着使我胆战心惊的地方——我和蓓耶幽会的小天地走去。

天空上落下几滴小雨。

“坎坎大叔，我们去找个地方避避雨吧。”我嗫嚅道。

他没有回头，像是根本就没听见，还是一直往前走，拨开那片杂树林子。

我想回头逃走，却没有这股勇气。大叔的枪子准得很呢，何况还有那拇指般大小的铅弹。

面对着他那燃烧着怒火的眼睛，我战战兢兢地站在我和蓓耶开垦的这块小乐园，往日这儿容纳着我们多少欢乐，今天迎接着我的将是什么结局，我的头脑昏糊，不敢往下去想。

“老实告诉我，这是怎么回事？”坎坎大叔怒吼着质问我。他的眼里冒着火，他整个人就是一团火。

我的手脚冰冷，额上渗出大滴大滴的汗珠。

“说呀，这到底是怎么回事？”那粗筒猎枪只是那么轻轻一晃，便横端在他的手上，枪口对着我的胸脯。他的黑脸涨红了，像迸出全身的力气吐出两个字：

“快说！”

事情全都暴露了，面对着这乌黑的枪口，我反而不知道害怕了。我在担心蓓耶她，坎坎大叔如何对待她呢？我像那头野猪似的发疯了，我咆哮起来：

“我没有占到她的便宜！”我大声叫着，四周发出嗡嗡嗡的声响，把声音反弹了回来。“是你的错！完全是你的错！”我用很快的速度说话，像是要在他勾动扳机的那一刹那把所有的话全部说完。“你不该把她死死地关在小屋里，她比不上一只小鸟，她的翅膀是你剪掉了的，她聪明，她比世界上所有的姑娘都聪明，她应该得到很好的教育，是你害了她！你不能再害她了。我喜欢她，我爱她，我……”

“住口！”他只简单地说了两个字，眼里的火焰开始有些暗，枪依然端在他的手中，指着我的胸脯。

我咽了口唾液接着说：“你一点也不爱她，你在害她！我知道你对我好过，就因为我不是苗族，你一直把我当贼一样提防。谁知你关得了木楼门却关不了蓓耶的心！”

他把枪放下了，我也为我的一番话激动着，我看着呆若木鸡的他，便向前迈了一步。

“坎坎大叔。”我叫了一声想扑到他的怀里去。

“站住！”他像被惊醒似的一震，大声吼道。那支粗筒枪又重新端了起来。

我们又相持地站着，互相注视着对方的眼睛。

“贼，你是个会偷人心的贼！”他又愤愤地说，“我再也不愿意见到你了，你给我滚，今天就给我滚下山去，滚回你的柳州去。要是我再见到你，不等你这张会骗人的臭嘴打开，我就把你打死！”

“坎坎大叔……”

“谁是你的大叔！”他打断了我的话，声音在颤抖，眼里噙着泪花。他把腮帮子咬得紧紧的，咬出骨棱子来。

“滚！”他坚定地说，“现在就闭上你的臭嘴，你要再开口我立即就开枪！”

这石围子的气氛又紧邦邦地挤压着人。坎坎大叔是个讲得到做得到的人，我不敢再说话了，我转身走出乱石林子，回过头。那支粗筒枪还指在我的背脊上。我仰起头来看看这儿的天，浑浑浊浊的厚云还在往下泼洒着毛毛细雨。太阳隔在云层上面，透不到地面来。

“滚!”坎坎大叔用枪筒轻轻地推了我一下，说，“今晚你必须离开牛蹄寨，到公社，等明天的早班车。”

坎坎大叔把枪背到肩头，像押解一名罪犯似的把我押到寨里。在地里干活的人在跟我打招呼，谁能想象得到坎坎大叔是在押送我呢？谁不知道我们的情谊如同父子！

我背上五年前进山来的行李，看了一眼半屋子已经干爽了的圆木，带上没有锁的木门，把竹梆子挂在门钉上，踏上了下山的路，坎坎大叔一直把我押送到公社前面的坳口，他站住了，他在看着我，一直看着我钻进那满是牛屎的泥泞小街。我偷眼回头看，他还站在坳口上直到天黑。

十五

第二天一早我就乘上了班车，离开了这给过我痛苦，也给过我幸福的山弄。

一路上，开汽车的络腮胡子司机不时从他装在驾驶台上的后视镜看我。我不认识他，我只管自个儿想我的心事。

天黑时汽车才到柳州。别人都匆匆忙忙地下了车，我却没精打采地站了起来。插队多年来，每次倒流回到城里心中都有说不出的一番激动和兴奋，看着车窗外哪怕只有一块砖头的变化也会使我感到那么新鲜。我也知道明天查户口时又会把我赶出去，但这样的激动也没打消过。这次，我几乎消沉得像扔在车里的一块石头，又像是来这城里给一位十分友好的朋友送葬似的。

“你停一停。”那位络腮胡子司机叫住我。他对我说：“后生仔，把你车上的木箱取下来。”

我的行李随身带着，放在我的座位下面。我顺手从座位下拉起我那包早让后面的人踏满脚印的包，强打起精神对他说：“师傅，你搞错了，我的行李全在这里。”

“没错，你拿下来就知道了。”说着他递给我一张运行李的发票。

“不，不是我的。”我没伸手去接，只是在那长栏格子发票上瞄了一眼。

“是你的没错，是一位苗族老爹今早托运的，要我到了柳州交给你。”

苗族老爹？坎坎大叔？我的心蹦地又急速地跳动起来。

我爬上了车顶，是一个杉木板临时钉起的木箱，好沉，大约有七八十斤，上面用木炭写着我的名字，是我熟悉的笔迹，蓓耶写的。

我好不容易才把木箱从车顶上扛下来。司机笑着，显然是为他出色地完成一件任务在欢欣。他手里捧着一大纸包肉干，我明白是怎么回事了。

到了家，第一件事就是把这只木箱打开，是一箱肉干，有野猪，有兔子，有……还有那块我曾经用它深夜遮雨的红塑料布，包着一包东西。我忙打开一看，是一套绣工精美的苗族服装，衣裤中间夹着那只我熟悉的锦袋。我的眼前一阵发黑。

许久我才敢把锦袋展在眼前看，锦袋面上对嘴的锦鸡眼睛还没绣好，眼圈的圆孔闪出寒光，让人看了伤心！锦袋中藏着一封没信袋的信，是我送给蓓耶的作业本上扯下的纸写的，是用我那支黑色圆珠笔写的：

郭辉阿哥：

阿爸说他今晚把你赶跑了,他没有说完就先哭了,我也哭了。阿爸要我给你写封信，我从来没写过信，不知道怎么写。我只知道你走了把我的心也带走了。可是长白山没走,我也得留下来。阿哥啊，我是一副长白山的水碓呀，顾得碓头舂米顾不得碓尾装水呀。不知哪天不用它舂米我才放得平。等得水碓不舂米时我也老了，也赶不得三月三了。忘了我吧阿哥!

蓓耶

水碓“吱——嘎——咚！”又在撞击我的心，像一下把我舂到碓臼里。一九七九年，我是最后一批安排回城的，我又悄悄地回到牛蹄寨办理手续，回到我的小木屋，队长告诉我，坎坎大叔和他的女儿把我屋里的木头锯成木板，要我请架拖拉机把它拉走。我急忙沿着我们曾经幽会的石丛小路，穿过长满灌木和艾蒿的小天地，来到了坎坎大叔和蓓耶的木楼前，木楼已经倒塌，木柱上长着野香菇和木耳，主人不知早已迁到什么地方去了，只留给我一个梦幻。

原载于1995年《漓江》春季号·秋季号合刊

温存超

温存超

1952年7月生。广西河池市宜州区怀远镇人，河池学院文学与传媒学院教授、广西高校教学名师、广西著名文学评论家。毕业于广西民族学院（今广西民族大学）汉语言文学专业，先后进修于华东师范大学文艺学骨干教师进修班、广西师范大学中国现当代文学研究学者班、国家教育行政学院高校中青年干部培训班。历任河池师范高等专科学校（今河池学院）附属中学校长、河池师范高等专科学校副校长、河池学院教务处处长等职。为广西作家协会会员、广西文艺理论家协会理事、河池市文艺理论家协会名誉主席、广西先进文化发展促进会副会长。出版有学术专著和文学作品集共6部；主编著作和教材5部；发表学术论文100余篇、文学作品100余万字。先后获广西文艺评论奖、广西自治区级教学成果奖、河池市首届刘三姐文学艺术奖等奖项。

灯　火

灯 火

1

“欢迎光临。”茶子一手拿瓶，一手端杯，嘴角挂着一丝模糊的微笑，“借花献佛，我走一圈，各敬大家两杯。”

茶子一口气干了二十杯宋河粮液，那股英豪之气咄咄逼人不可一世，弄得在座的十个男人瞪大了双眼咋舌不已。乘着那些男人们互相打趣调侃的机会，茶子灵活地一转身，轻轻地带上包间板门，将那一股股污言秽语和浪笑的波涛阻在房内，淹没那些失态的男人。

几个姐妹一溜儿背靠包间，在长廊下亭亭玉立。

那个扁圆形的酒瓶被扔在脚下，茶子长长地嘘了一口气，朝菊英眨眨眼睛，狡黠地一笑。茶子其实只喝了一杯货真价实的宋河，其余的都是白开水，倒自她脚下的那只瓶子。

茶子是服务员，她本无须陪酒，陪酒是小姐们的事情。红杏酒家有专门陪酒伴唱的小姐，名声外传，有的客人戏称之为“职业杀手”。那喝酒的狠劲儿，那明送秋波的功夫，足以使那些寻花问柳的大款们心甘情愿地往外掏钱。

茶子只是偶尔陪几杯酒。有时是小姐们不在，老板招架不住的时候，就请茶子出来与那些难缠的酒徒周旋，但那是有条件的，得加工钱。茶子需要钱，没有钱她回不了家。村里人都以为茶子到广东打工，没想到她在邻近县城，还进了酒楼。这事情当然不能让村里的父老乡亲们晓得，一旦晓得就不得了，人们就会用那种鄙夷的眼光看她。村里人不懂得酒楼里有服务员和小姐之分，他们认定好女子不进酒楼，进酒楼的必定是坏女人。快过年了，茶子要回家，得买东西，得装出从广东打工赚了大把钱衣锦还乡的样子。

今晚老板没有要求茶子劝酒，茶子自己主动与客人干杯。茶子今晚有事，想早点下班。偏偏她管的包间有客人吃饭，得等到客人结账离去，才能收拾碗筷，擦桌子扫地。茶子心里有些发急，这些客人又好难侍候，看样子不喝到十一二点不会散场。茶子实在厌烦，想了想，便主动出击，得让他们当中一两个人尽快喝醉，茶子才好早点下班。

127-654678，茶子飞快地拨了一个叩机（寻呼机，音译）号码，乘老板娘离开柜台的时候。那个吝啬的女人尖刻得很，从不轻易让服务员打电话，来了电话找人也不轻易让接，除非她认定你有可能为酒楼拉来客人，那才是一副堆满假笑的面孔。

“哟——约人啊？好威的号码——4678——四路齐发。你这情哥不是有钱就是有权，一般人是拿不到这个好号码的噢。”

满妹把一张粉脸挨过来，茶子闻到了一股难以说清的混合味道，她往一旁让了让，没有吱声。

“给我引见引见呀，你大鱼大肉的捞足了，分点汤水给阿姐喝喝也好嘛。”满妹的脸如大火烧山，说话的声音已经有些含糊不清。

“一个亲戚，公安局刑侦队长。怎么样？你真的想认识吗？”茶子白了满妹一眼，没好声气地塞了一句。

“你莫吓我，腰里别枪的人姐姐我也碰过几个，我手一摸那皮带扣，那半斤铁保准就自动卸下来……”满妹的浪笑声让茶子听了头皮发麻。

“吵什么？该干什么干什么去！”不知什么时候，老板娘已回到柜台前面。

满妹伸了舌头，扮个鬼脸，摇摇晃晃往大厅里走，没走几步，便让一个男人拉进了一个包间。菊英眼皮不抬，一伸手拉实了包间门。

“恶心！”不知是冲着老板娘还是冲着满妹，茶子吐了泡口水，没有找盂，就吐在地毯上，脚尖一碾，留下一团湿印。看到菊英皱起眉头，茶子说：“你莫管，坏了老板会换，旧的不去，新的不来，他有的是钱。想想他怎样对我们，你就犯不上为他心疼。”

“4678”没有复机，不知是出差外地，还是身处某个特殊的场合有所不便。

茶子就一直站在包间外面，用心等待。大厅里传来的卡拉OK声，包间里透出的猜拳打码声，满妹们令人心颤的嬉笑声，都没有能妨碍茶子的等待，分散不了她的注意力。

电话铃始终没有响起。

菊英打趣说：“茶子想表哥想得痴了。”

茶子没有注意听菊英的话，随口“嗯”了一声，旁边的姐妹们开心地大笑起来，茶子感到莫名其妙。

2

早上七点起床，侍候早茶。十点扒一碗饭，然后工作，点火上菜开瓶倒酒。运气好，客人中午一点钟离去；运气不好，就一直拖到下午。下午四点又得上岗，有时要站到深夜一两点钟，捡桌扫地，换上干净的桌布和碗筷。回到窄如鸽子笼的小屋，全身像散了架，一头倒下去再也不想起来。茶子们周而复始地劳作，如同机器。

老板希望天天高朋满座，茶子希望自己守的包间不来人。客人来得多时，茶子们苦不堪言，老板好言好语左一个“辛苦诸位”，右一个“合作愉快”。酒楼冷清时，老板一脸冰霜，动辄大声训斥，酒楼也并非清静。

茶子运气不好。客人们多喜欢进红杏包间，红杏包间的音响好又比较宽敞。抓阄的时候，茶子在心里祷告了十几遍可别拈着红杏，结果却偏偏拈着了红杏包间，以至于其他服务员闲空的时候，茶子仍忙得像个团团转的陀螺。

茶子有时候真想不通，这座小小的县城酒楼少说也有二三十家，怎么就天天有人包间定桌？

茶子扳着手指头，计算着回家的日子。

春节快要到了，茶子愈发想家。但说实话，茶子虽然想家，却也并不愿意待在村里。茶子不愿意像父母那样一辈子在山上的乱石缝里挖坎点黄豆、种玉米。村里的年轻人十有八九向往城里的灯火辉煌，有几个愿意伴山中的冷月秋风？然而，茶子也不想再在酒楼里待下去，她想另寻一份工作，在年前找好年后的去处。

茶子牢牢记住了那个号码，茶子也只拥有这个号码。她不像满妹们那样在众多的叩机和电话之间游弋，而且能把时间错开得那样好，用甜言蜜语把谎话包装得天衣无缝又芳香醉人。

茶子记牢这个号码，不仅因为它的谐音，还因为他与自己是同乡。那天，茶子无意中认下了这个表哥。

“你是地良人吗？”他问茶子，抠住了茶子话中一个至今未能改变的乡音字眼。

茶子当然否认。但后来在包间外面，他再问起的时候，茶子默认了。他说得出茶子读中学的校名，他说他那时上高三，茶子上初一，那是一所乡下的中学。那时茶子还是个扎一条马尾巴的黄毛丫头。

他说得有根有据，说得茶子不好意思。

“讲起来我们或许还算亲戚。我表姐就嫁在你们地良，姐夫姓蓝。”

茶子想了想，还真有那么回事，便点点头。

后来他又来了几次，请的都是很有头脸的人物，定的都是红杏包间。他总是事先与茶子打好招呼。于是，茶子便玩出许多花样来，要么往他面前倒上一杯矿泉水，他必声明他不喝有色饮料；要么茶子就三番两次地换掉他面前偷偷吐进了白酒的饮料，说是掉进了虫子；要么茶子在倒酒时就变魔法般地交换瓶子，亦真亦假，让那些客人喝得心满意足，又让他能脸色微红始终不醉保持翩翩风度。每当酒至半酣，唤到小姐进包间的时候，他便寻机退出来，在长廊和大厅里与茶子她们这些服务员说话。他很细心，话语间往往表现出对“茶子们”的同情和关心；他很会说话，妙语连珠，逗得茶子和菊英笑得前俯后仰。

“表哥这张嘴，鸟也哄得下树。”菊英说。

“在外面混世界，身不由己。我过去可是个老实巴交的木蔸，在学校时说不出半句笑话来。不信啊？你问问茶子。”他说。

茶子点点头。其实茶子并没有什么印象，但茶子相信他的话是真的。

有时，他也陪客人到大厅唱歌。茶子知道他喜欢唱《北国之春》：“残雪消融，溪流淙淙，独木桥自横……家兄酷似老父亲，一对沉默寡言人，可曾闲来愁沽酒，偶尔相对饮几盅……”他唱得不是很好，但却很投入，在柔和的彩灯下，他的眼睛似乎有泪光闪烁。茶子听着，也就进入歌的意境，想到家乡的双亲，想到村头流水淙淙的小溪和古老的水车。

只是茶子不能在大厅里待太久，老板有规定，在包间工作的服务员无事不能进大厅，大厅有大厅的服务员，专门负责报歌名上小吃。其他服务有“小甜菜”。

“小甜菜”是记账时用的名称。茶子却称之为“候鸟”。“候鸟”也是小姐，这类小姐是临时的，没有固定的服务地点，在各个酒楼歌厅间飞来飞去，一个电话招之即来，没有生意便自行离去另寻塘口。“候鸟”这名字是茶子的发明，很贴切很形象。

“鬼灵精，亏你想得出来。”表哥说，“茶子，你不该待在酒楼里，你应该出去做点别的事情，那才不埋没你。”

茶子抓住了这个机会，说：“你给我介绍一份工作吧。”

他答应了，并且在一张餐巾纸上写下他的叩机号。茶子当时想，为何不给一张他的名片呢？他身上应该是带有名片的。然而，茶子已经很高兴了，小心翼翼地折起那张纸条，别进袜筒里，牢记在心上。

茶子等待复机，等待他的出现。这种等待，让茶子度时如月、度日如年。

3

“表哥下午来过，又走了。”菊英说。她从床头的纸盒里拿出四只发卡，这是他送的，茶子和菊英每人两只，但说了让茶子先挑选。

四只发卡四种样式，都很别致，在灯光下闪着五彩的光。茶子选了只秋叶样式的，对着自己的小圆镜，梳了头发，别上那只发卡。菊英也学着她的样子，戴上发卡。

“表哥这人真好。他要是开酒家，我们就一起去，死心塌地给他打工，那才是‘合作愉快’呢。”菊英说。

茶子却不这样想。茶子觉得表哥绝对不会干这一行，茶子也不希望表哥做这行。

“如今开酒家的多半不是好人，好人不开酒家。好人开了酒家大约也会黑心的，黑了心赚钱，黑了心把人家的女孩子推向火坑。”茶子把心里想的说出来，很偏激，又很有道理。几个姐妹没有去讨论这观点，而是你一言我一语地数落红杏酒楼的老板，数落那个徐娘半老的老板娘。

突然，小屋的门被推开，灌进来一道冷风。老板娘那张苦瓜脸伸了进来，那上面堆着假笑："丫头们，休息了，明天还得早起，有客人定了早茶。你们啊，也不懂得爱惜自己的身体！好好休息吧。"

"砰"的一声，门又关上了，那道冷风在小屋里旋转，"鸽子笼"变成了冰窟窿。

"假惺惺！"茶子骂道。

"妈呀，好冷。我身上都起鸡皮了。"菊英从上铺爬到下铺，拉下自己的那床薄被，盖在茶子的被子上面，要和茶子合铺睡。

"死丫头，冷死我了。"茶子拧了菊英一下。菊英尖叫了一声，小屋里又热闹起来。

"哎，表哥又去广州了，他说十天半月怕回不来，让我告诉你呢。"菊英贴近茶子的耳朵悄悄地说。

"你听清了没有，聋了还是哑了？"没听到茶子吭声，菊英板过茶子的肩膀说，"哎，你没感觉出来啊？他可是对你有意思哟。"

"瞎说，表哥就是表哥。"

"他是你哪门子表哥，叫叫而已啦，你莫装糊涂。告诉你啊，你不上我上，到时候你莫后悔。"菊英认真起来，"难不成让那些'候鸟'叼了去？"

这一夜，茶子又失眠了。

茶子的眼前老是晃动着家乡村头那架大水车。圩日，溪边总有男女青年在那里对歌，那大水车就是一幅很美很美的背景。

4

茶子和姐妹们集中站在大厅，听老板训话。

因为头天晚上失眠，茶子和菊英起晚了，预订的两桌早茶迟上了十分钟，客人不高兴。客人走后，老板就集中服务员训话。一阵雷霆暴吼之后，那张扭曲的脸渐渐恢复原状。老板宣布了他的决定：茶子和菊英本月工资各扣二十元。末了，又是那句老话：希望往后能够合作愉快。老板的训话每一次都以这一句来结束。

其他人都做事去了，只有茶子仍然面对老板站着。老板看到她那清秀的眉宇间透出一股犟气，他已经发觉这个刚来时老是低着头弄衣角的乡下姑娘近来总是昂头看人了。老板又有些恼火起来：“你还有什么话说吗？”

“老板，今天扣二十元没什么，但是丢烟的事情你要查清楚，我们不能背黑锅。”

丢烟的事情发生在一个星期前。老板娘上卫生间的时候，曾把钥匙忘在柜台上。当晚结账盘点时，便发觉少了一条“红塔山”。当时，茶子和菊英正好下楼回了一趟宿舍，自然就成了“嫌疑犯”。虽然老板娘已经搜查了服务员住的小屋，把茶子和菊英的床铺都翻了两遍，查无实据，但猜疑的眼光始终没有从老板娘那对绿眼中消失。

“烟的事情以后再查。你没事用不着放在心上，希望我们之间仍然合作愉快。”老板的口气软了下来。

“烟肯定是满妹偷的。那个骚货，那天上楼时我听见包间门响，还有她的脚步声。她不知道把那条烟塞进她几号情夫的皮包里去了，害得我们跟着受罪。”菊英悄悄地跟茶子说。

“管他呢，丢了就丢了。其实老板心中有数得很，不好说。除了老板娘，哪个不晓得他跟满妹在包间里乱搞。他还能查她？”

“哎，得防那狐狸精，可别让她拖表哥下水。你不见表哥一来，她就挤眉弄眼，千方百计地讨好？”

茶子其实早已留心。那天满妹在大厅里拉他跳舞时，紧紧地搂着他的肩膀，色眯眯的眼睛像喷火。茶子当时就想到在乡下时常常见到的那种水花蛇，将软溜溜的身子紧紧缠住溪边的水柳，抬头吐出长长的芯子。

当时，茶子正站在长廊里，与大厅正对一条直线。她看见表哥昂着头，往左偏，似乎在力图避开满妹那被摩丝定型的油光高髻，眼睛总往长廊这边瞧。

表哥才不会看上那女人，茶子心想。

茶子想着心事的时候，手一松，一摞小碟子就从手里滑落，摔在地上。

听到响声，菊英从对面包间跑过来，看到地上的碟子碎片，叫了一声：“该死，这下又要挨骂了，说不定又要扣工钱。”

“嘘——还不赶快帮忙收拾。”茶子顿脚说道。

四只手忙活着，那些小碟子支离破碎的尸体很快被装进一个名酒的盒子，被茶子棒着，乘没人注意，从红杏包间送到了菊英的蔷薇包间。茶子将那一盒子碎片从窗口用力抛了出去。窗子下面正对着一片河滩。

“岁岁平安。”四个字从茶子的嘴里脱口而出。茶子记得小时候她不小心打烂碗，母亲都说这句话。

乘着老板娘不在柜台的时候，茶子又飞快地拨了那个号码，然后回到走廊与菊英说笑，一面留心听电话。电话铃声始终没有响起来，他不复机。兴许他还在广州没回来，茶子心里想。

“又想表哥了吧？”菊英打趣说。

“你不也叫他表哥吗？你不想他来？”茶子回敬一句说。

“我跟你不一样哦。我是搭赖你认了个表哥，你就不同了。那天他拉你的手久久不放，我都看见了，你还想赖？”

茶子的脸上涌上一朵红云。那天他似乎多喝了几杯，那双厚实的手热得发烫，烧得茶子的心田沸腾起来。茶子用了很大的劲儿才把自己的手抽回来。为了不让他失态，茶子还正儿八经地喊了一声表哥。看到他一副失望沮丧的样子，茶子又有些后悔。这段时间总不见他露脸，是不是自己伤了他的自尊心？茶子想。

茶子这样想着，便有些不安起来，几分后悔，几分迷茫，几分惆怅。

5

这几天，老板的脸色十分难看，红杏酒楼冷冷清清。老板不时站在窗前，透过窗帘的缝隙往对街望。

“聚春园好热闹。”菊英将拖把支在胸前，冲着对街努努嘴。

茶子看到聚春园灯火辉煌，用霓虹灯装饰的招牌闪闪烁烁，犹如一双妩媚的大眼，那一串串冰花灯流动着，如行云，如流水。聚春园门前摆满了小车，一个个包间透出醉人的柔光。

“候鸟”一只只往聚春园飞去，那里有缀满红果的绿树。红杏酒楼原来固定的几位艳女，这几天也一个个借口告假。

满妹打了一个叩机，接了复机后匆匆下楼。

“满妹，你去哪里？”老板望着满妹的背影叫喊，但丝毫不起作用。

“这骚货，看家狗也不当了。”菊英幸灾乐祸，与茶子偷偷发笑，“这下老板要伤透心了。”

“不知道她刚才叩哪个？那家伙今夜又得放血了。”

“谁知道她叩哪个？反正不是红杏老板。她的情人加起来恐怕有两打，个个都让她玩得团团转。”茶子朝地毯上吐了口唾沫，脚尖一碾，留下一团湿印。茶子的动作很优雅，很开心。

茶子转过身来的时候，看到菊英一副若有所失的样子。茶子感到有些莫名其妙。

“又想家啦？”茶子向。

菊英摇摇头，似乎欲言又止。

6

也许是近年关了，请客拜年的又多了起来；也许是老板那天摆的六桌答谢宴产生了效果，红杏酒楼又再度兴旺起来。从早到晚，猜拳打码声不绝于耳，卡拉 OK 声响彻大厅。

茶子她们的工作量增了两倍，三十多张桌布不够替换，大厅里的沙发得早早搬到楼顶，也摆上四桌，当客人酒足饭饱之后，那些沙发又须从楼顶搬回大厅，好让人们靠在软沙发上唱歌尽兴。

茶子和她的姐妹们已经累得筋疲力尽，苦不堪言，站在长廊里眼皮打架。不得不出阳台吹一会风，清醒清醒。

老板春风得意，一桌一桌地敬酒，酒话连篇，兄弟成串，常常喝得酩酊大醉，在柜台前的沙发上一觉不醒。

有一天，老板突然失踪了，急得老板娘像热锅上的蚂蚁。

凌晨一点，客人们都走光了，所有的包间都找不到老板的踪影。茶子到洗手间冲拖把的时候，发现老板跌在洗手间里，蜷成一团，烂醉如泥，鼾声像拉大风箱，把茶子吓了一大跳。随后看看无人，茶子把拖把举起来，让那污水从老板的后颈窝滴下去，像是戏弄一条死狗，十分开心。

过了一会儿，茶子扔掉拖把，装出一副十分着急的样子，跑回柜台报告老板娘："不好了，大哥酒醉跌倒在洗手间里了！"

茶子跟在老板娘和几个人后面进到洗手间，七手八脚地把老板抬回到大厅。

那天夜里，茶子很痛快，睡在床上还想着她玩的恶作剧，笑了几回。要不是怕泄露秘密，她真想把这件开心事告诉菊英，告诉其他的几位姐妹。

"候鸟"们又一只只飞了回来，在红杏酒楼这棵大树上叽叽喳喳地"啄食"，上下翻飞，令人眼花缭乱。红杏酒楼的招牌也翻新了，门前挂起了两对红灯笼，比聚春园更为使人心醉神迷。

老板心花怒放，高兴时便不再训人，还特别开恩地宣布本月每人发二十元奖金。

尽管如此，茶子还是决心已定，过了年就离开红杏酒楼，不再在酒楼里待了。尽管她知道，几乎所有的酒店老板都不会将年底那个月份的工资发完，留下半数等开了年再补发，以此留住打工的妹子，以便能准时复业。茶子不打算要那半个月的工资了，她相信表哥会给她找到一个新去处，一个适合女孩子待的地方。哪怕更累一些苦一些，茶子也会做得舒心。

茶子又打了两次叩机，“4678”仍然没有复机。

或许，那一天真的让他伤心了？茶子心想，真做一对表兄妹不好吗？想到这里，她又惆怅起来。

“别再叩了。”菊英说，“叩他的人怕不少呢，你跟他事先又没约好在后面加上什么代号，他是不会复机的。”

“他应该记得红杏的电话号码，他应该想到是我叩他。”茶子很委屈。

“他记得红杏的机号，但是红杏也许还有别人也叩他呀。”

“哪个？”

菊英没有回答，转身走了。客人们又大喊大叫，几个姐妹都忙着上菜送茶，穿梭于厨房和包间之间。

“你究竟有几个好妹妹……”包间里传出来一只“候鸟”娇滴滴的歌声。

只有茶子一个人还站在走廊里，望着头上那盏淡绿的棚灯发呆。

满妹打了一个叩机，也是乘老板娘不在柜台的时候。接复机的时候，满妹一脸笑，似乎面对那个男人，那声音让人听得肉麻，“覃哥，想死你了，你在哪里？……嗯，好的，我就过去。”她扔下话筒，回头时看见茶子正望着她，便放了个飞吻，做了个“拜拜”的手势，然后屁股一扭，下楼去了。

“满妹呢，满妹在哪里？”老板又喝醉了，脚步蹒跚，撞开大厅的玻璃门，摇摇晃晃地走过来。没人回答他。茶子和菊英刚才还在走廊里，此时却躲进了红杏包间。

红杏包间今晚不接客，灯也就没打开。茶子把临街一面的窗帘拉开。推开一扇窗子，寒风便扑面而来。就在这一瞬间，茶子打了个冷战。

茶子看到了一个熟悉的身影，就在对面聚春园的门前，那个她久叩不应的“4678”让满妹挽着手，亲亲昵昵地上了一辆的士，一溜烟开走了。茶子觉得头晕，两只手抱住了菊英的肩膀。菊英看见两颗闪亮的珠子从茶子的脸上滚落下来。

7

满城满街的彩灯闪烁着，红的如火球，绿的像鬼火。大风刮起来，很猛。一个个灯笼在半空中飘来飘去，上下飞舞，那大大小小的火球飞着跳着。

红色的窗帘着火了，绿色的窗帘顶棚着火了。聚春园着火了，红杏酒楼着火了，小城中所有的酒楼都着火了。一片火海，无边无际。

茶子平生没有见过这般吓人的大火。她拼命奔逃，鞋子丢了，脚踩在遍地的砂石上，好痛好痛；发卡不知道什么时候也丢了，茶子披头散发。那火一路烧来，茶子的衣服、头发沾上了火花，背上、头上烫得厉害。

茶子哭着叫着，拼命地往野外奔跑。

突然，一脚踩空，茶子重重地摔在地上。完了，烧吧，烧完烧光了好！这个世界上从此没有了酒楼，没有了“候鸟”，也没有了茶子和菊英，什么都没有了。白白茫茫一片大地好干净！

茶子没有被烧死，大火已经看不到了。茶子身上的火星也熄灭了，茶子怎么就到了她熟悉的地方了呢？

那山好凉，那树好凉，那水好凉，阵阵凉风拂面。茶子觉得自己就躺在一片扁平的卵石上，头顶上那古老的水车在吱吱转动，一筒筒清凉的涧水从高处淋下来，如雨似珠，淋在茶子的身上、脸上，好清凉，好清凉。

“我的妈呀！刚才还烫得烧手，现在又像冰一样凉了。这可怎么办好啊！”菊英的手搭在茶子的额头上，那叹息声带着哭腔……

茶子醒了，茶子从一场噩梦中醒来。茶子看见了几个姐妹都围在她的身旁。

茶子在姐妹们的搀扶下，撑起了身子。茶子没有哭，茶子没有眼泪。

这一夜已经是老历腊月二十八。酒楼明天就要歇业了。

原载于《三月三》1996 年第三期

韦淑红

韦淑红

壮族，曾用笔名雨非、舒鸿。广西宜州人。曾就读于宜山县庆远镇一小、宜山县一中，毕业于杭州大学中文系，现任广西教育学院某杂志社编辑。1987 年在《北海日报》发表散文《梧桐》，从此走上文学道路。之后，不时有小说、散文在国内一些报刊和电台发表。其中《寂寞的夏天》《潮湿天气潮湿心》《风中有朵雨做的云》曾获上海《少年文艺》1991 年、1994 年、1997 年好作品奖；散文《窗口》获第五届广西报纸副刊好作品二等奖。小说《风中有朵雨做的云》入选上海《少年文艺》二十年精品佳作选《青苹果红苹果》以及六十年金品典藏书系《盛夏光华》（小说卷）。出版有小说、散文集《下雨的日子》。

寂寞的夏天
潮湿天气潮湿心
风中有朵雨做的云

寂寞的夏天

一

中午的时候整个报社大院静得像凝固了似的，知了尖利的长鸣简直要把空气划破。阳台上那盆早上刚开的五星花这会儿也给晒得蔫蔫的耷拉下来。隔壁房间传来父亲豪放的鼾声，二姐抱着那本《安娜·卡列尼娜》在躺椅上睡着了。我戴着耳机反复地听那盘不知听了多少遍的谭咏麟、齐秦的磁带。其实我并不想听，这些歌都快被我听烂了，但是若要摘下耳机，又不知干什么好。电视机正在放一部又长又臭的连续剧，书架里的杂志我都翻了好几遍，而那些被父亲当宝贝似的整整齐齐搁在书柜里的名著，这会儿我是没那份雅趣去欣赏的。睡觉呢，又是一点儿睡意没有。唉，没劲！没劲！天天都是这么没劲！原以为放假了会享受到一种逍遥的快乐，可是……我感到心里烦躁得要命。突然，我一个鲤鱼打挺从床上蹦起来，扔下耳机，急急忙忙换上那条上星期花十五元钱买来的牛仔裙，擦上防晒霜，轻手轻脚走出了房间。我得出去散散心了。当我“砰”的一下关上房门时，我听到父亲的鼾声戛然而止，便飞也似的冲下楼去。

骑着车慢悠悠地在大街上溜达，我觉得潇洒极了，看那些模特儿似的小姐在人群中招摇，看那商店橱窗里琳琅满目的商品，心里有一种说不清的轻松感，刚才那份烦躁也消失得无影无踪。经过邮局时，我跳下车到里面去浏览一遍零售书刊，买了一份《南方周末》。唷，封面上那张张曼玉的照片真漂亮，回去得剪下来压在我书桌的玻璃板下。接着我又蹬上车，继续逛。快到前面那家专门出售贺礼的小店时，我扭转车头往回走。那个店的小老板是我初中时的同桌，去年因为没考上高中便做起生意来，据说发了不少财，所以每回见我们都有意无意地摆一副“大亨”相。我可不愿意看他那种打量我时忧国忧民的眼神。又随便逛了一会儿，我发觉背上已湿乎乎的了，这才吹着口哨慢吞吞骑回家去。当我逍遥自在地上了楼，打开家门时，只有二姐一人坐在客厅里。她仍然捧着那本“安娜”，见我进来，只撩我一眼，没有表情地问道：“你又跑到哪里游去了？”“到同学家还书。”我理直气壮地撒了个谎，便溜进了房间。

二

吃晚饭的时候，妈妈不在家，因为她的一个学生考上了大学，那家人正大办宴席，把她请去做座上宾呢。因为妈不在，我吃饭时耳朵清静许多，没人再在耳边唠唠叨叨地给我念“高考经”。Dad 从来是一本正经地绷着脸，很少启动他的尊口，似乎这才显出他做父亲的威严来。二姐正聚精会神地盯着电视机屏幕，那上面在放什么学英语的节目。这个“老学究”是从来不会放过任何一个学习机会的。我真纳闷她的“坐禅功”怎么就这么好，一天到晚总见她捧书看，也不挪一下窝，难怪在大学里年年拿奖学金。不过这可苦了我，因为 Mother 总是拿她做榜样教育我。每回她放假回来，妈总要望着她，“瘦了瘦了”说上半天，然后天天就是不断地喂鸡蛋、牛奶。我倒担心她要消化不良呢。“今天的红烧肉大大的好。”因为胃口特别佳，我情不自禁赞了一下大姐的手艺，而大姐仅对我淡淡一笑，并没说什么。这家伙这几天怎么了，突然犯起深沉来，不言不语的，原来可不这样。原来她一天到晚总乐颠颠地好像拾到金子似的，我老叫她“不倒翁”。会不会是给“个人问题”扰的？多半是了，这个老姑娘快成了众矢之的，同事亲友左邻右舍只要一见面，总要“关心”一下，烦得她额头都皱出了几条沟。我倒挺同情她。

吃完饭，大姐在厨房里洗碗，我进来准备做雪糕，突然听见有人在外面敲门。“啧，准是他来了，真烦！”大姐一脸的愁云。我赶紧问：“Who？”大姐嘟囔着：“上星期别人给介绍的呗。”哟，难怪我说她这几天不高兴呢。这时，果然听见爸爸在客厅里与一个男的说话，我便探出头去看了一眼，那男的是个小矮个，戴副眼镜，显得挺猥琐的，正咧嘴傻笑。“怎么办？”大姐发愁地望着我，“我真不愿跟他待一块儿。”我扮了个鬼脸，想说瞧他那样儿就腻味，但是看看大姐的苦瓜脸，我怎么也不忍心再打击她。

大姐跟那男的出去了，我真替她痛苦。像她这样儿谈恋爱一点儿味也没有，太不浪漫了。

唉，人干吗非得结婚不可？我听说结婚最要讲缘分的，那么跟大姐有缘分的人是谁呢？

三

我正双目紧闭，坐在书桌前背历史，突然听见窗下响起一阵自行车铃声。我猛地一惊，跳起来，猜想准是刘清这家伙在给我发暗号，于是赶紧跑到阳台上去看，果然是她。见我探出脑袋，她朝我晃晃手中一个小红包嚷着："Swimming！"我看她边上还站着两个男孩，一个不认识，一个是林峰。林峰正冲我眯眯地笑。我感到脸有点热起来，赶紧朝他们做了个"OK"的手势，就跑回了房间。我急急忙忙翻出游泳衣，又换上那条漂亮的牛仔裙，然后跑到穿衣镜前照了一下，我发现里面的我脸红扑扑的，真好看。"怎么，又游泳去啊？"二姐正爬上书柜找书，见我得意扬扬的样子，便淡淡地问道。什么叫又游泳？这假期我不过才去游了两次，哼，她就看不惯我快快活活的样子，巴不得人家都跟她一样死守在家里才好，井底之蛙！我没说什么，朝她送个飞吻，道声："Bye-bye！"就一阵风似的跑了。

"我还以为你妈会不让你出来呢。"我一下楼，刘清便挤着眼对我说。"她到学校值班去了。"我兴奋地笑着，瞥一眼林峰，他仍然笑眯眯的。"这是我的邻居陈晓东。"他拍拍身边那男孩给我介绍。我冲陈晓东点点头："你好，我叫李薇。""李薇小姐可是我们学校春蕾文学社的社长呢。"刘清又冲我挤眼。我嗔她一眼："去你的！"便得意地跨上了车。

林峰和陈晓东一直骑在我和刘清的后面，搞得我挺别扭的。"喂，难道你们都没劲了吗？"我回头冲他们嚷道。"女士优先嘛。"林峰笑嘻嘻地说。刘清扑哧一声笑起来："得得得，别自我感觉良好了，还冒充绅士呢。"她话音刚落，陈晓东就猛地冲到我们前面，大叫："借光！借光！快给咱老粗让路！"他那傻头傻脑的样子把我们逗得哈哈笑起来。

骑着自行车穿行在两旁都是松树的公路上，我和林峰谁都不说话。海风带着咸味儿吹得头发呼呼地飘起。天空真蓝，像一块纯净的玉。远处悠悠地传来教堂的钟声，久久地在空中回荡着。此刻虽然是在炎热的太阳下，我的心却体验着一种从未有过的宁静。哦，我真希望就这样永远骑下去。

四

从海滨游泳场出来，我们四人都饿得肚子咕咕叫，便先到海滨小吃店去每人喝了一碗绿豆沙，然后才驱车回家。

回到家时新闻联播刚刚结束。见我披头散发地走进来，妈一副很不高兴的样子。我赶紧卖乖：“妈，你们都吃过饭了吗？”“嗯。”妈用鼻子重重地回答，“等你都等到七点钟了，也不见回来，我们不吃还怎样？”哟，我又没让你们等，怪我干什么？妈见我没言语，马上又唠唠叨叨起来：“不是不让你玩，玩也应该有个限度！你今天看了几页书？后年就要高考了，现在还不懂得抓紧时间，考不上大学，看你怎么办！”妈念的这套经我已经听得耳朵都起老茧了！为了逃避这种噪音，我赶紧冲进洗澡间，把水龙头开到最大，让哗哗的水声来掩盖住一切，冲掉心中的烦恼。站在水下，我紧闭着眼想尽量忘掉一切，但是妈妈那“考不上大学怎么办？”的声音老在耳边回响。是啊，怎么办？怎么办？做生意去，到海南去……哦，不，我一定要上大学，我一定能考上的！我狠命地晃着脑袋，水花飞溅到墙上。

从洗澡间出来，我听见客厅里响起《十六岁的花季》的主题歌，于是赶紧盛了一碗饭，端上菜便到客厅里看电视。其实这部电视剧我已经看过一遍了，但现在重播，它对我仍有百分之百的吸引力。我觉得这剧本写得真实极了，非常像我们这个年龄的生活，演员也演得很棒。我特别特别喜欢白雪和陈飞儿。可是家里人大多不喜欢看，有一次妈偶然站在电视机前看了几分钟，正好演到白雪撕成绩排行榜，于是她便指着屏幕发起牢骚来：“这都是作家瞎编的，现实生活中有哪个学生敢这样？有吗？有吗？”她说得很激动，好像人家撕的是她贴的榜似的。我知道她是很重视考分的，因为她也是老师。妈的话弄得我心里灰灰的。

只有我和二姐在看这部电视剧。二姐的“花季”已经过了，这会儿看得出她对那流逝的季节相当留恋。前天看完电视回到床上睡觉时，她躺在我身边突然摸摸我的头发说："我真羡慕你们这个年龄。"我明白她的意思，以前她曾告诉我大学里其实很无聊，大学生失去了中学生的纯真，而更多的是成年人的圆滑和自私。尽管我觉得这大概是因为二姐太多愁善感，但是我仍相信她的羡慕是真心的。我有点感动，但我并没感到我这个年龄有怎样的快乐和美妙，反而觉得更多的是一种寂寞。

看完电视，我进到房间打开台灯准备写日记，可是打开日记本却觉得脑子里乱哄哄的，刚才电视上陈飞儿和袁野的音容笑貌仍活跃在脑海中。说真的，我真为他俩的友情感动，也许这种感情用今天时髦的词儿来说要被叫作早恋，但是它一点儿都不让人觉得掺有一丝儿杂念，倒是从他俩心灵感应般的一瞥，会心理解的一个微笑中，我感受到了一种纯洁无瑕的朦胧的美感。我真感谢导演和演员能把这种感情拍得这么美。我又想到了林峰，虽然我跟他之间没有陈飞儿和袁野的那种心灵感应般的默契，但是我觉得……唉，我也说不清，我想起了今天在去游泳场的路上那份宁静和明净的感觉。

夜深了，远远的地方传来潺潺的流水声，那声音使夜色变得柔和起来，暑气也给吹散开了。我躺在床上，望着窗外的一弯月牙儿，渐渐地，夜变得朦胧起来。

五

这几天楼下报社的排字工人天天神经病似的在放童安格唱的磁带，有时还自己拿个话筒在屋里捏声捏气地乱"抒情"，简直是个自虐狂！妈对此自然是反感得要命，我也窝着一肚子火。妈趁机教育我："看看，这就是缺乏修养的表现，懂得欣赏音乐的人会这样吗？完全是折磨耳朵。这种人就是因为太无聊，太空虚……"我想打断妈的唠叨，但又说不出什么来，也许妈说得对。

傍晚的时候，我正准备吃饭，突然听见楼下有人叫我，跑到阳台上去看，竟是同桌张蓉，她正笑盈盈地朝我拼命招手。我冲她大叫："就来！"便一边下楼一边纳闷，她怎么会突然找上门来。张蓉是我们班最开放的女孩，有一打男朋友，整天都打扮得花枝招展的，成绩却差得要命。老师这学期特意安排她跟我同桌，目的是让我影响影响她。我们在一起待了一学期，说真的，我并不喜欢她，但我知道她挺佩服我，说我聪明。她特别羡慕我的英语学得好，她说："你以后出国就没问题了，不像我只会'白白'。"

到了楼下，张蓉推着自行车向我迎来。我这才注意到她穿着一身极时髦的衣服，金黄色的大裙裤，套一件也是金黄色的背心，挺漂亮。"快，快，跟我走，到我家去。"没等我开口问，她便急火火地说。我给弄糊涂了，笑着问："怎么啦？怎么啦？什么大事呢？""今天我生日呢，请你去吃晚饭。"她很甜地笑着。"哟，真让我受宠若惊，大寿星，祝你万寿无疆。"我笑着叫起来。"别啰唆啦，给我个面子吧，我的朋友都在等我们呢！"她显得很急，我也不再迟疑，用力按了一下她的自行车铃，说道："OK！"

拐了几条大街小巷，才到她家。"瞧你出去那么久，他们都等不耐烦了。"刚跳下车，便有一个时髦的年轻女郎迎过来说。看得出她满脸不高兴。张蓉吐吐舌头抿嘴一笑："我去叫我们同学了。这是我的同桌李薇。这是我大姐。"她介绍着。我向她大姐点点头，她大姐则瞥我一眼，嘴角微微翘了一下，一副高傲的样子，弄得我心里挺不舒服。在搁自行车时，我才发现地上铺着一大堆的鞭炮屑。我的天，烧了这么多鞭炮，就为一个生日？

张蓉拉着我走进了她家。这是一幢两层楼的房子，不论是从外观还是从里面的摆设看，都相当气派。我早听说她父母是个体户，家里很有钱。走过外面的大客厅，便到了一个较小的小客厅，我们刚掀起那用小贝壳串成的门帘，里面便炸了锅似的叫起来："寿星驾到！""寿星姗姗来迟，该罚！"我被满屋的烟呛得直想咳嗽。

屋里大约有十来个人，都围着一个大圆桌坐着，只有一个女孩，打扮得挺媚气，其他的男孩我也一个不认识，都不像学生。顿时我感到有点不自然起来，幸亏他们好像并没注意到我，都围着张蓉。张蓉在他们中间嘻瞎地笑着。笑闹了一会儿，张蓉才对我说："李薇，对不起，我这帮朋友太能闹了，你不用理他们。"她的脸因为刚才的笑闹变得红红的，那描过眼影的眼睛给衬得格外明亮。我微微地笑着说："没事。"又问："我们班你就叫了我一人来？""中午请了一桌，陈晔、阿文来过了。"

开始吃饭了。倒酒，碰杯，猜拳，谈麻将经，讲舞厅轶闻，整个房间烟雾腾腾。我坐在张蓉身边，因为插不上嘴，只能尴尬地吃着。张蓉不时往我碗里夹菜，一会儿高声与她的哥们笑闹，一会儿又低下头来轻声关照我"别客气，随便吃"。我应答着，勉强地维持脸上的笑容。终于吃完了我碗中的饭，虽然肚子还未饱，但我还是告诉张蓉："撑死了。"便急急忙忙地告辞了。张蓉送我出来，略带歉意地说："怠慢你了。"我说别客气，便飞身上车急匆匆地溜了。

路上没有风，空气中蒸腾着热烘烘的暑气。商店的霓虹灯放出迷人的光彩，个体户的摊铺响着震天动地的流行音乐。这是个热闹的世界，但也是个陌生的世界。我慢悠悠地骑着车，目光散漫地望着前方。

六

晚上大姐没有回来吃晚饭。自从跟那个小矮子谈上以后，她整天总是郁郁寡欢的样子，我看着心里挺不舒服的。唉，不愿意就拉倒好了，干吗这么别扭，搞得自己不高兴，别人也难过。我真猜不透她心里是怎么想的。瞧这会儿又不知到哪里去了，总不会跟谁幽会去吧？想到幽会，我的心猛地一跳。我记得上星期有一天扫地，在大姐房间的书桌上看见过一个小纸团，当时我因为犹豫着是否要扔掉，便把它展开来看了。原来是一封写到一半的信。“Dear Chen”，信的开头这样称呼，下面也是用英文写的。我的英语水平还算好，基本能读懂这半封信。姐姐告诉那个“Chen”，她现在很痛苦，因为婚姻的问题，她又说很想念CanCan，一想到CanCan可爱的笑脸，就想马上看到他，她还说昨晚做了个梦，梦见有一个女人抱着CanCan在远远的地方看海，她真羡慕，也很难过。下面的半页纸则洒上了一串墨水。当时我拿着这张废信纳闷了半天，我猜不透那个Chen是谁。那个CanCan又是谁。但是现在再回想起来似乎有点明白了。我一下子变得有点慌乱起来，因为感到自己窥视了大姐的秘密。

十点半钟，大姐回来了。她经过客厅时脚步放得很轻，大概是不想惊动我们。一会儿她走进我的房间，说是找拖鞋。我把穿着的拖鞋踢给她，淡淡地说：“给你留了好多菜，还没放进冰箱里，你不用热了。”她冲我神秘一笑：“我已经吃过了。我们老师请我去吃了西餐。”说完脸上泛起一层快乐的红晕。我知道这个老师指的是她夜大英语口语班的老师。于是我的心猛地一跳，但仍然淡淡地说：“他姓陈吧？”姐姐吃惊地回过头来：“你怎么知道？”“他夫人是我们同学的舅妈。他有一个儿子叫灿灿。”我撒着谎，心里却意外平静。姐姐怀疑地望我一眼，转身走了。我一头倒在躺椅上，此刻我感觉到心里空荡荡的。我想起别人说过的一件事：有一个人面对两个性格迥异的姑娘，别人问他愿意娶谁做妻子，他说当然是那个文静的姑娘，但是他又愿意和那个活泼的姑娘恋爱。因为他认为过日子需要平静、实在，而恋爱应该刺激、浪漫。听这个故事时我心里很不是滋味，我恨这样的人，觉得他们是自私的，为了给自己在生活的大海中找一个安全的避风港，竟然去毁掉另一个人的幸福，去制造一个家庭悲剧，我也厌恶那些充当情人角色的第三者，认为她（他）一定是个心灵丑恶的家伙。然而，万万没想到，现在这种事竟发生在我的身边，而且竟是我的姐姐，一个我从来以为心地善良的人竟也……我感到一阵困惑，到底是谁错了？是姐姐？还是我？唉，世界对我好像越来越陌生了。我不能理解姐姐，也读不懂生活。

我站起身走到客厅的阳台上。晚风习习，送来的却是闷热的暑气。夜的天空深邃得如同一片神秘的森林，没有月亮，只在远远的地方有几颗闪烁的星星寂寞地俯视着人间大地。万家灯火已经熄灭，人们都在那一扇扇窗后做着或甜或苦的梦。大地一片沉寂。

本文获上海《少年文艺》1991 年好作品奖

潮湿天气潮湿心

一

早上又是醒得很早，屋里流进淡淡的晨光，耳边没有鸟鸣，只有淅淅沥沥的雨声。我重新闭上眼，心里有一种空荡荡的感觉。

我像往常一样从枕边摸到耳机戴上，听的是一盘很老的带子，有阿B的《只要你过得比我好》，我喜欢这支歌。悠悠的旋律在晨曦里流淌，耳边是阿B亲切的声音："不知你现在过得好不好，是不是也一样没烦恼，像个孩子似的神情忘不了，你的笑对我一生很重要……"渐渐地我感到自己像是走进一种梦境，那里有悠悠的白云，淡淡的蓝天，草地上吹过微微和风，还有丝丝的惆怅……

这半年来，我觉得生活变了许多，因为爸爸和妈妈离了婚，还因为初三紧张的学习使我感到疲惫和厌倦。每天我心情最好的时候就是在清晨这一会儿，四周静静的，这时我总是喜欢戴上耳机听一盘磁带，什么都不想，只感受到音乐在淡淡地流淌，流在空间，流过心里。

好像过了许久，妈妈终于在外面叫我了。每天总是她先起床，一边做早餐，一边叫我起来，然后又是她先出门去上班。她好像总是很忙，早出晚归，回到家也还是忙，忙她的工作。她是市琳达时装公司的服装设计师。我觉得她真像个女强人，我佩服她，但不喜欢她。

我在卫生间里刷牙，妈告诉我鸡蛋蒸在锅里，我嘴里含着牙膏泡沫含含糊糊地答应："知道了。"从这学期开始，我每天早上都有一个蒸鸡蛋的任务要完成，为了加强记忆力。妈说这是关键的一个学期，考上重点高中就等于一只脚迈进了大学的门。她满怀希望我能考进二中，听说二中的升学率是95%。

我吃着早餐，妈已经出门。我打开收音机，正好是《今天是你的生日》节目，每天我都趁吃早餐这点时间，收听丁子主持的这个节目。我喜欢丁子的声音，有一次我们班女生谈论起来，都是不约而同地喜欢丁子，佳佳说丁子的声音有磁性，我们都哄笑起来，其实这有"磁性"到底怎么解释我也不清楚，但觉得这个词确实很形象。

丁子有"磁性"的声音从收音机里传出来，他给一位听众送上生日点歌，我边听边想着后天就是我的生日了，不知有没有人给我点歌，也许佳佳会，她是我最好的朋友。啊，过完这个生日，我就进入十六岁的花季了，花季的日子会是怎样的呢?

"下面再把今天的天气情况向大家报告一次：今天阴天，偏南风一至二级，最高温度十七度，最低温度十一度。"丁子用他那特有的轻松又亲切的声音播完天气预报，我不觉朝窗外看去，天阴阴的，雨好像已经停了，空气很潮湿，"十六岁的花季"会不会也是潮湿的季节?

我看看窗外，感到一种懒洋洋的无聊。

今天早上佳佳没跟我提起生日点歌的事，但愿她是为了给我一个惊喜而暂时保密。去年过生日时，我把佳佳还有班上几个要好的同学请到家里来包饺子，佳佳就向我许过诺，说等下一个生日一定打通热线给我点支歌。那时爸爸还未跟妈妈分手，记得那天他帮我做了两个菜，一个是五柳鱼，一个是红烧螃蟹，都是他很拿手的菜。爸爸做菜很有水平，平时家里的饭菜大多是他做的。妈妈做菜就不如他，好像总是只会放盐和油，没什么味道。

回到家，妈妈也刚回来，正在厨房里淘米做饭，我放了书包正准备去帮着洗菜，她却不耐烦地说："出去，出去，不用你洗，看你的书去。"本来我想说我已经看了一早上了，但是瞧见她烦躁的样子，便没敢开口，无趣地走回房间。

我坐在窗前看天空露出的一大块蓝天，这时王威推车从窗前经过。看见我，他笑眯眯跟我打招呼："看什么呢？"我说："看天，你才回来？"他"嗬"一声笑道："浪漫小女孩。"我不说话，只"吃吃"地笑，我感到心里有种暗暗的快乐，尽管我看天不是因为浪漫，但我喜欢他这么认为。我有点喜欢王威，因为他给我的感觉总有点像阿B，不光是那很帅的样子像，而且他脸上常常带着像阿B那种大哥哥一样亲切、随和的神情。他比我高三年级，在二中读高三，我家和他家是邻居。

隔壁的天井传来王威的口哨声，我想他肯定是在喂鸽子，有几次我经过他家门口，看见他就是边吹口哨边给鸽子喂食。他家养有一对雪白的鸽子。我看看窗外那块蓝天，听着口哨声，不觉心里就冒出一个词："磁性"。对，王威的口哨声很有"磁性"。

我常常是这样专注地听着从隔壁传来的王威的声音，特别是晚上夜深人静的时候，仿佛所有的人都进入了梦乡，只有我和王威还在看书。我坐在书桌前，一会儿，隔壁有响动了，我便猜想是王威在天井里伸懒腰了，或者是蒸鸡蛋羹吃了。因为有隔壁的声音做伴，这静悄悄的夜才不显得特别的单调。有时我也故意穿着拖鞋在天井里走来走去，就是为了让王威知道我也没睡，我跟他一样在勤奋地学习。我想这很有必要，因为我觉得他一定喜欢用功的好女孩。

隔壁的口哨还在响，我突然心里就冒出个想法：假如明天王威能给我点一支歌，我真快乐死了。正想着，厨房里传来“哧啦”一声把生菜放下锅的声音，接着妈妈叫道：“闰闰，歇会儿准备吃饭了！”“好的！”我回答。异想天开！我在心里嘲笑自己，但还是隐隐地感到了一种快乐。

下午去学校，我故意不提醒佳佳明天是我的生日，我觉得好朋友都应该记得彼此的生日，如果还要提醒，那就太没意思了。佳佳课间跑到我座位上聊天，东聊西聊，竟没说到生日的事，我希望她对我说：“明早上记得听收音机。”但又担心她真说了明天就没了惊喜的感觉。因为有这心事存着，听她说了半天话，也没注意她到底说什么。

晚上妈妈很晚了都没回来，我做好饭后就坐在客厅里看电视等她。以前她也是常常回来很晚，总是爸爸做好了饭等着。那时，爸爸像一个标准的 house-wife，围着一条画有水果蔬菜图案的围裙，一边哼着“悠悠岁月”，一边炒菜，我就在旁边做帮手，洗菜啦，洗碗啦，给他递盐递醋啦，爸很乐意我跟他一起忙乎，不像妈老是嫌我碍手碍脚。从小我跟爸爸待一起的时间比跟妈妈多，小时候上幼儿园还是爸爸帮我扎小辫，爸爸不仅会给我梳扫把辫，还会编辫子呢。我喜欢爸爸。爸爸走后还常常到学校去看我，他总是站在我们学校附近一家小店前等我放学，老远见我就冲我微笑，笑得我鼻子酸酸的。每回他都会送我一些小东西，这些事我都不敢告诉妈妈，因为我知道妈妈恨爸爸。

等了好久，一直到新闻联播结束，妈妈才回来，我本来有些不高兴，但看见她满脸的倦容就不敢生气了。妈边吃饭边和我谈起公司的事，我听得很不耐烦。她好像除了说她的工作，就会告诫我好好学习，跟她在一起没有轻松的感觉。

“功课复习得怎样了？”果然她又提起这事。“还行。”我回答，继续埋头吃饭，其实连我也不明白这“还行”到底怎么讲，是说复习得“行”了吗？怎么敢讲这大话。妈妈又告诫道：“光复习一遍还不行，要几遍，这才牢靠，我们又不是那种特别聪明的人，就得靠勤奋，狠下苦功，等你考进了二中，上大学就大有希望了。以后学好了本事，走遍天下都不怕了，女孩子尤其要学会自立，依附别人是最没出息的。”我不声不响，一边听她的教导，一边无味地吃着饭。我知道她有资格跟我说这样的话，她本身就是一个自立自强的榜样，但是我觉得她活得太累了，太苦了，我不能够做到像她一样地生活。我想起有一部电影叫《给咖啡加点糖》，真的，生活也许就像一杯有着淡淡苦涩味的清咖啡，只有往里加点糖，才会有那种“味道好极了”的感觉吧？

晚饭后佳佳来找我，我正在背政治，看见她我顿时感到精神一振，心想她肯定是要告诉我明天早上注意收听节目的事了。“有事吗？”我故意问。“没事不能来吗？”她甜甜地笑，我也笑，她往我的床上狠狠一坐，满脸愁容地说：“讨厌，烦死了！”我已经明白她今晚到这儿绝不是为生日点歌的事了，于是心情变得黯淡起来。佳佳叹口气说：“嗨，刚才跟我的 parents 吵了一轮，为考不考高中的事。我想读职高，parents 硬要我上高中，以后考大学。其实，他们根本不了解我，我即使上了高中也考不上大学的，我就是没心思读下去了，我吃不了苦。不像你，聪明又勤奋，你才是考大学的料，我就想去学点手艺多赚点 money。对了，最近你去没去逛天都商场，哎呀，好多漂亮衣服，就是太贵，真是穷人的日子不好过，唉，现在什么都可以没有，但不能没钱……”

佳佳的嘴像开机关枪似的啪啪啪说个不停，后来似乎把烦恼都倾诉完了，她才快快乐乐地说：“行了，不打扰你了。嗨，有个知心朋友就是好，特别是像你这样一个好朋友，什么烦恼的事跟你一说，心里就轻松多了。”她说完便起身告辞了。我笑着送她出门口，回来时，一人站在天井里，心里有一种空落落的感觉。

佳佳认为我是她的知心朋友，可是真的是吗？我难道真的知她的心，她又知我的心吗？我俩从小学就是同学，一个活泼，一个文静，竟成了最要好的朋友。几年来我们一直保持着这份友谊，佳佳曾对我说因为这份友谊，她感到生活里的人情味。原来我也是这么认为的，但是现在我却失望了，是的，朋友，不仅仅是能分担痛苦、烦恼，也应当是分享彼此的快乐、幸福的。唉，也许友情确实是淡一点的好，像花香，淡淡的才持久，才温馨。我忽然想起读过的席慕蓉的一篇小散文来。

我发现脸上给滴了几颗细细的水滴，抬头望天，只见天空黑沉沉的，好像要往下坠似的。唉，又下雨了。

二

早上妈妈匆匆出门了。我也照例一边吃早餐，一边听丁子主持的《今天是你的生日》。尽管我知道没有送给我的歌，但是仍然觉得心里有点点紧张，生怕丁子真的叫出我的名字。这个节目一直播到七点半才结束，我也一直听完了。确实没有送给我的歌，但是我迟到了。班主任把我叫到走廊里，问我迟到的原因，我撒了个谎说起床晚了。回到教室里佳佳给我扔来一个纸团，我打开看时，上面写道："是不是被丁子'磁'上了？小心！"我把纸条揉成团扔进口袋里，然后回头朝冲我扮鬼脸的佳佳笑笑，笑得很惨淡，很苦涩。

放学时，我急急忙忙往校门口冲去，我觉得爸爸就在那家小店的屋檐下等着我，他一定不会忘记我的生日，即使所有的人忘记了，他也会记得。去年生日那天，他还对我的同学们说："等到闰闰过十六岁生日时我再请你们来尝尝我们父女俩合作的一个拿手菜，叫什么？闰闰。"我随口答道；"就叫开心。"平时我跟爸爸常常合作做菜，但是直到今天，我也不知道这个被我叫作"开心"的菜是什么样子的。

来到校门口，未等朝马路对面那个熟悉的屋檐下望去，我的心已经一沉，我没感觉到那个亲切的微笑——爸爸竟没有来！我的目光仍不死心地急切地到处乱跳，但是终于失望了。刹那间，我感到心由冷变酸起来，眼前渐渐模糊了。我真正有一种被人遗忘的感觉。

回到家，妈妈正在炒菜，屋里有很香的肉味，我不禁心里一热，啊，难道妈妈真的记得我的生日？见我进门，妈从厨房伸出头来，显出很兴奋的样子说："闰闰回来了，今天妈妈有个喜事呢！"一听这话，蓦地我感到刚刚涌起的喜悦一下子坠落了，我淡淡地问："什么喜事？"妈妈说："我被批准为这次星光广告模特儿大赛的服装总设计师了，这可是一个很好的机遇哩！"我听着一点儿没觉得高兴，便闷闷地走进房间去。

一会儿，妈走进来，见我躺着便问："闰闰你病了？哪里不舒服？"边说边用手摸摸我的额头，我说没事，只是有点累。妈妈立刻显出着急的样子责备道："你看看，跟你说了多少遍要劳逸结合，劳逸结合，你就是不注意，等生病了怎么办？最后这几个月可是最关键的时期。"唉，她什么时候也没忘了给我敲警钟，我觉得失望极了，但是为了使她赶快闭上嘴，我坐起来："反正我又没病。"我嘟囔着走到外屋吃饭。

今天的菜果然丰盛，妈不时叫我吃这吃那，我一声不吭地吃着，她大约看出了我的不快，也不像平时那么多话了，只是不时地观察我的脸色，我觉得很难过。这顿饭吃得毫无味道。

中午的时候，我躺在床上背英语，隔壁又传来口哨声，声音轻轻的，轻松又亲切。我听着听着就开始想象王威喂鸽子的神情，那种很亲切的微笑便映现在眼前，我的心情不觉就好了一些。后来我忽然又冒出个念头：今天吃完晚饭约王威到江边放气球！这想法一出来就让我既紧张，又激动。小时候过生日爸爸总是带我到江边去放气球，我还记得有一年也下着毛毛的细雨，爸爸打着伞牵着我的手站在江边，我从他手里一只只接过气球放飞到江面上空。当时我问爸爸："气球为什么能飞那么高啊？"爸爸说："因为他肚子里装满了氢气呀，等到以后闰闰肚子里装满了学问，会比它飞得更高的。”那天江面迷迷蒙蒙的，水特别清亮，我们的衣服都被斜飞的雨给打湿了。

因为有了这个念头我整个中午都很兴奋。我打算下午放学后先买好了气球再去约王威，我觉得他一定会答应的，我想起了他大哥哥似的笑容。

下午一放学，我赶紧跑到街上买气球。哎呀，没想到不过节气球还没卖呢。我转了半天，终于在一个小杂货摊上买到了。当我兴高采烈地转身离开杂货摊时，突然脚下生钉似的站住了，我看见王威从对面一家意大利点心店走出来，他的身边走着一位很清秀的女孩子，那女孩正侧脸跟他说什么，他脸上依然带着那种永远亲切的微笑，我的心猛地沉了下去，赶紧骑上车逃一般地跑了。一路上，我有一种茫茫然的感觉。

回到家，我躺到床上打开收录机听阿 B 的歌。随着阿 B 亲切的问候，我的心开始难过起来，我在心里不断对自己说：你这是怎么啦？你不过是像喜欢大哥哥似的喜欢王威，既然如此，他跟哪个女孩子要好又与你何干？犯得着这样伤心？啊！难道人就是这么矛盾的吗？就像佳佳一边说着什么都可以没有，唯独不可以没钱，一边又为有我这个好友感动；还有妈妈，一方面努力去寻求别人的理解，而一方面又不愿去理解别人。唉，人到底是怎么回事嘛！我烦恼地一踢被子，用枕头蒙住脑袋。阿 B 的歌声充满了整个空间。

晚饭妈妈不回来吃，她给我留张条说公司有事，我只能自个儿吃了。我一边吃着饭，一边又打开收音机，六点半开始丁子主持的节目《丁子有约》。我听见丁子说：“啊，朋友们，今天真是个潮湿的天气，潮湿的天气里你的心情是否也潮湿呢？”听着这亲切的问候，我突然感到一阵忧伤。“是的，潮湿天气我的心也很潮湿。”我在心里默默地对丁子说。

晚上坐在窗前看书，心里依然有丝丝缕缕的惆怅。我又想起丁子说的潮湿的天气，潮湿的心，啊，真的，我的心真的很潮湿，可是这究竟是为什么呢？是为了一个没有祝福的生日？是因为被人遗忘？是因为我在努力寻找一样丢失的东西却怎么也找不到？是的，是这样。或许我太自私，我对生活太苛刻，但是我其实只是希望像给咖啡加点糖一样，给生活加一份温馨的关怀啊！佳佳那天说人可以什么都没有却不能没有钱，而我觉得生活中真正不可缺少的是人与人之间彼此的关怀。我这样想着，在静静的夜里，外面又下起了大雨。

三

又到了早上，我照例边听收音机边吃早餐，突然，一个熟悉的名字从收音机里传出。啊！是爸爸！爸爸在为我点歌！我激动得心怦怦跳起来。只听丁子说："这位张先生说三月十号是他的爱女张闰的十六岁生日，因为他出差不能亲自给女儿过生日了，他希望通过我们电台给女儿送上一份祝福，祝愿她开心快乐。张先生还说因为一些原因他和妻子已经离婚了，女儿不再在他身边，但是他希望女儿永远能感受到他的一份远远的牵挂，并且他想对女儿说一声'对不起'。他要求点播一首钟镇涛的《只要你过得比我好》。啊，这位张闰朋友，你现在是在收音机旁吗？那么我想这份祝福虽然迟到了一天，但是你父亲对你的牵挂是永远不会迟到的，对吗？"

我一直屏息静静地听着丁子的声音，那熟悉的旋律响起了，又是阿B的亲切问候："……请你相信我在你身边别忘了，只要你过得比我好，过得比我好，什么事都难不倒，所有快乐在你身边围绕……"啊，爸爸！我终于哭了，抬眼望出窗外，已经没有雨，却仍是一个潮湿的世界。

本文获上海《少年文艺》1994年好作品奖

风中有朵雨做的云

中午的时候，阳光很好，把窗外绿绿的树照得亮闪闪的。我坐在窗下看一本书等哥哥。今天早上上学前哥哥告诉我，中午他要跟我说一件事，让我等着他别往外乱跑。我问是很重要的事吗？不是的话，我还是要乱跑的。我一贯爱在哥哥面前撒娇，因为在我很小的时候，父亲就因病离开了人世，多年来我把对父亲的感情连同对兄长的感情，一起寄托在我家唯一的男子汉——哥哥身上。哥哥大我七岁呢，本来我在他眼里也就是个小妹妹，何况他是个非常有兄长风度的好哥哥。

哥哥笑道："大概算是有点重要吧，但是如果你一乱跑，那就变得非常非常重要了。"我冲他做个满不在乎的鬼脸。当时我的确不信，以为又是哥哥逗我。但是，后来，当我联想起两件事时，我就有点担心了。一件是昨晚我睡下以后，蒙眬中听见妈妈和哥哥在客厅里说话，好像妈妈还哭了，因为我听见她不停地抽鼻子擤鼻涕的声音。第二件事是，前天晚上跟哥哥去饮冰时，他曾对我说了一句话：“嗳，小妹，如果我去深圳工作了，你会不会哭鼻子呀？”当时我哈哈大笑起来，说：“我可不是那种没出息的小女孩，怎么可能嘛！”其实，在哥哥上大学的四年里，每次他离开家，我都不敢去车站送，因为我怕我会大哭起来。联想起这两件事，我不由得对今早哥哥说的话起了疑心。

哥哥去年刚从北京一所大学毕业回来，因为分配的工作不合适，他自己找了一家公司临时打打工，他也曾经好几次跟我说过要去深圳闯闯，但我不相信，以为他是开玩笑，我想他是不会忍心丢下我和妈妈的，就算他真的有决心，妈妈也未必放心他去。说心里话，虽然我很希望哥哥能干出一番事业，但是又很舍不得他离开我。我实在太爱哥哥了。

初夏的阳光灿烂而不火热，滤过绿色的纱窗竟有点绿绿的凉意。我的双眼已有些疲倦，不一会便躺在沙发上睡着了。蒙眬中，我感觉有人正俯身在沙发边看我，睁开眼一看，果然是哥哥，他正微笑地看着我。“你干吗去了，害人家等那么久呀！”我揉着惺忪的双眼嘟囔道。“嗳，”哥哥揪揪我的鼻头笑道，“我还是第一次发现呢，你睡觉还流口水的呀？”我被说得难为情极了，扭过身去不理他，任他怎么哄，我也不转身。过了一会儿，只听他说：“你真的不理我了，不后悔啵？真的不后悔？”我仍倔强地不回头。他又说：“那我走了，真走了。”我听见他往房间走去的脚步声，心里暗暗发笑，哼，又哄人，你能走到哪儿嘛。直到听他在房间里说：“哎，有的人啊就是无情，她哥就要出远门了，她还要生气。”我才突然意识到发生了什么事，立刻从沙发上坐起来。这时，哥哥已从他的房间里拎出一只旅行包，我一下明白过来，惊慌地跑过去抱住他的腰：“哥，你要去哪儿呀？”话刚出口，我的眼泪已经滚落下来。哥哥一边拍着我的肩，一边笑着说：“哟，真哭了呀，那天不是还有人说不是没出息的小女孩吗？好啦，好啦，怪哥哥不早告诉你，反正深圳又不远，我去转转还会回来的，这样吧，以后保证两个月回来看你一次……不行？好，好，一个月，还不行？干脆白天在深圳上班，晚上坐飞机回来，总行了吧？”我知道哥哥是想逗我笑，但我已经抽泣起来。哥哥又说：“哎唷，大姑娘了，还哭鼻子。”一边说一边帮我擦眼泪。我边抽泣边说：“以后我放学回来又是一个人了，以后我再也不能和你一起骑车去兜风了，也不能跟你去饮冰了，也没有人跟我说话了……”哥哥轻轻抚摸着我的头，不再说话。

窗外的阳光洒进屋来，湿漉漉的一地。

哥哥终于又离开了家，我的生活又回复到从前的寂静，早上没人再敲我的门轻声喊：“小丫头快起床啰！”放学回来也看不到哥哥一边手忙脚乱地在做饭，一边怨天怨地地叫：“你怎么见死不救啊，痛苦痛苦，当初妈怎么也不征求一下我的意见给生个大姐呢！”晚上躺在床上，哥哥趿拉着拖鞋擦着地板走的嚓嚓声也消失了，连同他在卫生间里一边洗澡、一边唱歌的声音……

哥哥走了一个月了，我没有一天不想念他，放学的时候，我常常延长在外逗留的时间，因为我不愿一人待在那没有人声的空荡荡的家中。我宁可在大街上漫无目的地逛，到时装店看漂亮的衣服，到音像店看新出的歌带。我最喜欢到那个叫“妙韵”的音像店去，那里的歌带又多又新，而且质量也很过关。这是肖丽说的，我从来没买过，因为我家没有录放机，肖丽常来这里买，她买的是唱碟，她家有一套很高级的音响。

今天上课的时候，肖丽悄悄告诉我：“喂，孟庭苇又出了一张新唱碟，里面有一首《风中有朵雨做的云》，简直好听得死人啦！”肖丽做了个极夸张的表情。我赶紧问：“真的？有《冬季到台北来看雨》《你看你看月亮的脸》好听吗？”肖丽说：“差不多吧，一样好听。”我很高兴，还想继续追问，但是发觉语文老师那双锐利的眼睛正盯牢在我们这张座位上，我只好闭上了嘴。

放学之后，我和肖丽一起兴冲冲往“妙韵”去。

“妙韵”的门口贴着孟庭苇新歌带的巨幅广告画，音箱里正传出她极清新的歌声：“风中有朵雨做的云……”肖丽兴奋地捅捅我的腰说:“你听,你听,是不是啦,简直好听死人啦！”我点点头说:“真的好听呢！我简直现在就想买下这盘磁带。”我很快地就在磁带架上找到了这盘磁带，我翻来覆去地看了许久，孟庭苇依然清丽忧郁。我爱不释手，但最后还是把磁带放回了架上，因为我家没有录放机。我一直听孟庭苇唱完那首《风中有朵雨做的云》才恋恋不舍地和肖丽一起离开了“妙韵”。

晚上，我做完作业又开始给哥哥写信，每当我一有什么新鲜事或新感受，就要写信告诉他。但是我才在信纸上写下第一行字：“亲爱的哥哥，你好吗？我好想你呀！”就觉得鼻子有点酸起来。我努力回忆那首孟庭苇的《风中有朵雨做的云》，但任凭我怎么用劲想，也记不起它的调了。我有些难过了，为那首哼不出来的孟庭苇的歌，也为想念哥哥。

这时窗外下起了雨，是夏天那种阵雨，骤急而痛快的，我想天上的月亮一定被淋得湿漉漉的了。

妈妈说她这几天做梦老梦见哥哥,说哥哥变得又瘦又黑,还病了,一人躺在床上好可怜。我虽然笑着安慰她别担心，哥哥身体棒着呢，哪会得病。但自己却放不下心，想哥哥一人在外，人生地不熟，要是真得了病,连个倒水的人也没有啊!想想哥哥也有一个月没来信了,不知他在那边过得好不好？我真的好想念他。

星期五的晚上，我一人坐在客厅里看电视。电视不好看，我老走神。有一刻我听见外面有人上楼梯的脚步声，我便想：要是这脚步声在我家门口停住，然后响起敲门声，我过去一开门，哈，是哥哥回来了，那多棒！正当我这么想着的时候，那脚步声真的在我家门口停住了，而且真的响起了敲门声。我的心立即狂跳起来，我觉得简直有点不可思议。我趿拉着拖鞋小跑着去开门，天哪，真的是哥哥呢！“哥哥！妈！哥哥回来了！”我像小时候那样一下骑上哥哥的背。哥哥背着我哈哈大笑着在屋里转圈。妈妈闻声跑出来，她看着我们，竟然流下了眼泪。

我兴高采烈地到厨房为哥哥煮面条，妈妈和哥哥在客厅里说话。哥哥的确瘦了，黑了，不过好像更有一股男子汉的味儿了。我看着锅里嘟嘟沸腾的面条，心里感到真是无比的幸福。

这天晚上，我一直围着哥哥转，就连他洗澡，我也站在门口跟他说话，他出来便揪着我的鼻子说："怎么越来越像跟屁虫似的。"我嘻嘻笑着，又跟在他的屁股后头进了他的房间。他问我近来功课怎样，我马上跑去拿了一叠全是九十分以上的测验卷递给他，他看过之后满意地笑道："到底是我妹，有两下子。"然后便跟我大侃特侃起他的深圳生活来。我像小时候听他讲故事那样听得津津有味。直到妈妈一觉醒来上厕所，吃惊地站在我们的门口说："你们还没睡啊！"我这才一看钟，喔唷！竟然午夜两点了！我做个鬼脸，哥哥笑道："神啦，怎么一点不困呢？"

哥哥在家待了一星期，我天天跟过节似的开心，弄得肖丽也有些嫉妒了，她老说："我怎么就没个哥哥呢？"我听着心里好得意啊！

我和哥哥说起孟庭苇的歌是星期五的晚上和他去散步的时候。那个黄昏很美，太阳已完全沉入西天，天空是干干净净的淡蓝，一片清浅的新月升起来了，别在天幕上，像个纯净的女孩子的脸，夜风带着玉兰花香徐徐吹来，那风的凉爽和花的清香把这夏日黄昏熏染出一种诗意无比的浪漫来。

"哥，你爱不爱听孟庭苇的歌？"走在热闹的大街上，我问哥哥。"你是说那个唱《冬季到台北来看雨》的小丫头？"哥哥两眼活跃地在路边的商店前跳来跳去。"对呀，你觉得她的歌怎么样？""还行吧，声音蛮有一种空灵的味道，人也长得蛮乖的。嘿，我发现你跟她还有那么点像呢！"哥哥突然像发现新大陆似的站住盯着我的脸。我赶紧用手蒙住脸哧哧笑道："我哪有人家那么好看嘛。"哥哥便坏兮兮地笑起来，一边摸摸我的头说："一样是傻丫头。"我才知道哥哥在打趣我，便死死揪住他的耳朵不放。

“你听过她那首《风中有朵雨做的云》吗？”我继续问。“嗯，有那么点印象，反正小丫头的歌都那个味儿，多愁善感，哀哀怨怨。”“我挺喜欢，我觉得它曲子很美，歌词也动人，每次我听都有一种心酸的感觉，我觉得它是在说一个伤心的故事。”我轻轻地说，我的心似乎又神游在那支美丽的歌中。“瞧，说你是个傻丫头不错吧，那么多愁善感。”我有点不好意思地笑起来。恰好“妙韵”就在前面不远的地方，我叫哥哥陪我进去看看。一站在孟庭苇的歌带前，我的双脚就被钉牢了似的，哥哥一言不发地站在我身边，我感觉他不时地看我一眼。过了一会儿，他拿起那盘《风中有朵雨做的云》向交款台走去。我吃惊地跟过去，“干吗呀？我们要买吗？我们家又没有录放机呀！”哥哥不说话，只冲我一笑付钱买下了那盘带子。哥哥把磁带放到我手中：“这下，它是你的了。”然后摸摸我的头，我们走出“妙韵”。在“妙韵”门口，哥哥给了我一个许诺：“下次回来给你带台录放机。”我快乐得一下吊住哥哥的肩膀。

那真是个美丽的黄昏，天空清清，晚风轻轻，浅白的玉兰花香弥散在空气中，清新又诗意。

哥哥又走了，是在我去上学的时候走的，我中午放学回来，一个人站在静悄悄的屋里，竟忍不住大声哭起来。

我告诉肖丽，我哥给我买了那盘孟庭苇的《风中有朵雨做的云》，还告诉她我哥下回回来要给我带录放机呢！肖丽越发地羡慕我，她问我想不想试听我新买的歌带，如果想听，星期六去她家试放来听听。我说我还是想等到哥哥给我买回录放机再听，这样，我可以天天等待，天天做梦，有等待有梦的日子才有味嘛。肖丽听着吃吃笑起来，说我真是浪漫兮兮的。

我的生活便在等待中一天天变得酸甜酸甜起来。我常常在干家务时哼着那首《风中有朵雨做的云》，而我尤其喜欢在晚上，当夜很深了，四周都变得很安静时，一人静静地躺在床上用心去感受它。

这时候，我会觉得那空灵的音乐像窗外的月光一样，丝丝缕缕地飘进来，飘进我的心里，我的心顿时清如夏日的风，而那风中便有一朵雨做的云，它是我想念哥哥的心。

渐渐地，秋天来了。我小屋窗外的那片树林在一夜之间突然不见了。妈妈告诉我，因为将在这里起新楼，所以所有的树木都必须砍掉，我站在窗前看着剩下的一片如古战场一般的废墟，想起原来的它曾是多么的美丽！每回从窗口望出去，总见一片浓密的绿，绿得那么清凉，那么温馨。有太阳的日子，那阳光便碎金般地落下来；下雨的日子，那雨便飞花碎玉般地洒下来；有雾的早晨更好，树影都在乳白的雾中变得影影绰绰了，偶尔一两声鸟鸣从雾中穿来，还湿漉漉地带着水的清凉呢！那时我总是喜欢躺在床上欣赏窗外这片绿。哥哥也很喜欢这片绿，他说九寨沟也不过如此啦！有一回，哥哥正给我讲解一道数学题，突然窗外几声奇怪的鸟鸣把我的注意力转移开了，我问哥哥："这鸟声怎么怪里怪气的？"哥哥停下来静听了一会说："大概是只流氓鸟吧。"我便哈哈大笑起来。

想着这些，我不禁伤感起来，我想美丽的东西怎么都一点点地从我的生活中消失了呢？

肖丽突然告诉我，她要转学了，转到东区的中学。"为什么？"我心里咯噔了一下。"我父母离婚了，法院判我跟我妈，所以我跟我妈住到东区去。"肖丽神情忧伤地说。"什么？你爸爸妈妈离婚了？真的吗？"我简直不相信这会是事实，我一直觉得肖丽是个幸运儿，能生活在一个幸福美满的家里的呀！肖丽只是摇摇头轻声说："你不知道的，你不知道的。"两颗大大的眼泪顺着她的脸颊慢慢地滑下来。

肖丽真的走了，我们在校门口分手，她拉着我的手伤感地说："别忘了我啊！"我的眼泪掉了下来。

秋风又起的时候，我坐在窗前看那片废墟，心里觉得好冷。

圣诞节前的一个星期天，我上街去买了两张很好看的圣诞卡，准备寄给哥哥和肖丽。但当我就要把卡片装进信封时，我又改变了主意，我想还是动手做贺卡吧，那样更有人情味一些，于是我兴致勃勃地干起来。

我终于把贺卡寄出去了。回来的路上，我一直满心欢喜地想象哥哥和肖丽收到贺卡的样子。

圣诞节前一天，天气突然变得非常冷，天阴沉沉的，风冷飕飕的。我不由得叹气了，唉，圣诞节这种天气，再好的心情也要被破坏的。晚上睡觉，我感到一阵阵地冷，我想下床去重新灌个热水袋，可又懒得动，就这么迷迷糊糊睡到了天亮。当我睁开眼时，简直不敢相信自己的眼睛，天啊，下雪啦！下雪啦！我兴奋得一下子跳下床，推开窗子，哇，满世界的白啊！树上、屋顶上、地上都是厚厚的雪，大地充满了童话般的色彩。我想象着昨晚雪花纷飞的样子，心里真惋惜没能亲眼看见。在我们这座南方的城市要遇到这么一场大雪可不容易啊！

我踩着雪去上学，雪在脚下吱吱叫，我的心也越来越欢快，原以为无趣的圣诞节因为这场雪便生动起来了。令人想不到的是放晚学时居然又下起了雪粒，而且越下越密，最后变成纷纷扬扬的雪花了，我兴奋得在雪中奔跑起来。路上的行人都很高兴，连大人们都忘情地在雪中走着，任雪花落满一身。

我一边跑一边想，要是哥哥能回来多好啊！我也想起肖丽，要是她能跟我走在这雪中多好啊！今天她给我寄来了一张贺卡，她告诉我，我的贺卡她收到了，很令她感动，她说：“小未，你知道吗？这世上有许多珍贵的东西，但我们往往在拥有它时忽视它，而等到它远离我们时，我们才发现，我们原来曾是多么的幸福。我永远珍惜你的这份友情。”看着这张贺卡，我的鼻子酸起来。

我一身潮湿地回到家，在楼下就看见我家窗口亮着灯，我想下雪天妈妈也提前下班了，便赶紧三步并作两步跑上楼。我刚把钥匙插进锁眼，门便开了，这时，我是再次不敢相信我的眼睛——哥哥，我日夜思念的哥哥就站在我的面前。“我们的白雪公主回来啦！”

哥哥笑眯眯地望着我，这时，不知是眼睫毛上的雪花化了，还是眼泪流出来，我的眼睛模糊了。

晚上我们一家三口欢欢喜喜地围坐在火锅边吃了一顿丰盛的团圆饭，外面下着雪，屋里却被热腾腾的饭菜和温厚的亲情烘得无比温暖。

哥哥果然给我带回了一台漂亮的录放机，但我没有马上打开那盘我收藏已久的磁带。哥哥笑我真沉得住气。我说我要等晚上睡觉了再慢慢地享受。其实我是没有告诉哥哥，在这段等待的日子里，那种用心去感受的滋味远比用耳去听的滋味要美丽。

吃完饭，我提议去教堂，哥哥叫妈妈一起去，妈妈却说这洋玩意儿她享受不了，不如在家看电视。其实我也不懂那套东西，但我喜欢去感受那种气氛，毕竟是圣诞节嘛。去年我就是和肖丽去的，回来肖丽就发誓以后再也不陪我来了，受不了那份洋罪。今年她果然不来了。想到肖丽，我便跟哥哥说起她家的不幸，哥哥听完，摸摸我的头说："以后常跟她联系，她需要你这个朋友，尤其是现在。"我感动地朝哥哥点点头。

我们来到教堂，仪式还没开始呢，不过已是人山人海，我们挤不进去。哥哥说你是不是特别想进去？我说怎么啦？他说如果是特别想，我们就在这里等着，看准机会了就往里钻；如果不是特别想的话，明年再来。我说那就算了吧，看见那么多人，我也有点害怕。于是我们在外面的小摊贩那里挑了几件圣诞小礼物，就离开了教堂。

路上，一群大学生模样的人打着雪仗从我们身边经过，哥哥说我们也加入吧，说完抓起一团雪冲那些大男孩大女孩喊："嘿，算我们两个！"他话音刚落，乌啦声伴着一个个雪球就飞了过来，哥哥赶紧还击，我还没反应过来，身上已连中数"弹"。哥哥哈哈大笑着，一边扔雪球，一边冲我喊："小丫头，快还击啊！"我这才反应过来，赶紧从地上抓起一把雪向那帮大学生掷过去。"哇！"一个男孩大叫一声，中"弹"了，我好兴奋，哥哥冲我做个 OK 的手势喊道："好样的，小丫头！"我的情绪很快高涨起来，在雪地上忘情地奔跑如小兔。

不知过了多久，当我累得气喘吁吁时才停了下来，那帮大学生继续闹着往前去。我大声叫哥哥，没有回答，我回头看时，只见他正倚在不远处的一根电线杆下，我忙奔过去，只见路灯下哥哥的脸色很惨白，一副很疲倦的样子，我吓了一跳，摸摸他的头问："你怎么啦，哥？"哥哥拿开我的手勉强地笑笑说："没什么，可能今天坐火车有点累了，刚才又疯跑那么一阵，有点吃不消。"我埋怨说："你怎么不早说呢？你要太累，今晚我们不出来也行的。""嗨，圣诞节嘛，何况这百年不遇的白色圣诞节，不出来玩玩有什么意思。其实也没什么，你看，现在不是好了吗？"哥哥摸摸我的脑袋说，"今晚你很可爱。回去吧，你还有个节目呢！""什么？"我问。"《风中有朵雨做的云》。"哥哥冲我调皮地眨眨眼，我淡淡地笑笑。看着哥哥那张苍白的脸，我不由得有些担心起来。

在回家的路上，我紧紧拉住哥哥的手，哥哥的手那么温暖。它让我突然产生一种很强烈的感觉：在这白色的圣诞夜，能有一只温暖的手拉着是多么幸福的事啊！

回到家，我洗了个热水澡，马上就钻进暖烘烘的被窝（妈妈早给我放好了热水袋），当我拧亮床头的小台灯，平平静静地躺下时，我终于把那盘心爱的磁带插进了录放机卡座。啊，那动听的音乐飘出来了，多美的声音啊！听着它，这些日子以来的许多感受一起涌上了心头。我想起那些心如清风的夜晚，想起那些夜晚跟着月光流入心里的思念，我还想起了肖丽，想起她突然垂落下的两颗眼泪，想起她在贺卡上说的那些话，而当我想起刚才在路上拉着哥哥的手的那种感觉时，我的眼睛湿润了。

哥哥这次回来只是出差路过，所以两天后他就又离开了家。

哥哥走后不久，我收到了他的来信，信中说我的那张贺卡真是别致极了，很美，很有人情味。然后他提到肖丽，他说，牵挂是一份美丽，牵挂别人和被人牵挂都是幸福的，尽我们的能力去关心他人，便会获得这份美丽。他还提起这个白色的圣诞夜，他问我那晚跟那些大学生们打雪仗开不开心？我在心里回答："开心。"他便像听到我的心声似的开导我："对啦，人与人之间其实是有许多宝贵的东西的。人情味总是多过冷漠，敞开你的心扉，用你的真诚去热情地拥抱生活，你便会发现其中有许多的美好和快乐。"这时，我才突然明白，那个晚上哥哥摸着我的头说"今晚你很可爱"这话中的真正意思。我打开录放机，再听那首《风中有朵雨做的云》，我无比的感动。

日子一天天地过着，眼看就要放假了，我变得越来越高兴了，因为放假了，就意味着春节快到了，而春节到了，就意味着哥哥回来了。哥哥刚刚来信说，春节他一定回来的，不过可能晚一些，他争取年三十到家。我和妈妈都很欢喜。

终于放假了，我带着优异的成绩回到家中，每天我都帮妈妈收拾屋子，准备年货。当我把一条条洗干净的床单拎到太阳下晒，并眯起双眼看着它们像彩旗似的在风中飘时，我的心里无比快乐，我觉得生活真是美好。

我把日历上的日子一天天划掉，我在年三十那个数字上用红黄蓝的彩笔圈了三个圈，弄得很醒目。妈妈笑我心急，其实她还不是一样，一天不念叨哥哥几次她都不舒服。圣诞节哥哥回来时她就唠叨了半天哥哥又瘦了，问是不是病了，以后要多注意身体才是。这回哥哥真是又瘦了，只是瘦得不像原来那么精神，而是有点憔悴的样子。

现在我划掉第十一个日期，也就是说距年三十还有三天了。早上，我又开始打扫屋子，突然，妈妈一脸慌张地跑回来，我正踩在茶几上擦窗子，扭头看妈妈时，妈妈已哭起来。"快收拾东西赶火车。"妈哽咽着说。"去哪儿呀？"我还傻愣愣地站在茶几上。"去深圳，你哥病危了。"妈妈说到这里大哭着冲进里间。我还愣在茶几上，可是我的眼前却什么都看不见了，泪水涌出我的双眼。

我不知道是怎么收拾的东西，怎么出的家门，怎么上的火车，当火车发出“笛”的一声长鸣时，我趴在妈妈的腿上终于哭出声来。

我简直不相信躺在病床上的这个面色惨白的人是我的哥哥，一进门，我就忍不住大哭起来。昏睡中的哥哥鼻子里插着氧气管，手上也插着输液管。天啊，我的哥哥怎么会是这样子的呢？我的哥哥怎么可能是这样子的呢？

哥哥得的是一种奇怪的心脏病，当医生告诉我们这是罕见的心脏位于右胸腔的病例时，我“啊”地叫出声来，妈妈则一边落泪，一边低声自责：“是我害了他，我早就知道了，你们的父亲也是这样……我不该让他这么拼命……”

哥哥一直没有清醒过来，偶尔睁开眼，很快又昏睡过去，接连两天我和妈妈轮流守在哥哥身边。当我坐在病房里的时候，我常常死死地盯着哥哥的脸，我希望这张脸突然展开昔日的笑颜，我希望哥哥突然睁开眼睛说：“没事的，我没病的，我们回家过年吧。”我希望哥哥还像从前那样轻轻地摸我的头。可是，这一切都是不会出现的了，或许永远不再出现了。我伏在哥哥的床边哭起来。

坐得很累了，我也会站在窗前看一下外面的风景。有时候，看见那红彤彤的落日，我会突然觉得它像一颗心脏，天地间一颗硕大无比的心脏，它正一点点地往下沉，哥哥的生命也正一点点地消逝……

我的哥哥真的没有再醒来，年三十那天早上，他的心脏在手术室里停止了跳动。

我们一家三口又回到了家中，但是哥哥已成了骨灰盒里的一把灰。妈妈硬撑着做了一桌饭菜，然后摆上三副碗筷，妈妈给我倒上酒，给自己倒上酒，又给为哥哥空设的酒杯倒满酒，然后她举起酒杯，似乎想说句什么话，但半天说不出来。我看见她嘴唇不停地颤抖着，我的眼泪一滴滴落到了酒中。终于，妈妈说出了一句话：“哥哥这回再也不会离开家了。”我“哇”的一声大哭起来。

晚上，我翻出哥哥从上大学后写给我的信，一封封看起来。看着看着，仿佛时间倒流了，一幕幕往日的情景又浮现在眼前，我的眼泪打湿了每一张信纸。我第一次真正体会到了“珍惜”的全部含义。

夜很深了，我迷迷糊糊地睡过去，蒙眬中却依然听见录放机里飘出那首歌：“风中有朵雨做的云，一朵雨做的云，云在风里伤透了心，不知又将吹向哪儿去……飘啊飘过千万里，苦苦守候你的归期……”

本文获上海《少年文艺》1997 年好作品奖

聂震宁

聂震宇

笔名易翔，汉族，1938年出生，广西宜州市人。曾做过职业高中教师，《河池乡情报》副刊“金城览胜”专栏作家，广西作家协会、中国通俗文艺研究会、中国诗书画研究会会员，世界华人艺术家协会会员。有诗词、散文、小小说、摄影等各类艺术作品发表在各报刊上。

返老还童

宗　师

返老还童

我有幸到北方一个省城参加笔会，与会的都是二十来岁的小伙子、姑娘们，我这个年已半百的糊老头成了“孤家寡人”。人们都用怪异的目光打量我，连应付似的招呼寒暄都没有。小会座谈，舞会联欢，观光游览我都被晾在一边。我真悔恨自己何苦自讨苦吃，千里迢迢来开这次笔会！

一肚子气窝了三天，中餐后我信步大街解闷。见一家美容院门前的广告牌很诱人：“返老还童不是梦，还你一个青春美丽的花季年华。”我好奇地驻足看了又看。一位穿白大褂的青年美容师从门内出来，热情地与我招呼：“老先生，是否也想来个‘返老还童’？”

我苦笑道：“人都老了，所有的零件都磨损残缺了，还有这个必要吗？”

美容师正色地说：“当然必要，而且非常必要。如今是用人制度改革年轻化的时代，年轻总比年老的占绝对优势。”

我自嘲地道：“光在脸孔上刮上一层‘双飞粉’就可以忽悠来招聘的人员，恐怕没那么容易吧！”

美容师认真地解释道：“老先生，您别看陈年的老皇历了，我们的美容不是过去的胡乱搽脂抹粉画眉毛，而是世界领先的新科技——将人工合成活细胞植入脸上，不但填平皮肤上的低凹沟壑，还会生长全新的活细胞，从而达到返老还童的人间奇迹——”说到此他突然止住，诡秘地轻声说：“对不起，这是专利的机密，请原谅，无可奉告。”

他见我不走，知道我将上钩了。他抓紧时机动员地说：“老先生，恕我直言，如今时代不同了，哪怕你学富五车，才高八斗，满腹经纶，年纪老了，没有背景后台，谁还会赏识您呢？不下岗就内退了。如果您有一张年轻的脸孔，此地不留爷，自有留爷处，到别处去竞聘，青春美少年，肚子里装着五十年的学术文化知识、生活阅历、工作经验，办起事来就比实际年纪的青年人练达千百倍！您想人家招聘谁好？有没有必要呢？”

他的话使我联想起笔会三天来遭受的冷遇，还不是为了这副老脸孔！我要让人们刮目相看！我心动了，问单价。他说；“不贵。每‘还童’十年，收费一万元。以此类推。”我的银行卡上有三万五千，除去返程的费用，可以拿出三万元，来个‘返老’三十年！

美容师慎重地声明：“先将您的卡押在柜台里，手术后立即刷卡，如无效，分文不收，还赔偿给你误工费、洗脸费、精神损失费。”一份“美容协议书”双方签字生效。

我躺在美容床上，美容师用一张白毛巾捂住我的脸孔，一阵喷香沁人心脾，不久我便昏昏入睡了。我醒来时美容师扶我起身照照镜，真把我吓了一个大跳：镜子里是谁呢？是一位弱冠的翩翩少年！我兴奋不已，二话没说，感激地道谢辞别离去。

谁知宾馆的保安不让我进门。我声明说自己是来开笔会的，并把自己的居民身份证、会议邀请函理直气壮地往柜台一拍，保安慌忙去找来笔会秘书科官员。大家都一致认为我是冒名顶替，身份证上的相片是五十岁的糟老头，而眼前的我是一个二十出头的小伙子，相片与人不符，怎么解释都无效。他们便叫我滚，不然马上打110来抓我这个骗子。一气之下我搭上火车回了南方。

次日晚上十一点回到家，老伴上夜班未回。由于旅途劳顿，我入门后，往床上一躺，倒头便睡。

不知睡了多久，我被人不礼貌地推醒。睁开惺忪的睡眼，只见老伴与四位穿制服的警察站在床前。一位警察严厉地说："我们是110。小伙子私闯民宅，快跟我们走！"

我无名火起，气愤地叱责道："110又怎么样！这是我的家！她是我老婆！"

谁知老婆并不买我的账。怒冲冲地上前抓起我的胸襟，一连打了我几个耳光："谁是你老婆！我老公是五十岁的糟老头，你才二十岁就想占老娘的便宜！"跟着又是一阵耳光。

警察都不约而同地失声大笑。其中两个上前不由分说地抓住我的两边手臂，严厉地说："算了吧！年轻人，竟好意思冒充五十岁老太婆的老公，亏你讲得出口！"

老婆又上前想狠命地打我耳光，被警察拦住。

我被打得满脸又辣又痛，有口难辩。我后悔，我恨自己。明明老就老了，何苦花三万元去美容，换一张虚假的脸孔充当后生呢？

宗 师

宗师不姓宗，也不是什么师，更不是思想或学术上有重大成就、受人敬仰奉为楷模的权威人物——“一代宗师”。

由于当前假冒伪劣商品源源不断流入市场，鱼目混珠，消费者习惯地把原来厂家出品的叫“正宗货”；其他假冒伪劣都叫“流宗货”。人们无论买什么东西，大至汽车、摩托车、冰箱、彩电，小到一包烟、一团尼龙线、一根针，都不放心地互相请教、询问：到底是正宗还是流宗？宗师就是有此怪癖，不论买什么都要正宗，绝不买流宗货！老婆子女买东西回来，是流宗的，他非强令退货不可！他自有一套分辨“正”与“流”的秘方，绝不外传！人们戏称他为鉴别“正”与“流”的师傅，简称“宗师”。此诨名不胫而走，见面打招呼都叫他“宗师”，而不去理会他原来的真名实姓了。

◆宗　师

今年，是宗师的六十大寿。儿媳女婿、家孙外孙欢聚一堂，女婿特地买了一台两米高的冰箱孝敬泰山大人。一家老少都夸赞不绝，谁知宗师看了一眼之后，不屑一顾地摇头叹息抛出了三个字：“流宗货！”

像一盆冷水当头泼下，一家人都惊呆了，女婿更为尴尬。女儿不服，娇气地埋怨道：“这冰箱还是托人到厂家去买的，出厂价3200元，你看都不多看一眼，就讲是流宗货！”

“还用什么多看一眼！光看这个招牌‘刘三姐——阿里巴巴’，中国的刘三姐配上外国的阿里巴巴，不是流宗是什么？”

一家人啼笑皆非。女儿忙解释道：“这叫作中外合资，进口的材料，国内组装。”

“所以讲。既不能算他国出品的正宗货，也不能算我们自己的正宗国货，那就是流宗的呗！”

女儿语塞，一下子又找不出什么话来说服这个固执的老头子。儿子为了缓和气氛，连忙敬上一双花了160元买的“高档”皮鞋。两个外孙跑了过去，抱住公公的脚，天真地问道：“公公，舅舅买的这对皮鞋是正宗还是流宗的？”

宗师也被孙儿逗乐了，抱起小孙女亲了亲：“让公公仔细看看才晓得是正宗还是流宗。”

他用手指敲敲鞋底，又用力揿揿鞋面，最后说：“同样是流宗货！”

“是正宗的牛皮鞋！”儿子急得几乎哭了。“我专门托人去上海买的。”

“去上海买的就一定是正宗货？”宗师斩钉截铁地说：“正宗牛皮只要用手指出力一揿，手指周围的皮立即起无数的细皮皱纹，抽开手指又恢复原状，人造革等流宗货没有这个现象。鞋底也是粘胶上一层皮，里面仍然是再生胶，后跟甚至还是木头的呢？不信可以马上剖开来看。”

宗师的老伴——宗妈怕他们爷俩吵起来，连忙过来打圆场：“你这个顽固不化的老爷子，开口闭口就是‘正宗’‘流宗’。我买回来的大米、猪肉、牛肉，你都不用吃了，它们都是流宗货。”

“当然都是流宗的。这锅里的香粳米你见香吗？正宗的香粳米，开锅香，舀在碗里香，吃在嘴里香！卖肉的也吹是明伦的香猪、下南的菜牛，其实还不是大塘的猪仔、马泗的老牛！”

欢庆生日在正宗与流宗之争中不愉快地度过。

不久，宗师病了。老婆孩子主张去医院留医。不管怎么劝，宗师就是不去，说医院的药也是流宗的多，他要看中医草医，吃中草药，原汁原叶才是正宗货！结果不但病情不见好转，反而一天天加重，骨瘦如柴，危在旦夕。一家人不管他同不同意，硬把他抬去医院抢救。在途中，宗师气息如丝，有气无力地叮嘱道：“我……我不行了……俗话讲的……吃在………广州，死……死在柳州……其实……柳州的棺材……是流宗的，只有融安的……才是真正的正宗……你们……定……要到……. 融安……买……正宗的‘长安料’……”

宗师死后，家里人无法圆他“正宗长安料”之梦，只能到火葬场送他“驾鹤西去”。送别时孙儿们安慰道：“爷爷一路走好。你放心，这是正宗的国营火葬场，目前国内尚未出现流宗火葬场。”

周国勇

周国勇

1971年10月出生，籍贯宜州。广西师范大学外语系英语专业毕业，1993年7月参加工作。曾在宜州市怀远镇中学、宜州市新闻中心工作，现任职于宜州区庆远镇叶茂小学。1996年开始发表作品，十多年来，先后在《金山》《小小说月刊》《小小说选刊》《微型小说选刊》《小说月刊》《当代人》《当代小说》《青年文摘》《意林》《青春阅读》《喜剧世界》《杂文月刊》《杂文选刊》《传奇故事》《特别关注》《中国纪检监察报》《中国人口报》《中国石油报》《中国老年报》《中国建材报》《中国气象报》《天津日报》《南方日报》《新民晚报》《羊城晚报》等500多家报刊发表小说、诗歌、随笔等共计1500余篇，120万字。并有文章入选各种选本及获奖。

一袋高粱馍馍
预支幸福

一袋高粱馍馍

厂长换届选举上，高飞信誓旦旦地说："如果我当了厂长，就算死也要设法弄活大坡淀粉厂。"就为这句话，全村人都把选票投给高飞。

村集体企业大坡淀粉厂建厂伊始挺火的，后来稀里糊涂就欠了一屁股债。村民想，问题可能出在厂长身上。

于是风风火火地换厂长。似乎是一个循环往复的怪圈，每一任新厂长上台，厂子就欢欢愉愉蹦几下，之后又如水泡的油条——蔫了。而凡是做了厂长的人，小日子却都如旭日东升。

之后，仍得换厂长。

高飞接手时，有人提议，干脆卖掉这累赘，兴许大伙还能分几个钱。"屁话！"高飞愤愤然骂道，"眼光不能只盯着脚尖看。卖了厂子以后咱村的苜蓿就不值钱了。不行，我不能忘掉曾经许下的诺言。"

在高飞授意下，厂子扔掉了那些三姑六婆的闲职，当月就立竿见影，能发起工人的工资了。高飞说：“厂里设备老掉牙了，想要彻底翻身，更新设备势在必行。”“钱呢？”有人夸张地做了个数钞票的手势嚷嚷。“每家每户勒紧裤带，从牙缝里抠出一点。”高飞说。“能……能行吗？”大头显得忧心忡忡。舍不得孩子套不住狼！高飞狠狠地摁灭烟头。话说到这份上，大伙都交了钱，心想，高飞是个负责任的人，就信他一次吧。

高飞携巨款上路了。一走一个星期，仿佛一颗坠入湖心的石子，毫无音讯。

大头按捺不住了，脖子上凸起数条青蚯蚓，骂：“高飞这个王八蛋！百分百是吞了咱们的血汗钱了。”“兴许有啥事耽搁也说不定呢。”有人不赞同大头的意见。“我呸！他为啥一个人走？上哪地方也不明说？问问他老婆就清楚了！”大头怂恿道。

“翠花，你要老实交代，高飞掳走了多少钱？”一群人不依不饶问。“三十五万。哦，还不止呢，俺的五千块私房钱他都不放过，为了这事俺三天不和他说话。”“还带走啥？说！”“走前那天晚上，高飞吩咐我烙了一锅高粱馍馍，留下两个给娃，其余的他都拿走了。”翠花一五一十回答。“我说，傻妹子哟！你男人撇下你不管，到外面养小的去了，你相信吗？”大头满有把握地说。“我了解他的，他不会……”翠花带着哭腔说。

“不会？干粮都备了一大袋，不跑才怪？乡亲们，当官的没一个好东西。大家想想前几任厂长就知道了。”大头喊道。“呜呜——四千块呀，俺的防老钱呐。”王奶奶一把鼻涕一把泪哭得伤心欲绝。“俺更惨咧，俺家的可是两万元呢……”“操他娘的高飞，用了咱的血汗钱，天打！雷劈！火烧！……”顿时村里哭声骂声四起，呜哩哇啦的，像演奏着一曲古怪的交响乐。

第九天，高飞的死讯传来。是搭货车回来的途中翻车死的。“死得好！到底遭了报应了。”村民们见面纷纷传诵着这一条天大的“喜讯”。

第十五天，一辆大货车跌跌撞撞开进大坡村，卸下一套崭新的设备。村人懵懂了，许久才想起上前搭讪：“这套设备多少钱？”“三十五万三千块钱，”跟车来的眼镜小伙说，“这是最优惠的价格了，我们卖给别处一律都是三十七万的。”

“天下竟有这等好事？你们老板吃错药了吗？”大头显然不信。

“听我解释。”眼镜说，“那晚，高飞宴请我们，席间对着酒席发呆，他喝了一口酒后推说胃痛就折进卫生间。老板觉得蹊跷就悄悄跟着，结果发现高飞居然在卫生间偷吃随身带的高粱馍馍，一副饿极了的样子。老板后来探出了实情，高飞这一路上几乎都是吃自备的馍馍，目的就是为了节省几个钱。老板很感动，当即力邀高飞加入咱们公司并许诺以高薪。高飞说，他跟乡亲们许下过诺言，必须回去。老板说，既然这样，就不好强求了，不过要送他一份礼物，这套设备就以成本价卖出，还有这顿饭老板来买单。”

“大家可能有所不知，咱们老板早先为了创业常常饥一顿饱一顿的，还睡过桥洞呢。高飞的情况让他回忆起自己从前的辛酸。你们想，老板能不欣赏高飞的人品吗？能不感动吗？对了，高飞他人呢？怎么磨磨蹭蹭的不出来接货呢？”眼镜小伙急了问道。

“哇”一声，人群中翠花呼天抢地：“高飞啊，高飞啊，你为啥这么笨？省这几个车费干什么？”

呜呜呜，村子里顿时哭成一片汪洋大海。这萧瑟寒冬，冷彻了每个人的心骨。

原载于《青春阅读》2004年第5期

预支幸福

这个时代，流行预支幸福。

前些年，在咱这小城里，许多人疯抢商品房。房托说，要一套一百平方米的套房吧，只需首付两万元，余下跟银行按揭，三十年内每月只需支付二百一十元，平均每天才七元，你便可以享受三十年后的居住环境了。我心想，每天只花七元钱嘛，小菜一碟！因为我每月工资九百元，妻子六百元，足可以应付。不过后来我发现我的想法有欠周到，需要用钱的地方多着呢。买房只是其一。

其二，为了出行方便，买了辆摩托车。养路费每年二百零五元，检车每年一百八十元，第三者人身保险每年一百元，检驾驶证每年四十元，计五百三十一元。我向一位交警朋友诉苦：哎，养一辆车真费钱！他不以为然说，平均每天才一元四角五分嘛，小意思！

其三，电脑梦一做好几年，因囊中羞涩仍无

从实现。一天，代销商向我推荐一款七千九百九十九元的高档产品。我说："别费口舌了，我压根没钱。"他说："你不是老师吗？"我说是。"只要有工资就好办！电脑你先扛回家吧。五年内还清欠款即可，平均每天四元三角八分，你就可以紧跟时代潮流了。"

其四，得知我有电脑，安装宽带的来了，说："只买电脑不装宽带就和抱一坨石头回家没什么两样。装了宽带，上网看新闻看美女，聊天网恋什么的，多刺激！"我怦然心动，问费用如何。他答："一年六百元，平均每天一元六角四分，哎呀，电脑都买了还在乎这点钱？"

其五，我的手机土掉渣了，早想换一部新款的，又苦于没钱。那天我看中一款三千八百五十元带摄像功能的，一时竟爱不释手把玩着。老板见状，大手一挥："拿去吧，拿去吧！三年内每天打够三元五角二分话费，你就白捡一部高档手机哦！"

其六，"小太阳鲜奶公司"促销人员上门来了，瞥一眼我那面黄肌瘦的小儿子，对我老婆说："哎哟喂，大嫂！瞧你儿子，该补充营养啦！大人们苦些不打紧，可孩子是长身体的时候啊，千万马虎不得！我们公司的高钙鲜奶每天送货上门，一年七百二十元，平均每天一元九角七分。一元九角七分嘛，换个健康小宝，划不划算？"

其七，儿子到了入托年龄，我说送私人托儿所吧，那儿收费便宜，每月五十元。"你疯啦？你想毁了儿子前程是不？送市幼！市幼赫赫有名，达官贵人的儿子都往那送。若非我有个同学在那做阿姨，你想进还进不去呢！再说，每月一百元，平均每天三元二角九分你都嫌贵？"妻训斥说。

其八，保险公司业务员上门来了。她说，有一款"平安险套餐"，一家三口每年共六百元，平均每天一元六角五分。无论火灾水灾地震车祸生大病……保一家免除后顾之忧。我对保险公司向来心存芥蒂。妻一听却说，这个"套餐"买得值，最高理赔数额达三十万呢！

其九，办公医证。每个职工都要求办的。我被扣了三百八十五元。平均每天一元零五分。领导说，该花的钱一分也不能省。办公医是有赚头的，万一不幸得了癌症等重病，公医办替我垫付十万元。

其十，订报。上头强行摊派的那种报，不管你心中有多大怨气，反正是扣你工资没商量。领导安慰大伙说，钱不多，全年二百八十八元，平均每天才七角八分。想想也便释然。七角八分，算个球！

月初，妻子下岗了。顿时觉得生活过得紧巴巴的。我想，怕是入不敷出了吧。一列各项开支：

7 元 +1.45 元 +4.38 元 +1.64 元 +3.52 元 +1.97 元 +3.29 元 +1.65 元 +1.05 元 +0.78 元 =26.74 元。

30 元 –26.74 元 =3.26 元。

还好，没超支！不过现在我每天可支配的钱只有三元二角六分了。

原载于《金山》2005 年第 11 期

侯志锋

侯志锋

1967年出生，壮族，宜州龙头乡农民，现漂泊珠三角打工。广西作家协会会员。曾在《民族文学》《广州文艺》《芳草》《黄河文学》《作品》《诗刊》《广西文学》《文艺报》等报刊发表中短篇小说、诗歌、散文（非虚构）多篇，曾获中国工业文学奖、全国打工文学大赛小说奖、广西壮族自治区成立60周年文学创作征文一等奖、广西年度壮族文学奖等奖项，出版有短篇小说集《背起所有的乡野》。

红本本

红本本

一

上世纪九十年代初，离今天也有二十多年了吧。年代久远，我记不清我是哪一年到油城科技培训中心电子班学习了，只记得清，那年的正月初十，我从老家出发，坐了汽车再坐火车然后再坐汽车，去海滨城市油城。为什么记得是初十，因为正月初十是我母亲的生日。并不是我逃离母亲的生日，不给她老人家庆生，如果那样，该是多羞耻的罪名。实际上，我是一位孝子，家里最小的，我们那里称为“满仔”，我一直陪在母亲身边，每年的生日我都要给她庆生。我父亲死得早，母亲含辛茹苦把我们几姐弟养大，我有三个姐姐，一个哥哥，三个姐姐都没上几年学，只有哥哥读完高中，他考不上大学就去村小学当代课教师。我们村才十多户人家，高中毕业生没有几个，看哥哥手拿那本红红的高中毕业证书，很多人都羡慕。我三位姐姐陆续地出嫁了，大姐出嫁后二姐就读不成书，二姐出嫁后三姐就读不成书，三姐出嫁后应该是哥哥读不成书，他得回家和母亲劳动供我读书，但事实上却反了过来，是我读不成书，他那时读高中，村里的人都说他比我聪明，应该让他读完高中考大学，我只能回家帮母亲放牛，那时我才十二岁。我的姐姐们也没有毕业证书，但她们都有像毕业证书一样的红本本，例如结婚证、计划生育证、准生证等一大沓。唯独我没有，我读了一年初中便辍学了，那时小学毕业生是没有毕业证的。油城的电子学校可真够多了，各种报纸上都登有五花八门的技校招生广告，而刊登广告的电子技校，大多都是油城的。报纸上的技校广告，我不知道那时它吹得天花乱坠，以为一切都是真实的，不知道那些图片广告都是 P 的，承诺的进厂工资，更是天上和地下。毕业后包分配，一个月一千多元甚至几千元，对于一心想逃离面朝黄土背朝天的农村青少年来说，这有多大的诱惑力可想而知，只可惜后来才知道是吹牛皮把牛从老天上吹掉了下来。那一天，我去家乡小镇上的发廊，见沙发上摆着几张报纸，顺手拿起瞄瞄，满版的电子学校招生广告，我激动得心里“嘭嘭”地响，跟伙伴们说：“我一定要去油城的电子学校学习。”伙伴说：“能拿到那本红本本就有大钱拿了，就像你哥哥手中的那本红本本。”

我一定要去电子学校拿到红本本，我在心里狠狠地说。我们都把证书叫作“红本本”，多年后我才知道，证书的封面不光是红色的，还有蓝色、咖啡色等各种颜色的，我那时还没去油城的时候也不知道咖啡色是什么样子，能喝上咖啡也是多年后的事了，但那时我很喜欢听录音机里的一首歌：“美酒加咖啡，我就要喝一杯……”不管各种各样的本本有多少种颜色，我都统统称它为“红本本”。我要去电子技校拿红本本，那是需要成本的，几千元钱的学费和伙食费那时候对于我来说简直是天文数字。要知道，那时农村的暴发户才是万元户，我那十多户的小村庄还没出现一家万元户。几千元，只能靠借或者出门打工赚。我母亲是不允许我出门的，如果我出门，家里的田地谁来种？扔给母亲一人干那是绝对不行，母亲的年纪也大了。我和几个姐姐和姐夫商量，姐姐和姐夫们都有一大堆孩子，她们都用各种好话来婉拒和教育我。扔给我那位当小学代课教师的哥哥，那更加不行，他考两年大学都考不上，自认为我读了一年初中辍学回家和母亲干活供他上学是天经地义。他每月三十元的工资，跟那帮老师花天酒地很快就花掉了，他每天中餐和晚餐都回家吃，但我和母亲从没见过他一分钱。我知道母亲辛苦，在姐姐们那里碰了壁后也就不再提出门的事。我至少有一张身份证，我母亲连身份证也没有，我甚至也没有见过她和父亲的结婚证，她唯一的名字只写在户口本上，她一生也没有照过相，我没有带母亲去镇上的照相馆照相，却和伙伴们去照了几张，母亲去世后也没有留下一张相片，这是我至今最遗憾的一件事，我始终不能原谅自己。我翻她那只老箱子的时候，见箱里有一捆红本本，我以为是母亲的红本本，那只老箱子是母亲的陪嫁物，我解开捆着的小麻绳，发现那是几本《毛主席语录》，有两本还被老鼠咬了一小半。

我母亲不识字，在我的记忆中她从没睡过一次午觉，几乎也没生过病。那一年突然一场大病卧床不起，送去医院，打不了针，打针就起反应，也吃不了药，吃药就呕吐，医生们都束手无策，没过多久母亲就去世了。按我们那地方的习俗，父母亲过世，头三年每餐都要在八仙桌上摆上饭菜孝敬，过完三年后才能烧立在八仙桌上的灵牌。我打算孝敬去世的母亲三年，烧完母亲的灵牌，然后出门到远方去，那样我到哪儿母亲就可以跟随我到哪儿，只要我有一口饭吃,跟随着我的母亲的灵魂就不会饿。刚给母亲做完初一的第一年，大姐夫和二姐夫跟我说：“我们以前不同意你出门打工，那是因为家里还有阿妈，现在阿妈过世了，你可以出门打工了。”我说：“还有两年才能给阿妈烧灵牌咧。”哥哥说不用等三年也可以烧，他是怕我把麻烦推给他，他已经结婚，他结婚的彩礼钱却是我和母亲来付，赔了几年才赔完。我和哥嫂也已经分家。我知道他们那时的心思，我也差不多到结婚的年龄了，如果我不出去赚钱他们就得为我负担。

我把家里的几条牛卖了，还了该还的债，再跟姐夫们借了一些钱，我决定去油城的电子学校学电子。我把报纸上所有刊登招生广告的电子学校对比了一下，觉得油城科技培训中心的费用最便宜，就选了油城科技培训中心。大年初十，我们附近村庄的人都在那一天出外打工，我也选在那一天随他们出去，但她们是去东莞、深圳、粤东打工，而我是去油城学电子，打算拿到红本本之后才打赚大钱的工，况且电子学校还承诺毕业后包分配。那一年到底是哪一年？1991 年？ 1992 年？还是 1993 年？我想到头疼了都想不起，只知道，再过几年，就是香港回归。

二

我背着一只包袱，像驮着壳缓行的蜗牛慢慢地爬到了小镇上，挤上了似一锅肉饺子的一辆班车，到了县城的火车站，那一趟趟呼啸而过的列车更像要被挤破的气球，根本没法上，车厢里的人都挤到门口了。下面的人要上去，上面的人就把你推下来。拼了几趟车都上不了，我只好退了火车票，去汽车站。找来找去找不到去油城的车，我只好坐了去玉林的车，在玉林车站广场站了一晚。冷索索的深夜，车站的保安不知去哪里抱来一捆柴禾，烧燃一堆熊熊的大火。一大堆人围了过来，包括死活磨着要拉我去火车站坐车的三轮车司机，我没跟他搭话，他说：“去坐火车也有卧铺啊，何必在这里等到天亮坐汽车？”还有动员我去旅馆住宿的拉客女，她开始说去住宿才要十元钱，后来她说才要一元钱去不去？说太多也是累，我就不多说了。

也不说我出了油城的火车站，费了多大的劲才找到油城科技培训中心的胡老师，那时学校还没开学，没有老师在学校。

油城六路和油城五路的交接处，是科委大院，科技培训中心就在科委大院里。科委大院斜对面的马路边是市政府，离市政府隔壁是新湖公园。我们的宿舍呢，却是在军分区后面的一条巷子里。巷子里一个小院子挨在一栋楼下，几座矮小的红砖瓦房，在城市里瓦房可真是不多见。那时学校宿舍的床架还保管在一户人家里，我是电子培训学校开年的第一位新生，那晚我和胡老师搬出所有的铁床架放到小院子里的宿舍，安好几个床架后胡老师啰唆地说了一大堆话才离去。我记不清他说的所有话了，但还记得一句，说有人来查夜的话就说是科技培训中心的。

那晚上，我一个人躺在空荡荡的小院宿舍里，草席和棉被是我花了 50 元去市场的小店里买来的，我跟女店主讨价还价，她说 50 元钱不能少，可以送我一只水桶。那只红色的水桶，成了宿舍洗衣服的公用水桶。毛巾、牙膏和牙刷，是我从家里带来的。挂在梁下的灯孤独而昏黄地亮着，它好像也有心事，默默无语，我的眼睛一直瞪着它，心情忐忑不安。我不知道自己什么时候迷迷糊糊地睡了过去，醒来时，见灯还亮着。我按了按戴在手腕上的电子表，那只电子表是我花了 15 元钱在家乡小镇上跟一个摆摊的小贩买的，那个小贩说这是他去深圳中英街弄到的货，也不知是真是假。电子表发出了嗲声嗲气的女音："现在时间，上午七点四十二分。"我知道天亮了。

那两天，我的早餐都是方便面，开水是去科委大院打来的，胡老师给我一只暖水壶装开水拿回宿舍。我正餐和晚餐有时候也泡面，有时候去粉店吃一碗河粉或者快餐。第三天中午，我去外面吃饭回来，见我的上铺上坐着一位脸圆圆的小伙子，估计也不到二十岁，跟我年纪差不多。没待我开口，他就对我说："你去外面回来了？刚才胡老师带我来时见不到你，就说你可能出去玩了。"

我点点头，问他是哪里人？他说是贵州罗甸的，名叫张登芳，我说我来自广西，名叫侯子，他用手捂住嘴想笑，但他又用力忍住，把笑声咽下肚去。他从上铺跳下来站在我身边，比我稍高，也比我稍胖。他说："侯同学，"可能是不好意思叫我侯子，"我想出去存点钱，你能不能陪我出去？"

张登芳的到来，扫去我心中的阴霾，我忧郁的心情变得阳光了起来。至少证明不是一场骗局，就算是骗局，也不是我一人被骗。

我和他出去，在光华邮电局对面看到了一家储蓄所，在我老家人们叫它信用社。张登芳要存三百元钱，不用存折，女工作人员只给他开了一张收据。我疑惑地问他："你不用红本本？"他不解地问："什么红本本？"女行员笑出声来，我说："存折啊。"

见张登芳存钱，我想起口袋里也剩下几百元钱，我和他的学费和伙食费都一次性交了，还剩下这些钱是防备用的。女行员给我开存折，一位来存钱的中年妇女站在我身边，她对我说："不要设置密码，设置了忘记了密码取不了钱的哟。"我就没有设置密码。

我把红本本收进衣服口袋里，和张登芳继续往前走去。他喜欢逛，我也喜欢逛，还没有开学的那几天，我们逛了油城不少地方。去到江滨公园，见没人守门收门票，我们就走了进去。刚走进大门口，迎面走来一个柔发飘扬的女人，她胸前挂着一部照相机，人很漂亮，露出一口灿烂的白牙齿："两位帅哥，照几张相留念吧。"她很有气质，像电影里的女人。我和张登芳就找地方叫她帮拍照，我站在一座假山的石头上，女人用手指了指我的拉链，我才发现拉链没有完全拉合，我拉紧了拉链，女人叫我一手攀着石崖，眼睛向她望。闪光灯一闪，我知道照好了，立即从石头上跳了下来。女人说："没多照几张？""一张就够了。"我说。

张登芳在凉亭里照了一张，我和他在凉亭走廊合影了一张。那时没有数码快照，女人叫我们第二天来取，我们第二天才去取，女人帮人拍完照就向我们走来，满面笑容地从包里掏出一大沓照片，选出了我们的照片递给我，我问照相的女人："你没有过塑？"照相女人说："店里才有过塑。再照几张吧？"我摇了摇头，和张登芳走了。张登芳说："我们叫她帮我们照证件照吧。"我说："照毕业证红本本的照吗？在学校附近的照相馆照，取相容易些。”

我和张登芳去名城商场，名城商场里有家书店，他买了两本三毛的散文集。在培训班短短的几个月里，我把两本三毛散文集借来全部读完。那时，我们宿舍里谈论最多的话题就是三毛。她几乎成了我们的偶像，一个女子，单身游走了世界上那么多地方。

我们说好出去理发，几个同学蹦蹦跳跳地去，进了油城六路小巷口边的发廊，发廊不大，只有一个女人，她没有请洗头妹。我觉得长发飘飘的女人很面熟，但又想不起在哪里见过。

同学们叫我先理，我坐了下去，我问飘散一肩长头发的女人：“你们开发廊用不用办红本本？”

“红本本？”发廊女人一脸惊愕。

几位同学几乎异口同声地说：“执照。”

发廊女人笑弯了腰：“当然要办执照。”

我说：“我们小镇上有些发廊就不用办红本本的。”

我理完发，以为张登芳坐下来理，但他和几位同学你望着我我望着你，谁也没过去理，最后，他们和我一起走出发廊。

张登芳算是第二批到校的学员，另外三位同学，朱来、程洪、程生算是第三批。校长谭洪全跟我们说，他们已经给各地写信或打电话来报名的学员们打电话通知了，学员们正在陆续地上路，过几天就可以开学了。

还没开学就不开食堂，我们几位同学都在巷口的那家小饭店里用餐。

我理发出来的第二天，同学们又说去理发。我说：“我以为她理不好你们没有理，现在又去理？”同学们只是笑。我们一群人又来到了我昨天理发的那间发廊，这次是张登芳坐下去理，他对理发的女人说：“你真像三毛。”

听了他的话我才恍然大悟，觉得女人面熟，原来她长得像三毛，真像三毛散文集的封面和扉页的相片，一模一样。

女人问："三毛是谁？她是干什么的？"我们几位同学就和她谈起了三毛。程洪的手中还拿着张登芳买的书，他把书递给女人看。女人看了看三毛的像，又看着挂在墙壁上镜子里的自己："还真像！"

我们班里的学员发展到四十多人，我们班叫电子一班，我毕业前，还有二班和三班，我离开油城后就不知发展到多少班了。那段时间同学们去理发，就去那间理发店里理，我们都是一大群人去，和"三毛"搭一两句话。

我们都把她当成了三毛。

三

说是电子初级班培训三个月，其实我在油城科技培训中心待了四个多月，电子一班开学后，隔几天又来一两位新生。来了新生，又得从开头上课，所以把三个月拉长成四个多月。电子学校只有胡老师、校长谭洪全，还有名叫梅芳的谢小姐，但谢小姐是办公室里的，她不用上课，再就是煮饭的华叔。谭洪全校长也不用上课，只有胡老师一人上课，胡老师有事的时候，谭洪全才来顶他的课。

胡老师的普通话说得并不好，上课很吃力，我和张登芳还有其他从外省来的学生都听不太懂，好多学生有意见，后来胡老师干脆用广东话上课，我们一点都听不懂了，去向校长反映，谭洪全说："你们结业后都要进厂打工，也需要会讲广东话啊。"

电脑班不归谭洪全管，是另外一个人办的，它的周期短，只一个月。谭洪全只开电子班，电子班很少有女生，我们每天只好对着走过窗前的电脑班女生吹口哨。差不多上了一个月的课，出现了转机，我们电子一班来了一位女生，下课后男学生们纷纷围着她，问她叫什么名字。问后才知道她也来自广西，但她是广东隔壁的，会说白话。

她叫甘菜心。同学们围了过来，对着我和甘菜心："老乡见老乡……"

“两眼泪汪汪。”

班里最小的学生名叫包工地，他用一口夹着白话的普通话说：“老乡见老乡，背后一枪。”他举起手，把食指、无名指和小指弯了下去，拇指和中指形成一把手枪指向我，“呯”。

甘菜心尖叫了起来。

我们电子班没有女宿舍，甘菜心和电脑班的女同学共宿舍，电脑班的女宿舍在科委大院里，而电脑班的男生则到我们电子班的宿舍去住，上学要走十几分钟的路，放学也要走十几分钟的路。饭堂在我们宿舍的小院子里，她们来吃饭也需要走十几分钟。来吃饭的只有甘菜心、郑敏、刘日明三位女生。她们可能是来吃一餐记一餐的，不像我们一次性交伙食费，甘菜心只来吃几餐，她就到粥馆里吃粥去了，别的同学说还有人请她的客，有的则说她帮粥馆洗碗，老板免了她的粥钱。郑敏和刘日明星期六都回观珠乡下的家，只有星期一至星期五来开饭，还有一个月她俩就毕业了，后来再也没看到女生来食堂开饭。

郑敏和刘日明走后，甘菜心的宿舍又进来别的女生。其中有一位电脑班的女生名叫伍小娜，我背后称她“冷美人”，她人高挑，漂亮的瓜子脸总是冷得宁静，有一股仙气。其实她也不是那么不好接触，她知道我在背地里叫她“冷美人”，我们去女生宿舍找她们聊天的时候，她把自己的一张相片摆在桌上。我赞她的相片好看，她说：“好看就送给你呗。”我不敢拿，尽管我很想要这张相片，但甘菜心坐在她身边，她的身体语言好像散发一种幽冷的意味。

甘菜心喜欢乒乓球，她自己买了一副球板。科委大院里的球桌人多挤不过来的时候，她就叫上同学们，去外贸大厦边的一个小馆里打，那个小馆里摆着几张球桌，没人看管。那个乒乓球馆在一块高地上。张登芳喜欢打乒乓球，他以前跟我出去逛，现在甘菜心来了，他不陪我出去逛了。他迷上了乒乓球，但球技很差，简直不是任何人的对手，甘菜心三下五除二就能把他打败。

尽管电子学校明文规定，男学生不得进入女学生的宿舍，晚上我们还是偷偷地溜进去，老师们已经不在学校了。科委大院有一位守门的老头，他和我们混得熟悉了，我们如入无人之境，三更半夜也是如此。电子一班的男同学，有几个是油城露天矿的职工子弟，下午放学他们回家吃完饭后，又踩着单车来到我们宿舍，叫我们出去玩。我们几个死党一起出去，来到科委大院的女生宿舍，有的聊天有的打扑克，打扑克没兴趣的时候，就叫她们出去逛，她们有时候出去有时候不出去，她们不出去的时候，我们几个男死党就自己出去。喊她们多了，“冷美人”伍小娜就对我说：“要出去我和你出去，人太多不好玩。”我那时把心思放在甘菜心的身上，没对伍小娜动心，尽管她比甘菜心漂亮几十倍。听见伍小娜在众人面前说和我单独出去，甘菜心就起哄：“是男人就答应！”我知道出去要请客的，我的口袋里没有多少钱，况且我怕我和伍小娜出去了，以后甘菜心不会理我。

甘菜心是电子一班唯一的一位女生，她性格开朗、热情，班里好多男生都喜欢她，别看班里好像没什么事，但暗潮汹涌。她后排的桌子上坐着来自金塘的李宽，上课的时候李宽用手摸她飘柔的头发，她转过身来压着低低的声音说：“畜生啊！”

甘菜心人不算漂亮，但她会使用身体语言，她就是站在那里默默无语，整个身体也好像会说话。我给她写了一首情诗，写在日记本上，我撕下那页纸，叫包工地给甘菜心送去，并嘱咐他不要说是我写的。那节课是自习课，胡老师在办公室和谭洪全喝茶，没有出来，所以我们就随便疯。甘菜心拿着那页情诗笑哈哈的，问谁写的？包工地摇了摇头说不知道。甘菜心拿着情诗去问张登芳：“是你写的吗？”她怀疑是张登芳写的，因为张登芳喜欢看文学书，她的手上就有张登芳买的三毛的散文集。张登芳说：“不是我写的呀，就是我想写，也写不来呀！”她不信，又跑过来问包工地，她用白话跟包工地磨了一天，包工地才说是我写的，她“噢”了一声。我后来数落包工地：“不是跟你说了吗？不要说是我。”包工地说：“难道我跟她说是我自己写的？”有的同学抱着肚子笑弯了腰。

我发现一个比在女生宿舍打扑克和打乒乓球还高档的玩法，那就是放风筝。张登芳不和我去逛的时候，我就和程洪出去逛，发现油城中心广场两个圆圆的大草坪，有好多人在那里放风筝。晚上也热闹非凡，人们坐满了草坪，有好多人还抱着草席出租。

我们放了学或者星期六、星期天就到中心广场去放风筝，草坪边有几摊卖风筝的。我和张登芳的风筝怎么放也放不高。甘莱心不光是打乒乓球的高手，还是放风筝的高手，她买的那只蓝色的风筝非常好看，风筝上印有一幅油画，一个裸体的幼儿坐在浴盆里，画上题着几行白字：“蓝的童年，蓝的记忆，我在暖暖的蓝色中成长。”

她放的那只风筝越飞越高，高过所有飘飞的风筝，她手中的线放完了，我断了我风筝的线给她接上，线放完了，张登芳又断了他的线给她接上。风筝嵌入蓝天，变成一只小小鸟，后来又变成一点黑点。许多年后，我想不起甘莱心释放的身体语言，但我依然想起她那只风筝。

有一天，我独自一人逍遥在路边，“冷美人”伍小娜看见“喂喂”地向我大声地叫，我朝她走了过去，我发现她越来越美越来越仙气，刘亦菲比她差远了。她把她那张相片硬塞给我：“那晚上我说给你，你为什么不要？”我不知道怎么回答，她又说：“你也可以在相片后面写情诗啊。”听口气，她一定知道我给甘莱心写情诗的事。

她对我说：“我明天就走了，一个月的电脑学习期满了。”她说完走了。第二天我们上课，不知道伍小娜何时走，我也不知道伍小娜是哪里的人，但我记住我给她起的一个外号：“冷美人”。

“有心栽花花不成，无心插柳柳成荫。”我把心思放在甘莱心的身上，“冷美人”伍小娜却向我伸来橄榄枝，我知道，这支橄榄枝是赌气的橄榄枝。以后，我再也不在背后给女人乱安外号了。

某个星期天下午，我去科委大院的女生宿舍，只见甘莱心一人孤零零地坐在床沿上手捧着三毛的散文集翻阅，我问她："她们都出去了？"她点点头，招呼我坐下，我说："想借你的风筝去放，要不我们一起去放风筝？"她放下书，走到窗口下的桌子上拿起那副乒乓球板："我们去打乒乓球吧。"我跟在她身后出了门，她没去大院的乒乓球室，而是走出科委大门，来到外贸大厦的乒乓球馆。她知道我不会打乒乓球，慢慢地陪我打，一边打一边望着下面的大路。"一定要学会打乒乓球，"她说，"中国是靠乒乓球走出国门的。"我说："菜心，我们培训毕业后，能不能分配到同一家工厂？"她的肩膀颤动了一下，球板竟接不对我发出的球，她没出声，又往大路上望。家住露天矿的几位同学的身影在大路上出现了，她用白话大叫了一声："去边度！"她放下了球拍，我知道，她没把心思放在我心上，我把球板交给了她，她朝大路上走去。

有一天程洪对我说："出事了。"我说："出什么事了？"程洪说："你的甘菜心出事了。"我和甘菜心是来自同一省份的老乡，他都习惯说甘菜心是我的，其实她不是我的，我知道像甘菜心那样逃出贫困的农村到城市打拼的姑娘，她们的心是不会放在和她一样在贫困农村里出来的人。

出事了，事大着呢！那天晚上，星期天，雷雨交加，那是夏天的第一场雷雨，闪电一闪一闪的，大雨像无数的锤子砸着油城。我们出不了门，在宿舍里早早睡觉。

我们出不了门，并不意味着别人出不了门。例如我们班里年纪最小的学员包工地，他那时十七岁，比甘菜心还小一岁，他就出得了门。他从露天矿的二区宿舍区坐公交车到科委大院，然后打着一把雨伞走进女生宿舍，女生们惊异地望着他："你怎么来了？这么大的雨。"只有甘菜心望着他甜甜地笑。

他坐到甘菜心的身边，两人都屏住呼吸，好像隔了一个世纪，他对甘菜心说："我爱你，菜心。"甘菜心说："我只把你当作弟弟看待。"

他哭着跑进雨中，让暴雨一直锤打着他，久久地，他就站在门口的雨里，不往前走，也没回头，甘菜心被打动了，去门口喊他回来，甘菜心把自己的一套干衣服给他换上，两人抱在一起痛哭。当夜，他俩睡在了一起。

“哪个少女不怀春？哪个少男不钟情？”这句话不知是哪位诗人说的，但放在他们身上很合适。但他俩的好事惊动了同宿舍电脑班的女生，别的女生同样春心荡漾，却在一旁眼睁睁地听着他俩做爱，那太过意不去了吧。他俩把上铺的女生摇得不耐烦了，上铺女生破口大骂。

第二天，事情捅到校长谭洪全那里，谭洪全把甘菜心开除了，以正校规。

甘菜心拖着行李箱，泪流满面地走出科委大院。包工地大声地尖叫一声，把书本抛向教室的上空，跑出去追着甘菜心，后来也没来上学了。我走到大院门口，对她的背影说：“就要拿到毕业证了，坚强点不行吗？”

甘菜心走的那一天，我的心情恶劣到了极点，我借她的那只风筝，还摆在我床铺面前的凳子上，忘了还她。那天放学后，我把那只风筝带到中心广场的草坪，把它放到高高的天空上，待它在蓝天上变成一只小点点，我断了我手中的线。

不管怎样，生活还得继续，电子二班又要开班了，谭洪全又要招聘电子教师，光胡老师一个人是教不过来的，几位来应聘的教师来我们班试课，最后谭洪全留下一位姓江的老师和一位姓韦的老师。二班开班，胡老师去教二班，新来的江老师来教我们。过了几天，又要开三班了，一位老师从湖北带来了一车人，那帮湖北人在三班的宿舍里简要地听讲了进厂简要知识，马上要送去特区工作。谭洪全截下一部分人留下来读电子中级班，那部分留下来的人成了电子三班。

我以为最先被送去进厂的是电子一班的同学，却不是，这批从湖北来的学生比我们还先进厂。那时，我去跟他们聊天，他们不光拿出红红的结业证红本本给我看，还有一本“初级技术等级证”，劳动局发的，蓝色的封面，烫金的字，那时我才知道有蓝色封面的红本本。

那帮湖北人进厂后没多久我们也考试了，监考员是市里来的，两位，一胖一瘦。还没考试之前，听同学们说考试只是做个样子，我理解不了做做样子的真正含义。那位瘦监考员在办公室和谭洪全喝茶，胖监考员在教室监考我们，谭洪全来到教室门口招手叫胖监考员去办公室喝茶，胖监考员好像没明白他的意思，没去。谭洪全去办公室后没见胖监考员随后，又返到教室门口招手，胖监考员跟他去了。

胖监考员走后我们在教室里开始开卷考试，不知什么时候胖监考员返回教室，眼尖的同学把书本放进抽屉里。胖监考员过来缴了我手中的卷子，被缴的还有两位同学。胖监考员拿着战利品走进办公室去了。那位瘦监考员来到教室门口，笑嘻嘻地说：“刚才有人开卷考试吗？”教室里鸦雀无声，再没人敢开卷考试了。

我忐忑不安，心想自己是拿不到红本本了。考试后的第三天，谭洪全和胡老师拿一大沓红本本来教室里颁发，但封面不写“毕业证”而写“结业证”，红封面烫金大字，不是假的。还发了劳动局的蓝色封面的“初级技术等级证书”，每人都有一份，写上各自的大名，贴上各自的头像，还打着钢印。同学们满面笑容，欢声雀跃。我心中悬着的一块砖才放了下来。

谭洪全在我面前翘起了拇指。

四

在夜幕中，车拉着我们不知驶向何方，那是一辆改装成两层的客车，上铺贴近车顶，人不能坐着，只能躺。车没安空调，我晕车厉害，把胃里的东西吐得一干二净，司机在路边停下车来，推开车窗，我抬头出外面去吐。外面黑压压的，天空没有星星，只有一两辆车亮着车灯超过我们。我停止呕吐后，车才继续上路。

三更半夜，车驶进路边的停车场停了下来，停车场停着好几辆客车，店里和车场人影幢幢。谭洪全和司机进去吃饭，我们散在车场走走停停，上厕所要收一元钱，张登芳和程洪跑去后面没有灯光的树荫下小便，待小便完见有两个人手拿砖头狰狞地阴笑。“乱小便，罚款，罚款，每人罚款二十元。”张登芳不想给钱，要走，那人手拿砖头在他额前扬了扬，他和程洪只得交钱，那两人收了钱，丢下砖头，消失得无影无踪。程洪叫我们过去找那两人讨公道，找不到人，谭洪全和司机从店中走出来，招呼我们上车。张登芳说：“倒霉。”

第二天，车在一片工业区的路边停下，同学们纷纷议论说：“这是哪里？”司机叫我们下车，我按了按我手腕上的电子表，女音播报：“现在时间，下午二点零五分。”谭洪全叫我们在路边排好队，说厂里马上来人接我们了。果然来了一位不胖不瘦的人，他站在我们面前望了望，谭洪全高声地说：“同学们愿意留在这里工作吗？”队伍里零零落落地说：“愿意。”

谭洪全一挥手，同学们跟着那人去了。上班后才知道，来领我们的人是 PE 主管。我们跟他走到工厂，工厂在工业区最后面的一座坡下，白色的厂房，厂房上伫立着两个红色的大字“盈佳”，厂门挂着“东莞市盈佳电子制品有限公司”的牌子，现在才知道，这里是东莞凤岗镇凤德岭工业区。

谭洪全和人事大姐办好交易手续后，匆匆地离去。我们在表格上登记完，然后在人事大姐手中领了各自的工衣，她带我们去宿舍，男生宿舍在宿舍楼的二楼，三四楼是女生宿舍，女员工比男员工多，一楼是食堂。

我和张登芳、程洪同一个宿舍，宿舍里还有几位老员工，他们那天也不用上班，说生意不好，说他们也不是老员工，刚刚来第五天，说是油城电子学校送来的。天地如此之小，他们也是油城电子学校送来的？“油城电子学校太多，转来转去我们都被送到相同的厂。”

“骗子学校！”蚊帐里传来骂声。

舟车劳顿，晕车的我困了，便倒在床上睡了过去。“侯子，可能到时间开饭了。”程洪推了推我，张登芳也坐了起来，我们匆匆忙忙抓起刚刚分配来的不锈钢碗和饭卡，跑下楼去。此时打饭的高峰期已过，只有几位姑娘在窗口排队，她们排得零零落落的，有一位编着两条辫子的姑娘用手中的筷子敲打着空饭碗。看她们的相貌，都比甘菜心漂亮。我们在电子学校打饭，从来不用排队的，吊儿郎当习惯了，插在她们的面前。两条辫子的姑娘停止敲打了她的饭碗，把两条辫子扯往胸口，嘟哝着：“有没有搞错。”一位留着马尾巴辫的高个子姑娘爽朗地“哈哈”大笑了起来。上班了我才知道，马尾巴辫子的漂亮高个子姑娘是桂林人，和我一样说一口桂柳话，她是插件拉的拉长助理。留两条辫子、小巧玲珑惹人怜爱的姑娘叫张雪莲，她是人事大姐的侄女。

只分一点点饭，扒几口就吃完了，根本吃不饱。和我同宿舍的参军复员回来的山西人李同吾说：“我能吃三份。那天他们出去，留饭卡给我打，我吃三份饭都没饱。”他拍着肚子。

“想减肥的姑娘就来这个厂上班吧，阿门！”一位同事把手放在胸前做十字样，全宿舍的人都笑了。

第一次进厂打工，我被安排在流水线上当装配工，只有几位同学被安排当电子修理工。工薪计时，装配工每小时 0.9 元，修理工和质量监控每小时 1 元。伙食费每天扣 2.5 元，暂住费每天扣 0.3 元。上午 7 点至 12 点上班，下午 1 点至 6 点上班，如果有加班，下午 6 点 30 分开始，加到晚上 11 点 30 分，没工做就休息。厂里有时候连续几天没生意，宣布放假，我们可以出去玩，要不然就一帮人今天休息，另一帮人明天休息，轮流干活。生意好的时候，加班就很夜了，为了突击完成任务，有时候还加班到凌晨 2 点。

我第一次上班便被安排到吴群的插件拉，她知道我和她来自同一个省份，就手把手地教我如何插件才能插得快。插件拉的工作就是在电路板上插电子元器件，每个人的台面前都挂着一张标明图纸，指定你插 R 或且 R1、R2、R3，或者插 C、C1、C2 或者 C3，每人要插几样，要快速，一块块电路板从流水线上汩汩地流下来，像满河的帆船，不管你插不插得过来它们照样流向下游。我刚开始手忙脚乱，吴群看到我忙不过来就跑过来帮我插，要不然我左右边的姑娘就帮我的忙，我上了一两个小时才适应过来。

空闲的时候，有的同事跑过来问我："时时跟你黏在一起的那位漂亮的姑娘是谁呀？"他们见吴群来帮我的忙就以为吴群来黏我。我说："叫吴群。"坐在我旁边拉上的李同吾说："侯子，你敢不敢叫吴群的名字，当众叫。"我说："条件？"他说："喊一声两毛钱。"我知道他打的是空头支票，但我也甜甜地叫："吴群！"吴群"嗯"了一声，我说："叫你一声两毛钱啊。"吴群说："侯老乡，你太没有志气了吧，为了两毛钱就把我卖了？"我后来越叫越多，反正想叫的时候就叫，一声两毛钱，照这样算来，该积有几十元钱了。

五

经常有人自动辞工，自动辞工是拿不到工资的，每月 20 到 23 号左右发工资，第三月才发第一月的工资，也就是押你五十多天的工资。说明白一点，自动走人就白白丢五十多天的工资，一般是辞不了工的，大多都是自己走人。人陆陆续续地走，厂里又不断地招人，进厂得押 50 元钱。自己找工的男人很难进厂，需要熟人介绍，而且介绍人要和总管关系好才行。男员工大多都是招电子技校的学员。

我们那帮从油城电子技校来的同学也差不多走光了，他们才干了半个月就走了，有的说返油城找谭洪全讨说法。张登芳去了长安，说是去跟他姐姐。只有我没去处，我咬紧牙关也要住下来，家里的牛全部卖光了，我不愿回去面对“面朝黄土背朝天”“日出而作，日落而息”的农村生活，就算回去，买一条牛的钱也没有了。程洪也住了下来，他也没有走。

没有工做放假的那天，我和程洪出去找工，见一家电子厂门前贴着一张招工启事，招数名收录机修理工，需招熟手。我们在油城学的那些电子元器件知识和一知半解的收录机修理没发挥上用场，没被录取。我们刚到凤岗，对凤岗的地理环境不熟，一直走下去，上了一道坡梁，顺着大路走，看见下面有条小路，以为小路是捷径，顺着小路走，发现是一条小沟，两边是香蕉地和菜地。已是中午，太阳很大，我们又饿又渴，说回厂吃饭，又搞不清东西南北。见路边有一个小棚子，里面也许有人，我说进去问一下路，便和程洪走了进去，看见一对夫妇在桌上吃饭。程洪说：“我们迷路了，请问从哪里出去可以通到大路？”

夫妇只顾吃他们的饭没有回答，他们可能在心里打量我和程洪到底是好人还是坏人。一只水桶里露出一只木瓢，程洪拿那只木瓢舀桶里的水就喝，马上吐了出来说：“侯子，这是潲水，不能喝。”吃饭的女人“噗”地笑出声来，把饭喷在桌子上。

我看见她笑，知道她心中已经放松了警惕，知道我和程洪不是坏人。我看见他们吃饭的桌子下置着一只四方的白色塑料壶，知道里面装的是干净的水，就问：“可以给我们喝一点水吗？”

男人放下饭碗，拿起桌上一只干净的碗，“咯咯”地笑颤了身子，从桌底抽出塑料水壶，拧开壶盖，往碗里倒水，程洪拿起水碗“咕噜”地喝了下去，喝完了把碗递给我，我双手拿着碗，男人又往我的碗里倒水。

我喝完水，问他们：“你们好像不是本地人？”

“广西人，在这里租地种菜、养猪。”女人说。

我说：“我也是广西人。”

“原来是老乡。”

女人站在门口给我们指路。“这是谷底，”女人说，“你们从这条小路爬上去，到了坡顶有一条路，顺着那条路往右边一直走，就到大路了。”

我和程洪爬到坡顶，照着她指示的路走，很快就听到汽车的喇叭声，程洪高兴地跳了起来。我们走到了大路，又走了很久，两人都觉得走不动了，程洪说：“我们坐车吧。”

我们坐上车，到了凤德岭路口下车，走回盈佳电子制品厂，那时已经是下午两点多，饭堂已经不开饭了。

那次起，我再也不轻易去远的地方找工了，要找，就在附近的工厂找，但大多数厂只招女孩子，见男孩子就摇头。那天我去到凤岗车站，一位小伙在派发招聘广告，他给我一张，并指着二楼。我上到二楼，走进那间左右门边分别摆着两块招聘广告牌的房间，一位三十岁左右的男人在房间里走来走去。我问男人：“在哪里报名？”男人往里面喊了一声：“巧啊。”里面传出女人的喊声：“进来啊！”男人给我指：“你进那个小间去。”

我走了过去，这里隔着几个小间，每个小间都坐着一位女办事员。一位年轻的姑娘出来对我说：“进这里来。”小单间里摆着一张桌子，姑娘坐桌子的里边，叫我在她对面的椅子上坐下。

“不知道先生什么文化程度？想找什么工作？”姑娘问我道。

姑娘的脸面没有化妆，她右边的下巴擦着紫药水，脸面和鼻孔上散着几粒没有那么明显的小痘痘。

我从手提袋中拿出在油城科技培训中心拿到的红本本，电子培训结业证书、初级技术等级证书。姑娘看了看我的证书，然后对我说：“侯先生，有一家公司招业务员，全职也可以兼职也可以，你愿意去吗？”

我说：“在哪里的？”

“樟木头。”她说，“不过得收劳务介绍费。”

我说：“交多少？”

她说：“我们是按工资高低来收介绍费的。”

我想了想，如果当上业务员就不用上流水线的班了。她见我想着，又说：“我们还有别的工种给你挑。”

我不愿意找车间的工厂，就说：“就去那家公司看看吧。”

她叫我交 80 元钱，我不愿意，她高叫道：“先生，工资那么高，我们都是明码收费的。”

我拿出两张 50 元面额的钱递给她，她把钱放在眼前仰着头看，两张钱都验好后，她对隔壁单间年纪稍大一点的那位女人说：“你有没有零钱？”隔壁的女人说：“有呀！”

她去换了钱，把一张二十元钱递给我，满面笑容。然后她给我开了一张收据，下面写着“舒巧”。她给我画了一张图，指示我如何坐车去那家公司。

“就在长城客运站边不远，金浩安实业公司。”她说。

我从介绍所出来，马上坐车去樟木头，到了长城客运站，没花费什么时间就找到了金浩安实业公司。一栋楼，有一个小小的门上挂着一块牌写着“金浩安实业（东莞）公司”。我走上窄窄的楼梯，两边房间都有小门，直走上去，弯了几个弯，也不清楚是三楼还是四楼，见一个宽敞的院子，中心摆着一张桌子，一位中年男人表情肃穆地坐在桌后，桌前一位漂亮的女人坐在他的面前和他说话。

墙壁上贴着大大的纸张，都是和玉的知识有关，还有业务员须知。一位胖女人肩上挂着一只皮包，正仰着头看着墙上的字。

我也看着墙上的字。跟中年男人说话的女人看了我一眼，知道我有事而来，她匆匆地在男人面前拿起一本证，塞进提包里走了。

我坐到中年男人面前。男人说公司是销售玉的，问我住在哪里。

“在凤岗的工厂里。”我说，“这里不包吃住吗？”

“没有住的地方。”他说。我望着四周，他知道我心里的想法，又说：“别看这栋楼有那么多房间，都是有人住的。”

他停顿了一下：“你从凤岗到这里也不远，住宿在凤岗也挺好的。”

我点了点头。他以为我赞成他的说法，其实我心里说我是住在工厂上班的，如果到你这里当员工就没地方住了。

“要收三百元押金。收了押金后我可以给你玉和其他业务员出去销售。”

“我没有那么多钱。”我说。

“如果押金少，给你的玉就没那么贵重了。”

“我先回去想想吧。”我说完就起身走下楼去。

六

我回到凤岗，躺在宿舍的床上睡觉。好工作没找到，白白丢了80元介绍费，想想真不是个滋味，觉得心里累极了，一下就睡了过去。我醒来时，见宿舍里的灯已经亮了，我们宿舍里住着十六名员工。左边墙排着四张上下铺的铁床架，右边墙也排着上下铺的四张铁床架，本来宿舍里的人差不多走光了，人事部叫保安把别宿舍的员工搬到我们宿舍住满，把别的宿舍空出来，留给后来的员工。我们称为“大姨妈”的人事大姐，每天上班后十分钟，准时地在车间里出现，夹着一本文件夹，威严地走在车间清点上班的人数。她还把宿舍管理得有条不紊，时时叫保安查看是不是有人在宿舍不去上班。我望着每一张床的蚊帐里，空空的没有人影。这几天不是放假吗，难道他们上班去了？我想着不是，如果是上班白天不上，晚上还上？如果真的上班程洪一定会叫我。

那张简易的小木桌，平时放在窗下，怎么搬到我的床前来了？桌上摆着我的饭碗，上面用一只碗盖着。一定是程洪给我打来的饭，我匆匆吃完饭，把饭碗拿到楼下饭堂的水龙头下洗完便走上宿舍，把那张小木桌仍旧摆到窗口下。我们宿舍后面是坡，我从窗口往下望，风吹着树叶沙沙地响，几片叶子掉到了草丛上。

我走上工业区的那条小路，两边全部是工厂，每间工厂的厂房大体一样，只是厂名不同，路灯照着，路中走着穿着不同厂服的人，有的走往凤德岭，有的正从凤德岭走回来。我向凤德岭的街道走去，不远处，龙凤溜冰场的音乐声在风声中传送了过来，街上人来人往，打工仔打工妹们都喜欢晚上逛街、逛超市。我穿过熙熙攘攘的人群，循着音乐声走到龙凤溜冰场。许多姑娘和小伙正在购票换鞋走进溜冰场。我透过栅栏看溜冰场里的男男女女正在场上疯狂，有的往前溜，有的退后溜，速度如雪山滑雪，有的单溜，有的双人牵手溜，音乐声夹着她们阵阵的尖叫，不熟练的人则在边沿慢慢地溜。看不到程洪的影子，我走出了溜冰场，又顺着左手边的街道走去，在夜中转来转去，我才发现，白天凤德岭那么小，在夜幕下它竟那么大，我对这些街道还真的不熟悉，转来转去，可能转到别的地方去了。怕夜里容易迷路，我又重新转回头。看到这里有三条小巷，竟然弄不清楚刚才是从哪条小巷走到这里的，我只能凭感觉，从左边手的巷道走了进去。夜里的每条巷道几乎一模一样，每家商店都透出灯光，都有人影晃动，巷道中都有人流，我继续往前，突然宽阔了起来，发现周围都是厂房。我往右前方看，见一栋大楼霓虹灯闪闪烁烁，映出“野泰大酒店”几个字，我心中一喜，往那边走去。野泰大酒店在凤德岭街口的公路边，从凤德岭街一直往里走就是凤德岭工业区。看到野泰大酒店，就不会迷路了。

我仍旧走在通往凤德岭工业区的那条街道上，每一家商店都在我眼里熟悉了起来。我走进凤凰超市边的小书店，买了一本书。我手中拿着书往工业区的方向走，要到街道和工业区衔接的地段，一杆路灯下，吴群和张雪莲正站在那里要拦截我。吴群手中提着一只鞋，张雪莲的脸上笑嘻嘻的。我看见吴群的一只脚没有穿鞋，那只没有穿鞋的脚踩在左边的脚上。

“侯老乡，我的鞋跟断了，有没有二元钱？”她手里拿着一只鞋，似笑非笑地望着我，我把两元钱放在她的手掌上。

她马上穿上那只鞋，我疑惑地望着，鞋跟断了还能穿？她直起身来，重新把两元钱还给我。“我的鞋修好啦。”

原来她的鞋并没有坏。我要绕过她们走回工厂，她对我嗔怒道：“就这样走啦？”

张雪莲笑着说：“当我们的保镖好不好？”

我只好转回头，跟她俩往街上走去。吴群问我：“这两天好像总没看到你的影子。”

我耸了耸肩：“在这里上班怎么都是三天打鱼两天晒网？”

“要到中秋节的时候生意就变好了，天天加班，节日也没假放，一直加到放年假。到那时看不累死你。”张雪莲望了我一眼。

“你们现在要去哪里啊这么夜了。”我说。

“去了你就知道。”来到一家小店前，看到门口摆着一张桌子，桌边坐着三个男人，张雪莲向那张桌子走了过去，我和吴群站在路边。张雪莲向我俩挥挥手：“过来啊。”我和吴群走了过去。一位年纪稍大的中年人对我们说：“来，来，大家一起坐。”我和吴群坐了下去，见桌上摆着一盘炒田螺，还有两瓶喝空了的啤酒瓶。还有一高一矮的两位年轻男人，矮个子的白净脸，可能二十多岁，高个子的男人可能一米八，他坐在那里弯着腰，怀里抱着一只皮包，年纪好像也不到三十岁。

中年男人叫来三支七喜，店老板用啤酒开把三支七喜盖子撬开，把吸管放在瓶里，把三支七喜放在张雪莲、吴群和我的面前。

“你们三人不是同一个工厂的吗？”中年人问，“为什么穿的工装不同？”

我穿的是灰色的厂服，吴群和张雪莲穿的是蓝色的厂服。

“他是技术员。”张雪莲说。

中年人点了点头。

我说：“不是，我是普通员工，普通员工穿的是灰色的工衣。她俩是管理层的，所以穿的是蓝工衣。”

脸面白净的小伙子笑了起来，对我说：“他是我爸爸。”

我故作惊讶地望着中年男人："你为什么那么年轻？"

中年男人笑哈哈地说："那你看我多少岁了？"

"像三十多岁。"我说。

张雪莲说："不止啊不止啊，他是我以前厂子里的师傅。"

中年人说："我都五十岁了，以前在香港做了好多年，现在回来东莞。"

我一边吸着七喜一边和他们说话，吴群和张雪莲也吸着七喜，但很少说话，那位抱皮包高个子的男人更是一言不发。中年人问我："你老家哪里的？"

我说："广西的。"

中年男人看着吴群："你们是老乡？"

吴群说："刚刚从老家来。"

"是你以前说的你男朋友？"

"算是吧。"吴群说。

我看到脸面白净的小伙子手腕上戴着一只手表，问他："现在多少时间了？"

他看了看，说："十二点多了。"

自从到东莞后，我把那只电子表扔了，觉得它好土，而且时间又不准确。

我说："夜了，该回去了，要不然厂里要关上大门。"

我们散了桌，我和张雪莲、吴群往回走。走了好远我才问她们，张雪莲说："我们以前共过厂。"

"那个矮个子的男人追我，"吴群说，"我说家里有男朋友了拒绝他，他不信，还是追，还叫老师傅出马给他撮合。现在说你是我男朋友，他应该死心了。"

张雪莲掩着嘴"啧啧"地笑。

凤德岭的街道灯暗了下去，我们走着的路段，两边的商店已经关门。我对张雪莲说："我请你们吃夜宵吧。"

张雪莲说："已经打烊啰。"

吴群说："假惺惺吧你？"

我这才发觉我和她并肩走着，我伸出手去牵她的手，她"哎"了一声，想把手缩回去，但我把它抓紧，她抽不回去，只好给我牵了。

她用桂柳话说："你要赖！"

张雪莲"噢噢"地大叫："我给你们当电灯泡啊？"

七

第二天上班，做完了一批货，坐了好久，也没有货做。我们流水线上的员工开始叽叽喳喳地玩了起来。吴群带着张雪莲，走到我面前"兴师问罪"，她双手抱在胸前，质问我："和你说我家里有男朋友了，你昨晚上为什么还牵我的手？"

"你不是当着他人面前说我是你男朋友吗？"我伸出手又要去牵她的手，她"呀"的一声跳过了一边："我已经跟总管辞工了，过几天就回家结婚了知道不？"

她把张雪莲推到我面前："好好帮我保护我这位妹妹，交给你了。"

张雪莲说："你吃剩的饭就把它倒给我？"说完就去追打她。

这时总管和科文走了过来，员工们又坐回归位。"闹什么闹？"科文王一平对我说，然后又叫我身边的员工，"你们下一楼仓库帮一下忙。"

我和同事下到一楼仓库，货仓的两位女文员，文静地坐在两张桌子前，我们问说干什么活？一位女文员指着门外的一辆东风小四轮，我和同事走了出来。这时，货仓主管廖水仙从写字楼里走了出来，走到了我们身边："总管叫你们下来帮忙的是吗？"

我点了点头问道："是上货还是下货？"

站在一旁的司机说："是上货，不是下货，一般下货我都是花钱请人的。”听司机的口气，知道这部车不是我们厂子里的，是别的工厂来拉货的车。

廖水仙指着员工们从二楼抱下来的一堆纸箱：“把这些货上了吧。”这些纸箱有大有小规格不一。我爬上了车厢，同事把货搬到车厢口，我把货在车里排好。装完货要关车门的时候，司机说：“等一等，帮我点看多少箱。”

装货的时候，我把小纸箱排在左边，中号纸箱排在中间，大纸箱排在右边。如果换作别人，此时可能会去一箱一箱地数。但这为难不了我，我会数学快速计算法，以前在家去赶集的时候，有一位老师在广场上演讲推销数学快速计算法，我花了五角钱买了那几页纸订着一册的快速计算法，后来练得得心应手。

“152 箱。”我望了排在车里的那些箱子，不用几秒钟就数完了。

廖水仙和两位女文员看了看文件本，吸了一口冷气，问了一下司机：“准不准确？”

司机说：“你们的员工素质好。”

我和同事回到了二楼，科文安排我去装配拉。我到了装配拉，对拉长赵列列说：“科文叫我到你拉上班。”

赵列列说：“欢迎。”

现在装配拉也没有活干，姑娘们坐在拉边，脸上冒着汗，头顶上的吊扇不转，我问赵列列：“为什么不开风扇？”

赵列列走到柱子边按一下开关：“没转咧。”

我举起放在柱子边的那张长板凳，对着风扇往反方向敲去，风扇又呼啦啦地转了起来，赵列列望着我笑，一位姑娘举起了拇指头。

一直坐着没事，突然宣布说提前下班，通知是一排一排传上来的，第一排传给第二排，第二排又传给第三排，一直传到后面：“下班，明天不用上班，后天继续上班。”

我们下班，是要排队检查的，女员工站成两排，男员工站成一排。装配拉长赵列列和吴群还有一位男助理拉长早就站在那里，对通过走道的员工们进行检查，防止有人把工厂的东西偷了出去。

不光下班检查，上班时间人事大姐也会带着保安进入每一间宿舍检查。有一次检查到一位员工的被子下面藏有两块电路板，然后保安把那位员工赶出了厂，工资也没有结算。

第二天，我和一群同事去平湖找工，坐车去，大概有十多人，我们没有穿厂服，换上自己的服装。烈日炎炎，两位小同事还戴着红色的和黑色的太阳帽，把帽檐转往后面或者转往一边，像十足的小烂仔。

到了平湖街上下车，我们走过一家大银行前，坐在摩托车上的巡警对我们吼道："站住，干什么的？"

我们说："找工的。"

他问我们身份证，每人都从口袋里掏出厂牌。"我们的身份证押在厂里，只有厂牌。"

他验看我们的厂牌："有工了还找什么工？走走。"

我们走到一处地方，好像是军事管理区，见有解放军战士持枪看守。我问一位过路的青年男人："这是什么地方？"

路人说："猪仔湾。"

我们改道，往一条桥上走，这时走过来一位气宇轩昂的男人，他的穿着很高档，他给我们两张名片，写着"东南亚证件集团公司"，上面写着办各种证件。同事们抢着看，男人又转回头，再给我们派了几张，然后往前走。

"办什么证都可以。"

"可能要好多钱吧？发了工资我再办一张身份证。"

"办一张大学毕业证。"

"就是有证，你没有能力怎么办？"

伙伴们谈论着，有的还把名片放进了口袋。

"东南亚证件集团公司"，看着名片，"东南亚"三个高大上的字在我心里生下根来。

八

吴群真的回家结婚了，那一天中午，我和张雪莲还有几位女同事送她到厂门口，她拖着行李箱离去，我们转回厂，上班的铃声响了起来，只好转身走进楼梯排队打卡上班。

吴群走后的那段时间，生意好了起来，几乎天天加班到晚上十一点半，星期天也加。没有夜宵，但已经习惯了，就是再饿也要咬紧牙关挺住。下班那么晚，下了班后又要排队洗澡，有的干脆先睡，到了半夜才爬起来洗。

早餐每天都是稀饭和榨菜，稀饭稀得照见人影，榨菜吃得人肚皮发凉。

流水线比地球转得还要快，我们要发挥出最大的能量做事，速度要比闪电还快，要不然流水线上游流下来的产品就会堆死你。就是上一次厕所，也要拉长来顶职，拿了离位证才能去。

中秋节，厂里没有放假，也没有发月饼。到了下午下班的时候，我们吃完晚饭，李广进说："不给他加班了，今天是规定的放假节日，又是星期天。"

这个提议得到了我的赞成，我们一群人走出工厂，张雪莲也没上，她的姑姑是人事部长她都没上，我们一群人笑哈哈的，向凤德岭走去。我和程洪说去爬山赏月，走到了凤德岭工业区最后面的那座山坡，我们平时不上班时都喜欢去那里爬。但那天晚上乌云如墨，天狗吃月亮，看到黑咕隆咚的山坡，风吹着树丛发出"噗噗"的怪叫，山上没有一丝月光，我们只好转回头，朝凤德岭大街上走去。

龙凤溜冰场发出震天的音乐声，我们循着音乐声去到溜冰场的时候，卖票的女人说已经没有溜冰鞋了。看着溜冰场里挤满的疯男疯女飞来飞去疯喊，我们心里痒痒的，但只好转回头，去买两只月饼，我们咬着月饼毫无目的地游荡。

我心里至少有一丝不踏实，中秋节晚上我们旷工会不会被罚款？但第二天上班，厂里说不罚款，旷工的员工互相望着，脸上露出笑容。我想，是不是张雪莲的功劳，因为她姑姑是人事部长，只是想而已，到底是因为张雪莲还是因为厂里怕员工闹意见才不敢罚款，那晚上一起出去的人实在是太多了。

厂里规定，累计旷工三个班的，无薪解雇。

从那时起科文心里实在不爽，没给我们好脸色看。

有一天总管阿龙走到李广进的身旁，见李广进的脚下掉有一段一寸长的焊锡丝，说李广进为什么乱扔焊锡丝浪费工厂的材料。李广进说不是扔，可能是不小心掉下去的。阿龙叫他马上捡起来，李广进正在焊锡手忙脚乱，这块电路板还没焊完上面又流下来了。他说：“哎呀，我正忙，等一下捡好不好？”

“你说什么？”阿龙吼道，“你不用干了。”他带李广进下一楼写字楼。李广进被赶出厂，说是自动离职，没给工资。

我们下班后，没见了李广进的身影。他的床铺上只剩下一张草席。

被炒鱿鱼或者自动离职是工厂里的家常便饭，李广进被赶出厂的事，好像一粒石子扔进水里荡漾起一阵涟漪，转眼又消逝了。流水线在转，我们在忙碌，时间在每天重复的上班下班中流逝。

我们拉那一天在包装一种叫“毛毛机”的电路板，电路板端焊着三条一尺多长的花线，要把它装进大约有一个半手指宽的薄膜袋里，非常不好装。当时有几个新来的女员工在装，我也在装。她们装不过来科文就叫她们抱到我这里，我前面和后面都推成一座山，转身不得，她们还在抱来，而且还笑嘻嘻的。有一位女员工抱来放，“哗啦”一声垮了下来，她没理就走了，我正在气头上，我也没捡。这时科文走了过来，吼道：“侯子，你为什么把产品乱扔到地上？”

我说：“不是我扔的。”

“我命令你马上捡起来。”他高声大吼。

“不是我扔的。”我也大吼。

他急匆匆地跑下写字楼，去人事部拿来一张罚款单，又急匆匆地跑上楼：“侯子，我罚你 150 元，快签字。”

我从他手里夺过罚款单，看也没看上面写着什么，撕掉后狠狠地摔在地上，他要伸手来抢，已经来不及了。他暴跳如雷，高叫：“无薪解雇，无薪解雇。”

我咬着牙对他低吼：“你叫老板出来，我对他说。”

他叫骂着走了。

后来没有罚款，也没有解雇，但我和科文的关系从此以后蒙上了一层霜。每天早上我打卡上班来到车间时，科文就叫我打卡下班。过了几天，人事大姐上楼来见我正在打卡下班就问我：“你怎么没上班就打卡下班呀？”我说：“是科文叫我下班的。”她去问总管阿龙：“那位侯子员工每天打卡上班了又打卡下班，是怎么回事？”

阿龙说：“是王一平，你问王一平。”

人事大姐过问后，我打卡上班，王一平才没有叫我下班，骂骂咧咧地安排我工作。

我给在汕头打工的表哥打电话，我的奶奶和他的爷爷是亲兄妹，表哥说：“如果在那边实在待不下去就过汕头来。”

发了工资，第二天我起得很早，张雪莲、程洪和一群姐妹兄弟送我到厂门口，我请她们去厂门口的早餐店吃早餐，早餐店里早上只有肠粉，两元钱一份是吃不饱的，我叫她们多吃几份，她们说饱了，她们吃完早餐后进厂打卡上班去了。程洪哭了起来：“侯子，从油城来的一群同学都走了，只剩你和我，现在你也走了，只剩下我了。”

我的心里酸酸的，也要流下眼泪，但用力忍住。

他说：“侯子，我去送你上车吧，我今天不上班了。”

“你去上班吧。”我劝他，“旷工不好，我还要等人事部上班，才能办离厂手续。”

他抹着泪去上班了，我把行李放在保安室，等人事部上班办手续。人事部大姐上班后，还要上楼去检查，等她有空后我才跟她办离厂手续。我离开厂，已经是上午十点钟了。

那时手机还没流行，我至今和他们都失去了联系。

九

那时潮阳还是汕头的一个县级市，分为汕头的潮南区和潮阳区那是后话。我转了几次车，坐到潮阳的峡山镇已是半夜。我下车的地方，后来知道叫董塘，是去两英的路口，表哥住在两英，只知道他在两英的一家染厂上班，但忘记问他具体是哪家染厂。

商店都关门了，没地方打电话，路边倒是有电话亭，但我没IC卡。

两架载客的摩托车朝我围了过来，一位摩托车司机问我去哪里，我说去两英染厂。他说两英有好多染厂，问我到底是哪一家。

我摇了摇头说："反正我只知道是两英染厂，找到我表哥了才给钱。"

摩托车司机说："上车。"我上了他的车，另一辆摩托车开走了。他载着我驶往两英，我问他熟不熟地方。他说怎么不熟，他就是附近的，闭着眼睛都能找。他载我找了三家染厂，一般染厂都是在晚上工作，我也不知道为什么。我说了表哥的名字，他们都说没有这个人。司机说："我再载你去永丰染厂。"他载我到永丰染厂门口，刚好看到了表哥，他们刚刚染完布正出来休息。看到我，表哥很高兴："幸亏我刚好出来，要不然就难找到了。"

摩托车司机说："已经找了三家染厂了。"坐在地上烧烟的员工们笑出声来。

表哥对一位脱光上身的高个子说："组长，我带我表弟去出租屋一下。"

组长说："好吧广西，反正是计件的，等一下你来没来都可以。"

表哥的出租屋不远，从染厂走去不到几分钟。汕头的那些老屋，都筑起一圈围墙围住，像古代的城堡。表哥带我穿过"城堡"的门，门建得像个小庙堂，摆着一张染着红油漆的木桌，桌上面还燃着香和蜡烛。表哥说，院子里的村民每天早晚都要在桌子上烧香，大院里的门边，还立着一只大大的铁皮桶，是废弃的油桶，村民在里面烧纸钱，桶里还有半桶纸灰。大院里有许多小胡同，表哥的租屋在小胡同的最外面，在昏暗的路灯光线下可以看到，那些土墙已经掉跨了外层，露出古老的三合土，风雨飘摇。

表哥打开门，安顿好我，叫我睡觉，然后去上班。

那几天还没找到工，表哥的厂子里也不招人，表哥交代我一定要注意治安来查暂住证，他们抓到人要送到村公所去，得拿钱去保人出来，没钱，他们不会放人，而把人送到收容所去。表哥已经办了暂住证，我没有办。表哥去染厂上班时嘱咐我："晚上不要回来那么早，深夜再回来，永丰的治安队一般都是晚上十二点之前来查夜。"

那时染厂烧锅炉，厂房上大水桶的热水满了，像瀑布一样溢出外面，一到晚上，许许多多的男人争抢在"瀑布"下面洗热水澡，不光是厂里的员工，附近几乎所有的男人都去，我的老乡们更是少不了，大家都在这里洗得畅快淋漓。一天晚上我刚吃完晚饭，正准备去"瀑布"下洗澡，刚要出门，治保会的人来查夜了，想不到他们来得这么早，六七个男人，每人的手里都拿着长长的手电筒，我想溜，来不及了，他们已来到门口。永丰的治保主任是一位四十岁左右的人。他站在门口堵住我，别的治安队员去敲隔壁房间的门，那时候，正好刚停电。汕头的古村落，外围都是长长圆圆的围墙，围墙两头都有大门。我对面的大院门，已有人在那里守着，就是想跑，也跑不出，更何况手电筒光在大院的胡同中到处摇曳。

治保主任问我："有暂住证吗？"我镇定地回答说有。表哥租屋的墙边牵着一条铁线，铁线上挂着表哥的衣服，表哥去上班时我看见他把暂住证塞进一件衣服的口袋里。我过去一件衣服一件衣服地摸，站在治保主任后面的一个人不耐烦地大声说："到底有没有啊？”我在一件衣服的胸口袋里摸出了暂住证，治保主任把暂住证放在眼皮下晃了晃几下，然后把证还给我，大概是光线太暗，他看不清楚暂住证上的相片，两人迟迟疑疑地走了，几束手电筒光又照进别的胡同里摇曳着，不远处传来踢门声和“开门开门”的叫喊声，我把门半掩，站在门口观望，不一会，一群人又顺着大院的西门走了出去，到别的村巷查夜去了。

我跌坐床沿，不敢去染厂的锅炉房外面洗热水澡了，如果在路上碰见他们麻烦就大了。查夜的人刚走，人们就从各家各户里钻出来，聚在大院的空地上像鸡群一样“叽叽喳喳”，互相打听有没有人被抓走。

第二天晚上表哥转班，表哥说昨晚他们刚来查夜可能今晚不会来了。我和表哥睡得正香，半夜三点多钟，一阵猛烈的踢门声把我们惊醒，表哥拉亮电灯去打开门，几位大汉站在门口：“查暂住证的！”表哥拿出他的暂住证，一位大汉指着我对表哥说：“他呢？有没有办暂住证？”我说：“我刚从东莞过来两天，还没有办。”“有没有身份证？”我从床头的衣服口袋里掏出身份证。

治保主任收走我的身份证，并用命令式的口吻对表哥说：“限他两天之内去村公所办理手续。”说完带着那帮人走了。

第二天九点钟，我把钱拿到永丰村公所，只有一个老头在里面，他在擦桌子，听说我是来办暂住证的，老头说主任还没来上班叫我等一下，我试探着问他：“我只在这里住几天，可以不用办暂住证吧？”老头用夹着潮汕方言的普通话对我说：“你刚来大概还不知道，没有办暂住证的人都要送到潮阳去的。”然后又擦他的桌子。

等到十点钟，主任进来问我：“你是办二百元的暂住证还是办一百五十元的暂住证？”暂住证还有分等级的？我迟疑了一下，主任又说：“二百元的要拿去潮阳公安局统一办，可能要等好多天，一百五十元的我自己马上给你办。”

“那就办一百五十元的吧。”我说。

主任从抽屉里找出一张空白的厂牌，把我递给他的相片贴在了厂牌上，写上我的名字，盖上了永丰村公所的公章，从我手中拿过一百五十元钱，把我的身份证和暂住证递给我，发票也不开。

老乡校平知道我来到两英还没找到工，那晚上他来找我，叫我去他们染厂当杂工。我对校平说办这张暂住证多余了不值得，表哥说我的暂住证只在永丰当地有用，出了永丰的地盘就没用了。他们的暂住证都是去潮阳办的，是正宗的暂住证。

有一晚上我和一群老乡在鹤联村的出租屋里玩扑克牌，听说保安查夜来了，一群人跑了出去，来到一条小路边的小庙堂里躲避。一张大桌子几乎占满了小庙，桌上垫着一张红布，红布长长摆到地上，桌上亮着几盏油灯。天气有些冷，也为了不让人看见我们，几个人蹲到红布下面打盹。半夜，主人来小庙给油灯加油，我们从桌下的红布后钻出头来看个究竟，主人以为是见到鬼了，吓得魂飞魄散。怕他跑去村里叫人，我们又转移到别的地方。

我后来从染厂辞工出来，在两英陈库租了一间每月一百元的房子。一个人住没几天，又有三位老乡出了厂搬进来和我一起住。一位叫韦欢，刚出厂两天就跑去湖南，说是朋友打电话叫他去那边工作，去了十多天回来了，还带回一位戴眼镜的老乡，韦欢说那是一个传销团伙，他和戴眼镜的老乡逃了出来。

两英皇都大酒店刚开了一个太子音乐城迪吧，大酒店前有一个长长的大草坪，一到傍晚，草坪上坐满了人，玩到晚上十点多钟，人们就涌进舞厅里享受震动的音乐尽情地摇摆。我们几个伙伴几乎每晚都去蹦迪，也是为了逃避查暂住证，午夜两点夜总会散场后我们才返回出租屋睡觉。不知不觉中，从厂里带出来的工资差不多用完了，只好去找建筑零工，下班回来吃饭后，就和老乡们去皇都大酒店的草坪上。

三位老乡又进厂了，只有我和戴眼镜的陈情住在一起。半夜从皇都大酒店出来，前脚刚踏进门，查夜的治安后脚就到了，把我们带到陈库村公所。那一年，广州刚刚发生“孙志刚事件”，潮阳市也刚刚分为汕头市的潮南区和潮阳区，收容所刚刚撤销。

把我们送到村公所，别人回家去了。主任坐在台桌前，我和陈情坐在长条凳上。看见旁边摆着一叠报纸，我拿起报纸来看，主任拍着台桌：“我是请你们来看报纸的吗？”我把报纸放回原来的位置，不理睬他，他很气愤，站起来踢翻我们的板凳，叫我们进去另一个房间，怒气冲冲地锁上门，回去睡觉了。

这个房间大概就是陈库村公所的“牢房”了，我和陈情在“牢”里睡了几个小时，天刚亮，他把我们放了出来，但扣押了我的身份证。我那张第一代身份证已经过期两年，老乡们都劝我不要拿钱去换，叫家里再办一张。

我到美林村租了一间每月四十元的老瓦屋。美林的治保会也很厉害，听说有人刚来这里租房子，每个夜晚都来查夜几次。我租的那间瓦屋后面的窗口，只有一块木板挡着，木板可以移动，一般人不会注意到。我们一到晚上就锁住大门，半夜回来就到后面的窗口移动那块木板钻进屋去睡觉，查夜的人走到门口，见大门锁着，就灰溜溜地走了，听着他们离开的脚步声，我心里酸酸的，为了一张暂住证，整天过着提心吊胆的生活。那时我知道有一个红本本叫暂住证。

十

有一天我骑单车出去找工，见路边的树上贴着一张名片，我撕下名片，上面印着“东南亚证件集团公司”，这使我联想到多年前在深圳平湖的猪仔湾，那位身穿高档服装的男人给我们派发的名片上面印着“东南亚证件集团公司”。怎么这个集团从深圳到汕头来了？

我拿着 IC 卡去电话亭打了名片上的号码，传来女子的声音。我说可不以可以办身份证。女音说可以呀，问我在哪里。我说在峡山，女人说等一下找我，问我身上有没有照片。我说还没有，等一下去照。

女人说那去照，照好了再联系她。

我去照相，第二天才能拿到相片，拿到相片后我打“东南亚证件集团”的电话，仍旧传来那位女人的声音，我说相片照好了。她说：“好了啊？我马上过去，你在什么地方等我？”

我怕她找不到我在两英出租房的地址，就说：“我在峡山宾馆大门等你。就是广汕公路边，认得不？”她说：“好。”

我那时租房子的村子，就在峡山镇隔壁，我马上踩单车穿过丹凤路，来到广汕公路边的峡山宾馆，那段路是峡山热闹地段，峡山宾馆就在丹凤路边，丹凤路口就是广汕公路。不用过马路。峡山宾馆大门其实是一条巷道，巷道里面是工业区，靠近广汕公路的巷道两边是峡山宾馆。

我站在大门边的一根大柱下，大柱上挂着红红的灯笼。不一会，一个穿红衣服的女人走进大门，她肩下夹着一只公文包。她没看我，走进大门里边转了转，好像是来住宿的客人。她转了转后，没见到什么可疑的情况，然后走到我面前，满面笑容。她留着一头短发，配着她一副阳光白净的脸，加上红衣服的陪衬，显得非常健康漂亮，她估计三十岁左右吧。

“是你吗？”她问我。

我点了点头，她示意我跟她走，从大门走进，大概走了几十步，到了一家货运站的旁边，我和她坐了下来。

“办身份证多少钱？”我小声地问她。

“120 元。”她说。

我说：“太贵了。真的都没那么贵。”

“假的比真的贵。如果有真的我们就不用假的了。”

“太贵，能不能少点。别的地方办才几十块。”

“这些地方都是我们办的。”她说：“我们都是统一价。那这样吧，我给你减二十元，100 元。”

“80 元。”我说。

她说："那好吧，你是我新发展的客户，只收你 80 元。你以后会知道我的价钱是最便宜的，以后你随便办什么证都可以找我。"

"能不能办暂住证？"我说。

她望着我笑了："办是能办，但你在当地用不了。一般暂住证都是你所住村公所治保会帮你办的，他们有档案。如果来查夜，你拿假的出来还不露了馅。身份证和学历证是找工作用的，用人单位没有那些档案。"

"那就只办身份证了。"

"身份证的地址、名字、年龄你随便用什么都可以。证件号码我们可以给你弄，你也可以自己弄，但必须和地址上的号码相符。"

我把两张相片和一张纸交给她，纸上写的是我的真名、真地址和身份证真号码，我不想冒用别人的名字和假地址。

"你先给我 20 元当车费，明天我给送来的时候你再补我 60 元。"

我从钱包里找出 20 钱给她，她把一张相片还给我。"只用一张就够了。"她把我的相片用那张写上姓名和地址的纸张包着，放进皮公文夹里，递给我一张名片，然后走了。

"明早你再给我打电话，看我什么时候送到。"

拿到了身份证，我越看越喜欢，和真的一模一样。有了身份证，我去一家染厂问工，那家染厂招刷毛工。刷毛工生意很不正常，一年没有几个月的工，一般进去一两个月，生意淡了厂里又放人，只留一两个师傅级的熟手工，有生意了又重新招人。

以前我拿那张真的身份证来问过，门卫说身份证不是我的，说相片不像我。我只好怏怏地出来，那时我心里气炸了，身份证明明是真的，相片也是我，他们偏偏说不是我。也怪我照相时没有梳头，身份证是我十六岁那一年办的。那时我在路边放牛，伙伴在村口叫我："侯子，办身份证哩，派出所进村来照相办身份证了。"我把牛赶回家，牛进栏后我没顾关上牛栏就跑去生产队的大晒坪，母亲骂咧咧地跑过来把牛栏关上。我跑到晒坪，那位手拿照相机穿制服的民警问我："你也办身份证？"我点了点头。他"咔嚓"地给我照了一张相，登记了姓名，然后走了。那是刚开始办身份证，一分钱也不用花。几个月后身份证发下来，我看身份证上的头像惊呆了，头发乱糟糟的，有几绺被汗水粘成片，有几绺被风吹着高高地飘扬。

我拿假身份证来染厂试工，脸面红红的，保安看了看我的身份证，然后把我带到一位中年女人的身边，她正在车间检查定型机吐出的布匹，中年女人看了看我，又看了看身份证，然后带我去办公室办手续，这时我才知道，这位女人就是厂长。

她们见我脸面红红的，以为我害羞。这张假身份证她们当真的，去年我拿真的身份证来问工他们说是假的，真的见鬼了。现在我觉得被治安队没收的过期好多年了的那张身份证一点也不可惜了。

在染厂做了两个多月的刷毛工，生意淡了，我又得出来。我仍旧去找建筑零工做，当天拿钱。做了几天表哥见到我，他说："别做了，你现在比非洲人还黑，出去找工别人不要你。"

我想想也是，就不去做建筑零工晒太阳了，在出租屋里整天睡觉或者去找老乡打打扑克消磨时间，等脸面的黑色素淡了一些再去找工。那时我也没办暂住证，查夜已经不那么凶了，况且我已经交了卫生费，他们久不久来查夜的时候，我就开那张交了 200 元卫生费的收据给他们看，他们看后就走，也不再问暂住证的事。

等脸色没再那么黑，我得重新找厂，进厂又得重新办身份证。我发现假的身份证很不耐用，过了一段时间过塑的边边就开裂，身份证就老化，人们一看就知道是假的身份证了。主要原因是我把身份证装在钱包里，把它放在屁股口袋，骑单车把它磨坏的。

重新办一张 80 元，值得，只要能进厂。

十一

我以前卖了家里的几头牛，去油城的电子技校培训，为的是能拿到一本红本本，好找工，打工的时候才发觉拿了红本本也不容易找工。我去找工时亮出那本电子学校结业证书和技术等级证，招工的人问我，是不是花钱买的？

后来想想，和花钱买的又有什么区别？反正都是花了钱。我想，能花钱买为什么不买一本高级的，我打电话给“东南亚证件集团”的女人，现在我变成了她的长期客户。我说我要一本大学毕业证书，她在电话里笑吟吟地说：“可以，可以。你要的是哪个系，新闻系？外文系还是中文系？”我喜欢看点小说，就说：“中文系吧。”

那时手机已经很普及，几乎人人都有，联系很方便。我跟她合作大概有五六十单生意，我是帮老乡和同事或者是同事的朋友办的，我不收他们一分钱的中介，只是图个乐，有时候还自己开车费。他们办的各种证件都有，身份证、结扎证、毕业证、驾驶证、技术等级证……甚至车牌。我不光跟“东南亚证件集团”的女人熟，而且还跟她的丈夫熟。很多时候她没时间，是她老公跟我联络的。

女人把大学毕业证交到我手上，满脸的阳光，和我握手：“祝你好运。”

我把毕业证打开看，校长签名的几个字非常好看，一看就知道出自书法家之手。但毕业生姓名、年月日和某某系的空格留给我自己填写，我填上自己的名字，填上“中文系”，但我越看心里越不爽，我写的字歪歪扭扭的，比小学生的手笔还差。我知道这本证是不能出面了，没有哪个大学生或大学教授写这么差劲的字。我把大学毕业证锁在我的箱底，仍旧去找车间苦工，那时我学会了看注塑机，找来找去也只有注塑机工适合我，我不会别的。注塑工非常辛苦，每天上班十二个小时，两班倒，上夜班非常难熬，常年没假期，除非春节那几天。有时候实在挺不住就辞工，辞工了所押的工资不发，只好上劳动局，奔波劳动局与欠薪的工厂之间一两个月，工资还是没有拿完，最后心累了，以后出厂就是拿不到工资也懒得上劳动局了。

我辞工出来时，我的一位远房舅舅来汕头找工，他说他以前帮锅炉工拉了两年的煤，学会了烧锅炉，就是缺一张证。别人说我会办锅炉证，他就上门找我，是一位老乡带他来的，他提着一只袋子，里面装着一只杀好的鸡和几瓶啤酒。我几乎认不出他来了，他喊我乳名的时候我还愣着，他说："我是十四舅啊。"

我的那些舅舅，他们住在一个叫马家屯的村子里，不管是亲舅还是堂舅，都按年纪排号，不管是不是同胞兄弟。我记得，我有二十六个舅。自从我出门打工后，很少回家，只去过一次，每当在老家的老屋床上躺下，我就看到上方俯下一个身影，对我说："儿啊，你在外面混这么多年都没有成家？"我的眼眶里就会含满眼泪，我母亲又在我模糊的泪眼里往后退去。我去舅舅家拜年，舅妈和表姐、表嫂们也都旁敲侧击地说我该找一个女朋友了。山坡包给了承包商，仅有不多的地，哥哥和嫂嫂也全部种上桑叶养蚕，一开年，我又跑回广东。我那次回家拜年，好像没看到十四舅。

十四舅说："当年你和姐去你外姥家拜年，你都还小小的啊，现在长这么大了。"

他说的姐是我母亲，我都不好意思，现在我是一个老光棍了，还把我当作小孩来叫。

那位带他来的老乡说 ："是啊，都这么大了，你见过长角的马吗？"

我说："十四舅你来就来，还买东西来。应该是我买东西孝敬你才对，好多年不回家，没去给舅舅们拜年我都觉得快折寿了。"

十四舅说："今年回家吗？"

我说："回回，和十四舅一起回。"

他说："要到年了再说吧。"

喝酒到半了他才说："外侄子，给舅办一张锅炉证。"

我说："好呀 !"就掏出我的手机打电话，很久不和"东南亚证件集团"联系，我大约打了两分钟她才接电话，她说她现在潮州。她说潮汕的市场已经饱和，她们准备转移。我问要转移到什么地方？

她在电话里只是笑。

“要办一张锅炉证。”我说。

她说：“实在是太远了。”然后久久不说话，我为难地望着十四舅，十四舅的脸面有点紧张了起来。

“好吧。”她终于回话，“看在老客户的面上，明天仍旧在老地方见，准备好相片。”

第二天我带十四舅去峡山宾馆大门会她，她说：“现在流行二代身份证，都是联网，办假的不能联网，也没有防伪标识，只能办其他的，生意越来越淡。你们能不能和我去潮州，去到了马上就能拿锅炉证。”我和十四舅随她去了潮州，到潮州车站下车，她叫我和十四舅在离车站不远的大树下等，她说她用不了多久就会来。

我看手机，过了一点四十三分她来到了，把锅炉证交给我，我把它交给十四舅，然后把200元钱交给她，她还给我100元：“叫你们来到这里破了车费，实在对不起。”说完走了。

我寄相片回家办的第二代身份证，老乡也从家里给我带来。那时起，我没有和“东南亚证件集团”再联系，因为再也没人找我帮办身份证和其他证件了。我想，“东南亚证件集团”也应该退出历史舞台了吧。

虽然答应和十四舅那一年回家，但我没有回。十四舅拿到锅炉证后也不知去什么地方烧锅炉。时间又过了两年，那时我刚买触屏手机，打算让我那只摔不烂的老诺基亚退出历史舞台，我复制手机通讯录的时候，无意间发现了十四舅的号码，我打他的电话：“十四舅，你现在哪家厂烧锅炉？”十四舅说：“烧什么锅炉，我现在佛山铝材厂。”

我高兴地大叫：“十四舅，我也去珠三角，在汕头十多年腻了。”

他说：“那就来吧，你以前看注塑机，这边也有注塑机。正好我租有房子，找不到好工可不要怪我。”

我说：“不怪你。”

我把出租屋里的东西全部卖了，出租屋的门也没有锁，背着一只装有两套衣服的包，跳上了从峡山汽车站开往广州市客运站的班车。辗转打工这么多年，我学会了轻装上路。以前我从东莞坐车到汕头，已经忘记路边是啥风景，现在我从汕头坐车回广州，那些模糊了的风景又重新进入我的眼帘。穿惠来，过海陆丰，入惠州。以前去汕头在海边的草田里看见一群白鸟，印象非常深刻，汽车来往也惊不走它们。这次回来仍旧看到这群白鸟在老地方聚集，汽车驶过来驶过去也不惊走它们。岁月流逝，好多东西变了，也有一些不变，例如这一群白鸟。例如打工的我，依旧在奔波。

我到了广州市客运站，打电话给十四舅，十四舅叫我走到流花车站，坐 231 路公交，到里水桥南站下车，他在那里等我。车到里水桥南站靠在牌坊前，我看到十四舅带着一位小伙子站在牌坊后面的路边，我下了车，十四舅只说了一声："来到了。"

小伙子也是十四舅村子里的人，有点面熟，但记不起叫啥名字。那熟悉感，也可能只是他们父辈的身影。十四舅跟我介绍，他叫阿胜，按班辈，他和我同辈，他就叫我老表。

我们到十四舅的出租屋，然后去菜市场买菜，凡是菜市场里有什么好的他们就买，各种海鲜，牛、狗、羊、兔肉。我们从傍晚开始喝酒聊天，一直到半夜。

我和十四舅又聊起那张"锅炉证"，十四舅说："白办了，那时在汕头找锅炉，没有招锅炉工。我后来又回佛山。"

"回佛山又不通知我一声。"我说。

"忘记了哩。"十四舅说，"我说侄外甥啊，跟那女人办那么多年的证，她那么漂亮，看她对你也挺好，你给他 200 元她还退回 100 元哩。有没有上过她？"

我说："没有啊十四舅。只是跟她办证而已，人家有老公，她叫什么名字住在啥地方我都没懂。"

十四舅一拍大腿："笨，要是我早把她给办了。以后你跟阿胜多学点。”

阿胜笑着对我说：“表啊，有时间我带你去。”

阿胜叫我跟他去他的出租屋睡觉，十四舅开始收拾桌上的碗筷，对我说：“那你跟阿胜去睡吧，他的床宽敞一些。”

我跟阿胜从十四舅的出租屋里出到胡同口的村道，走了大约七八分钟看见一家网吧，再走两分钟就到马路边。阿胜说：“过了马路，拐进胡同里不远就到了。”

路口没有红绿灯，我和阿胜慢慢地避车过马路，拐过沙县小吃店后面的胡同，村子里有很多老房子，胡同很小，折折弯弯的，没有多少行人，大概是夜深了的缘故吧。楼下站着两个玩手机的姑娘。

“帅哥，玩不玩？”她们停止了玩手机，招呼我和阿胜。

阿胜酒喝得有点过头：“玩，多少钱？”他的舌头好像有点打结。

“一百。”

这个说话的姑娘声音好熟啊，在路灯下，我把瞳孔扩大，再扩大，嘴巴张得大大的。“你，甘菜心？”

“侯子？天啊！”甘菜心用双手捂住了脸。她就是我在油城科技培训中心电子一班的同学甘菜心，她被开除出学校后就没有她的消息，想不到还能在这里碰到她。

另一位站街女说：“原来你们是老相好了。”她把手攀在阿胜的肩上，带着阿胜走了两步，回头对我和甘菜心说：“你们也走啊。”

甘菜心对我说：“老学友，跟我来，我们去叙叙旧，这里不是说话的地方。”我脚步不由自主地跟她去了。

她们租的是同一间房子，窄小，门口对着一张床，阿胜迫不及待地把女人抱上床去。女人说：“死鬼，这么猴急，连门也不关。”阿胜把女人丢在床上，去把门掩上。

甘菜心用手翻开床头的布帘，露出一个小门，原来里面还有一个房间，甘菜心带我走了进去，拉亮了一只小彩灯。她坐在床沿，我问她：“你怎么来到这里，干起这一行来？”

“反正我已经身败名裂，干什么还不一样。”甘莱心眼睛红红的，流下一脸的泪水，“我那时带着他，去很多地方打工，后来分手了。我又去发廊学洗头，就干起了买卖生意，反正是破身子了，就破罐破摔。”

“死你个包工地。”我把牙齿咬得格格响。

外面的床上阿胜和那女人正在滚来滚去，喘息如牛。我和甘莱心静静地坐在里面的床沿上，以前在学校里我那么喜欢她，可现在，那种喜欢已经打了大大的折扣。

好像隔了一个世纪我才说：“我把你那只风筝放到天上去了，我想现在它还在油城上空飞着呢。”

她说：“放了好。”这时我听见大门被擂得“咚咚”响，然后“吱”的一声被人踢开了，原来阿胜没有把门栓插上。

进来两个“警察”，我的心提到了嗓子眼，屏住呼吸，甘莱心竖起一根手指放到嘴边示意我不要出声。

和阿胜睡在外边床上的女人吓得用床单蒙住头，一个“警察”去拉开床单，另一个“警察”说：“罚款罚款，一定是野鸡和嫖客。”

那女人说：“同志，求求你，俺这做第一次，你就放过我一马吧。”

“警察”说：“身份证。”女人从床头拿出一只手包，一个“警察”把包抢了过去，另一个“警察”也拿起阿胜的裤子，从裤袋里掏出一叠钱，满脸笑容。

“警察”说：“愿私了还是公了？”

女人说：“私了私了。”

“好。”拿女人手包的“警察”说。他从包里搜出所有的钱，把从包里拿出的身份证丢在床上，“如果公了就带去派出所。”

两人拿着钱走出门去：“明晚还抓到就带去派出所。”

阿胜突然说：“假的，假的。怎么一个警察还穿跑鞋？”两个“警察”拔腿就跑。阿胜穿好衣服跑出门去追，已经没见他们的踪影了。

阿胜说要报警，跟他睡觉的女人说：“求求你了，不要报警，警察一来以后我们就做不成生意，你也会被罚款。你的钱我不要了还不行吗？”

阿胜说：“还要？要个棍子啊，我的钱全部被抢走了。”

我从里间走了出来，甘菜心也走了出来，女人还没穿衣服，她坐在床上，像一根白萝卜。

我没和甘菜心睡觉，以前那么喜欢她，现在以嫖客的身份去睡她算是什么东西？我对阿胜说：“万一真警察来就麻烦了，我们走。”

十二

我只熟悉注塑机工，仍旧进塑料厂去开注塑机。我租了一个房子，这些年，一个人租房子习惯了，不想住集体宿舍，租房子才有家的感觉。我去那些小胡同里转转，但没有再看到甘菜心的影子，她不知又转到什么地方去了。有一次，走过广场的天桥上，看到有好多人摆地摊，我也想摆地摊，就从厂里辞工出来。

我手机百度广州什么地方有地摊货批发，显示出一德路的玩具最多，还有万陵大厦，我就去一德路进货。我刚开始卖玩具，后来卖玩具的人越来越多，我又转卖手机自拍杆、手机腰带、腰包、手机支架和手机防水袋等等。我天天去广场天桥上卖，我从出租屋拖着一只两轮的行李袋，出门到路边的牌坊，然后坐上 208 路公交车去到广场天桥。天桥上小贩很多，出门要早，要不然找不到位置，两边都摆满了东西。天桥上面不怕太阳晒，下点小雨也不怕，商场里也有厕所和打开水的地方，每天人来人往，从不间断。

我们一群小贩也互相照应，如果谁去吃饭或者上厕所，也有人帮照看，叫盒饭也很方便。

我和一位满脸络腮胡的外号叫“老猫”的人关系非常好，如果他先到，他就给我占一个位置，如果我先到，我就给他占一个位置。

老猫是卖葫芦的，卖给信佛人用的，说是开过光的葫芦。一大堆的葫芦，大小都有，佛山的人信佛，经常有人买葫芦。

刚开始没有城管，后来突然来了城管，我们收着东西就跑。小贩们看见城管的车辆驶过路面，就呼喊一声："走鬼。"

待城管上天桥拍照完走了之后，躲在四面八方的小贩们又钻了出来，争抢着位置摆摊。

有时候看不到城管的车，但他们不知从什么地方钻出来，快速地奔上天桥的四个梯口，几十个城管，瞬间把摆在天桥上的东西扫荡精光。

小贩靠卖东西吃饭，被城管没收的东西得交罚款赎回来。人人都想把损失补回来，反正还得卖，赚生活费。后来罚款越来越重，收去的东西就不要回来了。反正小贩们天天跟城管玩躲猫猫游戏。

后来几位城管"临时工"天天待在天桥上，小贩们愁眉苦脸。老猫对我说："这地方不能待下去了，我们去北京，去不去？"

我说："这里都不能摆，去北京能摆？"

老猫说："见机行事吧，听说在几所大学的门口可以摆，如果不能摆我们就找一份工做，总不能饿死。听人们说就是当个群众演员都能赚钱。大不了就算丢了车费旅游一趟。"

老猫说得我心动，我决定和他闯一闯北京。

都说广东空气不好，污染严重，去到北京才知道，高楼大厦淹没在浓浓的雾霾里，"挺入蓝天"这个词儿不知什么时候消失得无影无踪。

我和老猫出了北京西站，随着人流涌出站口，老猫掏出手机开始打电话，电话里传出一个男人的声音："在那里等我，不要随便走动，等一下我会自己找到你们。"老猫说是他老乡，他老乡也才高中毕业，在北京混得好好的。

他老乡来到了，戴着一副眼镜，穿着西装，打着领带，一双黑亮亮的皮鞋一尖不染，头发油光光的。他看见我们就说："我说老猫，你出来混世界也好多年了，怎么还一身土得掉渣？"

以前以为我在工厂里是最舍得出钱买好衣服的，现在跟他一对比就寒酸多了。

老猫说："就算你牛。"

我们进入西站下面的地铁，他问我们："会坐地铁吗？"我说："我还怕你问开飞机，我在广州闭着眼睛都能数出每条线路上每个站的站名。"

他说："你这人不怕生，容易接受新的事物，这点值得肯定。但北京和广州还是不一样的，在北京坐地铁不能吃东西，连喝口水也不行，那样要罚款的，说给你听，一罚就罚几百元。"

这时我闭上了嘴，我们一直跟他走，转了几条线他才把我们带出出口，然后又坐了很远的公交车，下了车，又带我们绕了好远，又走进一个地下口，我以为又坐地铁，原来不是，他租的房子就在地下。

那是负三楼的一个小房间，里面已经住着四个人，他说："正好还有两个床位，你们明天就得交房租。"我说："现在就可以交。"他说："你这个人爽快。"

一个小小的地下房间，六个人挤在一起，现在我才真正明白什么叫蜗居。房租贵得要命，每个人一个月还得交1600元钱。房间太小，只能各自待在自己的小框框里。那天是星期天，他们都不用上班，他们的笔记本电脑就放在自己的床头，有的爬上床上用电脑上网，有的玩手机。

老猫的老乡问我："你什么文化程度？"我说："我才读一年初中。"

他打断我的话："没有大学以上找不到工作的。"

我说："我在电子学校培训过。"拿出那本电子培训结业证书和初级技术等级证给他看，他看都没看，挥着手："这没用的。"

老猫说："吴其能，你不也是才高中嘛，我俩同一个班谁都考不上大学，别人不知你底细我还不知道吗？"

吴其能笑着说："我现在硕士学位。"

"你啥时候成硕士了？"

吴其能从床底拉出箱子，拿出一本红本本递给老猫看。我听到他和老猫的对话就知道他那红本本是买来的。

"这个有用吗？"我怀疑地说，"这买来的毕业证能联网吗？"

他吃了一惊："你也知道我这个是买来的？"

"谁不知道。"老猫说。

"但你们只知道其一，不知其二。"他说，"我的证书当然能联网，也就是说是真货，办假证的在官方有人，能弄真号。"

十三

吴其能上班去了，我和老猫每天都出去逛，北京这么大，竟找不到一个摆地摊的地方。我和老猫去逛了天安门广场，第二天叫他去八达岭，他摇了摇头："钱还没赚到就到处去玩，钱用完了怎么办？"

我问："那你说咋办？"

"走，去大学门口转转，我不相信没一个地方能摆？"

我们转到了 R 大学东门，一位站在树下玩手机的女人向我走了过来，她问我道："老乡，要办证吗？"女人的肚子微微凸起，好像已有几个月的身孕。

老猫从后面走了过来，对她说："我们不办证，问一下老乡，这些地方可以摆地摊吗？"

"不可以摆，得租门面，北京门面好贵哦。老乡还是办一张证去找工，或者自己营业都用得上，啥证都可以办哦。"

我想起我以前在广东汕头办的那张大学毕业证，我自己在空档处填字，字写得不好，不像，后来也不敢拿它去找工。从汕头来广州，我清理出租屋的时候，看着它真没用，想扔进垃圾篓，后来怕捡垃圾的看到，只好把它烧了。

我问那女人："毕业证假的别人不知道吗？"她说："不知道，能联网哩。"

老猫把我拉走，又坐车回到我们那个蜗居的地下室。吴其能下班后，我对他说："这北京也是，找一个地方摆地摊都没，招工广告也没见到。"

吴其能说："找工都是在网上找啊，或者人才市场、劳务所。你办一张大学毕业证，在社区、酒店或者停车场找份保安的工作应该找得到。"

"去哪里办大学毕业证？"

"我打电话？"他说。

吴其能拨了一下手机，传来一个女人的声音，吴其能说了一声："哈喽！"女人说："哪一位？"吴其能说："给你介绍生意来了。"

"办什么？"

"大学毕业证。"

"好呀，明天在什么地方见？"

"明天我上班，"吴其能说："叫他同你自己说吧？"

吴其能把手机递给我，我开始同那女人通话，女人的声音好像有点熟悉，我想是不是"东南亚证件集团"的女人。

"你以前是不是在广东汕头？"

"是呀是呀。"

"我是以前经常跟你办证的那位呀。跟你办的最后一张是锅炉证，在潮州，你还少了我 100 元不要。"

"呀，原来是你，你怎么到北京了？"女人说，"难怪我觉得声音好熟。你加我微信，等一下我把手机微信号发过去。"

她的昵称叫"东游西走"，"东游西走"在微信中问我："你熟悉北京什么地方？"

我说："R 大学东门，今天我去过，见还有怀孕的女人问我要不要办证呢。"

“东游西走”发过来一个微笑的表情：“明天 R 大学东门见。”

吴其能惊奇地望着我：“你认识她？”

“我认识她的时候你还没知假证是怎么回事咧。”我得意地说。

吴其能说：“世界那么小。”

第二天中午我和老猫仍旧到 R 大学东门，见到了我以前在汕头办假证的主家“东游西走”，她依然那么漂亮，但身上透着一股历经风霜的气息。

“你要办证？”她伸出手和我握手，“如果是你自己的，我就免费给你办一张吧。你初到北京也不容易。”

我改变了主意对她说：“我们刚从广东过来，很难找工。你还要不要人？要人我俩和你一起混。”

老猫也拱起双手：“拜托了。”

她看着我和老猫的一身土衣服，爽快地说了一声：“那好吧，我还真缺两个帮手，你们就跟我干吧，从广东打工过来的我信得过。北京这边的人，我还真不太信任呢。”

“东游西走”把我和老猫带到她的“根据地”，她老公正坐在电脑前干活，她问她老公：“你还认识他吗？记得以前你说过，你所接触过的客户中，他是最好的。”

她老公说：“记得啊，你也到北京来了。”说着向我点点头。

我和老猫去吴其能住的地下室里搬出行李住到了她这里，她给我俩腾出一个小单间，老猫说免去吴其能一个月房租。

我们搜集那些“业务员”发过来的微信信息，或者直接从她们手中拿过顾客的资料和相片，回家就在打印机和钢印机上制作。用不了几天，“东游西走”教我学会了所有的制作技术。闲下来的时候，“东游西走”也带着我和老猫出去招揽客人，她教我们如何识人，学会“反侦察”。

货少了的时候，她老公就要去浙江拿货，会叫上我一起去。我们坐在前排驾驶座，后面的座椅全部压下去，一只只用胶带封好的纸箱压满了一车子，连后备厢也要装满。

那一天她老公要去拿货，老猫说好久没出过远门，想出去看看浙江的风景。

她老公笑着说：“那你就跟我去吧，侯子在家。”

他们开车出去了，我和“东游西走”说说笑笑地在屋里玩着手机，其实是在等客源的信息。

那位孕妇带人上门来了，是一帮警察。孕妇被警察跟踪几天了都不知道，在把假证交给客户时被抓，人赃俱获。

警察从屋里翻出各种各样的证书，还翻出一纸箱的公章。还有几台打印机、钢印机。

警察没收了所有的东西，给我和“东游西走”戴上手铐，带走。

几个月后他们把我放了出来，我去吴其能那里打听老猫的下落，吴其能说：“他们在浙江被警察追踪，为了逃避警察出了车祸，听说老猫的腿废了，他们打电话给我，我要上班，所以没空去看望。”

我没有回广西老家，那个叫可见屯的小村庄已经是我回不去的地方，我心中已经没有家的方向感，它留给我的只是一个故乡的概念。我无颜面对故乡，当我第一次背着一只大大的包袱走出家乡小路，一股悲壮和誓不回头的感觉在心底生出，多年后才明白什么叫人生无悔。“别了！”在北京可怜兮兮无助的我，对着以前还没来得及道一声别的远方小山村大喊一声，气壮山河。

我从北京返回广东，安安心心地在厂里打工，不想着别的事情，更不想老去何从。有一次在闹市，我看到公交牌坊前，一个断一只腿的男人拄着手杖，手里拿着一只盘子向路人讨钱，那副面孔和身材我非常熟悉，我掏出口袋里所有的钱，没有勇气上前，叫一位小朋友帮我拿钱去放在他的盘子里。

我的眼眶噙满泪水。

原载于《民族文学》2018 年第 8 期

蓝明理

蓝明理

广西宜州市北山镇人，生于1967年1月。中共党员。现供职于宜州区大数据发展局。工作之余，坚持笔耕，作品有《见世面》《张副乡长开会》《丫辫奶》《沉重的牌子》《千年胡杨旷世爱》《迟到的良知》《赌祸》《悲欢乌龟村》等。

乌龟村那点事

乌龟村那点事

乌龟山，形似乌龟。山下就是乌龟村了。村子不大，几十户人家。杂姓，也说不准哪年哪代开始立村，反正老皮斑驳的十人合抱的大樟树站在村头告诉人们，乌龟村的炊烟已经飘过了几百年。到底几百年？那恐怕只有问村子的后龙山——乌龟山了。

乌龟山是后龙山，是不允许砍柴、放牧的，要封山。说是封山，但是以前也封不起，光秃秃地露出石头。现在是郁郁葱葱的了。因为村里的人都外出打工赚钱去，剩下的老弱病残，也没有力气上山了。人迹罕至，山自然就绿起来了。

不知从何年何代起，这里的农村，上一点年纪的男人，都被称作“老鬼”，而不像山外边称作“老叔”“老人”“老汉”之类的，给人暖暖的感觉。受“老鬼”影响，还出现了“小鬼”“酒鬼”“穷鬼”“丑鬼”等称谓。如今村里的青壮年外出打工了，村里剩下的就只有这“五鬼”的故事了——当然，过年的时候，回乡的青壮年才带回珠三角、长三角一带的故事。

第一章

一

贵平没读过几年书，倒不是他不想读，而是兄弟姐妹 6 人，爹妈负担不起学杂费。只读完小学二年级就早早地和爹妈土里刨食了，把读书的机会都留给了弟妹。弟妹长大成家立业了，爹妈也走了。贵平 50 多了依然光棍一条，孤独度日。虽然有一大群侄儿侄女，散居在乌龟村里，都表示要像亲儿女一样给他养老送终，但都停留在“表示”上，实际对他的照顾很少。特别是这些年，侄儿侄女们和村里的青壮年一样，都到大城市打工赚钱去了，连自己的亲父母都照顾不上，哪里还有时间和精力过问这个孤独的大伯呢？好在乡里民政办每月给他发最低生活保障金，虽然少，也够他一人过日子。

年轻的时候，贵平扛一张大网，满山满岭地跑，经常网到斑鸠、黄嘴鸟之类的，拿到县城换几个盐油钱。上了点年纪，跟着天上的飞鸟跑山跑岭，力不从心了，所以去得最多的还是水边，深潭浅水，都有他钓鱼捞虾的影子。近段时间，他很纠结，因为收获的鱼虾蚂蚜越来越少，连自己做菜都不够，哪里还有拿到县城换酒钱的。

这天过晌，他决定上后山一趟，选一根弹性好的竹子——他那根用了几年的钓竿也该换了。后山树木很多，乌龟背长满茂盛的野生米椎林，乌龟嘴附近是一片竹林，长的是一种叫“黄金竹”的竹子，不管多少年，总是长不大，永远都只是拇指粗大，是做钓竿的上好材料。

初夏的天，很热了。他气喘吁吁爬到乌龟嘴，已经大汗淋漓。他迫不及待地钻进阴凉的竹林。自从十里八乡兴起打工热后，村里的青壮年很少了，这竹林里就很少有人来访。脚下是软绵绵的竹叶，踩在上面就像踩海绵一样舒坦。竹子长得很密——要在以前，村民经常来采笋子，撸竹叶。笋子能吃、能卖，竹叶能当柴草烧，是做饭煮猪食的材料。人来人往，竹子就没有这么密了。现在不同，贵平这么瘦削的身子在两棵竹子之间还要侧身才能过去。他拍拍这棵，摇摇那棵，每棵竹子仿佛都是他心仪的钓竿。

他选了一根，从背在腰间的鱼篓里取出柴刀，麻利地砍下竹子，扛着下山来。

“贵平叔，你敢上山砍柴啊，不是封山了吗？”坐在路边一块石头上乘凉的贵康对他说。本来是同一个字辈，但是年龄相差太远，贵康还是把贵平叫叔。

“关你什么事？村长都不管，你管？”贵平不屑一顾，“砍一根竹子有什么了不起。”

“村长都打工去了，他还能管？我残废了，动不得。我动得，就砍了这山的木头竹子去广东，那边纸板厂收购啊。”贵康本来也在外打工，去年因所在的煤矿冒顶，被压断了腿，矿老板花了几万就打发他回家了。

“晓得自己动不得就不要管那么多。”贵平说。

“贵平叔，你的这根钓竿不好，钓不到好料的。”

“为什么？”贵平疑惑起来。

“你的钓竿有问题。”

“扯吧，我的钓竿有什么问题？”

“你看，你的钓竿，节数不对啊。”贵康从贵平肩上抓过竹子，一节一节地数起来：

“钓鱼钓蛇钓蚂蜴，钓鱼、钓蛇、钓蚂蜴。”贵康嘴上一字一顿，手在钓竿上一节一节地移。

“钓鱼、钓蛇！”贵康嘴上念到“钓蛇”的时候停了下来，因为手移到了竹子的最后一节。

“你看，好的钓竿，节数要合适，最后一节刚好是‘钓鱼’才好。

你的最后一节是‘钓蛇’，钓蛇怎么是好钓竿呢？”

原来是钓竿不好，怪不着这段老是钓不来鱼，“怎么办呢？”

“砍掉一节，反正最后一节是‘钓鱼’最好。”贵康出了主意。

于是，贵平从刀鞘里抽出柴刀，砍去最后一节。剩下的，他一字一顿地念着“钓、鱼、钓、蛇、钓、蚂、蜗”，手在钓竿上一节一节地移动着。

他数数的能力太差了，有时念一个字数一节，有时念两个字数一节，最后一节总落在“钓蛇”上。这样往复几次，长长的钓竿越砍越短，变成一根竹棍，哪里还能弯出钓竿的样子呢。

看着地上越来越多的竹节，贵康抿住嘴偷偷地笑。

看着手上越来越短的竹棍，贵平往路边的草丛一扔，拿着柴刀又往山上走——再选一根！

待到修完竹枝，剃除竹叶，他又念念有词，“钓、鱼、钓、蛇、钓、蚂、蜗”地数着，几次数完，最后一节总是“钓蛇”。

他很懊恼，又砍了一根竹子，又数了一遍，最后一节还是“钓蛇”。

一旁的贵康看他可怜，认认真真地为他数了起来，终于有一遍最后一节刚好落在“钓鱼”上。贵平舒了一口气，扛着钓竿系上钓丝，到河边去了。

二

好不容易钓到 5 只蚂蜗！他用水草把蚂蜗的腰捆住，赶往县城的农贸市场。这样热的天，蚂蜗离开水太久不行的。他赶到了市场，把那串蚂蜗摆在过道上。

“青蛙青蛙，妈妈，青蛙！”一个小孩拉着母亲的手，指着肚子气鼓鼓的蚂蜗。

“不是青蛙，这是蚂蜗。”贵平纠正道。

“书上叫青蛙，农民伯伯叫蚂蜗。”母亲耐着性子向孩子解释。

“要不要，一只一块钱。”贵平向母子俩标价。

“妈妈，老师说，青蛙是庄稼的朋友，我们把它们给放了吧。”

“好。”母亲掏出5块钱，递给贵平。

贵平接过钱，拎起青蛙给那个年轻的母亲：“加些姜丝和老蒜，味道很好的。”

孩子拎起5只青蛙，走到下水道口，解开水草，那些青蛙立即跳到下水道去了。

贵平看着母子俩的奇怪举动，眼睛睁得大大的。

三

贵平怀揣5块钱，来到一家大排档。太阳都偏西了，他还没有吃午饭，太饿了。他把钓竿倚在大排档的门口，紧了紧腰间的鱼篓。

大排档门前挂着一块小黑板，上边写着“小炒便饭”四个字。贵平看了半天，欲言又止。

一个胖女人走出来：“叔，你吃什么？”

贵平指着那黑板，大声念道：“小便炒饭！”

“哈哈哈哈”，几个正在埋头吃饭的都哄笑起来。贵平莫名其妙地望着他们。

贵平木讷地说：“你、你不是写着吗？”

胖女人说：“竖着读，谁叫你横着念！小便炒饭，你敢吃，我还不敢卖呢！”

四

“喏，这是菜谱，你自己点吧”胖女人递过一张过塑的8开硬纸。

“就要这个，”贵平憋了半天，终于指着一道菜下了决心，“我只有5块钱。”

“哦，田鸡炒辣椒，好。一碟田鸡——”胖女人朝厨房叫道。

“田鸡？”贵平寻思，从来没有吃过的菜啊，城里就是好，能有这样的菜，今天开眼界了。

“先吃还是先给钱？”贵平似乎有些担心。

“结账啊？”胖女人很爽快地说，“不急，不急，吃完再结账也可以的。”但是还是紧紧地攥着贵平递过来的 5 块钱。

贵平静静地坐着，看着那些狼吞虎咽的吃客们，口水不断地往上涌。

过了一会儿，菜端上来了。

盘子里，几片蒜叶、几丁田鸡肉混在一大堆红辣椒里，发出诱人的香。

“这是？”贵平问。

“这是你点的田鸡炒辣椒啊，你以为是辣椒炒田鸡吗？”胖女人似乎有些自嘲。

“我点的是田鸡啊，你怎么给蚂蜗？”贵平望着那些田鸡腿上的斑点皮，有些恼怒，仿佛城里人骗了他。他把盘子一推，“不吃了，你退钱！”

“怎么了，阿叔？”胖女人凑上来。

“我天天跟蚂蜗打交道，你以为我不晓得啊？拿蚂蜗冒充田鸡，哄鬼可以，莫要哄我！”贵平吼道。

“天啊，田鸡不是蚂蜗嘛？叔啊叔，你都这把年纪了，怎么不晓得田鸡就是蚂蜗呢？我们去广东打工的人，哪个不晓得蚂蜗就是田鸡咧？”胖女人忙不迭地解释。

“我晓得田鸡就是蚂蜗，我就不点这个菜了。我天天钓蚂蜗，我还跑到城里来吃蚂蜗？”

“好好好，阿叔，你想换什么，你讲，我们给你换。”胖女人很耐心。

“这样还差不多。”贵平消了一半的气。

贵平低头夹菜。胖女人麻利地收拾着其他桌上的碗碟。

“呐，你喝吗？”胖女人递过小半瓶酒。这是前面几个食客喝剩的酒，这种酒是县里的酒厂出产的。酒厂出的酒，在统一的商标下面,分很多档次,上至官员接待,下至百姓聚餐,都用这一系列的酒。

“喝剩酒？”贵平迟疑了一下，还是接过来，“喝、喝，多谢多谢。”毕竟，贵平还是很好酒的，尽管脚踝上还有喝酒留下的疤痕，脑海里还有喝酒的痛苦记忆。

他一手握住酒瓶，一手不觉地抓抓脚踝上的疤痕。

年轻时，有一年，隆冬时节，贵平参加龙潭水库建设大会战。眼看就要过年了，放假前一天，工地会餐。在一群女青年的助兴中，贵平为了在本村彩云姑娘面前把邻村的忠榆喝下去，跟忠榆连干5大碗。忠榆也太张狂了，有事无事总在彩云跟前转来转去，不是唱《三大纪律八项注意》，就是背诵毛主席的《愚公移山》。那年头，能口齿伶俐地背诵几段毛主席语录，惹姑娘喜欢哪。贵平没读过几年书，背书不行，所以当忠榆每次高声背诵“儿子死了，又有孙子，子子孙孙是没有穷尽的”的时候，贵平就只好干瞪眼，只好眼睁睁地看着彩云给忠榆倒水，看着忠榆用彩云的开水润喉那美滋滋的样子，贵平不觉眼喷妒火却又无可奈何。

但是，贵平也有扬眉吐气的时候，那就是喝酒，在酒量上把忠榆打败。这天，跟忠榆连干5大碗后，忠榆倒在地上，和着呕吐污物睡在一起，贵平也趔趔趄趄地到处找开水：“彩云，开水，彩云，水——”当他接过彩云递过来的一壶开水的时候，一不小心，水壶滑落，滚烫的开水泼到他那双高筒水鞋里——顿时，那高筒水鞋就像一个盛满滚烫开水的铁锅，冒着惨白的雾气，他那只腿脚就像泡在铁锅的猪脚一样，等待脱毛。

瞬间，他胡蹦乱跳，踢腾惨叫，当众人把他的高筒水鞋脱掉的时候，大家看到的是，小腿肚以下，鼓起一个个水泡，有的在脱鞋的时候弄破了，露出惨红惨红的嫩肉——此时，他已经昏死过去了。

那以后的一年时间里，他先在医院里度过了 3 个月，然后回到家里，依靠母亲给他倒屎倒尿。每当老娘给他倒屎倒尿的时候，总是唠叨道："你是老大，小时候照顾你少，现在补回来了。"这期间，每每看到母亲端着屎尿出门的佝偻背影，他心里很痛苦，但最痛苦的，不是看着母亲所受的折磨，也不是烫伤的疼痛，而是漂亮的彩云远嫁广东——这也令忠榆郁郁寡欢。

经过大半年的折磨，脚总算是保住了，但是脚踝上却留着暗红色的疤痕。那疤痕每到天气变阴水汽重的时候，就痒痒的，直抓得皮屑横飞。

每当疤痕的痒意袭来，光抓痒还不行，还必须喝酒。三杯下肚，才能止痒。长期如此，酒瘾越来越大，逢酒必喝，逢喝必醉，不醉、不过足酒瘾还不行。

后来，他娶了一个媳妇，但第二天媳妇就跑了。有人说，媳妇嫌他好酒，有人说他被开水烫过，筋腱萎缩，失去性功能。

五

"阿叔，还要什么菜？"胖女人一声询问，把贵平从过去的痛苦中拉回来。

"不要了，不要了。"贵平摸摸自己的口袋，知道自己目前已经"收支平衡"了。

他就着辣椒炒田鸡，喝完那胖女人拿过来的半瓶剩酒，咂咂嘴巴，倒过酒瓶抖一抖，舔完瓶口的最后一滴，眼睛向每一张饭桌底下扫过一遍——酒瓶都让那女人收走了。他很失望地站了起来，踉跄几步，走出店门，扛上那根钓竿，别好腰间的鱼篓，朝城外走去。

夕阳西下，走在龙潭水库大坝上的贵平，望着自己越拉越长的影子，望着水库里蓝幽幽的水面，不觉又想起那年水库工地上的人山人海，想起那年的血气方刚，想起那年的彩云姑娘，想起那年的滚水烫脚……几只蚂蜗冒出头来，停在水里，一动不动，望着贵平。

贵平把肩上的钓竿刷地一甩，吓得那些蚂蜗一下就隐到水里去了。

“嗨，蚂蜗，田鸡，哈哈哈，你们以为换了名字我就不晓得你们了？”贵平踉踉跄跄，自言自语。

太阳快要隐到山的那边去了。水库旁边，贵平孤身一人，走着走着，水里的几只蚂蜗又冒出头来。望着蚂蜗，贵平借着酒兴，唱起年轻时候的山歌：“四月蚂蜗叫连连，想讨老婆没有钱，搬张板凳排妈坐，妈讲一年又一年。”这山歌，不知道唱了多少遍，可是老婆走了以后，就再也没有女人来到他的身边。

远处，一个被夕阳染得发黄的少妇背着孩子，行色匆匆，惊得夜归的小鸟叽叽喳喳地飞离路旁的小树林。

贵平蒙眬的眼睛望着少妇，见她甩开膀子快步的样子，不觉又唱起当年的山歌来：“两手摆摆去哪块，裤脚纷纷去哪村？妹想唱歌对哥讲，哥我撑伞后边跟。”

……

天，彻底黑了下来。田间蛙声一片，几只萤火虫一闪一闪地在空中寻偶。

远远的，村头的大樟树下，一栋两层小楼早已亮起了灯。灯光洒向婆娑的树冠，光怪陆离。

贵平走过小楼门前，咳了一声，楼里传出一个声音：“老平啊，今天钓得蚂蜗还是泥鳅？”

“蚂蜗，吃完了。”贵平低着头，朝自己家走去，踉踉跄跄。

“哈哈哈，一人吃饱，全家不饿。”小楼里传出笑声来。

第二章

一

大樟树下，是谭家的楼房。谭家的兄妹俩都外出务工了，空空的楼房里只留下谭老爹和谭奶二老带着两个孙子，分别是大儿子谭茂良的儿子和女儿谭美良的儿子。父母都外出打工了，留下孩子跟爷爷奶奶、外公外婆过日子。孙子 5 岁了，在村里的学校上学前班，懂事了；小外孙才 1 岁多，不见了父母，整天又哭又闹，把老两口烦透了。

当谭老爹隔着窗子与贵平打招呼吵醒熟睡的小外孙的时候，谭奶就怒吼起来："死老鬼，你轻点得咩，好不容易哄得他睡。"

"你逗不了，抱过来，我来逗！"谭老爹也是火暴脾气，"跟贵平打声招呼你都有意见，这么小气！"

"我小气，你大方，你大方借钱给他，上次的 10 块钱还给你了吗？"谭奶也不示弱。

"人家钓蚂蜴能有几多钱，欠你 10 块钱你总记得那么好！"

"奶奶，奶奶，要不我去跟贵平公要钱吧。"孙子听着老两口在吵架，插嘴进来说。

"去去，要什么钱，你贵平公钓蚂蜴能有什么钱？"谭老爹朝大孙子挥挥手。

"那我去玩了啵，去捉萤火虫了啵。"大孙子说着，蹦蹦跳跳出了门。

"那是我的儿子打工赚来的钱，我当然心疼啊……啊啊，啊啊，不哭，不哭。"谭奶一边与老爹争辩，一边哄着外孙睡觉。

"白天睡够了，现在不想睡了，不要强迫他睡了好不好。"谭老爹说，"抱过来，我来带。"

谭奶把外孙递给谭老爹："我看你有什么能耐。"谭老爹坐在铺在堂屋的竹席上，打着赤膊，拿着一把蒲葵扇轻轻拍打着外孙，只一会儿，小家伙就不哭了，盯着一闪一闪的电视荧屏，咯咯地笑。

谭老爹躺在竹席上。也许是外孙习惯了谭老爹身上的烟味和汗味，在老爹裸露的身上蹭来蹭去，不哭不闹。

"你看，我逗他，马上就不哭了。"谭老爹不无骄傲。

"那你就逗吧，我去喂猪了，要不猪都饿死了。"谭奶转身走出堂屋，朝猪圈走去。

二

本来，老两口带着两个孙子就够呛，还养着一头猪，一日三餐还不能少。少一餐，那猪就在猪圈里不停叫唤，把猪圈的横栓拱得嘎嘎响。谭家老两口不但不觉得麻烦，还说养猪好得很。平常的剩菜剩饭，刷碗洗锅的二道水，都可以用来喂猪。如果倒掉，那是很可惜的。谭老爹有时碗里剩下一两颗饭粒，谭奶就高喊：“死老鬼，你浪费啊，你忘记六二年天大旱了啊？”于是，谭老爹又重新端起碗来，扒光最后的饭粒。节约“成性”的老两口，养猪成为他们节约粮食、收集残羹剩饭的一种手段。

这十多年来，老两口每年都坚持养一头猪，就是为了等到外出打工的儿子儿媳、女儿女婿回家过年的时候能杀猪过年，热热闹闹的。一家人围满一桌，吃着热气腾腾的猪肉、血肠，说着打工的艰辛和快乐，享受一家人难得团圆的天伦之乐。谭老爹和谭奶此时总是骄傲地说，自家养的猪，不喂添加剂，比左邻右舍从城里买回来的“饲料猪”好吃多了。

谭奶捧着盛满潲水的塑料盆，来到猪圈旁边，那猪已经前脚趴在猪圈的栏杆上，几乎直立起来，嗷嗷叫唤。

谭奶就着昏暗的灯光，把潲水倾倒到猪槽里，那饥饿难耐的猪便不再叫唤，把头埋到槽里去了。

听着那猪吧唖吧唖大口吃食，谭奶两手撑住猪圈栏杆，心想：“7月就100多斤了，过年的时候少说也有300斤的。自己喂的是红薯藤、青菜，没有添加剂，真正的土猪，味道比城里的饲料猪不知要好多少倍。”

三

喂完猪，谭奶回到堂屋。

谭老爹躺在凉席上看电视。

电视剧里，两个情侣正在缠绵。谭老爹躺着，看得津津有味，几乎忘了外孙。小家伙在老爹赤裸的肚皮上爬来爬去，一会吮吸老爹的肚脐眼，一会将头钻到老爹宽大的短裤里去，一会坐到老爹的腿上作骑马状，颠来颠去，全然没有消停的意思。但是老爹正沉浸在电视剧中那对情侣的缠绵中，对小孙子的调皮视而不见。

看见小孙子正在拨弄老爹裤子里那越来越鼓的东西，谭奶吼起来："死老鬼，怎么给孙子玩那个东西？"

老爹从电视剧情侣的缠绵中惊醒过来，看着谭奶拉得长长的脸，伸了一个长长的懒腰，慢条斯理地说："只要他不哭不闹就行了，管他玩什么。我这个东西，闲着也是闲着，给孙子玩，还省得你花钱给他买变形金刚呢。"

"死老鬼，"谭奶嗔怪道，"真是老不正经，幸亏外孙还不懂事。"

"还不快去冲个凉。"谭老爹几十年来一直用这样的口吻对谭奶发号施令。年轻的时候是这样，中年的时候是这样。只是儿子长大了，老两口年纪也有一大把了，这样的命令发得少一点了。不过，大儿子打工赚了钱，回来推倒旧泥房，建起了两层小楼，卧室配上了卫生间之后，谭老爹发这样的命令仿佛又多了起来。

四

谭奶洗了澡，出了大门口，站在晒谷坪上，朝村里喊道："谭佳——回来睡了！"

一群孩子，吵吵嚷嚷，跑到谭奶身边，每人都拿着一个小小玻璃瓶，里面装的是萤火虫。

“谭奶，你家谭佳抢我的萤火虫。”一个男孩告状道。

在这暑气很重的夜晚里，捕捉萤火虫的孩子们，发梢都挂着汗珠，背上满是汗水，散发着未干的乳臭。这些孩子，父母都外出打工了，有的一两年都没回来过，有的孩子连自己的父母长什么样子都模糊了。但是，孩子们玩耍起来，疯了一样，没有谁哭闹着要父母的，有爷爷或者奶奶陪着，有同村的伙伴陪着，在萤火虫的夏夜里，他们玩得也够尽兴的了。有的晃着瓶子，对着远处的萤火虫高喊：“萤火虫，挂灯笼，萤火虫，挂灯笼。”仿佛萤火虫能听懂他们的话，纷纷飞过来，在他们的头顶盘旋。于是，孩子们有的跳着拍打，有的举起蒲葵扇，有的操起扫帚……捕到的，都装到玻璃瓶里，那是他们一个晚上的战绩。

谭奶从孩子群里拉出自己的孙子：“谭佳，回去洗了！一身臭烘烘的。”

大孙子恋恋不舍地离开伙伴们。其他的孩子又朝另一家的晒谷坪跑去……

五

夏季的天，说变就变。前半夜还是星光灿烂，转眼间，后半夜就来了狂风骤雨。天亮时分，谭老爹站在自家的晒谷坪上，看着左邻右舍的泥瓦房、砖瓦房，很多都被掀翻了瓦片，露出椽子，山墙上留着雨水冲刷的痕迹。他回头望望自家的楼房，到底是水泥加钢筋，被狂风折断的一根碗口粗的樟树枝砸下来，只坏了一块玻璃，其他完好无损。他想，幸亏儿子出去打工，要不，在家种几亩地，十年也盖不起这样的楼房的。如果还住在泥房里，这样的树砸下来，那就惨了。

“谭老爹，你家没有事吧，雨够大了。”贵康瘸着腿走过来，轻轻地说。

“屋后的树断下来，玻璃碎了，我才醒。”谭老爹说，“你家的房子有问题吗？”

“开天窗了，瓦房哪里经得起这样的大风。”贵康有气无力地摸摸那只腿，“唉，要不是受伤，去年我就盖楼房了，现在，盖房子的钱都交给医院了，房子是盖不起来啰。”

“看样子，这个天还要下大雨啊，你看，那边天脚黄黄的。”谭老爹指着天边。

“肯定下的，你看飞蚂蚁那么多。”贵康指着一丛杂草说。晒谷坪旁边的一簇艾蒿里，呼呼地爬出密密麻麻的飞蚂蚁。这些飞蚂蚁都长着翅膀，嘤嘤嗡嗡地，一爬到艾梢草尾，翅膀一张，就飞起来，只一会儿，满天都是，有几只落到谭老爹的后颈，他不停地拍打。

“蚂蚁飞天，大雨来临啊。”谭老爹是个老农民，蚂蚁飞天，是大雨的前兆，是老农民耳熟能详的天气预报啊。

六

雨，大雨，一连几天，瓢泼一般。

“恐怕是天漏了吧。”谭奶幽怨地望着门外的雨帘出神。“那几块玉米地肯定被泡了，叫你前几天去收回来，你总是等，等！你看，大雨来了吧。”

“玉米要什么紧，这些年没有玉米照样不缺粮的，他们打工寄回来的钱够买几百斤白米的，你紧张什么。”谭老爹说。

“我不是怕挨饿，我是可惜那些玉米泡坏了，那是糯玉米啊，值钱的啵。”

农历五六月，正是雨季。乌龟村四面环山，地处洼地，常常被淹没，还未成熟的玉米如果被淹，不几天就要发臭，颗粒无收了。

老两口为玉米的事情争个不休的时候，两个孙辈在地上玩玻璃珠。外孙太小，还站不稳，坐着看表哥弹玻璃珠，不时咯咯地笑。

谭佳也会哄表弟开心，滚玻璃珠的时候，还一会儿做一个鬼脸，一会儿竖一个筋斗，把表弟逗得鼻涕长长的也忘了抹。

七

大雨继续。百无聊赖，有人串门来了。

“吃了没有，老谭。”贵平抖抖塑料雨衣，站在门口，把钓竿靠在墙上。

“雨天，吃不吃都不觉得饿。”谭老爹回答道，“你不去钓蚂蜴？”

“雨太大，等雨停了再去。”

“进来坐坐吧。”

贵平脱了雨衣，挂在墙上的钉上，把腰间的鱼篓解下来，放在地上，把腿上的水珠抖了抖，走进屋来，搬过一张矮椅，坐在门边。谭老爹递过一个塑料袋，那里面装着烟丝，还有谭佳的作业本裁成的小纸片。

贵平也不答话，抽出小纸片，卷了烟丝，点上火：“这烟有点狠。哪时买的？”

“去年种在村头的玉米地里，都挂在里面阴干了。”谭老爹指指里屋。

“自己种的烟叶，用鸡粪做肥料，特别狠，不能抽得太多。”贵平抽别人的烟很有经验。他自己不种烟，又没有钱买烟，烟瘾却很大，对不同的烟的味道也很有“研究”。他经常到集市的烟行，装成买烟的样子，一摊摊地尝，每一摊卷一支“喇叭筒”，整个烟行十几摊，他尝了下来，也就过足了烟瘾。“这几年，去广东打工的回来，买的卷烟，哪里有我们自己种的味道好，那些都是烤烟，比不上我们的生烟，辣得够味。”

“是啊，生烟够辣。”谭老爹附和道。

雨，还在唰唰地下。

“下到什么时候啊，柴草都没有干的了，煮饭都没有烧的了。”贵平好像在自言自语。

“上个星期，我捡了一些干柴放在廊檐底下，要不然我家也没有烧的了，要吃生米了。”谭老爹接着话茬。

“今天我没有烧的，还没有吃饭呢。”贵平说，眼睛直往厨房里瞄。

“那就在我家吃吧。”谭老爹总是很爽快，“我煮饭去了。”

屋外就只剩下谭奶和两个孙子。谭奶对贵平经常来蹭饭本来就不是很高兴，但碍于情面，对谭老爹留贵平吃饭尽管不高兴，也不好说什么，只是埋头做她的针线活——为外孙那件开裆裤缝扣子。

“谭佳，来，贵平公给你骑马。”为了打破尴尬，贵平没话找话。

谭佳跑过来，骑在贵平的膝盖上，贵平一颠一顿的，逗得谭佳咯咯地笑。

玩到忘情之处，贵平即兴编起儿歌 ：“落雨蒙蒙，谭佳他妈去广东，三年不回来，谭佳躲在门背哭嗡嗡……”

一遍两遍的儿歌，勾起了谭佳对妈妈的思念，他不知道，广东究竟有多远，反正那是个遥远的地方，妈妈在那里打工，过年才回来一次，想妈妈了，还不能哭。哭了，要被阿公阿奶责骂的，因为把表弟逗哭了，家里就闹翻天了。此时，尽管贵平的膝盖还在一颠一顿的，但谭佳已经笑不起来了，他挣脱贵平的手，跑到奶奶的身边，哽咽地说：“奶奶，我想我妈……哇——”谭佳终于忍不住了。

“妈呀，妈——哇——”谭佳扯开嗓子，越哭越来劲，半年来想念妈妈的压抑仿佛要在这大雨天里都要释放出来；屋外唰唰的雨声，仿佛也越来越大，仿佛也是孩子的泪水。

谭奶放下针线，搂过孙子，也一遍一遍地抹眼泪，一言不发。

听到哭声，谭老爹从厨房跑出来：“怎么回事？”

“都是贵平做的好事，逗娃仔逗哭不逗笑。”谭奶道。

“你怎么能这样呢？”谭老爹责备贵平，“你不知道娃仔哭起来难哄吗？”

“嘿嘿……”贵平也不知道说什么好，只是尴尬地搓搓手。

“你还不快走，一下娃仔还要哭的。”谭奶趁机下了逐客令。

贵平冲出门外，拿起钓竿雨衣，逃离了尴尬。

八

老天终于在午后合住缺口，不再倾倒大水。远处的云层缝隙里射出箭一样的阳光，但天边还是乌云密布。

谭奶从里屋拿出一个背篓，往谭老爹跟前一放：“雨停了，马上去把玉米收回来！”那种口气很坚决，不容老爹多说。“再不收，明天就要臭了。”

“好好，收玉米，收玉米。”老爹点上一支烟，望着门外被雨水冲洗得干干净净的晒谷坪和饱含雨水的道路。

“阿公，阿公，我也去收玉米。”谭佳放下玻璃珠，跑过来背起背篓，那个背篓比他还高，他站直了，背篓还蹭着地面。

谭老爹穿着一条齐膝的短裤，古铜色的上身赤裸着，从孙子身上拎过背篓：“孙仔啊，我们去收玉米，你帮我拿火机拿烟，我们等一下煨玉米，香香的。”

“阿公阿公，你背我。”谭佳撒娇道。

“自己走，走不了，就不要你去了。”谭老爹正色道。

“死老鬼，你就背他一下，能死了？”谭奶说。

“好好好，来，我的孙仔。”谭老爹蹲下来。

谭佳欢天喜地地爬进背篓，一颠一顿的，那竹篾编的背篓带直陷进谭老爹古铜色的肩膀里，可是谭老爹眉头都不皱一下。

九

谭老爹家的玉米地在乌龟村的另一头。离家很远，要不是谭奶坚持要种那几分地，谭老爹早就像对待其他承包地一样把它丢荒，让它长草了，反正现在一家人不靠那些承包地过日子了，儿子打工赚的钱就够买米买菜买油盐了。另外，乡干部也不来催交公粮了，听说温家宝总理把农民的农业税免了。每年春种时节，在谭奶“种上糯玉米让孙子有得煨”的唠唠叨叨中，谭老爹勉强推着板车，装上肥料种子，从村头穿到村尾，去种那块谭奶认为很肥的地。

一连几天的大雨，连同那块地在内的村尾到乌龟山脚一带，变成了一个湖泊。浑浊水面上，露出无精打采的玉米顶花，还有东倒西歪的豆角架。最高兴的，算是村尾几户养的鸭子，在水里窜上窜下，一会屁股朝天潜到水底，一会努力站到水面拍拍翅膀，抖抖脖子上的水珠。

要到那块玉米地，就要涉水了。谭老爹背着孙子，慢慢朝深水走去。齐胸的水，尽管浑浊，但是，站在背篓的谭佳却很兴奋，不停地拍打水面，把水珠溅到谭老爹的脸上，还咯咯地笑个不停。

谭老爹故意蹲下身子，使背篓里的孙子感受水的恐怖。当水淹到谭佳脖子、他发出尖叫的时候，谭老爹又站起身来，如是反复几次，逗得孙子越发笑得开心。

过了深水区，到了那块玉米地，谭佳从背篓里爬出来。

虽然玉米地的水浅了一点，只淹到谭老爹的脚肚，但对谭佳来说，还是齐腰深的水。

十

“你在这里不要动，我进去收玉米了。”谭老爹警告孙子，“你就站在这里，不要动。”谭老爹拉过孙子的一只手，让他抓住一棵玉米秆。

“还要帮我拿好烟袋，不要给浸湿了。”谭老爹把装着烟丝和火机的塑料袋塞进孙子的另一只手。

谭佳站在齐腰深的水里，看着阿公慢慢朝深水走去。

谭老爹麻利地摘下玉米棒，回手就扔进背篓里。这样的动作，从年轻至今，他每年都在重复——收玉米，他这个农民对干了几十年的活，再熟悉不过了。以前为了养活一双儿女，带着生活的压力，必须干，还要干好；后来儿女长大，外出打工了，他也老了，不需要那么辛苦地干了，但干活的技能还在。

只一会儿，背篓就装了半篓的玉米棒子。因为背篓浸在水里，谭老爹一点也不觉得重。当他在齐腰深的水里，背着背篓慢慢地向孙子的方向移动的时候，水越来越浅，背篓越来越重。

“阿公，收完了吗？”谭佳很听话，依然站在水中，那只小手一刻不离地扶着玉米秆，看着阿公过来，伸长脖子看着背篓。

“背篓满了，先回去，明天再来。”谭老爹从孙子手中拿过塑料袋，摸索着烟丝，卷起一支“喇叭筒”，磕着火机，点上火，深深地吸了一口烟，很是惬意。

十一

祖孙俩往回走。离开了浑浊的水，他们的身上挂着枯草，裤子上沾着黄泥的污渍。谭老爹背上的背篓渗出的水滴，顺着双腿，一直流到地上。

“我们洗一下吧，滑腻腻的。”谭老爹说。

“嗯，太痒了。”谭佳挠挠两腿之间。

“怎么在水里泡一下就痒呢？”谭老爹停下脚步，“我看看。”

谭老爹蹲下身子，把背篓放在地上，扒下孙子的裤子，哇，一条手指粗的蚂蟥叮在谭佳的小鸡鸡旁，估计已经叮着有一个时辰了，肚子胀得发亮。看到自己被那么大的蚂蟥叮着，谭佳吓得哇哇大哭起来。

“不要怕，阿公帮你拿掉。”谭老爹拨弄着蚂蟥。那滑溜溜的蚂蟥，拨开这一头，那一头又叮着，拨了那一头，这一头却又叮牢了。谭佳不停地抖动双腿，不停地哭喊。

气恼的谭老爹吼起来：“哭什么！蚂蟥有什么可怕的，咬人又不疼！”

实在弄不下来，谭老爹拿出火机，点上火，对着蚂蟥熏了熏，那只蚂蟥便掉到地上，蠕动着，朝有水的地方爬过去。

谭佳低头看看被蚂蟥叮过的地方，那伤口不停地渗出鲜血来，不觉又哭起来。

“不要紧的，蚂蟥咬的伤口，血不会马上结的，要等一下子。”谭老爹一边安慰孙子，一边拿出一小撮烟丝，摁在伤口上，只一会儿，血便不流了。谭佳破涕为笑。

十二

祖孙来到一条小溪旁。流动的水比起玉米地里的死水清澈多了。

“阿公下去洗一下，你不能下水，蚂蟥咬的地方沾了水还要流血的。”谭老爹对孙子说。

“嗯。”谭佳答应着。

谭老爹先是把身上那条唯一的短长裤脱下来，在溪水里搓干净了，晾在背篓边沿，然后又下到小溪里，身子一丝不挂地浸到水里。他搓手脚、搓头发，直把全身每一个卫生死角都搓了个遍才爬上小溪。

“阿公，你那里是什么呢？”谭佳指着阿公的肚脐眼下的黑乎乎的一撮毛。

“这，这，这是玉米须。”

“玉米须不是玉米才有的吗？”

“人也有啊，”谭老爹从背篓边沿拿过裤子，穿上，“回去了，肚子叫了。”

“人也有玉米须？”谭佳自言自语。

十三

回到家里，祖孙二人一边吃午饭，一边把玉米地里的情形说给谭奶听。谭奶听说孙子被蚂蟥咬了，很是心疼："多吃点，把流的血补回来。"

吃完午饭，谭老爹午觉去了。

谭佳从背篓里拿起一个玉米棒子，扯了一把焦枯的玉米须，进了里屋。

过了很久，谭奶在堂屋叫道："谭佳，出来，让奶奶看看你被蚂蟥咬的地方。"

谭佳走出来，扯下裤子。谭奶看到孙子的小鸡鸡上边，有一撮黑乎乎的东西，便笑起来："蠢崽啊，你不会长这么快吧。过来，奶奶看看是什么。"

谭佳说："这是玉米须。"

"玉米须？玉米须怎么跑到那里去了？"

"我用双面胶贴的，很好看。"

"好看？羞猫猫啊。"

"阿公也有啊，阿公有玉米须，我也要有。"谭佳很认真地说。

第三章

一

乌龟村，最常来的外村人，当数忠榆了。

忠榆自从那年彩云远嫁广东后，郁郁寡欢了好长一段时间。那段时间里，以酒浇愁，自我麻醉，留下了很深的酒瘾。如果酒瘾发作，却没有及时喝上酒，顿时就会双手发抖，抓东西都抓不稳，此时你看他那张脸，只见他眼光发散，双眼无神，浑身的不自在；如果能喝上两三杯，手抖停止了，眼光也变得精神起来。近十年来，他越发的嗜酒如命，逢酒必喝，逢喝必醉。如果喝到一半，酒完了——“夹生酒”是最难挨的，他会彻夜难眠，辗转反侧。总之，他成了远近闻名的酒鬼。

没有了彩云，日子总得过啊，尽管也将就讨了个老婆——他认为老婆永远也比不上彩云漂亮，但是那么穷，人家愿意嫁你，也就算了，讨老婆是过日子的，不是讨来看的吧，漂亮能当饭吃？

结婚的头三年，就一口气生了三个孩子，现在算起来，最小的也 30 岁了。三个孩子都外出打工了。前几年，老三在广东结了婚生了孩子，有一年春节回来，过罢年，就把他妈妈带往广东。说是广东那边孩子上幼儿园要交纳的费用太高，读不起书，所以要老人去帮忙带孩子。

老婆去广东带孙子了，留下忠榆一个人守家。人老了，农活干不了了，三个儿子寄回来的钱又很不正常，有时几个月也收不到一次。所以，他只好拣一些废旧，比如塑料瓶、旧酒瓶之类的拿到镇上，换些钱买酒买米买油盐过日子。

60 多岁的老人了，骑一辆破旧的单车，颤巍巍的，叫人担心啊。那辆单车后架左右挂着的箩筐，每天都装着从各个村子里收到的废旧，每天都能给他换几个酒钱。

忠榆到得最多的，就是乌龟村，因为乌龟村人多户数多，平均一家能收到一个酒瓶，一趟就有几十个了，够一整车了。

二

忠榆到乌龟村，偶尔也遇上贵平。往事依稀，当年为了彩云，逞能拼酒的事情，彼此都有记忆，但是，此时，都是花甲老人了，也就不放在心上了。见了面，有烟的还递上一支，唠唠家常，笑笑而过。只是一个嗜酒，一个钓鱼，还是谈不到一块。

这天，忠榆骑着那辆单车，两筐空空，进了乌龟村，把车子支撑好，停在谭老爹门前的晒谷坪上。

“谭老爹，有没有酒瓶塑料鞋？”站在车子旁，忠榆高声叫道。

“塑料凉鞋去年你已经收完了，酒瓶倒是有一大堆，你都要吗？”谭老爹迎出屋子。春节大儿子谭茂良回来过年，招了一大群三朋四友连喝三天酒，留下的酒瓶全部堆放在楼梯脚下，占着地方不说，还碍手碍脚的，谭老爹巴不得早一天处理掉。

“我选选看，人家不收的，我要也没有用。”忠榆说。

“你不要的，也帮我搬出去当垃圾扔了，放在家里占地方。”谭老爹指指楼梯脚。

“好，好的。”忠榆走到楼梯脚，看了看，“3 分钱一个吧，贵了我就白费力气了。”

“哟，3 分？ 5 分我还舍不得卖呢。”谭奶凑上来说。

“5 分，5 分你自己留着吧。”忠榆也不着急。

“3 分就 3 分吧，反正都是废旧。”谭老爹总是爽快。

于是，忠榆蹲下来，面对着结满蛛网的楼梯脚，面对着布满灰尘的一堆酒瓶，慢吞吞地一个一个检查起来，缺口的，颜色不合要求的，都放到一边，合格的放在另一边。他每拿起一个酒瓶，对着大门口的亮光，都发现瓶里有那么一点点剩酒，几滴、小半杯的样子。他打开瓶盖，瓶底朝天，让剩酒都流到嘴里，然后吧咂吧咂着嘴，又打开另一个空酒瓶……

忙了大半天，他还选不完那堆酒瓶。谭奶在一旁催道：“多少个，你给钱啊。”

“忙什么咧，慢慢来。”忠榆依然慢条斯理。

几十个瓶子，个个底朝天“检查”完里面的剩酒，忠榆居然醉了，靠在楼梯脚的墙根下睡着了。

听到鼾声，谭老爹过来推他：“你还收不收酒瓶呢？”

“收，收。”迷离的双眼，浑浊的眼光望着谭老爹。

“那你给钱啊。”谭奶过来帮腔，“总共80个瓶子，二块四钱。”

忠榆努力爬起来。谭老爹帮着搬来箩筐，装好酒瓶，两人抬着箩筐，在单车上绑稳了。

谭老爹望着忠榆踉踉跄跄推着单车的背影：“酒瘾真大。”

三

“谭老爹，又卖酒瓶了？”

谭老爹循声望去，贵康和贵平不知道什么时候坐在樟树脚下乘凉，正朝他喊。

“卖什么，送给他算了。”谭老爹说，“等于是帮我清理一下楼梯脚，要不也要当垃圾扔了。”

“我看忠榆也醉得不轻了，懒得和他打招呼了。”贵平说着，又挽起裤腿，挠挠脚踝那块暗红色的疤痕。

“唉，他天天这样喝酒，恐怕喝不了一段时间了，酒精中毒了啊。”贵康说，“酒精中毒的人是死了还没有埋；我们挖煤的，是埋了还没有死啊。”

“怎么这样讲话呢，后生家。”谭老爹盯着贵康问。

“不是这样吗？忠榆天天酒醉，什么事情、什么日子也不记得，不跟死了一样吗？”贵康一本正经。

“挖煤的又怎么讲呢？”贵平解下鱼篓，认真地问。

“我们挖煤的，是埋了还没有死，”贵康解释道，“我前几年在矿上打工，经常看见冒顶、透水事故，最要命的是瓦斯爆炸，每个角落都烧到，可以说瓦斯爆炸的时候，矿窿里连老鼠也活不了。矿窿里那些挖煤的，哪个不是已经埋进去了的活人。”

“死了还没有埋，埋了还没有死，有道理，有道理啊。”谭老爹凄然起来。

“你怎么没有死？”贵平指着贵康的瘸腿说。

“那次矿难发生的时候，我的工友就死了几个，有的当场就被煤矸石压扁了，我跑得快，只断了一条腿，祖宗保佑吧。”贵康眼睛有点暗淡。

“出去打工也不是活路啊，还是在家钓鱼捞虾好，苦就苦点，还留得一条命喝稀饭。”贵平说。

“你一把老骨头，出去打工也没人要你啊。”贵康反唇相讥，“想死都难。”

四

“阿公，阿公，”谭佳气喘吁吁地跑过来，“刚才那个收我们家酒瓶的那个，跌倒了，瓶子全部碎了。”

“在哪里？”谭老爹问。

“村尾那头。”

“我们去看看。”谭老爹说着，跟着孙子走了。

“要看你们看，我不看他，整天喝酒，还是有文化的人呢。”贵平有点幸灾乐祸。

“我是想去看，但是腿脚不方便啊。”贵康说。

村尾，一大群孩子围成一圈，没有一个大人。

谭老爹拉开孩子，只见忠榆被单车压着，腿上正渗出殷红的血来。

“扶我起来！”忠榆闭着醉眼，在单车下挥着手，孩子们都不敢靠近，只是远远地围着看。

谭老爹搬开单车，咔嚓咔嚓，一堆碎玻璃掉出箩筐，估计瓶子碎了不少。

“伙计，你怎么这么不小心呢？”谭老爹最后才扶起忠榆，坐在地上。

“醉了……我醉了……”忠榆语无伦次。

“你看，都出血了。”谭老爹挽起忠榆的裤腿，原来膝盖被石头磕破了。

“不要紧……不要紧，伤点皮，不要紧。”忠榆依然闭着眼睛挥挥手。

“你今早吃什么了呢，怎么一下就醉成这样子？”谭老爹问。

“我没有吃，就在你家喝点酒。”

“哦，空肚酒，容易醉的。”

“本来是想到镇上卖了酒瓶，有钱了再吃一碗粉的……”忠榆低着头说。

“你,你去舀一碗水来。”谭老爹指着一个家很近的孩子,命令道。

不一会，那个孩子端着一碗水来了，后面还跟着白发苍苍的老婆婆，拄着拐杖。

“天啊，死了吗？”老婆婆说。

“你乱说什么呢？”谭老爹说，“只是伤了一点皮。”

老人耳朵背，听不见谭老爹说什么，只是一个劲地说：“死了，村里没有人抬啊，我们哪里有力气呢。”

“你这个死老奶，不要乱说话好不好！”谭老爹吼起来，吓得围成一圈的孩子们散了一大半。

“谭佳，你们几个去找贵修来。”谭老爹对谭佳命令道。

“哪个是贵修啊？”谭佳挠挠头。

“就是独眼龙！”谭老爹又吼起来。

“哦。”谭佳拉起一个小伙伴，朝村里去了。

第四章

一

“什么事？谭老爹。”贵修走到谭老爹跟前，斜着眼睛问。

“忠榆跌倒了，你力气大，你背他去我家。”谭老爹说。

“酒醉佬，不理他。”贵修说着，偏着脸朝别处看，好像不大理会谭老爹，其实还是盯着他正前方的谭老爹的。因为他的眼睛有残疾，一只眼全瞎了，另一只严重斜视，眼光显得很另类，不知底细的人永远不知道他看什么。

“他家又没有人在家，我们不理哪个理？”谭老爹望着贵修。

“好吧。”贵修显得很勉强，“又不是我们乌龟村的人。”

贵修蹲下身子，背起忠榆。谭老爹扶起那辆单车，推着跟在后面。

二

“我走了，”到了谭老爹家，放下忠榆，贵修说，“我还要去看看抽水站，要不全村晚上就没有水吃了。”

贵修是目前留在村里的唯一壮年，听说他是“文革”结束的那一年生的，是村里的水管员，全村的自来水全是他一人管。如果停水了，很多家根本没有人能挑水，因为只剩下老人和小孩子。

村里5年前建起自来水抽水站，就是考虑到村里没有青壮年，老人孩子挑不了水，大家才把乌龟山下的一大片丢荒的土地出租给一个外地老板种甘蔗，筹集了10万元建了抽水站。等到安装了自来水管，家家户户装好了水龙头，可是谁来管水，却成了问题。由于村里的年轻人都要外出打工，没有人抽水，外出的人也不安心。全村人开了几次会，最后决定由贵修当抽水站管理员，因为他不外出打工。

不外出打工，倒不是他不愿意外出，而是外出了很多次，广东的深圳、东莞，浙江的温州、宁波，跑了很多地方，都没有一家工厂用他，只好回来了，成为村里唯一的“有力气”的人，可以当抽水站的“站长”。

“你去吧。”谭老爹对贵修说，“晚上你过来一下，可能还要你送他回家。”

“嗯。”贵修头也不回地走了。

三

贵修回到家。看到自己的孩子和邻人的几个小孩在玩“捉老鼠”的游戏。晒谷坪上，一个小孩拿着一面小镜子，把阳光反射到屋里。屋子里比较暗，那块光斑特别亮。孩子晃动镜子，光斑一下晃到墙上，一会回到地上，一会又跑到吊在横梁上的一只箩筐上。那只箩筐装着花生，那是留着做种子的，因为要防老鼠，只好吊在半空中。

当光斑回到地上的时候，几个孩子欢呼着涌上去：“捉老鼠啊，捉老鼠啊！”孩子们的几双小手压在地上的时候，光斑却照在他们的手背上，这只“老鼠”，他们永远都不会抓得住的。

看着孩子们欢天喜地的样子，贵修却吼道：“滚开！再照就摔碎你们的镜子！”他天生有一种“恐镜症”，对镜子永远都不会有好感。

贵修害怕镜子，是因为他小时候害了眼疾，左眼瞎了，剩下的右眼也不正常，努力睁开的时候也只是一条缝，难以“圆睁”起来，虽然村里的人们叫他“独眼龙”，也只能算个半开半闭的独眼龙。

不但如此，更要命的是从娘肚子出来的时候，鼻子下边的嘴唇就裂成两瓣。当时，看他面貌丑陋，父亲就要扔掉他，但是当娘的舍不得身上掉下来的这团肉，哭喊着紧紧抱着他不放。

来接生的赤脚医生说，这是“腭裂”，也就是老百姓俗称的“兔唇”，要动手术才能修补好。

“你能补吗？”父亲问。

“我是赤脚医生呢。”那个在县里培训半个月就当医生的小姑娘红着脸说，很知趣的样子。

“那怎么办？”母亲很着急。

“扔了呗。”父亲没有好声气。

由于当时很穷，父亲哪里拿出钱来送他到大医院，于是，修补兔唇就只能是赤脚医生的一句预言、一句祝愿了。

四

贵修慢慢长大，读书了，老师按照他家族的“贵”字辈给他起了个名字叫“贵修”，但是读二年级那年，一场病坏掉了他的眼睛，学校外边的大人小孩不再叫他“贵修”，而是刻薄地叫他“独眼龙”。

20多岁了，贵修跟随打工大军去广东，村里的同龄人都进了厂，玩具厂、鞋厂、服装厂都留下了村里的帅哥靓妹，唯独贵修没有一家工厂收留他。于是他悻悻而归。

过了几年，似乎好了伤疤，他又跟这几个年轻人出门去。因为是同村，年轻人虽然不愿意与他同行，但是也不好开口。这次是去浙江，不再是上次广东那个伤心地，所以贵修心情好了许多。他想，只要能有一家工厂留住他，让他扛包也可以，守门也行，反正干什么工种都行。

因为他外貌的缘故，浙江和广东一样，依然让他伤心。

他漫无目的地走在大街上。人来人往的大街，一些孩子看见贵修走过来，赶忙躲到大人的怀里，向他投去奇怪而惊恐的眼光。

风餐露宿了几天，带去的钱很快用完，口袋里已经找不到一分钱，吃饭没有钱，更没有了路费，又跟同乡失去了联系，贵修独自流浪街头，不禁暗自神伤。

不知道流浪了多久，饿了，垃圾桶里找吃的；渴了，路边的沟里灌一气水；累了，十字路口拐角的廊檐下躺一晚。

一天，他路过一座桥头，看到“南京长江大桥”几个字，很激动，那不是读小学时候课文里写的那座桥吗？哦，一不小心，已经来到了南京！贵修拖着沉重的脚步，顺着人行道，登上大桥。隔着栏杆，望着滔滔江水出神。浩瀚的江面，相比之下，贵修想，自己是多么的渺小，一只蚂蚁吧。一只蚂蚁，命值多少钱呢？不值！于是，他抽起一条腿，搭到栏杆上。栏杆外边，就是波涛汹涌的长江。大桥那么高，水那么深那么急，跳下去，不被摔死，也会淹死，他想，一闭眼睛，一咬牙，翻了过去，就一了百了了。他怨父亲当年只说不干，“扔了”只是停留在嘴上的一句话，使他 20 多年来看尽了人们的白眼，听够了人们的嘲笑，受尽了人世间的这么多罪。

正当他要翻过栏杆的时候，一只大手把他拉了回来。

“我注意你很久了，不要想不开啊。”南京当地的口音，和善的面孔。

“不用救我。”贵修号啕大哭。

“有什么困难对我说啊。”南京人说。

于是，贵修断断续续地把 20 多年来的伤心经历从发音不清的兔唇倒了出来。

南京人把他带到自己的住处，先是端上几个白胖胖的馒头，然后让他到卫生间里洗洗刷刷了一通，还翻出一套整洁的衣服让他换上。

几天过后，看贵修情绪好多了，南京人帮他买了车票。车子开动了，眼泪迷糊的双眼，看不清南京人和善的面容，但他记得南京人说的话：好好生活，要对得起父母的养育之恩，要对得起这 20 多年来的坚持。

五

回到乌龟村，贵修埋头土里刨食，不再理会那些撺掇他出去打工的人。他知道，叫他出去打工的人都是在跟他开玩笑，他们的话，当不得真。

村里还有一个埋头土里刨食的人，叫玉秀。玉秀也跟打工的伙伴们南下广东过，但是，遭遇和贵修一样，因为她长得也不是很好。用厂里年轻人时髦的说法，叫“影响市容”：你看，一个女孩家家，怎么就不长头发呢。

10 岁那年，玉秀生了一场大病，一头乌黑的头发全掉了，再也长不出新的来。父母也着急，县里的大医院都跑个遍了，医生也拿不出好办法来。从那以后，盼望长头发，便成为玉秀最大的心愿，哪怕是几根，哪怕是白的也好啊。反正，十几年了，头发的影子都没见过。玉秀多少个晚上，都梦见自己长出瀑布一般的长发，但醒来一摸，头上还是光溜溜的，眼泪不觉又打湿了枕头。

于是，外出打工就成为一种幻想了。于是，玉秀就只能在村里土里刨食了。于是，村里剩下的两个年轻人，玉秀和贵修就别无选择地走到了一块。

消息传开，在外打工的小青年们，晚上躺在集体宿舍的双层床上开玩笑：

“你们猜，哪两公婆最小？”

“……”

“你们猜，我们乌龟村哪两公婆最小？”

“你说！”

“贵修和玉秀！”

“为什么？”

“你们发木啊，脑子进水了，这个都不知道。”

“你不发木，你说啊！”

“你们想想看，一个头发还没有长，一个眼睛还没有开完，你们说小不小？”

“哈哈哈！”小青年们一直笑到半夜，一直笑了几天，一直笑了几个月，一直笑遍有乌龟村人打工的所有工厂，一直笑到春节的乌龟村，节后回到打工的东莞、深圳还接着笑。

六

贵修和玉秀在村里埋头土里刨食，不理会人们的嘲笑，贵修记着南京人勉励他的话：要对得起这 20 多年来的坚持。他们种玉米，种甘蔗，种桑养蚕，每年也有三五万的收入，比外出打工的差不了多少。

他们的孩子出生了，五官端正，头发黑亮，一双葡萄一样的大眼睛扑闪扑闪的，惹人喜爱。

他们的孩子和其他的孩子一样，捉萤火虫、爬树掏鸟窝、到村尾的溪里游泳，没有一样比别家的孩子差。

别家的孩子只能跟爷爷奶奶在一起，一年四季见不到父母一眼，听不到父母一句话。贵修和玉秀的孩子，每天晚上都能偎依在母亲的怀里，含着母亲的乳头，甜甜地入睡。

贵修和玉秀，不光干好自家的活，带好自己的孩子，还为村里管很多的事情。哪家的水管漏了，贵修上门拧紧水管接头；哪家的电灯坏了，贵修扛上梯子换灯泡；哪家油盐吃完了，他们上街帮采购，哪家老人生病了，他们帮请医生、帮送医院。

过年的时候，谭老爹对村里的年轻人说："你们不在家，贵修和玉秀辛苦啊，你们要记得请人家到家吃年饭啊！哪个小气，我给你记着，来年叫贵修和玉秀不理他家的事情！"

七

过了八月十五，天气是一夜凉过一夜。山岭上的枫叶也慢慢地红起来了。乌龟山下，一眼望不到边的甘蔗林的绿色也慢慢地褪去，干枯的甘蔗叶也越来越多了，每当秋风吹过，脆生生的唰唰声震得耳膜发麻。

"谭佳，你晚上不要出去玩了，天一黑就要回来。"这天是星期六，吃过午饭谭老爹对孙子说。

"萤火虫还捉不完呢。"谭佳说。乌龟村的学校，老师是外地的，星期六回家去了，孩子们就在村里疯了一样地玩。

"过了八月社，一夜冷一夜，懂不懂？晚上露水重，容易感冒，懂不懂？”谭老爹越说越严厉了。

“晚上不能出去，白天可以出去吧？”谭佳有点妥协。

“白天可以。”

“那我跟我们班的去甘蔗地里捉老鼠。”谭佳知道秋天的甘蔗地里，老鼠又肥又大。那些老鼠都是啃甘蔗长大的，毛色光亮，捉来烧烤，味道美得很。每年到了这个季节，全村的孩子都要钻进乌龟山下的那片甘蔗林，把一个个竹筒加上细铁丝做成的捕鼠机关装在老鼠经过的“鼠路”上。

“你去吧。”谭老爹也惦念着那烤老鼠的美味。

“我去了，阿公。”谭佳留下一串笑声，向村中间的伙伴家跑去。

八

秋日的午后，暖暖的太阳把人晒得懒懒的。几个老奶奶坐在谭家的屋檐下，太阳把她们的影子拉得长长的。这种季节，屋里比较阴冷，上点年纪的都喜欢出来晒太阳。谭奶在这些老奶奶中是最年轻的一个，但也60多了。她边聊天边为谭佳的衣服修扣子。其他的老奶奶都只是坐着，谈论着谁家的孩子在深圳赚的钱多，谁家女儿在东莞嫁的老板有钱，哪家的孙子长得像谁谁……

一阵风过，黄色的樟树叶纷纷飘落下来，树脚下铺起一层厚厚的“地毯”。

突然，空中飘着很多弯而卷的黑东西，落到谭奶家的晒谷坪上。一会晒谷坪上就布满了密密麻麻的一片黑，仔细一看，那是烧焦的甘蔗叶，谭奶抬头远望，只见不远处腾起一股浓烟。

“不好了，火烧甘蔗了！”谭奶大叫起来。虽然现在谭奶不种甘蔗了，但是种了几十年甘蔗的她知道，甘蔗林一旦着火，很难救的，风干物燥，风助火威，几十亩连片的蔗林转眼就被烧得焦黑黑的一大片。经过火烧的甘蔗，水分下降，产量下降，损失严重啊。

加上砍运不及时，再受几场白霜，甘蔗就要“臭酒”，榨不出好糖来，所以糖厂对被火烧过的甘蔗的收购价都是大打折扣的。

虽然眼下的甘蔗，都是一个外地老板承包乌龟村的土地种植的，但是损失的也是钱啊。

“救火啊！”谭奶连声高叫起来。

九

贵修箭一般冲向着火的甘蔗林，他知道，一群孩子就在那片甘蔗地里捉老鼠，他的孩子也在里边。他还知道，村里再也没有能救火的人了，一帮老头老奶奶能救火？

火！几层楼高的火焰，腾腾燃烧，太阳下的火舌舔着天空。干枯的甘蔗叶被烧得噼啪作响，越来越猛的大风把烧过的蔗叶裹往空中，像一条条焦黑的龙在空中狂舞、乱窜，然后飞向远方。

贵修一口气冲到甘蔗林旁边，猛烈的火苗舔得他不能靠前，每一靠前，眉毛、头发就嗤嗤地响，发出一种烤猪脚的气味。

“你们在哪——”贵修用尽平生力气大吼起来。

“我们……这边……”隔着火帘，隐隐传来孩子稚嫩而惊慌的声音。顷刻间，孩子的声音又被噼噼啪啪的声音掩盖过去了，显得那么轻微，那么虚弱。

贵修找了一个火势弱的当口，后退三步，屏住呼吸，冲进火帘。

也不知道摔了多少跤，跳过了多少道田坎，扑倒了多少根甘蔗，贵修终于找到了孩子们。

四个小孩团抱在一起，瞪着恐惧的眼睛，在浓烟和血红的阳光下，腿脚瑟瑟发抖，看到大人来了，纷纷哇哇大哭起来。

“哭什么哭，哭你就不死吗？”贵修吼起来，“往这边跑！”贵修拉起一个孩子的手，向地头跑去。

跑到地头空旷的地方，贵修回头一看，自己拉出来的是谭佳，而不是自己的孩子。

“他们呢？”贵修大声吼起来。

“他们脚软，走不得。”谭佳哭着说。

贵修又冲进已经被浓烟笼盖的蔗林。他闭着眼睛冲到哭喊和咳嗽搅成一团的地方，一手夹住一个孩子，冲到地头，像扔皮球一样扔下孩子，换了一口气，又调头冲了回去……

一阵狂风。大火以排山倒海之势压了过来，把贵修和一个孩子卷在其中……

十

村里的所有的人都来了，拄着拐杖的老奶奶，牵着孙子的几个老鬼，一瘸一拐的贵康，扛着钓竿的贵平……接着，包村的乡政府干部来了，乡长也来了……

天黑下来了，县里安监局的局长也带着一干人马赶来了，乌龟村一下子热闹起来，小轿车、越野车、救护车……把乌龟村弄成了一锅翻滚的粥。

在谭老爹家的晒谷坪上，在那棵樟树脚下，包村的干部买来电线、插座、灯头、灯泡，一会就从谭老爹家里扯出电线装上了电灯，把整个晒谷坪照得通亮。

看着烧光了眉毛，头发翻卷着，汗水、眼泪和着烟灰抹在脸上的三个孩子，安监局局长问：“怎么就烧起来了呢？”

“我们熏老鼠。”谭佳说。

“不是去装老鼠吗，老鼠筒都拿去了。”谭老爹在一旁很着急。

“老鼠不出来，我们就熏。”另一个头发被火燎去了一大半的孩子说。

“贵修先救哪个？”乡长轻声问道。

“我。”谭佳答道。

“怎么不先救他的娃仔呢。”村里的一个老人在一旁插嘴。

十一

“乡长。”一个干部模样的走过来，轻声对乡长说，“医生说是窒息的，孩子也没有救了。”

“抬回去没有？”

“我们几个包村的抬回去了，放在他家的堂屋呢。”

“走吧，看看去。”乡长站起来。

贵修家的几间泥瓦结构的房子，距离谭老爹家不是很远，乡长一行人到来时，乡里的干部和村里几个腿脚还算灵便的老人已经房前屋后忙开了。

空气中弥漫着檀香味。贵修的遗体裹着乡干部刚刚买来的毯子，躺在堂屋的正中央。遗体的正前方，摆着一坨芭蕉梗。芭蕉梗上插着两支红色的蜡烛，那蜡烛在摇曳的火光中流着红得刺眼的泪；几支檀香燃烧着，袅袅的几缕青烟，升腾着，升腾着，飘向屋顶。檀香头上，烧过的香灰无声无息地落下来，覆盖在那还在渗水的芭蕉梗上，有时落下来的香灰还带着高温，遇上芭蕉梗上的水，便发出轻轻的“嗞嗞”声。

玉秀哭昏了醒，醒了又哭昏过去，已经不知道反复多少次了，几个老奶奶正扶着她瘫坐在地上。

“苦命的女人啊——”一个老妇人在里屋用那哀伤的腔调，历诉着生活的艰难：“你小的时候有病啊……现在又死了娃仔走了男人啊……苦命啊，苦命的女人啊……”

乡政府几个帮着打理的年轻干部也不停地抹眼泪，乡长也不禁唏嘘起来。

谭老爹点上两支香，蹲下来，把香插到那坨芭蕉梗上。看着眼前的烛光摇曳，谭老爹禁不住老泪纵横。

十二

贵修遇难的第三天。乌龟山下多了一抔黄土，那是他和他儿子的坟！

坟头上，放着乌龟村小学全校师生采集乌龟山上的野花编织的一个花环。坟前，黑压压站着人群。年轻的，是乡政府的干部和村小的老师，年长的都是乌龟村的老爷爷、老奶奶，年纪小的孩子，不懂事地在人群里窜来窜去。几个在电话里表示要赶回来参加葬礼的年轻人还在路上风雨兼程。等不到他们回来，乡长已经带领全乡干部和留守乌龟村的老老少少给贵修送了葬。

带领人们给贵修三鞠躬后，乡长致悼词：

“他无私为公，几年来默默无闻地为村民抽水，管理抽水站，保证了全村的生活不受影响，为在外打工的务工人员解除后顾之忧；他心胸宽阔，不因为自身的缺陷被人嘲笑而记恨别人，平时乐于为本村需要帮助的群众买东西、请医生；他舍己救人，当火灾袭来的时候，他依然挺身而出，救出了别人的孩子，却牺牲了自己的孩子，也献出了宝贵的生命。他把生的希望留给别人，把死亡留给自己，我们永远不会忘记他舍己救人的这种精神，我们要永远学习他！”

人们散去，作为采访这次火灾事故的记者，我默立在这一抔黄土前，看着贵修坟头的花环，仿佛觉得：乌龟村，不，乌龟村一带，不，是天下色彩最夺目的花朵，都在这荒草漫野的乌龟山下集中了。

第五章

一

贵修的葬礼结束了，乡政府的干部走了，乌龟村又恢复往日的宁静。

村前那片经过大火烧过的甘蔗林已经变成黑乎乎的一大片，和往日和风拂过绿浪翻滚的模样大不一样了。承包老板早早找到糖厂，要求提前砍运进厂，否则损失就大了。如果是往时，出现失火，老板就要找责任人赔偿损失的，但是这次，虽然是小孩子熏老鼠惹的祸，但是死了人，老板也不好叫家长赔偿了，承包人家的地，在人家的家门前种甘蔗，搞好关系还是很重要的。

老板是个通情达理的人，贵修走了，他和乡长还登门，分别送去 1000 元钱，慰问玉秀，慰问这个舍己救人的英雄的妻子，同时也看望了谭佳他们三个受了惊吓的孩子。村里的老人都很感动，表示以后要看好孩子，不给玩火，保护好甘蔗。

听说村里出了这么大的事情，在广东打工的几个年轻人风雨兼程赶回来，但是还是赶不上贵修的葬礼。回到家的时候，贵修已经下葬，他们只好到贵修父子俩的坟头补上了几炷香，感谢村里这样的舍己救人的英雄。

“没有贵修，谭茂良的儿子他们几个死定了。”从坟地下来，一个青年说。

“那你还笑人家两口子一个头发还没长，一个眼睛还没开。”

“那不开玩笑嘛。”

“没有他，这几年村里吃水都成问题，他是个好人啊。”

“贵修救人，死了，政府给什么？”

“听说乡里正在申请烈士呢。”

“烈士？他又不打仗。”

“你真是没有文化！只有打仗才成烈士？贵修为了救人，当然也能当烈士。”

“听说要报到民政厅，过很久才批下来，你以为烈士容易当的吗。”

“贵修救了谭茂良的儿子，为什么他不回来看？为什么不回来送贵修？”

“听说也回来了，正在半路上呢，堵车厉害。”

“听谭老爹说，谭茂良不回来了，搭不上车，说要等到春节回来的时候，再去向玉秀道谢，到时要送玉秀几千块钱，感谢费。”

“他妈的，现在都不回来，春节回来再去看，惹人家玉秀伤心。”

二

死者长已矣，活着的人总是感到时间过得很快，转眼，贵修就走了两个月了。进入腊月，天气是越来越冷了。

“哥，你和我嫂什么时候回去？”一天，在东莞打工的谭美良给哥哥谭茂良打电话。

“现在很忙，厂里的订单多，我们天天加班到很晚才休息，今年可能要到腊月二十五、二十六才能走。”在深圳的哥哥说。

“到时候多买些东西，看看玉秀，人家贵修是为了救谭佳才走的。”谭美良总是担心哥哥粗心。

“知道了，我和你嫂商量了，给她几千块钱，感谢他们一家人。”

“怎么回去呢？搭车那么难？快巴的票都卖完了。”

“和往年一样呗，骑摩托回去。”

“太冷了，要骑几天呢。”

“几天就几天呗，又不是没骑过。”

“我们也骑摩托，我们村所有的人都说，骑摩托回去，懒得去挤大巴，也没有时间去买票。”谭美良两口子惦记着孩子，早早就决定回去了。

“好的，到时候约好我们村的人一起走。”

“争取腊月二十七到家，爸妈说回去杀猪过年，他们养的猪有300斤了。”

三

天，越来越冷。每天中央台都播报天气：“冷空气南下。”“湖南、贵州出现了冰冻灾害。”“广西北部也出现了冰冻灾害，交通严重受阻。”“胡锦涛总书记来到了恭城看望受灾的群众。”……

谭茂良每天下班回到出租屋，打开那台二手家电市场买来的电视，第一时间都关注这个频道的天气预报。他很想知道，回家的路怎么走。

腊月二十四下午，谭茂良终于有半天的休息，他和妻子骑上摩托，径直出了厂门，赶到深圳的大街上。他们打算为父母、为孩子买些衣服和玩具。

“这件怎么卖？”谭茂良指着一件黑色的棉绒。

“去年不是给你妈买了吗？今年还买？”妻子问。

“买给贵修妈，贵修不在了，我们不能忘记了老人家。过年的时候去看她老人家，给她送去。”谭茂良惦记着孩子的救命恩人。

“嗯。”妻子连连点头。

买了那件黑色的棉绒，夫妻俩又在商场里溜达，反正口袋里还有几个钱。自从前几年温家宝总理为农民工讨工钱后，深圳市的劳动部门就严令各个企业、老板不能拖欠农民工工资，所以谭茂良他们早早就领到应该得到的工资，准备回家的年货，钱已经不是问题了。

“奥特曼多少钱？”谭茂良指着货架问。

“你说那个变形金刚啊，我看看标价。”店员从货架上拿下变形金刚，“250 元，刚出厂的，各个关节都会动的。”

“哦，买两个吧。”谭茂良说。他们夫妻俩知道儿子谭佳最爱玩变形金刚了。看完电视，他们的谭佳会学着电视里的变形金刚，一边“咿咿哦哦”地叫唤，一边弯腰曲臂，或蹲或站，做出各种变形金刚的动作。所以谭茂良想象：当儿子拿到变形金刚的时候，一定是爱不释手的，一定是整天“咿咿哦哦”、蹦蹦跳跳的喜不自胜的样子。

“一个就够了。”妻子总是很节约。

“妹妹的孩子也会玩了，怎么只买给谭佳，他们两老表一人一个。”谭茂良作为大舅子，总是惦记着妹妹谭美良的孩子。谭茂良和谭美良兄妹俩十几年前就到广东闯荡，互相扶持，虽然后来各自成了家，有了自己的孩子，但是彼此还是惦记着对方，惦记着对方的至亲，毕竟，他们来自共同的父母。谭老爹、谭奶、乌龟山、乌龟村是他们共同的家。

“嗯。”妻子点点头。如果只买谭佳的玩具，谭老爹谭奶两老就要说两兄妹不团结，不会互相关心。怪罪下来，好媳妇就当不成了，所以谭茂良的妻子也很赞成买两个变形金刚。

四

春节将至。腊月二十以后，广东深圳、东莞、佛山、中山等农民工集中的城市，在那些工厂里，在那些外来工集中的租住屋一带，空气中酝酿着一股浓浓的归乡的气息。工厂，开始放假；商场，人头攒动；车站，熙熙攘攘；公路，车水马龙……虽然北风凛冽，但阻挡不了农民工的思归步伐。深圳的大酒店里，热气腾腾的火锅；东莞的民居里巷，噼里啪啦的爆竹声；佛山的工业园区，高高挂起的大红灯笼；中山的台商港商，门前的火红春联……虽然年味浓烈，但是留不住农民工思乡的心。他们的家不在这里，他们的心，不在这里，他们的妻儿老小不在这里，他们的家在偏僻的桂西北，在遥远的云贵川渝，在翻过一山还有一山的大山褶皱里。

出租屋里。谭茂良一大早起来，把手伸进冰冷的脸盆里，蘸着少许水，搓搓手，捧着脸巾往脸上一敷，顿时清醒了许多，昨晚加夜班的疲倦一扫而空。

一连加了几个晚上的班，把自己的任务完成了，老板终于在腊月二十六同意他放假过年。睡了几个小时，赶忙爬起来，收拾行李，因为跟在广东其他城市打工的乌龟村老乡约定，今天是他们摩托车队集结回家的日子。

他把前几天买给父母的衣服、孩子的玩具装进蛇皮袋，捆成一个大大的包裹，放到摩托的后架上，尽量挪到最后面，以便腾出妻子的座位。妻子很胖，160 斤的体重需要占据很大的座位。把包裹绑好后，他还摇了摇摩托，看看绑得稳不稳。

谭茂良从深圳骑摩托回家过年，已经是第三次了。以前回家，都是提前一个月买车票。春运期间的车票贵得离谱不说，回到县城，还要大包小包地转车。从广东到县城是大巴，县城到乡里是中巴。乡里到乌龟村，运气好的时候能直接搭上“三马”“伊拉客”“柳微”一类的客运“野车”；否则就要扛上行李步行 20 多里沙石路，麻烦得很。自从在二手市场买了一辆摩托车后，他每次回家过年，都骑摩托“直达”，虽然在寒风中耗时三四天，但是，想快就快，想慢就慢，自由不说，最主要的还是省下七八百块的车费。七八百块是他将近半个月的工资啊。

绑好大包裹，谭茂良又“武装”起自己来：先是脱下那双后跟早已磨损严重的杂牌皮鞋，装到一个塑料袋里，塞到摩托保险杠的小斗里，然后穿上高筒水鞋，把裤腿塞到水鞋里，站在镜子前看了看，觉得自己有点像电影里的日本大佐，不禁嘿嘿地笑了笑。打理完腿脚，谭茂良又穿上厚厚的夹克，在腰间系上一根皮带，然后在外衣外面套上雨衣，戴上头盔，拉下挡风镜，俨然一个全副武装的太空人。

妻子也在一旁装束自己，雨衣、头盔和丈夫的一样之外，脚上的高跟鞋换成球鞋，套上红色的塑料袋，在脚踝上打个结，鞋子和裤腿就连成一体，一会在路上飞奔的时候，寒风和泥浆都被挡在外边了。

五

“滴滴——”谭茂良夫妻俩骑上摩托出发了。一路上，各个路口都不时驶出农民工的摩托，每一辆的“造型”与谭茂良他们的几乎一样：头盔、雨衣、塑料袋套鞋子。他们都是嫌搭汽车太贵太麻烦，而自愿忍受长途跋涉中寒风的折磨，选择骑摩托车回家过年。他们汇合在一起，朝着同一个方向——北方，前进。

天空，飘着绵绵细雨；寒风，把远处的砖厂高高的烟囱冒出的烟雾吹得歪歪斜斜。路旁的几家刚刚动工的厂房，开出几辆泥头车，一路颠簸，散落的泥土拌着雨水，在川流不息的车轮下，变成一层薄薄的泥浆铺在路面上，摩托队所过之处，发出“嗞嗞”的响声。

一个早已停止使用但还来不及拆除的公路收费站，迫使来往的车流放慢了脚步。各路集中而来的农民工摩托车队越来越多，终于在上午9点，汇合成一股北上的潮流：人声鼎沸，车声隆隆，路旁几家汽修店燃放的鞭炮声充斥耳膜；鞭炮的硝烟夹杂着摩托车的尾气，混合在冰冷的细雨中，在这年终岁末给人一种别样的感觉——回家过年！

细细的雨滴飘洒在谭茂良的头盔上，挡风镜雾蒙蒙的一片。他驾着摩托在人缝里移动。人流的方向都是北上，有的可能只是短途，一天半天到肇庆、韶关一带，有的将要远程跋涉，目标在广西、贵州、湖南、四川……

人流、车队。公路上出现了拥堵。谭茂良只好把车挪到路边。夫妻俩下车观望，打算等待人少一些再走。

“常回家看看回家看看……”那是去年过年的时候，妹妹谭美良帮他设定的手机铃声，用了一年，只要这个声音响起，谭茂良就不由自主地去摸手机。此时，他费力地掀起雨衣，从别在腰间的手机套里摸出手机。

“哥，你们到哪里了？”原来是妹妹谭美良打来的

“我们刚刚出城，在收费站这里被堵住了，你们呢？”

“我们东莞这边也堵啊，今早 7 点就出来了，还走不了 20 里。”

“哦,慢一点,不要图快,安全要紧。叫妹夫不要开快车,路滑啊。”谭茂良还是一副关心妹妹的口气。

“嗯，他晓得的，又不是第一次骑车回去过年了。”妹妹很自信。

“过了这个收费站，就好了，我们争取今天下午在肇庆汇合，你们先到，就在那里等我们。”谭茂良掐着指头计算着。

“好的，我们一起在肇庆吃晚饭吧。”妹妹很乐观，“还是在去年我们吃饭的那家路边店吃吧。”

……

谭茂良收好手机，看着一辆一辆摩托从跟前慢吞吞地挪向前，心想：这样太浪费汽油了，临近春节的这几天，93 号汽油又涨价了。走走停停，不如停下来等待。

广东的交警很尽责，他们忙前忙后，疏导交通。仿佛，交警跟农民工有个约定：每年的这个时候，都要在这个路口见面。

这时，天上出现了一架直升机。那是广东警方为了疏导交通，在空中收集交通信息，指挥路面的执勤交警。飞机飞得很低，一个记者扛着摄像机就坐在打开的机舱门口，对着地面的人群车流拍个不停。看来，面对汹涌而至的打工者回乡摩托车流，电视台这些新闻媒体也很感兴趣。谭茂良脱掉头盔，抬头望着直升机，心中有一种暖暖的感觉。

六

还是不能挪步。谭茂良知道，自己一旦走出人流，不在队伍里，这个时候要想再进去，属于“插队”，那是很难的了。百无聊赖，谭茂良让妻子看守摩托，自己背着手，慢慢走到路旁的一家汽修店，店里几个小学徒正在烤火、看电视。

“师傅，修车吗？”见有人光顾，一个小学徒站起来问。

“看看，不修。”谭茂良说，“你们不放假？”

“放啊，但是不愿意回去，车票太贵。”一个小伙子打了个哈欠。

“800块，来回1600，够我买水泥了。我家起房子，红砖、水泥、钢筋、人工都要钱，今年我不回去，节约路费买水泥，哈哈哈……”另一个小伙伸了个懒腰。

“起房子也要你操心？你爸干什么？”一个人问。

“我老鬼有那个本事？他有本事我就不用出来打工了。”伸懒腰的放下高举的手，一本正经地说，“现在住的房子是1966年我公盖的，泥墙，到处是老鼠洞。”

“所以你就出来打工？”

“我高中还没有读完就出来了，妈的，本来成绩不错，读完是可以考上大学的，现在看来，只有读社会大学了。”“高中生”说。

“社会大学？我从来没听说有这所大学，在哪里？武汉？广州？”烤火的人中，有一个不明就里。

“社会大学汽修专业。”“高中生”自嘲地补上一句。

谭茂良不理会他们的争论，瞧了一眼电视。电视画面里，播放的是《动物世界》：一会闪过一群南飞的大雁，一会闪过一群丹顶鹤，一会是密密麻麻的满天飞的燕子……全都是鸟。

《动物世界》里的那个男播音员用浓重的鼻音介绍：这就是候鸟，随着季节的变换，它们从南到北，或者从北到南，成群结队的迁徙……它们成千上万、成群结队，飞向他们心中的圣地。它们的目的地就是适合他们生存的地方，那是它们温暖的家。

“砰砰”，电视里，几声枪响，几只中枪的雪白的大雁落到草地上。“大规模的迁徙，遥远的旅途，到达终点的，绝不是全部，”那个浓重的鼻音继续播报，“在充满各种变数的旅途中，候鸟们遭遇人类的罗网、人类的鸟枪，还要遭遇大自然的狂风骤雨，电闪雷鸣，一部分就在途中死亡、伤残、掉队，到达终点的，只是最坚强的那部分……”

谭茂良知道自己只读过初中，电视上说的，他似懂非懂，非懂又似懂……

他又背着手，走出了汽修店。

七

人流终于慢慢稀疏起来。

谭茂良启动摩托，一溜烟，跟上了大部队。这是一条二级公路，临近春节，显得很繁忙。汽车大都是长途大巴、私家车，然后就是摩托了。每年的这个时候，返乡民工的摩托队就变成这条公路上的主力。

这支来自农村最能吃苦耐劳的主力，在寒风中长途跋涉一两天、三四天，不以为是受罪，反而认为是很愉快的事情，那是因为，这样可以节省下来一大笔路费。回到家里，这笔节省下来的费用可以成为孝敬父母的春节见面礼，可以成为补偿一年来亏欠孩子的压岁钱，可以修补一年里风吹雨打而缺漏的房屋，可以购买来年急需的种子化肥，也可以成为春节走亲访友的开销，最现实的就是回到本地的集贸市场采买过年必需的猪肉、藕粉、木耳、沙姜八角、油盐酱醋、鞭炮香烛……他们都是当家人，都知道临近年关，钱是最好的通关“通行证”，所以能省就省，能开着摩托回家，就不去搭乘春运期间的大巴。春运的大巴，票价比平时高出两三倍，他们不明白，为什么客运企业“趁火打劫”，在农民工最需要乘车的时候，趁机提高票价；平时不乘车，票价怎么就那么低呢？

谭茂良一加大油门，摩托便吼声大作，路旁的电杆一闪而过，高耸的广告牌也慢慢地朝身后移去，广告牌上那个演员濮存昕——预防艾滋病的形象大使的笑容也慢慢地模糊起来。

谭茂良不断超车，把很多同行的兄弟姐妹都甩到后头，他估计，照这样的速度，下午一两点钟，就可以在肇庆与妹妹妹夫汇合了。

“冷，我的腿脚都硬了，”身后的妻子说，“风太大了。”

“我也是，雨衣挡得雨挡不得风啊，身体的热量都被风吹走了。”谭茂良也觉得手脚僵硬，有点不听使唤了。

“要不我们停下来一下吧，等风小了再走。”妻子建议道。

“我的摩托一提速，风肯定小不了，等不是办法。”谭茂良一意孤行。

“那你开慢点啊。”

八

沿途很多收费站，交警都设立了便民服务点，有的干脆挂牌叫“返乡农民工强制休息点”。每一个点，都是熙熙攘攘，人声鼎沸。到处都停满了摩托车，每一辆摩托上，都绑着大大的包裹；每一个点，停车休息的人们，或站或蹲，他们正享用交警免费提供的热开水、方便面。每一个人身上都套着雨衣，不管是红的绿的，还是黑的，都布满了路途中留下的斑斑泥点；很多人脚上套着的塑料袋，红的、黑的、黄的，真是色彩斑斓，给这个凄冷的腊月二十六带来了一道算不上好看的风景线。

谭茂良在一个休息点停了下来。屈腿太久的妻子居然下不了车，谭茂良脱掉手套，双手在嘴边哈了一口热气，搓搓手，把妻子抱了下来，妻子蹲在地上，还是站不起来。

一个交警端来一个纸杯的开水，谭茂良来不及说声谢谢，就一饮而尽，暖暖的开水从喉咙一直流过食道，进入胃里，谭茂良闭着眼睛体味着这股暖流经过的地方留下的印记。

他长长地舒了一口气，拿着空纸杯，到开水桶打了一个满杯，递给蹲在地上的妻子，妻子接过，喝了，很久，才扶着摩托慢慢地站立起来。

不管交警多么热情，不管开水多么暖和，不管方便面多么可口，都留不住这些过客。他们喝了，吃了，搓搓冻僵的手，捶捶冻麻的腿，翻身上了摩托，拉下头盔的挡风镜，又成群结队地朝前涌去。

九

下午两点钟，谭茂良兄妹四人顺利在肇庆的一个路边餐馆会面。炒了个土豆丝，还有一个肉末酸菜，草草吃了午饭，50 块，结账的时候，餐馆的老板娘有点不高兴，哝哝呱呱的，大概是吃得不多，赚得太少的缘故。

4 人围着一个刚刚取出炉子的煤球，虽然已经烧完，但是还有点热气。

“哥，今年打工还可以吧。”谭美良问。

“还可以，比在家里种地强。”谭茂良说。

“带了多少回去？”谭美良问。

“全部取现带回去，要不然回我们那里取钱又要交手续费。”谭茂良总是想得很远。

“又没有很大的开销，带那么多回去干什么，不安全的。”谭美良说。

“看一下贵修家的老人，要几千的。”谭茂良说。

“嗯，应该的。”妹妹说。

……

过来很久，谭美良突然说：“我的那个仔不知怎么样了，一年都没见了。”

“快了，后天就可以见面了。”哥哥安慰道。

“不知道还哭不哭。”谭美良眼睛湿润起来。

“跟着外公外婆，哭什么。”哥哥还是安慰。

“听爸妈说，半夜一醒过来就哭，要吃奶，要妈妈。”谭美良说。

孩子刚满一岁，谭美良就把孩子扔给父母帮忙照看，跟着丈夫下广东打工，每每一想起孩子，谭美良就忍不住满眼的泪水。

“过年你们打算怎么过？”或许是要岔开话题，谭茂良向妹妹两口子努努嘴。

“初一在家，初二要去他家。”谭美良指指老公，老公家在距离乌龟村不远的另一个村子。

“爸妈前段时间打手机，说要杀猪过年，猪肉多得是，初二你们回那边家就不用买猪肉了。”谭茂良说。

“嘿嘿，怎么好意思呢。”妹夫腼腆地低着头搓搓手。

“今年没有三十，二十九就算是大年夜了，所以明天，最晚后天一定要到家。”谭茂良说。

“那就走了，还坐什么，快点啊。”谭茂良妻子站起来说。

“今晚我们要赶到梧州，住一晚，明天就快了。”妹夫说。

“天气冷，开慢一点。”谭茂良说，“后天到家就行。”

十

腊月二十七一大早，梧州的一家简易旅馆。谭茂良夫妇从那张油光发亮的被子里爬出来，天已经大亮。

“妈的，昨晚怎么看不出被窝这么龌龊。”谭茂良说。他好像很熟悉这种被子，仔细想一想，原来，前几年来回广东的时候，都在腊月，都搭乘那种双层卧铺大巴。那种双层卧铺，两铺紧靠在一起，被子一用就是一个冬天，车主不洗不换，每一张被子都留着不同乘客的汗渍，被头都是油光发亮的。这种被子，谭茂良再熟悉不过了。但是，他不知道旅馆怎么也有这样的被子。

“累都累死了，还有心思看人家的被窝干不干净。”妻子说。的确，骑了一整天的摩托，赶了一整天的路，深夜 11 点赶到梧州，进了旅店，倒头便睡，一觉到天光，其他的谭茂良都理会不上了。

谭美良夫妇也在另一间屋子醒来。

于是，一切重复昨天的情形——继续赶路。

夜幕降临。

腊月的夜，飘着毛毛细雨，给摩托赶路的谭茂良他们觉得越发的冷。摩托的灯柱，映衬着丝丝斜雨，谭茂良他们还在风雨兼程。

路旁的村子，农家透出橘黄色的灯光，照着一闪而过的摩托骑者。有的农家门口，孩子们已经放起爆竹来，那种跳猫，特别好看，旋转着，在雨中的地上蹦蹦跳跳，喷出彩色的火焰，煞是好看。谭茂良看一眼，心想，明天到县城也给儿子买上一两盒。远处，传来猪的拼命尖叫声，谁家这么晚还加班杀年猪呢，谭茂良想，也许，也是广东打工回来的，连夜杀猪，明天还有别的事情要做吧……空气中飘过一丝蒜叶葱花拌着生抽麻油的香味，谭茂良皱一皱鼻子，他知道人家正在围炉打火锅呢。明天，明天，我们一家也能打火锅了，他想着，一加油门，摩托又冲锋起来。

……

实在太累了。他们决定在柳州找一家旅店住下。虽然很累，但是想到明天就可以到家，他们还是很兴奋的。

十一

“到哪里了？”一大早，谭老爹就打来电话。

“昨晚到柳州，今天可以到家了。”谭茂良缩在被子里接电话。

“争取下午到家，我烧水等你们，一回到马上杀猪。”谭老爹说。

“爸爸，爸爸，”电话那头，谭佳抢过手机，“奶奶养的猪300斤呢，你快点回来啊！”

“你回到县城，记得买一块玻璃，楼上的窗子被樟树枝打碎了。”谭老爹又抢过手机说。

“嗯，记得了。”樟树脚下的楼房是谭茂良和妹妹打工挣钱建起来的。日夜惦念的家，哪个窗子哪个门，哪块玻璃哪块瓦，他都记得清清楚楚，所以父亲说的樟树枝打碎的玻璃，他一直惦记着放假回去要换一块，不想父亲此时又提醒一次。

放下手机，谭茂良一骨碌爬起来。又是全副武装一番后，走出房门,看到妹妹妹夫还没有动静,就使劲敲门："起来了,天大亮了！"

"4个人住了两晚,总共20元钱,这样的十元店真便宜。"起床后，妹妹说，"哥哥，你怎么总是抢着付钱，白天吃饭你付钱，晚上住宿你还付钱，你让他付不行吗？"

"当哥的应该。"谭茂良总是摆出哥哥的样子。

十二

距离乌龟村越来越近了。家山在望!

下午，谭茂良一行拐进县城，采买一些藕粉、木耳、沙姜八角、油盐酱醋、鞭炮香烛……然后从县城出来，径直朝乌龟村疾驶。

从县城到乌龟村，本来没有公路，因为每年都要从乌龟村把甘蔗运到糖厂，所以20年前就修了一条机耕道。历年来雨打水冲，修修补补，也慢慢成为一条简易公路了，大卡车也可以进出。特别是甘蔗老板租种乌龟村的土地后，每年榨季都跑县里、糖厂争取资金修整路面，交通还算方便。

难走的还是有一段,那就是乌龟坳。翻过乌龟坳,就是乌龟村了。这段路坡陡弯多,单车、摩托在这段很容易摔跤,因为路面满是浮砂,稍不留神，车子就打滑，乌龟村的人叫"踏砂"。车子一"踏砂"，车子就斜着，斜着，连人带车摔在地上。此时，车子刮花了不说，人的肘部、手掌、脚踝这类着地的部位往往严重擦伤，血肉模糊，甚至露出白森森的骨头!

一路上，谭茂良他们不停地与运蔗的大卡车会车，每一次会车，谭茂良都小心翼翼，他知道，运蔗车在乌龟坳，出事不少。从乌龟村出来的卡车，都堆满了甘蔗，像小山一样，这样的车子都装了 15 吨到 20 吨的样子，虽然慢吞吞的，但是因为超载，经常有后桥、钢板断裂的，有连人带车翻下路坎的，有车身太重把驾驶室高高翘起的；更要命的是，这些运蔗车，为了多拉，往往主车之外，还带着挂车；为了多拉，在这样的山区公路，还开得飞快，从山外边进乌龟村的空车，可没有出山的时候那样温柔了，隆隆驶过，沙飞水溅，把路人都逼到路旁的高坎下，躲避不及的，浑身是泥浆。

在本县，每年的榨季，路上跑的运蔗车，大多是二手三手车。还没有到榨季之前，这些车停在农家院子里、村道路旁，任凭野草覆盖，野藤攀附，风吹雨打，锈渍斑斑；一到榨季，车主请拖车拖到修理厂，花上几千万把的修理费，简单敲敲打打，就上路了，一个榨季下来，也能赚那么三五万运费。是啊，十几万的新车，谁舍得用来运甘蔗这类粗糙的东西呢。十几万的新车，都在县城里，在高速路上运高档货物呢。

谭茂良正全力加大油门，冲上乌龟坳。上了乌龟坳，就可以看见乌龟村了，就可以看到那棵樟树了，就可以看见樟树下的粉白的楼房了，还有房前翘首以待的父母、儿子佳佳！

寒风中，谭茂良仿佛看到父亲用几块大石头，在樟树脚下的晒谷坪上垒砌一个临时灶台，烧着一大锅的滚水，等待他们一到就用滚水杀猪。寒风中，那灶，正燃着手臂粗的树枝，那锅，正冒着腾腾白气……谭茂良不觉惬意起来：杀了猪，猪肝粉肠，蒜叶葱花拌着生抽麻油，一家人围着火炉，津津有味地吃顿团圆饭，毕竟，去年正月初六外出打工至今，一年了，一家人都没有能围在一起吃饭了。

一个下坡弯道，又是一辆隆隆驶来的空车。谭茂良有点紧张，冻僵的手有点不听使唤。他努力把住车头，看到主车过去了，他刚要嘘一口气，可是，没想到的是，那车还带着挂车。就在一瞬间，那辆运蔗车的挂车一摆，轰的一下，把谭茂良夫妇连人带车撞出十几米，连打几个滚，翻下十几米高的路坎。

“哥——”紧跟在后的谭美良目睹了这一惨剧，凄厉地尖叫起来。

空中，几只鸟飞过，不知是不是长途迁徙的候鸟……

十三

当谭美良绕过高高的路坎，疯狂地跑到哥哥身旁，掀起压在哥哥身上的摩托的时候，哥哥已经不行了，只说了半句“带好佳佳……”就再也说不出话来了。

冷风凄雨中，谭美良的哀号在乌龟山上回荡，听者无不为之动容。回家过年啊，情同手足的兄妹俩，外出闯荡十几年的兄妹俩，在外相扶走过十几年的兄妹俩，全家团圆在即，在近在咫尺的家门口，瞬间阴阳相隔！

樟树脚下，谭家的晒谷坪上。全村的人都来了，几个年轻人把谭茂良夫妇抬回来的时候，晒谷坪上哭声阵阵。

谭老爹老两口不堪打击，已经卧床不起。谭佳更是哭得震天响，只有那不谙世事的表弟还在玩着那变形金刚。

晒谷坪上的那口灶，火早已熄灭，那锅水，早已变得冰冷。

乌龟村的年，过得实在凄凉。

乌龟山上，两个月前垒起的贵修的坟，现在它的旁边，又多了两抔黄土。

年，过了。春暖花开时节，候鸟北飞的时候，乌龟村的年轻人依然外出打工。

乌龟村的悲欢，依然延续……

乌龟村的那点事，依然在继续……

原载于2019年第6期《广西文学》

韦祖杰

韦祖杰

1965年生，屏南乡新兴村新兴屯（旧称摩垌）人，大学本科，中教一级职称，河池市宜州区社会科学界联合会秘书长，河池市宜州区政协文史研究员，河池市宜州区作家协会主席，在《宜州社会科学》期刊做编辑工作。之前，曾在中小学教师及《宜州报》编辑、记者等岗位上供职。在《广西日报》《广西工运》《河池日报》等报刊上发表了不少小说、散文、论文。其中论文《以“歌谣”“碑刻”为特征的宜州文化溯源》编入广西人民出版社出版的《广西民族文化的融合传承与发展》一书。主编《宜州旅游景点民间故事选》；另有论文《宜州打造广西特色旅游名县的着力点研究》《精准扶贫背景下构建宜州“中国丝绸新都”研究》，分别于2015年、2016年获得广西壮族自治区社会科学界联合会课题研究一等奖。

“狼来了”

“狼来了”

几次“狼来了”愚弄乡亲们的玩笑，导致放羊娃最终成了饿狼的美食，葬身狼腹中，给后人留下了笑柄。放羊娃家族也为此蒙羞抬不起头，因为邻里时常拿这个事例来告诫晚辈要诚实慎言。更让他们恼火的是，有个落第秀才还将此事编写成书，刊印出来，流传四方，为天下人所知，为天下人所笑。后来后人还将此事编进政治教科书，当教材来用。因此，恢复家族名誉，在邻里之间树立好口碑，是放羊娃家族当务之急。放羊娃家族讨论研究得出结论：倘若没有狼这邪恶的东西，绝不会有“狼来了”这个笑话，家族也不会背上这个沉重的反面教材包袱。于是，放羊娃家族特立族规：凡我子孙对狼务必斩尽杀绝，决不能心慈手软，姑息养奸。

这族规一定下来后，放羊娃家族男男女女，老老少少，操起大刀、长矛、弓箭，练起武来。

他们个个怀有一股对狼的刻骨仇恨和雪耻之心，驱使他们日夜不停地操练。功夫不负有心人，他们终于个个藏着一手灭狼的绝活，徒手擒狼、飞刀杀狼、百步射狼、长矛挑狼的新闻时常在放羊娃家族中爆出。狼皮满村挂。

放羊娃家族灭狼的绝活使狼辈们闻放羊娃家族之名而丧胆，纷纷远走他乡另谋生路，只有极个别胆大包天且有绝好本领的狼留下，伺机偷袭羊群果腹。但这较以前来说，羊群的损失微乎其微了，因此放羊娃家族渐渐博得乡邻们的喝彩，他们的脸面也渐渐漾出光彩，在乡邻面前行走，腰杆渐渐地直起来。

野狼数量的锐减，加之放羊娃家族有秘不宣人的养羊绝活，放羊娃家族的羊个个膘肥体壮，数量一年比一年增多，收入大大增加，渐渐成为当地富户，受人敬重，连当地政府也对他们予以极大重视。

放羊娃家族日子虽然过得舒心了，但有一块心病却没能去掉。因为大刀、长矛、弓箭之类武器，虽能使野狼数量减少，但终究没能将野狼赶尽杀绝，全部歼灭，羊被狼咬的事件还是会发生。家族中有个聪明的后生，看出全族的心病，趁一次将羊群远运到省城出售之机，买回几支配有远程瞄准器的猎枪，发给几位武艺高强的后生。他们日夜埋伏在羊群周围，伏击野狼。经过几个月的蚊叮虫咬，终于将他们定居地方圆二百里内的狼消灭殆尽。

为此，家族的心病如块石头般落地了。全族人眉开眼笑，杀牛宰羊，庆祝三天。

此后，族人放羊时可安然睡大觉，羊呢，懒洋洋地在草地上躺着晒太阳。有的羊吃草还挑三拣四，执行节食减肥计划。一年后，往常的丰收喜悦没有如期涌上心头。所养的羊不是脚软得无法想象，就是瘦得皮包骨，还有一大批羊莫名其妙地死掉。

放羊娃家族的情况被迅速地反映到当地政府，政府为他们从京城请来了专家。专家们方方面面检查化验，花了一周时间，否决了病菌的侵袭和污染而造成的羊病羊死的原因。

后来有一位专家无意中问，野狼多吗?

他们自豪地回答，野狼全被消灭光了。

专家若有所思地唔了一声。

最后专家们碰头研究，写下了这样处方：从外地引进两匹凶狠的野狼。

放羊娃家族见到这个处方，个个傻了眼：“我们千方百计将野狼灭掉，他们却要我们引进野狼，不是存心害了我们，冤枉了一周的招待费！”

经过激烈的讨论，见多识广的族长说：“既然人家专家不辞辛苦从京城来到这里，捣鼓了一周，就信一回专家吧。”

引狼进来后，原先患脚软病的羊也开始跑得动了，病瘦的羊也开始拼命地吃草补充体能，以便奔跑躲避野狼的袭击。羊群也渐渐肥壮起来。

一年后，奇迹出现了，原先病恹恹的羊群又重新焕发活力，羊的数量甚至超过历史水平。

原载于2002年1月21日《河池日报》

韦望林

韦望林

瑶族，广西宜州人。出生于1963年，1981年毕业于巴马民族师范学校。广西作家协会会员，起点网签约作家，曾在《广西文学》《河池日报》《河池文学》《都安文学》《丹凤》等报刊上发表过小说、散文。长篇小说《她从山中来》已由中国文联出版社出版发行。

她从山中来（长篇小说节选）

她从山中来

（长篇小说节选）

第一章　命中邂逅

第一节

西坝，一个名不见经传的小山镇。

小镇坐落在桂西北延绵巍峨的大山之中。四周，群山怀抱，碧水环绕。

这儿的山，体貌雄俊，形状独特，每个山峰都如一个个硬铮铮的汉子，有形有状，有魂有魄，傲然耸立在这片贫瘠的土地上。只是山上的树着实少了点，偶见一些，或是长在山端岭脚，或是硬生生地倒挂在悬崖峭壁的石缝中，倔强地生长着。

然而，“穷山恶水”这个词用在这儿并不恰当，因为，桂花江，一条玉带似的小河，宛如一位温婉可人的少妇，千种姿态，万般风情，绕着小镇，婀娜而去。

两岸，各种各样的植物在那峭壁耸立、怪石嶙峋之中纵情舒展，更有那翠竹青青，杨柳弯弯。

小镇景色，甚是迷人。

小镇很小，小到只有三街六巷，人口不到 3 万。

小镇很穷，土少石头多，人均耕地面积不到 0.1 亩，年收入不足千元。

小镇小有历史，悠悠 100 多年，在陆路交通不便之时，小镇曾是一个水上交通枢纽，南来北往的货物，通过小镇，流向各地。不论是小镇错落有致的街道、独特的民居建筑、气派的庙宇遗址、坚固实用的码头，还是那一条条贯穿小镇的、溜光平滑的、青石板铺成的街道，无不显示出当年的繁华熙攘。

随着陆路交通的不断发达，地处大山腹地的小镇，如今成了相对闭塞的世外桃源。每天一趟班车，进来的人不多，外出的人也很少。山外世界的精彩与无奈并没有过多地影响到小镇，小镇居民至今仍保持着纯正的民风习俗。一月的春节、二月里的吃社、三月三的歌圩、四月八的五色饭、五月端午的赛龙舟……在这儿样样都不马虎，节节都热热闹闹。

小镇也很豁达，在保持纯朴的民风习俗的同时，也宽容地接纳了网吧、游戏室、录像厅、发廊等这些为数不多的舶来之物。

钟镇和张子玄到西坝时正是盛夏，太阳火辣辣的，不逢赶集日，街上行人不多。

钟镇，生意人，在 S 市开有一家以建筑为主业的公司。此人三十出头，谈不上特别的帅气，但雅儒稳健中也不乏英俊。随行的是他的助手张子玄。两人此行的目的，主要是进一步商定在西坝建电站的事宜。

“停一下车，我有份材料得复印。”

车子刚驶入小镇，钟镇叫张子玄靠边停下，走进了一间门面写着“打字、复印、冲晒照片”的铺面。

铺面不大，门前还摆了个烟摊。一个中年妇女坐在烟摊前，见钟镇进来，连忙起身热情地问道：“是需要打字还是复印？”

“复印。”钟镇边打开公文包边答道。

中年妇女冲铺面里头喊道：“香妮！有人要复印资料。”

“哎，好的。”

一个纤瘦的女孩应声走了出来。

走出来的女孩大约十六七岁，单单细细的，随意修剪的头发自然地披散着。一条蓝色长裤，一件白底蓝花上衣，一双塑料凉鞋。待走近钟镇时，钟镇不由得细看了她一眼：清清秀秀的面容，从容淡然的表情，眉宇间似有若无地挂着一抹淡淡的愁容。当女孩抬眼望向钟镇时，钟镇心里“咯噔”了一下，有几秒钟似乎迷失在这双眼睛里——黑黑亮亮的眸子，纯净幽深的眼底，似一泓清泉，又似那凉凉幽幽的碧玉，看着十分的悦目赏心。

“先生，您需要复印多少份？”细弱、淡定的声音。

“啊？哦，一式两份就可以了。”钟镇有点失态。

女孩并没注意到钟镇的异常，接过材料，转身到复印机旁。

钟镇从背后打量了一下她，心里胡乱思忖着：有如此动人的一双眼睛，怎就那么瘦弱呢，风大些都会被吹走呢。怜悯之心毫无缘由地升腾起来，他自己都被自己突然间产生这种可笑的念头而摇头苦笑。

今天我这是怎么了？他在心里自己问自己。

“先生，好了，请问需不需要装订？”声音还是细弱，但似乎加进了些许温度。

“谢了，不用。”钟镇忍不住再次看了那双眼睛。

清秀的眉，浓密的睫，纯净、幽深得令人战栗的眸。

接过香妮手中的材料，把钱付给老板，怀揣心事的钟镇上车离开，前往陈书怀家。

第二节

陈书怀，钟镇父亲钟洪泽的患难挚友。60 年代，钟镇父亲被打成“右派”时，曾被发配到西坝镇劳动改造，在那个艰难的日子里，是陈书怀的暗中相助，是西坝人的善良仗义，钟镇的父亲钟洪泽才得以撑到落实政策的那一天。他对小镇心怀感激。

官复原职回 S 市后的钟洪泽，一直在政府部门担任要职，他在任期间，作为县委书记的陈书怀，为地方建设跑项目求资金，找的都是钟洪泽，钟洪泽总是在力所能及的范围内想方设法给予解决。解甲归田后，钟洪泽有意识地培养儿子钟镇对西坝的感情， 常常提起西坝人的好，多次带他到西坝走走。耳濡目染，钟镇也喜欢上了西坝这个古朴秀美的小山镇。有了一定的经济实力后，钟镇时不时向西坝投入些资金，做些利人利己的善事，用另一种方式，继续回报对父亲恩重如山的西坝。

奥迪轿车轻车熟路，左拐右弯，在一栋带前院的三层小楼前停了下来。

听到喇叭声，陈家夫妇从屋里迎了出来。

走在前头的就是陈书怀。

年近七十的陈书怀与钟镇的父亲钟洪泽同岁。敦实的个头，头发虽然花白，但脸色红润，精神矍铄。从县委书记的位子退下来后，他舍不得西坝的秀山丽水；丢不下西坝镇的三姑六婆、七舅八叔；忘不掉西坝镇那纯朴厚实的风土人情。不顾儿女们的劝阻，老两口执意回到西坝这个小山镇，静下心来练练字、读读书、看看报，闲时养花侍草，悠哉乐哉。身为医生的老伴苏唯君，也办了退休手续，随夫回到了西坝，平时义务帮街坊看看病，开开处方。两位老人各有所好，自得其乐。

“叔叔，婶婶，身体还好吧？”钟镇关切地问候。

“呵呵，还好，还好。”夫妻俩朗朗的笑声里流露出了对客人到来的欢愉之情。

“开了一天的车，累坏了吧，快进屋，快进屋。”陈书怀热情地把客人让进屋，“昨天听说你们要来，你婶婶可高兴了，一大早专门到河边守候，硬是给她等到了你们爱吃的咱们桂花江的桂花鱼呢。”

说话间，一行人进了家门。

走进小院，左边是个精致的假山鱼池，右边是一个大理石桌，院中栽着一棵石榴、一株玉兰，两蔸植物正值花期，一红一白，一冷一热，或火热奔放，或内敛矜持，相互映衬，相得益彰。还有各类草本植物，错落有致，既令人赏心悦目，又倍觉温馨舒适，看得出主人的闲情逸致。

饭厅里，一桌纯天然的、西坝特色的可口饭菜，加上西坝特制的山野葡萄酒，已准备妥当。

“来，来，来，先吃饭吧，小张，别客气啊。”苏唯君热情地招呼着客人。

“我还客气什么啊，我又不是第一次来你家了，婶婶再这样待我们，那我可是要赖着不走了哦。”张子玄笑呵呵地说。

苏唯君听了高兴得脸上乐开了花。

酒过三巡，菜过几道后，陈书怀问了钟镇此行为投资建电站的一些事情，钟镇告诉他，前期准备工作基本就绪，这一项目主要由张子玄具体负责，待会儿还要到镇政府商谈具体事宜。

“父母及妹妹可好？”陈书怀关切地问。

“父母身体还不错，早上准时到公园打打太极、跳跳舞，晚饭后散散步，这是固定节目，闲时喜欢到各个农贸市场走走，说是了解行情，可每一次回来时，都会带回一大堆自认为价钱便宜的青菜萝卜之类的农产品，送送左邻右舍尝尝鲜。退休的这几年，特别是这一年来，我母亲老嚷嚷着想要抱孙子呢。”

陈书怀接过话题：“可能是家里太冷清寂寞了呗，你也不小了，该考虑考虑个人问题了哦。”

“我知道。”钟镇回答后把话题一转，说道：“哎，小妹今年考上了电影学院呢，学的是导演专业，可得意了。”

“是吗？这孩子这一下子就成了大学生了，上次见她时还是个小姑娘呢。”苏唯君喜不自禁地说着。

一听到“小姑娘”这词，钟镇脑子里立即浮现出那双纯净得让人心动的眼睛。是哪家的女孩呢？想着想着禁不住脱口问道：“哎，婶婶，街口复印部有个清清瘦瘦的姑娘，你可认识？”

“复——印——部？清清瘦瘦的女孩？”苏唯君一下子想不起来。

“就是码头上来几家，门前有棵大榕树，门面前还摆了个烟摊的那家啊。”钟镇着急地提示。

“岸边？大——榕——树？哦，想起来了，那女孩啊，认识，认识。”苏唯君顿了一下，神情有点伤感地说：“听说是个苦命的孩子哟，不知被哪个男人欺负后怀了孕，懵懵懂懂生下一个女孩，被后母赶出了家门，只好投奔外婆来了，前几天我还给她女儿看过病呢。”

“啊？竟然有这样的事！”张子玄惊得脱口问道。

“难怪。”钟镇自言自语道。

“难怪什么？”张子玄狐疑地问。

钟镇没有回答张子玄，只是想起了那张清秀面容上的那一抹淡淡的愁容，心里有种说不出的滋味。

第三节

张子玄留在N市处理分公司业务，钟镇是一个人从N市飞回S市的。

一下飞机，手机刚转入开机状态，显示的全是玉盈盈的信息，钟镇拨通了电话，温柔甜美的声音即时传来，钟镇的面部表情跟着变得生动而柔和了起来。

“宝贝，想我了吧，在家等着啊，我待会就到。”

挂了电话，钟镇上了等候他的专车，跟司机交代后，车子直驶往玉盈盈住处。

玉盈盈，S市著名模特，不仅长得美丽性感、气质不凡，更难能可贵的是，在这物欲横流、急功近利的年代，她能保持低调的处世方式，不浮躁、不张扬。在个人问题上，除与钟镇保持着男女关系外，很难在媒体上听到她的绯闻轶事。她热爱自己的这份职业，事业上追求完美到了近乎自残的地步。在这残酷的行业里，能走到这一步，那得经历多少地狱般的磨炼、铁人般的忍耐。在没遇到钟镇之前，累啊、痛啊、伤心啊、难过啊，对她来说都麻木到没了感觉。她非常珍惜与钟镇的这份感情，在钟镇还是一个刚刚下海不久，一文不名的商人时，已在模特界崭露头角的她，就看好了这个儒雅、稳健、外冷内热的男人，并主动发起了攻势。是这个男人，使她重新找回了累了想停下来、疼了想喊叫、伤心难过了想哭泣、错了想耍赖的冲动。她离不开这个男人。

一进家门，一袭轻香软玉扑向钟镇的怀抱。

“亲爱的，想死我了。”玉盈盈娇嗔道。

“有多想，证明给我看看啊。”眼中漾满了柔情的钟镇坏坏地笑着说。

“好啊，看我等会怎样收拾你。”玉盈盈娇俏扮兮。

两人相拥着进了卧室。

玉盈盈确实是美丽的。丝质高档睡衣衬托着她那保养得很好的肌肤，每一个细胞都散发着浓浓的女人味。躺在床上，那张盛满了幸福和期待的漂亮面孔，如盛开的罂粟，散发着迷死人不偿命的魅力，加之那勾魂摄魄的娇喘妙吟，把钟镇一路上酿好的欲望迅速点燃……

事毕，钟镇靠着床头吸着烟，细细地打量着慵懒地躺在自己怀抱里的可人儿。钩鼻、凤眼、柳眉、饱满性感的嘴唇，五官精雕细凿，无懈可击。

这或许就是上帝赐给他的尤物吧，钟镇想着，倍感骄傲。

第四节

钟家居住的这栋老式三层洋楼，坐落在江滨路段上的一个小区里。80 年代这儿是 S 市的高干区，现在虽显得有些陈旧过时，但小区内亭台楼阁、小桥流水，花草丛丛、树木葱茏，给人一种身处世外，人居桃源的感觉。自钟镇的爷爷入住后，钟家一直没有搬离过这栋小洋楼。钟镇在丽景小区买的那套三室两厅的套房，他也只是想清静时偶去住住。

退休后的钟洪泽夫妇，就住在这栋老式别墅里。

两个孩子各有各的忙，大儿子钟镇自不必说，有时一个月难得见他一面，小女儿基本住在学校，一星期回来一次。对这两个不大归家的孩子，老两口已经习以为常。家中请了一小保姆，手脚勤快脑子好使，与老两口相处得还蛮不错，钟母周英从 S 市一所重点高中退休后，一直陪着老伴，早练太极晚散步，生活很是清闲。

曾在工作岗位上叱咤风云的两位老人，退休后都觉得家里甚是冷清，合计后一致认为，很有必要与钟镇再次强调婚姻、生儿育女的问题。

“阿姨，钟镇哥哥刚来电话说，今晚回家吃饭。”保姆小梅冲着刚从外面回来的钟洪泽夫妇，高兴地喊道。

“哎，知道了，小梅，今天你出去买些你钟哥哥喜欢吃的菜，早些准备好，晓晓今晚也回来。”钟母交代。

“儿子回家吃顿饭，值得那么高兴吗？”看着乐癫癫的老伴，钟洪泽不禁嘟囔道，“常回家看看老人，那是他们的分内事，不是他们的奖赏或者恩赐，你可好，像意外获宝似的，高兴成这个样。”

“你少啰唆，今晚我还有正事要商量呢。”钟母神秘一笑。

“你那正事啊，不说我也知道。”钟父揶揄道。

“知道就好，你不想抱孙子，我还想趁现在还有点力气，抱抱孙子过过奶奶瘾呢。”周英既是个优秀的老师，也是位传统贤惠的母亲，早日抱上孙子，是她退休后的最大愿望。

钟家一桌丰盛的晚饭已经上桌摆好。小保姆经过两年的训练，不仅厨艺大有长进，而且对一家人的胃口也基本掌握。

居家的钟镇，一身的休闲装束，淡蓝色棉质T恤，杏色亚麻宽脚裤，英俊的面孔，儒雅的气质，有点自然卷曲的头发，既有公子哥儿孤傲叛逆的味道，又不乏钟氏家族遗传下来的纯朴耿直的基因。

今天难得一家四口全部到齐。钟母乐得招这个，呼那个，不断给儿女老伴夹菜。钟洪泽还是不改他一贯以来严肃认真的习惯，连吃饭也是。一家四口，除钟晓晓胃口特别的好外，两位老人基本上以素食为主，钟镇呢，心思似不在饭菜上，漫不经心地扒拉着饭，不紧不慢夹着菜，一家人吃饭的氛围并不浓。

“哎，哥，从西坝回来不帮我带点特产啊？”嘴满腮鼓的钟晓晓含糊不清地嚷道。

“对不起，我的钟大小姐，这次我真的给忘记了，不过，陈家婶婶倒是托我给带了两箱子的东西，我也不知道是什么，待会儿自己看去。”

“该你的那份可别忘了啊，欠着，下次出差时得追加。”钟晓晓眨眨眼，又调皮地玩笑道：“哎，哥，我听说西坝有个顺口溜叫‘十个女子九个美’，你干吗不顺手带个回来给咱妈当媳妇呢，省得她一天到晚地唠叨。”

钟镇瞪了他一眼。

“钟镇，我正想跟你说这事儿呢。”钟母接过话题认真严肃地说，“我跟你爸已经商量好了，把范伯伯家的青青正式介绍给你，那边已经没意见，这星期内抽出时间见个面。”

“妈，都什么年代了，你这还……”钟镇最担心的事终于来了。

钟洪泽打断儿子的话，严肃地说道：“不管什么年代，身为男儿来到这个世界，就必须承担他应该承担的责任，成家立业，养儿育女，我不赞成你现在这种活法。你与那个模特的事，别故作什么神秘，大大方方坦坦荡荡给别人一个交代，我这把老骨头可不想被拖进什么娱乐圈跟着折腾。”钟洪泽一想起前段时间被一帮花边记者堵在路上，追问关于钟镇与玉盈盈一些莫名其妙的事，就忍不住来气。“我虽说不十分赞成相亲一事，但是，你可得听明白了，你若实在喜欢那模特，就领回家来，认认我们，如果无意于娶她为妻，就干干脆脆说清楚，然后，按你妈说的，明天相亲。”

钟洪泽虽然也说得上是一个讲民主的家长，但是，在这个家里，他所说的话拥有绝对的权威，他那一贯以来说一不二、一言九鼎的作风，让钟镇明白了在婚姻大事上，自己处在什么样的一个境地了。

“爸，妈，你们这简直是摆鸿门宴嘛。”钟晓晓为哥哥打抱不平。

“小孩子别掺和。”钟父厉声制止。

看到这等场面，钟晓晓识趣地吐吐舌头，附在钟镇耳边细声道：“哥，我可救不了你了哦，自救吧，阿门！”然后，抬头对大家说：“饱了，大家慢用。”做了个鬼脸，回房去了。

钟家的这顿饭局，不如阿梅准备的饭菜那般完美。

晚上，躺在床上的钟镇，郁闷难排。

作为模特界的明星，玉盈盈是无懈可击的。多次拿到国内外大奖。她为人一直很低调，除了非常必要的亮相，一般都是深居简出，这无形中更为她增加了神秘的色彩，成了记者、粉丝们卖力挖掘的重点人物。为了获得更多新闻，连钟洪泽夫妇都成了记者粉丝们围追的对象。作为女友，玉盈盈也是无可挑剔的。除了有点傲气，过于好胜，她还算善解人意，不俗不贪，不骄不蛮。屋外，她光彩照人，气度非凡，屋内，她万种风情，全身散发着成熟女人的气息。这样的可人儿，怎能让他放得下，舍得弃？但是，钟家要的是媳妇，不是明星。自己要娶的是妻子，更不是出门被记者追、进门还得防着狗仔队的公众人物。想到这儿，钟镇心中突然“咯噔”了一下，难道与自己如胶似漆地黏在一起那么多年的女人，在自己的内心深处还没有把她当成要执子之手、与之偕老的那个人吗？他为自己生出这种想法感到不安。

他决定跟玉盈盈好好谈一谈。

几天之后，钟镇与玉盈盈参加一个朋友的婚宴，朋友是结婚与儿子的满月两喜一请，看到比自己年纪还小两三岁的哥们那幸福满足的样子，钟镇心里很有感触，回来后他试着问玉盈盈：“我们生个孩子吧？”

玉盈盈摸摸钟镇的额头，奇怪地问道：“你没发烧吧，说什么胡话啊。”

“我没说胡话，咱们结婚生孩子吧。”钟镇再次重复，只是没有加强语调，他觉得这应该是顺理成章的事。

“我还不想结婚呢，更没想过要孩子的事。”

钟镇想不到玉盈盈回答这个问题时是那么的坦然与轻松，惊讶之余他有点难过：“我已经过了而立之年，而你也不小了，父母为我的婚事也非常操心呢。”

“钟镇，请理解理解我吧。为了在T台上确立我的地位，我为之整整奋斗了十年，十年啊，我付出了多少艰辛你难道不知道吗？我忍辱负重、我卧薪尝胆这十年，难道仅仅是为了嫁入钟家，生儿育女，相夫教子吗？不！我不甘的，我还要在T台上创造出不老的神话，我还要……”

玉盈盈越说越激动，钟镇是越听越觉得不大对劲，自己那么熟习那么亲近的人，竟让他感到有点陌生。

钟镇无话可说。

见钟镇沉默不语的样子，玉盈盈马上意识到自己犯了“在男人面前示弱不示强”的忌讳，她立即拿出了撒手锏，热乎乎地黏了上去，用无辜的表情说道："亲爱的，你那么喜欢孩子，我们就领养一个嘛，谁叫你喜欢上一个明星模特呢，生孩子身材会变形的哦，而身材对我们模特意味着什么，你也是知道的吧，你不会忍心让我就此放弃我为之奋斗了十年的事业，变成一个平庸的女人吧。"

玉盈盈说的，虽然让钟镇听了有些不舒服，但她说的并不是都不在理。但是，母亲的唠叨，父亲的最后的通牒……

钟镇心乱极了！

第五节

祥宏公司——一栋占地不足500平方米的八层商务楼，从外看，整体上没有什么打眼之处，但进入主楼大厅，你会感受得到它那华丽而又不失雅趣、商务而又不失人性化的亲切感。

祥宏公司今天的小有成就，虽说离不开钟镇个人的能力，但是，或多或少还是占了钟家在这块地盘上人和、地利的优势。

钟镇可谓出生于干部世家。

新中国成立后，爷爷成为S市的第一代领导人。建国初期，钟镇父亲被送往俄国留学，回来后一直是S市城市建设的重要领导人。钟镇大学毕业后，也顺理成章地进了政府部门工作。头脑活络的钟镇实在受不了行政部门墨守成规、呆板无趣的工作，上了一年班后，先斩后奏，辞了职，下海闯荡。先是开了家电脑公司，掘到第一桶金后，又注册了一家房地产开发公司。由于钟镇大学学的是建筑学专业，加之父亲这张庞大的人际关系网络，事业还算是顺风顺水，目前在S市的房地产业上也占有了一席之地。近年来，由于房地产业的迅猛发展，这一行业的竞争越来越激烈，特别是像S市这样的国际大都市，竞争更是到了白热化的程度。父亲退休后，钟镇审时度势，把目光投向了西部，经过多方考查验证，最终把目标锁定在N市，准备在那儿一展身手，拓出新的领域。

这么些年来，在商海中摸爬滚打的钟镇，阅尽了人间百态，也体会了世态炎凉，明白了“金钱不是万能的，但没钱却万万不能”的道理。学会了该学的，也学会了不少不该学的，由一个儒雅书生变成了一个真正的商人。他坚持一个商人的处世原则，那就是在不违背良知和道德的前提下，把自己的利益最大化。

钟镇的办公室在六楼，坐在宽大豪华的公司董事座位上的钟镇，与家居的钟镇判若两人，冷静、刚毅、稳健。

处理完这几天出差N市时留下的文件，钟镇把电话接到了助手张子玄的办公室。

“子玄，请过来一下，带上N公司的全部材料，包括刚传过来的Y楼盘开发企划书。”

“好的，就到。”电话那头简洁地回答

不到三分钟，张子玄一身西装，敲开了钟镇办公室的门。

张子玄家在东北农村，当兵出身，原先是钟洪泽的贴身司机，为人勤快、忠厚，办事细心可靠，颇得钟洪泽的赏识，钟洪泽退休后，他在单位一直干得不甚顺心，三年前，他也辞了职，成了祥宏的一员、钟镇的得力助手，加之他比钟镇大不了几岁，做钟洪泽司机时与钟镇就很熟悉，所以钟镇也把他当成了心腹，生活上有什么解不开的忧愁，也喜欢找他倾诉。

“材料先搁那，坐下聊聊吧。”钟镇指指对面的椅子。

“看你心事重重的样子，啥事把你给难住了？”

“子玄，我想结婚了。”

“你这是咋的了，我都丈二和尚摸不着头脑了。”

“唉！父亲给我下了最后通牒，不结婚，就相亲，这回无论如何是拗不过去了。”钟镇无奈地说。

“那就结婚呗，你和玉小姐在一起的年头已经不短了吧，彼此该了解的都了解了。”

“正因为太了解，所以才不能与她结婚。”

“啊？”张子玄甚是不解。

“你也知道模特这行业是吃青春饭的，再过几年，那个T台就再也不适合她了。”钟镇苦恼地说，“可T台上的她，不适合我，哦，不，不，是不适合钟家，钟家也不适合她。”

“难不成你决定相亲？”

“非也，我可没兴趣与那些娇小姐们纠缠。”

“那你——”

“我还是决定结婚。”

“你这是怎么回事呀，搞得我一头雾水了。”

“我想找上次我在西坝遇见的一个女孩子结婚。”

“啥！你说啥？”张子玄惊得目瞪口呆。

“我想找上次我在西坝遇见的一个女孩子结婚。”钟镇重复一遍。

“与——西坝的，女孩——结婚？”张子玄惊得说话有些结巴。他打理一下情绪，问道：“就是吃饭时，你跟陈家婶婶打听的那个复印部的、被人欺负后生了个小女孩的女孩？”

“是她。”

“天呀，你才见过那女孩一面，连人家姓什名什么你都没影，更不说人品啊，学历啊什么的了，你怎就生出这种想法来呢，太不可思议了。再说了，这可还是你自个儿一厢情愿咧，人家愿不愿意还是一回事呢。”

“正为这事，我才找你来，把我的一厢情愿变成两相情愿啊。”

“我？”

“对，你。这事非得你来做。”沉思了一下，钟镇接着说，“其实，听了那女孩的遭遇后，我非常同情她，打心眼里想帮助她，我想了很久，觉得这倒是个两全其美的办法，你看如何？”

“什么两全其美？我看不咋的，你想帮她可以用另一种方式嘛，干吗非要结婚呢？”

“我们家三代单传，父母想孙子都想疯了，特别是我母亲，可玉盈盈根本就无意于生孩子。”

“那你可以领养那女孩的孩子呀。”

“这我也想过了，看来行不通，第一，我父母不会同意我领养别人的孩子；第二，我实在也不忍让她们母女分离的。”

“哦——”张子玄若有所悟，“虽然我还是觉得有些荒唐，但如果你是经过深思后做出的决定，我会尽我所能。”作为助理，张子玄也只能这样。

钟镇跟张子玄交代了一些细节上的事情后，说道：“你明天就动身前往N市，并尽快下到西坝，我只问结果，过程由你来安排，你办事我放心。”

钟镇快刀斩乱麻地做出了决定。

张子玄沉思片刻后回答：“是，我会小心行事。”

张子玄起身走后，钟镇再也无心办公，做出此等抉择，他的心也乱着呢。此举是对是错，是福是祸，他能掌握的定数实在太少了。

钟镇不知道，香妮更是无从得知，西坝的邂逅，那可是月老抛出的一根红线哪，这一辈子有得来纠缠了。

《她从山中来》由中国文联出版社出版

韦克友

韦克友

瑶族，1977年生，宜州福龙人。大专学历，广西作家协会会员。曾在《民族文学》《广西文学》等刊物发表文学作品100多篇，并有作品被收入有关作品选集。

打　赌

打　赌

刺刀割破了手指，血，通红的血，滴入酒碗里也滴入几十号人的眼里，化开——

刺刀又割破了手指，血，通红的血，滴入酒碗里也滴入几十号人的眼里，化开——

酒由透明而变得赤红，赤红得如同两只斗得迷酣的公鸡的眼。

周世炮干咳两声，一个身着长褂戴着老花镜又矮又瘦显得有点猥琐的老头跨上前，迅速把酒倒入两个碗里，再退后几步束手站着。

“来，喝下！”周世炮圆瞪着一对牛眼，“咕咚”一声把酒碗扣了个底朝天，又“咚”的一声把酒碗放回八仙桌上，嘴巴响响地咂着，眼睛乜斜着刘河。

刘河迟疑片刻，也把酒喝了精光，把酒碗放回八仙桌上，用手抹了抹嘴，说：“如今游击队粮食困窘，周先生，你能不能卖点给我们？”

“刘队长，今年太阳把枧江晒得都快干了，你们就知道待在山里怎么不出来看看？”周世炮的反问像一根根刺，直往刘河的耳朵里钻。

“这几年你囤积的粮食难道都吃光了？”随行警卫员黄阳忍不住插上一句。

刘河恨恨地瞪了他一眼。

“难怪总有人来打我的粮食的主意。前天夜里，三个人刚爬上墙头我就每人送他们几粒花生米下酒去了。刘队长，不会是你的人吧！”周世炮冷冷地说。

刘河的心“咯噔”一下，像被鹰爪揪了似的，额头沁出了细细的针尖一样大小的光点。难道他们真的……刘河不敢往下想。他很快就平静下来，问道：“难道你就不怕突然有一天落了个像城里汉奸高杆那样身首异处妻散子哭的下场吗？”

“夜里来吗？哼！我再施舍他们些花生米；白天冲进来吗？哼！安装在四面山峰悬崖碉堡里的那些土炮可不是吃素的！”周世炮洋洋自得地说道。

“周先生，你的那些土炮比我们的落后得多了！”

“此话怎讲？”周世炮紧盯着刘河问。

“你的土炮不能把你的堡垒打垮，但我们只需几炮就可以把你的那几个堡垒掀翻。”

“那过两天我们比试比试怎么样？”

“现在就可以比。”刘河说。

“现在？”周世炮红着双眼说，“不过，得有个条件。”

“什么条件？”

“谁输了谁就把右手的手指全部砍去，把手下的枪支弹药及弟兄全部交给对方。嘿嘿，刘队长，你敢做吗？”

刘河望了望黄阳。黄阳点了点头。刘河也点了点头。

“一言为定”刘河说。

“好,一言为定！”周世炮瞪圆了红红的双眼,猛击八仙桌,喊道:“师爷，把契约拿上来！”

很快，那个干瘦老头儿便呈了一张墨迹未干的契约，说：“周少爷，这事还得三思啊！”

“三思个屁！”话音刚落周世炮已咬破中指,用血写下“周世炮”三个字并摁了手印。他把契约递给刘河。刘河认真看着。

“怎么,反悔?来不及了！嘿嘿……”周世炮一个劲地冷笑着。

刘河在冰冷的笑声的淹没中咬破中指，签名并摁了手印。

离周家大院不远的旷野上，热气蒸腾，灰尘弥漫，一纸草书贴在一方板石上，血写的姓名和血摁的手印赤灿而耀眼；山巨人般拥在四周，山上的树被秋阳晒得蔫蔫的无精打采；悬崖上几处因洞而筑的堡垒的枪眼像骷髅的黑洞洞的眼眶森然而恐怖。

周世炮见手下的人已在三门土炮炮膛里填好火药，命令道：“弟兄们，注意，马上开炮了。”

“放吧！”悬崖上传来的喊声如浮尘飘动。

“轰”的一声，一朵火花在悬崖上的堡垒前绽放，骷髅却安然无恙。

“他妈的，都是饭桶！再来两炮。”周世炮咆哮着。

又“轰轰”连续两声，又两朵火花在悬崖上的骷髅前开放，堡垒仍纹丝不动，被缕缕白烟点缀了的骷髅显得更加森然恐怖。

“别浪费火药了，周先生，轮到我们了吧！”

“别动！把枪交出来！”瘦老头突然掏出手枪,对准刘河和黄阳。

“叭”的一声，周世炮抽出手枪并优美地抬手一勾，瘦老头儿应枪响无声倒地，四肢抽搐三两下，不动了，胸口汩汩地冒着血。

周世炮轻轻吹散枪口的一缕蓝烟，把枪插回皮套，铁青着脸挥了挥手说：“刘队长，让你们受惊了，请吧！”

刘河咬了咬黄阳的耳朵，黄阳跑进周家大院，不一会儿就一颗接一颗地抱回三颗硕大的秤砣。

“装进去！”刘河说。

三颗秤砣缓缓地滑进填了火药的炮筒里，也滑进周世炮的胸腔里。

“轰”的一声，悬崖上开了一朵花，一些石头碎羽般纷纷落下。

一个人影在缺口处声嘶力竭地喊道：“别开炮了！别开炮了！”喊声如同青天白日旗，只在骷髅的缺口处晃来晃去。

“轰轰”又两声，开花处喊声戛然而止。更多的石块纷纷滚下山来。

“都给我下来。”周世炮喊着。周家大院岗楼上旗帜乱舞，四面山崖的堡垒挂出绳子，一些背枪的人陆续而下，大院里涌出了更多的人，都沮丧地倒拿着枪。

“把武器都放下！”周世炮扔下手枪。一些步枪随之把手枪淹没。“回家去！”周世炮又猛喊一声。零零散散走了一些人。

“我输了！”周世炮仰天长叹一声，一把雪亮的匕首也朝着右手挥去，五枚手指落地后仍有节奏地蹦跳、抽搐不已，指茬血流如注。

“刘队长，这些都是你的了，随你怎么处置！”说罢周世炮抛下匕首，紧握右手，大踏步朝西边走去。残阳如血，归鸦聒噪，周世炮很快消失在夕阳欲坠的山梁上。

旷野里，周世炮的老婆、妾、二妾……五妾的眼泪在簌簌流淌下来，似哭非哭似笑非笑；周世炮的父母儿女在嘤嘤地哭泣，似悲非悲似怜非怜。刘河望着已被山梁啖去大半的夕阳，脸上浮出了隐隐的难以察觉的笑意。

从此，周世炮从湖龙乡消失。关于他以后的事，至今仍是个谜。

原载于 1999 年 10 月《小说月刊》